# DRADORA

*Eine Welt so fern*

TOM MAHR

# Kapitel 1

Cord schlich ohne behördliche Genehmigung aus dem Haus.

Er war entschlossen, das gestohlene Messer zurückzuholen – ein Erbstück seines Vaters.

Eine Schneeflocke setzte sich auf seine Wimpern, während er den sternenlosen Abendhimmel nach Drohnenschatten absuchte. Innerlich zählte er die Sekunden.

Nichts.

Nur das pulsierende rote Leuchten der Antennenmasten rings um Festung Anburg inmitten der Stadt. In den alten Mauern feierte an diesem Abend die Obrigkeit und ließ sich von Cords Mutter bedienen. Vor ihrer Rückkehr musste die Angelegenheit mit Elrik Hennemann geklärt sein, dessen Intrigen ihn schon lange quälten.

Cord zog die graue Kapuze tief ins Gesicht. Keiner durfte ihn auf dem Weg zum Treffpunkt erkennen – das wäre das Ende.

Unter seinen Stiefeln knirschte der Neuschnee. Die Ausgangssperre hatte die Stadt in eine Geisterwelt verwandelt.

Er suchte nach dem verräterischen Blinken und dem Surren der Drohnen, die sich wie Jäger im Schneegestöber versteckten.

Einen Häuserblock weiter bewegte sich ein Schatten um die Ecke. Ein Spaziergänger im langen Mantel und mit hohem Hut. Neben ihm schritt ein Hund, der dem Mann bis zur Hüfte reichte.

Cord sprang in eine Hauseinfahrt, duckte sich hinter stinkende Mülltonnen und presste angewidert die Hand vor den Mund.

Still lauschte er den Schritten des Fremden.

Gegenüber der Straße hing ein beleuchtetes Plakat, das ihm auf dem Schulweg nicht aufgefallen war. Überlebensgroß zeigte es Bürgermeister Graf Wundertal. Auf dem Foto hatte ihn die Krankheit noch nicht gezeichnet, und doch war sein Gesicht von einer Kälte durchzogen, die Cord daran erinnerte, wozu diese Welt fähig war – und was sie von ihm erwartete: Gehorsam.

Im Hintergrund hakten sich Verwaltungsfunktionäre unter und

bildeten eine geschlossene Reihe. Darunter die Botschaft: *Wir stehen zusammen. Für Freiheit.*

Über das Gesicht des Grafen hatte jemand einen Schafkopf gemalt und eine Nachricht hinterlassen: *Im Streben nach Freiheit schmieden die Menschen Ketten, mit denen sie sich selbst und andere fesseln.*

Diese Worte schnürten Cord die Kehle zu, denn sie erinnerten ihn an jenen Morgen, an dem sein Vater ihn zum Abschied inniger und einen Moment länger gedrückt hatte. »Mein Junge, Menschen streben nach Freiheit und landen in Gefängnissen, die sie selbst errichten. Lass dich nicht einsperren. Folge deinem Herzen und deinem Stern.«

Cord senkte den Kopf und lauschte dem Echo der Worte und dem Klang der vertrauten Stimme. Er blinzelte die Feuchtigkeit fort und lugte über die Mülltonnen hinweg.

Die Straße war leer.

Er atmete tief durch, richtete sich auf und setzte seinen Weg fort – bereit, dem Rat seines Vaters zu folgen.

Nach einer Biegung tauchte das zerfallene Wagner-Haus auf, der Treffpunkt. Das Gebäude war das letzte in der Bebauung und ragte wie ein verwittertes Skelett aus dem Schnee, die Fensterhöhlen leer und schwarz wie Augen, die alles beobachteten. Hier endete die Stadt und es öffnete sich der Wald, der sich wie eine finstere Wand hinter einem Schleier aus Schneeflocken abzeichnete – und darauf wartete, ihn zu verschlingen. Ohne Walters Taschenlampen gab es keine Möglichkeit, den Weg zu finden und rechtzeitig zurückzukehren.

*Ob Walter und Arnold schon warten? Würden sie überhaupt kommen?*

Cord stellte sich vor, wie er nach einer Weile vergeblichen Wartens umkehrte und die Wohnungstür mit einer Mischung aus Enttäuschung und Erleichterung hinter sich zuzog. Elrik würde ihn zwar aufziehen und verspotten, doch Cord hätte sich an die Regeln gehalten – zumindest die Stadt nicht verlassen.

Der Fremde mit dem Hund war wie aus dem Nichts aufgetaucht.

Für einen Moment setzte Cord an, die Straßenseite zu wechseln. Doch er zwang sich, auf dem Weg zu bleiben, näherte sich dem anderen – und erkannte die Farbe dessen Lodenmantels. Dunkelgrün war denen vorbehalten, die eine hohe Reputation besaßen.

Auf ein Handzeichen schob sich der Dobermann zwischen Cord und seinen Herren.

*Dieser Kerl muss ein Pirscher sein!*

Der Mann blieb stehen, sein Blick bohrte sich in Cord, als wolle er jeden Gedanken aus ihm herauslesen.

Cord war klar, dass nicht nur ihm, sondern auch seiner Mutter die Reputation drastisch gestrichen würde, falls ein Pirscher ihn erwischte.

Ihm blieb nur eine Möglichkeit.

Zielstrebig schritt er auf den Fremden zu und kurz bevor dieser das Wort ergriff, grüßte Cord: »Guten Abend, der Herr. Sie haben einen erstaunlich folgsamen Hund.«

Er marschierte an beiden vorbei und hörte, wie sich der Mann nach ihm umdrehte. Cord erwartete jeden Augenblick dessen Aufforderung, stehen zu bleiben. Doch solange dies nicht geschah, schritt er geschäftig weiter, um zu demonstrieren, dass er das Recht und die Pflicht hatte, trotz Sperrstunde unterwegs zu sein.

Erst kurz vor Erreichen des Treffpunkts wagte er es, zurückzuschauen.

Die Straße war leer, der Fremde und der Dobermann waren weitergezogen.

Cord atmete auf, doch die Gefahr blieb. Ein Pirscher, ausgerechnet jetzt und hier, konnte sein Schicksal besiegeln.

Das Wagner-Haus war bis auf die Mauern abgebrannt.

Cord hatte den Jungen gekannt, der hier gewohnt hatte. Michael Wagner besuchte die Abschlussklasse in Cords erstem Jahr am Gymnasium. Er hatte sich schon früh dem Widerstand angeschlossen. Nach seiner Verhaftung verbrachte er zwei Jahre in Untersuchungshaft, bevor man ihn tot in einer Zelle fand. Seine Eltern ertrugen den Verlust nicht und verbrannten sich im Zimmer ihres Sohnes. Für den Tod des Jungen zog die Polizei einen Mithäftling zur Verantwortung. Doch Cords Vater zweifelte an dieser Version, und vermutete stattdessen den wahren Täter innerhalb der Polizei.

Cord schloss die Augen, und Michaels Lachen auf dem Schulhof hallte in seiner Erinnerung nach.

*Und jetzt ist nichts mehr von ihm übrig.*

Mit zugeschnürter Kehle trat Cord ins Haus.

Der bittere Brandgeruch hing noch immer in der Luft.

»Arnie? Walter?«, flüsterte er.

Nichts. Nur Stille.

Etwas Kleines und Glitschiges huschte über seinen Schuh.

Reflexartig trat er zurück, doch das Rascheln aus den Schatten blieb.

Die Kakerlaken hatten Anburg übernommen.

Cord hasste sie.

Mit geschlossenen Augen lauschte er in die Dunkelheit. Die Stille schärfte seine Sinne.

Im abgestandenen Brandmoder hing ein frischer Schwelgeruch.

Jemand musste hier gewesen sein.

Oder war noch hier.

Cord tastete sich durch den Flur.

Links die Küche. Das Spülbecken hing schief an der Wand, Töpfe und zerbrochene Teller lagen verstreut in den Trümmern.

Rechts der leere Türrahmen zur Abstellkammer.

Dunkel. Pechschwarz.

Von dorther drang der Geruch.

Cord fluchte. Hätte Walter nur wie versprochen die Taschenlampen gebracht. Dessen Vater arbeitete in der Stadtverwaltung und hatte Zugang zu Gütern, die anderen Bürgern vorenthalten waren.

Er wandte den Blick von der Kammer ab – da glomm etwas im Augenwinkel.

Sofort fuhr er zurück. Starrte in die Dunkelheit.

Nichts.

Doch kaum drehte er den Kopf, schob es sich wieder in sein Sichtfeld.

Zwei nebeneinander schwebende rote Flecken.

Wie gebannt starrte er auf die glühenden Augen.

Etwas raschelte in der Kammer.

Ein Kichern – das sich zu einem Gackern steigerte und in einem Hustenanfall endete.

»Arnie, du verdammter Idiot«, zischte Cord. »Du hast mich zu Tode erschreckt.«

Arnold stolperte lachend aus der Abstellkammer und hielt in jeder

Hand eine Zigarette. »Kumpel, du hättest dich sehen sollen. Dein Blick ...«

Der nächste Lachhustenanfall unterbrach ihn.

»Was zum Teufel rauchst du da?«

Arnold steckte sich beide Kippen in den Mund, die eine rechts und die andere links, zog daran, bis die Glut seine Wangen in dämonischem Rot erstrahlen ließ, und blies Cord den süßlichen Qualm ins Gesicht.

»Das ist widerlich.« Cord wandte sich ab.

»Von wegen, die Rezeptur wird auf dem Schwarzmarkt einschlagen. Wenn ich genügend zusammen hab, beschaff ich mir ein Ausreisevisum und bin raus hier.«

»Du wirst an der Pilzmischung krepieren oder im Knast landen.«

Arnold inhalierte einen tiefen Zug und blies den Qualm aus seinen Nasenlöchern. »Mag sein. Aber dein Motto, nirgends anzuecken, ist nichts für mich.«

»Es lebt sich ruhiger.«

»Pah«, entgegnete Arnold. »Dann lebt es sich überhaupt nicht. Sieh sie dir doch an, diese dummgezüchtete Herde, unfähig selbst zu denken, Schlüsse und Konsequenzen zu ziehen, Verantwortung fürs eigene Leben zu übernehmen. Du willst dich doch nicht wirklich dort einreihen. Dein Vater zumindest tat es nicht.«

Die Anspielung hatte gesessen.

Cord widerstand dem Impuls, Arnold die Zigaretten aus dem Mund zu schlagen.

Er atmete tief durch. »Ohne sein Anecken bräuchte meine Mutter nicht das Geschirr des Grafen spülen.« Seine Stimme klang kräftiger, als ihm zumute war.

Arnold lachte. »Auch wenn du es dir nicht eingestehst, weißt du, dass dein Vater richtig gehandelt hat.« Er zog an der Zigarette. »Ansonsten wärst du nicht so scharf darauf, das Messer zurückzuholen. Und du wirst es wieder bekommen. Verlass dich auf mich. Ich kann es kaum erwarten, dem Hennemann aufs Maul zu hauen und ihn vor uns den Schultanz aufführen zu lassen.«

Cord biss sich auf die Lippe, denn sein Freund hatte recht. Er bereute es, diesen kostbaren, verbotenen Gegenstand in den Werkunterricht mitgenommen zu haben, und nicht ein wertloses, zugelassenes Plastikmesser. Und warum hatte er sich auf dem Pausenhof vom Hennemann aus der Abschlussklasse das Taschenmesser abnehmen lassen?

Mit einem abfälligen Grinsen war der Schläger angeschlendert, die Hände tänzelten wie zwei krakeelende Spinnenbeine durch die Luft.

»Na, du kleine Primaballerina, willst du etwa mit dem Messerchen tanzen? Zeig mir doch mal das kostbare Stück!« Sein Gekicher ging in einem Prusten unter, als er mit ausgeholten Beinbewegungen einen überzogenen Tanzschritt andeutete.

Cord verdrehte die Augen. *Nicht schon wieder diese alten Kamellen!* Seit jenem unrühmlichen Auftritt beim Schulfest im ersten Jahr vergingen kaum Begegnungen, ohne dass Hennemann sie mit den lächerlich nachgeäfften Tanzfiguren aufzog.

Mit einer Vollrotation auf den Fersen drehte sich der Sprücheklopfer grazil im Kreis, ließ blitzschnell seinen Arm vorschnellen und riss Cord das Taschenmesser aus der Hand.

»Gefahr gebannt, Messer raus aus Kükenhand!«, krähte er, wackelte gönnerhaft mit dem Hintern davon und ließ Cord mit rotem Kopf zurück, beobachtet von der halben Klasse.

»Also schön.« Arnold warf die Zigaretten auf den Boden und trat sie aus. »Wo bleiben die Taschenlampen?«

Cord linste durchs eingeschlagene Fenster auf die Straße: »Walter wird gleich kommen.«

»Dazu hat der nicht den Mumm. Wenn er all seinen Mut zusammennimmt, liefert er die Lampen ab. In den Wald wird er uns niemals folgen.«

Gleich neben dem Haus mündete die asphaltierte Straße in den unbefestigten Weg, der sich in den schneeverhangenen Umrissen der Bäume verlor.

Cord seufzte. »Nur der verrückte Elrik Hennemann kommt auf die idiotische Idee, sich in einer Winternacht ohne Erlaubnis im Wald rumzudrücken.«

Arnold stieß ihm in die Seite. »Da vorne kommt jemand.«

Cord erkannte Walters gelbe Jacke. Im Gegensatz zu Arnold und Cord war es ihm gestattet, diese Farbe zu tragen. Seine Eltern waren Stadtbedienstete und seine Mutter soll bereits mit dem *Mercatoriat* telefoniert haben.

»Geht es noch auffälliger?«, zischte Arnold. »Muss der Trottel seine reflektierende gelbe Jacke anziehen? Wenn uns jemand sucht, scheint der wie ein Leuchtturm.«

Walter hastete mit einem Beutel über der Schulter ins Haus.

»Hast du auf dem Weg einen Schneemann gebaut?«, fragte Arnold. »Du bist unpünktlich.«

»Tut mir leid, Leute. Ich musste warten. An der Kreuzung stand einer mit Hund. Der ist ewig nicht weggegangen.«

Cord spürte ein Ziehen im Magen. »Ein Mann mit Lodenmantel, Hut und Dobermann?«

»Du hast ihn auch gesehen?«

Cord nickte. »Vielleicht ein Pirscher.«

Walter erstarrte. »Verdammt. Du meinst … er hat's auf uns abgesehen?«

»Entspannt euch, Jungs.« Arnold schnappte sich Walters Beutel. »Lass mal sehen.«

Er zog daraus eine schwere Taschenlampe hervor.

»Na, das nenne ich mal einen Prügel.« Er wiegte die Lampe in der Hand. »Dem Hennemann wird das nicht gefallen.«

»Sei still«, zischte Cord und deutete mit dem Kopf nach draußen. »Und lass bloß das Licht aus.«

»Jungs, macht euch doch nicht in die Hose.« Arnold schüttelte grinsend den Kopf.

»Du hättest den Hund sehen sollen«, sagte Walter. »Der ist eine Waffe.«

»Dann greift zu euren Waffen.« Arnold reichte Cord und Walter jeweils eine Taschenlampe. »Wir warten zehn Minuten, bis das Hündchen in seinem Körbchen liegt. Dann brechen wir auf.«

Cords Herz setzte einen Schlag aus, als er die tiefe Stimme aus dem Wohnzimmer hörte. Langsam drehte er sich um.

Der Pirscher lehnte lässig im Türrahmen, die Hände in den Taschen. »Das Hündchen möchte aber noch nicht ins Körbchen.«

»Raus hier!« Arnold sprang mit einem weiten Satz aus dem Haus –

und landete vor dem knurrenden Dobermann.

»Einfach nicht bewegen. Dann wird er nicht beißen«, sagte der Pirscher. Er trat einen Schritt auf Cord zu. »Du weißt ja, er ist ein erstaunlich folgsamer Hund.« Er schnippte mit den Fingern. Sofort versperrte der Dobermann Arnold den Weg und knurrte tief. Seine gefletschten Zähne glänzten im Schein einer Straßenlaterne.

»Worauf wartet ihr? Raus mit euch beiden zu eurem Komplizen.«

*Es ist vorbei!*

Cords Magen verkrampfte und ein feiner Schleier aus Angst und Kälte kroch über seinen Rücken. Gemeinsam mit Walter trat er entmutigt aus dem Haus und stellte sich neben Arnold.

»Geduld zahlt sich aus, meine Freunde. Ich bin gespannt, wie viel Reputation ihr mir einbringen werdet. Drei Sperrstundenverstöße sind besser als nichts. Aber wer sich hier rumtreibt, hat sicher noch mehr ausgefressen.«

Walters Stimme zitterte: »Bitte melden Sie uns nicht. Lassen Sie uns nach Hause gehen. Wir haben nichts verbrochen.«

»Aha, dann besitzt ihr also Ausgangsgenehmigungen?«

Walter senkte den Blick.

»Wusste ich doch.« Der Pirscher grinste zufrieden. »Und die Taschenlampen? Was hattet ihr damit vor? Woher habt ihr die überhaupt? Die sind sicherlich gestohlen.«

»Sind sie nicht«, entgegnete Arnold, »aber Sie können die Taschenlampen haben, wenn Sie uns in Ruhe lassen.«

»Oha. Du versuchst, mich zu *bestechen*?« Der Pirscher pfiff durch die Zähne. »Erweist sich dieser frostklirrende Abend als mein Glückstag? Ihr müsst wissen, dass mir nicht mehr viel Reputation für einen Kuraufenthalt fehlt. Das reicht zwar nicht für Meer und Palmen, das wird niemand mehr von uns sehen. Aber was gäbe ich alles für ein paar Tage außerhalb dieser beschissenen Stadt. Für den Anblick einer prächtigen Sternennacht. Oh ja …«

Er holte ein Smartphone aus dem Mantel und fotografierte die Drei.

»Jungs, das war's. Hat mich gefreut. Wir warten zusammen auf das Dröhnchen und dann bringe ich das Hündchen ins Körbchen.« Er kicherte über seinen Wortwitz, zündete eine Zigarette an und inhalierte tief. Den Kopf in den Nacken gelehnt, blies er eine Rauchwolke nach oben.

»Ihr versteht das nicht, oder?« Nachdenklich musterte er seinen Fang. »Für euch sind ein paar Sterne nur ein Gedanke. Für mich sind sie ein Versprechen – ein Moment, in dem ich nicht hier bin, in dieser kalten, nebligen Hölle.«

Walter schluchzte. Sein Körper bebte, und er versuchte vergeblich, die Tränen zurückzuhalten.

Cord legte ihm die Hand auf die Schulter. »Ich werde ihnen sagen, dass ich Schuld daran bin.«

Walter schüttelte den Kopf. »Bist du aber nicht.« Seine Stimme zitterte.

Der Pirscher grinste Walter an. »Lass das Flennen, Junge. Es gibt Schlimmeres als das. Sieh es mal so«, er zog kräftig an der Zigarette. »Wer weiß, wovor ich euch bewahrt habe. Ihr wisst, was geschehen kann.«

»Was denn? Etwa, dass uns eine Schneeflocke auf den Kopf fällt?«, fragte Arnold.

»Das weißt du genau, Kleiner.«

»Sollen wir uns für den Rest unseres Lebens zu Hause einsperren, weil irgendwann mal ein Mädchen verschwunden ist?«

»Es war nicht der einzige Fall, Junge.«

»Aber der Letzte. Und der liegt Jahre zurück.« Arnold presste die Lippen zusammen und vergrub seine Fäuste in den Jackentaschen.

»Es ist seitdem nichts mehr geschehen, weil die Stadt euch beschützt. Durch Regeln, die eingehalten werden müssen. So einfach ist das.«

Arnold drehte sich weg, die Kiefer fest aufeinandergepresst. »Blödsinn«, fauchte er. Seine Hände bebten in den Taschen.

»Ich kenne die Mutter des Mädchens.« Der Pirscher blies eine weitere Rauchwolke in die Luft. »Die alte Roth wartet noch immer jeden Abend an der Haustür darauf, dass ihre Tochter von der Schule kommt. Sie hat den Verstand verloren. Wenn sie ihren Mann nicht hätte, würde sie an der Tür Wurzeln schlagen.«

»Um das Mädchen und ihre Familie tut es mir leid«, sagte Cord, »aber das gibt niemandem das Recht, die Bürger wie Gefangene zu behandeln.«

Der Pirscher zog ein letztes Mal an der Zigarette und schnippte die Kippe auf den Boden. »Ich habe die Verordnungen nicht erlassen, Kleiner. Aber ich weiß, dass sie vielen Bürgern Halt und Ordnung geben. Irgendwann wirst du das verstehen.«

»Halt und Ordnung?«, höhnte Arnold. »Vielleicht für Leute wie dich. Für uns sind es Ketten.«

Der Pirscher bäumte sich vor Arnold auf.

»Weißt du was, Kleiner?« Seine Stimme wurde gefährlich leise. »Dein loses Mundwerk wird dir noch richtig Ärger einbringen.«

Cord sah, wie sich die Muskeln in Arnolds Kiefer spannten.

»Arnold, nicht«, warnte Cord leise und griff nach dem Arm seines Freundes.

Doch Arnold schüttelte seine Hand ab.

Der Pirscher grinste gönnerhaft. »Hör auf deinen Freund, Kleiner. Sonst verbringst du die nächsten Monate in einer Zelle, während ich mir am Kurort die Sonne auf den Bauch scheinen lasse.«

Arnold setzte zu einer Erwiderung an.

Da durchschnitt ein gleißender Lichtstrahl die Nacht. Drei Drohnen schwebten wie Raubvögel über ihnen und ihre dröhnenden Rotoren ließen den Schnee aufwirbeln.

»STILLGESTANDEN. BLICK ZUR KAMERA. AUGEN WEIT ÖFFNEN.«

Die metallische Stimme hallte von den Hauswänden wider. Sie klang, als würde sie aus einer anderen Welt kommen. Die Drohnen durchbrachen den wirbelnden Schnee und tauchten die Szene in gleißendes Licht.

Der Mund des Pirschers verzog sich zu einem breiten Grinsen, als das Smartphone das Eintreffen einer Nachricht signalisierte.

»Das war's für mich, Jungs.« Er tippte sich an den Hut. »War mir eine Freude. Bis bald mal wieder.«

Mit einem zufriedenen Pfeifen gab er dem Dobermann ein Handzeichen.

Cord sah den beiden nach, wie sie die Straße hinunter trotteten. Dann senkte er mutlos den Blick.

Erneut tönten die Drohnen:

»WEGEN VERSTOSS GEGEN AUFENTHALTSVERORDNUNG PARAGRAPH ACHT ABSATZ EINS SATZ FÜNF, HABEN SICH DIE BÜRGERANWÄRTER ARNOLD LOWE, CORD RAMBERGER, WALTER SENKEISEN INNERHALB VON ZWANZIG MINUTEN BEIM AMT FÜR ORDNUNG UND BÜRGERSCHUTZ ZUR VERNEHMUNG AM HAUPTTOR EINZUFINDEN. VERSTÖSSE GEGEN DIESE ANORDNUNG WERDEN MIT REPUTATIONSANPASSUNGEN GEAHNDET.«

Mit einem Surren schossen die Drohnen davon.

Arnold verdrehte die Augen. »Natürlich. Immer dieser verdammte Paragraph acht.«

Walter schlug die Hände über dem Kopf zusammen. »So ein Schlamassel. Meine Eltern werden mich windelweich prügeln. Los, wir dürfen keine Zeit verlieren, sonst machen wir alles nur noch schlimmer.« Er setzte sich hastig in Bewegung.

Cord folgte ihm, hielt jedoch inne, als er bemerkte, dass Arnold sich nicht von der Stelle rührte.

»Was ist los?«, fragte Walter. »Worauf wartet ihr?«

»Das frage ich euch«, entgegnete Arnold. »Der Wald liegt in der anderen Richtung.«

Am trotzigen Blick seines Freundes erkannte Cord, dass es Streit geben würde.

»Arnie«, beschwichtigte er, »es ist vorbei. Ich danke dir und Walter für eure Hilfe. Aber es ist vorbei.«

Energisch schüttelte Arnold den Kopf. »Es ist nur vorbei, wenn wir es zulassen. Doch das werden wir nicht. Und wisst ihr weshalb?«

Walter verdrehte die Augen. »Wir haben keine Zeit für deine Dramen. Wir müssen zum Amt.«

Arnold ignorierte Walters Einwand. »Wir werden es nicht zulassen, weil sie uns dann an den Eiern haben. *Und zwar für immer.*« Er deutete auf den Eingang in den Wald. »Der Hennemann ist der größte Idiot der Schule. Aber er bückt sich nicht vor dem System.«

»Weil er der größte Idiot ist«, kreischte Walter.

»Nein, weil er in den Spiegel schauen will, ohne sich selbst als ängstlichen Bückling sehen zu müssen. Und ich sage euch: Wenn ihr jetzt einknickt, werdet ihr euch eines Tages die Frage beantworten müssen, wann und warum ihr euch verraten habt. Und der Spiegel wird antworten, dass es dieser Abend war – der Abend, an dem ihr gebrochen wurdet. Und eure Seelen verloren habt.«

Die Worte schwebten in der eisigen Stille und ließen Cord frösteln. Nicht wegen Arnolds Auflehnen gegen die amtliche Anweisung, sondern weil Cord die Wahrheit in ihnen erkannte.

»Arnie, wir können nicht ewig im Wald bleiben. Irgendwann werden wir zurückkehren und uns stellen müssen. Jetzt würden wir vielleicht mit einer Reputationssenkung davonkommen, aber dann …«

»Und wenn schon.« Arnold fuchtelte mit der Taschenlampe. »Sollen sie mich doch auf Medikamente setzen. Dann schlucke ich ihre Pillen und lächle den ganzen Mist einfach weg. Oder sollen sie mich gleich ins Erziehungslager stecken. Dann kann mich mein Alter wenigsten nicht mehr verprügeln, wenn er besoffen ist. Mir war schon lange klar, dass ich früher oder später mit dem System kollidieren werde. Dann ist eben jetzt der Tag gekommen.«

Cord schluckte. Er hatte vermutet, dass Arnolds Vater Alkoholiker war und gewalttätig wurde, wenn er getrunken hatte. Aber es aus Arnolds Mund zu hören, war etwas anderes. Er wollte etwas sagen, aber alles schien falsch zu klingen.

Arnold reckte das Kinn. »Was ist das für ein Leben, fortlaufend schwachsinnige Verordnungen zu befolgen? Du weißt genau, dass die Ausgangssperre nicht unserem Schutz dient, sondern unsere Unterwerfung demonstriert. Sie unterbinden jedes Aufbegehren, weil sie sich vor einem neuen Protest fürchten. Und das funktioniert nur, weil wir alle gehorchen.«

Er stieß den Fuß auf. »Nicht mehr mit mir. Damit ist Schluss. Ich hab dir versprochen, dein Messer zurückzubringen – und die halbe Schule hat es gehört. Also zieh ich das durch. Meinetwegen auch allein. Verpisst euch und stellt euch, ihr Feiglinge.«

Er deutete auf Cord. »Dein Vater hatte tausendmal mehr Mumm als du.«

Dann drehte er sich um und stapfte davon.

Cord sah ihm nach.

Es stimmte. Sein Vater hatte den Mut gehabt, aus seinen Schlüssen Konsequenzen zu ziehen – und dafür einzustehen.

Walter rüttelte ihn am Ärmel. »Komm schon, der Typ ist doch völlig durchgeknallt. Lass uns keine Zeit mehr verlieren.«

Cord zögerte.

Bis eben war er sich sicher gewesen, dass es das einzig Vernünftige sei, sich zu stellen, um größeren Schaden von sich und seiner Mutter abzuwenden. Zu gehorchen, sich unterzuordnen, so zu handeln, wie man es von einem Bürger erwartete.

Er schluckte.

Nicht alle hatten mitgemacht.

*Hör auf dein Herz*, war der Rat seines Vaters. Und Cord vernahm klar und deutlich, was es sagte.

Noch hatte er es nicht ausgesprochen, noch nicht wahr werden lassen.

Er holte tief Luft, fasste den Entschluss – und sprach die Worte, die sein Leben aus den Fugen rissen:

»Ich werde das Messer meines Vaters zurückholen.«

Walter schüttelte fassungslos den Kopf.

»Bist du jetzt ebenfalls wahnsinnig geworden?«

Cord sah in den Wald, wo Elrik Hennemann auf ihn wartete.

»Mein Vater hat mir das Messer geschenkt. Und er hat es von seinem Vater erhalten. Deshalb hole ich es mir zurück. Und danach stelle ich mich beim Amt.«

Walter starrte ihn an. »Aber ... hast du nicht die Anweisung der Drohnen verstanden?«

Cord trat vor und umarmte ihn. »Geh zum Amt und beeil dich. Du wirst den Reputationsabzug locker wegstecken.«

»Cord, das ist Wahnsinn! Dein Vater hätte nicht gewollt, dass du dich in Gefahr bringst. Denk an deine Mutter! Denk an dein Leben!«

Walter griff nach Cords Arm, wollte ihn zurückhalten – doch Cord schüttelte ihn sanft ab.

Dann klopfte er seinem Freund zum Abschied auf die Schulter.

Und drehte sich um.

Und rannte los.

Arnold wartete am Waldrand.

»Ich wusste es«, sagte er. »Nur wir beide. Los geht's. Wir haben keine Zeit zu verlieren.«

Cord antwortete nicht.

Sie schalteten die Taschenlampen ein.

Die Strahlen schnitten durch die Schatten.

Ohne ein Wort traten sie ein.

Und folgten dem Pfad, der von Schnee und Stille verschluckt wurde.

## Kapitel 2

Cord zog die Kapuze tiefer. Die Kälte biss ihm in die Wangen, ließ die Finger steif werden.

Schwarze Tannen ragten wie Wächter auf. Ihre Äste bogen sich unter der Last des Schnees. Ein eisiger Wind pfiff durch die Kronen, ließ die sich biegenden Stämme bedrohlich knacken und erstickte das Knirschen ihrer Schritte. Hier und da fand der Schnee seinen Weg durch das dichte Geäst und bildete helle Inseln auf dem stockfinsteren Waldboden. Der Duft von Harz und feuchtem Holz hing in der Luft.

Cord hatte den Wald nie als Bedrohung empfunden – bis jetzt. Schemen huschten zwischen den Bäumen, jedes Knacken ließ sein Herz höher schlagen. *Elrik Hennemann könnte überall sein*, dachte er und leuchtete in die Dunkelheit. Doch das Licht schuf mehr Schatten, als es vertrieb.

Er richtete den Strahl dorthin, wo plötzlich ein Knarzen erklang. Doch erkennen ließ sich nichts, denn die angestrahlten Bäume warfen ein undurchdringliches, tanzendes Muster aus Licht und Dunkel auf den dahinterliegenden Wald.

»Ich hab gleich gewusst, dass Walter kneifen wird.« Arnold spuckte auf den Boden.

»Er ist in Ordnung.«

»Er ist in Ordnung, wenn er uns die Mathe-Hausaufgaben abschreiben lässt. Und dabei hat er schon Panik. Hier an diesem Ort hätte er sich in die Hose gepisst.«

»Walter ist vorsichtig. Und er versucht, es allen recht zu machen. Auch seinen Eltern, die viel von ihm erwarten.«

»Ach, hör doch auf. Er ist einfach nur ein Feigling – ein perfekter Insasse für Anburg.«

»Vielleicht ist es ja das, was ihm zu schaffen macht«, sagte Cord leise.

»Still!« Cord hielt inne und senkte die Taschenlampe.

»Was ist?«

»Hast du nichts gehört?« Cord sah zurück.

Ein Licht flackerte zwischen den Bäumen.

Sie schalteten die Lampen aus, entfernten sich ein paar Schritte vom Weg und kauerten sich hinter die gewaltige, erdige Wurzel eines umgestürzten Baums.

Arnold flüsterte: »Glaubst du, sie suchen schon nach uns? Oder ist das der Hennemann?«

Cord hielt den Atem an. Das Licht flackerte näher, begleitet von hastigen, unregelmäßigen Schritten. Ein Knacken durchbrach die Stille, gefolgt von einem dumpfen Rascheln. Etwas bewegte sich hinter den Bäumen.

Cord umklammerte die Taschenlampe.

»Die haben uns gefunden«, flüsterte Arnold.

»Still!« Cord drückte sich flach gegen die Wurzel.

Die Luft roch nach feuchtem Holz.

Der Lichtkegel zuckte.

Jemand blieb stehen.

Dann setzte er sich wieder in Bewegung – direkt auf sie zu.

»Das muss der Hennemann sein«, flüsterte Arnold. »Los, wir klären das an Ort und Stelle!«

Er sprang auf.

»Arnie, warte!«, zischte Cord, doch Arnold hörte nicht.

Seine Schritte wirbelten Schnee auf, und er brüllte: »Komm raus, du Feigling!«

Ein Schrei zerriss die Luft, eine Gestalt tauchte auf und blendete sie.

»Walter?« Arnold ließ die Lampe sinken. »Bist du irre? Ich hätte dir beinahe die Taschenlampe über den Schädel gezogen!«

Cord trat jetzt ebenfalls hinter der Wurzel hervor. »Was machst du hier? Du solltest doch zurückgehen.«

»Glaubt ihr etwa, ich sei ein Angsthase?« Walter schüttelte den Kopf. »Nein, das bin ich nicht. Ich lass euch nicht im Stich. Freunde halten zueinander.«

»Ich hoffe, du bereust es nicht.« Cord klopfte Walter auf die Schulter. »Danke! Jetzt hat Elrik keine Chance gegen uns drei. Wir erledigen das rasch und klären dann die Sache in der Stadt.«

Walter ließ den Strahl seiner Lampe ziellos durch die Dunkelheit tanzen.

»Leuchte auf den Weg«, befahl Arnold, »das Geflacker nervt.«

»Ja, aber der Wald sieht nachts so unwirklich aus. Findet ihr nicht? Wie ein 3D-Spiel.«

»Cord und ich besitzen keine 3D-Brille, das weißt du doch.« Arnold schnaubte. »Nicht jede Familie hat Reputation im Überfluss.«

»Ja, Arnie, tut mir leid. So hab ich das nicht gemeint. Einfache Spiele können auch Spaß machen. Graf Wundertal bietet jedem etwas, auch wenn man nur wenig Reps hat. Das ist das Wichtigste.«

»Die Spiele sind Zeitvergeudung«, sagte Cord. »Sie sollen uns ruhig stellen.«

»Na hör mal, sie trainieren unsere kognitiven Fähigkeiten. Den besten Spielern eröffnen sie ungeahnte Karrieremöglichkeiten. Manche dürfen sogar die Stadt verlassen.«

»Und wohin? Kennst du einen, der je wieder zurückgekommen ist?«, fragte Arnold. »Nur einen Einzigen?«

»Nein, aber du sagst doch selbst, dass du die Stadt eines Tages weit hinter dir lassen wirst.«

»Ja, aber vielleicht würde ich irgendwann mal vorbeischauen und meine alten Kumpels besuchen. Zumindest diejenigen, die nicht dauernd nerven.«

Eine Weile gingen die drei Freunde schweigend nebeneinander her.

»Findest du das Spiel auch Zeitvergeudung?«, fragte Walter Cord. »Ich meine, immerhin standest du eine halbe Ewigkeit auf dem ersten Platz? Wie hieß das nochmal?«

»Kachel«, antwortete Cord. »Ja, auch das Kachelspiel ist Zeitvergeudung.«

»Das ist das schwachsinnigste Spiel, das jemals programmiert wurde«, sagte Arnold. »Ich hab niemals eine Struktur in den wabernden Gebilden gesehen. Das ist das einzige Spiel, bei dem ich nie über null rausgekommen bin. Das Spiel ist der absolute Schrott. Es ist überhaupt kein Spiel.«

»Natürlich ist es ein Spiel. Du bist nur sauer, weil Cord darin unendlich viel besser ist als du.«

»Hört beide damit auf«, unterbrach Cord. »Außerdem bin ich nicht besser, denn ich spiele es nicht mehr. Soll der Graf es doch selbst spielen.«

»Kann ich gut verstehen«, sagte Walter. »Wenn ich meine Reps verliere und nur noch Kachel und so etwas spielen dürfte, dann würde ich auch streiken.«

Walter zögerte und kaute auf seiner Unterlippe. »Tut mir leid, dass sie dir die Reps genommen haben, aber es war ja immerhin dein Vater, der …«

Cord blieb abrupt stehen und wirbelte herum.

Der Strahl seiner Taschenlampe zuckte über die schneebedeckten Bäume.

»Mein Vater, der *was*?« Seine Stimme war ruhig, doch in seinen Augen brannte ein Sturm.

»Na ja«, stammelte Walter, »er hat es getan. Nicht du.«

»Was hat er denn *getan*?«

Der Wind zerrte an den Ästen über ihnen, und Schnee rieselte auf die Köpfe der drei herab. Cords Taschenlampe warf zuckende Schatten über die Baumstämme.

»Mein Vater hat zumindest nicht das getan, was sie von ihm erwartet hatten. Er hat nicht einen Unschuldigen für den Mord am Wagner-Jungen verurteilt.« Er holte tief Luft und stapfte weiter, ohne sich nach seinen Freunden umzusehen.

»Du Volltrottel.« Arnold zischte Walter an. »Er will nicht darüber sprechen. Wenn du noch einmal dieses Thema anschneidest, binde ich deine Ohren zu einer Schleife über deinem runden Kopf. Verstanden?«

Walter nickte, ohne vom Boden aufzuschauen.

Arnold packte ihn an der Jacke. »Komm schon und halte einfach mal deine Klappe.«

Sie traten aus dem dichten Wald heraus. Eine Wolkenlücke gab den Blick auf einen verschneiten Hügel frei. Die eingestürzten Mauern der Burgruine zeichneten sich wie die Zähne eines uralten Raubtiers gegen den Nachthimmel ab. Dort oben lag das von Elrik Hennemann festgelegte Ziel.

Der Mond brach durch die Wolkendecke und warf ein gespenstisches Licht auf den kahlen Buchenwald, der den Pfad zur Ruine säumte.

»Warum will er sich *dort* mit uns treffen?«, fragte Walter.

»Weil er annimmt, wir würden kneifen«, antwortete Cord.

Arnold lachte. »Glaubt er, wir sind kleine Kinder und machen uns in die Hosen, wenn wir dort rauf müssen?«

Mit spöttischer Stimme stimmte er einen Auszählreim an.

»*Vier und vier macht acht,*
*du hast an mich gedacht.*«

Walter sah ihn erschrocken an. »Hör auf damit.«

»Was ist los, Walter? Willst du nicht mitsingen? Du hast doch nicht etwa Angst vor einem Kinderreim?« Arnold grinste breit.

»Nein. Natürlich nicht.« Walters Stimme klang verkrampft.

Jedes Kind in Anburg kannte den Reim. Cords Mutter hatte ihn zur Melodie eines Volkslieds gesungen, wenn die Familie durch den Wald wanderte, als dies noch gestattet war. Damals war der Wald ein sicherer Ort gewesen, durch den sie am helllichten Tag spaziert waren. Seine Mutter hatte seine kleine Hand gehalten, ihre Stimme hatte die Melodie des Reims getragen. Doch selbst dann war Cord erleichtert gewesen, wenn sie mit dem Singsang aufhörte. Es war, als hätte das Lied schon damals einen Schatten über die hellen Stunden geworfen.

Jetzt, viele Jahre später, flößte ihm der Kinderreim keine Angst mehr ein. Also stimmte er ein.

»*Acht durch vier macht zwei,*
*eil' zu mir herbei.*«

Walter sah ihn mit großen Augen an.

»Komm, Kleiner, wir sind bei dir.« Arnold boxte Walter gegen die Schulter.

Walter räusperte sich, bevor er leise in den Reim einstimmte. Seine Stimme zitterte, doch er sang weiter, bis Arnold ihn mit einem Lachen auf die Schulter klopfte.

Sie setzten ihren Weg fort und sangen alle drei gemeinsam, erst zaghaft, dann immer lauter:

»*Vier und vier macht acht,*
*du hast an mich gedacht.*
*Acht durch vier macht zwei,*
*Eil' zu mir herbei.*«

Ihre Stimmen hallten zwischen den kahlen Buchen wider.

»*Zwei mal drei macht sechs,*
*ich bin doch nur die Hex'.*«

Er lachte, während Walter erschrocken zu ihm aufsah.

»*Sechs und drei macht neun,*
*lass uns im Keller freu'n!*
*Neun und eins macht zehn,*
*ich lass' dich nimmer geh'n.*
*Zehn durch zehn macht eins,*
*dein kleines Herz ist meins.*«

Als sie verstummten, schien der Wald noch stiller zu werden. Mulmiges Schweigen breitete sich aus. Der Wind schien innezuhalten, als würde auch er lauschen.

Irgendwo knackte ein Ast, und die drei hielten unwillkürlich die Luft an, bevor sie zögerlich weitergingen.

Keiner wagte es, das Lied erneut anzustimmen.

Kurz bevor sie die Ruine erreicht hatten, blieb Cord stehen. »Seht nur.«

Im Schnee waren frische Schuhabdrücke.

»Das muss der Hennemann sein.« Arnold sah sich um und leuchtete auf den hinter ihnen liegenden Weg. »Das sind vier Spuren, unsere drei und noch eine. Warum fällt uns das erst jetzt auf?«

»Weil im dichten Wald zu wenig Schnee lag«, antwortete Cord. »Daher haben wir ihn nicht bemerkt.«

»Und hier mussten wir das blöde Lied singen.« Walter starrte auf die Spuren.

»Kein Grund zur Panik, Kumpel.« Arnold deutete auf die Ruine. »Er ist genau dort, wo wir ihn haben wollen. Oder sieht das jemand anders?« Er warf einen kurzen Blick zu Walter.

Walter schüttelte hastig den Kopf.

»Nein. Also dann los. Holen wir uns Cords Messer zurück.«

Sie schalteten die Lampen aus und gingen weiter – der Ruine entgegen.

Kurz vor dem Erreichen des Gipfels blieb Walter keuchend stehen. »Kurze Pause, Leute. Ich will nicht völlig fertig dem Irren gegenübertreten.«

Sie hielten an und suchten aus der Ferne die Ruine nach Hinweisen auf Elrik Hennemann ab. Da war nichts.

Stattdessen bemerkte Cord etwas anderes. Die Ruine war von Masten umgeben, die wie stählerne Skelette in den Himmel ragten. Sie ähnelten den Antennen, die beim Schloss in Anburg standen – mit Querstreben verbundene Metallsäulen, ähnlich den Starkstromleitungsmasten. Auf den Spitzen trugen sie zylinderförmige Behälter, die im Mondlicht schimmerten. Doch im Gegensatz zu denen in der Stadt warnten die Masten hier vor Ort keine Fluggeräte durch rote Leuchtsignale.

»Warum stehen hier so viele Antennen?« Cord deutete auf einen nahe stehenden Mast.

»Ist doch jetzt egal«, murmelte Arnold. »Vielleicht irgendwas Militärisches. Oder einfach nur, damit das Mobilfunknetz funktioniert. Los, weiter.«

Walter schüttelte den Kopf. »Das sind keine Mobilfunkantennen. Die sehen anders aus.«

Schritt für Schritt folgten sie der Spur und betraten die Ruine durch einen eingestürzten Torbogen. Vom Hennemann war nichts zu sehen.

»Hennemann, zeig dich!«, rief Arnold. »Wenn du dich vor uns

verbergen wolltest, hättest du keine Fußabdrücke hinterlassen dürfen.«

Walter zischte ihn an: »Bist du völlig übergeschnappt?«

»Entspann dich. Wir sind nicht gekommen, um uns vor ihm zu verstecken. Ich jedenfalls nicht.«

Cord knipste die Lampe an und der Lichtstrahl tanzte über die alten Mauern. Für einen Moment meinte er, einen Schatten zu sehen, der sich bewegte – oder war es nur das Flackern der Lampe?

»Los!«, sagte er. »Folgen wir seinen Spuren.«

Die Abdrücke im Schnee führten zu einer Mauer, vor der die Schneeschicht platt getreten war.

Walter richtete den Lichtstrahl auf Zigarettenstummel, die im Schnee lagen. »Der Hennemann. Er war hier.«

»Und dann ist er in diese Richtung gegangen.« Arnold leuchtete auf eine Spur, die von der Mauer zum Fels führte, um den die Burg herum erbaut worden war.

Vergitterte Türen waren in den Stein eingelassen.

»Da geht's in die Keller«, sagte Walter. »Wer weiß, was dort unten ist.«

In der Schule hatte Cord gelernt, dass die verzweigten Keller früher als Vorratsspeicher, Gefängnis und Quarantänelager für Aussätzige dienten. In jüngerer Vergangenheit brachten sich die Anburger vor Luftangriffen in Sicherheit.

Beim Gedanken an die Geschichten seiner Großmutter zog sich etwas in ihm zusammen. Sie hatte von Kälte und Dunkelheit gesprochen, von Nächten, in denen das Heulen des Windes und das ferne Dröhnen der Bomben ununterscheidbar waren. Einen ganzen Winter hatte sie dort gelebt und nur für ein paar Stunden am Tag eine Kriegsnotschule besucht, die meiste Zeit war sie mit dem Beschaffen von Feuerholz aus dem umliegenden Wald beschäftigt gewesen.

Jetzt, vor den vergitterten Türen, konnte Cord sich lebhaft vorstellen, wie sie damals hier Schutz gesucht hatten.

Die Spur endete vor einem Kellereingang, dessen rostige Eisentür weit offen stand. Eine Steintreppe führte in einem Bogen hinab in die Dunkelheit, aus der ihnen ein modriger Luftzug entgegenschlug.

Cord richtete den Lichtstrahl seiner Lampe abwechselnd auf den

Kellerabstieg und auf die Spuren im Schnee.

Er brauchte einen Moment, um zu begreifen, was er da sah.

Sie waren nicht allein gewesen. Da war noch eine Spur.

Jemand war auf und ab geschlichen – barfuß.

»Hat der Irre seine Schuhe ausgezogen?«, fragte Arnold.

»Nein.« Cord schätzte mit der Hand die Länge der Abdrücke ab. »Das sind kleinere Füße.«

Er starrte auf die Spuren, sein Atem bildete Wölkchen in der eisigen Luft. »Das ... ergibt keinen Sinn. Wer läuft barfuß bei dieser bitteren Kälte?«

»Willst du damit sagen, hier ist noch jemand?«, fragte Walter.

»Na klar, die Hexe.« Arnold lachte. »Sie holt sich dein Herz«, sagte er mit einem breiten Grinsen, doch seine Stimme traf nicht den Ton, den das Grinsen versprach. Dann packte er Walter am Kragen und krächzte: »Zehn durch zehn macht eins, dein kleines Herz ist meins.«

Walter versuchte, sich aus Arnolds Griff zu befreien.

»Lass ihn los«, sagte Cord. »Sollen wir uns gegenseitig an die Gurgeln gehen?«

Arnold gab Walter eine Kopfnuss und ließ ihn frei. »Du hast recht. Der Hennemann beobachtet uns und biegt sich vor Lachen.« Er drehte sich um, spähte in die Dunkelheit – und flüsterte: »Ich traue ihm zu, dass er uns dabei filmt, wie wir uns hier in die Hosen machen.«

»Du meinst wohl, uns gegenseitig fertig machen?« Walter warf Arnold einen vorwurfsvollen Blick zu.

Arnold setzte zu einer Antwort an, doch Cord unterbrach ihn.

»Ich gehe jetzt runter und hole mein Messer.«

Zu Walter sagte er: »Da unten erwartet uns niemand anderes als der Hennemann. Er ist für die Fußabdrücke verantwortlich. Und wir werden herausfinden, wie er das angestellt hat. Wenn du hier oben bleibst, ist das in Ordnung. Du warnst uns, falls du etwas bemerkst. Oder du kommst nach, wenn wir dich dort unten brauchen.«

»Schon gut, Cord«, sagte Walter und schluckte schwer, bevor er nickte. »Aber ich will, dass wir gemeinsam runtergehen. Wir halten zusammen.« Seine Stimme war leise, doch sie zitterte nicht mehr.

Ein Hauch von Moder stieg aus dem uralten steinernen Keller empor und vermischte sich mit der beißenden Kälte der Winternacht.

Cord berührte behutsam das Gitter, das den Abgang in den Keller einst verschlossen hatte. Unter seinen Fingerspitzen ertastete er den verwitterten Rost, jede Unebenheit und Narbe vergangener Jahrhunderte.

Die drei leuchteten die ersten Stufen bis zur Biegung hinab. Einer nach dem anderen stiegen sie in den Keller ein.

## Kapitel 3

Auf den oberen Stufen wuchs Moos, das im Licht der Taschenlampen glitschig glänzte. Wasser tropfte von der Decke, platschte auf die Steinstufen und sammelte sich in Pfützen. Ein Hauch von feuchter Erde und Vergangenem lag in der Luft.

Cord hielt auf der Treppe inne und lauschte hinab.

Dort unten plätscherte ein Rinnsaal – ansonsten Stille.

War Elrik überhaupt im Keller? Oder liefen sie direkt in eine Falle?

*Was, wenn er das Tor hinter ihnen schloss und sie hier zurückließ?*

Cords Magen zog sich zusammen, als ihm die Gerüchte über Hennemann wieder einfielen. Er galt als unberechenbar, sogar brutal. Hatte er nicht einmal seinem älteren Bruder beim Abendessen eine Gabel in den Oberschenkel gerammt – bis auf den Knochen?

Aber irgendetwas stimmte nicht. Wie konnte Elrik draußen sein, wenn seine Spuren in den Keller führten und nicht von ihm weg? Sicherlich hatte er nicht am Eingang seine Schuhe und Socken ausgezogen und war rückwärts weggegangen. Und außerdem passten die Barfußspuren nicht zu Elriks Größe.

»Geh endlich weiter!« Arnold gab Cord einen Schubs. »Bin ich hier der Einzige mit Mumm?«

»Du bist der Einzige, der blind in einen Hinterhalt stolpert«, antwortete Cord und stieg trotz des Unbehagens weiter hinab, die Taschenlampe fest im Griff.

Die Stufen führten in ein schummriges Gewölbe, in dem leere Holzkisten verstreut herumlagen. Drei Gewölbeseiten bestanden aus massivem Fels, die vierte war gemauert. Herausgebrochene Steine lagen versprengt vor einer Maueröffnung.

»Hier unten ist er nicht.« Walter zog sich zur Treppe zurück.

»Warte.« Cord kniete sich vor den Spalt im unteren Teil der Mauer und leuchtete in die Dunkelheit dahinter. »Dort ist ein weiterer Raum. Da ist ... ein steinerner Tisch in der Mitte.«

»Hennemann«, rief Arnold, »komm raus. Wir sind hier, um das Messer zu holen.« Seine Stimme hallte von den Wänden wider.

Niemand antwortete.

»Na schön, dann kommen wir zu dir rein.«

Arnold stieg durch die Öffnung. Sein Licht huschte durch den Raum. »Leer. Verdammt, wo ist der Idiot?«

Walter seufzte erleichtert. »Also gut, Leute, dann lasst uns verschwinden.«

»Nein. Kommt zu mir«, rief Arnold. »Das müsst ihr euch ansehen.«

Cord schlüpfte durch den Spalt, seine Schultern streiften die zerklüfteten Steinkanten.

Walter zögerte, blickte zurück zur Treppe – dann eilte er seinen Freunden nach.

Ein Rinnsal sprudelte aus dem Fels und sammelte sich in einem Steinbecken, das Plätschern hallte unnatürlich laut von den Wänden wider. In der Mitte des Raums stand ein massiver Steintisch, umringt von vier Bänken wie stumme Wächter.

Cords Lichtstrahl fiel auf einen schweren Steinkrug in der Tischmitte. Daraus ragte etwas – er leuchtete näher heran. Eine vertrocknete Wurzel? Die knochigen Ausläufer erinnerten an verkrümmte Finger.

Arnold stieg auf eine Bank und streckte seine Arme aus. »Männer, seht euch das an. Was ist das hier? Habt ihr schon mal von diesem Raum in der Ruine gehört? Also, ich nicht.«

Triumphierend sprang er auf den Tisch. »Wir haben eine geheime Kammer gefunden.«

»Das bezweifle ich«, sagte Walter. »Wer auch immer diese Mauer durchbrochen hat, hat diesen Ort zuerst gefunden.«

»Der Hennemann?«, fragte Arnold.

»Er ist nicht hier«, sagte Cord enttäuscht. »Er hat uns zum Narren gehalten.«

»Aber die Spuren im Schnee.« Walter deutete mit der Lampe nach oben. »Sie führen zum Keller.«

»Er hat uns reingelegt. Los, raus hier.«

Cord sprintete zur Maueröffnung. Ein metallisches Quietschen ließ ihn erstarren.

Dann hallte ein dröhnender Schlag durch das Gewölbe. Die Gittertür war ins Schloss gefallen.

»Diese verdammte Ratte.« Arnold sprang vom Tisch runter. »Den holen wir uns.«

»Wartet.« Cord hob seine Hand, um ihn zum Schweigen zu bringen. »Hört ihr es nicht?«

Die drei erstarrten und lauschten.

Jemand stieg bedächtig die Stufen hinab.

»Er kommt runter«, flüsterte Cord.

»Na schön, lasst uns ihm einen gebührenden Empfang bereiten.« Arnold stellte sich mit erhobener Taschenlampe neben die Öffnung.

»Du hast doch wohl nicht vor, ihn zu erschlagen?«, fragte Walter.

»Still. Und Licht aus.«

Cord und Walter stellten sich gegenüber auf die andere Seite.

»Arnie«, flüsterte Cord, »wehe, du haust ihm einfach eine über die Rübe, wenn er reinkommt.«

Im finsteren Gewölbe war die Dunkelheit erdrückend. Zwei Geräusche durchbrachen das Schweigen: das Plätschern des sprudelnden Quellwassers – und näher kommende Schritte.

Aus dem angrenzenden Raum sickerte fahles Licht durch die Maueröffnung und warf tanzende Schatten auf die gegenüberliegende Wand.

Es war, als erwache das Verborgene im Keller langsam zum Leben.

Cord hielt den Atem an und umklammerte fest den Griff seiner Taschenlampe.

»Hört ihr das?«, flüsterte Walter. »Das klingt, als wäre er barfüßig. Der Typ ist nicht ganz bei Trost.«

Er packte Cords Arm, seine Finger zitterten.

»Und was ist, wenn es nicht Elrik ist?«, fragte er mit bebender Stimme.

Die sonderbaren Schritte näherten sich und stoppten vor dem schlanken Spalt in der Wand. Auf der anderen Seite, getrennt durch die schmale Mauer, hielt jemand inne.

Walters Fingernägel gruben sich in Cords Handrücken, doch Cord hielt still, wagte es nicht, sich zu bewegen und aus der Umklammerung zu lösen.

Plötzlich schob sich ein knochiger Arm durch die Öffnung. Dünne, lange Finger umklammerten einen leuchtenden Kristall, der die Kammer in einen matten Schein tauchte.

Eine Greisin trat ein. Gekrümmt und schwerfällig schritt sie geradewegs dem Tisch entgegen, auf dem sie den Kristall und einen geflochtenen Korb abstellte, dessen Inhalt mit einem vergilbten Tuch verdeckt war. Sie trug ein Kleid, ein Relikt vergangener Eleganz, einst lebhafte Farben zu einem Schatten verblasst, als hätten Jahrzehnte sie ausgewaschen. Der Stoff war spröde, Löcher und Schmutz hatten sich in die Fasern eingegraben. Die Greisin hatte ihre langen, weißen Haare zu einem Zopf geflochten, ihre Füße waren nackt.

Sie beugte sich unter den Tisch und zog murmelnd und kichernd aus einem Stapel verstaubter Teller und Becher vier hölzerne Gedecke hervor, die sie scheppernd auf die Tischplatte stellte. Ein Gefäß nach dem anderen trug sie zum Steinbecken, befüllte es mit Quellwasser, träufelte ein blaues Pulver hinein, das sie aus ihrem Ärmel gezogen hatte, und brachte es an den Tisch zurück.

Plötzlich wirbelte die Alte zu ihnen herum.

»Wie lange wollt ihr noch dort kauern und mich anglotzen, meine lieben Kinderlein? Tretet vor, ihr seht aus, als könntet ihr eine wohltuende Stärkung vertragen.«

Die Greisin stand grinsend auf der entgegengesetzten Seite des Tisches. Tiefe Falten durchzogen ihr Gesicht, ihre Augen strahlten klar und wachsam.

»Kommt herbei. Ihr fürchtet euch doch nicht etwa im Dämmerlicht?«

Mit einem Ruck zog sie einen Dolch aus dem Korb hervor und

streckte ihn empor.

Ein peitschender Blitz durchbrach die Stille. Er zuckte aus der Spitze der rostigen, verbogenen Klinge und schlug krachend in die Decke. Sofort breitete sich ein sanftes Glühen über ihnen aus und tauchte die Kammer in einen schummrigen Schimmer. Auf dem Boden flüchteten fette, schwarze Käfer raschelnd in den Schutz der Schatten.

Die alte Frau senkte den Dolch und schob damit drei der vier Becher von sich, hob den vierten. »Stoßt mit uns an. Bereitet uns die Freude, denn nur selten erreicht uns Besuch.«

Sie legte den Dolch auf den Tisch.

»Bitte entschuldigen Sie«, sagte Walter mit zittriger Stimme, »Wir wussten nicht, dass der Keller jemandem gehört. Wir wollten keinesfalls stören.«

»Aber mein Junge, das tut ihr ganz und gar nicht«, sagte sie. »Im Gegenteil, wir freuen uns über euch.«

»Sie leben hier?«, fragte Arnold. »Im Keller?«

»Im Fels.« Sie zeigte auf eine der Steinwände. »Wir schlafen im Fels, wohnen im Keller und wandeln draußen umher.« Sie deutete mit dem Finger nach oben. »Aber nicht weit, denn diesen Ort verlassen wir nicht. Es ist untersagt.«

Mit einem traurigen Ausdruck schüttelte sie den Kopf.

»Unter diesen Umständen ist es für meinen Gemahl nicht leicht, zu genesen.«

»Wo ist er?«, fragte Walter, »Wir könnten Hilfe holen. Einen Arzt.«

Die Greisin lachte. »Seht ihr ihn denn nicht?« Sie streichelte die Wurzel im Steinkrug. »Er hat sich vollkommen in sich zurückgezogen.«

»Scheiße«, flüsterte Arnold, »die Alte ist total plemplem.«

Wie eine gespannte Feder schnellte sie hoch, ihre gekrümmten Glieder streckten sich mit unnatürlicher Geschmeidigkeit. In einer einzigen, fließenden Bewegung katapultierte sie sich über den Tisch. Ihre weißen Haare peitschten durch die Luft. Noch bevor Arnold reagieren konnte, schlossen sich ihre Finger wie ein Schraubstock um seinen Hals.

»Wagt es nicht, mich zu verspotten. Ich bin nicht schwachsinnig.«

Erschrocken wich Cord zurück und drückte sich gegen die feuchte

Felswand.

Walter schrie panisch.

»Ich bin nur verrückt.« Sie kicherte, ihre Stimme war scharf und brüchig. »Glaubt mir, ihr wäret das an meiner Stelle ebenfalls.«

Wie gelähmt starrte Cord auf die Alte, die den Ausgang blockierte und Arnold mühelos mit einer Hand festhielt.

»Es tut uns leid«, stammelte Walter. Seine Stimme ging in ein Schluchzen über.

»Ach, spart euch das Mitleid«, sprach sie und gab Arnold frei.

Röchelnd hastete der zu Cord.

»So schlimm ist es nicht. Wenn es schmerzt, ziehen wir uns in die Träume zurück. Dort finden wir Frieden.«

Ihre Stimme klang jetzt zart und weich. »Oder wenn netter Besuch vorbeischaut.« Sie bemühte sich um ein sanftes Lächeln. »Und nun kommt zu mir, denn ich habe euch leckeres Backwerk bereitet.«

Sie trat vor den Tisch und zog das Tuch mit Schwung vom Korb.

Cord starrte hinein und erblickte einen Klumpen aus Moos und welken Blättern, in dem sich dunkelrote Würmer und bleiche Maden krümmten.

Vor Ekel wandte er sich ab und versuchte, den Würgereiz zu unterdrücken.

»Es ist nicht einfach, zu dieser Jahreszeit diese Köstlichkeiten aufzuspüren. Greift zu, meine lieben Kinder.«

Angewidert schüttelte Cord den Kopf. »Nein, danke! Wir möchten gerne gehen.«

»Jetzt schon? Wie schade.« Sie schob sich ein Stück Moos in den Mund und nuschelte: »Aber ihr habt es doch noch gar nicht gefunden.«

»Äh, was gefunden?«, fragte Arnold.

Die Alte griff in die Mitte des Mooskuchens, riss ein Stück heraus und stopfte es sich zusammen mit einer Made zwischen die Lippen. Im Klumpen klaffte ein Loch, und darin funkelte ein Gegenstand. Sie griff hinein und zog ihn heraus.

»Das hier.« Sie begutachtete das Taschenmesser in ihrer Hand. »Ein solches Messerlein hatte ich auch einmal besessen. Ich musste es niemals schleifen.«

Plötzlich dämmerte es Cord. *Das ist ein Trick. Der Hennemann verarscht uns doch. Ist das seine Mutter, die genauso durchgeknallt ist wie alle Hennemanns?*

Die Alte deutete zum Kuchen. »Greift zu.« Sie stopfte sich eine Handvoll zappelnder Maden genüsslich in den Mund.

Walter zitterte, die Augen weit aufgerissen – dann rannte er los, wie getrieben. Sein Schrei hallte durch die Kammer und mischte sich mit dem Lachen der Alten, das als Echo von den Wänden zurückprallte. Arnold stolperte hinterher, hastig, unkoordiniert, als hätte die Panik ihm die Kontrolle über die Beine geraubt.

Cord zögerte.

Die Augen der Alten funkelten wie die eines Raubtiers. Ohne ihn aus dem Blick zu lassen, grub sie die Hände tief in den Mooskuchen.

Dann stieß sich Cord von der Wand ab, rutschte auf dem feuchten Boden – und stürzte hinaus.

Hinter ihm ein Lachen.

»Lasst euch nicht zu viel Zeit, sonst habe ich alles aufgegessen.«

Walter rüttelte am verschlossenen Eisengitter, seine Finger umklammerten die eiskalten Stangen. »Geh doch auf! Ich will hier raus!« Seine Stimme brach, und ein raues Schluchzen folgte.

Cord trat näher und atmete tief durch. Er legte eine Hand auf Walters Schulter. »Beruhig dich«, sagte er. »Wir finden einen Weg. Aber Panik bringt uns nicht weiter. Lasst uns nachdenken.«

»Was gibt es da nachzudenken?« Walter schnappte nach Luft und riss sich von Cord los. »Die Hexe hat uns eingesperrt. Wenn das kein Grund zu Panik ist, was dann?«

Cord atmete tief durch und lehnte sich gegen das Gitter. Die Kälte der Stäbe drang durch seine Jacke. »Hör mir zu.« Er schloss kurz die Augen, als würde er seine Gedanken sortieren. »Es gibt keine Hexe. Das ist alles ein abgekartetes Spiel. Wer könnte hinter so einem Mist stecken? Natürlich Elrik. Ich wette, die Alte gehört zu seiner Sippe und er macht sich einen Spaß mit uns.«

Arnold schnaubte. »Wenn das stimmt, dann zeigen wir ihm, dass wir uns nicht verarschen lassen.«

»Und wie genau?«, fragte Walter mit einer Mischung aus Angst und

Wut.

Arnold grinste schief. »Ganz einfach: Wir gehen runter, holen Cords Messer und steigen aus dem Spiel aus.«

»Das ist kein Spiel.« Walter sah ihn entsetzt an. »Hast du sie nicht gesehen? Sie schleudert Blitze, lässt die Decke glühen und hat dich beinahe erwürgt!«

»Pah!«, Arnold schwenkte seine Taschenlampe und leuchtete die Decke an. »Das war irgendein billiger Trick. Pyrotechnik oder so. Und ich wette, die Alte ist in Wahrheit einer der Hennemann-Brüder, perfekt auf alt geschminkt.«

Cord betrachtete das massive Schloss am Gitter. Es war verwittert, aber robust. »Ohne Schlüssel oder Werkzeug kommen wir hier nicht raus.«

Arnold klopfte ihm auf die Schulter. »Genau. Deswegen gehen wir runter und klären die Sache endgültig.«

Ein leises Summen schnitt durch die kalte Luft.

Cord stockte. »Wartet ...«

Wie aus dem Nichts schwebte eine Drohne in den Hof der Burgruine. Ihr rotes Licht flackerte, während sie eine langsame, suchende Bewegung vollführte.

»Runter!« Cord packte Walter am Kragen und zog ihn vom Gitter weg.

Sie sprangen die oberen Stufen hinab und pressten sich gegen die feuchte Wand.

Arnold wagte einen Blick um die Biegung ins Freie. »Nichts zu sehen.«

»Ob sie uns entdeckt hat?« Walters Stimme war kaum mehr als ein Flüstern.

»Die Spuren im Schnee ...«, murmelte Cord. »Die Drohne erkennt sie.«

Arnold zuckte mit den Schultern. »Und? Die werden schon nicht gleich die Miliz herschicken, um drei Jugendliche zu schnappen.«

»Die lassen uns niemals davonkommen.« Walter riss sich die Mütze vom Kopf und fuhr sich durch die Haare. »Mein Gott, wir sind komplett geliefert.«

Arnold lachte trocken. »Hey, entspann dich. Die Hexe hat das Tor doch verzaubert, oder? Keiner kommt rein.«

Cord warf ihm einen scharfen Blick zu. »Das ist nicht lustig. Elrik hat seinen Spaß gehabt. Es reicht. Ich geh runter und hol mein Messer.«

»Wir kommen mit. Oder etwa nicht, Walter?«

Walter zögerte, sein Blick huschte zwischen den beiden hin und her. Schließlich nickte er und erhob sich.

Ohne ein weiteres Wort stiegen sie wieder hinab in den Keller.

## Kapitel 4

Die Alte saß mit baumelnden Beinen auf dem Tisch und pulte mit Cords Taschenmesser Schmutz unter ihren Fingernägeln hervor. Der Dolch lag neben ihr.

»Ich will es zurückhaben. Es gehört mir.«

»Ich habe gleich geahnt, dass der andere junge Mann nicht ehrlich zu mir war.« Sie kicherte. »Warum sollte ich dir Glauben schenken?«

Sie ließ sich vom Tisch gleiten und schlenderte zu Cord. Ohne ihn aus den Augen zu lassen, pulte sie mit der Klinge eine Schmutzkruste unter ihrem Daumennagel hervor.

»Woher hast du es?«, fragte sie beiläufig.

»Es ist ein Geschenk meines Vaters.«

»Aha.« Sie begann ihn zu umkreisen, ihre Schritte waren langsam und bedächtig. »Und woher hat er es?«

»Von dessen Vater.«

Sie blieb direkt vor Cord stehen, mit auffordernder Miene.

»Ich weiß nicht, woher er es hatte.«

Sie hauchte auf die Klinge und polierte sie an ihrem Kleid. Dann hielt sie Cord das Messer direkt vors Gesicht und kippte es so, dass er sein Spiegelbild im Metall sah. »Die Klinge ist makellos. Und scharf.«

»Ich will sie zurück. Elrik hat seinen Spaß gehabt.«

Sie grinste Cord an. »Gib mir deinen Finger.«

Cord erstarrte.

Er ließ seinen Blick durch den Raum schweifen und stellte sich vor, wie Elrik Hennemann jeden Moment hereinplatzte, auf versteckte

Kameras zeigte und die drei zusammen mit dieser Frau auslachte.

»Nein«, entgegnete er, »denn dieses Theater endet jetzt.«

Mit einer raschen Bewegung ergriff sie seine Hand. Die Klinge lag plötzlich an seinem Hals.

Sofort holte Arnold mit der Taschenlampe zum Schlag aus.

*Arnie, tu's nicht!*

*Sie schlitzt mich auf.*

»Wage es nicht«, zischte die Alte. »Du kannst mich nicht erschlagen, denn zuvor habe ich euch dreien die Kehlen durchgeschnitten.«

Ein stechender Schmerz zuckte durch Cords Handgelenk, während er versuchte, den Griff der Frau zu lockern. Doch es war, als wäre seine Hand in einem Schraubstock eingespannt. Sein Herz raste.

Er riss die Augen auf und starrte die Wahnsinnige an. Eine heiße Welle der Erkenntnis durchzuckte ihn. Diese Frau war niemals Teil von Elriks Spiel.

Und dann wurde es ihm mit erschreckender Gewissheit klar: *Elrik wird nicht auftauchen.*

*Denn auch er muss ihr in die Hände gefallen sein.*

Langsam führte sie das Messer zu Cords Hand. Die Klinge strich über seine Daumenspitze.

Blut quoll hervor und tropfte auf den Steinboden.

Sie hob seinen Finger vor ihr Gesicht, ihre blassen Augen funkelten. Mit einem tiefen Atemzug roch sie daran und führte ihn dann zu ihren Lippen. Ihre Zunge strich über die Wunde, während sie die Augen schloss und genüsslich seufzte.

Als sie den Griff lockerte, riss Cord die Hand zurück.

»Wo ist er?« Seine Stimme war fest, doch sein Atem zitterte.

»Der junge Mann?«, fragte sie mit verspieltem Unterton.

Cord nickte.

»Ich werde euch zeigen, wo er ist.«

Sie klappte das Taschenmesser zusammen, reichte es Cord und hob ihren Becher. »Stoßt mit mir auf diese besondere Nacht an.«

Walters Stimme zitterte. »Wann öffnen Sie das Tor?«

Sie lächelte breit, ihre Zähne schimmerten unnatürlich im fahlen Schein. »Sei unbesorgt. Das wird gleich geschehen. Zunächst gilt es noch etwas zu erledigen.« Sie deutete mit ihrem Blick auf die drei übrigen Becher.

Arnold verdrehte die Augen und ergriff einen. »Also los Leute, stoßen wir mit unserer Gastgeberin an.«

Cord zögerte – und hob ebenfalls einen Becher.

Schließlich zog Walter nach.

»Auf diese besondere Nacht.« Die Alte trank ihren Becher in einem Zug aus.

Cord setzte seinen Becher an, vermied aber jede Berührung mit dem Trank.

Arnold dagegen nahm einen tiefen Schluck, rülpste und sagte: »Etwas bitter und moosig, aber es wärmt von innen heraus.«

Dann fing er an zu kichern.

»So ist es recht«, sagte die Alte. »Und deine beiden Gefährten sind selber Schuld, wenn sie sich das entgehen lassen.«

»Das stimmt«, kicherte Arnold. »Ihr müsst es probieren. Das färbt alles so schön bunt, den Becher, den Tisch ... und sogar unseren Walter.«

»Also, wo ist der junge Mann, der das Messer brachte?«, fragte Cord.

Sie wiegte ihren Kopf hin und her. Ihre Lippen verzogen sich zu einem schmalen Lächeln. »Er ist dort, wo ihr ihn bald finden werdet – falls ihr mutig genug seid.«

Walter ließ vor Schreck seinen Becher fallen. Das Scheppern hallte in der angespannten Stille wider. »Er ist tot?«

»Aber nein, er ist so lebendig wie nie zuvor. Ich werde euch zeigen, wo er ist. Wollt ihr es sehen?«

»Na klar«, antwortete Arnold, »wenn wir schon mal hier sind. Also wo ist der junge Mann?«

»Ich kann es euch zeigen, jedoch nur, wenn jeder von euch Blut gibt.«

Walter wich entsetzt zurück.

»Nur einen Tropfen. Jeder. Sonst funktioniert es nicht. Ihr braucht euch nicht zu fürchten vor einem kleinen Pieks in den Finger.«

Arnold streckte seine Hand vor. »Ich fürchte mich nicht.«

»So ist es recht, mein braver Junge.« Sie ergriff Arnolds Hand und zückte ihren Dolch.

»Halt«, schrie Cord. »Das Ding ist total verdreckt.«

»Oh je. Euer Freund, der junge Mann, war nicht so empfindlich. Aber wie ihr wünscht.«

Die Klinge des Dolchs erglühte und die Hitze warf Brandblasen auf die knochige Hand der Alten. Zur Abkühlung tauchte sie den Dolch in das zischende Quellwasser und kehrte zu Arnold zurück.

Der streckte ihr den Finger entgegen.

Mit einem schnellen Stich riss sie seinen Finger auf, zerrte Arnold über den Tisch und schob seine Hand über den Steinkrug.

Das Blut quoll aus der Wunde, tropfte schwer auf die Wurzel und zog sich in feinen, dunklen Linien über die knorrigen Ausläufer.

Der Geruch des Blutes mischte sich mit der feuchten Kälte des Kellers.

Cords Hände zitterten, und er drückte sie gegen den rauen Stein, um sich selbst zu beruhigen.

»Wie war das mit dem einen Tropfen? Bleibt noch was für mich übrig?«, fragte Arnold mit einem gezwungenen Lächeln, während seine Augen nervös zwischen der Alten und dem Dolch hin- und her sprangen. Er fuhr sich unbewusst mit der Zunge über die Lippen, als wollte er den bitteren Nachgeschmack seiner eigenen Worte loswerden.

Die Alte lachte. »Dir bleibt genug.« Sie ließ Arnold los und schnappte sich Walter. »Und jetzt zu dir.«

Walter schrie, schlug wild um sich und warf Cord einen hilflosen, panischen Blick zu. Vergeblich versuchte er, ihrem Griff zu entkommen. Doch sie stach zu und beträufelte die Wurzel mit Walters Blut.

»Junge, du wirst doch nicht anfangen zu flennen?«

Sie gab ihn frei und er wischte eine Träne aus dem Auge.

Jetzt glotzte sie Cord grinsend an.

»Ich mach das selbst«, sagte er. Er atmete tief durch und gab sein Blut in den Steinkrug.

»Also«, fragte Cord, »was ist mit Elrik geschehen?«

Beschwichtigend hob sie die Hand und wies die Drei an, abzuwarten. Sie legte den Dolch auf den Tisch und strich zärtlich über die Wurzel, als ob sie ein Geheimnis zum Leben erwecken wollte.

*Sie ist verrückt, und wir sind ihre Gefangenen.*

Wie gelähmt beobachtete Cord die Alte, die auf das blutverschmierte Holz glotzte, dessen tiefe Furchen das Blut aufsaugten.

*Worauf wartet die?* Zaghaft trat Cord einen Schritt zurück, dem rettenden Schatten der Maueröffnung entgegen.

Ohne ihren Blick von der Wurzel abzuwenden, erhob die Alte ihre Hand und ermahnte Cord mit wedelndem Finger. »Stehengeblieben! Und sieh es dir an!«

Cord erstarrte.

Sein Atem stockte.

Auf der Oberfläche des Bluts begann etwas zu zittern – kaum wahrnehmbar zuerst, doch dann vibrierte es deutlich. Ein Tropfen zuckte, als würde er von unsichtbaren Fingern berührt, und platzte.

Aus dem Holz stülpte sich ein grüner Spross, so plötzlich, dass Cord zusammenzuckte. Weitere Triebe schossen hervor, streckten sich zu züngelnden Zweigen, die wie lebendig durch die Luft tasteten. Vor der Felswand verflochten sie sich zu einem kreisrunden, tellergroßen Geflecht, das wie ein schwebender Bilderrahmen vor der Wand hing.

Innerhalb des Rahmens begann die Luft zu flimmern, als würde die Realität selbst aufreißen. Ein milchiger Nebelschleier bildete sich und pulsierte, ehe ein scharfer Knall durch den Keller hallte. Grelles Licht schoss aus dem Kranz hervor und flutete die Kammer wie eine warme Woge aus Feuer.

Cord taumelte zurück, prallte gegen den Fels. Geblendet schloss er die Augen und hob die Hand vors Gesicht.

»Das ist Dradora. Eine Welt so fern – für mich und meinen Gemahl.« Sie deutete in das Licht. »Doch nah für euch.«

Vorsichtig blinzelte Cord zwischen den Fingern hindurch, betrachtete das Bild der fremden Welt. Dort schlängelte sich ein Fluss zwischen grauroten Granitfelsen. Farne säumten das Ufer und neigten sich sanft im Wind. Sonnenstrahlen tanzten auf der sich kräuselnden Wasseroberfläche und verwandelten sie in ein funkelndes Mosaik aus Lichtpunkten.

*Das … das kann nicht echt sein.* Seine Gedanken stolperten. *Es muss eine Projektion sein, ein cleverer Trick – irgendetwas Rationales.* Doch der Fluss rauschte so lebendig, die Luft schien zu zittern, und das Licht fühlte sich so ... warm an.

Die Erkenntnis traf Cord wie ein Schlag. Er schaute nicht auf einen flachen Bildschirm, sondern durch ein Fenster in eine tiefe, plastische Welt.

»Dort ist euer Freund«, sprach die Alte.

Cord lag auf den Lippen, dass Elrik das genaue Gegenteil eines Freundes war, doch stattdessen trat er vor den Kranz und reckte seine Hand in das Licht. Wie eine Sommersonne, die durch ein geöffnetes Fenster in ein kühles Gemäuer strömt, umfing ihn die Wärme. Sein Gesicht prickelte, und Schweißperlen bildeten sich augenblicklich auf seiner Stirn. Es war, als wollte das Licht ihn herausziehen, fort aus der kalten Dunkelheit.

Er schob die Taschenlampe durch den Kranz – und stieß auf keinen Widerstand.

Er traute seinen Augen nicht. Ein Insekt nahm auf dem anderen Ende der Lampe Platz. Es war ein blauer Käfer, auf dessen Rücken ein Muster aus leuchtenden, weißen Wellen tänzelte.

*Wie ist das möglich?*

Zitternd zog er die Lampe zurück. Da flatterte das Insekt davon. Ungläubig inspizierte er die Stelle, auf der eben noch der wundersame Käfer gesessen hatte.

Die Alte kicherte. »Ihr wollt sicherlich hinüber schreiten.«

Grinsend wartete sie auf eine Reaktion, doch Cord und seine Freunde sahen sie entgeistert an.

»Und wie?«, fragte Arnold. »Ich meine, da passt höchstens mein Fuß durch.«

Entzückt klatschte sie in die Hände. »Mein Gemahl wird für euch das Tor vergrößern, sobald er zu Kräften gekommen ist.« Bedeutungsvoll schielte sie zur Wurzel.

»Das ist seine Hungerform«, flüsterte sie. »Er ist ein Schrat. Daher verleiht euer Blut ihm Kraft.«

Augenblicklich hielt sie Walters Hand fest. »Er benötigt dein Blut. Nicht viel. Für dich bleibt genügend.«

»Nein! Ich will das nicht!« Walter schrie und sank auf die Knie, doch die Alte packte ihn und zerrte ihn zum Tisch, presste das Blut aus seinem Finger heraus und goss es über die Wurzel.

Walter schlug um sich. Mit Tränen in den Augen sah er panisch zu seinen Freunden.

Cords Brust brannte.

»Lass ihn los!« Seine Stimme bebte, während er den Dolch vom Tisch riss und auf sie richtete. »Und lass uns hier raus.«

Sein Herz hämmerte in der Brust. Seine Finger umklammerten den Dolch so fest, dass die Knöchel weiß hervortraten.

Die Alte hob amüsiert eine Augenbraue. »Oha, du willst mich mit dem alten Dolch angreifen?«

»Du hast demonstriert, wozu er fähig ist.«

»Oh ja. Es ist eine mächtige Waffe – geführt von einer fähigen Hand.«

Cord tastete hektisch den Griff ab, suchte nach einem Abzug oder Mechanismus. Doch er fand nichts. Er hatte keine Ahnung, wie sie es fertig gebracht hatte, einen Blitz herauszuschleudern. Aber ihm war klar, dass er ohne Blitz keine Chance gegen sie hatte. Sie bewegte sich zu flink und sie war viel zu kräftig.

Die Frau seufzte dramatisch, als hätte sie Mitleid mit ihnen. »Kinderlein, es gibt drei Möglichkeiten.« Sie hob einen knorrigen Finger.

»Erstens. Ihr spendet euer Blut. Ihr werdet überleben. In Dradora oder in dieser Welt. Das entscheidet ihr.«

Cords Blick haftete auf der Wurzel. Ein rhythmisches Pulsieren durchlief ihre knorrigen Ausläufer, als würde sie atmen. Eine düstere Ahnung breitete sich in ihm aus. Was auch immer ihr Blut nährte, es erwachte zum Leben.

»Zweitens.« Die Alte hob den zweiten Finger. »Ihr greift mich an und ich werde euch töten. Alle drei. Und dann werde ich euch ausbluten lassen. Ihr habt die Wahl.«

»Und drittens?« Arnolds Stimme klang rau.

Schmunzelnd hob sie den dritten Finger. »Dein Freund tötet mich mit dem Dolch.« Sie wandte sich Cord zu. »Gelingt dir das, dann hast du in deiner Welt nichts mehr verloren.«

Walter schluchzte und sackte zusammen. »Wir müssen tun, was sie verlangt.« Seine Stimme brach und Tränen liefen über sein Gesicht. »Bitte, ich will nicht sterben. Ich will nach Hause.«

Arnold spuckte auf den Boden. »Um dort eingelocht zu werden? Um wie Vieh zu leben? Dann sterbe ich lieber im Kampf.«

*Drei Möglichkeiten. Keine Lösung.*

Cords Finger zitterten, während er den Dolch umklammerte. Sein Blick huschte zwischen der Alten und der pulsierenden Wurzel hin und her.

*Was, wenn sie lügt? Wenn sie uns alle belügt?*

Hundegebell drang durch die Stille.

»Sie suchen nach uns«, flüsterte Arnold. »Wir können nicht mehr zurück.«

»Genug der Worte. Die Zeit drängt«, schnauzte die Alte.

Bevor jemand reagieren konnte, biss sie in Walters Finger. Er stieß einen markerschütternden Schrei aus. Rote Tropfen spritzten auf Tisch und Wurzel.

»Du verdammte Hexe.« Arnold holte mit der Taschenlampe aus und stürzte sich auf die Frau.

Ohne sich auch nur umzudrehen, erwischte sie ihn mitten im Angriff mit der freien Hand und schleuderte ihn gegen die Felswand. Arnold sackte mit einem Stöhnen zu Boden.

Sie ließ Walter los und sprang in einem einzigen, unvorstellbar weiten Satz wie ein Raubtier auf Cord zu.

Cord richtete den Dolch auf die Alte.

Ein Blitz schoss aus der Klinge hervor und traf die Frau mitten in die Brust. Die Wucht schleuderte sie nach hinten. Sie knallte mit einem dumpfen Aufprall auf den Tisch, und ihr Körper sackte schlaff auf der Tischoberfläche zusammen.

In der Kammer kehrte Stille ein, schwer und bedrückend. Doch außerhalb bellten Hunde und heulten Rotoren einer Großdrohne, die zum Transport der Miliz eingesetzt wurde.

Cords Hand erschlaffte und die Klinge klapperte zu Boden. Er starrte die reglose Frau an.

»Ist sie tot?« Walters Stimme zitterte.

Arnold rappelte sich auf und ertastete den Puls an ihrem Hals.

Bleich wandte er sich an Cord. »Ich glaube ... du hast sie getötet.«

Die Worte trafen Cord wie ein Hammerschlag. Sein Magen zog sich heftig zusammen, Übelkeit stieg auf wie eine Flutwelle.

*Ich habe sie umgebracht.*

Sein Herzschlag dröhnte in seinen Ohren und übertönte die entfernten Hunde und Drohnen. Der Raum schwankte und verschwamm, die Wände schlossen sich um ihn herum.

*Ich habe sie umgebracht.*

Dieser Gedanke verzehrte ihn und hallte endlos nach, während sich seine Sicht verdunkelte.

Cords Knie gaben nach, und das letzte, was er spürte, war der kalte Steinboden, der ihm entgegenkam, bevor alles schwarz wurde.

Walters und Arnolds Stimmen schienen wie aus weiter Ferne zu ihm zu dringen: »Cord! Atme! Tief ein- und ausatmen.«

Cord lag am Boden. Etwas Weiches unter seinem Kopf – vielleicht eine Jacke – bemerkte er kaum. Sein Blick wanderte nach oben.

Das Licht aus der anderen Welt war erloschen, der Kranz verschwunden. Ein Arm und ein Bein der Frau hingen leblos über die Tischkante, doch dann ... bewegte sich etwas.

Ein Ast – knorrig und pulsierend – schlängelte sich vom Tisch herab.

Cord hielt den Atem an, als sich der Ast um Arnolds Hals wickelte.

Arnolds Augen weiteten sich panisch. Die Rinde schabte seine Haut auf. Er keuchte, seine Finger krallten sich in das pulsierende Holz, während seine Beine wild um sich traten.

Walter schrie auf. Ein weiterer Ast schlug aus und wickelte sich um seinen Arm, riss ihn in die Luft wie eine schlaffe Puppe. Walters Körper verkrampfte sich, sein Schrei erstickte.

Cords Herz raste, hämmerte in seiner Brust, jeder Schlag wurde lauter und schneller, als wollte es entkommen.

Ein Ast glitt an seinem Hosenbein hinauf, seine raue Oberfläche kratzte über seine Haut.

Cord bewegte sich nicht. Er ließ es geschehen.

*Ich verdiene es. Sie sind nur meinetwegen hier.*

Der Gedanke flüsterte in seinem Kopf, kalt und endgültig. *Vielleicht ist dies die Strafe, die ich verdiene.*

Das Licht verblasste, Arnolds und Walters Schreie verzerrten sich zu einem dumpfen Rauschen.

Der Ast schnürte sich enger und zog ihn weiter in die Finsternis.

*Das ist es*, dachte er.

Die Dunkelheit legte sich wie ein gnädiger Mantel um ihn, begrub all die Schuld, das Chaos und die Angst.

Seine Augenlider flackerten.

Die Kammer schien zu kippen, der Steinboden sich aufzulösen.

Und dann herrschte Stille.

## Kapitel 5

Toni rückte seinen Rucksack zurecht, hängte sich die Maschinenpistole über die Schulter und schaltete die Helmlampe ein. Der Lichtstrahl schnitt durch die Dunkelheit, während er sich von der Transportdrohne abseilte.

Er hatte gehofft, dass es ein Fehlalarm sei, aber die Hunde hatten angeschlagen. Also mussten er und Fred runtergehen.

Die Fußspuren, die sie bereits von der Drohne aus gesehen hatten, führten zum Keller der Burgruine. Die Hunde bellten aufgeregt und sprangen gegen das Eisentor.

Fred rüttelte am Gitter. »Verschlossen. Da ist niemand drin. Lass uns abhauen, es ist saukalt.«

»Die Spuren führen hierher«, sagte Toni, »und die Hunde wittern etwas. Ergo werden wir dort unten nachsehen.«

Fred stöhnte auf und rieb seine Hände aneinander. »Oh, Mann, du weißt, was das wieder für einen Rattenschwanz nach sich ziehen wird. Gerade hier bei den Antennen. Willst du die wirklich alle auf Feindeinwirkung überprüfen und nach der Nachtschicht noch beim Grafen antanzen? Was soll das? Das sind doch fast noch Kinder.«

»Glaubst du, ich habe Lust, Kinder festzunehmen?« Toni bückte sich, um das Schloss zu untersuchen. »Aber je früher wir sie finden, desto besser für sie.«

»Besser? Du weißt schon, dass da der Sohn vom Ramberger, diesem Richter, dabei ist. Die werden ihn fertig machen.«

»Dem *ehemaligen* Richter. Und ehemalig deswegen, weil er sich nicht an die Spielregeln gehalten hat.« Toni stellte seinen Rucksack ab und packte einen Akku-Trennschleifer aus. »Wir spielen deren Spiel mit und halten uns brav an die Regeln.«

Er setzte das Gerät am Schloss an. Ein Funkenschwall ergoss sich kreischend in den Kellerabgang, bis das Eisen durchtrennt war.

Sofort stürzten die Hunde durch den Spalt, ihre Krallen klapperten auf den Steinstufen, als sie in den Keller stürmten.

Fred seufzte und schüttelte den Kopf. »Wie hätten die Jungs überhaupt an einen Schlüssel für das Tor kommen sollen? Ich wette, die schleichen gerade mit eingemachten Hosen zurück in die Stadt.«

Toni antwortete nicht. Er schnappte sich seine Taschenlampe und trat in den Gang. Seine Stiefel klapperten auf dem Stein und hallten im Keller wider.

Fred folgte ihm zögernd und murmelte etwas vor sich hin, als das Bellen in den Schatten vor ihm lauter wurde.

Im Keller angekommen brach Fred in Lachen aus. »Ich wusste schon immer, dass deine Hunde völlig beknackt sind.«

Die Hunde standen vor einer massiven Wurzel, die durch eine Steinmauer gebrochen war, und knurrten.

»Hey, beruhigt euch.« Toni kniete nieder und tätschelte die Hunde. »Sind sie hier?«

Er leuchtete das Gewölbe aus und untersuchte die herumstehenden Holzkisten. Doch der Ort schien leer und leblos.

Aber die Hunde schlugen an. Sie kratzten an einer Stelle zwischen Wurzel und Mauer, wo ein schmaler Spalt im Schatten klaffte. Plötzlich erstarrten sie.

Regungslos standen sie davor, die Ohren angelegt, das Fell aufgestellt. Einer von ihnen winselte, ein anderer knurrte tief, ohne die Augen von der Dunkelheit abzuwenden.

Toni beugte sich vor und streckte seine Taschenlampe in die Öffnung. Der Strahl schien sich in der Biegung des Spalts zu verlieren, geschluckt von den Schatten, als ob die Dunkelheit dort dichter war.

Für einen Moment glaubte er, etwas gesehen zu haben – einen Umriss, der sich bewegte. Er blinzelte und versuchte, sich zu konzentrieren, aber da war nichts mehr – außer einem Gestank, der ihm entgegenschlug. Es war nicht nur Fäulnis, sondern etwas, das tiefer in der Zeit verwest war. Er hustete und räusperte sich, aber der Geschmack blieb, scharf und süßlich.

»Verdammt«, murmelte er und wich zurück. »Da drin stinkt's wie nach einem uralten, vermoderten Riesenfurz.«

Fred schnaubte und prustete los. »Du glaubst aber jetzt nicht ernsthaft, dass die Jungs durch den Spalt gekrochen sind.«

Toni richtete sich auf. »Die Hunde irren sich nie. Es muss einen anderen Zugang geben.«

Er leuchtete erneut in alle Ecken des Gewölbes. Dann sagte er entschlossen: »Wir werden Werkzeuge einfliegen lassen. Wenn es sein muss, brechen wir durch die Wand.«

Freds Lachen verstummte.

»Bist du jetzt völlig bescheuert? Reicht dir das demolierte Tor nicht? Oder willst du alles zerstören, was von der Burg erhalten geblieben ist?« Er schüttelte den Kopf. »Viel Spaß beim Bericht an den Alten. Aber ohne mich.«

Er nahm auf einer Holzkiste Platz und steckte sich eine Zigarette an. »Mann, Mann, Mann. Junge, entspann dich mal. Du solltest dir und deinen Hunden endlich eine Auszeit gönnen. Hier unten finden wir keinen Schatz, sondern nur uralten Moder. Bist du scharf auf haufenweise Papierkram und überflüssigen Ärger? Nein! Also lass es bleiben.«

Tonis Blick wanderte zwischen Fred und dem Mauerdurchbruch. Er musterte den Spalt, dann setzte er sich neben Fred auf die Kiste.

Fred reichte ihm wortlos die Zigarette.

Tonis Hände zitterten, als er die Zigarette an seine Lippen führte. Er nahm einen tiefen Zug und warf einen misstrauischen Blick zum Spalt.

## Kapitel 6

Eisige Kälte durchzuckte Cords Körper und riss ihn jäh aus der Ohnmacht. Panisch öffnete er die Augen und bemerkte das Unnachgiebige, das seine Glieder umschlungen hatte und ihn gefangen hielt.

Wie Eisenfesseln schnitt es sich in sein Fleisch und hielt ihn fest. Die Luft war stickig, gesättigt mit dem modrigen Duft von verfaultem Holz. Ein dumpfes Plätschern drang an sein Ohr, als Wasser auf einen Stein traf – ein Klang, der die beklemmende Stille durchbrach und die Ungewissheit in seiner Brust verstärkte.

Auf dem steinernen Tisch in der Mitte der Kammer lag die Frau. Sie war aufgebahrt, eingehüllt in einen filigranen Kokon aus unzähligen weißen Fäden, deren Schimmer den Raum in ein mattes Licht tauchte. Das Leuchten an der Decke war erloschen.

Aus dem Augenwinkel heraus erkannte Cord, dass ihn knorriges Holz in eisernem Griff fixierte. Es rieb rau und splitterte an seiner Haut. Selbst bei der kleinsten Bewegung war es, als würden Dornen durch ihn hindurchstoßen.

Links von ihm hingen Arnold und Walter, verflochten in ein wirres Geäst, ihre Gesichter bleich, die Augen geschlossen.

Hinter sich vernahm er ein Knarzen und Knacken. Es klang wie ein dicker, unter unvorstellbarer Spannung stehender Ast, kurz vor dem Bersten. Ein Drücken und Schieben entfaltete sich hinter seinem Rücken, und Äste wanden sich wie schlangenartige Arme an seinen Schultern vorbei.

Cords Herz hämmerte, als eine hölzerne Hand mit rauen Krallen auftauchte, gefolgt von dem Rest der Gestalt.

Sie schälte sich aus dem Gewirr der Äste, ihre Bewegungen waren unnatürlich fließend, ihre Form kantig und zackig. Wie eine aus einer Baumwurzel geschnitzte Skulptur, die bis zur Decke reichte, bäumte sich der Schrat vor dem Kokon auf.

Wenn er sprach, war seine Stimme rau und knarrend, als ob der Wind durch tote Äste raste.

»Sie stirbt.«

*Wach auf!*, schrie Cord in Gedanken. *Es ist nicht real. Sie hat uns vergiftet.*

Er versuchte, die Erinnerungsfetzen zusammenzusetzen. Hatte er aus dem Becher getrunken? War das alles eine durch Drogen hervorgerufene Halluzination?

Er kniff die Augen zusammen und stellte sich die Sicherheit seines

Bettes zu Hause vor. Das vertraute Knarren der Matratze. Die Wärme des Sonnenlichts, das durchs Fenster fiel. Er klammerte sich an die Hoffnung, dass er kurz vor dem Aufwachen stand und dass sich dieser Albtraum in Nichts auflösen würde.

Doch der Schmerz zerschmetterte die Illusion.

Er explodierte brennend in seinem Magen, als ob flüssiges Erz durch seine Adern strömte. Cord riss die Augen weit auf und erblickte den Schrat, dessen gezackter Ast sich mit quälender Langsamkeit in Cords Unterleib bohrte. Das Holz drehte und wand sich, als wäre es lebendig und grub sich mit jeder Sekunde tiefer ein.

Cords Nerven brannten wie Feuer. Sein Rücken krümmte sich gegen die hölzernen Fesseln. Ein Schrei entrang sich seiner Kehle, roh und urwüchsig, als der Schmerz ihn verzehrte.

Er konnte den Blick nicht von dem Ast abwenden, dessen Oberfläche blutig glänzte. Seine Sicht verschwamm, und heiße Tränen liefen ihm übers Gesicht.

*Das muss real sein.* Der Gedanke schnitt wie ein Dolch durch seinen Verstand.

»Ich wollte sie nicht töten!« Cords Schrei schallte durch den Raum.

»Noch ist sie nicht tot«, antwortete der Schrat. »Der Kokon hält sie am Leben. Vorerst. Dann stirbt sie.« Ein schauriges Knirschen begleitete jede Silbe des gespenstischen Wesens.

»Ich wollte das nicht«, wisperte Cord. Sein Blick wanderte zu seinen Gefährten, die nach wie vor schlaff und reglos im Geäst hingen. »Was hast du ihnen angetan?«

Der Schrat schüttelte den kantigen Kopf, seine Bewegungen waren langsam und bedächtig.

Cords Kräfte schwanden, eine drückende Mattigkeit umhüllte ihn wie ein unsichtbarer Mantel. Ein Schmerz zog durch seine Adern, und die Gewissheit nagte an ihm: Das Wesen hatte ihr Blut gestohlen, ihre Lebenskraft aus ihnen gesogen.

»Es tut mir leid, dass es so gekommen ist«, sagte er mit matter Stimme.

Der Schrat zog den Ast aus Cords Bauch und die Fesseln lösten sich.

Cord presste die Hände auf den Bauchnabel, tastete nach der Wunde, suchte nach der klaffenden Öffnung, aus der das Blut zwischen seine Finger strömte.

Doch da war nichts.

Hastig hob er die Kleidung an und inspizierte die Einstichstelle. Verblüfft starrte er auf seine unverletzte Haut. Kein Blut! Der Schmerz, der ihn eben noch verschlungen hatte – war er eine Illusion gewesen?

»Ich gab dir einen Anker«, sagte der Schrat. »Dieser wird dich hierher zurückführen.«

Cord sah ihn ungläubig an. »Ein Anker? Von wo zurückführen?«

»Im Zentrum Dradoras liegt der Born. Du begibst dich dorthin und schaffst das Heilmittel herbei. Dir bleiben acht Tage, höchstens zehn. Stirbt sie, stirbst auch du, denn der Anker verbindet euch von nun an.«

Schlagartig ergoss sich grelles Licht in die Kammer. Der Schrat hatte das Tor geöffnet – größer und breiter als zuvor.

Mühsam richtete sich Cord auf. Der fremde Schein wärmte seine schmerzenden Beine und schlaffen Arme. Er betrachtete die farbenfrohe Landschaft, die er zuvor durch die schmale Öffnung erblickt hatte.

Ein hämmerndes Dröhnen, das von der anderen Seite der Steinmauer herrührte, übertönte das monotone, stille Plätschern des Rinnsals und das Rauschen des fernen Flusses.

»Die Zeit drängt. Sie kommen, um euch zu holen«, sagte der Schrat. »Nimm den Dolch und durchschreite das Tor. Nach dir wird es sich verschließen.«

»Was wird aus meinen Freunden?«

Der Schrat wandte sich Arnold und Walter zu, deren schlaffe Gestalten noch immer in den Ästen hingen. Mit einer Geste lösten sich die Fesseln, und die beiden fielen zu Boden.

»Autsch«, stöhnte Arnold und hob den Kopf. »Wir sind noch hier? Das ist schlecht. Aber wir sind am Leben. Das ist gut.«

Cord hatte kaum Zeit zu reagieren, bevor ein Kreischen aus Gestein und Metall durch die Kammer schnitt. Ein rotierender Bohrer durchbrach die Wand zwischen Stein und Wurzel. Splitter aus Holz und Fels explodierten in der Luft und regneten auf den Boden.

»Arnie, steh endlich auf!« Cord zerrte verzweifelt an Arnolds Schulter, rüttelte an Walter. »Los, wach auf, verdammt!«

Die Bohrspitze fraß sich weiter, schleifte Stein und Holz. Hundegebell hallte wie eine Drohung in der Kammer wider.

Behutsam hob der Schrat seine Frau vom Tisch und trug sie wie eine gefallene Heilige zur Felswand, seine Bewegungen waren bedächtig und ehrfürchtig.

Cord erstarrte, als er sah, wie der Schrat seinen Rücken gegen den Stein drückte.

Die Gestalt des Wesens schimmerte, veränderte sich. Knorriges Holz verwandelte sich in Haut, raue Äste in Fleisch.

Für einen Moment blickte Cord in menschliche Augen, gefüllt mit Trauer und Entschlossenheit.

Dann lösten sich Schrat und Frau in pulsierenden Lichtwellen auf und verschmolzen mit dem Fels. Der Stein kräuselte sich wie Wasser, erstarrte und hinterließ keine Spur mehr von den beiden, als wären sie nie da gewesen.

Nachdem der Bohrer zwischen Mauer und Holz ein faustgroßes Loch gefräst hatte, kehrte Ruhe ein und Cord vernahm eine gedämpfte Stimme von der anderen Seite der Wand.

»Ich hab's doch gewusst«, sprach jemand. »Die sind da drin und haben es sich taghell gemacht. Na wartet Freundchen, wir kommen euch holen.«

Hunde bellten.

Arnold sprang auf und starrte durch das Tor in die andere Welt.

»Sie haben uns gefunden«, sagte Cord.

»Und jetzt?«

Cord deutete hinüber. »Ich muss dorthin gehen.«

Arnold hob eine Augenbraue und blickte in die fremde Welt. »Keine Frage, ich komme mit.«

»Arnie, das musst du nicht tun.«

»Glaubst du, ich bleib hier? Und lass mich einlochen?«

»Das wird vorüber gehen.«

»Und dann? Um für den Rest meines Lebens deren Sklave zu sein?

Vergiss es, ich komme mit.«

Cord ließ die Schultern hängen. »Und Walter? Wir können ihn nicht zurücklassen.«

»Sein Vater haut ihn da schon raus«, antwortete Arnold mit einem Achselzucken. »Oder auch nicht.«

Cord kniete sich neben Walter und schüttelte ihn sanft. »Walter. Hey Walter, wach auf.«

»Der schläft tief und fest«, sagte Arnold. »Dann entscheiden wir eben für ihn und nehmen ihn mit.«

Bevor Cord antworten konnte, fiel Arnolds Blick auf den Dolch, der auf dem Tisch lag. Ein Grinsen breitete sich auf seinem Gesicht aus. »Na, na, was haben wir denn da?« Er schnappte sich den Dolch. »Sieht aus, als ob dieses Souvenir darauf wartet, von mir eingesteckt zu werden.«

Die Maschine erwachte wieder zum Leben, ihr mechanisches Brummen vibrierte in der Kammer. Nachdem sie eine Öffnung von der Größe eines Tellers gebohrt hatte, rief eine Stimme von der anderen Seite: »Hey ihr Häschen, habt ihr es euch in eurem Bau schön gemütlich gemacht? Das ist gut, denn ihr bekommt gleich Besuch vom Fuchs.«

Ein schnaubender, knurrender Hund zwängte sich durch das Loch und verbiss sich im verästelten Wurzelwerk, das ihn am Ergreifen seiner Beute hinderte.

Cords Hände verkrampften sich um Walters Arme. Sein Herz hämmerte in seiner Brust. Der Geruch nach Erde und Schweiß vermischte sich mit dem heiß-sabbernden Atem des Hundes.

Gemeinsam mit Arnold zog er Walter in Richtung des Übergangs. »Noch ein Stück, Arnie!«

Walter öffnete die Augen, sein Blick huschte wirr umher. »Wo bin ich? Was ist passiert?«

Der Hund zerbiss wie eine tollwütige Bestie einen Wurzelstrang, der ihm den Weg versperrt hatte. Mit gefletschten Zähnen und einem Knurren, das durch Mark und Bein ging, taxierte er seine Beute. Hinter ihm drangen Stimmen und das mechanische Grollen der Maschine durch die Mauer.

»Worauf warten wir? Los!«, rief Arnold und sprang in die andere Welt.

Walter sank auf die Knie. »Was macht ihr da?«

»Wir müssen hier raus. Sofort!«

»Cord, bitte, lass mich!« Walters Stimme war schrill, seine Augen voller Tränen. »Ich will nicht.«

Cord hielt seinen zitternden Körper fest. »Wir haben keine Wahl. Der Köter wird uns zerreißen. Es gibt kein Zurück. Wir springen – oder wir sterben!«

Walter schüttelte heftig den Kopf, seine Stimme überschlug sich. »Nein, ich bleibe hier.«

Der Hund durchbrach eine weitere Wurzelbarriere.

»Verzeih mir«, flüsterte Cord. Bevor Walter sich wehren konnte, packte Cord ihn mit beiden Händen und schob ihn unter Aufbietung all seiner Kräfte durch das Portal auf Arnold zu.

Das Licht verschlang Walters um sich schlagende Gestalt, als Arnold ihn auf der anderen Seite auffing.

Cords Brust hob sich. Die Kammer bebte, Trümmer regneten herab, als der Hund durchbrach, sein knurrendes Gesicht nur wenige Meter entfernt war. Die Welt um ihn herum stürzte ein – Wurzeln splitterten, Chaos brach aus.

*Folge deinem Herzen und deinem Stern.*

Die Worte seines Vaters hallten in seinem Kopf wider.

Mit einem letzten Blick auf den heranrasenden Hund drehte Cord sich um, spannte sich an und sprang ins Licht.

## Kapitel 7

Wie ein Radio, das den Kanal wechselte, verstummte das Bellen des Hundes. An seine Stelle trat das sanfte Rauschen eines Flusses.

Und erst diese *Farben*!

Cord schnappte nach Luft, als die Welt in lebendiger Buntheit explodierte und den grauen Schleier wegriss, der sein Leben lang über ihm gehangen hatte.

Für einen Augenblick hielt er diesen Ort für einen Traum. Doch das Grün der Farne, die ihn begrüßten, war so satt und leuchtend, dass es alles übertraf, was er je gesehen hatte. Sie wiegten sich sachte im Wind und streckten ihre Wedel wie einladende Hände dem Licht entgegen. Entlang des Flussufers reckten sich mannshohe Blumen in den Himmel, deren goldene Blütenblätter im Sonnenlicht schimmerten. Ein zimtiger Duft wehte von ihnen herüber und erfüllte die milde Luft mit einer zarten Wärme.

Und der Himmel – *dieses leuchtende Blau!*

Cord legte den Kopf in den Nacken und staunte über den Glanz, der so anders war als die ewig wolkenverhangene Düsternis Anburgs. Die Sonne stand hell und fest und tauchte die Welt in goldenes Licht, während zugleich eine zarte Mondsichel gelassen am Horizont schwebte.

Die Luft selbst fühlte sich anders an – so rein, warm und voller Leben. Cord atmete tief ein, und seine Lungen füllten sich mit einer Frische, die er nie gekannt hatte.

*Der Hund!*

Cords Herz sprang vor Schreck, als er sich umdrehte, halb in Erwartung, die knurrende Bestie würde sich auf ihn stürzen.

Stattdessen fand er vor sich eine massive, senkrecht aufragende Wand aus rotem Granit. Ihre Oberfläche glimmerte im Sonnenlicht, Adern von tiefem Karminrot durchzogen den Stein.

Das Tor war verschwunden. Der Schrat hatte es verschlossen und den Verfolgern den Zutritt zu dieser Welt verwehrt.

Walter saß schweigend im Gras und hielt einen der leuchtenden Käfer in seiner Hand. Auf dem Panzer schimmerten Muster aus blauen Wellen. Er erinnerte Cord an den Käfer, der zuvor auf seiner Lampe gelandet war.

»Wo sind wir, Cord?«

»In Sicherheit.«

Er öffnete die Jacke und eine warme, sanfte Brise umschmeichelte seine Haut, hieß ihn in dieser Welt willkommen.

Arnold saß im Gras, kicherte und deutete hinter Cord. »Der Hund.

Er war gerade dabei, dich anzuspringen. Und mitten im Sprung …« Er schlug sich auf den Schenkel und prustete vor Lachen. »Und mitten im Sprung verschwand das Tor.« Arnold ließ sich ins Gras fallen und kicherte weiter. »Der blöde Köter. Ich hätte zu gerne gesehen, wie er mit voller Wucht gegen den Fels geknallt ist.«

Arnold lachte so herzhaft, dass Cord für einen Moment vergaß, wie knapp sie dem Hund entkommen waren. Erleichtert legte er sich neben Arnold. Die Luft war so rein und mild, dass jeder Atemzug seine Brust weitete. Es war, als hätte er zuvor sein ganzes Leben in einem engen Käfig verbracht, während er hier zum ersten Mal frei atmen durfte.

»Was meinst du, Cord?«, fragte Arnold. Seine Heiterkeit war gewichen, sein Lachen verflogen. Und in seiner Stimme lag Besorgnis. »Glaubst du, das alles ist real?«

Cord fuhr mit seinen Fingern durch saftige Büschel aus Grashalmen. Er inhalierte den exotischen Duft dieser Welt, lauschte dem Plätschern des Bachs, dem Summen der Leuchtkäfer. »Ja, Arnie, das glaube ich.«

Arnold stieß einen zufriedenen Seufzer aus, sein Blick war auf den weiten, offenen Himmel gerichtet. »Dann ist es gut.«

Ohne Vorwarnung schoss ein Schmerz in Cords Unterleib, der so stark war, dass er ihm den Atem raubte. Es war, als würde ein glühender Splitter seinen Bauch durchbohren.

Cord presste die Hände auf die Stelle, seine Finger suchten nach der Wunde. Doch da war nichts – kein Blut, kein Loch, keine Wunde. Nur eine brennende Leere, die ihn von innen heraus zu verzehren drohte.

Er biss die Zähne zusammen und zwang sich, flach zu atmen. Der Schmerz ließ allmählich nach. Schon bald blieb nur die Erinnerung – lauernd, knapp unter der Oberfläche.

Dennoch hallte die Drohung des Schrats in seinen Gedanken wider: *Tief in meiner Seite liegt der Anker. Er wird mich entweder nach Hause bringen oder mich töten.*

Ein drückender Kloß bildete sich in seinem Hals, und eine beängstigende Frage schoss ihm durch den Kopf: Wie sollte er etwas finden, von dem er nicht einmal wusste, was es war?

»Es ist brütend heiß hier, und wir sind komplett auf Winter eingestellt.«

Arnolds Stimme riss Cord aus den Gedanken.

»Ich zumindest brauche eine Abkühlung«, murmelte Arnold, zerrte sich sein Hemd aus der Hose und schüttelte es mit übertriebenen Bewegungen aus. Er taumelte auf die Beine und schlenderte mit schwankenden Schritten zum Fluss.

»Wo sind wir, Cord?«, fragte Walter erneut.

Cord schob sich näher an ihn heran.

»Wir hatten keine Wahl.«

»Ja«, Walter nickte schwerfällig, »... aber wo sind wir?«

»Ich weiß es nicht.« Cord sah sich um. »Sie ... hat diesen Ort Dradora genannt.«

Walter schluckte und schüttelte den Kopf. »Sie hat uns eine Droge verabreicht. Und das alles hier ist eine Halluzination.«

»In der wir uns beide befinden?«

»Dich gibt es nicht.« Walter lachte, mit einem Hauch von Hysterie. »Nur ich bin hier. Du bist bloß ein Teil meiner Wahnvorstellung, ebenso wie der verrückte Typ da vorne.« Walter deutete zu Arnold, der von einem Fels ins Wasser sprang.

Cord seufzte, legte seinen Arm um Walter und zog ihn zu sich heran. Die Geste war nicht nur für seinen Freund bestimmt, sondern auch für ihn selbst. Hier in dieser surrealen Welt fühlte sich diese Berührung wie ein dünnes Band zu einer vertrauten Realität an.

»Du irrst dich«, sagte Cord. »Wir drei haben uns gegenseitig. Und wir stehen uns bei. Versprochen.«

Walter umklammerte Cords Hand mit einer Dringlichkeit, die ihm fast weh tat. »Das sagst du nicht einfach so?«

Cord begegnete seinem Blick und schüttelte den Kopf. »Ich meine es ernst.«

Walters Miene schwankte, seine Augen waren von Zweifeln getrübt. »Aber ... meine Eltern«, sagte er plötzlich und stand so abrupt auf, dass der Käfer in seiner Hand mit brummenden Flügeln die Flucht ergriff. »Sie sorgen sich. Wie soll ich denen das alles erklären? Und was geschieht, wenn die meinetwegen Reps verlieren – oder sogar ihre Anstellungen? Meine Eltern könnten alles verlieren. Alles, Cord!«

Walter ging auf und ab, fuhr sich mit den Händen durch die Haare.

»Ich muss so schnell wie möglich zurück. Wir dürften gar nicht hier sein.«

»Wir werden zurückkehren.« Cord erhob sich ebenfalls. In seiner Stimme lag eine beruhigende Zuversicht, obwohl das Gewicht der Ungewissheit schwer auf ihm lastete. »Es gibt einen Weg nach Hause. Und den werden wir gemeinsam gehen.«

Er klopfte Walter auf die Schulter. »Aber zuvor müssen wir unseren verrückten Freund vor dem Ertrinken bewahren. Komm mit!«

Walter zögerte, dann brachte er ein schmales Lächeln über seine Lippen und folgte Cord zum Ufer.

Der Fluss fiel gemächlich über kleine Stufen in eine kristallklare Gumpe, deren Oberfläche im Licht der Sonne glitzerte. Das ferne Tosen eines Wasserfalls flussabwärts mischte sich mit dem sanften Plätschern der Strömung.

Arnold hatte es sich in einer ausgewaschenen Felsmulde am Fuß der Kaskade bequem gemacht und ließ das Wasser über seinen Bauch rinnen.

»Zumindest hat er seine Unterhose anbehalten«, flüsterte Walter Cord zu. In seinem Tonfall lag eine Mischung aus Erleichterung und Verzweiflung.

»Worauf wartet ihr? Kommt rein, Leute.« Arnold räkelte sich auf dem Stein.

Cord und Walter tauschten einen Blick aus, bevor sie sich ihrer Winterkleidung entledigten. In Unterhosen wateten sie in den erfrischenden Fluss.

Cord tauchte unter und für einen Moment verstummte jedes Geräusch um ihn herum. Das Wasser umspülte ihn mit einer belebenden Frische. Die kräuselnde Oberfläche warf ein bizarres, tänzerisches Spiel aus Licht und Schatten auf den steinigen Grund des Gewässers. Mit langen, kraftvollen Zügen glitt er durch die sanfte Strömung und tauchte vor Arnold auf.

Er war gerade dabei, sich neben seinen Freund zu setzen, da fiel sein Blick auf die steil aufragende Felswand.

Er erstarrte.

Dort waren Dutzende Nischen in das raue Gestein eingelassen. Und in jeder Einzelnen stand eine kindliche Grabstatue aus Stein. Die Körper waren mitten in einer Bewegung eingefroren, die Gesichtszüge zu einer Maske des Entsetzens und der Verzweiflung verzerrt.

Eine hatte die Hände vors Gesicht gerissen, als wolle sie einen unsichtbaren Schlag abwehren. Eine andere hatte ihren Mund zu einem stummen Schrei geöffnet.

Viele der lebensgroßen Statuen waren weiß wie Marmor, einige durchscheinend und beinahe transparent wie Glas.

»Verflucht, wo kommen *die* her?«, rief Walter. »Die haben mir einen ordentlichen Schrecken eingejagt.«

»Ach Walter«, sagte Arnold, »was jagt dir *keinen* Schrecken ein? Entspann dich und schieb deinen Hintern ins Wasser.«

Cord konnte den Blick nicht abwenden. Die Statuen schienen zurück zu starren, ihre leeren Augen schwer von unausgesprochenen Vorwürfen.

Langsam setzten er und Walter sich neben Arnold.

»Wer mag die aufgestellt haben?«, fragte Walter. »Und zu welchem Zweck?«

»Das werden wir herausfinden, sobald wir die Gegend erkunden«, antwortete Cord.

»Das kann warten. Ich bleib hier liegen.« Arnold schmiegte sich gähnend in seine Felsmulde. »In Anburg müsste es jetzt tiefste Nacht sein.«

»Wir sind aber nicht in Anburg.« Walter sprang auf. »Wir sind irgendwo. Wie kannst du nur so daliegen? Bist du überhaupt nicht besorgt. Oder zumindest verwundert?«

Arnold öffnete ein Auge und grinste. »Warum sollte ich besorgt sein? Wir haben unsere beschissene Stadt durch ein Paradies eingetauscht. Frag nicht wie. Mir egal, ob du es als ein Wunder, eine Reise durch ein Wurmloch oder sonst wie bezeichnest. Wir hatten noch nie Glück und jetzt waren wir halt mal dran und haben gleich den Hauptgewinn gezogen.«

»Hauptgewinn? Paradies? Ich seh nur einen Albtraum in Stein gemeißelt. Glaubst du wirklich, dass wir hier sicher sind? Und was ist mit dir, Cord? Betrachtest du das auch alles als eine wunderbare Urlaubsreise?«

Cord schüttelte besorgt den Kopf. »Wir sind nicht hier, weil wir Glück hatten. Wir sind hier, weil der Schrat es wollte.«

Das Gewicht der Verantwortung lastete auf seinen Schultern. Der Schrat verlangte Unmögliches. Wie sollte er etwas beschaffen, von dem er nicht einmal wusste, was es war. Die leeren Augen der Statuen schienen ihn zu durchbohren, ihm lautlos die Frage zu stellen: *Was, wenn du versagst?*

Arnold hob den Kopf aus dem Wasser. »Oh Mann, Cord! Fängst du jetzt auch an, Trübsal zu blasen. Reicht Walter dafür nicht aus? Werde endlich mal locker und versuche, deine Freiheit zu genießen.«

»Ich bin aber nicht frei«, antwortete Cord.

»Was soll das schon wieder heißen?« Arnold runzelte die Stirn.

Cord zögerte – räusperte sich. »Der Schrat erwartet, dass ich ihm etwas bringe.«

Arnold riss die Augen auf. »Ein Urlaubsmitbringsel? Für dieses furchtbare Ding?«

»Ein Heilmittel! Für seine Frau.«

Arnold sprang auf. »Ein Heilmittel? Für diese Hexe?« Er lachte nervös. »Woher sollen wir das bekommen?«

Cord zuckte mit den Schultern. »Er sprach von einem Born im Zentrum Dradoras. Mit dem Heilmittel könnten wir nach Anburg zurückkehren.«

»Dann lasst uns aufbrechen. Auf was warten wir noch?«, fragte Walter.

»Auf einen vernünftigen Plan«, antwortete Arnold. »Oder willst du im Zickzackkurs durch die Landschaft spazieren, bis dir ein Heilmittel vor die Füße fällt.«

»Das ist nicht die schlechteste Idee.« Walter biss sich auf die Lippe. »Wir müssen nämlich jemanden finden, der uns weiterhilft.«

»Du meinst den Hennemann?«, fragte Arnold spöttisch.

»Natürlich nicht. Aber vielleicht den, der die Statuen aufgestellt hat.«

Arnold legte sich in seine Mulde zurück, verschränkte die Arme hinter dem Kopf und schloss die Augen, doch seine Finger trommelten unruhig auf den glatten Fels. »Ein Paradies«, murmelte er, als wollte er sich selbst davon überzeugen.

Die Forderung des Schrats lastete schwer auf Cord. Die steinernen Kinder starrten ihn an, ihre hohlen Augen flüsterten die Frage, die er nicht zu stellen wagte:

*Was ist, wenn du versagst?*

*Wenn du sie alle im Stich lässt?*

## Kapitel 8

Cord lag auf einer glatten Steinplatte und ließ die Beine im Fluss baumeln.

Die Wärme des Gesteins sickerte in seine müden Muskeln, während kühles Wasser ihm rhythmisch gegen die Haut plätscherte.

Das sanfte Rauschen und Murmeln erfüllte die Luft und webte eine Melodie, die Körper und Geist beruhigte.

Die Sonne hing über ihm – größer und röter als die blasse Scheibe, die er aus Anburg kannte. Sie tauchte die Landschaft in einen glühenden Schein.

Cord blinzelte gegen die Helligkeit an – seine Augen waren das ungefilterte Sonnenlicht nicht gewohnt. Hier, in dieser fremden Welt, durchdrang die Sonne den Himmel ohne ständige Begleitung dichter Wolken.

Seine Lider wurden schwer. Die Anspannung der letzten Stunden wich einer tiefen Müdigkeit. Er schloss die Augen und empfing die milde Wärme auf seiner Haut.

Ein kaum wahrnehmbares Rascheln weckte ihn. Da lag etwas in der Luft, ein unbestimmtes Gefühl, das seine Wachsamkeit schärfte.

Nachdem sich seine Augen an die Helligkeit gewöhnt hatten, setzte sein Herz einen Schlag aus.

Vor dem Hintergrund der Sonne, die jetzt tiefer am Himmel stand, erschien der Umriss einer Gestalt auf dem Felsvorsprung. In ihrer Hand ruhte eine Lanze, deren Spitze das Licht einfing und wie eine flüssige Linie aufleuchtete. Dahinter tauchten vier weitere Silhouetten auf, alle bewaffnet, in bedächtiger und wachsamer Haltung.

Der Schatten, den sie warfen, legte sich wie ein schwerer Schleier über Cord, und die Erkenntnis unter Beobachtung zu stehen trieb seinen Herzschlag in die Höhe. *Wer sind die?*

»Leute«, flüsterte er, »wacht auf. Wir haben Besuch.«

Arnold und Walter rissen die Augen auf und sahen zu den anderen hinüber.

»Verdammt! Wo kommen die plötzlich her?« Arnold griff nach einem faustgroßen Stein und ließ ihn abwägend in der Hand kreisen, als überlege er, wie weit er werfen könnte.

»Oh Scheiße«, flüsterte Walter, seine Stimme zitterte. »Das sind bestimmt dieselben, die diese komischen Statuen aufgestellt haben.«

Cord beschattete seine Augen und blinzelte zum Felsvorsprung hinüber.

Die vordere Gestalt stand zuversichtlich da, die Lanze lässig, aber fest in der Hand. Ihre langen Haare leuchteten, fingen das Sonnenlicht ein, als wären sie Teil der gleißenden Szenerie. Der Saum eines Kleides wiegte sich an ihren Beinen, ein Kontrast zu der schroffen Haltung der anderen hinter ihnen.

»Die da vorne«, murmelte Cord. »Das ist ein Mädchen. Die anderen – das sind Kerle.«

»Und jetzt? Was sollen wir tun?«, fragte Walter.

Arnold schaukelte den Stein hin und her. Seine Lippen verzogen sich zu einem schmalen Grinsen, seine Augen blieben auf die Figuren gerichtet.

»Wir warten ab«, antwortete er.

Wie aus einem Traum geschnitten krochen die Schatten der Bewaffneten über das Flussbett. Das Licht der untergehenden Sonne umspielte sie im scharfen Glanz. Der reglose Stand, die aufrecht gehaltenen Waffen – all das ließ Cords Nackenhaare aufstellen.

Das Mädchen warf etwas.

Cord wich aus.

Hinter ihm platzte eine blaue Frucht und rollte in den Fluss. Die Fremden brachen in Lachen aus, ihre Stimmen mischten sich zu einer melodischen, unbekannten Sprache.

Das Mädchen griff nach einer weiteren Frucht und warf sie erneut.

Diesmal fing Cord sie auf.

Das Lachen der anderen hallte von den Felsen wider.

Sie hob die nächste Frucht – und biss hinein.

»Ich verstehe«, murmelte Cord. »Wir sollen das essen.«

»Bist du völlig verrückt geworden?« Walter versuchte, seinem Freund die Frucht aus der Hand zu schlagen.

Doch Cord wich zurück.

Er schnupperte an der Frucht.

Ihr Aroma war eine verlockende Mischung aus Süße und etwas Wildem und Fremdem. Es weckte Erinnerungen – verschwommene Bilder eines besonderen Geburtstags, an dem seine Eltern ihm eine exotische Frucht geschenkt hatten. Die Zeit war so weit weg wie ein anderes Leben, doch dieses Geschenk hatte sich in sein Gedächtnis gebrannt. Nicht wegen des köstlichen Geschmacks, sondern weil es ihn an die unbeschwerten Tage erinnerte. An das Lachen, die Wärme und die Geborgenheit seiner Eltern.

Vorsichtig leckte er an der Schale, als wolle er diese verlorenen Momente wiederheraufbeschwören, dann knabberte er ein winziges Stück ab.

»Es ist süß ... mit einem Hauch von Bitterkeit. Gar nicht mal schlecht.« Cord zögerte, bevor er einen ganzen Bissen nahm. »Hmm. Köstlich.«

Er wartete, horchte in sich hinein – ob sich etwas veränderte.

Aber da war nichts – höchstens ein kaum bemerkbares Kratzen im Hals.

Eisiger Zweifel kroch ihm den Rücken empor. *War ich zu voreilig?*

Ein sanftes Brennen breitete sich auf seiner Zunge aus und wanderte wie eine wärmende Woge durch seinen Körper. Das süß-bittere Fruchtfleisch schien seine Sinne gleichzeitig zu beruhigen und zu schärfen. Es war, als hätte die Frucht ihn mit der Welt um ihn herum verbunden – und mit etwas Unbekanntem, das tief in ihm schlummerte.

Aufgeschreckt ließ er die Frucht fallen.

»Du Idiot«, schrie Walter. »Die haben dich vergiftet.«

»Nein, es fühlt sich an als ...« Er suchte nach den treffenden Worten. »Als hätte mich ein starker Kaffee von einem Moment auf den anderen wach gerüttelt.«

Das Mädchen warf ihm zwei weitere Früchte zu. »Für deine Freunde. Sag ihnen, dass sie davon kosten müssen.«

»Du sprichst unsere Sprache?«

»Nein, das tue ich nicht.«

Ihre Begleiter lachten.

Arnold fragte: »Kumpel, was quatscht du für ein Kauderwelsch?« Er hob eine Frucht auf und schnüffelte daran: »Was ist da drin? Drogen?«

»Sie will, dass ihr davon kostet.«

Walter sah Cord mit gerunzelter Stirn an. »Woher weißt du das?«

Ein breites Grinsen legte sich über Arnolds Gesicht. »Das darf doch nicht wahr sein.« Er biss in die Frucht und kaute genüsslich auf dem Fruchtfleisch.

Einer der Begleiter des Mädchens war in einen langen Umhang gehüllt und trug einen Helm auf dem Kopf. Mit dem Speer deutete er aufgebracht auf Walter: »Der kleine Dicke ebenfalls.«

Arnold prustete vor Lachen und der Saft tropfte von seinem Kinn.

Walter wurde knallrot. »Habt ihr beide den Verstand verloren?«

»Nein, wir haben nur endlich gecheckt, was hier läuft«, sagte Arnold triumphierend. »Dieser Ort ist seltsam, aber diese Frucht? Erstaunlich. Iss sie, Walter! Tu es einfach!«

Geschmeidig wie eine Raubkatze stieg das Mädchen vom Felsvorsprung herab. Ihr Begleiter in schimmernder Metallrüstung folgte ihr wie ein treuer Wächter. In ihrer Hand wippte die Lanze. Der dunkelbraune Schaft glänzte metallisch im Sonnenlicht. Filigrane Silberfäden waren kunstvoll zu einem Geflecht verwoben, das sich zur langen, scharfen Spitze hin verjüngte.

Mit Anmut und Leichtigkeit näherte sie sich, wobei ihre Muskeln sich bei jeder Bewegung unter der bronzefarbenen Haut abzeichneten. Über ihre Schultern fiel dunkles, seidiges Haar, das von goldenen Strähnen durchzogen war, die im Schein der Sonne glänzten. Ein schwarzes, geflochtenes Lederband umrahmte ihre Stirn und verlieh ihrem Auftreten einen Hauch von natürlicher Eleganz.

Sie blieb direkt vor Cord stehen. Ihre Augen – ein fesselndes Grün, wie die Tiefen eines uralten, vom Sonnenlicht durchdrungenen Waldes

– musterten ihn von Kopf bis Fuß mit einer prüfenden Intensität. Ihre Lippen formten sich zu einem subtilen Lächeln, einer Mischung aus Neugierde, Belustigung und stiller Dominanz – ein Versprechen und eine Warnung zugleich.

Cord war unfähig, wegzusehen. Etwas in diesen Augen ließ ihn in einem Strudel aus fesselnder Anziehung und unerklärlicher Faszination versinken. Es war, als wären sie Fenster zu seiner Seele, die jede Schicht von Angst, Zweifeln und Verstellung abstreiften. Ihre Anwesenheit war magnetisch, umhüllt von einer Aura fremder Düfte – wild, ungezähmt und berauschend.

*Was will sie?*, wunderte er sich. *Was tut sie?*

Sie wandte ihre Aufmerksamkeit Walter zu. Ihr Blick wurde weicher, das rätselhafte Lächeln blieb.

Walter versteifte sich, als sie sich näherte.

Mit einer fließenden Bewegung legte sie ihm die Frucht in die zitternde Hand und schob sie behutsam vor sein Gesicht.

Reflexartig hob er schützend den Arm, doch ihr Anblick schien ihn zu bannen.

Cord beobachtete, wie sein Freund unter ihrem Blick erstarrte.

Sie führte ihre Lippen an die Frucht, mimte einen zarten Biss – ihre Bewegungen waren ruhig, bedächtig.

Walters Zittern ließ nach, sein Atem wurde flach, als er den Mund öffnete.

Langsam drückte sie die Frucht an seine Lippen. Ihre Berührung war sanft, ohne Eile.

Walters Blick flackerte, gefangen zwischen Angst und Hingabe – bevor er zögernd hineinbiss.

Das exotische Mädchen neigte den Kopf, ihr Ausdruck schwankte zwischen Belustigung und gespielter Entrüstung. »Warum nehmen alle an, ich wolle sie vergiften?« Ihre Stimme hatte den Klang eines fernen Liedes, beruhigend und entrückt zugleich. »Wirke ich so bedrohlich?«

Walter öffnete den Mund, um zu antworten, dann zögerte er, sein Blick schwankte zwischen Ungläubigkeit und Erstaunen. Seine Lippen bewegten sich zuerst lautlos – dann: »Ich … ich verstehe dich!«

Er wirbelte zu seinen Freunden herum. »Cord! Arnie! Ich kann sie verstehen!«

»Die Frucht«, sagte sie nur.

Arnolds Gesicht erhellte sich, und er sprang in die Luft wie ein Kind, das gerade den größten Preis auf dem Jahrmarkt gewonnen hat. »Wahnsinn! Ein weiterer Hauptgewinn! Diese Frucht löst alle unsere Fremdsprachenprobleme!« Er schmunzelte. »Wenn ich jemals zurückkehre – was ich übrigens auf keinen Fall tun werde – dann werde ich eine Obstplantage eröffnen. Und alle geplagten Pennäler werden Schlange stehen. *Fließend mit einem Biss* werde ich es nennen!«

Das Lächeln des Mädchens verblasste, und ihre grünen Augen wirkten plötzlich hart wie geschliffener Stein. »Es gibt keinen Weg zurück nach *Mir*«, sagte sie kühl und endgültig. »Vergesst eure Welt. Eure Zukunft und euer Schicksal liegen in Dradora.«

Ihre Worte hingen in der Luft wie das Echo einer zuschlagenden Zellentür.

Ein Knoten zog sich in Cords Brust zusammen. *Kein Zurück?* Die Tragweite ihrer Aussage traf ihn wie eine Flutwelle. Sein Blick wanderte zu den Statuen in den Nischen, deren erstarrte Formen sich in Angst und Verzweiflung verrenkten. Er fragte sich: *Hatten auch sie hier einst auf ein neues Leben gehofft? Hatten auch sie dort gestanden, wo ich jetzt stehe, und von Freiheit geträumt, nur um in etwas viel Schlimmerem gefangen zu sein?*

Die vibrierende Wärme der Sonne, die fremdländische Schönheit Dradoras – all das war verblasst. Verdrängt von einem erstickenden Gewicht, das auf seine Brust drückte.

Das Mädchen hatte sich als Tarsina Xentu vorgestellt, doch ihre Gefährten nannten sie Sina. Sie saß lässig auf einem Felsen, biss in eine blaue Frucht und beobachtete Cord beim Anziehen.

Raganor, der Junge mit dem Helm, durchstreifte die Gegend wie ein rastloses Tier und ließ seine Augen gen Himmel schweifen. Die anderen aus Sinas Gruppe hatten auf den umliegenden Felsen Stellung bezogen, und ihre Wachsamkeit verlieh der scheinbar so friedlichen Landschaft einen Hauch von stiller Spannung.

Sina begann ihr Verhör – oder das, was Cord als Verhör empfand. Ihre Fragen klangen beiläufig, aber die Absicht dahinter schien scharf und kalkuliert. Sie fragte nach Anburg, den Geschehnissen im Keller und dem Übergang zwischen den Welten, und ihre Neugierde wurde mit jeder Antwort größer. An jeder Einzelheit zeigte sie Interesse.

»Was sagtest du, weshalb der Torwächter euch passieren ließ?« Ihre Stimme klang besonnen und eindringlich. »Was gabt ihr ihm oder seiner Gemahlin als Gegenleistung?«

Cord zögerte. »Dazu sagte ich bisher gar nichts.« Er wich ihrem Blick aus. Ihre Fragen gruben tiefer, als ihm lieb war.

»Wird das jetzt ein Verhör?«, fragte er in abwehrendem Tonfall.

»Nenne es, wie es dir beliebt.« Sina antwortete sanft. »Wir hören uns die Geschichten derer an, die zu uns kommen.«

Cord atmete heftig aus. »Blut!«, sagte er schließlich. »Wir gaben unser Blut. Und nicht nur einen Tropfen.«

Sie nickte abwägend. »Das heißt, der Torwächter ist euch nicht nur in seiner Hungerform erschienen?«

Cord fragte sich, was dieses Mädchen wohl noch alles über den Schrat wusste – wie viel sie von seinen Geheimnissen kannte, die ihm selbst verschlossen blieben.

»Nein«, antwortete er knapp. »Wenn du damit die Wurzel meinst – nein! Er war riesig, wie ein baumgewordener Mensch. Oder umgekehrt, je nachdem wie man es betrachtet. Für einen Moment sah er aus wie ein Mann aus Fleisch und Blut.«

Sina neigte den Kopf, ihr Blick suchte in der Ferne, als ob sie in den Worten eine verborgene Bedeutung finden wollte. »Ungewöhnlich«, murmelte sie vor sich hin, bevor sie mit einem prüfenden Blick zu Cord zurückkehrte. »Und seine Gemahlin? Was tat sie in diesem Augenblick?«

*Sie lag sterbend in den Armen ihres Gemahls, weil ich sie tödlich verletzt habe.*

Cords Magen verkrampfte, die Erinnerung blitzte lebhaft auf. Die Frau, wie sie mit leerem Blick zusammenbrach. Der Dolch, der noch immer in seinen Fingern kribbelte. Der Schrat und seine unmögliche Forderung.

»Fällt dir die Antwort etwa schwer?«, bohrte Sina nach. »Du zögerst? Du zitterst? Was ist geschehen? Hat sie euch etwas angetan?«

Cord zweifelte, ob er dem Mädchen vertrauen durfte. Er wollte es, aber konnte es nicht. So hielt er die Wahrheit zurück. Die tödliche Wunde. Den Auftrag des Schrats. Und den Anker, der in ihm steckte.

»Gleiter! Über uns!« Raganors Warnung zerschnitt die Luft wie ein Peitschenhieb.

Er warf sich flach auf den Boden. Sina ergriff Cords Hand und zog ihn unter den Schutz eines riesigen Farnwedels, dessen breite, ledrige Blätter zackige Schatten auf sie warfen.

»Was ist los?«, fragte Cord verwirrt.

»Still!«, zischte Sina und ließ ihren Blick nach oben schweifen. »Eine Patrouille des Eisenfürsten.«

Walter und Arnold sahen Sina entsetzt an, bevor sie sich ebenfalls auf den Boden warfen und hastig zu Cord unter den Farn robbten.

Der Gleiter schoss über ihnen hinweg, ein schlankes, langgezogenes Dreieck. Keine Triebwerke, keine beweglichen Teile. Als würde er die Schwerkraft einfach ignorieren, flog er eine Schleife und schwebte geräuschlos vor der Felswand, in der die Statuen eingelassen waren. Der Pilot lag auf dem fremdartigen Fluggerät. Neben ihm erhob sich eine Kreatur – majestätisch und bedrohlich auf vier muskulösen Beinen. Sie warf den Schädel zurück, riss ihr Maul auf und stieß ein tiefes, markerschütterndes Heulen aus, das im Tal widerhallte.

»Ein Spähwolf«, flüsterte Sina und umschloss ihre Lanze fester.

Der Gleiter sank lautlos bis knapp über den Boden. Der Wolf sprang mit einer geschmeidigen Bewegung ab, seine massige Gestalt landete mit raubtierhafter Anmut. Sein schweres Hecheln durchbrach die Stille, als er begann, nach Spuren zu schnüffeln, die Schnauze tief am Boden. Der Pilot schoss den Gleiter in den Himmel und beschleunigte, bevor er aus Cords Sicht verschwand.

Mit einem plötzlichen, gehetzten Heulen sprang der Spähwolf zur Stelle, an der Cord und Walter zuvor gesessen hatten, seine Nase dicht am Boden, seine Bewegungen lauernd. Er nahm die Fährte auf, hetzte zur Gumpe, verfolgte die Spuren am Ufer. Er stellte sich auf die Hinterbeine, reckte seinen Schädel in den Wind und drehte sich ruckartig um die eigene Achse. Seine Schnauze war länger als die eines Wolfs, breiter als die einer Hyäne – ein alptraumhafter Hybrid aus beidem. Bei jedem Schnaufen zeigte sich zwischen den zurückgezogenen Lefzen sein abscheuliches Gebiss. Zwei scharfe Zahnreihen lagen direkt hintereinander. Die vorderste wölbte sich hervor und die Zähne ragten wie Stacheln heraus.

Cord erstarrte. Sein Atem stockte, als ihn der glühende Blick der Kreatur traf. Er presste sich in den Staub, sein Herz pochte wie eine Kriegstrommel. *Zu spät – sie hat uns entdeckt.*

Der Spähwolf schlich näher, jede Bewegung ein lauerndes Spiel. Seine Schritte waren kaum zu hören, doch sein Blick bohrte sich tief in Cords Seele. Es war, als würde die Bestie nicht nur seine Angst, sondern auch seine Gedanken wittern. Der Gestank von Verwesung wehte aus seinem Maul, schaumiger Speichel tropfte in zähen Fäden. Sein Kiefer spreizte sich weiter und zeigte seine grausamen Zähne.

Cord bemühte sich, seine Atmung zu kontrollieren.

Doch das Biest schien seine Angst zu hören. Ein tiefes Grollen rollte durch seine Kehle, die Muskeln unter dem zottigen Fell spannten sich.

Dann warf sich der Spähwolf Cord entgegen. Seine Krallen, scharf wie Dolche, schnitten durch die Luft.

»Jetzt!« Sinas Schrei löste die Spannung, als sie den Schaft der Lanze in den Boden rammte und die Spitze nach oben winkelte. Der Schwung des Wolfes trug ihn direkt in die Waffe. Die Lanze durchbohrte seine Brust mit einem grässlichen Knirschen, und das Tier heulte vor Schmerz. Aber es fiel nicht. Knurrend bäumte es sich auf und riss die Lanze heraus. Schwarzes Blut spritzte auf die Erde, doch die tobende Kreatur war nicht besiegt.

Raganor bewegte sich in einem Ruck. Sein Speer bohrte sich von hinten in den Hals des Wolfes und drang tief in Muskeln und Sehnen ein. Wieder und wieder stieß er mit geübter Präzision zu. Sina hechtete zu ihrer Waffe, griff den Spähwolf erneut an und rammte die Lanze in die Flanke des Tieres. Wie tobende Schatten sprangen ihre Gefährten herbei und schlugen auf das Ungetüm ein. Jede Bewegung war flüssig und koordiniert, jeder Schlag effizient.

Mit einem präzisen Stoß in den Nacken brachte Raganor die Bestie zum Schweigen, ihr gurgelndes Heulen verstummte, ihr massiger Körper sackte leblos zu Boden.

Fassungslos sprang Cords Blick zwischen dem besiegten Spähwolf und seinen Schlächtern, die sich wie eine einzige, tödliche Maschine bewegt hatten. Jeder Stoß, jeder Sprung perfekt auf die anderen abgestimmt. Wo einer zurückwich, stieß der nächste vor, als hätten sie diesen Todestanz schon hundertmal aufgeführt.

»Weg von hier«, befahl Sina. »Der Gleiter kann jeden Moment zurückkehren.«

Cord, Arnold und Walter rappelten sich auf, schnappten ihre Jacken und stürmten den anderen hinterher. Das Rauschen des Flusses vermischte sich mit dem Knacken von Zweigen unter ihren Füßen, als sie flussabwärts rannten. Cords Lungen brannten, die Begegnung mit dem Schrat und jetzt auch noch mit dem Spähwolf steckten ihm in den Knochen.

Walter stolperte hinter ihm her.

»Schneller!«, brüllte Sina und ließ ihren Blick gen Himmel schweifen.

Sie standen neben der Abbruchkante des Wasserfalls.

Die Wassermassen donnerten in die enge Schlucht und verschwanden in brodelnder Gischt, die wie Nebel über dem Abgrund hing.

»Das ist der schnellste Weg zu den Booten«, sagte Sina und deutete mit der Lanze hinab.

Walter sah sie ungläubig an. »Du verlangst nicht ernsthaft, dass wir da runterspringen?«

»Der Abstieg über die Felswand dauert zu lange. Wir springen und ziehen uns mit den Booten in den Sumpfwald zurück. Das Blätterdach wird uns Schutz bieten.«

»Solange uns kein Sturmjäger folgt«, sagte Raganor.

»Nein, der Gleiter wurde von einem Menschen geflogen. Kommt schon.«

Sina kletterte bis unmittelbar an die Abbruchkante und drehte sich nochmal um. »Eure schweren Jacken behindern euch beim Schwimmen. Versteckt sie im Gebüsch. Wir werden euch in unserem Lager neu einkleiden. Es soll nicht jeder sofort erkennen, dass ihr Mirlinge seid.«

Beidhändig umschloss sie eine markante Verdickung in der Mitte des Lanzenschafts – und die Lanze zog sich mit einem leisen Surren zu einem kompakten Metallzylinder zusammen. Sina verstaute den schlanken Stab in einer Tasche ihres Kleides. Anschließend sprang sie kopfüber in die Tiefe und verschwand in der Gischt.

Arnold pfiff anerkennend und applaudierte. »Das Mädchen gefällt mir.«

»Verstehe ich. Sie ist genauso lebensmüde wie du.« Walter schüttelte den Kopf. »Man kann überhaupt nicht erkennen, wie es da unten aussieht. Vielleicht liegt sie zerschmettert auf einem Fels.«

Raganor sah ihn finster an. »Du musst nicht springen. Feiglinge werden von den Sturmjägern geschnappt. Sie freuen sich auf Typen wie dich. Lass dich überraschen, was sie mit deinesgleichen anstellen.« Daraufhin sprang er ebenfalls.

Die übrigen drei aus Sinas Gruppe lachten. Ein Junge mit einem runden Kopf und einer Stupsnase sagte: »Wir machen das hier nicht zum ersten Mal. Genießt den Sprung.« Einer nach dem anderen trat über die Abbruchkante.

Cord, Arnold und Walter starrten in den Abgrund.

Arnold zog den Dolch aus einer Innentasche seiner Jacke, wickelte ihn in sein Hemd und verknotete die Ärmel. Die Jacke ließ er liegen. »Sie sagte, wir bekommen neue Klamotten. Also worauf wartet ihr?«

»Ich kann das nicht.« Walter schüttelte den Kopf. »Ich klettere neben dem Wasserfall hinab.«

»Walter, dafür haben wir keine Zeit«, sagte Cord. »Wir müssen springen.«

»Da, seht nur – das Teufelsweib!«, rief Arnold. Sina tauchte hinter der Gischtwolke auf und gab ihnen ein Zeichen zu springen.

Arnold grinste und umklammerte sein Hemd mit dem sorgfältig verpackten Dolch darin. Ohne zu zögern, sprintete er vorwärts und stürzte sich über die Kante.

Cord hob Arnolds Jacke vom Boden auf und versteckte sie zusammen mit Walters und seiner eigenen unter einem Gebüsch.

Er reichte Walter die Hand und gemeinsam stiegen sie in die Fluten, tasteten sich bis an die Kante heran.

Walter klammerte sich an Cord, seine Finger verkrampft wie ein Schraubstock. »Ich kann nicht, ich kann nicht«, jammerte er, und seine Augen irrten über die Abbruchkante, als suchten sie nach einem Ausweg.

Das Wasser reichte nur bis zu ihren Knien, doch die Strömung war unbändig und zog sie dem tosenden Abgrund entgegen.

Als Cord den tiefen Schlund hinabblickte, geriet die Welt um ihn ins Schwanken. Seine Knie wurden weich. *Reiß dich zusammen*, ermahnte er sich, doch das Dröhnen des Wassers verschlang jeden klaren Gedanken. Sein Herz pochte so laut, dass er befürchtete, Walter könnte es hören. Nur dessen Handgriff bewahrte ihn davor, den Halt zu verlieren.

Unten standen Sina und Raganor. Mit wild gestikulierenden Armen forderten sie den Sprung.

»Sieh nur! Sie sind heil geblieben«, murmelte Cord. »Wir schaffen das auch.« Ob er es für Walter sagte oder für sich selbst, wusste er nicht.

Er zog an der Hand seines Freundes. Walter stemmte sich für einen letzten Moment dagegen, bevor er nachgab und Cord mit sich riss.

Die Gischt verschlang sie, verschluckte ihre Schreie im Tosen des Wasserfalls. Die tobende Flut packte Cord und wirbelte ihn wie ein Spielzeug im reißenden Strom umher. Wie eine unsichtbare Faust erfasste ihn die Strömung, warf ihn gegen Felsbrocken, deren scharfe Kanten seine Haut aufschürften. Wasser schoss in seine Nase. Die Dunkelheit unter der Oberfläche umhüllte ihn.

*Bloß keine Panik! Dem Licht entgegen!*

Er stieß sich von einem Felsen ab, schob sich mit kräftigen Armzügen durchs Wasser. Da packte ihn eine Hand, zog ihn empor.

»Hey Kumpel, Schluss mit der Planscherei.« Arnold schleppte ihn ans Ufer.

Cord drehte sich um, sein Blick flog über das Wasser. »Walter!«, keuchte er.

»Um ihn kümmert sich der grimmige Typ.«

Raganor lauerte am Ufer, seine Haltung angespannt wie ein Raubtier vor dem Sprung. Als Walter in der Strömung auftauchte und sogleich wieder von einem Wirbel verschluckt wurde, zögerte Raganor nicht. Mit kräftigen Zügen tauchte er in den aufgewühlten Fluss ein, zog Walter kraftvoll an die Oberfläche und geleitete ihn an das Ufer.

Walter prustete, spuckte Wasser aus und rief: »Das nächste Mal springen wir aber nicht händchenhaltend. Das ist peinlich.«

Sina, die das Ufer nach Verfolgern absuchte, verzog amüsiert ihre Mundwinkel.

»Ohne dich hätte ich mich nicht getraut.« Cord schmunzelte und lehnte sich an einen umgestürzten Baumstamm.

»Du bist ein schlechter Lügner.« Walter lachte erleichtert und setzte sich neben ihn.

Arnold ließ sich auf den Boden fallen und stemmte sich auf sein sorgfältig verpacktes Dolchbündel. Sein breites Grinsen strahlte eine Mischung aus Triumph und Erschöpfung aus. »Gebt es zu: Das ist tausendmal besser, als in irgendeiner schmuddeligen Zelle in Anburg eingelocht zu sein.«

Das Abendlicht tauchte die felsigen Klippen in Bernsteintöne, ein jenseitiges Leuchten, das die harten Linien der Landschaft milderte. Das Tosen des Wasserfalls vibrierte noch in der Luft, doch hier am Ufer tänzelte das Wasser sanft über die glatten Steine. Das leise Plätschern klang beruhigend – fast wie eine Einladung innezuhalten.

Sinas Blick schweifte über den Himmel. »Wir brechen auf und schwimmen flussabwärts. Wasser und Felsen geben uns Deckung vor dem Gleiter.«

Sie wandte sich an Cord, Arnold und Walter. »Seid ihr drei Jungs bereit?«

Arnold sprang so hastig auf die Beine, dass Wassertropfen von seiner Kleidung spritzten. »Jederzeit.«

Cord bemerkte einen Glanz in Arnolds Augen, den er noch nie bei seinem Freund gesehen hatte. Er tauschte mit Walter einen Blick aus, bevor sie sich ebenfalls erhoben und mit der Gruppe zurück ins Wasser wateten.

Ein letztes Mal sah er flussaufwärts auf den Wasserfall, dessen Tosen allmählich in der Ferne verklang, während sie sich von der Strömung flussabwärts treiben ließen.

## Kapitel 9

In majestätischer Pracht wand sich der Fluss durch die tiefe Schlucht, eingebettet zwischen massiven Felswänden, deren Gipfel in der scheidenden Abendsonne golden leuchteten. Über dem steinigen Grund des Gewässers schimmerte ein gespenstischer Grünton. Lichtproduzierende Algen ließen die Strömung wie flüssiges Edelsteinlicht erglühen.

Allmählich öffnete sich die Schlucht und ging in einen dichten Mangrovenwald über. Ein Wurzelgeflecht knorriger Baumriesen schuf ein Netz, das sich weit ins Flussbett erstreckte. Zwischen den vielarmigen Stämmen schlängelten sich unzählige Wasserwege. Unsichtbare Stimmen der Natur verkündeten ihr heimliches Treiben. Aus den Baumkronen drang das markante Zwitschern fremder Vogelarten, das sich mit den unheimlichen Lauten des Unterholzes vermischte.

Entlang der Wasseradern blühten fremdartige Pflanzen. Ihre leuchtenden Blüten warfen in der schwindenden Dämmerung ein sanftes Glühen auf die spiegelglatte Oberfläche und streuten tanzende Lichtpunkte ins Wasser. Ein Schleier aus Zwielicht senkte sich über die unwirkliche Szenerie des erwachenden Mangrovenwaldes.

Cord hatte die Orientierung im Gewirr der Wasserwege verloren. Stumm schwamm er dem Mädchen hinterher, das zielstrebig den Weg vorgab.

Sie erreichten das Ufer einer dicht bewachsenen Insel, auf der Farne und leuchtend rote Blütenpflanzen wucherten. Unter mannshohen Farnwedeln verbargen sich drei Boote. Raganor griff in einen verstauten Wachsleinensack und zog trockene Kleidung hervor.

Cord trat einen Schritt zur Seite, sein Blick streifte die seltsamen Gewächse ringsum.

Kaum merklich bogen sich die Blütenkelche zu ihm.

Mit vorsichtiger Geste strich er über ein Blatt.

Zischend sprühte feiner Nebel aus der Blüte. Ein scharfer Duft schlug ihm entgegen – eine Mischung aus Zitrusfrüchten und Metall, wie Zitrone mit einem Hauch von Blut. Prickelnde Wärme strömte über seine Haut – elektrisierend und fremd.

Erschrocken wich er zurück und versuchte, das Kribbeln abzuschütteln, doch der Geruch hing ihm hartnäckig in der Nase.

»Hey, Cord«, rief Walter alarmiert. »Was hast du angefasst? Sei bloß vorsichtig.«

»Was sind das für Pflanzen?«, fragte Cord – und verstummte.

Sina hatte ohne Scheu ihre nasse Kleidung abgelegt. Auf ihrer Haut schimmerte eine Zeichnung, die sich von der rechten Schulter über den Rücken bis zum linken Bein wand – wie mit weißer Tinte gestochen.

Cord senkte den Blick.

»Arnie!«, fauchte er und versetzte Arnold einen Tritt. »Hör auf zu glotzen!«

»Das sind Nebelblüten«, antwortete Sina, mit einem Hauch Belustigung in der Stimme. Sie zupfte an Cords feuchtem Hemd. »Ihr solltet euch weniger auf die Flora konzentrieren – und mehr darauf, die Boote ins Wasser zu bringen. Und keine Sorge: Der Nebel wird dir nicht schaden. Jedenfalls nicht viel.«

Ohne Sina anzublicken, legte er Hand an eines der Boote und ließ es zusammen mit Arnold und Walter zu Wasser.

Raganor überwachte mit verschränkten Armen und einem missbilligenden Blick jede Bewegung der drei. Bekleidet mit einem ärmellosen Hemd und einer kurzen Hose aus Leinenstoff stieg Sina in eines der Boote und ergriff ein Paddel.

»Steig ein, Cord. Du kannst doch mit einem Paddel umgehen, oder?«

Cord nickte, setzte sich hinter Sina, nahm das zweite Paddel und hoffte, dass er mit seiner Zustimmung nicht zu voreilig war.

Als Arnold ebenfalls bei Sina einsteigen wollte, packte Raganor ihn am Kragen. »Du kommst mit mir. Und der Kleine«, er deutete auf Walter, »steigt in das dritte Boot.«

»Ich lass mir von dir sicher nicht sagen, wo ich sitze«, schnaubte Arnold und trat Raganor entgegen. »Ich paddle, wo ich will.«

Raganor beugte sich vor, seine Stimme tief und leise. »Du paddelst, wo ich es sage. Oder du paddelst nirgendwo. In diesem Sumpf sind Regeln der Unterschied zwischen Leben und Sterben.«

»Leute, beruhigt euch«, warf Walter hastig ein und stieg in das von Raganor vorgegebene Boot. »Lasst uns besser verschwinden, bevor die nächste Gleiterpatrouille auftaucht.«

Arnold biss die Zähne zusammen. Er warf Sina einen Blick zu, als hoffte er, dass sie eingreifen würde, aber ihr Gesichtsausdruck blieb unbeeindruckt. »Okay, Chef. Wenn es dir so viel bedeutet, neben mir zu sitzen, dann erfülle ich dir deinen Wunsch.« Mit einem auffälligen Seufzen setzte er sich auf dem ihm zugewiesenen Platz.

Sanft glitten die Boote durchs Wasser und drangen tiefer und tiefer in den Wald.

Cord bemühte sich, mit Sina im Takt zu paddeln. Wenn sie die Schlagseite wechselte, tauschte er die seine.

Jeder Schlag fühlte sich bewusst und zielgerichtet an, als wäre er Teil eines uralten Rituals.

Er lauschte den fremden Tierstimmen, während sein Blick an Sina hing – am grazilen Spiel ihrer Muskeln, die im Rhythmus der Paddelschläge zuckten. Glitzernde Schweißperlen sammelten sich auf ihrer ebenmäßigen Haut, der Rand des Tattoos lugte unter dem Hemd hervor.

In seinen Gedanken sah er ihren unbekleideten Körper. Es war nicht nur der Anblick, der ihn fesselte. Es war die Selbstverständlichkeit, mit der sie sich bewegte, als gehörte sie in diese Welt – und er war nur ein Zuschauer.

Beschämt schloss er die Augen, versuchte, sich auf den Rhythmus der Schläge zu konzentrieren. Das sanfte Plätschern der Paddel, das Tropfen des Wassers, das gleichmäßige Vorbeugen und Zurücklehnen – es wiegte ihn in eine Art Trance, einen hypnotischen Tanz mit dem Fluss.

»Sina?« Seine Stimme brach den Bann.

»Cord?« Sie antwortete, ohne sich umzudrehen.

»Was ist das hier …?«

»Was ist was?«

»Dieser Ort.« Er deutete vage auf die Umgebung.

»Wir sind im Niemandsland. Der Eisenfürst beansprucht es, obwohl die Sümpfe wertlos für ihn sind.«

»Ich meinte … all das hier.« Seine Stimme war beklommen. »Diese

Welt.«

»Du meinst Dradora?«

»Ja. Wo liegt das? Warum habe ich noch nie davon gehört? Wie kann ich mit einem Sprung durch ein ... Loch in unserer Welt hierher gelangen?«

Sina sah sich um und grinste, eine Mischung aus Belustigung und Geheimnis lag in ihrem Gesichtsausdruck. »Der Ort, an dem wir euch fanden, wird im Volksmund Höllenschlund genannt. Legenden besagen, dass Dämonen dort das Tor zur Hölle bewachen und von Zeit zu Zeit heraustreten.« Sie lachte, heiter und melodisch. »Manchmal erscheinen sie zu dritt.«

»Du glaubst, wir sind Teufel?«, fragte Cord mit einem Hauch von Galgenhumor in der Stimme.

Sina lachte. »Ihr seht nicht danach aus. Oder bist du einer?«

»Hoffentlich nicht.«

Sie schüttelte den Kopf. »Der Höllenschlund ist Aberglaube. Alle, die wir dort aufgefunden haben, sind Menschen, genauso wie meine Gefährten und ich. Du wirst bald welche kennenlernen.«

»Was? Du meinst, hier sind noch mehr aus meiner Welt?«

»Ich zähle sie zu meinen Freunden, zu meiner Familie.« Sie warf einen Blick über die Schulter, ihre Augen strahlten eine betörende Wärme aus. »Und wenn ihr brav bleibt, seid ihr eingeladen, euch uns anzuschließen.«

Da Cord nicht antwortete, fragte Sina: »Hat es dir die Sprache verschlagen?«

»Ich kann nicht bleiben.«

»Das solltest du, wenn du überleben willst.«

»Ich muss zurück.«

»Es gibt keinen Rückweg. Oder hast du jemals von jemandem gehört, der zurückkam?«

Cord gestand sich ein, dass sie recht hatte. Nie zuvor hatte er von diesem Ort gehört – und womöglich würde es auch für ihn keinen Rückweg geben.

Seine Brust zog sich zusammen.

*Kein Rückweg!*

Das Wort hallte in seinem Kopf wie ein Echo.

Er unterbrach das Paddeln, legte eine Hand auf den Bauch. Da war es – ein unterschwelliges Kribbeln, das vom Anker kündete.

*Niemals werde ich bei Sina und ihren Leuten bleiben können.*

»Was ist? Hat der Fluss dein Paddel verschluckt?« Ihre Stimme schnitt neckisch in seine Gedanken. »Oder haben dich deine Kräfte verlassen?«

»Nein.« Cord stach das Paddel wieder ins Wasser und wechselte das Thema. »Seid ihr heute auf einen weiteren Jungen aus meiner Welt gestoßen?«

»Ist denn noch jemand gekommen? Erzähl mir von ihm.«

Cord zögerte, dann beschrieb er Elrik.

Während er sprach, bemerkte er, wie still es in den anderen Booten geworden war.

Raganors Blick lag auf ihm – fest, prüfend.

Kein Zweifel: Er hatte jedes Wort mitgehört.

War das Misstrauen in seinen Augen? Oder Ärger?

Wollte er nicht, dass noch mehr Fremde zu ihnen stießen?

Der Mangrovenwald war allmählich übergegangen in einen dichten Dschungel aus hochragenden Palmen und riesenhaften Farnen. Fluoreszierende Kletterpflanzen schlängelten sich an den hohen Stämmen empor und warfen mit ihrem weißen Schimmer bizarre Muster auf die Bäume. Auf dem Waldboden glommen orangefarbene Moose, deren Licht wie ein Herzschlag pulsierte. Bunt leuchtende Insekten schwirrten durch die Luft.

Die Boote bewegten sich nun flussaufwärts und die Anstrengung, gegen den Strom zu paddeln, forderte ihren Tribut. Cords Rücken schmerzte bei jedem Zug und Schweiß rann ihm von den Schläfen. Seine Arme waren bleiern und er sehnte sich nach einem Moment der Ruhe.

Endlich, als wäre seine stille Bitte erhört worden, tauchte eine bescheidene Holzhütte am Ufer auf. Sie war eingebettet in dichtes Grün, teilweise verdeckt von Farnen, die sich schützend um sie herum wölbten.

»Ist das euer Lager?«, fragte er Sina hoffnungsvoll.

»Nein, aber wir werden uns hier Unterstützung für die letzte Etappe der Reise holen.«

Zwei Frauen traten aus der Hütte, ihre Gesichter hellten sich auf, als sie der Gruppe zuwinkten. Ihre Kleidung war schlicht, aber mit lebhaften Mustern verziert, die an die Flora des Dschungels um sie herum erinnerten. Sie bewegten sich mit geübter Anmut, ihr Lächeln war herzlich und einladend.

»Sieht nach einem erfolgreichen Ausflug aus«, sagte die eine mit einem schelmischen Grinsen. »Alle wohlauf zurück und gute Beute gemacht?«

»Hey, verunsichere die drei Neuen nicht«, sagte die andere Frau mit einem Kichern. »Von wegen Beute – Sina hat die Burschen gerettet.« Sie hielt ein Bündel aus Lederriemen in den Händen, die auf den ersten Blick wie Pferdegeschirre aussahen.

»Lasst uns die Delphine festmachen«, sagte Raganor mürrisch. »Wir haben schon genug Zeit verloren.«

»Na dann pack an.« Die Frau warf Raganor die Riemen vor die Füße. Er hob sie auf und zog sie an einem Boot fest, seine Bewegung hart und ungeduldig.

Während Raganor sich mit den Riemen beschäftigte, plauderte Sina vergnügt mit den Frauen. Ihre Unterhaltung war entspannt, wurde immer wieder von Gelächter unterbrochen.

Cord bemerkte, wie alle drei in seine Richtung sahen und kicherten, ihre Mienen verschmitzt verschwörerisch. Hitze stieg in seine Wangen und er schaute eilig weg, als würde er den Dschungel um sich herum inspizieren.

Während die anderen aus Sinas Gruppe weitere Riemen an den anderen Booten befestigten, kräuselte sich das Wasser und ein schlanker, weißer Kopf tauchte auf. Ein Delphin! Seine Haut schimmerte im sanften Licht wie eine polierte Perle und seine intelligenten Augen funkelten vor schelmischer Neugier.

Sina kauerte am Flussufer und streckte ihm die Hand entgegen. Der Delphin schnatterte, als sie über ihn strich. Sie warf einen Fisch in die Luft und der Delphin schnappte ihn, wobei ein Schwall Wasser gegen Cords Beine spritzte.

Doch dann verschlug es Cord den Atem.

Spielerisch ließ sich der Delphin in das Geschirr gleiten, das an einem der Boote befestigt war. Als hätte er auf diesen Moment gewartet. Als wäre dies Teil eines stillen Pakts zwischen Mensch und Natur.

Zwei weitere Delphine tauchten auf, ihre Bewegungen waren ebenso elegant und bedächtig. Jeder von ihnen schlüpfte mühelos in die Geschirre, die Lederriemen passten sich eng an ihre schlanken Körper an.

Cord beobachtete die Tiere mit einer Mischung aus Faszination und leiser Beklommenheit.

*Wie viele Geheimnisse verbirgt diese Welt noch unter ihrer zauberhaften Oberfläche?*

Während er noch dem Rätsel der weißen Delphine nachhing, trat Sina zu ihren Gastgeberinnen und umarmte sie. »Danke für eure Hilfe.«

»Du bist uns immer willkommen, mein Kind«, sagte eine der beiden. »Deine Eltern hatten so viel für uns getan. Und wir sind jedes Mal glücklich, wenn wir dir ein klein wenig davon zurückgeben können.«

»Gib auf dich acht, mein Kind«, sagte die andere Frau und legte ihre Hand auf Sinas Schulter. »Und ihr drei Neuen, passt auf euch auf! Und vergesst nicht, wer euch vor den Schergen des Eisenfürsten bewahrt hat.« Ihr Blick gab Cord das Gefühl, geprüft zu werden.

»Jungs, zurück in die Boote«, rief Sina. »Wir wollen nicht die Feier verpassen.«

Sie nahmen ihre Plätze ein und die Frauen halfen beim Losmachen. Die Delphine schienen diesen Moment erwartet zu haben. Schnatternd stürzten sie sich in die Arbeit und Sina stach das Paddel ins Wasser.

»Wir wollen es unseren Helfern nicht zu schwer machen. Also los.«

Cord fing an zu paddeln und der Schmerz im Rücken kehrte zurück.

## Kapitel 10

Mit dem Einbruch der Dämmerung erreichten sie das Lager, ein verstecktes Refugium, das sich unter dem dichten Blätterdach des Dschungels verbarg. Obwohl Dutzende Menschen hier lebten, verlief das Treiben still. Gedämpfte Stimmen vereinten sich mit dem melodischen Konzert der Natur.

Kinder huschten zwischen Baumriesen umher, spielten und lachten. Heranwachsende scherzten, ohne in schrilles Gelächter auszubrechen. Die Gemeinschaft war von sanfter Harmonie durchdrungen. Ein dezentes Murmeln des Lebens, das sich nahtlos in die Klangwelt des Dschungels einfügte.

Cord bemerkte die Blicke der Bewohner. Erwachsene nickten höflich, ihr Gesichtsausdruck war neutral, aber aufmerksam, während die Kinder die Neuankömmlinge mit großen, interessierten Augen musterten.

Arnold erhaschte den Blick eines kleinen Mädchens, das sofort erstarrte, erschrocken von seinem breiten Grinsen. Als er ihr zuzwinkerte, stieß sie einen gedämpften Schrei aus, bevor sie sich hinter einen massiven Baumstamm duckte und Augenblicke später neugierig wieder hervorlugte.

»Seht mal!« Arnold deutete nach oben. »Ich glaub's nicht. Die leben echt auf den Bäumen?«

Cord folgte seinem Blick.

Hoch oben tauchten schemenhafte Strukturen aus dem dichten Blätterdach auf – hölzerne Plattformen und Seilbrücken, die wie ein Spinnennetz zwischen den Blättern zu schweben schienen. Ein Junge sank in einem Aufzug von den Baumkronen herab.

Das leise Flüstern des Lagers hing wie Blätterrascheln in der Luft und verschmolz mit dem Summen der Insekten im Dschungel. Cord staunte über die Harmonie zwischen den Menschen und ihrer Umgebung.

Die Schmerzen im Rücken waren verklungen, er vergaß die anstrengende Bootsfahrt – nicht aber den Anker des Schrats in seinem Leib, der wie ein immerdrohender Schatten auf seinen Gedanken lastete.

»Kommt mit«, sagte Sina, »ich stell euch jemanden vor, der sich um euch kümmern wird.« Ohne auf eine Antwort zu warten, führte sie Cord, Arnold und Walter in ein Zelt, das nach Kräutern und frisch gewaschener Wäsche roch.

»Dahinten versteckt sich Emma«, sagte sie und deutete auf Kisten voller Kleidung, Schuhe und Ausrüstung.

Blondes Haar, zu festen Zöpfen geflochten, lugte zwischen Körben hervor. Emmas Gesicht hellte sich auf. Mit einem Wäschekorb unterm Arm sprang sie über eine Kiste und warf den freien Arm um Sina.

»Ich bin so froh, dass du rechtzeitig zur Feier zurück bist!«, rief Emma. Dann musterte sie Cord und seine Freunde. »Und wie ich sehe, hast du Besuch von drüben mitgebracht.« Ihr Blick blieb auf Arnold haften, und sie zeigte mit dem Finger auf ihn. »Hey, dich kenn ich doch. Und euch beide habe ich auch schon mal gesehen.« Sie grinste schelmisch. »Ihr wart damals alle noch kleine Knirpse.«

Arnold neigte den Kopf und kniff die Augen zusammen. »Du bist Emma Roth«, sagte er langsam. »Du hast in meiner Nachbarstraße gewohnt.«

»Ja.« Ihr Lächeln trübte sich ein. »Und wäre meine Schwester nicht, würde ich dort nichts vermissen.«

Sina klatschte in die Hände. »Ich sehe, ihr habt euch etwas zu erzählen«, sagte sie. »Emma, gib ihnen bitte etwas zum Anziehen und zeig ihnen, wo sie schlafen werden. Wir sehen uns später.«

Emma winkte Sina mit einem fröhlichen Grinsen ab. »Na dann kommt mit, ihr drei. Mal sehen, was ich Hübsches für euch finde.«

»Und wie gefällt euch meine Auswahl?«, fragte Emma und zupfte Walters neues Leinenhemd zurecht.

»Von wegen Auswahl. Das sieht doch alles gleich aus«, beschwerte sich Arnold und wedelte mit seinem Umhang. »Leinenhose, Leinenhemd, Leinenumhang. Einheitsschnitt.«

Emma lachte. »Du darfst immerhin zwischen ockerbraun und braun-ocker wählen. Aber hey, wenigstens die Stiefel sind nicht aus Leinen.«

Arnold vergrub sich in seinen Umhang und zog die Kapuze tief ins Gesicht. »Schon gut. Der Poncho hat Stil und steht mir.«

»Wenigstens sind wir nicht mehr sofort als Touristen zu erkennen«, sagte Walter.

Emma klatschte in die Hände. »Schön, dann ist das erledigt. Ich zeig euch, wo ihr in der ersten Nacht schlafen werdet.«

»Noch eine Sache, Emma«, sagte Cord. »Erzählst du uns, wie du hierher gekommen bist?«

»Nach Dradora? Ganz einfach. Ich hatte den falschen Leuten zu laut erzählt, was ich von Michael Wagners Ableben hielt. Ihr erinnert euch an ihn?«

Walter nickte. »Mir kommt es vor, als seien Wochen vergangen, dabei standen wir erst vor ein paar Stunden in dem, was von seinem Haus übrig geblieben ist.«

Emma holte tief Luft. »Ich hatte mich mit Lara gestritten. Meine Schwester warf mir vor, ich hätte heimlich ihren Lippenstift benutzt – und ich leugnete es.« Sie schüttelte den Kopf. »Wegen so einer Banalität flogen die Fetzen. Zuletzt knallte ich die Tür und lief aus dem Haus.«

Ihre Finger trommelten auf eine der Kisten.

»Tja, es war bereits Ausgangssperre und die Miliz hat mich aufgegriffen und ins Schloss gebracht.« Ein wehmütiges Lächeln huschte über ihr Gesicht, doch ihre Augen verrieten Traurigkeit.

»Es war ein dummer Streit«, sagte sie leise. »Wegen eines Lippenstifts, den ich nicht einmal mochte. Es tut mir so leid. Ich wünschte, ich könnte es ihr sagen.«

Cord wollte etwas erwidern, doch die Worte blieben ihm im Hals stecken. Ihre Geschichte war so alltäglich, so banal – und doch hatte sie sie in eine fremde Welt verschlagen – fern von ihrer Familie. Er dachte an seine eigene Mutter, die vermutlich schon jetzt vor Sorge um ihn verrückt wurde.

»Ich...« Er brach ab. Was sollte er sagen? Dass alles gut werden würde?

Das Ziehen in seinem Bauch kehrte zurück und erinnerte ihn an den Schrat, die alte Frau und seine eigene Schuld, die ihn an diesen Ort geführt hatte.

»Im Schloss war ein Tor«, fuhr Emma fort. »Durch dieses hatten sie mich zusammen mit weiteren Gefangenen geschickt, die ich noch nie zuvor gesehen hatte. Es war, als wäre ich von einem Raum in einen anderen getreten, aber offenbar sind beide Lichtjahre voneinander entfernt.«

»Moment«, rief Cord. »Du bist vom Schloss in Anburg hierher gelangt? Nicht von der Ruine im Wald?«

»Es gibt zwei Durchgänge. Das Tor in Anburg führt nach Zanmathar. Von dort sollte ich nach Lorkmart gebracht werden. Doch Sina durchkreuzte die Pläne des Eisenfürsten, und die Rebellen überfielen den Gefangenentross nach Lorkmart. Seitdem gehöre ich zu Sinas Clan.«

»Was sind das für Orte?«, fragte Cord.

»Zanmathar ist das Zentrum Dradoras. Die Hauptstadt des Reichs. Und Lorkmart solltet ihr besser meiden.«

Cord, Arnold und Walter saßen auf einer aus dem Boden ragenden massigen Wurzel vor einem Zelt, das ihnen Emma zugewiesen hatte. Sie lehnten an einem Baum, an dessen Stamm und Ästen Zunderschwämme wuchsen, deren fahles, weißes Leuchten die Schlafstätte in einen diffusen Schimmer tauchte.

»Mmh, noch nie so leckeres Brot gegessen.« Arnold brach ein Stück von einem Laib ab und schob es sich schmatzend in den Mund.

»Leute, seht ihr das auch?«, fragte Walter und deutete in Richtung einer Lichtung, auf der sich Menschen versammelten. In deren Mitte fuhren zwei Mädchen auf einer kreisrunden Plattform von den Baumkronen kommend dem Boden entgegen. »Schwebt das Ding etwa, oder ist es an unsichtbaren Seilen aufgehängt?«

Die Mädchen verließen die Scheibe und eine Mutter mit ihrem Kind nahmen den freien Platz ein. Die Scheibe erhob sich und trug die beiden bis über die Baumwipfel empor.

»Ich werde verrückt«, sagte Arnold. »Folgt die Schwerkraft hier etwa anderen Regeln?«

Er nahm einen tiefen Schluck Saft aus einem Steinkrug und rülpste. »Also Leute, mir gefällt es hier. Ich hab überhaupt nichts dagegen, Sinas Einladung anzunehmen.«

»Das kommt gar nicht in Frage«, protestierte Walter. »Hast du unseren Auftrag vergessen? Und dass wir anschließend nach Anburg zurückmüssen?«

»Zurück?«, fragte Arnold. »Willst du es nicht kapieren? Die sperren uns für den Rest des Lebens in ein Lager. Zumindest Cord und mich.«

»Und was ist mit deinen Eltern? Willst du sie nie wiedersehen?« Walter schüttelte den Kopf. »Also, ich kann das nicht. Du etwa, Cord?«

Cord brach sich Brot ab und trank aus dem Krug. »Ich werde dieses Zanmathar aufsuchen. Der Schrat sprach vom Zentrum Dradoras. Damit muss er die Hauptstadt gemeint haben.«

Arnold schlug mit der Hand auf das Wurzelholz. »Wie kann man nur so blöd sein! Du bist hier vor dem Schrat sicher. Er hängt doch in seinem Kellerloch fest.«

»Ich werde in der Früh aufbrechen.«

»Und ich komme mit«, versicherte Walter.

»Ihr Narren. Ich bleib hier.« Arnold grinste: »Außerdem hab ich den Eindruck, dass Emma und Sina ein Auge auf mich geworfen haben.«

Walter verschluckte sich und spuckte den Saft prustend auf sein Hemd. »Also ich kenn mich mit so etwas eigentlich überhaupt nicht aus. Dennoch bin ich mir absolut sicher, dass du in dieser Angelegenheit komplett daneben liegst.«

»Pah! Du verstehst eben nichts von Mädchen.« Arnold legte sich auf seinen Umhang, schloss die Augen und grinste. »Habt ihr Sinas Augen gesehen? Und dieser Duft, der sie umgibt? Sina ist einfach ... sie ist ...«

»... meine Verlobte«, unterbrach ein Mann mit einem langen schwarzen Bart, der aus heiterem Himmel aufgetaucht war und sich breitbeinig vor Arnold aufbäumte. Eine zweite, finster dreinblickende Gestalt trat hinzu und postierte sich mit verschränkten Armen hinter ihm.

»Entspannt euch. Es ist nicht Sinas Absicht, kleinen Jungs den Kopf zu verdrehen«, sagte der Bärtige. »Ich bin Ibnidai Unadil und führe die Bande an. Von jetzt an befolgt ihr drei meine Anweisungen. Also spitzt die Ohren für den ersten Befehl. Er lautet: Latrinen reinigen, bei Sonnenaufgang. Muss jeder mal machen. Gehört halt dazu.«

Er zwinkerte, doch sein Blick blieb hart.

Sein Begleiter lachte und stemmte die Hände in die Hüften. »Ich bin Qiz. Kommt nach der Latrine zu mir. Wir wollen schließlich nicht, dass ihr euch auf die faule Haut legt. So ein Lager zieht haufenweise Dreck an.«

Die beiden brachen in Lachen aus und klopften sich wie alte Freunde auf die Schultern. Doch schlagartig verfinsterte sich Ibnidais Miene und er drohte Arnold mit erhobenem Zeigefinger. »Merk dir eins: Sina hat Wichtigeres zu tun, als sich mit Buben wie dir abzugeben. Wenn du Sina anglotzt oder ihr hinterher watschelst, liefere ich dich persönlich beim Eisenfürst ab. Kapiert?«

Cord stand auf. »Mach dir keine Sorgen. Wir sind morgen verschwunden.« In seinen Worten lag eine endgültige Entschlossenheit, denn er konnte nicht bei diesen Leuten bleiben. Ohne Heilmittel für die Frau des Schrats, würde er nie wieder irgendwo bleiben können.

»Junge, hast du mich nicht verstanden? Ich bestimme darüber, wer kommt und wer geht. Und ich sage, ihr werdet bei Sonnenaufgang die Latrinen reinigen.«

»Lass uns aufbrechen«, befahl Ibnidai seinem Begleiter. »Ich will vor Tagesanbruch zurück sein.«

Sobald die beiden außer Sicht waren, seufzte Arnold. »Latrinen zu reinigen ist eine Sache, aber an diesen Eisenfürsten ausgeliefert werden? Nein, danke! Ich hab's mir anders überlegt. Morgen früh sind wir weg.«

Die Bewohner des Lagers saßen an Holztischen, aßen gebratenes Fleisch und füllten ihre Krüge aus hölzernen Fässern. Die Luft war erfüllt von leisem Gelächter und dem gelegentlichen Klirren von Bechern.

»Ich bin am Verhungern.« Walter reckte seine Nase in eine Duftfahne, die von einer der Feuerstellen herüberwehte. »Das muss ich mir mal aus der Nähe ansehen. Kommt jemand mit?«

Cord und Arnold schüttelten den Kopf und Walter trottete zu einem der Grillplätze.

»War alles etwas viel heute«, sagte Cord und lehnte sich gegen den Baumstamm.

»Ja, vor allem der Typ vorhin. Wie kann sich Sina nur mit so einem Idioten verloben? Und wo zum Teufel treibt sie sich jetzt rum? Anstatt sich um ihre Gäste zu kümmern, tänzelt sie von einem Tisch zum anderen und lässt sich von allen anquatschen.«

»Hey, Arnie, du musst dich nicht einsam fühlen. Ich bin bei dir.« Cord boxte Arnold auf die Schulter und lachte.

»Idiot. Du weißt, was ich meine.«

»Arnie, sieh's realistisch. Ihre Aufgabe ist es, Neuankömmlinge vor diesem Eisenfürsten zu bewahren. Und die hat sie erledigt. Erwarte nicht, dass sie den roten Teppich vor uns ausrollt.«

Cord schmunzelte bei Walters Anblick, der eine dritte Portion inmitten einer Gruppe Gleichaltriger verschlang.

Ein aufgeregtes Gemurmel breitete sich in der Menge aus.

Fünf Tänzer glitten auf die Lichtung. Im Rhythmus ihrer Schritte huschten farbige Muster über ihre spärlich bekleideten Körper. Wie Chamäleons änderten sie blitzartig ihr Erscheinen. Die Haut eines Tänzers wechselte von Grün nach Golden. Auf dessen Brust entstand eine weiße Welle, die sich ausbreitete, auf eine neben ihm stehende Tänzerin übersprang und dort mit einer lilafarbenen Wellenfront kollidierte.

Die Artisten bewegten sich fließend und schwerelos, ihre Körper ein Spektakel aus Farben. Arme und Beine schnitten Bögen durch die Luft, drehten sich umeinander, lösten sich, fanden zurück. Gemeinsam bildeten sie eine menschliche Projektionsfläche – ein lebendiges Gemälde, das sich im Takt der unsichtbaren Musik veränderte.

Die Menge war erstarrt, niemand sprach ein Wort. Jeder fieberte der Aufführung inmitten der Lichtung entgegen. Die sanften, fließenden Bewegungen der Künstler steigerten sich allmählich zu einem entfesselten, rhythmischen Tanz, der auf das Publikum übergriff. Die Zuschauer imitierten die Schritte der Vortänzer und folgten deren tonloser, ekstatischer Choreographie.

Arnold schüttelte den Kopf. »Die sind völlig plemplem. Wir sind bei Irren gelandet.«

»Motz nicht und mach mit«, pöbelte ein Junge, der kaum älter war. Er rannte an Arnold vorbei, riss sich das Hemd vom Leib und verschwand in der wirbelnden Menge. Wie Sina hatte auch der Junge eine Tätowierung, die sich über seinen Rücken schlängelte, aber als er sich bewegte, begann sie im Einklang mit dem stillen, rhythmischen Tanz zu flackern. Weiße Lichtpunkte huschten entlang der verschlungenen Muster und hinterließen glühende Leuchtspuren.

Weitere Tänzer folgten, ihre Tätowierungen leuchteten synchron mit ihren fließenden Bewegungen und bildeten einen hypnotisierenden

Wandteppich aus farbigen Mustern.

Arnold stieß einen leisen Pfiff aus. »Okay, das hat etwas. Jetzt das Ganze noch mit Musik und ich würde vielleicht mitmachen.«

Emma balancierte drei Krüge in ihren Händen. »Hey, wer sitzt denn gelangweilt rum und bläst Trübsal, während alle anderen in Feierlaune sind?«

»Emma«, sagte Arnold, »fällt dir etwas auf?«

»Dass ihr beide nicht mitfeiert?«

»Es gibt keine stummen Partys. Zumindest nicht dort, wo wir herkommen.«

»Na wenn es nur das ist, das lässt sich leicht ändern.« Sie reichte Arnold und Cord einen Krug. »Trinkt.«

Cord roch daran. »Was ist das?«

»Trinkt einfach. Kein Alkohol, keine Drogen. Es ist viel besser.«

»Was soll's.« Arnold hob den Krug. »Prost allerseits.«

Cord stieß mit Arnold und Emma an. »Was soll's.«

»Das werdet ihr gleich hören«, sagte Emma mit einem wissenden Lächeln und nahm einen tiefen Schluck.

Die erfrischende Flüssigkeit roch fruchtig und schmeckte süß, mit einem leichten Brennen auf der Zunge. Zunächst schien es harmlos zu sein, doch dann bemerkte Cord ein leises Rauschen in den Ohren. War es echt oder nur Einbildung? Er nahm einen weiteren Schluck und lauschte in sich hinein. Das Rauschen wurde zu einem gleichmäßigen, dumpfen Klopfen – einem Rhythmus. Es war der Takt, zu dem die Menge tanzte.

Cord schloss die Augen. Das Pochen wurde lauter und hallte von irgendwo tief in seiner Brust wider. Bevor er es überhaupt merkte, begann sein Fuß im Rhythmus zu wippen.

Zu den tiefen Tönen gesellten sich höhere und formten eine Musik. Zwar erkannte er kein einziges Instrument, aber es war eindeutig Musik. Sie schwoll an und die Vibrationen hämmerten in seinem Körper, als stünde er unmittelbar vor einem gigantischen Basslautsprecher.

Die Musik war fremdartig und doch vertraut. Sie war überall, in der Luft, in seinem Körper, als hätte sie den Raum selbst durchdrungen.

»Das Getränk ist nicht nur ein Getränk«, sagte Emma mit einem geheimnisvollen Lächeln. »Es verbindet uns mit dem Rhythmus der Welt. Hör genau hin, Cord. Das, was du jetzt fühlst, ist nicht nur Musik. Es ist der Herzschlag Dradoras.«

Sie klatschte in die Hände. »Los, Jungs! Wer tanzt mit mir?«

Bevor Cord reagieren konnte, ergriff Arnold Emmas Hand.

»Na gut«, murmelte Arnold. »Wenn ich mich schon blamiere, dann wenigstens mit Stil.«

Zusammen mit Emma stürzte er sich ins Gedränge. Sein ungeschickter, aber enthusiastischer Versuch, die flüssigen Bewegungen der Tänzer zu imitieren, erntete einige Lacher, aber das schien ihn nicht zu stören.

Cord stand auf einem seichten Wall, der einen Abschnitt der Lichtung umgab, und schmunzelte, während er Arnold und Walter in der wogenden Menschenschar beobachtete. Sogar Walter hatte das Getränk gekostet und war ein Teil der geheimnisvollen Choreographie geworden.

Wie in einem Schwarm bewegten sich die Tänzer synchron. Dort wo jemand aus dem Gleichtakt ausbrach, riss er den einen oder anderen Nachbarn mit, und zusammen bildeten sie eine separat tanzende Insel. Oft löste sich die Störung rasch auf, von Zeit zu Zeit allerdings breitete sie sich über die gesamte Menge aus.

»Das war ja klar«, murmelte Cord, nachdem er Arnold und Emma entdeckt hatte. Beide schwebten auf der Scheibe. Arnold winkte triumphierend, sein Grinsen war so breit, dass man es von weitem sehen konnte.

»Genieß es, Kumpel. Vielleicht hast du ja recht mit deinem Paradies. Trotz Ibnidai und Eisenfürst.«

Er nahm einen Schluck aus dem Krug und schloss die Augen, um sich den Klängen zu öffnen, die auf wundersame Weise dank des Getränks zu ihm fanden.

Wuchtige Bässe erschütterten seinen Körper und er ließ alle Gedanken los.

Noch bevor er die Lider wieder hob, spürte er ihre Gegenwart.

Sina stand direkt vor ihm – und er sah sie an.

»Ich befürchtete schon, du seist im Stehen eingeschlafen«, sagte sie, schnappte sich seinen Krug und trank daraus.

»Euer Zaubertrank hält mich wach.«

»Fein«, erwiderte sie mit einem spielerischen Funkeln in den Augen. »Denn wenn du wach bist, werde ich dir etwas zeigen, das du noch nie gesehen hast.«

Sie ergriff seine Hand und zog ihn durch das Gewühl der Tänzer.

## Kapitel 11

Die Plattform senkte sich und rastete sanft in einem Sockel ein, der auf dem Boden ruhte.

Arnold stieg mit Emma aus. Er strahlte.

»Kumpel, du musst dieses Götterdings ausprobieren.«

»Göttersteige«, korrigierte Emma trocken.

Sina bestieg die Plattform und reichte Cord die Hand. »Nur zu. Man kann nicht runterfallen.«

»Prima«, rief Arnold, »ich komm mit.«

»Hiergeblieben, Arnie.« Emma hielt Arnold am Ärmel fest. »Für drei Leute ist es zu eng. Komm schon, lass uns lieber das Tanzbein schwingen.«

Sie zog an seinem Arm.

Arnold zögerte, warf Sina einen langen Blick zu, bevor er nachgab.

»Na gut, na gut«, murmelte er und ließ sich von Emma in die wogende Menge ziehen.

Die Plattform glitt lautlos empor.

Cord trat vom Rand zurück.

Die Lichtung unter ihnen schrumpfte – der Wald wurde zu einem grünen Meer.

»Entspann dich«, sagte Sina und beugte sich lässig vor. »Dir kann nichts passieren. Schau – die Göttersteige hält mich fest.«

Zögernd trat er an den Rand. Eine unsichtbare Kraft hielt ihn zurück – wie ein Magnet, der ihn abstößt.

»Unglaublich. Wie funktioniert das?«

Sina zuckte mit den Schultern. »Niemand weiß es. Ist auch egal.«

»Solange es nicht kaputt geht.«

»Tut es nicht«, sagte sie. »Seit meine Eltern es dem Eisenfürsten abgenommen haben, läuft es. Keine Macken, keine Reparaturen. Manche Dinge halten ewig.«

Die Scheibe blieb über den Baumwipfeln stehen und offenbarte ein atemberaubendes Panorama. Der endlose Wald erstreckte sich in alle Richtungen und schimmerte in lebendigen Farben. Über ihnen tauchte ein blasser Mond die Landschaft in sanftes Licht, während ein kleinerer, kupferfarbener Mond hinter einer einzelnen Wolke am Horizont hervorlugte. Der Himmel war anders als alles, was Cord je gesehen hatte. Fremde Sterne funkelten in unbekannten Konstellationen, und in einer Richtung leuchtete ein flammender Nebel über dem Horizont.

In diesem Augenblick beschlich Cord ein Gefühl der Verlorenheit. Mit dem einen Schritt aus dem Keller unter der Burgruine nach Dradora hatte er sich weiter von zu Hause entfernt, als er sich jemals hatte vorstellen können. Trotz der vertraut wirkenden Pflanzen, Tiere und Menschen war dies eine Welt, die unermesslich weit von allem entfernt war, was er je gekannt hatte.

Über dem Blätterdach schwebend, erinnerte sich Cord an seine Kindheit. Vor Jahren, als es noch nicht verboten war, wanderte er mit seinen Eltern in einem Naturschutzgebiet auf hölzernen Stegen zwischen den Baumkronen. Auf einer Aussichtsplattform saß er auf den Schultern seines Vaters. Die Baumwipfel schwankten im Wind und die Plattform schaukelte sanft unter ihnen. Dennoch hatte Cord sich nicht gefürchtet, denn seine Eltern waren da und gaben ihm mit ihrer Anwesenheit Halt. Jetzt, da er in dieser fremden Welt stand, schloss er die Augen und klammerte sich an das Echo dieses Gefühls – das flüchtige Gefühl der Geborgenheit.

»Du zitterst«, flüsterte Sina, ihre Stimme klang besorgt. Ihre Hand ruhte für einen Moment auf seiner. »Du bist hier in Sicherheit, Cord.«

Ihre Berührung hatte das Echo seiner Kindheit verweht.

»Was ist das?«, fragte er und deutete auf das leuchtende Himmelsphänomen am Horizont. »Eine Stadt? Oder eine Art weißes

Polarlicht?«

»Warte ab, bis das Auge Haidamars ganz aufgegangen ist«, antwortete Sina. »Es zieht mit den Sternen. Nach Mitternacht kannst du es in voller Pracht sehen.«

»Ein Himmelskörper?«

»Für die einen. Für die anderen der Sitz der Götter.«

»Und für dich?«

Sie hielt inne und blickte in die Ferne. »Ich bin nicht religiös und ich rechne nicht damit, dass mich nach dem Tod ein goldenes Schiff dorthin bringen wird. Und das auch nur, falls ich ein frommes Leben geführt haben werde.«

»Vielleicht reicht es schon, genügend Fremde vor diesem Eisenfürsten in Sicherheit zu bringen.«

»Deshalb tu ich das nicht.«

»Warum auch immer du es tust – wir sind dankbar dafür, was du für uns getan hast.«

Sie sah ihm in die Augen, ein Aufflackern von Neugierde erhellte ihren Gesichtsausdruck. »Was habe ich denn getan?«

»Du hast dafür gesorgt, dass wir nicht diesem Eisenfürsten in die Hände gefallen sind. Du hast uns hierher zu deinen Leuten gebracht. Und du …« Er zögerte, seine Worte blieben ihm im Hals stecken.

»Und was?«

»Na ja, du nimmst dir Zeit für uns Neulinge«, sagte er schließlich und vermied dabei ihren Blick, »obwohl du sicher an diesem Abend viele Verpflichtungen hast – als Verlobte des Anführers.«

Sinas Lippen verzogen sich zu einem schwachen Lächeln, das von einer Spur Bitterkeit durchzogen war. »Weil es dich offenbar interessiert, kläre ich dich auf.«

Cord errötete.

»Da unten tanzen die Angehörigen zweier Stämme friedlich miteinander. Der Stamm Ibnidais und der Stamm meiner Eltern. Sie verfolgen im Wesentlichen die gleichen Ziele. Nachdem meine Eltern dem Eisenfürsten und seinen Sturmjägern zum Opfer gefallen sind, rieten mir die Ältesten meines Stammes, beide Stämme durch eine Hochzeit ihrer Anführer zu vereinen.«

Sie hielt inne, ihr Lächeln verblasste. »Eine Liebesheirat sieht anders aus.«

»Es tut mir leid«, sagte Cord leise. »Ich hätte das vorhin nicht erwähnen sollen.«

»Entspann dich. Du bist jetzt in Dradora. Wir sind hier nicht so verkrampft wie bei euch.«

Sie legte eine Hand auf seine Schulter und wandte ihren Blick der aufsteigenden Himmelserscheinung zu. »Lass uns die Aussicht noch einen Moment genießen.«

Das Auge Haidamars schob sich über den Horizont und verlieh dem Himmel eine entrückte Aura. Beim Anblick des diffus leuchtenden Ringes kam Cord das astronomische Foto eines Weltraumteleskops in den Sinn, das in seinem Zimmer in Anburg hing – ein Bild der Überreste einer Sternexplosion, wunderschön und weit entfernt.

Schweigend standen sie nebeneinander, ihre Schultern berührten sich. Da schoss etwas in den Himmel und zog eine blau leuchtende Spur hinter sich her.

»Was ist das?«, fragte Cord.

»Der Tribut. Dradora leistet den Göttern Tribut.« Ihr Blick verriet keine Ehrfurcht, nur ein stilles Unbehagen.

Cord wartete auf eine Erklärung, doch Sina ergriff seine Hände. Ihr Lächeln war dezent, fast entschuldigend.

»Ich weiß, dass Neuankömmlinge tausend Fragen haben. Und meine Antworten werfen sicher einen Haufen weiterer Fragen auf. Aber sei nicht ungeduldig. Du bist eben erst angekommen. Lebe dich zunächst ein. Vieles klärt sich dann von selbst. Gib dir einfach Zeit.«

»Zeit … ist genau das, was ich nicht habe«, antwortete Cord mit ruhiger Stimme. »Ich kann nicht bleiben.«

»Du kannst nicht bleiben?« Sie runzelte die Stirn. »Was soll das heißen? Wohin willst du? Es gibt keinen Rückweg.«

»Ich werde in eure Hauptstadt reisen.«

»Nach Zanmathar? Aber was willst du dort?« Sie ließ seine Hände los.

»Ich gab mein Wort, jemandem zu helfen.«

»Aber wem denn?«

Cord vertraute ihr, daher sagte er: »Die Frau des Schrats …«

»Die Gemahlin des Torwächters?«, fragte Sina mit zusammengekniffenen Augen.

Cord nickte. »Ich hab sie schwer verletzt. Mit einem Dolch. Ohne meine Hilfe wird sie sterben.«

»Du hast *was* getan?« Sinas Stimme gefror.

Cord bemerkte, wie ihre Schultern sich strafften.

»Ich wollte das nicht. Aus dem Dolch löste sich ein Blitz. Ich weiß nicht wie ...«

»Das ist unmöglich.« Ihre Augen weiteten sich ungläubig. »Du kannst dieser Frau nichts anhaben. Schon gar nicht mit einer solchen Waffe.«

Erschrocken wich sie von ihm zurück. »Wer *bist* du?«

Ihre Augen spiegelten eine Mischung aus Verwunderung und Furcht wider, die sein Bekenntnis entfacht hatte. Das vage Band, das ihre Nähe geflochten hatte, war gerissen und ein Schatten hatte sich über ihren Blick gelegt.

»Glaubst du etwa, ich bin einer der Dämonen aus diesem Höllenschlund?«, fragte Cord mit belegter Stimme.

»Wie bist du in den Besitz der Waffe gekommen?«

»Er gehörte der Frau. Ich ergriff den Dolch, weil ich befürchtete ...«

Sina schüttelte den Kopf, als müsse sie ihre Gedanken ordnen.

»Komm mit«, sagte sie abrupt. »Ich will diesen Dolch sehen.«

»Er ist in Arnies Gepäck.«

Ohne ein weiteres Wort betätigte Sina einen unsichtbaren Schalter mit dem Fuß und die Göttersteige sank hinab.

»Diese Klinge ... sie sieht aus wie eine Schmiedearbeit aus Alva«, murmelte sie, während ihre Finger die verrostete Schneide berührten, als könnte sie die Geschichte des Dolches ertasten, die in das Metall gebrannt war. Dann gab sie Cord die Waffe zurück. »Zeig mir, wie du es getan hast. Schleudere einen Blitz.«

»Einen Blitz?« Cord trat einen Schritt zurück. Sein Blick wanderte von der Klinge zu Sina und wieder zurück. »Das letzte Mal ... ich hatte keine Kontrolle. Es war, als ob die Waffe selbst entschieden hätte.«

»Tu es!«, forderte Sina scharf, doch in ihrer Stimme lag etwas, das zwischen Neugier und Sorge schwankte.

Verunsichert sah er sich um. Er richtete den Dolch vor sich auf den Boden und schloss seine Hand fest um den Griff.

Nichts geschah.

Mit aller Kraft packte er zu, doch die Waffe schwieg.

»Es gelingt mir nicht«, sagte er und ließ den Dolch sinken.

»Und so sollte es sein. Die Waffe wurde in Alva geschmiedet.«

»Dennoch liegt die Frau im Sterben«, drängte Cord. »Deshalb muss ich nach Zanmathar.«

»Selbst wenn du es bis dorthin schaffst, was unwahrscheinlich ist – was dann?«

»Es gibt dort ein Heilmittel.«

»Du meinst den Born?«

»Ja, so nannte es der Schrat.«

»Der Born liegt im Herzen des königlichen Palastes«, sagte Sina und schüttelte den Kopf. »Und es ist kein gewöhnlicher Ort. Der Born war den Göttern vorbehalten. Und heutzutage steht es ausschließlich der Königin zu, ihn zu betreten. Für dich bleibt er so unerreichbar wie die Sterne am Himmel.«

Ihre Worte trafen Cord wie ein Schlag und erschütterten die zerbrechliche Hoffnung, sich von der Fessel des Schrats zu befreien. In diesem Moment wollte ein Teil von ihm aufgeben, sich der Ruhe dieses Ortes hingeben – und der Strafe des Schrats entgegensehen.

Aber er konnte die Bilder in seinem Kopf nicht abschütteln – das Gesicht der Alten, gezeichnet von schmerzhafter Ungläubigkeit. Und Walter, der ihm gefolgt war und darauf vertraute, dass Cord ihn zurückführen würde. Er sah seine Mutter, die jeden Abend mit einer leeren Hoffnung zu Bett ging. Und seinen Vater …

*Nein*, beschloss Cord im Stillen. *Noch nicht.*

In Gedanken formulierte er die Worte, die Sina die tödliche Markierung des Ankers erklärten, doch er brachte sie nicht über die Lippen – als könnte Schweigen ihn vor dem Anker retten.

Stattdessen sagte er: »Ich kann nicht bleiben.«

Sinas Augen weiteten sich vor Unglauben, und für einen Moment schien es, als wolle sie etwas erwidern. Doch dann senkte sie den Blick, und ein Schatten legte sich über ihr Gesicht. »Wie du wünschst«, sagte sie scharf. »Aber warte wenigstens bis Sonnenaufgang. Nachts wirst du nicht aus dem Dschungel herausfinden. Und selbst am Tag wirst du Hilfe brauchen.«

Sie wandte sich ab, doch bevor sie ging, blieb sie für einen Moment stehen, als habe sie mit sich selbst gerungen. Ihre Schultern strafften sich, und sie fügte hinzu: »Ich besorge dir eine Karte. Und Proviant.«

Ohne ein weiteres Wort verschwand sie in der tanzenden, lachenden Menge.

Cord stand da.

Allein.

Mit einem Dolch, der sich anfühlte, als lastete das Gewicht einer ganzen Welt darin.

## Kapitel 12

Bei Morgengrauen trat Sina vor das Zelt, an ihrer Seite eine hochgewachsene Frau, deren ernster Gesichtsausdruck Autorität ausstrahlte. Sinas Stimme klang reserviert, als sie sagte: »Mila wird euch aus dem Wald führen. In den Rucksäcken findet ihr Vorräte, ein paar Münzen und eine Landkarte.«

Ihre Augen streiften Cord – als wartete sie auf eine Antwort, die er ihr nicht gab.

Mila trat vor und reichte ihnen wortlos das Gepäck.

»Nehmt euch in acht«, warnte Sina. »Außerhalb des Waldes wurden Hunde des Eisenfürsten gesichtet. Ihr passt perfekt ins Beuteschema. Und haltet euch von Zeitfallen fern. Ihr erkennt sie, wenn ihr darauf trefft.«

Cord wollte sich bedanken. Und mehr als das. Etwas sagen, das dem Gefühl in ihm gerecht wurde. Aber als er den Mund öffnete, kam nur ein: »Danke.«

Die Stille, die darauf folgte, war drückend. Der Rucksack auf seinen Schultern fühlte sich an, als trüge er Steine.

»Folgt mir!«, befahl Mila und setzte sich in Bewegung.

Zum Abschied rief Arnold Sina zu: »Grüße Emma von mir. Vielleicht werde ich ihr ein hübsches Geschenk aus der Hauptstadt mitbringen.«

Walter winkte. »Danke und vielleicht bis bald.«

Cord schwieg. Ein Wiedersehen schien ausgeschlossen – allein schon wegen Ibnidai Unadil. Eine lähmende Leere breitete sich in seiner Brust aus. Mit jedem Schritt verblasste die Welt, als würde ihr die Farbe geraubt.

Mila bahnte sich schweigend ihren Weg durch den dichten Dschungel. Ihre Machete blitzte im fahlen Licht auf. Mühelos schwang sie die Klinge und schnitt durch Äste, die den Weg versperrten.

Mit jedem Schritt lichtete sich das Dickicht, bis sich schließlich vor ihnen eine endlose Steppe ausbreitete. Das Gras glühte golden im ersten Morgenlicht, doch die Weite blieb karg und unerbittlich. Die Luft war kühler, trockener, und Cord hörte, wie die lebendigen Geräusche des Waldes hinter ihnen verstummten.

»Von hier an seid ihr auf euch allein gestellt.« Milas Stimme klang fest, doch ein Hauch von Zweifel schwang mit. Sie griff in Walters Rucksack, entfaltete eine Karte und tippte mit dem Finger auf eine Stelle. »Wir sind hier. Wenn ihr in diese Richtung marschiert, trefft ihr auf eine Straße. Sie führt an Lorkmart vorbei nach Zanmathar. Eure Vorräte reichen drei, vielleicht vier Tage. Kauft in den Dörfern ein, was ihr benötigt, aber bezahlt nur mit kleinen Münzen und zeigt niemals alle her.«

Einen Moment zögerte sie, bevor sie die Karte zurückgab. »Ihr werdet vorsichtig sein müssen. Der Weg ist nicht für Unvorsichtige gemacht.«

Walter warf einen Blick auf die Karte und dann auf Mila. »Was sind die Münzen wert und was kann man damit kaufen?«

Mila seufzte, ihre Stimme klang ungeduldig. »Das alles sind Fragen, die wir Neuankömmlingen in ihren ersten Tagen im Lager beantworten. Lebt wohl.«

Damit drehte sie sich um und verschwand im Schatten des Dschungels.

Walter sah über die Schulter zurück in Richtung des Waldes. »Vielleicht hätten wir doch noch einen Tag bleiben sollen, um mehr über diese

Welt zu erfahren.« Seine Stimme klang dünn, als würde er bereuen, aufgebrochen zu sein.

»Ach papperlapapp«, unterbrach ihn Arnold. »Wir sind jetzt immerhin diesen verrückten Häuptling los.«

»Wolltest du Emma nicht ein Souvenir mitbringen?«, entgegnete Walter. »Ibnidai machte auf mich nicht den Eindruck, als würde er vergessen, wer sich vor dem Latrinenreinigen gedrückt hat.«

»Eins nach dem anderen. Jetzt helfen wir erst einmal unserem Kumpel, die Bestellung des Schrats abzuliefern.«

Er stapfte los. »Worauf wartet ihr? Die unbekannte Welt ruft. Auf geht's!«

Walter seufzte und warf Cord einen Blick zu. »Da hat er wohl recht.«

Cord nickte und gemeinsam folgten sie Arnold in die weite Steppe.

Sie kämpften sich auf einem schmalen Trampelpfad durch ein Labyrinth aus Geröll, das wie die zerborstenen Überreste einer vergessenen Welt erschien. Der Pfad mündete in eine staubige Straße. Die Luft flimmerte vor Hitze und verwandelte die karge Landschaft in ein schattenloses Meer aus Stein und Staub.

Um sich vor der sengenden Sonne zu schützen, hüllten sich die drei in luftige Leinenumhänge, die im Wind flatterten. Jeder Schritt zehrte an ihren Kräften. Das Gelände schien sich gegen sie verschworen zu haben.

Walter wischte sich Schweiß von der Stirn. »Warum gibt es in dieser Steinwüste nicht mal einen Brocken, hinter dem man Schatten findet?«

Er hockte sich in den Staub und kramte seine Wasserflasche hervor.

Arnold zog den Dolch aus dem Gepäck, zielte in die Ferne und fummelte am Griff herum. »Verflucht, wie hast du es fertiggebracht, einen Blitz abzufeuern?«

»Keine Ahnung. Der hat sich von selbst gelöst«, antwortete Cord. »Vielleicht hatte die Waffe nur einen Schuss und muss erst wieder geladen werden. Gib mal her.«

Arnold übergab den Dolch und Cord suchte nach einem Öffnungsmechanismus. Der Griff bestand aus einem reichlich verzierten, glasartigen Material. »Ziemlich ungepflegt, könnte früher mal kostbar gewesen sein. Aber ich glaub nicht, dass man da etwas nachladen kann.«

Er hob den Dolch, zielte auf einen Felsbrocken und versuchte, sich die Szene im Keller des Schrats ins Gedächtnis zu rufen. Doch anstelle eines Hinweises auf den Auslösemechanismus tauchte das Bild der Alten vor seinem inneren Auge auf – ihr bestürzter Blick, der Moment, in dem der Blitz sie traf. Ein stechender Schmerz der Schuld krallte sich in seine Brust und zog sich mit jedem Herzschlag enger.

Er presste die Zähne aufeinander und verdrängte die Erinnerung, um sich auf die Waffe zu konzentrieren. Er versuchte, sich an das elektrisierende Kribbeln zu erinnern, das er verspürt hatte, als die Klinge zum Leben erwacht war.

Doch der Dolch schwieg.

Frustriert hielt er ihn Arnold hin.

»Behalte die rostige Klinge«, winkte Arnold ab. »Ich bin zu blöd dafür. Bei dir hat's wenigstens schon mal funktioniert.«

Cord starrte auf die Waffe und war sich nicht sicher, ob es sich dabei um ein Gerät, einen Fluch oder etwas völlig anderes handelte.

Walter erhob sich und klopfte den Staub von seinem Umhang. »Jungs, lasst uns weiterziehen und einen schattigen Ort für eine richtige Rast suchen. Die Hitze macht mich fertig.«

Nach langem Marsch unter der glühenden Sonne lag der See vor ihnen wie eine Fata Morgana inmitten der steinigen Öde. Ein plätschernder Wasserfall speiste ihn, sein Klang war wie eine sanfte Melodie in der Stille.

Hohe Gräser tanzten im Wind. Der Schatten unter den Bäumen bot Zuflucht vor der sengenden Hitze.

»Endlich! Der perfekte Platz für eine Verschnaufpause!« Walter taumelte zu einem schattigen Fleck und ließ sich mit ausgebreiteten Armen ins Gras fallen, als wolle er die Kühle umarmen.

Cord, durstig und ausgelaugt, watete knietief ins Wasser. Er trank aus den Händen, füllte die Flasche, tauchte das Gesicht in den See.

Arnold lehnte an einem Baumstamm und studierte die Karte. Er fuhr mit dem Finger über das verblichene Pergament.

»Wir sind hier«, sagte er und tippte auf eine Markierung. »Wenn das stimmt, liegt die Abzweigung nach Lorkmart gleich dort vorn. Unser Weg aber ...« – er fuhr mit dem Finger weiter – »... führt direkt in die Hauptstadt Zanmathar.«

»Achtung!« Cord sprang hinter einen Baumstamm und deutete in die Richtung, aus der sie gekommen waren.

Jemand taumelte fluchend über die Straße. Sein Gang war unregelmäßig, als würde er gegen ein unsichtbares Gewicht ankämpfen.

»Wie sind denn die hier drauf?«, fragte Walter. »Führt der Typ etwa in dieser Bruthitze seine Hunde spazieren?«

»Die sind halt nicht so verweichlicht wie du.« Arnold kicherte.

Cord kniff die Augen zusammen. Sein Magen verkrampfte sich. »Der wippende Gang ... kommt mir bekannt vor.«

»Ich fass es nicht«, murmelte Arnold. »Stundenlang watscheln wir durch die Prärie, ohne auf eine Menschenseele zu treffen. Und dann latscht uns unser Lieblingsfeind direkt vor die Füße.«

Er erhob sich und brüllte: »Hey, Hennemann! Seit wann brauchst du'ne Kuschelbande, um dir Zuneigung zu kaufen?«

Walter zischte: »Geht's vielleicht auch etwas diplomatischer?«

Elrik Hennemann blieb stehen, sein Gesicht gezeichnet von Wut und Erschöpfung. »Ihr drei Schwuchteln habt mir gerade noch gefehlt.«

Arnold ballte die Fäuste. »Dafür mach ich ihn platt.«

»Warte!« Cords Stimme schnitt durch die Luft. Sein Blick hing an den Hunden.

Das Rudel umkreiste Elrik wie ein schwarzer Wirbel.

Einer der Welpen löste sich – tapsig, schwanzwedelnd, aber irgendwie ... falsch.

»Oh, ist der putzig«, sagte Walter und ging in die Hocke.

»Zurück!« Cord hielt ihn am Arm. »Da stimmt was nicht.«

Es waren die Augen des Hundes – smaragdgrün, unnatürlich groß und unerträglich eindringlich.

Sie bohrten sich in Cords Verstand.

Eine Kraft, kalt und fremd, griff nach seinem Innersten.

Er zwang sich, den Blick abzuwenden.

»Sieh ihm nicht in die Augen«, sagte er scharf.

Der Welpe schmiegte sich an Walters Bein, hob den Kopf und suchte erneut Blickkontakt.

»Na los«, rief Elrik mit brüchiger Stimme. »Wollt ihr nicht mit den Hündchen spielen? Ihr könnt sie alle haben.«

Arnold trat grinsend einen Schritt vor. »Keine Zeit. Wir sind beschäftigt.«

»Du aufgeblasener Wichtigtuer. Ich lass dir gleich die Luft raus.«

Elrik trottete Arnold entgegen.

Sofort schnappte einer der größeren Hunde nach seinem Hosenbein – knurrend, mit gebleckten Zähnen.

»Ihr verfluchten Dreckskӧter!« Elrik stampfte mit dem Fuß auf. »Knöpft euch doch die drei Ratten vor und lasst mich endlich in Ruhe.«

Die Hunde rührten sich nicht.

Ihre glühenden Augen blieben auf ihn gerichtet.

Das kehlige Knurren schwoll an.

Arnold lachte. »Wir wissen doch, dass du ein Schlappschwanz bist. Jetzt eben einer, der sich vor einem Schoßhündchen fürchtet. Mach dir nichts draus.«

Mit einem heiseren Schrei riss sich Elrik los – stürmte auf Arnold zu, drehte dann plötzlich ab und rannte zum See.

Er sprang ins Wasser. Der größte der Hunde hechtete hinterher, packte ihn und zerrte ihn ans Ufer.

Elriks Schreie schnitten durch die Luft.

»Verfluchte Kacke!«, stieß Arnold hervor. »Was geht hier ab?«

»Daran bist nur du schuld.« Elrik deutete auf Cord. »Du und dein beknacktes Taschenmesser.«

Cord trat einen Schritt vor. »Was ist mit den Hunden los, Elrik? Vielleicht ... können wir dir helfen.«

»Hilfe?« Elrik stemmte sich keuchend auf die Beine. »Ich brauch eure Hilfe nicht. Haltet euch raus!«

Das Rudel umzingelte ihn und schob ihn zurück zur Straße – wie Wölfe, die ihre Beute in die Enge treiben.

»Elrik ...«, rief Cord ihm hinterher.

»Lasst mich einfach in Ruhe!«, schrie Elrik.

Die Hunde ließen ihn nicht aus den Augen. Ihr Knurren rollte wie

Donner über den Boden, während sie ihn in Richtung Lorkmart drängten.

»Verflucht!«, Walter sah Elrik erschüttert hinterher. »Was sind das für Kreaturen?«

»Sina warnte uns vor den Hunden des Eisenfürsten«, antwortete Cord.

»Was wird mit Elrik passieren?« Walters Stimme war leise, fast erstickt. »Meint ihr, wir könnten irgendetwas tun?«

»Mein Gott, Walter.« Arnold schlug die Hände über dem Kopf zusammen. »Ich wusste, dass jetzt diese Mitleidsnummer kommt. Der Hennemann-Idiot hat sich das alles selbst eingebrockt. Wir können ihm nicht helfen, wollen es nicht und dürfen es nicht. Wir haben eine Mission zu erfüllen, schon vergessen? Stell dir vor, wir vermasseln das. Dann wünsche ich dir bei deiner Rückkehr viel Spaß mit dem Schrat.«

»Wenn wir scheitern«, sagte Cord leise, »dann wird es keine Rückkehr geben.« *Nicht für uns. Und ganz sicher nicht für mich.*

»Cord«, rief Walter, »wir müssen rausfinden, wohin sie ihn bringen. Vielleicht gibt es eine Möglichkeit, ihm zu helfen. Du bist immerhin im Besitz einer Fernwaffe.«

»Von der ich überhaupt keine Ahnung habe, wie man sie kontrolliert.«

»Hör zu, Cord.« Walters Stimme war leise, eindringlich. »Er ist ein Mistkerl, ja. Aber macht ihn das weniger wert? Wenn wir jetzt wegsehen, was sagt das über uns aus?«

Cord öffnete den Mund, um zu antworten, aber die Worte blieben ihm im Hals stecken. Wenn sie hier eingriffen, könnte sie das alle in den Abgrund reißen.

Walter holte die Karte heraus und zeigte auf eine Stelle. »Schau! Lorkmart liegt nicht weit entfernt. Dorthin werden ihn die Hunde wohl bringen. Lasst uns ihm ein Stück folgen. Vielleicht bietet sich eine Möglichkeit, ihm aus der Patsche zu helfen.«

Elrik hatte sie immer wieder gedemütigt, erinnerte sich Cord. Aber ihn jetzt allein lassen, mitten unter diesen Kreaturen, die nicht mal mehr wie Hunde wirkten ... wäre das nicht genauso schändlich?

»Also gut«, seufzte Cord.

»Ich fass es nicht.« Arnold atmete tief durch und schüttelte den Kopf. »Wehe, wir gehen ein Risiko ein. Wir werden uns zurückhalten! Und falls nur der Hauch einer Gefährdung droht, sind wir weg!«

An einer Kreuzung stießen sie auf die gepflasterte Verbindungsstraße zwischen Lorkmart und der Hauptstadt des Reichs. Wie erwartet trieben die Hunde Elrik nach Lorkmart.

Cord, Arnold und Walter folgten ihm.

Parallel zur Straße zog sich der Fluss, der den See speiste, wie ein silbernes Band durch die Landschaft. Sein leises Murmeln bildete einen sanften Kontrast zum Klappern einer Pferdekutsche, die sich aus der Ferne näherte. Voll beladen mit Fässern und Kisten ratterte sie über die unebene Oberfläche.

Walter zupfte an Cords Ärmel, seine Augen weit vor Schreck.

Doch Cord schüttelte kaum merklich den Kopf. »Bleib ruhig. Unauffällig.«

Die Kapuzen tief ins Gesicht gezogen, liefen sie weiter, während die Pferde sich näherten.

Der Kutscher musterte sie argwöhnisch.

Cord hielt den Atem an.

Für einen Moment kreuzten sich ihre Blicke.

Die Hufe klapperten, das Fuhrwerk donnerte, ein Windstoß fuhr in Cords Umhang.

Erst als die Kutsche hinter der Kuppe verschwand, wagte er einen Blick zurück.

»Wie weit sollen wir ihm noch hinterhertrotten?«, fragte Arnold genervt. »Oder habt ihr bereits einen Plan zur Befreiung unseres Erzfeindes ausgetüftelt?«

»Cord könnte mit dem Dolch …«, begann Walter.

»Keine Chance«, unterbrach Cord. »Das Teil funktioniert nicht mehr. Außerdem sind es zu viele Hunde.«

»Also folgen wir ihm«, grummelte Arnold, »und warten ab, was passiert. Welch ein genialer Plan. Wirklich beeindruckend.«

Der Geruch frischer Kräuter stieg Cord in die Nase.

Am fruchtbaren Uferstreifen, der den Fluss säumte, wuchsen Feldfrüchte auf Getreideäckern und Obstplantagen. Die dünn besiedelte Gegend verdichtete sich zu einem Dorf. Stimmen der Menschen verschmolzen mit dem aufgeregten Gackern der Hühner und dem gedämpften Muhen der Rinder. Kinder liefen barfuß zwischen Beerensträuchern umher, die Hände rot von den Früchten. Ihre Mutter rief sie zur Ordnung, doch sie lachten nur und stopften sich Beeren in den Mund.

Als die Bauern die Hundemeute bemerkten, wurden ihre Gesichter blass wie Wachs. Gespräche verstummten mitten im Satz, ein Hahnenschrei verhallte in bedrückender Stille. Eine Frau ließ einen Korb mit Obst fallen, Äpfel rollten über den Boden, doch sie kümmerte sich nicht darum. Stattdessen packte sie ihr Kind am Arm und zog es hastig hinter sich, ihr Blick zwischen den Hunden und Elrik hin- und hergerissen. Es war klar, dass sie wusste, was die Hunde bedeuteten und was sie brachten.

Die Bauern, die Waren auf hölzernen Karren schoben, senkten die Köpfe, als die Hundemeute vorbeizog. Die Kinder verschwanden in den Schatten der Hütten. Selbst die Tiere verstummten – kein Gackern, kein Muhen. Nur die schweren Schritte der Hunde und Elriks Keuchen durchbrachen die drückende Stille.

Die Hunde trieben Elrik zielstrebig voran.

Und Cord, Arnold und Walter folgten ihnen.

Doch in Cords Gedanken nagten Zweifel. Arnold hatte recht: Elrik war ein Mistkerl, der immer wieder nur Probleme gemacht hatte. Das wäre Grund genug, ihn seinem Schicksal zu überlassen. Jedoch ließen ihn Walters Worte nicht los. Waren sie nicht trotzdem verpflichtet, zu helfen – Elrik und ihrem eigenen Gewissen gegenüber?

Das Risiko war ihm bewusst. Der Gedanke, die Aufmerksamkeit des Eisenfürsten oder seiner Sturmjäger zu erregen, drehte ihm den Magen um. Lorkmart war ein Ort der Gefahr, und sie waren Fremde in einer Welt, die sie nicht verstanden. Fremde hatten hier nichts zu suchen – außer vielleicht als Gefangene.

# Kapitel 13

Die purpurfarbene Kristallstadt Lorkmart erstrahlte im Glanz der Sonne, als wäre sie selbst aus Licht geschmiedet. Dutzende sechskantige Prismen ragten wie windschiefe Wolkenkratzer empor und warfen tanzende Reflexionen auf den staubigen Boden. An den schimmernden Oberflächen brach das Licht in bunten Regenbogenfarben.

Der hypnotisierende Anblick hielt Cord in seinem Bann, bis er sich zwang, den Blick von den scharfen Spitzen der Prismen abzuwenden, die den Himmel durchbohrten. Ein tiefes, gleichmäßiges Brummen durchdrang Luft und Boden, als ob die Stadt selbst lebendig wäre – als spräche sie durch ihre Türme.

Aus einer hoch oben gelegenen Turmöffnung segelte ein Gleiter und verschwand in einem Nachbarturm.

Arnold pfiff durch die Zähne. »Respekt! Die Architekten vor Ort wagen eindeutig mehr als diejenigen in Anburg. Solch monströse Kristalle …«

»Obacht!« Cord deutete auf ein Fuhrwerk.

Es preschte aus der Stadt heran und kam ruckartig vor Elrik zum Stehen. Soldaten in purpurfarbenen Uniformen sprangen von der Ladefläche und zerrten ihn auf den Wagen. Sie wendeten das Fahrzeug und rasten zurück in die Stadt. Die Hundemeute hetzte ihnen nach.

»Beeilung«, rief Cord, »sonst verlieren wir ihn aus den Augen.«

Mit tief ins Gesicht gezogenen Kapuzen hasteten sie hinterher – drängten sich durch die Menge.

Der Wagen rumpelte übers holprige Pflaster, und die kläffende Meute folgte wie ein Schatten.

Der Platz vor dem Kristallturm war erfüllt von dumpfem Gemurmel und dem trüben Glanz vieler Augenpaare. Menschen drängten sich dicht aneinander, ihre Gesichter schattenhaft unter Kapuzen verborgen. Die Soldaten bewegten sich mit militärischer Präzision. Ihre Stiefel hallten über die Pflastersteine wie Hammerschläge.

Als Elrik schreiend vom Wagen gestoßen wurde, wich die Menge einen Schritt zurück, doch niemand sagte ein Wort. Die Stille war bedrückend, unterbrochen nur vom Klirren der Ketten, als die Soldaten Elrik zu den beiden Mädchen schleppten. Ihre Blicke waren leer, ihre Gesichter eingefallen, und ihre dünnen Beine lagen in rostigen Fesseln.

Cord bemerkte, wie einige der Umstehenden ihre Kinder an sich zogen, als wollten sie diese vor einer unsichtbaren Gefahr schützen.

»Mein Gott«, flüsterte Walter mit bebender Stimme. »Was haben die vor?«

»Nichts, was wir verhindern können«, antwortete Arnold kurz und knapp. »Lasst uns abhauen.«

»Wie kann man nur so kaltherzig sein?«, brauste Walter auf. »Kennst du überhaupt kein Mitgefühl?«

Arnold hob abwehrend die Hände. »Und was genau willst du tun, Walter? Willst du gegen eine ganze Garnison von Soldaten antreten? Willst du uns alle umbringen lassen, weil du glaubst, Hennemann hätte deine Hilfe verdient? Hat er aber nicht! Er hat sich das selbst eingebrockt. Jetzt soll er eine Weile dort schmoren. Geschieht ihm recht.«

Cord sagte nichts, doch in seinem Kopf tobte ein Sturm. Elrik war ein Dreckskerl, aber ihn jetzt hier zu sehen – zerschlagen, verzweifelt, hilflos – rüttelte an etwas Tiefem in ihm. Und die Mädchen – wie gebrochene Tiere lagen sie im Staub. Doch jeder Gedanke daran, einzugreifen, brachte die eisige Angst mit sich, dass sie alle in den Abgrund gerissen würden. Es gab keine Möglichkeit, Einfluss zu nehmen, das war ihm klar.

Eine Welle der Beklemmung erfasste ihn, ließ ihn frösteln trotz der Hitze. Sein Blick wanderte zu den Soldaten. In ihren Rüstungen wirkten sie unbesiegbar, während sie selbst nichts weiter als Fremde mit Kapuzen waren, die vorgaben, nicht da zu sein.

Eine schwarze Katze schmiegte sich an Cords Knöchel. Ihr Fell schimmerte wie polierter Obsidian, und ihre Augen waren strahlend blau.

»Wo kommst du denn her?«, fragte er leise und hockte sich hin, um sie vorsichtig anzuheben. Sie schnurrte wohlig, ließ sich kraulen und leckte mit ihrer rauen Zunge über seine Finger.

»Hast du einen Namen?«

»Sie heißt Blau«, krächzte eine Stimme, rau und kratzend wie ein morscher, brechender Zweig.

Cord sprang auf und hätte beinahe die Katze fallen lassen. Vor ihm stand eine alte Frau, die scheinbar aus dem Nichts aufgetaucht war. Ihre runzlige Haut spannte sich über die Knochen, und ein Auge fehlte. Die leere Höhle, wo es sein sollte, war eingefallen und von Schatten umgeben. Das verbliebene Auge war trüb, ohne Iris und Pupille, schien nichts zu sehen. Und doch hatte Cord das Gefühl, dass sie ihn genau musterte.

»Ein hübscher Name«, sagte Cord und spürte, wie die Katze sich in seinen Armen anspannte.

Fanfarenklänge schmetterten über den Platz.

Die Katze fauchte, ihre Krallen gruben sich in Cords Hand, und ehe er reagieren konnte, biss sie zu. Ein stechender Schmerz zuckte durch seinen Finger. Cord fluchte still, und Blau sprang fauchend aus seinen Armen und verschwand lautlos hinter der Frau.

»Du ungezogenes Kätzchen«, sagte die Einäugige. »Sieh an, was du angerichtet hast. Der Knabe blutet.«

Cord betrachtete zwei winzige Einstichstellen, die sich rot färbten. »Halb so schlimm. Die Fanfaren haben Blau erschreckt.«

»Ich kannte einen baumstarken Bergmann, der an genau so einem schlichten Biss verendet ist.«

Mit knochigen Fingern griff sie in einen Beutel, der wie eine verschrumpelte Frucht an ihrem Hals hing. Heraus zog sie ein Gefäß, gefüllt mit einer zähen, dunklen Salbe, die zwischen Dunkelgrün und Schwarz changierte. Es roch scharf – nach Erde, nach Pilz, nach etwas Altem.

»Zeig mir die Hand«, forderte sie und griff nach Cords Arm.

Cord wollte protestieren, doch etwas an der Art, wie die Frau ihn ansah – oder nicht ansah – ließ ihn verstummen.

»Was ist das?«, fragte er stattdessen.

»Schutz«, sagte sie knapp und rieb die Wunde ein.

Im ersten Moment brannte die Salbe wie Feuer. Doch das Gefühl ließ schnell nach und wich einem eisigen Frösteln.

»Das wird dir bekommen.« Sie kicherte leise, nahm die Katze auf den Arm und richtete ihre Aufmerksamkeit auf die Gefangenen inmitten des Platzes.

Verblüfft musterte Cord diese seltsame Frau und ihr Kätzchen. Die Kälte in seinem Finger verging. Doch das Gefühl, dass etwas nicht stimmte, blieb.

Ein zweites Signal ließ das Geraune der Menge verstummen.

Sechs Bläser senkten ihre Fanfaren. Auf dem Balkon formten sie ein Spalier. Zwei Gestalten traten aus dem Turm und öffneten eine Tür in der Brüstung.

Cord entdeckte die schwebende Scheibe.

Die beiden sanken darauf sanft zu Boden und schritten der Menge entgegen. Der eine trug einen purpurfarbenen Umhang, der mit goldenen Stickereien verziert war. Der andere überragte jeden um mindestens zwei Köpfe.

Das war kein Mensch.

Seine ledrige, grüne Haut war verkrustet und rissig, sein vorstehender Kiefer und die gezackten Zähne erinnerten Cord an eine groteske Kreuzung zwischen Mensch und Krokodil. Aus dem kahlen, knochigen Schädel starrten grüne Smaragdaugen, die denen der Hunde ähnelten. Weiße Pusteln überzogen seinen kraftstrotzenden Körper.

Angewidert wandte Cord den Blick ab.

Auf dem Platz herrschte eine erstickende Stille. Nur das Wimmern der drei Gefangenen war zu hören, unterbrochen von den Schritten des Mannes im Purpurumhang und seines monströsen Begleiters. Sie blieben vor Elrik und den Mädchen stehen.

Der Mann im Umhang beugte sich zu ihnen hinab, strich mit der Hand über das Haar eines der beiden Mädchen und sprach:

»Fürchtet euch nicht.« Seine Stimme war samtig, fast beruhigend, doch sie trug einen kalten Unterton, der Cord eine Gänsehaut über den Rücken jagte. »Es ist nicht das Ende.« Skallahats Blick wanderte über die Menge, seine Augen schienen sich in jedes Gesicht zu bohren. »Es ist der Anfang.«

Langsam streckte er die Hand empor, als wollte er die Aufmerksamkeit der gesamten Stadt einfangen und sie mit verborgenen Fäden in seinen Bann ziehen. Die Menge stand wie erstarrt, gefesselt von der unsichtbaren Kraft seiner Präsenz.

Ein plötzlicher Tumult durchbrach den Bann. Ein junger Soldat, kaum älter als Cord, eilte nach vorn.

»Fürst Skallahat … mein Herr«, stammelte der Soldat.

Der Fürst erstarrte, stöhnte für alle hörbar und wandte sich dem Störer zu: »Ja? Was gibt es so außerordentlich Wichtiges?«

Der Soldat warf sich vor ihm zu Boden.

»Wie ist dein Name?«, fragte der Fürst.

Der junge Soldat sah verwirrt auf.

»Dein Name?« Skallahat ließ die Frage wie einen Dolch durch die Stille schneiden. »Du hast doch einen, nicht wahr?«

»Gewiss … Ka… Kalter Lurch, Herr.« Die Worte kamen stockend. »Ihr gabt ihn mir.«

»Erhebe dich, Kalter Lurch«, sagte Skallahat sanft, aber sein Blick blieb kalt wie Eis. »Und erkläre mir, was wichtiger ist, als diese feierliche Weihe.«

Als Kalter Lurch zögerte, holte der Sturmjäger neben Skallahat aus. Seine grüne Pranke packte den Soldaten, riss ihn empor und ließ ihn am ausgestreckten Arm vor dem Fürsten baumeln.

»Hoflieferant … Beilmund«, röchelte der Soldat, »… bittet um Audienz.«

»Ausgerechnet jetzt? Was will er denn?«

Ein korpulenter Mann mit hochrotem Kopf trat auf den Platz. »Was ich will, das wisst ihr.«

»Mein lieber Hoflieferant Beilmund. Wie schön dich zu sehen.« Skallahat breitete die Arme aus. »Zeitpunkt und Ambiente sind allerdings etwas unpassend.«

»Das Ambiente passt mir ausgezeichnet«, donnerte Beilmund und trat vor, seine Stimme hallte über den Platz. Gemurmel brandete in der Menge auf. »Dann erfahren alle, wie ihr mit einem Geschäftspartner umspringt, dessen Haus seit Generationen zuverlässig Material und Ausrüstung für die Minen des Hauses Skallahat liefert.«

Der Sturmjäger ließ den Soldaten achtlos fallen, seine Pranke zuckte ungeduldig. Die Luft um ihn schien schwerer zu werden, und sein Blick – ein flackerndes Grün, das alles durchbohrte – richtete sich auf Beilmund. Skallahat hingegen trat seelenruhig einen Schritt vor.

»Nur zu«, sprach Beilmund aufgebracht. »Hetzt euren Sturmjäger auf mich. Ich bin sowieso ruiniert, wenn ihr euren Zahlungsverpflichtungen nicht nachkommt.«

»Aber mein geschätzter Beilmund. Was denkst du von uns. Xervacs wird dir kein Haar krümmen. Hast du vergessen, dass ein Skallahat zu seinem Wort steht? Ich versichere dir, dass du innerhalb der nächsten drei Tage erhalten wirst, was dir zusteht. Ich werde das persönlich veranlassen.«

Er klatschte in die Hände. »Wunderbar, das ist geklärt. Kalter Lurch, begleite meinen geschätzten Geschäftspartner in die Kämmerei. Dort sollen sie eine vollständige Zahlungsaufstellung anfertigen.«

»Wenn das wieder ein Trick ist, dann ...«

»Sei unbesorgt, lieber Beilmund.« Skallahat ließ die Worte hängen, als koste er die Stille aus. »Könnten unsere Häuser sich nicht aufeinander verlassen ...« Seine Zähne blitzten in einem unnatürlichen Grinsen auf. »... dann stündest du nicht hier. Und du würdest auch nicht in diesem despektierlichen Ton sprechen.«

Beilmund senkte sein Haupt und ließ sich ohne Widerworte vom Platz eskortieren.

»Und jetzt endlich zu euch, meine lieben jungen Menschen.« Der Fürst lächelte den Gefangenen zu. »Ich befreie euch von all euren Verpflichtungen, indem ich euch der bedeutsamsten, edelsten, heiligsten Aufgabe zuführe. Dem Schutz Dradoras vor den Kräften der Finsternis.«

Eines der Mädchen fing an zu weinen.

»Nicht doch, mein Kind.« Der Fürst streichelte ihr zärtlich über den Kopf und befahl einem Soldaten, ihre Kette abzunehmen.

»Erhebe dich, meine Prinzessin. Es gibt keinen Grund zur Furcht oder gar zur Verzweiflung. Dieser Kampf für Dradora wird immer mit einem Platz an der Seite der Götter belohnt.«

Cord beobachtete, wie das Mädchen zögernd die Tränen von den Wangen wischte. Ihre Unterlippe zitterte, und ihre Knie schienen jeden Moment nachzugeben. Ihre Stimme war dünn und zerbrechlich: »Werde ich ... werde ich das goldene Schiff sehen?«

»Aber sicher wirst du das.« Der Fürst sprach sanft.

Sie nickte, doch ihre Schritte waren schwer, als er sie zum Sturmjäger führte.

Cord spürte ein Stechen in seiner Brust. Das Mädchen klang nicht, als ob sie die Antwort überzeugt hatte.

Ein kollektives Keuchen ging durch die Zuschauermenge, bevor völlige Stille eintrat. Jemand hinter Cord murmelte ein Gebet, das abrupt verstummte, als der Sturmjäger die Krallenhände hob.

Er kratzte über sein vernarbtes, von Eiterpusteln übersätes Gesicht. Mit einem Schmatzen platzten die Pusteln auf, und darunter wimmelten Hunderte weißer, spinnenartiger Tierchen. Sie bewegten sich in perfekt synchronisierten Wellen, ihre winzigen Beine schabten über die lederne Haut und verursachten ein leises, schauriges Zirpen, während sie entlang des Nackens zu seinen Klauen krabbelten.

Der Sturmjäger hob die Arme über seinen Kopf und senkte die Hände langsam auf das Haupt des Mädchens hinab. Die Spinnen wanderten über ihr Gesicht, ihren Hals, krochen in die Kleidung, wanderten über ihren ganzen Leib.

Cord konnte nicht wegsehen.

Zuerst färbten sich ihre Fingerspitzen weiß, das Leben wich aus ihnen wie aus einem Blatt, das im Winter erfriert. Das Mädchen starrte entsetzt auf ihre Hände, als könne sie nicht glauben, was mit ihr geschah.

Dann schrie sie.

Der Schrei durchdrang Cord wie eine Klinge – rohe, ungefilterte Panik, die in jedem Nerv widerhallte.

Die Lippen des Mädchens verstummten – doch der Schrei hing in der Stille.

Sie war erstarrt, verblasst. Verwandelt in eine leblose Statue.

Wo eben noch ein Kind gezittert hatte, stand jetzt kalter Stein.

Der Fürst lächelte und gestikulierte in Elriks Richtung. »Erhebe dich, Mirling.«

Elrik warf ihm aus den Augenwinkeln einen trotzigen Blick zu und blieb wie angewurzelt sitzen.

»Erhebe dich!«, wiederholte Skallahat.

Elrik rührte sich nicht.

Ein Soldat trat vor und griff nach Elriks Kragen, aber bevor er ihn anfassen konnte, drehte sich Elrik und rammte seinen Stiefel hart zwischen die Beine des Mannes. Der Soldat brach zusammen wie ein gefällter Baum, umklammerte sich und schnappte nach Luft. Elriks Augen waren wild wie die eines in die Enge getriebenen Tieres. Er zerrte wütend an seinen Ketten.

Der Fürst lachte langsam und abwägend. »Was haben wir denn da für ein widerspenstiges Exemplar?«

Der Sturmjäger zerrte Elrik an der Kette zu sich, riss ihn hoch und hielt ihn wie eine Trophäe zwischen sich und dem Fürsten.

Elrik brüllte vor Schmerz.

»Welch eine Wut in deinen Augen zu lesen ist.« Skallahat klatschte freudig in die Hände, als würde er einer Aufführung applaudieren. »Das ist grandios.«

Doch dann zuckte Xervacs' Schädel abrupt, und seine Haltung versteifte sich, als hätte er einen fernen Geruch wahrgenommen. Sein durchdringender Blick fixierte einen Punkt am Himmel.

Daraufhin sah Cord einen Gleiter aus dem Blau auftauchen, der mit hoher Geschwindigkeit auf die Stadt zuflog.

»Unser geschätzter Botschafter trifft ein«, knurrte Xervacs mit tiefer, kehliger Stimme.

»Was denn, jetzt schon?« Das Lächeln des Fürsten verblasste und in seiner Miene spiegelte sich eine Mischung aus Verärgerung und Unbehagen. Er kniff die Augen zusammen und sein Blick wechselte zwischen dem ankommenden Gleiter und dem Sturmjäger. »Hat das Treffen mit der Königin nicht stattgefunden wie geplant?«

Ein angespannter Moment verging, und dann verhärtete sich Skallahats Gesichtsausdruck. »Verflucht! Muss ich mich wirklich um alles selbst kümmern?« Seine Lippen pressten sich zu einer dünnen Linie zusammen. Doch dann atmete er tief ein, wie ein Schauspieler, der sich für den nächsten Akt rüstet. »Also gut!« Seine Stimme klang plötzlich glatt, fast spielerisch, während seine Augen vor Ärger blitzten. »Demnach muss das hier eben warten. Komm mit.«

Den Soldaten rief er im Weggehen zu: »Sorgt dafür, dass der Mirling mich versteht, wenn ich zurückkomme.«

Skallahat kehrte dem Platz den Rücken.

Der Sturmjäger folgte.

Lautlos verschwanden sie im Turm.

Zuerst herrschte nur Schweigen, dann flüsterte jemand. Das Gemurmel schwoll an, wie ein wachsender Sturm, als die Zuschauer sich hastig zerstreuten. Einige eilten davon, ohne zurückzublicken, andere verharrten, unfähig, ihren Blick von den Gefangenen und der Statue des Mädchens zu lösen. Schließlich brach die Menge auseinander, ein chaotisches Gewirr aus eilenden Schritten und aufgeregten Stimmen.

Inmitten der sich auflösenden Menge erblickte Cord die Katze. Blau drehte sich zu Cord um und miaute leise, ein melodischer Laut, der wie ein Abschied in der Luft hing. Ihre strahlend blauen Augen funkelten, bevor sie der Einäugigen folgte. Gemeinsam verschwanden sie in Richtung eines Karrens am anderen Ende des Platzes.

Cord, Arnold und Walter standen im Schatten eines Kristallturms und blickten unauffällig zu Elrik und dem Mädchen, die in der prallen Sonne im Sand hockten.

»Worauf warten wir?«, fragte Arnold. »Lasst uns abhauen.«

»Wenn wir jetzt gehen«, sagte Cord, »werden sie den Hennemann und das Mädchen umbringen.«

»Na und? Das ist nicht unser Problem. Ja, um das Mädchen tut es mir leid, aber nicht um den Idioten.«

Walters Stimme brach fast, als er flüsterte: »Ich kann in dieser Welt nicht leben.« Er rieb sich verloren über die Stirn, als wollte er den entsetzten Schrei des Mädchens aus seinem Kopf verbannen. »Dieses Ding … dieses abstoßende Ding. Wie konnte so etwas überhaupt entstehen? Und was es aus seinem Gesicht gekratzt hat …« Er würgte, als wäre ihm übel. »Das Mädchen … ich höre sie immer noch schreien. Es ist … es ist falsch. Alles daran ist falsch.«

Er schluckte schwer, sein Blick verschwamm vor Tränen.

Arnold zog Walter kurz an sich. Seine Stimme war fest. »Ich weiß, wie du dich fühlst, Walter. Das war abartig. Und deshalb werden wir uns jetzt aus dem Staub machen und das Geschenk für den Schrat besorgen. Und dann, wenn du willst, kehrst du nach Anburg zurück. So einfach läuft das. Verstanden?«

Er klopfte ihm unbeholfen auf den Rücken.

Walter nickte und blinzelte hastig die Tränen weg.

»Wartet.« Cord deutete zum Platz. Soldaten trugen ein Zelt herbei und spannten es über die Gefangenen, während ein weiterer Soldat in ihrem Schlepptau einen Korb trug.

Cord zog die Augenbrauen zusammen.

Kalter Lurch.

Der Soldat wirkte nervös, sein Blick huschte über den Platz, als wittere er Gefahren. Er stellte den Korb eilig ab.

Elrik griff nach einem Krug und stürzte das Getränk in sich hinein, als wäre es das Letzte, was ihn noch an die Welt band.

»Alle Achtung«, sagte Arnold. »Immerhin sorgen sie sich um ihre Delinquenten.«

Die Soldaten luden die Statue ehrfürchtig auf eine knarrende Schubkarre. Der Klang ihrer Schritte hallte über den jetzt stillen Platz, bevor sie in den Schatten eines der Kristalltürme verschwanden. Das Zeugnis der unheimlichen Szene war weggeräumt, und der Platz lag verlassen da.

Cord starrte auf das Zelt, seine Gedanken ein chaotisches Durcheinander aus Angst, Wut und Hoffnung. »Das ist unsere Chance«, murmelte er, fast zu sich selbst.

Instinktiv zog er den Dolch, das Relikt einer Welt, die er immer weniger verstand. Seine Finger bebten – oder war es die Klinge, die in seinen Händen erwachte?

Ein leises Vibrieren. Ein seltsames Kribbeln, das ihm gleichzeitig Mut und Furcht einflößte.

»Wenn wir jetzt nichts tun, sterben sie«, sagte er. »Und dann können wir uns genauso gut auch aufgeben.« Seine Stimme war entschlossen, aber seine Augen verrieten die Angst, die in ihm brodelte. »Verteilt euch und haltet Ausschau. Pfeift, wenn jemand zurückkommt.«

»Bist du komplett irre?« Arnold packte ihn am Arm, der Griff so fest, dass es wehtat. Seine Stimme war ein scharfes Zischen, in dem Panik mitschwang. »Wenn sie dich erwischen, war's das!«

Cord riss sich los. Bevor Arnold ihn zurückhalten konnte, sprintete er über den offenen Platz zum Zelt. Sein Herz pochte wie ein Trommelwirbel, als er unter die Zeltplane schlüpfte.

»Verfluchte Scheiße«, fuhr Elrik Cord an. »Nicht mal hier ist man vor euch Nervensägen sicher.«

»Halt die Klappe, Hennemann. Ich hol euch beide raus.«

»Ach, du hast einen Schlüssel? Großartig! Einfach aufsperren und rausspazieren.«

Die Ketten der Fußfesseln waren mit einem Schloss an einem schweren Ring angekettet, der mit einer massiven Schelle um den Pfahl herum befestigt war. Die schwächste Stelle der Befestigung schien der Bügel des Schlosses zu sein.

»Wir machen das anders.« Cord zog den Dolch, zielte auf den Bügel und presste die Faust um den Griff des Dolches.

»Was soll das werden, du Schwachkopf?« Elriks Lachen war bitter, fast hysterisch. »Glaubst du, das Schloss springt auf, wenn du es bedrohst? Hack mir lieber den Fuß ab. Ist besser, als sich versteinern zu lassen.«

Er versuchte aufzuspringen. »Gib die Klinge her, wenn du zu feige ...«

Ein Krachen zerriss die Luft. Metallsplitter schossen wie glühende Funken durch das Zelt und schnitten durch das Tuch. Elrik duckte sich. Die Hitze des pulverisierten Schlosses schlug Cord ins Gesicht.

Elrik starrte ihn mit offenem Mund an.

Der Geruch verbrannten Metalls hing in der Luft.

Es war still.

Ein schriller Pfiff.

Dann ein zweiter, dringlicher, fast panisch.

Cord hörte Arnolds Stimme in der Ferne, gedämpft durch das Pochen in seinen Ohren.

»Cord, verdammt! Raus da!« Walters Warnruf klang wie ein verzweifelter Schrei.

»Los, weg von hier!« Cord packte das Mädchen bei den Armen und zog sie auf die Beine. Ihre weit aufgerissenen Augen spiegelten pure Angst, doch sie nickte stumm. Mit schleppenden Schritten zog sie das lose Ende der schweren Kette hinter sich her und stolperte aus dem Zelt.

Elrik stand auf. Er stöhnte, biss sich auf die Lippe. Sein Knochen war geschwollen.

»Stütz dich auf mich.« Cord griff Elrik unter den Arm. »So ist es gut. Und jetzt raus hier.«

Krachend flog das Zelt nach oben, als hätte ein Riese es gepackt und fortgeschleudert. Das grelle Licht schnitt wie eine Klinge in Cords Augen. Ein riesiger Schatten schob sich vor die Sonne, und die Stimme des Sturmjägers donnerte, eisig und belustigt zugleich: »Wie faszinierend. Dies wird interessant.«

Das Letzte, was Cord sah, war die Pranke des Sturmjägers, die ihm entgegenschlug.

## Kapitel 14

Cords Herz raste.

Eine unsichtbare bleierne Macht drückte ihn nieder, lähmte seine Glieder. Die Welt war erstarrt.

Eisiger Schauer. Kochende Panik.

Heiß, erdrückend – jeder Atemzug ein Kampf.

Weiße Statuen. Gefangen in zeitloser Starre.

Und mitten in diesem Moment, als die Dunkelheit ihn zu verschlingen drohte, sammelte er seine letzte Kraft.

Ein Schrei durchbrach die Stille – roh, zerrissen, voller Schmerz.

Das steinerne Gefängnis zerbarst wie splitterndes Glas.

Grelles Licht. Sengende Hitze.

Die Sonne brannte erbarmungslos auf den Platz von Lorkmart.

»Meine Güte, welch ein Spektakel.«

Die samtige Stimme des Fürsten trug einen Hauch Spott, doch in seinen Augen blitzte Neugier. »Wie kann ein so anmutiger Knabe nur so erbärmlich schreien?« Mit einer fast beiläufigen Bewegung trat er näher, die Lippen zu einem unergründlichen Lächeln verzogen. »Du hast uns wirklich einen ordentlichen Schrecken eingejagt.«

Cord wich seinem Blick aus. Stattdessen starrte er auf die Füße. Unter dem purpurnen Gewand mit den goldenen Stickereien lugten nackte, staubverkrustete Zehen hervor. Etwas daran war falsch – grotesk, fehl am Platz, als gehörten sie nicht zu dem hochmütigen Mann über ihm.

Ein Lachen stieg in ihm auf.

*Du trägst keine Schuhe!*

Arnold, Walter und Elrik saßen neben Cord im Sand, bewacht von Soldaten und der Hundemeute. Sturmjäger Xervacs thronte über ihnen wie ein Monument des Schreckens. Seine Pranke umklammerte den Griff des Dolches, als könne er ihn mit bloßer Kraft zerbrechen. Das Sonnenlicht tanzte auf der Klinge.

»Du hättest diese Kostbarkeit besser pflegen sollen.« Die Worte rollten wie ein dumpfes Grollen aus seiner Kehle, begleitet von einem leisen, aber beängstigenden Knurren.

»Deine Gefährten«, sagte der Eisenfürst, »haben eine erstaunliche Geschichte darüber erzählt, wie diese seltene Klinge in deinen Besitz gelangt ist.«

Cords Magen verkrampfte sich.

»Sie behaupteten sogar, du hättest damit *Tris Tarnaha* ermordet, die Gemahlin des Torwächters.«

Die Erinnerung schoss in Cords Gedanken wie ein Pfeil – das grelle Licht des Blitzes, die alte Frau, die im Keller des Schrats zusammenbrach.

»Sie ist nicht tot«, warf Walter ein. »Und der Blitz hat sich unbeabsichtigt gelöst.«

Der Fürst tat den Einwand mit einer lässigen Handbewegung ab. »Sei unbesorgt. Die Hexe ist mir gleichgültig.« Er nahm Xervacs den Dolch ab und drehte ihn spielerisch in seinen Händen. »Was mich verdutzt, ist, wie du, ein Knabe aus dem Mirland, sich einer solchen Waffe bedienen können soll.«

Die Klinge begann mit einem hohen, durchdringenden Ton zu sirren. Winzige Funken stoben von der Spitze und bohrten sich wie feine Nadeln in Cords Brust. Jeder Einstich brannte heiß und ließ seine Muskeln zucken, als ob ein unsichtbarer Strom durch ihn floss.

»Hierfür bedarf es gewisser Fertigkeiten«, sagte der Eisenfürst mit zusammengekniffenen Augen. »Behauptest du, über diese zu verfügen? Oder sprachen deine Gefährten die Unwahrheit bezüglich der Hexe Tris Tarnaha?«

Cord rang nach Worten. Sein Kopf pochte, Übelkeit zerrte an ihm. Mühsam antwortete er: »Ich habe keine Ahnung, wie man damit umgeht. Ich wollte nur …«

»Leugnest du also«, unterbrach der Eisenfürst, »dass du es warst, der deinen Gefährten mit dem Dolch von meinen Ketten löste?« Sein Ton war messerscharf.

»Nein, ich …«

»Steh auf! Wir werden feststellen, ob du ein Hochstapler bist, oder ein Spion aus Alva.«

Schwerfällig erhob sich Cord. Pochende Kopfschmerzen und Übelkeit ließen ihn taumeln.

»So ist es brav.« Der Fürst bot ihm den Dolch. »Nimm ihn. Und denke nicht einmal daran, die Waffe gegen mich oder meine Leute zu richten. Dir und deinen drei Gefährten wäre ein qualvoller Tod gewiss.«

»Ich bin nicht sein Gefährte«, sagte Elrik trotzig.

Der Fürst hob eine Augenbraue, dann schüttelte er lachend den Kopf. »Spricht derjenige, der ohne ihn nicht mehr hier wäre.«

Elrik riss die Faust empor.

»Ich sagte, wir sind keine verdammten …«

Seine Stimme überschlug sich, doch bevor er den Satz beenden konnte, schoss der Sturmjäger vor. Mit einer erschreckenden Geschwindigkeit packte er Elriks Arm.

»Wenn du es noch einmal wagst«, grollte Xervacs, »zerschmettere ich deine Knochen.«

Elriks Schrei zerriss die Luft.

Der Eisenfürst nahm ihn kaum zur Kenntnis, seine Aufmerksamkeit galt Cord. »Nimm den Dolch!«, befahl er.

Cords Finger schlossen sich um den Griff und er senkte die Klinge bedächtig zu Boden.

»Ich will sehen, was du kannst.« Der Fürst zeigte auf Kalter Lurch. »Töte ihn.«

Der Soldat sah den Fürsten mit weit aufgerissenen Augen an. Er öffnete den Mund, rang nach einem Wort der Gegenwehr, doch der Fürst befahl ihm mit einer herrischen Handbewegung, zu schweigen.

»Töte ihn«, wiederholte der Eisenfürst bedachtsam. »Und ich lasse dich und deine Gefährten ziehen.«

»Ich soll was?« Cord konnte nicht glauben, was von ihm verlangt wurde. Auf Befehl einen Unschuldigen umbringen, um sich zu retten?

»Mein Junge, du bist doch nicht auf den Kopf gefallen, oder? Kannst du etwa nicht rechnen? Was zählt mehr? Ein Leben oder vier? Deines oder das des anderen?«

Cords Blick wanderte zu seinen Freunden. Walters Gesicht war blass, seine Augen weit aufgerissen, aber es lag ein Hauch von Unsicherheit darin – ein kaum wahrnehmbares Nicken? Elrik hingegen schrie: »Was gibt es da zu überlegen, du Idiot? Töte ihn!«

Kalter Lurch zitterte, seine Hände schlossen und öffneten sich unkontrolliert, seine Augen huschten panisch umher wie die eines in die Enge getriebenen Tieres. »Bitte nicht«, flüsterte er und wandte sich an den Fürsten. »Mein Herr, falls ich einen Fehler begangen habe, will ich ihn hundertfach wieder gutmachen. Ich habe immer versucht, euch treu zu dienen.«

»Du hast dir nichts zuschulden kommen lassen«, sagte der Fürst mit einer Stimme, die so sanft war, dass sie fast tröstlich klang. »Gerade deshalb fordere ich dein Vertrauen, Kalter Lurch, so wie du es geschworen hast. Dein Leben liegt in meinen Händen – genau dort, wo es immer sein sollte. Oder maßt du dir etwa an, dass du die Tragweite meines Handelns besser beurteilen könntest, als ich es vermag?«

Der Soldat schüttelte den Kopf und senkte den Blick. Seine Schultern hingen resigniert herab.

Cords Herz hämmerte gegen seine Rippen. Er sah in die Gesichter der anderen. Walters stummes Flehen, Elriks Wut, und dann in die weit aufgerissenen Augen des Soldaten. Ein Kloß stieg in seinem Hals auf, und die Worte waren schwer. Beinahe zu schwer, um sie zu ertragen, aber sie waren klar: »Ich werde es nicht tun.«

»Verdammter Idiot!«, brüllte Elrik und sprang trotz seines verletzten Knöchels auf. »Hör auf, hier den Helden zu spielen, wenn du nicht die Eier hast! Gib mir die Klinge, ich erledige das.« Seine Augen funkelten vor Zorn und Verzweiflung, während er nach dem Dolch griff.

Doch bevor er ihn fassen konnte, schlug Xervacs zu. Seine Klaue packte Elriks Arm mit knochenbrechender Wucht, ein abstoßendes Knirschen durchzog den Platz. Elriks Schmerzensschrei hallte wider, als sein Arm schlaff herab baumelte, unnatürlich abgewinkelt. Xervacs ließ ihn mit einer beiläufigen Bewegung los, als würde er ein kaputtes Spielzeug wegwerfen.

»Bitte lass das«, sagte Fürst Skallahat und hielt sich theatralisch die Ohren zu. »Xervacs hat dich gewarnt. Du hast dir das selbst zuzuschreiben.«

Dann wandte er sich wieder Cord zu.

»Und nun zu dir. Warum wirst du es nicht tun?«

Cord hielt seinem Blick stand – trotz der Angst, die an ihm nagte.

»Ich werde nicht ein Leben durch ein anderes aufwiegen.«

»Nicht einmal, wenn du damit dein eigenes rettest?«

»Wenn du das Leben eines Unschuldigen nehmen willst, musst du es selbst tun.«

»Wie rührend«, sagte der Fürst und ließ seine Finger fast zärtlich über Cords Haar gleiten. »Ein Knabe mit Prinzipien. Sag mir, mein Junge – wer hat dir diese edelmütige Haltung beigebracht? War es dein Vater? Deine Mutter? Oder einfach die naive Hoffnung, die Welt sei gerecht?«

»Meine Eltern«, antwortete Cord schlicht.

»Verstehe.« Ein wehmütiges Lächeln umspielte seine Lippen. »Ich beneide dich um deine Kindheit.«

Mit hinter dem Rücken verschränkten Armen schritt er auf und ab, als müsse er nachdenken.

»Dann verfahren wir auf eine andere Weise.«

Er schnippte mit den Fingern – und die Hundemeute rückte wie ein einziger, lautloser Schatten vor. Ihre smaragdgrünen Augen glühten wie Flammen, und ein kehliges Knurren vibrierte in der heißen Luft.

Die Kreaturen schienen nur auf ein Wort ihres Herren zu warten.

»Du hältst dich für so nobel, mein Junge?« Skallahats Lächeln war spöttisch, seine Augen funkelten. »Dann zeig mir, wie weit deine Prinzipien reichen. Für jeden Hund, den du mit einem Blitz niederstreckst, schenke ich einem von euch die Freiheit.«

Die Luft knisterte vor Spannung. Sechs Höllenhunde mit Augen wie grünes Feuer fixierten Cord. Ihre massigen Körper verharrten regungslos wie gemeißelte Skulpturen, doch unter dem Fell bebten die

Muskeln – bereit, jeden Moment zu explodieren.

Eine beklemmende Stille senkte sich dicht und schwer über den Platz. Nur das tiefe, bedrohliche Knurren der Bestien durchbrach diese unnatürliche Ruhe. Vom Spektakel angezogen, strömten Schaulustige herbei wie Motten zum Licht. Sie drängten sich an den Rändern der Arena, ihre Augen weit aufgerissen vor einer Mischung aus Furcht und morbider Faszination. Flüsternde Stimmen schürten die Spannung, wie ein leises Gewitter, das sich aufbaute, um sich mit tödlicher Gewalt zu entladen.

Cord stand inmitten dieses Hexenkessels, umzingelt von der murmelnden Menge der Zuschauer, die herbeigeeilt war, um sich an Cords Scheitern zu vergnügen. Wie sollte er vier der sechs Hunde töten – mit dem Blitz einer Waffe treffen, die er nicht beherrschte? Mit zitternden Händen umklammerte er den Dolch.

»Mach dich bereit!«, befahl der Fürst. Seine Stimme durchschnitt das Gemurmel der Menge wie eine Klinge.

Cord musterte seine Umgebung, suchte nach einer Stellung, die ihm einen Vorteil verschaffen konnte. Sein Blick fiel auf den Karren am Ende des Platzes.

Den Dolch fest umgriffen, spurtete er los.

Auf halber Strecke brach unter den Zuschauern ein Raunen aus.

Jetzt waren ihm die Hunde auf den Fersen.

Cord hörte das Hecheln hinter sich.

Der rettende Wagen war zu weit entfernt.

Gleich würden die Köter ihn erreichen.

Im Sprung drehte er sich um und richtete den Dolch auf *einen* Angreifer.

Der Eisenfürst hatte nur einen Hund auf ihn gehetzt.

Cords Hände zitterten, als er auf den Schädel des Tieres zielte. Er würde ihn frontal treffen – falls sich ein Blitz löste.

Doch der Dolch schwieg.

Der Hund sprang – ein schwarzer Schatten mit gefletschten Zähnen.

Cord wich reflexhaft zur Seite, rammte den Dolch blind in Richtung des Angreifers.

Die Klinge traf, schnitt tief in den Hinterlauf. Der Hund heulte auf, schnappte im Fall nach Cord – seine Zähne zerrissen den Umhang.

*Ich brauche einen Blitz!*, schoss es Cord durch den Kopf.

Ratlos setzte er die Klinge an die Kehle des Tieres. Da bemerkte er im Augenwinkel den zweiten Hund, der auf ihn zuraste.

Ein brennender Schmerz zuckte durch seine Wade. Der erste Hund hatte zugebissen.

Cord schrie auf, aber in seinem Schrei lag Entschlossenheit.

Mit einem Aufbäumen rammte er den Dolch in die Kehle des Tieres.

Die Klinge schnitt durch Muskeln und Knochen – heißes Blut spritzte über seine Hände.

Der zweite Hund sprang. Krallen vorgestreckt, die Augen auf Cords Hals gerichtet.

Instinktiv ließ sich Cord fallen.

Ein Luftzug fegte über seinen Kopf.

Cord riss die Klinge hoch – und schlitzte dem Tier den Bauch auf.

Blut und Eingeweide spritzten hervor. Der Hund überschlug sich, krachte in den Staub, zuckte – dann blieb er liegen.

Cord schwankte. Seine Beine gaben fast nach.

Vor ihm zwei Körper, dampfend in einer Lache dunklen Blutes.

Er hatte sie getötet – mit dem Dolch, nicht mit dem Blitz. Doch das würde nicht reichen.

Cord presste die Waffe an die Brust, suchte nach einem Funken. Nach einem Zeichen, dass sie ihm gehorchte.

Doch nichts regte sich. Kein Surren, kein Vibrieren.

Die restlichen Hunde stürmten los – alle gleichzeitig.

Ihre Krallen rissen Furchen in den Boden, Staub wirbelte auf. Unter schwarzem Fell zuckten Muskeln. Zähne blitzten im Sonnenlicht.

*Das ist das Ende!*

Seine Gedanken rasten, überschlugen sich in einem Chaos aus Angst und Hoffnung.

Die Klinge lag schwer in seinen Händen, fremd, kalt.

Er schloss die Augen, atmete tief ein.

*Ich bin dein*, flüsterte eine Stimme in seinem Inneren. *Wie ein Finger, wie ein Arm.*

Er zwang sich, ruhig auszuatmen.

Mit dem letzten Zittern wich die Panik.

Dann – ein Vibrieren. Ein leises Sirren durchbrach die Stille.

Cord riss die Augen auf.

Ein schwaches Flackern tanzte über die Klinge. Wärme schoss in seine Hände, kroch wie flüssiges Feuer die Arme hinauf. Es war, als würde die Waffe ihn prüfen, als wolle sie seine Entschlossenheit spüren.

Der Blitz brach hervor wie ein entfesselter Sturm. Die Luft zerriss im Donnerschlag. Eine Kugel aus Feuer zerfetzte die Hunde. Sand und Steine schossen in alle Richtungen, rissen Cord von den Füßen.

Blut und Staub regneten nieder – ein Schleier aus Schmerz.

Als der Wind den Rauch verwehte, blieb nur ein schwarzer Krater – ein verstörendes Mahnmal seiner Tat.

Cord stand inmitten des Chaos, die Hände taub, der Griff schwer wie Blei. Er starrte auf die Stelle, an der die Hunde gewesen waren.

Etwas sackte in ihm zusammen.

Nicht aus Erschöpfung, sondern aus der Erkenntnis, was er getan hatte.

Die Waffe vibrierte noch immer.

Als wollte sie ihm sagen:

*Das ist erst der Anfang.*

Xervacs streckte seine Pranke aus, die Klauen wie Haken gespreizt. »Gib mir die Waffe!«

Die Klinge vibrierte in Cords Faust, als spürte sie sein Zögern. Vor seinem inneren Auge blitzte das Bild eines Lichtstrahls auf, der diese abstoßende Kreatur zerschmetterte. *Nur ein Schuss*, dachte er. *Nur eine winzige Entscheidung!* Doch dieser eine Schuss würde die einzige Tür in die Freiheit zuschlagen.

Er atmete schwer aus und legte die Waffe widerwillig in die wartenden Klauen des Sturmjägers.

Xervacs schleppte Cord zu Fürst Skallahat und übergab den Dolch an Kalter Lurch zur Verwahrung.

Skallahat empfing Cord mit ausgestreckten Armen und breitem Grinsen. »Respekt, mein Jüngling. Wer hat dir das Kämpfen beigebracht? Ebenfalls deine Eltern? Oder haben dich etwa doch die Hexen von Alva zu mir geschickt?«

»Wir sind nun frei. Daher werden wir weiterziehen.«

»Wohin?«

»Fort von Lorkmart.«

»Das ist schade. Wir können tüchtige Leute gebrauchen. Wollt ihr nicht in meine Dienste treten? Ihr werdet alles erhalten, was ihr in dieser wildfremden Welt benötigt. Schutz, Unterkunft und Verpflegung, einen reichhaltigen Sold und Abenteuer. Das ist genau das Richtige für wagemutige Burschen, die mutterseelenallein durch die Fremde wandeln.«

»Wir gehen.«

»Sprichst du für alle deine Leute? Oder sieht das jemand anders?« Der Fürst fragte Elrik: »Was ist mit dir? Wirst du deinem Kameraden folgen?«

»Wir sind keine Kameraden.« Elriks Stimme war schneidend, seine Augen voller Verachtung auf Cord gerichtet. »Er ist schuld, dass ich in dieses Schlamassel geraten bin. Ohne ihn wäre ich gar nicht hier!«

»An deinem gebrochenen Arm ist er zumindest unschuldig. Das war Xervacs.« Skallahat ließ seine Worte fast beiläufig fallen. »Aber sei bitte nicht nachtragend. Er hat es nicht persönlich gemeint. Und um deinen Arm werde ich mich kümmern. Das sollte nicht allzu kompliziert sein.« Der Fürst klopfte Elrik auf die Schulter. »Also, was sagst du?«

Elrik zögerte und sah Cord argwöhnisch an.

»Hennemann«, rief Walter verwundert, »du wirst doch wohl nicht an diesem Ort bleiben. Nach allem, was hier geschehen ist. Komm mit uns.« Er schritt auf Elrik zu, seine Hände beschwörend ausgestreckt. »Das hier ist Wahnsinn! Du bist hier nicht sicher. Sie werden dich benutzen – und wenn du ihnen nichts mehr nützt, dann ...« Seine Stimme brach ab, doch sein Blick flehte weiter.

»Glaubst du ernsthaft, ich werde mir das Gequatsche von euch Nervensägen anhören und euch hinterher latschen? Vergiss es. Ich bleibe.«

Der Fürst klatschte in die Hände. »Eine weise Entscheidung. Und ihr drei kommt mir nicht mehr in die Quere.«

Xervacs schnaubte. »Du willst sie ziehen lassen?« Seine Augen verengten sich zu schmalen Schlitzen, als er auf Cord zeigte. »Der Junge ist gefährlich.«

»Ich gab ihm mein Wort. Vier Hunde, vier Freigelassene.«

»Und das Mädchen, das sie befreit haben? Es ist verschwunden.«

»Ei der Daus!« Der Fürst schlug sich an die Stirn, ein Lächeln, das zwischen Belustigung und Spott schwankte, spielte um seine Lippen. »Die hatte ich ja glatt vergessen. Tja – wie es scheint, muss doch einer von euch hierbleiben.«

»Was soll das heißen?«, fuhr Cord ihn an. »Willst du dein Wort brechen?«

»Im Gegenteil. Ich beabsichtige, zu meinem Wort zu stehen. Es ist doch folgendermaßen. Du hast vier Hunde mit dem Blitz getötet. Es war zwar nur ein Blitz, aber das lasse ich gelten. Wie versprochen, gebe ich dafür vier Gefangene frei.«

Er zählte an den Fingern auf. »Nummer eins: das Mädchen. Hat sich ja nun einmal so ergeben. Nummer zwei: mein Verbündeter.« Er warf Elrik einen gönnerhaften Blick zu. »Es versteht sich ja wohl von selbst, dass ich keinen meiner eigenen Leute entbehren kann.« Sein Blick schweifte über Cord, Arnold und Walter. »Aber leider seid ihr zu dritt. Das ist einer zu viel.«

»Du hast uns reingelegt.«

»Junge, falls du glaubst, ich lasse die Statuen zum Vergnügen erstellen, dann irrst du dich. Sie schützen Dradora.«

»Wovor sollten Steinskulpturen schützen?«

Xervacs starrte Cord an. »Ist dir die Antwort nicht bekannt? Wenn du nicht von Alva gesandt wurdest, dann schickten dich womöglich die Dämonen aus dem Mirland. Am Ende bist du sogar selbst einer. Wäre das nicht eine Erklärung für deine ungewöhnlichen Fertigkeiten?«

»Moment mal!« Arnold trat vor, seine Stimme bebte. »Ihr verwandelt Kinder zu Stein, weil ihr Angst vor Dämonen aus unserer Welt habt? Das ist … das ist vollkommen irre!« Seine Worte verhallten in der Stille.

Xervacs lachte leise. »In einem hast du recht: Es *ist* verrückt. Allerdings anders als du denkst.«

Er hob eine Klaue, zeigte auf Arnold. »Wenn du völlig erstarrt bist, losgelöst vom Diesseits, und losgelöst von allem Lebendigen, dann wird dein Geist wachsam bleiben. Der Sog des Portals wird an dir zerren, und mit der Zeit wird dir klar, dass das alles überhaupt nicht verrückt ist. Lange bevor deine Seele im Kampf verbraucht sein wird, wirst du erkennen, dass der einzige Wahnsinn in *dir selbst* liegt. Das wird für eine halbe Ewigkeit dein letzter Gedanke sein, bevor auch dein Verstand zu Staub zerfallen wird.«

Arnold wurde bleich.

Walter presste die Hände auf die Ohren, als könne er die Worte auslöschen. »Nein! Nein, aufhören! Ich will das nicht hören!« Seine Stimme überschlug sich, seine Augen suchten Cord.

Xervacs grinste Walter an: »So gefällst du mir, Kleiner.«

Cord legte seinen Arm um Walter. »Ich bitte euch, lasst uns gehen.«

»Zwei von euch werden das«, sagte der Fürst. »Einer bleibt.«

Xervacs deutete auf Cord. »Wir nehmen ihn.«

Der Fürst betrachtete Cord abwägend. »Wäre das nicht eine Verschwendung von Talenten?«

»Er ist gefährlich.«

»Nicht doch.« Der Fürst wischte die Worte mit einer Handbewegung fort. »Er ist ein begabter, ehrenhafter Knabe. Wohlerzogen von Mutter und Vater, mit einem Gespür für Prinzipien, das viele vergessen haben.«

Der Fürst klopfte Cord auf die Schulter. »Nicht wahr, mein Junge? Vielleicht wirst du eines Tages auf mein Angebot zurückkommen, wenn du den Sinn unseres Handelns verstanden haben wirst.«

»Also schön, Xervacs.« Der Fürst seufzte. »Bringen wir es hinter uns. Entscheide dich für einen der beiden anderen.«

Xervacs Augen glühten wie geschliffene Edelsteine, die jeden Gedanken durchdrangen. Mit einer Kraft, die keinen Widerspruch duldete, stieß er Cord in den Sand. Dann packte er Arnold und Walter mit seinen Klauenhänden am Schopf.

»Wer von euch beiden wird sein Leben dem ehrenhaften Kampf für ein freies Dradora geben? Wer von euch wird mit dem goldenen Schiff ins Auge Haidamars reisen, um an der Seite der Götter ewig zu leben?«

Arnold lächelte spöttisch, doch seine Stimme zitterte.

»Ehrenhafter Kampf? Platz bei den Göttern? Steck dir deinen himmlischen Schwachsinn in den Arsch, falls du einen hast.«

Walter keuchte, als hätte ihm jemand die Luft geraubt. Seine Lippen bebten unkontrolliert, und sein ganzer Körper zitterte. Ein gequältes, abgehacktes Schluchzen drang aus seiner Kehle, während Tränen unaufhörlich seine Wangen hinab liefen. Er sackte zusammen, als seien unsichtbare Fäden gerissen, die ihn aufrecht gehalten hatten. Erschüttert von einem heftigen Weinkrampf kauerte er am Boden.

Der Sturmjäger kratzte die Pusteln in seinem Gesicht auf. Ein Schwall von krabbelnden weißen Spinnen platzte aus den Wunden und strömte über seine emporgestreckten Arme.

Walter starrte panisch auf die mit den wabernden Tierchen überzogenen Klauen des Sturmjägers. Arnold sah zu Boden.

Als die Hände auf Walters Haupt sanken, flüsterte er: »Ich wusste, dass es mich erwischt. Ich habe es ...«

Weiter kam er nicht. Sein Körper versteifte sich ruckartig, ein kränkliches Weiß kroch wie eisige Flammen über seine Haut. Jede Falte, jede Träne, jedes noch so kleine Detail seines Ausdrucks erstarrte in makelloser Präzision. Augenblicke später stand dort, wo Walter gekniet hatte, eine Statue – kalt, leblos und milchig wie gefrorener Nebel.

»Walter!« Cords Schrei riss über den Platz, roh und voller Schmerz.

Er warf sich gegen die Statue, umarmte sie, seine Finger umklammerten das kalte, glatte Material. »Nein, nein, nein!« Tränen stürzten über sein Gesicht, während er verzweifelt an der Unbeweglichkeit seines Freundes rüttelte. Es war, als ob er versuchen würde, die Zeit selbst zurückzudrehen, um aus diesem Albtraum zu erwachen.

»Ihr müsst fliehen.« Eine Hand legte sich sachte auf Cords Schulter, zog ihn behutsam von der Statue weg. Es war Kalter Lurch, dessen Gesicht von einer schweren Last gezeichnet war. »Ihr könnt nichts mehr für ihn tun. Und wir müssen ihn jetzt aufladen.«

Arnold saß niedergesunken im Staub, seine Augen starrten leer über den Platz, als hätte er jede Hoffnung verloren.

Kalter Lurch beugte sich an Cords Ohr und flüsterte: »Verlasst die Stadt und geht dem Herrn und seinen Sturmjägern aus dem Weg.«

Zwei Soldaten traten vor, ihre Bewegungen mechanisch und ohne Mitleid, während sie Walters Statue wie ein kostbares, doch totes Relikt auf einen hölzernen Karren hievten.

Langsam rollte er davon.

Und das Knirschen der Räder war das letzte Geräusch, bevor die Stille endgültig Besitz von allem ergriff.

## Kapitel 15

Schweigend hatten Cord und Arnold Lorkmart verlassen. Sie trotteten die Straße zurück, die sie in diese albtraumhafte Stadt geführt hatte.

Der Wind strich durch das ausgedörrte Gras am Straßenrand.

Kurz vor der Abzweigung nach Zanmathar blieb Arnold stehen.

»Ich hab ihn nicht gut behandelt.«

Seine Hände zitterten, eine Träne rann über seine Wange. »Ich war grob zu ihm. Immer.«

»Freunde streiten manchmal.«

»Nein, das ist es nicht.« Er senkte den Blick. »Ich hab ihn nie als gleichwertig gesehen – obwohl ich wusste, wie wichtig es ihm war.«

Cord nahm ihn in den Arm, suchte nach einem tröstenden Wort. »Lass uns nicht in der Vergangenheit von ihm sprechen. Etwas in ihm lebt weiter.«

»Gerade das macht es doch so entsetzlich!«, brauste Arnold auf. »Hast du nicht gehört, was dieses Monstrum gesagt hat? Walters Geist ist hellwach – gefangen in einem Stein. So ein Schicksal ist tausendmal schlimmer als der Tod.«

Mit weit aufgerissenen Augen starrte er Cord an. »Ich kann nicht aufhören, mir vorzustellen, wie er uns ruft. Oder verflucht.«

Cord rang mit dem Bild: Walter, allein und verlassen, gefangen in sich selbst. Ein Geist aus Schmerz, eingeschlossen in Stein – verdammt, hilflos. Nicht tot, nicht lebendig.

Jede Erinnerung an sein Lachen war wie ein Messer.

Cord hatte versagt. Und es gab nichts, was er tun konnte, um es rückgängig zu machen.

In diesem Moment trug er das volle Gewicht seiner Schuld. Der Anker schien nicht länger ein Fluch zu sein. Er fühlte sich wie eine verdiente Strafe an.

Fast wünschte Cord sich, der Schrat möge ihn holen – und dem

Albtraum ein Ende setzen.

Hier. Jetzt.

»Der Fluch gilt mir«, flüsterte er. »Ich war es, der das Taschenmesser verlor. Ich war es, der Walter durchs Portal stieß. Ich war es, der glaubte, Elrik retten zu können.«

Ein Ochsenkarren rumpelte aus der Ferne heran, Staubwolken wirbelten hinter ihm auf. Das Knarren der Räder durchbrach die bedrückende Stille, die sich über Cord und Arnold gelegt hatte. Der Karren kam direkt neben ihnen am Straßenrand zum Stehen.

»Wen haben wir denn da?«, krächzte die einäugige Alte, während sie die Zügel locker in einer Hand hielt und mit der anderen das schwarze Kätzchen kraulte. »Sieh nur, Blau, wen wir hier aufgegabelt haben.«

Mit einem breiten Grinsen glotzte sie Cord aus ihrem einen Auge an. »Du hast es den Skallahats ordentlich gezeigt, mein Kind. Ich werde die Visage des Fürsten nicht vergessen, als du seine Köter zerfetzt hast.« Sie kicherte. »Es ist allerdings bedauerlich, dass dir deine Wunderwaffe abhandengekommen ist.«

Mit erstaunlicher Geschmeidigkeit sprang sie vom Kutschbock und öffnete die klapprige Heckfläche des Karrens. »Komm her, mein Junge.« Sie klopfte energisch auf die hölzerne Ladefläche. »Lass mich dein Bein ansehen. Diese verdammten Hunde haben dir ein ordentliches Andenken hinterlassen.«

Cord winkte ab. »Das ist nicht nötig.«

»Von wegen! Willst du etwa dein Bein verlieren? Oder gleich dein Leben?« Ihre Stimme nahm einen scharfen Ton an. »Hast du etwa den baumstarken Bergmann vergessen, der elendig an einem winzigen Biss verendet ist? Ein bisschen Vorsicht kann Leben retten.« Sie deutete entschieden auf die zugewiesene Sitzposition.

»Also schön.« Cord seufzte und setzte sich auf den Wagen.

Die Alte betrachtete ihn von Kopf bis Fuß, zog ihm die Stofffetzen übers Knie und untersuchte den Hundebiss.

»Die Wade sieht nicht gut aus. Sie ist geschwollen und wird sich entzünden.«

Sie griff in den Lederbeutel um ihren Hals und holte erneut die Salbe hervor.

Cord ließ die Behandlung gleichgültig über sich ergehen.

Dann durchwühlte sie eine abgewetzte Ledertasche auf ihrem Wagen und kramte ein weißes Leinentuch hervor, das sie Cord um das Bein wickelte. Nach getaner Arbeit lehnte sie sich zurück, ihre Stirn in tiefen Falten. Ihr einziges Auge musterte ihn durchdringend.

»Die Wunde wird dich nicht umbringen – aber du bist nicht außer Gefahr.« Ihr Blick wanderte zu seinem Bauch. »Du trägst einen Mar'Shaval in dir.«

*Den Anker?*

*Wie kann sie das wissen?* Es gab keine Narbe, keinerlei sichtbaren Hinweis. Unbewusst rieb er sich über den Bauch und ließ sich vom Wagen gleiten.

»Danke für die Hilfe.« Er schulterte seinen Rucksack. »Lass uns aufbrechen, Arnie.«

»Äh, Moment«, unterbrach Arnold. »Was bitteschön soll in dir sein?«

»Ein Mar'Shaval«, erklärte die Alte mit einem Ton, der zwischen Faszination und düsterer Vorahnung schwankte, während sie wieder auf den Kutschbock kletterte. »Damit markiert ein Attentäter sein Ziel. Es ist ein Anker – und wenn der Moment kommt, reicht ein einziger Gedanke, um das Opfer aus jeder Entfernung zu töten.«

»Was? Wie bitte?«, fragte Arnold verblüfft. »Wer sollte denn das tun?«

Cord seufzte. »Es war der Schrat. Wenn ich den Born nicht erreiche und seine Frau stirbt, wird er ...«

Für einen Moment starrte Arnold ihn an, als würde er ihn zum ersten Mal sehen. Dann explodierte er: »Verflucht!« Er fuhr sich mit beiden Händen durchs Haar. »Wir sind gegen den größten Kackehaufen des gesamten Universums gestolpert – und anstatt uns rauszuziehen, graben wir uns immer tiefer rein!«

Er schlug sich mit der flachen Hand gegen die Stirn. »Also schön. Was stehen wir noch herum? Ich habe keine Lust, jetzt auch noch meinen besten Freund zu verlieren.«

»Und Walter?«, fragte Cord. »Wir müssen doch irgendetwas für ihn tun.«

Arnold starrte ihn an, die Lippen zu einem dünnen Strich gepresst.

»Es gibt nichts, absolut nichts, was wir für Walter tun können!«, schrie er, seine Stimme überschlug sich vor Verzweiflung. »Falls du das immer noch nicht begriffen hast, dann geh doch zurück nach Lorkmart und lass es dir von diesem sadistischen Fürsten und seinem Henker erklären!«

»Kinder«, unterbrach die Frau. »In Lorkmart werdet ihr keine Hilfe finden.«

Sie stieg wieder vom Kutschbock, bückte sich flink und hob einen Kieselstein auf. Sie wendete ihn in ihrer faltigen Hand und sagte: »Ihr habt exakt zwei Möglichkeiten, eurem Gefährten beizustehen.«

Cord und Arnold blickten sie verblüfft an. Ein plötzlicher Funke Hoffnung glomm in ihren Augen auf.

*Beistehen? Konnte es wirklich noch einen Weg geben, Walter zu retten?*

Cord und Arnold sahen die Alte erstaunt an.

»Die einfachere Möglichkeit ist diese.« Sie schnipste den Kiesel in die Luft und fing ihn geschickt mit der anderen Hand auf. »Findet heraus, wohin sie euren Freund bringen. Mit ein wenig Glück landet er beim Höllenschlund. Ihr zertrümmert den Stein, und erlöst euren Gefährten.«

»Was?« Cord ballte die Hände zu Fäusten. »Wir sollen ihn umbringen?«

»Der Tod ist die Erlösung.«

»Das werden wir niemals tun!« Cords Blick flammte auf, doch in seiner Stimme schwang mehr Verzweiflung als Wut.

»Wie du meinst.« Sie zuckte mit den Schultern, spuckte auf den Kieselstein und rieb ihn bedächtig zwischen ihren Fingern.

»Fürst Skat Aido Skallahat mag äußerst begabt sein, doch bezweifle ich, dass er die Feinheiten der Verwandlung in allen notwendigen Einzelheiten begreift, um euren Freund zurückholen zu können. Das bedeutet nicht, dass es grundsätzlich unmöglich ist – wenn rasch gehandelt wird.«

»Was?«, rief Cord, sein Blick war von neu erwachter Hoffnung erfüllt. »Ist das wahr? Man kann es rückgängig machen?«

»Vor vielen Generationen, zur Zeit von König Len Harvekil, gab es einen Mann namens Meister Kailard. Es heißt, er habe ein Kind unmittelbar nach der Verwandlung gerettet.«

Ihre Worte durchschnitten den Nebel der Verzweiflung, der Cord seit der Katastrophe in Lorkmart umklammert hatte. Ein Funke der Hoffnung flammte in seinen Augen auf und vertrieb die erstickende Hilflosigkeit.

Seine Augen weiteten sich voller Erwartung. »Wo finden wir jemanden, der imstande ist, die Verwandlung umzukehren?«

»Ich befürchte, es gibt niemanden – außer Meister Kailard.«

»Was denn? Er lebt noch?«, fragte Arnold.

Die Alte legte den Kopf schief, ein unlesbares Lächeln spielte um ihre Lippen. »Als man den König stürzte, brachte man Kailard in die Gefängnisstadt Adoria Gaad. Wenn das Schicksal grausam genug war, haben sie ihn dort bis heute am Leben erhalten.«

Arnold runzelte die Stirn. »Am Leben erhalten? Über Generationen hinweg? Das ist doch völlig unmöglich.«

»Nicht in Adoria Gaad.«

Bevor Arnold erwiderte, unterbrach Cord: »Moment mal. Du willst uns sagen, dass es jemanden gibt, der Walter retten kann, und dieser Jemand sitzt in einem Gefängnis ein?«

»Die meisten Leute betrachten ihn als längst dahingeschieden. Ich nicht.« Sie kicherte. »Vielleicht hat er den Verstand verloren, vielleicht auch nicht. Ob er euch beizustehen vermag oder willens ist, das ist ungewiss.«

»Was rätst du uns?«, fragte Cord.

»Ganz einfach. Entweder schafft ihr euren Gefährten zu Kailard, oder umgekehrt. Da ihr über keinen Gleiter verfügt, und erst recht nicht in der Lage seid, einen zu steuern, empfehle ich euch den Weg durch die Wüste.«

Arnold lachte bitter. »Wieso machst du dich über uns lustig? Wie sollen wir es dorthin schaffen, in ein Gefängnis einbrechen und einen Gefangenen befreien, den wir nicht einmal kennen? Das ist doch völlig unmöglich!«

»Unmöglich?« Sie hob eine Augenbraue. »Genauso unmöglich wie ein Knabe aus Mir, der eine Hexe aus Alva verletzt? Mit einer Waffe, die kein Mirling führen kann?«

*Woher … weiß sie von der Gemahlin des Schrats?*

Sie öffnete ihre Hand.

Der Kieselstein hatte seine Farbe verloren, war durchsichtig geworden wie Glas.

Langsam hob sie ihn vor ihr Auge und blickte hindurch in den Himmel.

»Ein Himmelsstein«, sagte sie. Dann reichte sie ihn Cord. »Sieh selbst.«

Cord führte den Stein vors Gesicht.

Für einen Moment vergaß er zu atmen.

Vor dem unscheinbaren Blau schwebten funkelnde Bahnen wie ein Netz aus Licht.

»Was siehst du?«, fragte sie neugierig.

»Lichter«, murmelte er. »Farbige Funken. Sie ziehen übers Firmament.«

Sie nickte zufrieden. »Das ist gut, mein Kind. Halte nach den grünen Funken Ausschau. Sie kommen aus der Wüste und zeigen dir den Weg ins Reich des Jadefürsten. Dort liegt Adoria Gaad.«

»Was soll der Zirkus?« Arnold schnappte sich den Stein und hielt ihn vors Gesicht. Sein Blick wurde finster. »Da ist nichts – gar nichts! Das ist doch alles völliger Blödsinn.«

»Warte«, beschwichtigte Cord und fragte die Alte: »Wie können wir die Wüste durchqueren? Doch nicht etwa zu Fuß?«

»Das wäre der sichere Tod.« Sie schüttelte den Kopf. »Wer es wagt, wird verdursten, den spukhaften Heerscharen begegnen oder sich in einer Zeitfalle verlieren.«

Sie hob das Kätzchen zu sich empor, ritzte mit einem Messer dessen Pfote auf und sog mit dem Mund Blut aus der Wunde. Blau ließ es regungslos über sich ergehen, als wisse die Katze genau, was zu tun war. Die Alte gurgelte, schluckte und würgte Schleim hervor, den sie in ihre Hand spuckte.

»Euer Weg führt über die Krir. Sie werden euch durch die Wüste führen – falls sie euch akzeptieren.«

»Und wenn sie das nicht tun?«, fragte Arnold schroff.

»Dann werdet ihr eine weitere Möglichkeit kennenlernen, in der Wüste umzukommen. Und damit das nicht geschieht, werde ich deinen Freund markieren.«

»Und warum nicht mich?«

»Weil es bei dir nutzlos wäre.«

Arnold öffnete den Mund, schloss ihn und drehte sich um. Er zog eine Trinkflasche aus seinem Rucksack und stellte sich abseits.

»Nun zu dir, mein Kind«, sagte die Alte zu Cord und richtete ihren Blick fest auf ihn. Sie strich ihm die Haare zurück und zeichnete mit dem Schleim eine unsichtbare Markierung auf die Stirn.

»Wenn du den Krir begegnest, sprich Folgendes: *Kat vas perat – sut tas vernat – sut Knuh'Likat Haidamar.*«

Sie sah ihn eindringlich an. »Hast du mich verstanden?«

Cord nickte zögerlich und wiederholte die fremdartigen Worte.

»So ist es recht«, sagte sie. »Wenn ihr eurem Freund beistehen wollt, dann macht euch rasch auf den Weg. Denn mit jedem Tag, der verstreicht, stirbt ein Teil von ihm. Die Chance, ihn zu retten ist gering. Doch falls ihr Erfolg haben solltet, könnten euch einige Türen in Dradora offenstehen – womöglich sogar solche, die euch ansonsten für immer verwehrt blieben.«

»Zutritt zum Born?«, fragte Cord mit kaum hörbarer Stimme.

Das Grinsen der Alten wurde breiter, ihr Gesichtsausdruck war undurchschaubar und amüsiert zugleich. Sie beugte sich näher heran und raunte: »Da bin ich mir beinahe sicher.«

Sie schwang sich auf den Kutschbock und setzte den Wagen in Bewegung. Blau sprang auf die Ladefläche und kuschelte sich zwischen die Vorräte.

»Wie ist dein Name?«, rief Cord ihr hinterher.

Die Alte wandte sich halb um, ihr Auge funkelte listig. »Nenne mich Herta«, sagte sie, bevor sie den Wagen auf die Straße nach Zanmathar lenkte und davon fuhr.

»Die Alte ist doch völlig irre«, sagte Arnold und verschränkte die Arme. »Du glaubst ihr doch wohl nicht, oder?«

Cord zuckte mit den Schultern.

»Und warum hat sie nur dir ihren ekelhaften Schleim ins Gesicht gerieben? Nicht, dass ich darauf scharf gewesen wäre, aber ... Ach, vergiss es.«

Cord klopfte seinem Freund auf die Schulter. »Komm, lass uns aufbrechen.«

»Wohin? Nach Zanmathar oder zu diesen Wüsten-Krir?«

»Wenn dieser Kailard wirklich existiert, ist er Walters einzige Chance.«

»Und was ist mit dir?« Arnold deutete auf Cords Bauch. »Du solltest zuerst das Ding in dir loswerden, das dir der Schrat verpasst hat. Und dafür benötigen wir das Heilmittel aus dem Born.«

»Die Alte, Herta, sie deutete an, wir bekämen nach Kailards Befreiung Zugang zum Born.«

»Komm schon, das Weib hat doch nicht alle Tassen im Schrank.« Arnold betrachtete erneut den Stein, den Cord von Herta erhalten hatte. »Und dieser Quatsch mit dem Himmelsstein.« Vergeblich versuchte er aufs Neue, darin etwas zu erkennen. »Und du behauptest, in dem Ding Funken zu sehen?«

Ohne die Antwort abzuwarten, drückte er Cord den Stein in die Hand. »Noch so ein Scheiß.«

Cord strich über den Himmelsstein, als könne er darin eine Antwort finden. »Wir haben keine andere Wahl.«

Arnold sah ihn lange an, bevor er langsam nickte. »Ich hoffe nur, dass uns diese eine Wahl nicht das Genick bricht.«

Er warf seinen Rucksack über die Schulter und murmelte: »Geh voraus, ich folge dir. Wohin auch immer.«

»Zunächst zurück zu Sina. Ich weiß, es ist riskant. Aber ich hoffe, wir können sie überzeugen, uns nach Adoria Gaad zu begleiten.«

Arnold stöhnte und hob die Hände theatralisch gen Himmel. »Wie schön, bei der Gelegenheit können wir auch gleich ihren Verlobten bitten, uns nicht in der Latrine zu ertränken.«

## Kapitel 16

Die Sonne war hinter dem Horizont verschwunden, als Cord und Arnold die Stelle erreichten, an der sie sich von Mila getrennt hatten. Einer der Monde stand über den Baumwipfeln und tauchte den

Dschungel in ein fahles, gespenstisches Licht. Die Hitze des Tages war einer frischen Brise gewichen, die die Blätter der Bäume zum Flüstern brachte.

Abseits des schmalen Pfades, der wie eine dunkle Ader in den Wald führte, ließen sie sich auf den knorrigen Wurzeln eines massiven Baumes nieder. Im Zwielicht des Mondes holten sie den Proviant hervor, den Sina ihnen mitgegeben hatte. Mit gedämpften Stimmen besprachen sie die nächsten Schritte.

»Ehrlich, dieser irre Häuptling macht mir Sorgen«, murmelte Arnold und rieb sich über den Nacken. »Wenn er nachtragend ist – und wieso sollte er es nicht sein? – dann endet unsere Rettungsmission, bevor sie begonnen hat.«

»Nur einer von uns darf gehen«, entschied Cord. »Falls es schiefläuft, zieht der andere es allein durch.«

»Na, dann wäre das geklärt«, sagte Arnold trocken. »Derjenige, der Lichter in magischen Steinen sieht und sich mit dem Schleim der Alten einreiben lässt, bleibt hier.«

»Arnie …« Cord hob beschwichtigend eine Hand. Er wusste, dass Arnold es gewohnt war, in der ersten Reihe zu stehen, und nun mit seiner Rolle haderte. »Zusammen werden wir das alles überstehen. Wie zu Hause.«

»Ach, hör auf. Es ist nicht wie zu Hause. Nicht mal annähernd.«

Arnold erhob sich und packte seinen Rucksack. »Hör zu. Falls ich bis zum Morgengrauen nicht zurück bin … dann verschwinde. Ohne mich.«

Sie verabschiedeten sich mit einem Faustgruß – ein wortloses Versprechen.

Arnold wandte sich um und verschwand zwischen den Schatten der Bäume.

Cords Herz schlug schneller, als der Dschungel seinen Freund verschluckte.

Das Auge Haidamars erhob sich über die kahle Ebene – ein glühendes, fremdartiges Leuchtfeuer, das die Welt in seinen Bann zog. Cord kannte astronomische Fotografien aus Büchern: Explosionen uralter Sterne, Nebel, die in leuchtenden Farben verglühten. Doch nichts davon konnte mit diesem Anblick mithalten. Was sich am Firmament ausbreitete, war nicht bloß ein Himmelsphänomen. Es war eine Vision. Ein Symbol. Die perfekte Projektionsfläche für Mythen und Götter. Wo, wenn nicht dort, erwartete man ihren Thron?

Glaubte Sina an übersinnliche Wesen? An Götter, die ihre Finger über diese Welt streckten? Gestern noch hatte sie mit ihm über den Wipfeln geschwebt, getragen von einer schmalen Plattform, während das Auge Haidamars über das Firmament gestiegen war. Die Erinnerung war so nah, dass er fast meinte, noch immer den Wind auf seiner Haut zu spüren. Und Sinas Atem an seinem Ohr. Ihr Duft – warm und betörend – haftete noch immer an seinen Gedanken, als hätte sich ihre Nähe unauslöschlich in seine Sinne gebrannt.

Cord schloss die Augen. In seinem Geist war sie wieder da – der Wind in ihrem Haar, die Wärme ihres Körpers, der sich nur einen Hauch von ihm entfernt bewegt hatte. Der sanfte Schimmer feiner Schweißperlen auf ihrem Hals, ihr Atem, der sich mit dem seinen vermischte. Und diese Tätowierung ... fremdartige Muster, die sich über ihren nackten Rücken zogen, als wäre sie selbst ein Fragment dieser Welt, gezeichnet von Geheimnissen, die er nicht verstand. Und niemals ganz begreifen würde.

»Meister!«

Eine Stimme riss Cord aus dem Traum. Das Auge Haidamars strahlte wie zuvor am Himmel, doch sein Licht erschien ihm jetzt seltsam fremd, fast unheilvoll.

Vor ihm kniete eine Gestalt und flüsterte: »Mein Herr! Ihr lagt in tiefem Schlaf. Aber seid unbesorgt. Ich wache über euch.«

Cord schreckte hoch. Er tastete hektisch nach einem Ast, einem Stein, irgendetwas, das er als Waffe benutzen konnte. »Wer bist du?« Seine Stimme war heiser, angespannt.

»Erkennt ihr mich nicht, mein Herr?«

Cord blinzelte. Die Umrisse der Gestalt wurden klarer. »Kalter Lurch? Du bist der Soldat des Fürsten?«

»Ja, der bin ich. Ihr verschontet mich, als der Herr Fürst euch aufforderte, mein Leben gegen eure Freiheit zu tauschen.«

»Was suchst du hier? Bist du uns gefolgt?«

»Ich will euch dienen, Herr.«

Cord runzelte die Stirn. »Ich brauche keinen Diener.«

»Herr, ich bringe euch Elgat.«

Cord wich instinktiv einen Schritt zurück. »Bist du etwa nicht allein?« Seine Augen huschten über die Umgebung. Schatten flackerten im Licht des Auges Haidamars, doch er konnte nichts erkennen.

Kalter Lurch zog ein Tuch aus seiner Tasche hervor und hielt es Cord mit beiden Händen entgegen, als würde er eine geweihte Reliquie überreichen.

»Was ist das?«

»Dies ist Elgat, eine der sieben Klingen von Var. Eure heilige Klinge, Meister Cord.«

»Nenn mich nicht so. Und ich bin auch nicht dein Herr.«

Cord löste vorsichtig das Tuch, als entfalte er etwas, das nur darauf gewartet hatte, wieder in seine Hände zu gelangen.

Der Dolch lag in seiner bloßen, kalten Schönheit vor ihm.

Seine Finger schlossen sich um den kristallenen Griff, tasteten über die vertraute Form. Ein merkwürdiges Ziehen breitete sich in seiner Brust aus – nicht greifbar, nicht fassbar, aber da.

Er suchte nach dem Strom der alten Kraft, nach einem Echo der Macht, die er zuvor gespürt hatte. Doch … die Klinge schwieg.

Und dennoch durchzog ihn ein leiser Hauch von Erleichterung und Befriedigung. Er wusste nicht, warum. Aber er spürte, dass der Dolch einzig und allein ihm gehören durfte.

»*Elgat*? Diese Waffe hat einen Namen?«

»Ganz recht, mein Herr. Der Herr Fürst und Sturmjäger Xervacs sprachen darüber.« Dann warf er einen besorgten Blick um sich und senkte die Stimme. »Hütet euch vor Xervacs. Er trachtet nach eurem Leben. Er und der Herr Fürst stritten euretwegen miteinander.«

Cord verengte die Augen. »Und du erzählst mir das alles? Und entwendest den Dolch? Warum? Ich kann mir nicht vorstellen, dass die beiden in dieser Angelegenheit Spaß verstehen.«

»Ich diene nicht mehr ihnen, sondern euch – falls ihr es gestattet.« Er griff in eine seiner Taschen und zog ein Fläschchen hervor. »Hier, mein Herr. Behandelt damit eure Bisswunde.«

Cord musterte ihn schweigend, bevor er den Kopf schüttelte. »Ich brauche keinen Diener. Sei dein eigener Herr. Wenn du …«

Sein Satz blieb unvollendet.

Ein grelles Zischen durchschnitt die Nacht.

Cord riss den Kopf herum – zu spät. Ein gleißender Blitz zerriss die Dunkelheit, ein Donner schlug in seine Ohren.

Taub und geblendet, klammerten sich seine Finger an den kristallenen Griff des Dolches.

Ein brutaler Schlag krachte in seine Rippen. Schmerz explodierte in seiner Brust. Er keuchte, sein Griff wurde schwächer. Ein zweiter Hieb – direkt gegen sein Handgelenk – schleuderte den Dolch aus seinen Fingern.

Dann brach die Hölle über ihn herein.

Hände packten ihn aus allen Richtungen, rissen und zerrten an ihm. Sein Schädel krachte gegen den harten Boden, Sand stob auf, füllte seine Lunge. Ein Gewicht drückte auf ihn, brutal, unerbittlich. Seine Arme wurden auf den Rücken gedreht, seine Beine fixiert. Er strampelte, bäumte sich auf. Ein stechender Schmerz schoss durch seine Schläfe. Die Welt flackerte, wurde dunkler. Geräusche verzerrten sich, wurden dumpf, verhallten in der Ferne wie ein Echo.

Dann war nichts mehr.

Nur Stille.

Und Dunkelheit.

## Kapitel 17

Elrik Hennemann stand vor dem imposanten Portal des Thronsaals, die Schultern steif, die Hände zu Fäusten geballt. Zu beiden Seiten flankierten ihn Soldaten, ihre Mienen so leer wie die kalten Kristallwände der Residenz. Sein Schicksal lag nicht mehr in seinen eigenen Händen. Es gehörte jetzt dem Fürsten.

Die Mauern pulsierten in einem tiefen Purpur, als wären sie lebendig. Gleißende Lichtstrahlen fielen durch schmale Scharten und tauchten die Wände in unheimlichen Glanz.

Ein brennender Schmerz pochte in Elriks gebrochenem Arm, ein qualvolles Hämmern im Takt seines Herzens. Jeder Pulsschlag erinnerte ihn an die Begegnung mit dem Sturmjäger.

Warum zum Teufel war er hier? Warum hatte er sich in diesen Albtraum ziehen lassen? Wut kochte in ihm hoch. Schuld an all dem hatten die drei Idioten. Ohne sie wäre er jetzt wohlauf in Anburg – nicht verletzt in einer Kristallfestung in einer Welt, die es nicht geben durfte. Er presste die Zähne aufeinander, schluckte die aufkeimende Angst hinunter wie bitteres Gift.

Vor ihm ragte das Tor auf, hinter dem sein Urteil fiel. Elrik spannte die Muskeln, hob das Kinn. Er würde nicht zittern. Nicht wanken. Nicht zeigen, wie sehr er die Antwort fürchtete, die ihn jenseits dieser Türen erwartete.

Ein tiefes Knarren durchschnitt die Stille. Das Tor zum Thronsaal öffnete sich mit düsterer Langsamkeit.

Elrik erstarrte, sein Herz überschlug sich, als er Sturmjäger Xervacs gegenüberstand, der wie ein Dämon aus dem dämmrigen Saal hervortrat.

»Hereinspaziert. Fürst Skat Aido Skallahat erwartet dich.«

Der Herrscher lehnte auf seinem Thron, trank aus einem filigranen, metallenen Becher und badete seine Füße in einer goldenen Schale. Mit einem Wink schickte er die Wachen fort.

Ein Greifvogel hockte auf einer Stele. Seine dunklen Augen bohrten sich in Elrik, wogen ihn ab wie eine Maus, die nicht ahnte, dass sie bereits Beute war.

Elriks Blick fiel auf die Wand zu seiner Linken. Etwas in ihm zog sich zusammen, hart und eisig. Sturmjäger – in einer Reihe standen sie dort, regungslos, wie groteske Marionetten ohne Fäden. Kein Blinzeln, kein Heben der Brust verriet, ob Leben in ihnen steckte.

Elrik wich instinktiv einen Schritt zurück, seine Muskeln gespannt wie vor einem Sprung.

»Lass dich von denen nicht beirren«, sagte der Fürst mit einer Spur Belustigung in der Stimme. »Das sind nur Surrogate. Wir vier sind unter uns.« Er schenkte Xervacs und dem Greifvogel ein verschwörerisches Lächeln, dann winkte er Elrik heran. »Komm zu mir.«

Elrik trat vor den Fürsten und musterte abwechselnd ihn und das Fußbecken. Ein schwarzer Wurm wand sich darin – dick, schleimig, zappelnd.

»Oh, mein Junge. Wenn du mal mein hohes Alter erreicht hast, wirst du verstehen, dass manche Körperteile mehr Zuwendung brauchen als andere.«

Alt? Elrik runzelte die Stirn und musterte ihn erneut. Der Fürst sah nicht aus wie jemand, der sich wegen seines Alters sorgen müsste. Eher wie jemand, der mitten im Leben stand.

»Mein Körper gehorcht mir – fast in jeder Hinsicht.« Skallahat ließ seine Worte träge auf der Zunge rollen. »Aber diese Füße verfallen, lösen sich auf, immer und immer wieder.«

Er seufzte theatralisch, schwenkte seinen Becher. »Ich fürchte, es ist wieder Zeit für ein neues Paar.«

»Aber was rede ich von mir?« Ein süffisantes Grinsen zog sich über sein Gesicht. »Erzähle mir lieber von dir.«

»Mein Arm schmerzt. Ansonsten habe ich nichts mitzuteilen.«

»Nicht so bescheiden, mein Lieber. Ich finde, die winzigsten Details können die spannendsten Geschichten erzählen. Nini wird dir behilflich sein.«

Mit einem beiläufigen Fingerschnippen schickte der Fürst den Raubvogel in Bewegung. Nini glitt lautlos durch den Saal und stürzte sich mit einem plötzlichen Ruck auf Elriks Kopf.

Die Krallen gruben sich in seine Haut. Ein scharfer Schrei entrang sich seiner Kehle, als ein heißer Schmerz durch seinen Schädel schoss. Er riss instinktiv die gesunde Hand hoch, um das Biest fortzuschlagen, doch der Vogel kreischte und hackte mit seinem messerscharfen Schnabel auf Elriks Finger.

»Ganz ruhig«, raunte Skallahat mit milder Stimme, in der eine unterschwellige Warnung mitschwang. »Wehr dich nicht, dann wird Nini sanft sein.«

Kaum verhallten seine Worte, löste sich sein Thron vom Boden. Lautlos und gemächlich umkreiste der Fürst Elrik, als würde er ihn aus jedem Blickwinkel mustern.

»Also, mein Junge. Wer bist du wirklich?«

»Elrik Hennemann, aus Anburg.«

»So ist es fein.« Der Fürst schwebte weiter. »Und was hat dich nach Dradora geführt?«

Elrik zwang sich, ruhig zu sprechen. Er erzählte von Cords Taschenmesser, vom Keller unter der Burgruine.

»Und nun«, sagte der Fürst, »berichte mir von dem Burschen mit dem Dolch. Dem, der angeblich nicht dein Freund ist.«

Elrik verzog das Gesicht. »Er ist ein Schwächling aus meiner Schule. Ein Wichtigtuer. Er ist mir nach Dradora gefolgt – und hat uns alle ins Verderben gestürzt. Warum habt ihr ihn und die anderen nicht ebenfalls versteinert?«

»Versteinert?« Skallahat schüttelte den Kopf, als hätte Elrik etwas Lächerliches gesagt. »Was für eine triviale Vorstellung. Nein, nein. Es war eine Weihe.«

Er ließ die Worte wirken, dann zuckte er beiläufig mit den Schultern. »Aber gut, weshalb also wurden deine ... Freunde nicht geweiht? Ganz einfach, ich gab ihnen mein Wort. Oder zweifelst du etwa an meiner Aufrichtigkeit?«

»Nein ... das nicht ...«

»Gut.« Skallahat nahm einen Schluck aus seinem Becher und lächelte. »Du kannst beruhigt sein. Einer meiner Sturmjäger hat den begabten Burschen im Auge. Sehr genau sogar.«

Elrik zuckte, als sich die Krallen tiefer in seine Kopfhaut bohrten. Er biss die Zähne zusammen, verfluchte das Tier in Gedanken. *Verdammte Krähe, hau endlich ab!*

»Oh, Elrik Hennemann«, sagte der Fürst mit amüsiertem Unterton. »Nini ist keine Krähe. Sie ist ein Adler. Ihre Vorfahren kamen vor langer Zeit von Mir nach Dradora. So wie nahezu alles Leben auf diesem Planeten.«

»Das verdammte Vieh soll endlich verschwinden.«

Skallahat hielt inne, sein Blick ruhte direkt auf Elrik. Er schwebte näher, bis nur noch ein Hauch Luft zwischen ihnen lag.

»Wut ist eine Waffe, aber auch ein Gift. Sie gibt Kraft und raubt sie zugleich. Und genau in diesem Moment musst du sie loslassen.«

Er hob zwei Finger und deutete auf Elriks Stirn. »Schließe deine Augen. Besinne dich auf die glücklichsten Augenblicke deines Lebens.

Spüre sie.«

Ein Sommertag stieg aus der Tiefe seiner Erinnerung auf – der Tag, an dem er glaubte, endlich dazu zu gehören. Die Brüder, die ihn sonst verspotteten, hatten ihn als einen der ihren aufgenommen. An diesem Tag waren sie eine Familie, eine unerschütterliche Einheit. Gemeinsam waren sie stark.

Das bekamen die Kinder aus der Nachbarschaft zu spüren, besonders jene, die ihn zuvor in der Schule respektlos behandelt hatten. Er kniete sich über sie, schmierte ihnen mit schlammigen Fingern ein umgedrehtes Dreieck auf die Stirn – das Zeichen der Sklaven.

Er und seine Brüder trieben die Sklaven zusammen, hetzten sie in das dunkle Abwasserrohr unter dem Bahndamm. Drinnen war es feucht, stickig, von krabbelnden Schatten bevölkert. Die Kinder schrien, wimmerten, während sie sich an den glitschigen Wänden abstützten, um nicht zu stürzen. Einer verlor die Kontrolle über seine Blase – aus Angst vor den Spinnen und Ratten, die in der Dunkelheit lauerten. Und sie winselten aus Furcht vor den Konsequenzen. Dreckige, zerfetzte Kleidung bedeutete Ärger zu Hause – Schimpftiraden, vielleicht Prügel.

Doch für Elrik zählte in diesem Moment nur ein Gefühl. Macht. Reine, unerschütterliche Macht. Er stand auf der Seite der Sieger. Die Sklaven winselten, die Brüder lachten – und Elrik war einer von ihnen.

So fühlte sich Glück an, dachte er.

Dann spürte er die kalte, nasse Berührung auf seiner Stirn. Elrik erstarrte. Einer seiner Brüder hatte ihm selbst das Dreieck ins Gesicht geschmiert.

Ein Raunen ging durch die Gruppe. Gelächter brach aus – ein dröhnender, höhnischer Chor. »Jetzt bist du dran, Elrik!« Hände packten ihn, zogen ihn mit sich. Und plötzlich rannte er nicht mehr als Jäger, sondern als Gejagter. Sie hetzten ihn durch das modrige Rohr, seine Knie schlugen gegen den glitschigen Beton. Die Dunkelheit wurde kälter, enger.

Es endete nicht im Rohr – es endete erst, als sie ihn auf die Lichtung vor den Bahndamm schleppten, kreisförmig um ihn standen und grinsend ihr Urteil verkündeten.

Der Schultanz.

Jedes Jahr mussten die Schüler ihn beim Sommerfest aufführen – ein lächerliches Gehüpfe, das niemand mochte. Jetzt sollte er tanzen. Hier. Mit heruntergelassener Hose.

Er hatte sich geweigert, geschrien, getreten. Dann kam die erste Ohrfeige. Die zweite. Nach der dritten tanzte er. Heulend. Während die Nachbarskinder sich vor Lachen bogen.

Mit väterlicher Geste strich der Fürst Elrik die mit Blut verschmierten Haare aus der Stirn. Seine Stimme klang weich und mitfühlend. »Glück und Unglück sind oft nur zwei Seiten derselben Medaille. Hast du dich nie gegen deine Brüder gewehrt?«

Ein grimmiges Grinsen zuckte über Elriks Lippen. Oh doch, er hatte sich gewehrt. Am selben Abend noch, als sie zusammen beim Essen saßen. Sein ältester Bruder dachte, das Spiel sei vorbei. Doch Elrik hatte nicht vergessen. Die Wurstgabel lag direkt neben ihm auf dem Tisch. Er hatte zugestochen. Tief. So tief, dass sein Bruder schreiend vom Stuhl kippte und mit einem zerfetzten Oberschenkel ins Krankenhaus musste.

Der Fürst seufzte leise, als koste er den Schmerz mit ihm gemeinsam aus. »Verraten von jenen, denen man vertraut. Ich verstehe deinen Kummer.«

Er schnippte lässig mit den Fingern. Der Adler gab Elrik frei und flatterte mit einem schrillen Kreischen davon.

Blut lief über Elriks Gesicht.

»Das wäre dir in meiner Familie nicht passiert.« Skallahat lehnte sich zurück, betrachtete Elrik mit abschätzendem Blick. »Bei uns gibt es keinen Verrat. Wir stehen füreinander ein. Jeder kann sich auf den anderen verlassen.«

Sanft setzte der Thron auf dem Boden auf. Der Fürst ließ sich tiefer in die Lehne sinken und tauchte seine Füße in die goldene Schale.

»Was würdest du sagen, wenn ich dir anböte, ein Teil meiner Familie zu werden?«

Elrik schnaubte und sah vorwurfsvoll auf seinen gebrochenen Arm.

»Ach, das.« Skallahat winkte ab, als wäre es eine belanglose Lappalie. »Xervacs hat manchmal eine ... nun, etwas übertriebene Herangehensweise.« Ein Schmunzeln zuckte über sein Gesicht. »Aber keine Sorge, das lässt sich richten. Komm her und knie dich vor mich.«

Elriks Blick flackerte zwischen dem Fürsten und dem dunklen Wurm in der goldenen Schale.

»Komm schon, Elrik Hennemann«, sagte der Fürst, seine Stimme klang geduldig und sanft. »Ich stelle dich unter den Schutz des Hauses Skallahat. Und mehr als das – ich werde dir eine Macht verleihen, die nicht nur deine Feinde fürchten werden.«

Der Fürst leerte seinen Becher in einem Zug und tauchte ihn in das Wasser seiner Fußschale. Ohne zu zögern, goss er die Flüssigkeit über Elriks Kopf.

Ein brennender Schmerz fraß sich in die offenen Wunden, während das lauwarme Wasser über seine Haut rann.

Elrik stellte sich vor, wie abgestorbene Hautschuppen, Dreck und die schleimigen Ausscheidungen des schwarzen Wurms sich in seine Verletzungen fraßen, sich in seinen Körper einschlichen. Er zwang sich, nicht zu würgen.

Der Fürst beobachtete ihn mit einem amüsierten Funkeln in den Augen. »Glaubst du etwa, meine Füße hätten das Wasser verunreinigt?«

Elrik rang um eine neutrale Miene. »Nein ... das denke ich nicht.«

Skallahat lächelte dünn, tauchte den Becher erneut ins Wasser und hielt ihn Elrik hin. »Dann trink.«

*Er spielt mit mir*, erkannte Elrik wütend. *Aber ich werde ihm den Gefallen nicht tun.* Seine Finger umklammerten den Becher. Ohne Zögern setzte er an und stürzte die Flüssigkeit hinunter.

»Das ist großartig.« Der Fürst schenkte Elrik einen anerkennenden Blick. »Es ist so wichtig, dass wir uns vertrauen.« Seine Hand legte sich auf Elriks verletzten Arm, ein sanftes, fast freundschaftliches Tätscheln – dann drückte er zu.

Ein schneidender Schmerz schoss wie Feuer durch Elriks Knochen, explodierte in seinem Arm.

Elrik schrie, rang um Atem.

Die Finger des Fürsten gruben sich in das geschwollene Fleisch, brannten wie glühende Eisenringe, die sich tief in seinen Knochen fraßen.

Tränen stiegen Elrik in die Augen, doch er presste die Lider zusammen, kämpfte dagegen an. Er bettelte innerlich um Ohnmacht, um dieser Hölle zu entkommen. In seinem Kopf formte sich ein schreckliches Bild – wenn er die Augen öffnete, würde er nichts als einen verkohlten Armstumpf sehen.

Der Druck ließ nach. Die sengende Hitze verschwand, der Schmerz ebbte ab. Elrik sog keuchend Luft in die Lungen und schlug die Augen auf.

Der Fürst grinste breit und selbstzufrieden.

Ein kehliges Lachen erklang aus dem Schatten.

Xervacs hatte auf einem Sessel in der Ecke des Thronsaals die Beine übereinandergeschlagen. Genüsslich schwenkte er einen schimmernden Becher.

»Na los«, schnarrte er, »sag artig Danke zum lieben Aido.«

Elrik hob zögernd den Arm. Seine Finger zuckten, bevor er sie langsam zur Faust schloss. Der Stoff des Ärmels war verschmort, doch sein Knochen lag nicht mehr schief. Dort, wo eben noch ein grotesker Bruch gewesen war, blieb nur eine rötliche Schwellung zurück.

»Kameraden stehen sich gegenseitig bei.« Der Fürst legte seine Hand auf Elriks Schulter. »Wirst du mir ebenfalls eine Gefälligkeit erweisen, Elrik?«

Elrik schluckte und nickte. »Ja.« Seine Stimme klang rau.

Skallahat lehnte sich entspannt zurück. »Ich muss mich auf meine Vertrauten verlassen können, und darauf vertrauen, dass man sich an Abmachungen hält. Hast du mitbekommen, wie man mich heute gedemütigt hat?«

Elrik runzelte die Stirn. »Von Cord?«

»Ach Unsinn! Vergiss diesen Burschen. Xervacs kümmert sich um ihn.«

Seine Hand tauchte lautlos ins Wasser. Träge zog er den schwarzen Wurm empor, ließ ihn zwischen den Fingern baumeln. »Ich habe einen Auftrag für dich.«

Gespannt erwartete Elrik den ersten Befehl seines neuen Herrn.

»Es gibt jemanden, der mir etwas schuldet. Wirst du dich darum kümmern?«

»Ja, das werde ich.«

Der Eisenfürst verzog die Lippen zu einem zufriedenen Lächeln.

»Dann öffne deinen Mund – ganz weit.«

## Kapitel 18

»Hoch mit dir.«

Eine raue Hand zerrte an Cord und zwang ihn, sich aufzurichten. Hals und Hände waren an Holzstangen fixiert, die ihn wie eine gefesselte Marionette aufrecht hielten. Seine Glieder waren taub.

Der flackernde Schein der Fackeln verzerrte die Schatten zu tanzenden Fratzen.

Neben ihm stolperte Kalter Lurch, ebenso gefangen, ebenso wehrlos.

Die Stille schnürte Cord die Kehle zu. Kein Murmeln, kein Tuscheln – nur drückendes Schweigen. Die Menge stand reglos da und formte eine düstere Bühne, auf der das Urteil bereits gefallen war.

»Am Morgen noch Waffenbrüder, am Abend schon Feinde.« Ibnidai Unadils Stimme traf wie ein Hammerschlag.

Cord hob den Kopf. »Ich bin nicht euer Feind.«

»Wer sich vor dem ersten Licht des Tages aus dem Lager stiehlt, sich vor den von der Gemeinschaft auferlegten Aufgaben unsolidarisch drückt, wer das Gesetz bricht und meinen Befehl missachtet – der ist kein Verbündeter.« Ibnidais Blick lastete schwer auf Cord. »Und wer einen Soldaten des Eisenfürsten an unsere Schwelle führt, der ist nichts anderes als ein Feind.«

»Wir sind nicht hier, um euch zu schaden.« Cord rang um Fassung. »Wir brauchen eure Hilfe! Es gibt einen Weg, die Versteinerten zu retten.«

Gelächter – roh und hämisch. Manche spuckten aus, andere schüttelten nur ungläubig den Kopf.

Ibnidai hob die Hand, das Gelächter verebbte sofort. Ein finsterer Schatten lag über seinem Gesicht.

»Ich verurteile euch beide wegen Hochverrats und Spionage zum Tode.«

Die Worte hingen wie ein endgültiges Urteil in der Luft.

Dann fügte er mit eisiger Ruhe hinzu: »Die Strafe wird sofort vollstreckt.«

Qiz, einer der Vertrauten Ibnidais, rammte eine Eisenstange in die trockene Erde und schraubte ein kunstvoll verziertes, eiförmiges Objekt darauf, das im Fackellicht metallisch glänzte.

»Hör mir jetzt gut zu.« Ibnidais Blick war wie ein scharfes Messer auf Cord gerichtet. »Ich weise dir einen Weg, wie du deinen beiden Gefährten aus Mir dein Schicksal ersparen kannst.«

Cord horchte auf, denn offenbar hatte der Häuptling von den Geschehnissen in Lorkmart noch nichts erfahren. War Arnold ihm noch gar nicht begegnet? Ein flüchtiger Funke Hoffnung glomm in ihm auf.

»Du sollst mir zuhören! Und den Göttern Respekt erweisen«, schrie Ibnidai und deutete mit bebenden Fingern auf das Ei. »Dies ist eine Gottesträne, geschaffen von den Allmächtigen selbst, erfüllt mit einer Wunderkraft, die du dir nicht vorstellen kannst. Sieh nur, von außen betrachtet erscheint sie wie ein harmloses Objekt, nicht wahr? Doch im Inneren ... da ist ein Raum, so groß, dass Menschen darin aufrecht stehen können.«

Seine Augen leuchteten vor Eifer. »Du glaubst mir nicht? Das musst du aber, denn ich stand bereits darin.«

Sein Blick verharrte auf dem Objekt. Ein Hauch von Nostalgie in seinen Augen wurde schnell von Bitterkeit verdrängt.

»Ein solch kostbares Relikt entfacht Neid und Begehrlichkeit. Meine eigene Schwester stahl es und entweihte es – und weckte den Dämon darin. Er zerfetzt jeden, der sein Reich betritt, baut dessen Leib um wie ein besessenes Kind, das mit Puppen spielt ... zerlegt Arme, Beine, Gesichter und setzt sie zu entstellten Körpern zusammen. Dann speit er die erbärmliche Kreatur aus, damit sie jämmerlich verendet.«

Cord schluckte, doch es linderte nichts. Etwas Kaltes kroch durch ihn hindurch, als würde sein ganzer Organismus gegen das Gehörte rebellieren. Die Bilder brannten sich ein: verdrehte Körper, zerschmetterte Knochen, verzerrte Grimassen. Ein bitterer Geschmack stieg ihm in die Kehle, und seine Finger verkrampften sich um die Fesseln.

»Ihr beide« – Ibnidai zeigte auf Cord und Kalter Lurch – »ihr werdet hineingehen und den Dämon beschwören, herauszutreten. Wenn er sich weigert, fragt ihn nach seinem Preis und setzt alles daran, mir seine Antwort mit euren letzten Atemzügen zu übermitteln.«

Ibnidai blies Cord seinen stinkenden Atem ins Gesicht. Cord kämpfte gegen den Drang an, den Kopf zur Seite zu wenden.

»Wenn es euch gelingt, werde ich die anderen beiden Mirlinge verschonen.« Er beugte sich an Cords Ohr. »Bitte, erfülle mir diesen Wunsch. Es ist mir … eine Herzensangelegenheit.«

Er schritt zum Ei, legte seine Hände ehrfürchtig auf dessen oberes Ende und drehte es mit einer langsamen, rituellen Bewegung. Ein blassblauer Schimmer legte sich über die Gottesträne und ließ Ibnidais Gesicht in einem unwirklichen Licht erscheinen.

»Berührt sie«, flüsterte Ibnidai. »Sie wird euch einlassen.«

Drei der Rebellen schleppten Cord ruckartig vor die Gottesträne. Einer zerrte ihn brutal am Hals und zog ihn zum Ei, das auf dem Stab zwischen ihnen thronte. Die anderen beiden schoben seine Arme und versuchten, seine Hände gegen die glänzende Oberfläche zu pressen.

Cord stemmte sich dagegen, sein Gesicht verzerrt vor Anstrengung und Verzweiflung.

Doch plötzlich, im Bruchteil eines Augenblicks, ließ er nach, nutzte den Schwung und schleuderte seinen Fuß mit voller Wucht gegen den Stab.

Das Ei kippte.

Der Mann dahinter hatte keine Zeit zu reagieren. Das Ei knallte ihm mitten ins Gesicht. Vom einen Moment auf den anderen war er verschwunden.

Stille.

Geschockt ließen die Rebellen die Stangen fallen. Alle Blicke richteten sich auf das im Staub liegende Ei. Niemand wagte zu atmen.

Dann passierte es.

Ein schmatzendes, widerliches Geräusch, als würde nasses Leder über rauen Stein gezogen. Etwas formte sich aus dem Nichts – ein grotesker Klumpen aus Fleisch und zerrissener Kleidung. Knochen ragten in unmöglichen Winkeln heraus, Finger wuchsen aus falschen Gelenken, ein verdrehter Fuß baumelte nutzlos an einem Rumpf, der kaum noch als menschlich zu erkennen war. Zwischen dem Chaos aus Gliedmaßen glotzte ein einziges blutunterlaufenes Auge panisch umher. Daneben klaffte ein zahnumrandetes Loch, das röchelte, gurgelte und nach Luft rang.

Ibnidai stürzte sich gierig auf den unförmigen Fleischklumpen, presste sein Ohr an die groteske Öffnung, die einst ein Mund gewesen war.

»Sag es mir! Hast du den Dämon gesehen? Was hat er gesagt?«

Ein scharfer Blutstrahl schoss hervor und traf Ibnidai mitten ins Gesicht. Das war die einzige Antwort.

Ibnidai schrie vor Wut, seine Hände hämmerten auf den deformierten Körper. »Rede! Ich befehle es dir. Wie kannst du es wagen, mir das anzutun?«

Cord wandte den Blick ab, kämpfte gegen die aufsteigende Übelkeit.

*Dieser Wahnsinnige ist zu allem fähig.*

*Und wir sind ihm ausgeliefert.*

## Kapitel 19

Nach Einbruch der Nacht stand Elrik vor dem prunkvollen Anwesen des Hoflieferanten. Die Fassade glänzte im blassen Mondlicht, als wäre sie mit einem Hauch von Silber überzogen. Der Duft von gebratenem Fleisch lag in der Luft, vermischt mit würzigen Aromen exotischer Gewürze. Sein Magen knurrte, während er sich vorstellte, in saftiges, blutiges Bratfleisch zu beißen.

*Bald*, dachte er. Doch zuerst musste er den Auftrag seines Herrn erfüllen.

Elrik klopfte mit fester Hand gegen die verzierte Holztür.

Nach einem Moment knarrte sie auf und enthüllte einen älteren Diener mit stechendem Blick und gepflegtem Erscheinungsbild. Sein schneeweißer Umhang lag makellos über seinen Schultern, der Stoff zu kostbar für gewöhnliche Bedienstete – ein stilles Abzeichen von Status und Stolz.

»Hoflieferant Beilmund?«, fragte Elrik.

Der Diener rümpfte die Nase. »Wer möchte das wissen?«

»Ein Gesandter des Fürsten.« Elrik zog mit demonstrativ lässiger Geste einen Siegelbrief aus seiner Umhängetasche. »Skat Aido Skallahat schickt mich.«

Der Diener musterte Elrik, nahm den Brief widerwillig entgegen und drehte ihn prüfend in den Händen, als wolle er nach Anzeichen von Fälschung suchen.

»Meister Beilmund ist derzeit in einer Besprechung.«

Elriks Miene verhärtete sich. »Kannst du nicht lesen?« Er deutete knapp mit dem Kinn auf das Siegel. »Der Fürst erwartet, dass ich deinem Herrn unverzüglich eine Botschaft überbringe.«

Ein Anflug von Verunsicherung huschte über das Gesicht des Dieners. Er räusperte sich, straffte die Schultern und trat beiseite. »Tritt ein.«

Mit triumphierendem Glimmen in den Augen überschritt Elrik die Schwelle.

*So leicht ist es, verliehene Macht zu genießen.*

Hinter einer schweren Tür erklang Stimmengewirr und das ausgelassene Lachen einer Festgesellschaft.

Elrik schnalzte nervös mit den Fingern im Takt der Musik.

Der Diener führte ihn wortlos eine prächtige Marmortreppe hinauf. Die polierten Stufen schimmerten im flackernden Licht der prunkvollen Leuchter. An den Wänden hingen opulente Gemälde in goldenen Rahmen – Darstellungen von Eroberern, Händlern und Szenen dekadenter Feste.

*Guter Beilmund*, dachte Elrik grinsend, *du bist genau zur rechten Zeit aufgetaucht. Jetzt ist der dämliche Walter der Stein und nicht ich. Tja, Pech für dich – ich hab das Gefühl, dein Auftritt hat meinen Herrn nicht begeistert.*

Der Diener klopfte zögerlich an die massive Tür und öffnete sie nur einen Spalt.

Ein aufgebrachter Schrei ertönte heraus: »Was fällt dir ein, mich zu stören? Habe ich nicht ausdrücklich gesagt …«

Elrik trat mit einem lässigen Schwung die Tür weit auf und schritt unbeeindruckt hinein, den Siegelbrief wie ein Banner vor sich her wedelnd.

»Ich überbringe eine Botschaft des Eisenfürsten, eures Herrn. Dringend. Und ich schätze, er mag es nicht, warten zu müssen.«

Vor einem weit geöffneten Balkon stand Hoflieferant Beilmund, das Gesicht vom berauschenden Getränk gerötet, an seiner Seite eine Dame in einer verschwenderisch bestickten Robe. In der einen Hand hielt er ein funkelndes Kristallglas, in der anderen eine saftige Fleischkeule, deren Fett glänzend über seine Finger lief.

Mit einem genervten Seufzen stellte er beides auf den teuren Schreibtisch und streckte die Hand aus.

Elrik trat betont langsam vor, ließ den Blick kurz über den Prunk des Raumes gleiten und reichte ihm dann das Schreiben des Fürsten.

Beilmunds Miene veränderte sich, kaum dass er das Siegel erkannt hatte. Hastig brach er es auf, und beim Lesen huschte ein Schatten von Nervosität über sein Gesicht.

*Ja, genau so will ich dich sehen*, dachte Elrik.

»Soll das ein Scherz sein?« Beilmund fuchtelte mit dem Schreiben, als wolle er es gleich zerreißen. Er zeigte es erst der Dame, deren Stirn sich skeptisch in Falten legte, dann dem Diener, der betreten zu Boden starrte, und schließlich Elrik.

Quer über das Blatt war ein grob gezeichneter Fuß gemalt, darunter stand ein knapper Text.

»Was zum Teufel soll das?« Beilmund schwenkte das Papier wie eine brennende Fackel. »Ein Fuß? Und alles Weitere würde ich von einem Hofkurier Hennemann erfahren? Ich verlange eine sofortige Erklärung!«

Seine Wut entlud sich in einer hastigen Bewegung. Er fegte das Kristallglas vom Tisch, schleuderte es gegen die Wand, wo es in einem Funkenregen aus Splittern zerbarst. Ein roter Weinfleck breitete sich wie ein blutiges Mahnmal über die Tapete aus.

Elrik trat einen Schritt näher, ein schiefes Grinsen auf den Lippen. »Die Erklärung folgt auf dem Fuß, wenn du so willst.«

Er genoss die Pause, die Beilmunds zornverzerrtes Gesicht füllte.

»Fürst Skat Aido Skallahat lässt dir ausrichten, dass er ab sofort auf die Dienste deines Hauses verzichtet.«

Seine Stimme klang so beiläufig, als verkünde er das Ende eines Frühstücks, nicht das Ende von Beilmunds einflussreichem Leben.

Beilmund stampfte wutentbrannt mit dem Fuß auf. »Wie kannst du es wagen, mit mir zu reden wie mit einem dahergelaufenen Gassenjungen? Verschwinde aus meinem Haus!«

Doch Elrik blieb gelassen stehen, sein Grinsen unbeirrt, als wäre es mit Nägeln an sein Gesicht geheftet. Dies war der Moment, den er sich in Gedanken immer wieder ausgemalt hatte – und er schmeckte süßer als erwartet.

»Wir sind noch nicht fertig, Beilmund.« Er betonte den Namen mit süffisanter Genugtuung. »Die Kündigung ist endgültig. Und sie kommt mit einem kleinen Extra.«

»Was soll das heißen, du nichtsnutziger Bengel?« Beilmunds Stimme überschlug sich.

Da dämmerte es ihm und seine Fassungslosigkeit wich nackter Panik. Er riss hastig eine Schublade des Schreibtisches auf. Mit zitternden Fingern zog er einen Dolch hervor.

Elrik lachte.

Das Lachen erstickte in einem plötzlichen Hustenanfall. Ein Brennen fraß sich vom Magen aufwärts. Sein Körper krümmte sich, röchelnde Laute quollen aus seiner Kehle. Er fiel auf die Knie, eine dunkle Flüssigkeit tropfte von seinen Lippen – ein rostig-roter Schleim, der nach Eisen roch.

Mit einem krampfhaften Würgen spie er einen dicken, pechschwarzen Wurm aus. Das glitschige Wesen landete schmatzend auf dem kalten Steinboden und zappelte, als würde es nach Luft schnappen.

Elrik griff nach dem Wurm, als wäre er ein kostbares Geschenk, und streckte ihn Beilmund entgegen. In einem plötzlichen Ruck schnellte ein schwarzer Tentakel aus dem schleimigen Körper hervor, peitschte durch die Luft und wickelte sich um Beilmunds Hals.

Die Dame stieß einen schrillen Schrei aus und stolperte rückwärts, während Beilmund nach Luft rang. Panisch stach er mit dem Dolch nach dem Tentakel, doch seine zittrige Hand verfehlte das Ziel und ritzte stattdessen seine eigene Brust.

Das Messer glitt ihm aus den blutigen Fingern. Röchelnd und mit hervortretenden Augen stürzte er zu Boden.

Die Dame und der Diener flohen panisch, ihre Schritte hallten durch die Flure. Bald würden sie Hilfe holen, doch Elrik blieb völlig unbeeindruckt.

Gelassen zog er Beilmund die kostbaren Schuhe aus und holte ein Beil aus der Tasche.

»Dann wollen wir mal.«

Zwei saubere Schläge, begleitet vom dumpfen Knacken von Knochen, trennten den rechten Fuß vom Bein. Ein Blutschwall ergoss sich auf den Boden, aber Elrik zuckte nicht einmal mit der Wimper.

Elrik drehte das Beil in der Hand, betrachtete es mit ehrlicher Bewunderung und wischte spielerisch ein paar Blutstropfen von der Klinge. »Wahnsinn!«, rief er begeistert. »Du bist wirklich ein Meisterstück der Metzgerskunst!«

Er strich zärtlich mit der Fingerspitze darüber, als wäre es ein kostbares Schmuckstück. Dann holte er erneut aus. Ein sauberer Hieb – der linke Fuß löste sich mit einem feuchten Schmatzen vom Knöchel.

»Perfekt!«, murmelte er zufrieden.

Mit einem Grinsen verstaute Elrik das blutige Beil und die Füße sorgfältig in seiner Tasche.

Er schnappte sich die duftende Fleischkeule vom Tisch und trat durch die offene Balkontür.

Mit einem letzten, zufriedenen Blick auf sein Werk biss er in die Keule und schwang sich geschmeidig über das Geländer in die Nacht.

Mit blutverschmierten Händen und einem Lächeln, das so unschuldig wirkte wie das eines Kindes beim Spielen, stimmte Elrik ein Lied an:

»Wer schwingt das scharfe Hackebeil,
holt Beilmunds Hacken ohne Eil'?
Nicht Cord, der rennt, so weit er kann,
denn Xervacs ist schon an ihm dran.«

Sein Gesang hallte in die stille Nacht, während er zwischen den Schatten verschwand.

# Kapitel 20

Sinas Lanze schlug klirrend zwischen Cord und Ibnidai in den Boden ein. Das silberne Geflecht auf dem Schaft funkelte im flackernden Fackelschein wie ein flammendes Spinnennetz, das im nächtlichen Feuerschein tanzte.

»Was geht hier vor?« Ihre Stimme erklang aus dem Schatten.

Ibnidais Männer gaben den Weg frei und sie trat in die durch Fackeln abgesteckte Arena, gefolgt von Mila, Raganor und einer Schar ihrer Vertrauten. Sie legte die Hand auf die Gottesträne, brachte ihr bläuliches Glimmen zum Erlöschen und deutete auf das groteske Bündel aus Fleisch, Knochen und zerfetztem Stoff.

»Wer war es?« Ihre Stimme war kühl.

Ibnidai trat einen Schritt vor, seine Miene verschlossen. »Keiner deiner Leute.«

Sinas Blick wanderte zu Cord. »Du willst ihn hinrichten?«

»Er hat sich meinem Befehl widersetzt und einen Soldaten des Eisenfürsten zu uns geführt. Ein Feind, der unser Lager kennt, ist eine tödliche Gefahr.«

Sina riss die Lanze aus dem Boden. »Ich habe die Mirlinge hergebracht. Und ich habe sie ziehen lassen. Sie haben sich also keinem Befehl widersetzt.«

Ihr Blick wurde schärfer, als sie sich Cord zuwandte. »Nun zu dir. Warum hast du einen Soldaten aus Lorkmart hierher gebracht?«

»Bitte verzeiht, wenn ich spreche«, erhob Kalter Lurch die Stimme. »Der, der sich Cord nennt, ist der, der aus der anderen Welt zu uns kam, um unsere Ketten zu sprengen. Ich habe es mit eigenen Augen gesehen. Er befreite mit Elgat, einer der sieben Klingen von Var, zwei Gefangene des Eisenfürsten, streckte damit dessen Treibhunde nieder und riskierte sein Leben, um das eines einfachen Soldaten, das meine, vor dem Tod zu bewahren.«

Er hob das Kinn und sah Sina direkt an. »Daher diene ich nun ihm, und nicht mehr dem Fürsten.«

»Das ist der größte Blödsinn, den ich je gehört habe«, brüllte Ibnidai und schnaubte verächtlich. »Sie verhöhnen uns. Das sollte jeder erkennen.«

»Sina«, begann Cord und trat einen Schritt vor. »Wir sind zurückgekehrt, weil wir …«

Sina hob die Hand und schnitt ihm mit einer einzigen Bewegung das Wort ab. »Ich kenne die Geschichte von deinem Arnold.«

Cords Brust zog sich zusammen. »Wo ist er?«

»In Sicherheit.« Ihre Stimme war kühl. Dann wandte sie sich an Ibnidai. »Ich will mit dir unter vier Augen sprechen.«

»Was gibt es da noch zu bereden?« Ibnidais Stimme bebte vor Wut. »Die Sache ist klar. Sie gehören zum Eisenfürsten. Und du siehst es nicht? Oder siehst du es sehr wohl – und tust nur so?« Ein breites, triumphierendes Grinsen legte sich auf seine Züge. »Vielleicht spielst du dein eigenes Spiel, Sina. Vielleicht hast du von Anfang an nur für dich selbst gekämpft.«

Sinas Augen wurden schmal. »Was genau willst du mir unterstellen?«

Ibnidai verschränkte die Arme. »Vielleicht kannst du uns ja aufklären – darüber, wie es dir immer wieder gelingt, den Eisenfürsten und seine Sturmjäger abzuschütteln.«

Ein Raunen ging durch die Menge.

Sina packte Ibnidais Handgelenk, ihre Stimme wurde zu einem gefährlichen Zischen. »Ich sagte, ich will mit dir unter vier Augen sprechen.«

Ibnidai pfiff durch die Zähne und zwinkerte ihr spöttisch zu. »Na endlich, Sina. So gefällst du mir. Dann lass uns doch ein wenig plaudern.«

Die beiden Gruppen standen sich reglos gegenüber. Ibnidais Männer auf der einen, Sinas Leute auf der anderen Seite. Die Luft war schwer von unausgesprochenem Misstrauen. Jeder wartete auf ein Zeichen.

Abseits entbrannte das Gespräch der beiden Anführer, ihre Stimmen wurden schärfer. Cord hörte nur Bruchstücke, aber er spürte die wachsende Anspannung.

Sina und Ibnidai kehrten schweigend zurück. In einer Hand trug

Ibnidai eine Fackel. Mit der freien Hand packte er Cords Kinn und zwang ihn, ins Licht zu sehen. Seine Augen verengten sich. »Ich erkenne nichts. Dieser Arnold lügt.«

Sinas Blick glitt über Cords Stirn. »Wo ist der Stein, den du von der Hexe bekommen hast?«

Cord deutete mit einem Nicken nach unten. »Hose.«

Sina griff in seine Tasche, zog den Himmelsstein heraus und reichte ihn Ibnidai. Der Häuptling hob ihn zum Himmel und sah hindurch.

»Leer. Da ist nichts.«

Ohne eine Miene zu verziehen, gab er Sina den Stein zurück. »Es ist alles erstunken und erlogen. Das reicht. Jetzt steht fest, was zu tun ist.«

Sina hob ruhig die Hand. »Nicht so voreilig. Bindet ihn los. Und gebt ihm seine Waffe.«

Ibnidais Leute hielten inne. Ihre Blicke wanderten zwischen den Anführern hin und her. Mit einem knappen Wink befahl Ibnidai schließlich Qiz, die Fesseln zu lösen. Der Mann trat vor, schnitt die Stricke durch und warf Cord den Dolch vor die Füße.

»Zeig es uns«, forderte Ibnidai. Er zog seine eigene Klinge, die im Fackelschein aufblitzte, und legte sie an Cords Kehle. »Und wage es nicht, auch nur einen falschen Schritt zu machen.«

Hinter sich spürte er Qiz' Messer an seinen Rippen.

Cord schloss die Finger um den Dolch und suchte nach der Verbindung – doch da war nichts. Kein Flackern, kein Summen, keine Spur seiner Kraft. Alles, was er fühlte, waren die bohrenden Blicke. Und die scharfen Klingen an Kehle und Rippen.

»Du musst es uns zeigen«, drängte Sina.

Cord hob den Kopf, sein Kiefer angespannt.

»Das erfordert Konzentration, aber solange die ihre Klingen in mich bohren …«

»Ha! Ich wusste es!« Ibnidais Stimme überschlug sich vor Triumph. »Ihr seid nichts als dreckige kleine Hochstapler! Und ihr habt meiner Verlobten einen Haufen Lügen aufgetischt.« Er lachte schnaubend. »Es ist völlig ausgeschlossen, dass irgendwer, der unter Harvekil diente, heute noch am Leben ist. Weder hier, noch in Adoria Gaad.«

Dann wandte er sich an Sina. »Wir haben es besprochen. Lass diesen

Arnold herbeischaffen, und wir beenden das Theater.«

Sina erwiderte seinen Blick mit ausdrucksloser Miene. Dann gab sie Raganor mit einem knappen Wink das Zeichen, sich auf den Weg zu machen.

Cord sog scharf die Luft ein. *Sie glaubt mir nicht. Sie glaubt Arnie nicht. Und warum sollte sie auch – ohne Beweis? Sie kann uns nicht helfen.*

Resigniert ließ Cord die Lider sinken. Ein bleierner Druck legte sich auf seinen Körper, als würde die letzte Kraft mit jedem Atemzug aus ihm herausfließen.

*Lass den Dolch fallen. Beende es. Es gibt keinen Kailard. Keinen Weg zurück. Nur den Schrat, der am Ende kommen wird. Oder die Gottesträne.*

Vor seinem inneren Auge erschien das Bild seiner Mutter – ihr Gesicht im schummrigen Licht der Küche, die Hände um eine dampfende Tasse gelegt. *Du wirst nie erfahren, was geschehen ist. Wirst du jeden Tag hoffen, dass ich durch die Tür trete? So wie du es für Vater hoffst? So wie ich es all die Jahre erhofft hatte?*

In seinen Träumen war sein Vater lebendig, sprach mit ihm, erklärte ihm alles – ein Missverständnis, nichts weiter. *Bald werde ich wieder da sein, mein Junge.* Immer wieder tauchte seine Stimme aus dem Gewirr auf, inmitten einer Menschenmenge, in einem überfüllten Bus oder einer hektischen Einkaufsgasse. Und immer führte sie zu ihm. Und immer empfing ihn sein Vater mit offenen Armen. Die Umarmung, dieses Gefühl, wirklich gehalten zu werden – es war so echt.

Cord kniff die Augen zusammen, kämpfte gegen die Tränen.

*Ich finde dich!*, schwor er.

*Ich lass dich nie los.*

Plötzlich war da ein Flirren. Kaum zu spüren. Dann ein Puls – heiß und lebendig, der durch seinen Arm strömte.

Ein flackerndes Leuchten drang durch seine geschlossenen Lider.

Cord riss die Augen auf.

Der Dolch, seine Finger, sein ganzer Arm – alles war in blaues Licht gehüllt. Funken tanzten über die Klinge, zogen wie glühende Adern über seine Sehnen.

Ibnidai stieß einen erschrockenen Laut aus und wich zurück. In seinen Augen – keine Wut. Keine Verachtung. Nur Angst vor dem Blitz, dem tödlichen Schlag.

Cords Finger schlossen sich fester um den Dolch, ohne dass er es bewusst befahl. Sein Arm hob sich, die Klinge zeigte direkt auf Ibnidai. Als würde die Waffe ihn führen.

*Tu es*, raunte eine lautlose Stimme in seinem Kopf. *Blut ruft nach Blut. Er wollte dein Ende – nun bring du das seine.*

Cord fuhr zusammen, als wäre er aus einem Albtraum gerissen worden.

Er zwang den Arm nach unten, während ihm eiskalter Schweiß über die Stirn rann.

Ein gequältes Lächeln zuckte über Ibnidais Lippen. »Dieser faule Trick beweist gar nichts.«

»Hätte er auf dich schießen sollen?«, fragte Sina spöttisch. »Es ist weitaus mehr, als du erwartet hattest. Stehe jetzt zu deinem Wort.«

Ibnidai hob die Hände, als wollte er ein aufgebrauchtes Spiel abbrechen. »Schon gut, schon gut. Tu, was du für richtig hältst. Aber Qiz wird dich begleiten, und wenn dein Schützling sich als Betrüger herausstellt, dann wird Qiz tun, was das Gesetz unserer Stämme verlangt.«

»Wir brechen noch heute Nacht auf«, entschied Sina und warf Cord den Himmelsstein zu. »Ich will die Wüste bei Tageslicht erreichen. Mila vertritt mich im Lager. Raganor begleitet mich.«

Ibnidai warf Mila ein schmieriges Zwinkern zu. »Also bin ich jetzt während Sinas Abwesenheit dein Verlobter?«

Mila quittierte den Kommentar mit einem tödlichen Blick.

»Schon gut, war nur ein Scherz.« Er zwinkerte und grinste gequält. »Niemand mit Verstand würde so ein Kriegsweib anrühren.«

Ibnidai und Qiz versuchten, über den Witz zu lachen, und verschwanden mit versteinerten Mienen in ihrer Gefolgschaft.

Hinter Raganor tauchte Arnold aus dem Schatten auf. »Der Junge mit dem Feuerarm! Wie hast du das angestellt? Hat's wehgetan?«

Cord schüttelte den Kopf. »Und bei dir?«

Arnold zog eine Augenbraue hoch. »Hat etwas länger gedauert. Sina war beschäftigt.« Er grinste schelmisch. »Zum Glück hatte Emma Zeit für mich.«

Dann zeigte er mit dem Daumen auf Kalter Lurch. »Und was will der hier? Ist das nicht der feuchte Lurch vom Eisenfürsten?«

»Kalter Lurch«, korrigierte Kalter Lurch mit fester Stimme. »Ich diene Meister Cord, dem Zerstörer der Fesseln. Und ich diene der Freiheit.«

Arnold seufzte genervt und rieb sich die Schläfen. »Ach kommt schon, hört auf mit diesem Scheiß. Ich gehe mich lieber von Emma verabschieden.« Er winkte ab, drehte sich auf dem Absatz um und verschwand in der Dunkelheit.

## Kapitel 21

Vor dem ersten Licht des Morgengrauens brachen sie auf, hinauf in die schroffen Höhen des majestätischen Karsangebirges. Ein zarter Hauch der Morgendämmerung schlich sich über die Berge, kaum mehr als ein blasses Versprechen am Rand der Welt.

Sina und Raganor führten den schweigenden Zug der Wanderer an. Deren Silhouetten zeichneten sich düster gegen den Nachthimmel ab, während das Knirschen ihrer Schritte die Stille der Nacht durchbrach.

Kalter Lurch wich Cord nicht von der Seite, sein wachsam musternder Blick war auf Qiz gerichtet. Anfangs verdrehte Cord innerlich die Augen angesichts der übertriebenen Fürsorge seines selbsternannten Beschützers. Doch als die Müdigkeit in seine Knochen kroch und der pochende Schmerz in seinem Bein unerträglich wurde, wich sein Unmut der Erschöpfung. Er humpelte stumm neben Arnold und Kalter Lurch, jeder Schritt eine Qual.

Aus den leisen Gesprächen der Rebellen, die ihn im Vorbeigehen streiften, erfuhr Cord von der Bergarbeitersiedlung Kar'Aron. Die verlassene Ansammlung aus Höhlen und stillgelegten Stollen lag auf dem Weg zu einer alten Handelsstation, von der die Karawanen in die endlose Wüste aufbrachen. Heute trieben sich dort Abenteurer und Glücksritter herum, die in den Schächten nach Edelmetallen schürften und ihre Funde an die Rebellen verscherbelten.

Als sie Kar'Aron endlich erreichten, stand die Sonne hoch am Himmel. Die sengende Hitze hatte den mühsamen Marsch durch die karge, schattenlose Bergwelt in eine quälende Tortur verwandelt. Erschöpfung war in jedes Gesicht gemeißelt, und so drängten sich die meisten ohne Zögern in die kühle Zuflucht einer in den Fels geschlagenen Taverne.

Sina hielt inne und hob die Hand, ein stummes Signal für Cord und Arnold, ebenfalls stehen zu bleiben. Erst als auch Qiz in der Taverne verschwunden war, deutete sie auf eine Felswand, in die Dutzende Wohnhöhlen wie Waben gehauen waren.

»Seht ihr die Höhle mit dem gelben Tuch am Eingang? Prägt sie euch ein. Dort werdet ihr jemanden finden, der euch in Sicherheit bringen wird.«

»Das ist nicht nötig«, widersprach Cord leise. »Wir werden die Wüste durchqueren.«

Sina schnaubte. »Fordere das Schicksal nicht noch weiter heraus. Du kannst von Glück reden, den Eisenfürsten und Ibnidai überlebt zu haben. Aber Qiz wird dafür sorgen, dass du und deine Freunde den nächsten Morgen nicht erleben werden.«

Cord wich ihrem kühlen Blick aus.

»Du hattest nie vor, uns durch die Wüste zu begleiten.«

»Wach endlich auf. Dein glühender Dolch mag einige beeindruckt haben, aber wenn du dich darauf verlässt, ein Wunder vollbringen zu können, das dir ein verrücktes altes Weib eingeflüstert hat, dann ist das größenwahnsinnig. Es bleiben euch nur zwei Auswege. Entweder flieht ihr sofort, oder ihr verschwindet während der Nacht in der Wüste. In beiden Fällen werdet ihr abhauen und nie wieder zurückkehren. Um Qiz kümmere ich mich.«

Sina meinte es ernst. Die bittere Erkenntnis legte sich wie ein eiserner Griff um Cords Brust und raubte ihm den Atem.

»Es tut mir leid«, fügte sie leise hinzu. »Das ist alles, was ich für euch tun kann.«

»Was soll das jetzt?«, protestierte Arnold. »Die Alte sprach davon, dass uns die Krir durch die Wüste führen würden.«

*Falls sie uns akzeptieren*, ergänzte Cord in Gedanken.

»Hey, Kumpel.« Arnold klopfte Cord auf die Schulter. »Wir werden es auf jeden Fall versuchen, stimmts?«

Cord zwang sich zu einem Lächeln, doch in ihm nagte ein Gedanke: Arnold begriff nicht, wie nahe sie am Abgrund standen.

Sina lachte trocken und schüttelte den Kopf. »Die Alte ist eine Verrückte, die sich für Herta, die einäugige Hexe, ausgibt. Doch die wahre Herta ist längst von Königin Wildron Wileba besiegt und getötet worden.«

»Und dennoch«, warf Kalter Lurch ein, »hört man Geschichten von ihrer Rückkehr.«

»Das liegt daran, dass es Geschichten von verrückten alten Weibern sind, die sich einen Spaß daraus machen, sich als berüchtigte Hexe auszugeben.«

Sinas Worte trafen Cord wie ein Fausthieb in den Magen. Die Hoffnungen, die ihn die letzten Stunden getragen hatten, zerflossen.

*Das soll nur ein verrücktes altes Weib gewesen sein? Wie konnte jemand, der bloß vorgab, Herta zu sein, sich so geschmeidig bewegen? Und der Stein – war das alles nur ein billiger Trick?*

Cord schüttelte entschlossen den Kopf. »Ich werde die Krir bitten, uns durch die Wüste zu führen.«

Sina seufzte.

»Was glaubst du, wer oder was die Krir sind?«, fragte sie mit einem Hauch von Skepsis.

In Cords Vorstellung waren die Krir ein geheimnisvolles Nomadenvolk, das in Karawanen durch die Wüste zog. Cord suchte in seinen Erinnerungen an das Gespräch mit Herta einen Hinweis zum Wesen der Krir. Doch die Alte hatte sich bedeckt gehalten. Alles, was sie sagte, war, dass die Krir sie durch die Wüste führen würden – *falls sie uns akzeptieren.*

»Kommt mit«, hatte Sina gesagt und sie zu einer kühlen, halbdunklen Höhle geführt, in der ein Silberschmied seinen Schmuck präsentierte. An einer Wand voller silberner Ketten und kunstvoller Anhänger zeigte Sina mit ihrer Lanze auf ein Amulett, das einer Krabbe glich. Doch der schwarze Panzer und die drei Scherenarme verliehen ihm etwas Bedrohliches.

»Dies ist die Schale eines Krir«, erklärte Sina.

Cord starrte auf das düstere Amulett und erst allmählich wurde ihm klar, was diese bittere Erkenntnis bedeutete: Für Walter konnte es keine Rettung geben.

Cord suchte Halt an einer hölzernen Vitrine.

Es war ihm unbegreiflich, weshalb diese Alte ihn dermaßen zum Narren gehalten hatte.

»Mein Herr«, meldete sich Kalter Lurch leise, »verzagt nicht. Dies ist nur die Schale eines kleinen Krir. Es gibt welche, so groß, dass sie einen Menschen tragen können.«

»Niemand reitet auf einem Krir«, widersprach Sina kühl. »Diese Wesen töten jeden, der es wagt, sich ihnen zu nähern.«

»Das ist nicht wahr«, entgegnete Kalter Lurch. »Der Seher aus der Wüste, der Prophet Haidamars, ritt auf einem Krir.«

»Wer auch immer du sein magst, glaube, was du willst. Ich habe keine Lust, über Religion zu sprechen.«

Beim Verlassen des Ladens rief sie: »Ruht euch aus. Sobald die Hitze nachlässt, werden wir zusammen mit Raganor und Qiz zur Wüste aufbrechen, falls ihr noch immer darauf besteht.«

»Ich befürchte, du folgst dem Falschen«, sagte Cord leise zu Kalter Lurch. »Ich bin nicht der, für den du mich hältst.«

»Sagt das nicht, mein Herr. Meinem Großvater versprach ich auf seinem Sterbebett, niemals einem falschen Propheten zu folgen.«

»Lurch, hör mir zu«, mischte sich Arnold ein. »Ich kenne meinen Kumpel schon etwas länger als du. Und eines garantiere ich dir: Er ist mit absoluter Sicherheit kein Prophet.«

»Dann kennst du ihn nicht gut genug.«

»Schon gut, lassen wir das«, unterbrach Cord rasch und lenkte ab. »Sag mal, warum nennt man dich eigentlich Kalter Lurch? Ist ein ziemlich eigenartiger Name.«

»Der Herr Fürst gab ihn mir.«

»Und wie hat dich dein Großvater genannt?«, hakte Arnold nach.

Kalter Lurch senkte verlegen den Blick. »Mein alter Name ist getilgt.«

Cord und Arnold sahen ihn auffordernd an, weiterzusprechen.

»Ich wuchs bei meinem Großvater auf. Er war mein bester Freund. Nach seinem Tod trug ich dessen Gewand – ihm zur Ehre und mir zum Trost. Andere Kinder verspotteten mich deswegen.« Er räusperte sich leise. »Eines Tages rissen sie mir das Gewand vom Leib, warfen es in die Kloake und beschmierten es mit Kot. Als sie mich zwangen, es wieder anzuziehen, wehrte ich mich. Ich stieß einen der Jungen in eine glühende Feuerstelle. Sein Vater, ein Steuereintreiber des Eisenfürsten, forderte meinen Tod. Doch der Fürst verschonte mich und schenkte mir ein zweites Leben. Mein Altes wurde getilgt.«

»Jungs«, rief die sonore Stimme des Silberschmieds hinter der Theke hervor. »Seht ihr nicht, dass das ein Laden ist? Haut ab, wenn ihr nichts kaufen wollt. Ich kann euer Gequatsche nicht mehr mit anhören. Setzt euch doch zum Plaudern in die Taverne und lasst mich endlich in Ruhe arbeiten.«

»Entschuldigung, wir wollten nicht stören«, sagte Cord. »Wir verschwinden gleich.« Er betrachtete das Krir-Amulett. »Darf ich es mal anfassen?«

»Ja«, brummte der Verkäufer. »Aber nur wenn du es kaufst.«

Cord griff nach dem Amulett, nahm es vorsichtig vom Haken.

Etwas wie ein Hauch, kaum mehr als das Flüstern eines vergangenen Atems, strich über seine Finger. Wie ein fernes Versprechen, das unter der Schale schlummerte.

Er hielt den Anhänger einen Moment lang, als lausche er diesem stummen Widerhall.

Dann legte er sich den Krir um den Hals.

## Kapitel 22

Die Sonne tauchte die Berggipfel in flimmerndes Gold. Lange, kantige Schatten legten sich über die zerklüfteten Felsen, zwischen denen sich ein schmaler Pfad den Berghang hinaufwand. Oben, auf dem Grat, umwehte sie lauwarmer Wüstenwind und ließ ihre Kleidung sanft flattern.

Cord warf einen letzten Blick hinab auf Kar'Aron, bevor sie den Abstieg auf der anderen Seite des Berges antraten, an dessen Fuß die Wüste sich bis zum fernen Horizont erstreckte.

»Verflucht«, stöhnte Arnold. »Der Abstieg wird ewig dauern.«

»Wenn du geflogen werden willst, dann bitte doch deinen ach so mächtigen Freund, einen Cyryg herzubeschwören«, spottete Qiz. »Oder gebietet der große Meister ausschließlich über die Krir?«

Sofort ergriff Kalter Lurch das Wort. »Einem Cyryg willst du sicherlich nicht begegnen.«

»Was weißt du schon? Und überhaupt – dich hat niemand gefragt. Also halt den Mund und genieße deine letzten Stunden.«

Arnold grinste frech. »Auf einem Gleiter wäre der Genuss intensiver. Aber nein, wir müssen ja schön zu Fuß latschen.«

Qiz rempelte Arnold an und sagte: »Wenn du dich über mich lustig machst, beenden wir das Spiel an Ort und Stelle. Das erspart uns den Abstieg.«

Raganor schob sich zwischen die beiden. »Entspann dich, Qiz. Es wird wie geplant laufen.«

Er wandte sich an Arnold. »Ganz richtig, wir gehen zu Fuß, weil wir keinen Gleiter besitzen. Die Letzten sind am Hof der Königin und der Fürsten verblieben. Es gibt niemanden mehr, der sie herzustellen oder zu reparieren vermag. Dafür setzen sie sich selbst instand, solange sie nicht zu stark beschädigt sind und mit genügend Blaubrand versorgt werden.«

»Der Seher aus der Wüste konnte sie reparieren«, warf Kalter Lurch ein.

»Hör mir mit dem Seher auf«, entgegnete Qiz. »Er war ein Ketzer. Und seine Götter sind tot.«

»Sie haben uns verlassen«, murmelte Kalter Lurch. »Doch eines Tages werden sie in einem goldenen Schiff zurückkehren.«

»Oder auch nicht«, warf Sina ein. »Wir nehmen das nicht so genau. Hier kann sich jeder seine Religion selbst wählen. Oder es komplett sein lassen.«

Nachdem sie den Großteil des beschwerlichen Abstiegs hinter sich gebracht hatten, bemerkte Cord Türme, die wie Termitenhügel in der Wüste aufragten. Viele waren halb zerfallen, als hätte die Zeit an ihnen genagt.

»Was zur Hölle ist das?«, fragte Arnold.

»Bauten der Krir«, erklärte Raganor. »Und falls du wissen willst, wofür sie gut sind – keine Ahnung.«

»Wozu haben wir denn den Herrn der Krir unter uns?«, polterte Qiz los. »Er wird es uns sicher gleich verraten.«

Sina hielt abrupt inne und fixierte Qiz mit einem kühlen Blick. »Reiß dich zusammen. Du weißt, warum du hier bist. Du hast selbst gesehen, was er mit der Klinge getan hat. Dein Herr war beeindruckt genug, um dieser Prüfung zuzustimmen. Bis zum Anbruch des nächsten Tages wird sich zeigen, ob der *Herr der Krir* wirklich unter uns weilt – und erst dann darfst du tun, wofür du mitgeschickt wurdest.«

Ohne eine Antwort abzuwarten, drehte Sina sich um und setzte ihren Marsch entschlossen fort. Die anderen folgten schweigend, jeder in seine eigenen Gedanken versunken.

Der schmale Pfad führte sie zu einem verfallenen Gehöft aus Steinhütten, das wie ein Relikt vergangener Zeiten am Fuß des Berges lag.

Hier begann die Wüste.

»Wir haben das Ziel erreicht«, sagte Sina mit frostiger Stimme zu Cord. »Von diesem Ort zogen einst die Karawanen hinaus. Als das Reisen noch sicher war.«

Ein Stich fuhr Cord ins Herz, als er an die Nacht im Rebellenlager zurückdachte. Schwebend über den Baumwipfeln, nahe beieinander, als blieben sie für immer verbunden. Jetzt war davon nichts mehr übrig. Kein Lächeln, kein Blick, kein Wort. Sie war ihm fremd geworden. Oder schlimmer noch – sie hielt ihn vielleicht für einen Lügner. Einen Betrüger. Und das traf ihn härter als jede Klinge.

»Ist dir der Lagerplatz recht?«, fragte sie.

Cord nickte stumm, ließ seinen Rucksack fallen und setzte sich erschöpft darauf.

Arnold stemmte die Hände in die Hüften. »Eine Frage, Sina. Du sagtest, die Reisen sind nicht mehr sicher. Wieso eigentlich?«

»Ganz einfach«, erwiderte sie. »Seit die spukhaften Heerscharen auch diesen Teil der Wüste heimsuchen, wagt sich keine Karawane mehr her.«

Qiz schnaubte abfällig und grinste. »Keine Sorge, Junge. Die Heerscharen sind das kleinste deiner Probleme.«

## Kapitel 23

Nachdem die Sonne untergegangen war, senkte sich rasch eine kühle Dunkelheit über das Lager. Die Gefährten versammelten sich um das Lagerfeuer, dessen Flammen in der sternklaren Nacht tanzten und flackerten, und genossen die wohlige Wärme. Aufgespießte Sandschlangen brutzelten im Feuer und erfüllten die Luft mit würzigem Bratgeruch. Qiz und Raganor hatten die Schlangen geschickt mit ihren Speeren erlegt. Arnold hatte es ebenfalls versucht, doch ohne Erfolg. Nun saß er stumm und mit verschränkten Armen am Lagerfeuer.

Sina schenkte jedem Wein ein, besonders Qiz goss sie reichlich nach und füllte seinen Krug randvoll.

Mit Zurückhaltung nippte Cord am berauschenden Trunk und lauschte den geheimnisvollen Geschichten über die Krir und das Verschwinden des Alten Volkes. Beide lebten lange vor den Menschen auf Dradora. Der Legende nach wohnte das Alte Volk zurückgezogen tief im Inneren des Karsangebirges. Dort produzierte es kostbaren Blaubrand – eine Ressource, die der Eisenfürst später abbauen ließ, um sie den Göttern als Tribut darzubringen. Einer anderen Erzählung zufolge hatte das Alte Volk viele seiner eigenen Angehörigen den Krir geopfert, indem es sie in die Wüstentürme einsperrte.

»Das sind doch alles Ammenmärchen.« Qiz streckte Sina seinen Krug hin. »Wenn ich bitten darf, meine hübsche Anführerin.« Er grinste sie mit glasigen Augen an. »Oh ja, das bist du. Und weißt du, wenn ich Häuptling wäre, dann hätte ich schon längst ...«

Sina schenkte ihm ein Lächeln. »Durstig wie ein Häuptling bist du ja bereits.« Sie goss nach und sah in die Runde. »Noch jemand?«

Raganor reichte ihr wortlos den Krug und wich dabei ihrem Blick aus. Cord bemerkte dessen Unbehagen. Offenbar missfielen ihm Qiz' plumpe Schmeicheleien – und Sinas wohlwollende Reaktion.

Kalter Lurch griff das Thema der Krir erneut auf. »Ich halte das keineswegs für Ammenmärchen. Mein Großvater kannte jemanden, der einst mit einem Tunnelarbeiter des Eisenfürsten sprach. Der erzählte ihm von einem Wesen des Alten Volks, das aus einem der Stollen aufstieg und geradewegs in die Wüste flog.«

Qiz ließ den Wein genüsslich zwischen den Backen kreisen, hielt inne, sah Kalter Lurch ungläubig an und prustete los. Lachend spuckte er eine Weinfontäne in die Runde, ehe er sich hustend fing. Er japste nach Luft und wischte sich den Wein vom Kinn. »Lurch, mag sein, dass es am Wein liegt, aber so langsam gefällst du mir.«

»Der von den Krir geborene Seher selbst verkündete die heilige Allianz zwischen den Krir und dem Alten Volk.«

»Ja, ja. Und wir sollen die Götter ehren und ihnen kostbaren Blaubrand opfern, den wir in den Himmel schießen.« Qiz schüttelte den Kopf. »Mir fielen tausend bessere Verwendungen ein.«

»Du verstehst gar nichts. Genau gegen diese falschen Gottheiten wetterte der Seher. Stattdessen predigte er den Menschen, zu den alten Göttern zurückzukehren – zu den Göttern Haidamars.«

»Schluss damit!«, fuhr Sina dazwischen. »Soll doch jeder glauben, was er will. Aber erspart mir die Predigten.«

Sie hob die Weinflasche. »Wem darf ich nachschenken?«

Eingehüllt in seinen Umhang trottete Cord neben Arnold durch den Wüstensand. Obwohl er nur am Wein genippt hatte, spürte er bereits dessen berauschende Wirkung. Der frische Wind vertrieb die Müdigkeit, und in der Stille abseits des Lagerfeuers sammelte er sich für das, was er hier zu tun hatte.

Im Sand entdeckte er die Schale eines Krir. Er hob sie auf und schmunzelte. »Das also ist das Wüstenvolk, das uns führen soll?« Er seufzte. »Und ich hatte an Nomaden auf Dromedaren gedacht.«

»Und dann kam Sina und hat mit ihrer Lanze auf das Ding um deinen Hals gezeigt.« Arnold ließ sich kichernd in den Sand fallen und Cord setzte sich neben ihn.

»Glaubst du, die alte Frau war einfach nur verrückt?« Arnold zog eine Augenbraue hoch. »Oder hat sie uns absichtlich zum Narren gehalten?«

»In beiden Fällen wäre Walter verloren.«

»Ohne ihn können wir nicht nach Anburg zurück. Sie würden uns für sein Verschwinden verantwortlich machen, vielleicht uns sogar einen Mord anhängen. Walters Vater traue ich alles zu.«

Schweigend saßen sie im Sand und blickten auf das aufgehende Auge Haidamars. Schließlich erhob sich Arnold. »Lass uns zum Feuer zurückkehren und aufs Ohr hauen«, sagte er. »Falls das hier nichts wird, müssen wir weg sein, bevor Qiz seinen Rausch ausgeschlafen hat.«

Cord sah zu ihm hoch und deutete ein Nicken an.

*Ich kann's dir nicht verdenken.*

»Geh schon, ich komme nach.«

Cord hob den Himmelsstein und beobachtete den Funkenflug entlang einer unsichtbaren Schnellstraße, die aus der Wüste hinausführte. Er kippte und drehte ihn, suchte nach einem Hinweis, ob die Lichter nur eine Täuschung waren, oder ob der Stein selbst ihr Ursprung war.

*Zumindest hatte das Ding eine Wirkung. Die Alte war also nicht völlig irre. Aber wie war es möglich, einen gewöhnlichen Kieselstein in dieses Objekt zu verwandeln? Und wozu das alles?*

Er ließ die Schale des Krir in den Sand gleiten, lehnte sich zurück und schloss die Augen.

*Wie war noch gleich der Spruch?* Während des Marschs ins Gebirge hatte er ihn hundertmal wiederholt. Doch nun gerieten die Worte in seinem Kopf durcheinander.

Etwas krabbelte über seine Hand.

Cord schrak hoch und stolperte zurück.

Ein Schatten huschte über den Sand – und war verschwunden.

*War das ein Krir?*

Cord beobachtete die Stelle. Dann – eine ruckartige Bewegung. Der Krir grub sich aus dem Sand und rannte hastig davon.

»Ich nehme an, du wirst mich nicht durch die Wüste führen.« Cord machte kehrt, um den Rückweg zum Lager anzutreten.

Doch dann tauchte ein zweiter Krir auf. Er ragte aus dem Sand, reglos, als würde er auf etwas warten. Knisternde Elektrizität tanzte über seine schwarze Schale.

Behutsam näherte sich Cord und kniete sich in den Sand. Der Krir bewegte sich nicht.

Cord warf einen raschen Blick über die Schulter, um sicherzugehen, dass ihn niemand beobachtete. Dann sprach er: »Ich weiß, das klingt völlig bescheuert, aber mir hat jemand versichert, du würdest mir helfen, Walter zu retten.«

Er lachte leise über sich selbst, weil er mit einer leuchtenden Kreatur im Sand sprach. »Mein Freund hatte Pech und ist jetzt ein Stein. Also muss ich jemanden aus einem Gefängnis befreien, in dem er seit einer Ewigkeit festsitzt. Dazu soll ich die Wüste durchqueren – und hier kommst du ins Spiel. Ich hab zwar nicht die geringste Ahnung, wie du mir helfen könntest, aber ich bin noch neu in dieser Welt und lasse mich überraschen.«

Cord schüttelte grinsend den Kopf. »Weißt du, was noch verrückter ist als diese ganze Geschichte?«

Feine Blitze züngelten vom Krir in den Sand.

»Mir ist der beknackte Spruch entfallen, den ich aufsagen soll.«

Er lachte, bis ihm die Tränen kamen. »Irgendwas mit Haidamar am Ende. Aber ich befürchte, das reicht nicht, oder?«

Er schloss die Augen, um den Spruch irgendwo in der Dunkelheit zu ergreifen.

*Verdammt, erinnere dich doch endlich!*

Ein elektrischer Schlag durchzuckte seinen Körper, als hätte er eine Hochspannungsleitung berührt. Ein jäher Schmerz ließ ihn aufkeuchen. Er riss die Augen auf – sein Arm zuckte unkontrolliert, seine Finger steckten in einer der blitzenden Scheren des Krir fest.

*Er bringt mich um*, war sein letzter Gedanke, bevor die Welt um ihn versank und die alte Frau ihn auslachte: »Du dummer Junge. Es wäre so einfach gewesen. Du hättest nur den Spruch aufsagen müssen, den ich dir genannt hatte.«

Sie schüttelte den Kopf. »So einfach wäre es gewesen. Kat vas perat – sut tas vernat – sut Knuh'Likat Haidamar.«

Wieder und wieder schrie sie die Worte, als wollte sie sie mit roher Kraft in sein Bewusstsein hämmern. Ihr Geschrei fegte alles hinweg –

den Schmerz, sein eigenes Sein – und stürzte Cord in eine tiefe, finstere Stille.

Cord riss die Augen auf.

Über ihm das glühende Auge Haidamars.

Und neben ihm, verzerrt im Licht – Arnolds tränenverschmiertes Grinsen.

»Kumpel, du hast uns einen gehörigen Schrecken eingejagt.«

Zarte Finger strichen über Cords Stirn. Sinas Stimme klang sanft: »Willkommen zurück.« Sein Kopf lag in ihrem Schoß.

Peinlich berührt versuchte er sich aufzurichten, doch Sina hielt ihn behutsam zurück.

»Bleib liegen«, sagte Raganor. »Sie will dir helfen.«

Cord ließ sich zurücksinken und spürte die Wärme, die von Sinas Händen in ihn strömte.

»Ein Krir hat dich erwischt«, sagte sie. »Aber du hattest Glück.«

»Lebt er wieder?« Qiz lallte undeutlich. »... is' gut so ... darf erst in der Früh abkratzen.«

»Komm mit, Qiz«, sagte Raganor. »Wir gehen zum Lager und ruhen uns aus.«

Kalter Lurch setzte sich neben Cord. »Er wird euch nichts antun. Das verspreche ich.«

Cord sah ihn an. »Das ist gut zu wissen.« Er schwieg kurz, dann fügte er leise hinzu: »Versprich mir noch etwas.«

»Das werde ich, mein Herr.«

»Nenne mir eines Tages deinen wahren Namen.«

Kalter Lurch senkte den Blick. »An eurer Seite wird es mir gelingen, meinen Namen reinzuwaschen. Dann werde ich ihn wieder tragen. Das verspreche ich euch.« Er hob den Kopf und fügte ehrfürchtig hinzu: »Euch, dem Knuh'Likat Haidamar.«

Cord runzelte die Stirn. »Was soll das schon wieder heißen?«

Als er sich aufrichtete, fiel sein Blick auf den frisch gewechselten Verband an seiner Wade.

»Ich wusste es von Anfang an«, sagte Kalter Lurch. »Und vorhin habt ihr euren Namen selbst gerufen. Wir alle haben es gehört.« Sein Blick wanderte zu Sina und Arnold, als suche er ihre Bestätigung.

Arnold hob abwehrend die Hände. »Also, ich habe meinen Kumpel nur etwas Unverständliches brüllen hören. Dachte schon, er hat einen Wüsten-Koller bekommen. Gott sei Dank war's nur ein Krir.«

»Es klang alvisch«, sagte Sina nachdenklich. »Ich konnte jedoch nur Haidamar verstehen.«

»Knuh'Likat Haidamar«, korrigierte Kalter Lurch leise. »Mein Großvater erzählte mir oft Märchen über den Knuh'Likat. Mal war er gütig und gerecht, mal garstig und verschlagen.«

Sina lächelte. »Erzähle uns eine deiner Geschichten.«

Kalter Lurch nickte stolz. »Es ist mir eine Ehre. Lasst uns in einem Kreis zusammensetzen.«

Kalter Lurch erzählte das Märchen von der Hexe, die mit ihrem Gemahl in einem steinernen Turm ohne Fenster und Türen eingemauert worden war. Gebrochen durch den Verlust seiner Freiheit erlag der Mann seinem Kummer. Da formte die Hexe aus seinem toten Leib und ihren eigenen Haaren, Nägeln, den Knochen ihrer Zehen und Finger, dem Fleisch ihres Bauches und dem Blut ihres Herzens ein Wesen. Dieses Geschöpf nannte sie Knuh'Likat – und hauchte ihm mit ihrem letzten Atemzug das Leben ein. Die Kreatur erwachte, nährte sich von den sterblichen Überresten der Hexe und wuchs heran. Eines Tages riss Knuh'Likat die Mauern des Gefängnisses ein und trat in die Freiheit.

»Und dann?«, wollte Arnold wissen.

»Dann war er frei.«

Arnold rümpfte angewidert die Nase. »Er hat die Hexe verspeist.«

»Er hat ihr die Freiheit gebracht.«

»Also Junge, dort wo wir herkommen, enden die Märchen um einiges glücklicher.« Arnold erhob sich. »Leute, lasst uns zum Feuer gehen, bevor Lurchi noch eine Horrorgeschichte auspackt.«

Die anderen standen ebenfalls auf.

»Geht schon mal vor«, sagte Cord, »ich möchte noch etwas mit … Lurchi besprechen.«

Nachdem Sina und Arnold gegangen waren, wandte sich Cord an Kalter Lurch.

»Glaube mir, ich bin nichts Besonderes. Ich bin ein ganz normaler Kerl. Genau wie du. Ich schätze, wir sind ungefähr gleich alt. Für die Sache mit dem Dolch muss es eine andere Erklärung geben. Sieh mal, der Eisenfürst konnte ihn ebenfalls aktivieren.«

Er wartete auf eine Antwort.

Kalter Lurch nickte zaghaft.

»Gut. Und ab jetzt rede bitte mit mir wie die anderen auch. Nenne mich einfach Cord. Und lass den Herrn weg.«

»Ist in Ordnung ... Cord.« Ein vorsichtiges Lächeln huschte über sein Gesicht. »Und ich habe nichts gegen den Namen, den mir Arnold gab. Also, Lurchi.«

»Das freut mich, Lurchi.« Cord klopfte ihm auf die Schulter. »Lass uns gehen.«

Nach ein paar Schritten hielt Lurchi abrupt inne. »Still!«

Cord spannte sich an. »Was ist?«

»Dort, hinter der Düne – da versteckt sich etwas.«

»War das ein Krir?«

»Viel größer. Ich schau nach.«

Cord wollte ihn aufhalten, doch Lurchi war schon losgerannt.

»Warte auf mich.« Cord zog den Dolch und taumelte ihm erschöpft hinterher.

Lurchi sprintete die Düne hinauf und verschwand hinter dem Kamm.

»Lurchi? Warte doch!«

Cord blieb stehen, lauschte – nichts.

Unruhig folgte er der Fährte und schleppte sich den Hang hinauf. Oben angekommen, sah er Fußspuren im Sand. Sie führten hinab und verloren sich in der Finsternis.

»Lurchi!«, rief Cord in die Nacht.

Keine Antwort.

Zwei grün glühende Augen durchbrachen die Dunkelheit auf der gegenüberliegenden Düne.

Lautlos schlich ein Spähwolf durch den Sand. Langsam, ohne Eile, als wüsste er, dass es kein Entkommen für sein Opfer gab.

Ein eisiger Hauch strich Cord über den Rücken, drang unter die Haut und grub sich in die Knochen. Dann schob sich ein dumpfer Druck hinter seine Stirn, als wolle etwas Fremdes in ihn eindringen. Das Atmen fiel ihm schwer, als würde ein eiserner Ring seine Brust zusammenziehen. Zuerst breitete sich ein Kribbeln in seinen Fingerspitzen aus, dann kroch Taubheit in seine Glieder – wie ein Nervengift, das ihm in die Adern sickerte. Sein Griff versagte. Der Dolch glitt ihm aus den Fingern und landete im Sand.

*Ist das eine Nachwirkung der Krir-Attacke?*

Sein Herz raste.

»So sieht man sich wieder«, erklang eine eisige Stimme hinter ihm.

Mühsam drehte Cord sich um.

Sturmjäger Xervacs trat aus der Finsternis, die Zähne gebleckt, grinsend wie ein Krokodil. Sein blutverschmiertes Maul glänzte im Mondlicht.

Und an seinem Gürtel baumelte Lurchis abgetrennter Kopf.

Cord wollte schreien – doch es blieb nur ein stummer Aufschrei in seinem Hals.

## Kapitel 24

Walter erwachte in einem weichen Bett. Aus der Küche drangen die vertrauten Stimmen seiner Eltern.

Wärmende Sonnenstrahlen hatten ihn aus einem Albtraum gerissen. Erleichtert seufzte er und ließ den Schrecken der Nacht verblassen.

Mit Schwung wollte er die Bettdecke zurückziehen, doch sein Arm gehorchte nicht.

Alle Geräusche um ihn verstummten und das Licht der Welt erlosch.

Die Panik explodierte in seinem Kopf, zerriss den Traum von zu Hause. Die Erkenntnis traf ihn mit voller Wucht: Nicht der Albtraum war vorbei – sondern der Traum.

Erstarrt in schwarzer Stille, loderte dort, wo sein Körper sein sollte, ein brennender Schmerz.

Walter pendelte zwischen Traum und Wahnsinn. Nach jedem

Erwachen fraß sich die Dunkelheit tiefer in ihn, zersetzte, was von ihm geblieben war. Bis zu jenem Moment, in dem ein in der Finsternis wabernder Faden ihn berührte, über seinen abwesenden Körper strich und ihn zum flimmernden Mittelpunkt zog, hin zu einem Loch im Universum.

Vom Rand dieser Öffnung züngelten Fäden, gehalten von anderen, die waren wie er selbst.

Sein Geist griff nach seinem Faden.

Er begann zu weben. Faden für Faden verknüpfte er sich mit den anderen, um das Loch zu verschließen.

## Kapitel 25

*Lurchi ist tot!*

*Dieses Monster hat ihn getötet.*

*Und gefressen?*

Cord weigerte sich, das zu begreifen, was er mit eigenen Augen sah: Lurchis Kopf, baumelnd am Gürtel des Sturmjägers wie eine Trophäe.

Ein eisiger Stich mitten in Cords Herz.

Übelkeit vermischte sich mit etwas ... Heißem, Wildem, Dunklem.

Rache.

Ohne Zögern hätte er den Dolch auf diese Bestie gerichtet. Doch die Waffe lag unerreichbar vor ihm im Sand, seine Finger gelähmt.

Xervacs hob den Dolch auf. »Du dachtest doch nicht, ich würde euch den Diebstahl einfach durchgehen lassen?«

Cord roch den heißen, fauligen Atem des Spähwolfs, der ihm im Rücken stand.

»Der Dolch«, brachte er mit undeutlicher Stimme hervor, »gehört dir nicht.«

»Sagt der eine Dieb zum anderen.« Aus Xervacs Maul strömte der Gestank von Blut. »Er gehörte der alvischen Hexe, die du getötet und beraubt hast.«

Cord sog scharf die Luft ein. »Das habe ich nicht.«

»Sei unbesorgt. Ich bin nicht hier, um dir das vorzuwerfen. Ich bin auch nicht ausschließlich deinetwegen hier.« Er klopfte auf Lurchis Kopf. »Du verstehst, dass niemand einen solchen Hochverrat dulden kann. Der Fürst hat ihm das Leben gerettet und eine Zukunft geboten. Und zum Dank verrät der Bursche seinen Herrn an einen Mirling und entwendet diese seltene Klinge. Du musst ihn ziemlich beeindruckt haben. Was meinst du, hatte er Grund dazu?«

»Hättest du ihm nicht den Kopf abgeschnitten, könntest du ihn selbst befragen.«

Xervacs lachte kehlig.

»Das habe ich nicht. Ich habe seinen Hals *durchgebissen*. Ein Genuss! Menschenfleisch besitzt ein spezielles Aroma, wenn man es roh verspeist.«

Cord wurde übel, bittere Galle stieg ihm in die Kehle, und er kämpfte darum, das Würgen zu unterdrücken.

»Na, wer wird denn schwach? Doch nicht der Auserwählte, der glaubt, die Krir führten ihn nach Adoria Gaad, damit er dort einen gewissen Kailard findet, der seinen Gefährten rettet.«

*Das konnte er nicht wissen!*

»Hör mir gut zu.« Xervacs' Stimme war ein tiefes Grollen. »Das Opfer deines Gefährten aus Mir ist bedeutsamer, als du dir vorstellen kannst. Es geht nicht nur um Dradora, es betrifft ebenso deine Welt. Es ist entscheidend für die gesamte letzte Menschheit.«

»Das gibt niemandem das Recht, Menschen in Statuen zu verwandeln oder ihnen den Kopf abzubeißen.«

»Oh doch. Ich habe sogar die Pflicht. Aus deiner beschränkten, kindlichen Perspektive mögen meine Methoden grausam erscheinen. Aber die Welt ist nicht schwarz und weiß. Nur wer sich von diesen Ketten befreit, ist in der Lage, das Gute und das Böse in allen Wesen zu erkennen. Es ist diese Erkenntnis, die dich zerreißen kann.«

Cords Kehle wurde eng. »Es ist mir egal, welchen höheren Zweck du darin siehst, Walter in einen Stein zu verwandeln. Er ist mein Freund. Das ist alles, was zählt.«

»Was nützt ihm ein Freund, der keinen Handlungsspielraum hat? Der bewegungsunfähig ist? Der spätestens bei Sonnenaufgang von einem Handlanger des Anführers der Aufständischen oder von einem

Sturmjäger getötet wird, falls ihm nicht das gelingt, was eine einäugige Hexe von ihm erwartet.«

Cord zögerte, dann presste er hervor: »Warum erledigst du es nicht gleich?«

Xervacs' Augen funkelten belustigt. »Weil ich nicht das unüberlegte Monster bin, für das du mich hältst. Nehmen wir an, dir gelänge es. Dann wärst du zwar noch lange nicht derjenige, den die Einäugige in dir erhoffen mag, du wärst aber immerhin eine kostbare Rarität. Und niemand mit Verstand schlachtet eine Rarität wahllos ab.«

Er beugte sich vor, sein Atem heiß und faulig. »Es ist immer wieder faszinierend, wie ihr euch selbst in den Abgrund stürzt. Ich werde mich auf einem Felsen niederlassen und mit dir gemeinsam auf das große Spektakel warten.«

Xervacs entfaltete einen Gleiter und ließ den Dolch zwischen Cords Beinen fallen. Die Klinge bohrte sich tief in den Sand.

Ohne einen weiteren Blick sprang er auf das Fluggerät, der Spähwolf folgte ihm, und beide verschwanden lautlos in der Dunkelheit der Wüste.

Die Lähmung wich. Cords Beine gaben nach, er sank auf die Knie und rang nach Luft.

Direkt vor ihm steckte der Dolch im Sand. Elgat.

Cord legte die Hand um den Griff.

Das vertraute Vibrieren durchfuhr ihn, wie ein Puls, der bis in sein Herz reichte. Für einen winzigen Moment war es, als würde Elgat leben, als würde die Klinge atmen.

Langsam zog er die Waffe aus dem Boden.

Die Klinge summte leise, ein Laut wie ein fernes Flüstern. Sie zitterte in seiner Hand, als spüre sie seinen Schmerz.

In einem gleißenden Blitz entluden sich Wut, Trauer und Verzweiflung.

Erschüttert brach Cord zusammen, fiel mit ausgestreckten Armen. Er grub das Gesicht in den kühlenden Sand – und bemerkte nicht das Summen Tausender Krir, die ihn umringten.

## Kapitel 26

»Lauf!«

Arnold fuchtelte mit den Armen. »Cord, steh auf und hau ab!«

Er stand zusammen mit Sina, Raganor und dem taumelnden Qiz auf einer Düne.

Cord lag im Zentrum eines lebendigen, wabernden Rings aus krabbelnden und funkelnden Krir.

Cord sprang auf – bereit, von der Panik zerrissen zu werden.

Unter dem Hemd lag das Amulett auf seiner Brust – warm und seltsam beruhigend.

Wie im Traum verfolgte er den Tanz der Krir. Blitze knisterten, sprangen von einem zum anderen.

Sie türmten sich übereinander, krochen über ihn. Prickelnde Elektrizität floss über seinen Rücken, kitzelte in seinem Gesicht.

Eine Welle aus Krir brandete auf, brach über ihm zusammen, begrub ihn unter sich.

*Werden sie mich ersticken? Zermalmen?*

Sie strömten unter ihm hindurch, umflossen ihn, trugen ihn empor. Die Flut der Krir schien nicht zu enden. Knackend und krachend verkeilten sie sich ineinander, verschmolzen miteinander. Von unten schoben sie, von oben zogen sie, pressten Cord aus dem dichten Gewirr nach oben heraus.

Das Auge Haidamars brach durch die glühende Finsternis der Krir.

Cord schnappte nach Luft, raffte sich auf – zitternd, wackelig – und fand sich auf einer festen, schimmernden Platte aus verpressten Krir.

Er stand auf dem Rücken eines zusammengesetzten, riesenhaften Wesens.

»Runter da!«, schrie Raganor panisch. »Das Ding bringt uns alle um!«

Er rannte los – zum Lager, zögerte, sah sich um. »Sina, hau ab! Worauf wartest du?«

Sinas ungläubiger Blick lag auf Cord – und dem gewaltigen Wesen.

Arnold starrte zu Cord hinauf. »Ich fass es nicht. Mein Kumpel steht auf einem … *Alien*?«

Er wandte sich an Sina. »Na, was hab ich gesagt? Du wolltest mir nicht glauben. Aber jetzt siehst du es mit eigenen Augen. Ich hatte mit allem Recht. Und Cord natürlich auch.«

Er deutete auf die Kreatur. »Das Ding wird uns zum Verlies bringen, und dort holen wir diesen Typen raus. Klingt schwierig? Ein Kinderspiel im Vergleich zu dem, was wir hier geschafft haben. Leute, mir nach!«

Arnold schritt auf den Riesenkrir zu, verharrte mit nach vorne gestreckten Händen. »Also, das Ding macht irgendwas mit Elektrizität. Cord, was meinst du?«

»Hier oben spürt man ein Kribbeln. Kann man aushalten, solange es nicht zunimmt. Weiß allerdings nicht, ob es dich aufsteigen lässt.«

Als ob es auf seine Worte reagierte, erlosch das Leuchten der Kreatur an einer Stelle.

»Das verstehe ich als eine Einladung.«

Arnold zögerte kurz, berührte unsicher das Wesen und kletterte zu Cord hinauf. Er grinste. »Was ist mit euch da unten? Wollt ihr den Mirlingen den Spaß allein überlassen?«

Sina rief Raganor zu: »Was ist? Deswegen sind wir doch hier?«

»Ja, aber … es konnte doch keiner damit rechnen, dass …«

»Du kneifst?« Sie verschränkte die Arme. »Und überlässt es mir und den beiden, einen Weg in die Gefängnisstadt zu finden? Schön, dann geh mit Qiz ins Lager zurück und berichte Ibnidai, was geschehen ist.«

»Vergiss es! Du brauchst mich fürs Verlies. Ich geh und hol das Gepäck.«

Kurz darauf kehrte Raganor vollgepackt zurück. Sina nahm ihm die Taschen ab, warf sie auf den Rücken des Krir und stieg mit ihm auf.

Qiz kauerte im Sand und lallte Unverständliches.

Sina rief zu ihm hinab: »Schlaf deinen Rausch aus und kehre dann nach Hause. Berichte deinem Herrn, dass es nicht so gelaufen ist, wie er es sich vorgestellt hat.«

Arnold klopfte Cord auf die Schulter. »Gut gemacht, Kumpel. Bin stolz auf dich. Also, wie setzt man das Ding in Fahrt?«

Cord zuckte mit den Schultern.

»Hey, warum so trübsinnig?«

Cord ließ den Blick über die Gruppe schweifen. »Fällt keinem auf, dass jemand fehlt?«

Arnold schlug sich an die Stirn. »Lurchi! Wo treibt der sich nur rum?«

Cord holte tief Luft und erzählte, was geschehen war.

Stille breitete sich aus.

Arnold starrte auf den Boden, scharrte mit der Schuhspitze über den Panzer des Krir, als wollte er die Nachricht wegwischen.

Sina senkte den Blick und strich gedankenverloren über den Griff ihrer Lanze.

Raganor murmelte Lurchis Namen und wandte sich ab, den Blick auf die weite Wüste gerichtet.

Der gewaltige Krir stapfte los – und niemand sprach ein Wort.

## Kapitel 27

Die letzten Schatten des Karsangebirges waren hinter dem Horizont versunken. Der Krir drang immer tiefer in das unbekannte Reich des Jadefürsten vor.

Während Cords Gefährten sich in Decken hüllten und der Schlaf sie umfing, blieb er wach – und wachsam. Jedes Geräusch, jeder Windhauch konnte den drohenden Angriff des Sturmjägers ankündigen. Den Dolch umklammert, wartete er auf das Monster.

Regelmäßig überprüfte er den Kurs mit dem Himmelsstein, während über ihm das Funkenmeer wie ein Leuchtfeuer wehte.

Vereinzelte Wolken zogen auf und warfen bizarre Schatten über die Dünenlandschaft. Mehrmals glaubte Cord, Gestalten in der Ferne zu erkennen – nur um festzustellen, dass es bloße Trugbilder waren, geboren aus Zwielicht und Müdigkeit.

Doch dann – eine Bewegung.

Eine menschliche Kontur tauchte auf, verschwand hinter einer Düne

… und erschien erneut – größer, näher.

Cord riss den Dolch hoch, ließ die Gestalt nicht aus den Augen.

In eine zerschlissene Kutte gehüllt, zog sie ein langes Schwert hinter sich her, das eine schmale Furche in den Sand zog. Mit gleichmäßigen Schritten stapfte sie dem Krir entgegen – unbeirrt, lautlos, wie eine Erscheinung aus einem Traum.

Als sie den Krir erreichte, blieb sie stehen und hob den Blick.

Cord erstarrte.

Eingefallenes Gesicht. Leere Augenhöhlen. Der Mund weit geöffnet, als wolle er etwas hinausschreien, das in der Kehle steckengeblieben war. Das Wesen glich mehr einem Toten als einem Lebenden.

Der Krir zog unbeirrt weiter.

Doch der Wanderer drehte sich langsam um – und folgte der Spur des Krir.

Das schleifende Geräusch des Schwerts schnitt durch die Stille.

Eine aufkommende Böe zerrte an Cords Umhang, ließ seine Haare flattern. Zusammen mit dem fernen Wetterleuchten am Horizont kündigte sie ein heranziehendes Unwetter an. Ein weiterer Windstoß jagte ihm eine Gänsehaut über die Arme. Er zog den Stoff enger um die Schultern und wickelte sich zusätzlich in eine Decke.

Behutsam, um seine schlafenden Gefährten nicht zu wecken, bahnte er sich einen Weg zu Sina. Der Wind hatte ihre Decke verweht. Vorsichtig legte er den Stoff wieder über ihre nackten Beine. Bei jedem Atemzug kitzelte eine lose Haarsträhne ihre Nasenspitze. Cord hob die Hand, um sie zurückzustreichen. Doch dann hielt er inne – als wäre die bloße Vorstellung, ihre Haut zu berühren, bereits zu viel.

Wehmütig erinnerte er sich an die Nacht, in der sie gemeinsam über dem Wald geschwebt hatten, vertraut und nah beieinander, unter Haidamars Auge. Jetzt war sie ihm fremd – und er sich selbst auch.

Sina schlug die Augen auf. »Du siehst mich an?«

Sie blieb liegen und zog die Decke höher.

»Der Wind hat dich aufgedeckt.«

Ihre Augen spiegelten das fahle Licht des Nachthimmels, hielten Cord mit einer Mischung aus Furcht und Neugier fest. »Sag mir, wer du bist.«

»Ich …«, setzte er an, rang nach Worten, nach einer Deutung, die ihr Vertrauen zurückgewinnen würde, die all das erklärte, was geschehen war. Doch die gab es nicht.

Er senkte den Blick. »Ich verstehe es selbst nicht.« Seine Stimme klang bedrückt. »Der Dolch, die Krir, einfach alles …«

Sina richtete sich auf, zog die Knie eng an ihren Körper und schlang die Arme darum. »Der Eisenfürst lässt gewöhnlich niemanden ziehen, dem er habhaft geworden ist. Zumindest nicht ohne Gegenleistung. Und den nächtlichen Besuch eines Sturmjägers überlebt erst recht niemand. Das hast du an deinem Gefährten gesehen.«

Sofort schoss ihm wieder Lurchis toter Schädel in den Sinn – baumelnd am Gürtel des Monsters.

»Und dann ließ er sogar die Waffe bei dir zurück. Eine Waffe, die ihm gefährlich werden könnte. Weshalb?«

Cord zuckte mit den Schultern.

»Ibnidai hält dich für einen Spion des Eisenfürsten oder der Hexen von Alva.«

»Ein Spitzel des Unmenschen, der meinen Freund in einen Stein verwandelt hat?«, entgegnete Cord empört. »Du glaubst doch nicht etwa das Gleiche wie dein Verlobter?«

Sina musterte ihn nachdenklich. »Alva könnte dahinter stecken.«

»Was soll das? Ich weiß nicht einmal, wo dieses Alva liegt. Und ich kenne erst recht keine Hexen von dort. Genau genommen kenne ich überhaupt keine Hexen.«

»Schon möglich. Und dennoch sieht es nach deren Spiel aus.«

Cord schnaubte. »Glaub, was du willst.«

Er stand auf und zog den Himmelsstein hervor. Die funkelnden Spuren, die sich über das Firmament zogen, waren ihm in diesem Moment gleichgültig.

*Warum kann sie mir nicht einfach vertrauen? So wie auf der Göttersteige über dem Lager.*

Er kannte die Antwort.

Niemand, der sich gegen den Eisenfürsten und seine Sturmjäger auflehnte, der Rebellen anführte, durfte leichtgläubig und naiv sein. Und Cord konnte weder ihr noch sich selbst eine Erklärung für das bieten, was in den letzten Tagen geschehen war.

Sina trat hinter ihn.

»Weshalb hast du Ibnidai nicht getötet, als du die Gelegenheit hattest? Du wärst an seine Stelle getreten – und mit mir verlobt.«

Cord fuhr zu ihr herum, den Mund halb geöffnet.

Ihr Blick flackerte – und wurde zu einem schmalen, verschmitzten Lächeln.

»Beruhigend. Ein Spion aus Alva hätte nicht mit der Wimper gezuckt.«

Eine peinliche Röte schoss Cord in die Wangen. Er hoffte inständig, sie würde es im fahlen Licht nicht bemerken.

Ein kühler Wind fegte über die Wüste. Cord und Sina standen, in Decken gehüllt, auf dem Rücken des Krir und betrachteten das aufziehende Gewitter in der Ferne, während Cord vom einsamen Wanderer berichtete.

»Du hast das spukhafte Heer gesehen.« Sinas Stimme war leise, beinahe ehrfürchtig.

Sie sprach von einer Armee, die durch die Wüste irrte – gefangen an der Schwelle zwischen Leben und Tod, weil sie ihren Führer verloren hatte. Einst hatten diese Krieger den Jadefürsten gedient. Doch der Letzte seines Geschlechts fiel im Kampf gegen die Sturmjäger, und sein einziger Erbe, Prinz Areth, wurde seither nicht mehr gesehen.

»Können sie uns gefährlich werden?«, fragte Cord.

»Nicht der, dem du begegnet bist. Auf dem Krir sollten wir sicher sein.«

»Ich möchte ihm trotzdem nicht nochmal begegnen. Wie der mich angeglotzt hat.«

»Der wird den Krir nicht einholen. Das Unwetter bereitet mir größere Sorgen. Hoffen wir, dass der Krir seinen Kurs ändert und nicht direkt hineinmarschiert.«

Doch der Krir hielt unbeirrt auf eine von Blitzen durchzuckte Wolkenfront zu.

Noch schien das Auge Haidamars zwischen den Wolken auf sie herab.

Sina sah hinauf und sagte leise: »Lurchi hat nicht das ganze Märchen erzählt.«

Cord schluckte. »Vielleicht hätte er es eines Tages getan – wenn die Bestie nicht gekommen wäre.«

Trauer und Wut kehrten mit voller Wucht zurück.

»Hast du dich nicht gefragt, weshalb die Hexe und ihr Gemahl eingemauert waren?«

»Doch, das habe ich.«

»Sie waren auf der Suche nach Haidamar, ihrem Gott. Der König duldete keine Macht, die über ihm stand, daher untersagte er ihnen den Glauben an ihren Gott. Der Gemahl beugte sich dem Befehl. Und weil er es tat, wurde er krank. Da die Hexe ihn nicht zu heilen vermochte, flog sie mit ihm in das Auge Haidamars. Dort fanden sie ihren Gott, und der Mann genas. Doch nachdem beide zurückgekehrt waren, bestrafte sie der König für ihren Ungehorsam und ließ sie in dem Turm ohne Fenster und Türen einmauern.«

»Warum sind sie nicht bei ihrem Gott geblieben?«

Sina zuckte mit den Schultern. »Weil sie Menschen sind? Ich weiß es nicht. Es ist ein Märchen.«

»Und aus Religion machst du dir nichts.«

»Sag das nicht. Als kleines Kind glaubte ich an das goldene Schiff. So wie alle Kinder.«

Cord sah sie skeptisch an. »Wieder eine Gruselgeschichte?«

»Alle Kinder Dradoras wissen, dass das Auge Haidamars ein Tor ist. Jedes Jahr zur Sommersonnenwende fährt das goldene Schiff in unsere Welt. Es stellt den Kindern Geschenke vor die Tür und verschwindet, bevor sie erwachen.«

»Kommt mir bekannt vor.«

»Ja, bei euch sind ebenfalls die Eltern für die Geschenke verantwortlich.«

Cord schaute wehmütig in den Himmel. »Ich vermisse meine Eltern.«

»Erzähl mir von ihnen.« Sinas Stimme war sanft.

Cord blinzelte zum Himmel – als könne er dort Trost entdecken.

»Ich weiß, dass meine Mutter in diesem Moment so unglücklich ist, wie sie es niemals sein dürfte. Sie sucht mich – aber ich habe keinerlei Spuren hinterlassen. Ich bin einfach aus ihrem Leben verschwunden.«

Er wollte es sich nicht ausmalen, aber er wusste, dass die Behörden sie verhörten, weil er sich der Obrigkeit widersetzt hatte.

»Und dein Vater? Was ist mit ihm?«

Cord senkte den Blick. »Er war Richter und damit Teil des politischen Systems. Ich war wütend auf ihn, weil er zugelassen hat, dass sie ihn abholen.«

Sina legte sanft eine Hand auf seine. »Bist du es noch immer?«

Er schüttelte den Kopf. »Er hat nach seinem Gewissen gehandelt. Er hat sich nicht eingereiht in die gehorsamen Befehlsempfänger, die das ausführten, was Verbrecher von ihnen verlangten. Am Tag seiner Verhaftung sprach er zu mir, ich solle auf mein Herz hören und die Gelegenheit ergreifen, aus diesem Gefängnis auszubrechen.«

Cord lachte bitter. »Offenbar habe ich das nun getan.«

Aus seiner Hosentasche zog er das Messer seines Vaters. »Deswegen bin ich hier. Es gehörte ihm.«

»Darf ich es sehen?«

Cord reichte ihr das Andenken.

Sie strich über den verzierten Griff, klappte die Klinge aus dem Heft und drehte das Messer in den Fingern, um das filigrane Muster im Metall zu entziffern. Behutsam glitt ihre Fingerspitze über die Schneide.

»Sei vorsichtig.« Cord beugte sich näher. »Es ist extrem scharf.«

Eine feine rote Linie zeichnete sich auf ihrer Haut ab.

Cord zuckte zusammen, wollte etwas sagen, doch Sina schüttelte kaum merklich den Kopf.

»Du hast das Messer von drüben mitgebracht?«

Cord nickte.

Sina betrachtete es nachdenklich. »Eine solche Klinge wird nicht stumpf.« Behutsam klappte sie das Messer zusammen und reichte es Cord. »Es stammt aus einer alvischen Schmiede.«

Cord spürte ein Frösteln.

All die Jahre hatte er das Messer für ein gewöhnliches Erinnerungsstück gehalten.

Nun wusste er, dass es nie einfach nur das gewesen war.

## Kapitel 28

Ein heftiger Donnerschlag riss Arnold und Raganor aus dem Schlaf.

Arnold fuhr hoch, die Augen weit aufgerissen. Vor ihnen türmte sich eine gewaltige Wand aus Sand und Blitzen auf. »Verflucht! Wir marschieren direkt in den Weltuntergang hinein. Was soll das? Cord, würdest du bitte dein Krir-Viech auf Ausweichkurs bringen?«

»Verrate mir wie.«

»Wieso ich? Wer ist hier der große Held, der das Viech beschworen hat? Lass dir was einfallen.«

Cord ignorierte ihn und wandte sich an die anderen. »Meint ihr, wir kommen da unbeschadet durch?«

Raganor zuckte mit den Schultern: »Es gibt Sandstürme, die reißen dir das Fleisch von den Knochen. In meinem Dorf gab es jemanden, der …«

Er verstummte abrupt.

Vor dem Krir tauchte urplötzlich eine Gestalt auf, stellte sich ihnen in den Weg, reckte ein Schwert senkrecht empor und brachte den Krir zum Stehen.

»Ich glaub es nicht«, murmelte Arnold. »Wo kommt der Typ her? Was will der?«

»Mich.« Raganor sank auf die Knie. »Er will mich.«

Sina legte ihm die Hand auf die Schulter. »Was redest du da? Das ist ein verirrter Wanderer der spukhaften Heerscharen.«

»Ein was?« Arnold starrte sie ungläubig an. »Was auch immer das ist – weshalb hält der Krir an und steigt nicht über den Irren drüber?«

Langsam senkte der Wanderer das Schwert und richtete die Spitze auf Raganor.

»Da seht ihr es.« Raganor ließ den Kopf hängen. »Er ist gekommen, um mich zu richten.«

Sina fuhr Raganor an: »Hör sofort mit dem törichten Gerede auf!«

Sie sah sich hilfesuchend nach Cord um, als könnte er den Krir dazu bewegen, weiterzumarschieren.

Schlagartig schwoll der Sturm an und riss Cord von den Beinen. Ein aufgewühlter Sandschleier verschluckte die Welt.

Sinas Schrei verlor sich im Dröhnen des Orkans.

Auf dem Rücken des Krir liegend, tastete Cord nach seinen Gefährten – und fand Sinas Hand. Arnold krallte sich an Cords Bein.

Aneinandergeklammert ließen sie die Naturgewalt über sich hereinbrechen.

Der Sturm flaute für einen Moment ab.

Cord raffte sich auf – und sah direkt in die Fratze des Wanderers.

Der Untote krallte sich am Rücken des Krir fest, bereit, sich hinaufzuziehen.

Ohne Zögern trat Cord nach ihm und stieß ihn hinab.

Sofort war ein weiterer Krieger des spukhaften Heeres zur Stelle und schlug mit einer schweren Axt auf den Panzer des Krir.

»Es tauchen immer mehr auf!«, rief Arnold panisch. Er riss Raganors Speer an sich und schlug damit auf einen weiteren Wanderer ein, der sich auf der anderen Seite des Krir hochzog.

»Das ist keine Schlagwaffe«, sagte Sina. »Mach es so wie ich.«

Mit einem Aufschrei rammte sie die Lanze in die Brust des Wanderers.

Cord erkannte mit Entsetzen, dass sie bereits von einem Dutzend Wanderer umzingelt waren.

»Lauf doch endlich weiter!«, brüllte er dem Krir entgegen.

Einer der Angreifer schleuderte einen Speer auf den Krir – endlich reagierte der Koloss.

Die Luft knisterte. Das elektrische Feld des Krir baute sich auf, sammelte sich in seiner gepanzerten Flanke – und entlud sich mit einem Knall, der klang, als würde die Wüste selbst zerreißen.

Ein greller Blitz zerschnitt die Dunkelheit.

Die Wanderer zuckten, sackten zusammen und stürzten zu Boden.

Cords Herz stockte, ein eisiger Schmerz jagte durch seine Brust.

Der Stromstoß war kürzer, aber weitaus heftiger als der des krabbenartigen Krir zuvor.

Sina beobachtete Raganor, der teilnahmslos in die Ferne stierte.

Plötzlich packte sie seine Schultern, schüttelte ihn und schrie: »Komm endlich zur Besinnung. Was ist nur in dich gefahren?«

Raganor senkte den Kopf. Seine Stimme war brüchig. »Die Götter haben mich hierhergeführt, auf dass ich meine gerechte Strafe erhalte.«

»Für was denn?« Sina rüttelte an ihm. »Wofür sollst du bestraft werden?«

»Dafür, dass wir Prinz Areth ins Verlies verschleppt haben.«

Sina blinzelte. »Du hast was?«

»Wir sollten ihn töten.«

»Wer ist *wir*? Und wer gab euch den Auftrag?«

»Ein Sturmjäger lieferte meinem Onkel Kaar den Prinzen aus, um dessen Vater, den Jadefürsten, in einen tödlichen Hinterhalt zu locken. Und den Sohn … den sollten wir verschwinden lassen.«

Sina trat einen Schritt zurück.

»Euer Clan hat mit dem Eisenfürsten gemeinsame Sache gemacht?«

Raganor wich ihrem Blick aus. »Ich bin bereit, dafür zu bezahlen – und dem versprengten Jadeheer gegenüberzutreten.«

»Nein, das wirst du nicht. Ich verbiete es.«

»Ich habe gewusst, dass es so kommen wird.« Raganor ließ die Schultern hängen. »Seitdem ich mein Dorf verlassen habe, sucht mich der Prinz in meinen Träumen heim und ruft nach mir. Es gibt kein Entrinnen.«

Einen Moment lang presste er die Fäuste gegen die Schläfen, als wolle er die Stimmen in seinem Kopf zum Verstummen bringen. Seine Schultern zuckten, als kämpfte er innerlich mit sich selbst – doch Erschöpfung, Reue und Angst hielten ihn wie schwere Ketten am Boden.

»Aber warum hast du mir nie davon erzählt? Vertraust du mir nicht?«

Er schwieg.

»Du bist nicht der Hauptverantwortliche. Dein Onkel führt euer Dorf an.«

Raganor starrte ins Leere.

Dann scheuerte Sina ihm eine.

»Schau mir in die Augen und hör auf, dich zu bemitleiden!«, brüllte sie. »Wir ziehen das zusammen durch. Und du wirst uns nach Adoria Gaad ins Verlies bringen. Dann holen wir eben nicht nur den alten Mann raus, sondern auch den Prinzen.«

Raganor rieb sich verdutzt die Wange. »Autsch.«
Einen Moment lang sahen sich beide todernst an.
»Einfach nur autsch?«, fragte Sina. »Ist das alles?«
Ein flüchtiges Schmunzeln zuckte über Raganors Lippen.
Ganz langsam legte sich ein sanftes, versöhnliches Lächeln auf ihre Gesichter. Ohne ein weiteres Wort fielen sie sich in die Arme.

Unvermittelt kehrte der Orkan mit voller Wucht zurück.
Cord kauerte sich nieder, zog den Umhang über den Kopf und presste sich gegen den Rücken des Krir, um dem peitschenden Sand zu entgehen. Durch einen schmalen Spalt lugte er hinaus – und erstarrte.
Mitten im wirbelnden Chaos raste ein zweiter Krir heran.
Auf seinem Rücken standen zwei Gestalten.
»Krir-Reiter!«, brüllte Sina gegen den tosenden Sturm.
Einer der Reiter hob eine Waffe – ein merkwürdiges Gerät, das er sich auf die Schulter legte.
Ein Knall.
Ein Netz schoss hervor, riss Raganor vom Krir und schleuderte ihn in die tobende Dunkelheit des Sturms.
Cord riss den Dolch aus dem Gürtel und wollte Raganor zur Hilfe eilen. Doch der Sturm packte ihn, riss ihn von den Beinen und wirbelte ihn durch die Luft.
Er überschlug sich, taumelte hilflos durch die Finsternis.
Dann krachte er in den Sand.
Ein greller Blitz zuckte durch die Nacht, schlug nur wenige Schritte von ihm entfernt ein und ließ den Sand zu Glas schmelzen.
Cord klammerte sich an den Dolch, drückte sich bäuchlings gegen den Boden, streckte Arme und Beine von sich, um nicht erneut fortgerissen zu werden.
Der Sand grub sich in seine Kleider, in Nase und Mund. Die Wüste verschlang ihn Schicht für Schicht.

Cords Lungen brannten.
*Ich ersticke!*
Das Gewicht des Sands presste ihn nieder, drückte ihn zu Boden, nahm ihm jeden Atemzug.

*Raus hier!*

Er versuchte, sich zu erheben, sich aus dem Sand zu winden, doch seine Glieder waren wie festzementiert.

Eine heiße Welle raste durch seinen ganzen Körper.

*Lebendig begraben ... es sei denn ...!*

Er klammerte sich an den Griff des Dolches, spürte das Vibrieren der Klinge, zögerte kurz – und ergriff seine letzte Chance.

Ein donnernder Knall riss ihn aus der Tiefe. Sand stob in alle Richtungen.

Cord wirbelte durch die Luft, blind, schwerelos – bis er mit voller Wucht aufschlug.

Keuchend blieb er liegen.

Der Sturm grollte weiter. Doch die Luft stand still.

Cord blinzelte.

Er war gefangen.

Ein kreisrunder Turm aus rasendem, wirbelndem Sand formte die Wände. Über ihm spannte sich ein Ausschnitt des Sternenhimmels.

Die Erkenntnis traf ihn mit voller Wucht. Er wusste, wo er war.

Er lag im Zentrum des Wirbelsturms.

Im Auge des Orkans.

Cord rappelte sich auf.

Um ihn herum standen Dutzende Wanderer – manche zu Fuß, andere hoch auf Krir reitend. Sie alle umkreisten den knienden Raganor.

Ein Reiter sprang von seinem Krir. Eine mannshohe Streitaxt ruhte auf seiner Schulter.

Dann hob er sie über Raganor hinweg.

»Nein!« Cord schrie, warf sich in die Schar der Wanderer.

Die Axt sauste herab.

Cord schoss.

Ein gleißender Blitz zuckte aus dem Dolch. Die Streitaxt zerbarst mitten im Schwung in einem Funkenhagel.

Cord hatte kaum Zeit, Luft zu holen, als ihn etwas von hinten zu Boden rammte.

Ein Krir-Reiter.

Ein schwerer Stiefel presste sich zwischen Cords Schulterblätter und drückte ihn in den Sand. Der Wanderer entriss ihm den Dolch – und zerbrach ihn mit bloßen Händen. Die Bruchstücke prasselten herab – scharf, funkelnd, wie zersplitterte Sterne.

Cord starrte auf die Splitter – unfähig zu begreifen, was geschehen war.

## Kapitel 29

Wie das Horn eines gigantischen Ozeanriesen hallte ein markerschütterndes Dröhnen durch die vom Sandsturm gepeitschte Wüste.

Der Sandvorhang teilte sich.

Aus den wirbelnden Schleiern erhob sich ein majestätisches, baumgroßes Wesen. Es stakste über die Krieger des spukhaften Heers hinweg ins Innere des tobenden Orkans.

Sein verdrehter Körper glich einem lebendigen Gebilde aus ineinander verhakten Krir. Hunderte drahtige Tentakel reckten sich in alle Richtungen, windend wie suchende Ranken.

Hoch über diesem grotesken Gewirr thronte eine abgeflachte Sphäre, so dunkel wie die Nacht, durchzogen von rhythmisch pulsierenden Leuchtmustern – als wäre sie das Auge eines uralten Wesens, das auf die Welt herabblickt.

Ein Tentakel löste sich aus dem Knäuel und tastete zielstrebig auf Cord zu.

Cord wich zurück.

Die Spitze des Fangarms – aus dem gleichen schuppigen Panzerwerk wie der Rest der Kreatur – erkundete ihn mit sanftem, suchendem Druck.

Dann schnellte sie vor.

Der Tentakel wickelte sich wie eine Würgeschlange um Cords Körper, riss ihn hoch und drückte ihn in eine enge Einbuchtung an der Unterseite der schwebenden Sphäre.

Die Beine hingen aus der Öffnung. Der Oberkörper versank in einer schleimigen Hülle. Ein widerlicher Verwesungsgestank legte sich wie eine faulige Decke über sein Gesicht, brannte in den Nasenlöchern, trieb ihm Tränen in die Augen.

*Der Riesenkrir war nicht das, worauf wir ritten.*

*Es ist dieses Ding.*

*Und jetzt verschlingt es mich.*

*Es wird mich verdauen, denn es ist ein Wüstenbewohner, der nicht wählerisch sein darf.*

Cord lachte verzweifelt.

*Tut mir leid, Lurchi. Du hast dich in mir komplett getäuscht.*

Weiße Fäden wuchsen aus dem Schleim, tasteten über seine Haut und bohrten sich in sein Fleisch.

Sein Lachen erstickte.

Cord schrie. Doch der Schrei klang, als käme er aus weiter Ferne.

Dann brach ein Rauschen über Cord herein und zog ihn hinab in finsteres Nichts.

Cord wusste, dass er träumte.

Die Sturmnacht war einem lichtdurchfluteten Tag gewichen. Grelles Licht tauchte die Wüste in gleißenden Glanz und ließ den Sand wie geschmolzenes Gold erstrahlen.

Unter ihm erstreckte sich eine Stadt aus gigantischen, schwarzen Türmen, die wie gewaltige Zähne aus dem endlosen Sand ragten. Ihre skurrile Architektur war von unzähligen Rissen, Spalten und Scharten überzogen – dunklen Schlünden, aus denen Schwärme blau leuchtender, geflügelter Wesen hervorstürzten.

Sie segelten majestätisch durch die Lüfte, glitten hinab, stiegen empor. Von Zeit zu Zeit landete eines der schillernden Geschöpfe auf den gewaltigen Krir, die gemächlich durch die Turmschluchten zogen.

Ohne seinen eigenen Körper wahrzunehmen, schwebte Cord lautlos auf einen der bizarren Türme zu und erhaschte durch einen Spalt einen Blick ins Innere.

In einer Wohnhöhle stand eines der geflügelten Wesen aufrecht auf seinen Beinen. Die ledrigen Schwingen angelegt, wiegte es behutsam ein Junges in seinen Klauen. Es flüsterte mit fremden, melodischen Klängen auf das quirlige Geschöpf ein. Ein weiteres Flugwesen segelte in die Höhle, brachte ein schwarzes, klebriges Geflecht und verfütterte es an das Kleine. Gesättigt schloss dieses die Augen und die drei kuschelten sich in eine Nische ihrer Wohnhöhle.

Plötzlich zerbarst der Turm in Tausende Splitter.

Die Druckwelle riss die Bewohner auseinander, zerfetzte ihre Körper. Trümmer rauschten an Cord vorbei und stürzten in die Tiefe.

Nachdem sich der Staub gelegt hatte, bot sich ein Bild der Verwüstung. Die einst imposante Stadt lag in Schutt, kein einziger Wohnturm hatte der Wucht standgehalten.

Über den Ruinen schwebte ein kantiges Raumschiff. Feuer zuckte aus seinen Kanonen.

Die massigen Krir schlugen zurück, wehrten sich mit elektrischen Entladungen. Doch sie waren den übermächtigen Waffen der Angreifer heillos unterlegen. Einer nach dem anderen brach zusammen.

Nachdem der letzte Krir gefallen war, senkte sich das Schiff auf die Trümmerlandschaft. Mit einem hydraulischen Zischen öffneten sich die Luken. Soldaten marschierten heraus – Menschen in grünen Uniformen und mit Gewehren im Anschlag.

Sie durchkämmten die Trümmer, sammelten die verstreuten Überreste der Blauen ein, jagten die Überlebenden, die verstört nach ihren Familien suchten.

Die Invasoren kannten kein Erbarmen.

Jeden, den sie fanden, schleppten sie an Bord ihres Schiffes. Als sie den letzten gefangen genommen hatten, erhob sich das Schiff und hinterließ nichts als Ruinen, Stille und Tod.

Cord stieg empor, entfloh dem Ort des Verbrechens.

Das Schlachtfeld schrumpfte, wurde zu einer unbedeutenden Narbe auf der Haut des Planeten.

Eine endlose, friedliche Sandwüste breitete sich unter Cord aus, die Dünenlandschaft erstreckte sich in goldenen Wellen bis zum Horizont. Je höher Cord stieg, desto deutlicher offenbarte sich die wahre Form der Welt – eine riesige, leuchtende Kugel, die in der Leere schwebte.

Ein Großteil seiner Oberfläche war von einem azurblauen Ozean bedeckt. Die Landmassen waren eine Mischung aus goldgelben Sandflächen, gewaltigen Gebirgsketten und Regionen üppiger, smaragdgrüner Vegetation.

Dort, wo der Tag der Nacht begegnete, begannen die Landschaften, in magischem Schimmer zu fluoreszieren. Still und friedlich senkte der Planet sein leuchtendes Gewand über das an seinen Bewohnern begangene Verbrechen.

Mit einem Ruck fuhr Cord aus der Ohnmacht.

Sein Gefängnis hatte sich geöffnet. Die schleimige Membran an der Unterseite der Tentakelsphäre klaffte auf und spuckte ihn aus.

Schreiend stürzte er in die Tiefe.

Der Boden raste ihm entgegen.

Dann, im letzten Moment, schnellte ein Tentakel hervor, wickelte sich um seinen Rumpf und bremste den Fall.

»Da bist du ja endlich, Kumpel.«

Arnolds Stimme hallte von einem karg bewachsenen Berghang wider.

Die ersten Strahlen der Morgensonne brachen durch eine Wolkenlücke und warfen den gewaltigen Schatten des reglosen Krir über die Böschung. Der Gigant ragte in die Höhe wie eine gusseiserne Skulptur einer überdimensionierten, versteinerten Qualle.

Still thronte er über der Landschaft, als wache er schweigend über das Schicksal derer, die er getragen hatte.

Cord zitterte.

Er rappelte sich auf und rannte die Anhöhe hinauf.

Arnold saß mit vorgebeugtem Oberkörper auf einem schroffen Felsvorsprung am Fuße des Hangs. Seine Kleidung und Haut waren bedeckt von einer feinen Staubschicht, die ihn wirken ließ wie eine steinerne Grabstatue.

»Wo ist Sina?«, fragte Cord.

Arnold deutete auf den Kamm einer hohen Düne.

Dort wachten die Krieger des spukhaften Heeres.

»Sie sucht Raganor.«

»Und du hast sie einfach ziehen lassen?«

Arnold zuckte mit den Schultern. »Komm schon, wer könnte sie aufhalten? Und wozu? Die Typen haben uns am Leben gelassen. Und das stinkende Riesenvieh hat uns bis hierher getragen.«

Cord schirmte mit einer Hand seine Augen vor dem grellen Sonnenlicht ab, blinzelte in die Ferne – und entdeckte Sina.

Auf ihre Lanze gestützt, stieg sie die Düne herab.

»Sie kommt!«, rief er. »Aber ohne Raganor.«

Arnold lehnte sich zurück, schnaubte. »Tja. Für den seh ich schwarz. Die Typen hatten eine Rechnung mit ihm offen.«

Cord eilte Sina entgegen.

Kaum hatte er sie erreicht, sank sie erschöpft in seine Arme.

Sand klebte in ihren Haaren, und getrocknete Tränen hatten Spuren auf ihre staubigen Wangen gezeichnet.

»Raganor lebt«, keuchte sie. »Aber sie lassen mich nicht zu ihm.«

»Wir werden ihn nicht zurücklassen«, sagte Cord.

Sie schüttelte den Kopf. »Wir können ihn weder befreien noch mit dem Heer verhandeln. Und ohne Wasser verdursten wir in kürzester Zeit. Falls dir nichts geblieben ist, haben wir alle Vorräte verloren.«

Sie hatte recht. Alles, was er noch besaß, trug er bei sich. Das Messer seines Vaters in der einen Hosentasche. Den Himmelsstein in der anderen.

Er zog den Stein hervor und hielt ihn gegen das Licht.

»Und?«, fragte Sina gespannt. »Wo sind wir?«

Cord blinzelte durch das schimmernde Glas.

Wie ein leuchtender Fluss glitt der Funkenschwall über sie hinweg.

»Adoria Gaad kann nicht mehr weit sein.« Seine Stimme klang zugleich erleichtert und angespannt. »Die Krir haben uns durch die Wüste getragen – wie Herta es versprochen hat.«

»Hey, Leute, aufgemerkt! Wir bekommen Besuch.«

Arnold hüpfte auf und ab, wedelte aufgeregt mit den Händen.

Ein Krir-Reiter stürmte auf sie zu. Hinter sich schleifte er einen schlaffen Körper durch den Sand. Der Krieger des spukhaften Heeres stand breitbeinig auf dem Rücken seines Krir. Seine rostige Rüstung war von zahllosen Kämpfen gezeichnet, ein Langschwert ruhte bedrohlich vor ihm.

Der Reiter umrundete Cord, Sina und Arnold – dann stoppte er abrupt.

Raganor lag röchelnd im Sand. Eine Schlinge um seinen Hals. Das andere Ende des Taus war am Krir befestigt.

Sina setzte sich in Bewegung, wollte zu ihm eilen – doch mit einer blitzschnellen Bewegung zog der Krieger eine funkenschlagende Klinge und richtete sie auf Sina.

Cord riss ihren Arm zurück. »Warte.«

Sein Blick blieb an der Waffe hängen.

Blitze züngelten über die Klinge.

Sie war makellos.

Nicht so wie Elgat – der Dolch, den er in der Sturmnacht verloren hatte.

Und doch war er sich sicher, dass es dieselbe Waffe war. Denn tief in sich vernahm er Elgats unverständliches Raunen. Die vage Leere, die ihn mit dem Zerbrechen seiner Klinge befallen hatte, wich einem sehnlichen Begehren.

Ohne über die Konsequenzen nachzudenken, trat er vor. Mit ausgestrecktem Arm forderte er sein Eigentum zurück.

Der Krieger schwenkte die Waffe und richtete die Spitze auf Cord.

Im selben Moment erloschen die Blitze, die zuvor über die Klinge getänzelt waren.

Gleichzeitig ließ das dumpfe Dröhnen des fernen Riesenkrir den Wüstensand erbeben. Als ob sich der Sand verflüssigte, bildeten sich bizarre Muster auf seiner Oberfläche und wanderten über die Dünen.

Abrupt endete das Schauspiel und Stille legte sich über die Wüste.

Der Krir-Reiter hob den Dolch und schleuderte ihn mit Wucht in Richtung Raganors Kopf. Knapp daneben – und doch präzise. Die Klinge bohrte sich in den Sand und trennte das Tau mit einem leisen, endgültigen Laut.

Raganor war frei.

Der Reiter setzte den Krir in Bewegung und kehrte zum spukhaften Heer zurück.

Arnold und Sina knieten neben Raganor, rieben ihm Sand aus dem Mund und benetzten seine Lippen mit den letzten Tropfen Wasser, die Raganor bei sich trug.

Cord jedoch wandte den Blick nicht vom Dolch ab.

Elgats kristallener Griff ragte aus dem Sand – gefüllt mit einer blauen, schimmernden Substanz, in der sich das Sonnenlicht brach.

Ehrfürchtig umschlossen seine Finger die Waffe. Er zog sie federnd aus dem Sand und entblößte ihre kalte, stahlharte Pracht. Rasselnd lösten sich die letzten Sandkörner von der schwingenden Schneide.

Cord hielt Elgat vor sich.

Gebannt bestaunte er die filigranen Ornamente, die sich über Klinge und Knauf zogen. Ein stummes Zeugnis uralter Handwerkskunst, die der Waffe zugleich Kraft und Schönheit verlieh. Vorsichtig fuhr er mit der Fingerkuppe über den geschmeidigen Stahl, ertastete die feinen Ritzen und Erhebungen.

Ehrfürchtig schloss er die Augen und kostete den Moment aus – als hätte man ihm einen jahrtausendealten Schatz anvertraut.

Für einen Herzschlag ließ er sich von der sonderbaren Verbindung zu Elgat durchdringen. Doch aus den Tiefen des Augenblicks stieg eine leise, drängende Vorahnung auf.

Dieses Geschenk höherer Mächte war nicht ohne Preis.

## Kapitel 30

»Von wegen, sein Dorf liegt nicht weit von hier«, fluchte Arnold und tastete nach Halt im unwegsamen Fels. »Was nützt es, wenn zwischen uns und dem Kaff eine endlose, senkrechte Steilwand aufragt? Und überhaupt – warum ist der Knabe schon wieder fit und krabbelt die Wand rauf wie eine verdammte Spinne?«

Als wäre er einem Fiebertraum entstiegen, hatte sich Raganor aufgerichtet und an den Aufstieg gemacht. »Wir müssen dort hinauf«, waren seine einzigen Worte.

Die anderen folgten ihm.

»Hey, Ragi!«, brüllte Arnold. »Wartest du darauf, dass wir abschmieren, oder was? Hat dir schonmal jemand gesagt, dass der kürzeste Weg nicht immer der sicherste ist?«

Raganor schwieg und setzte unbeirrt den Aufstieg fort.

Cord und Sina folgten ihm konzentriert, sicherten jeden Schritt, achteten auf festen Tritt auf dem steinigen Untergrund.

Arnold murmelte und fluchte vor sich hin – bis sie schließlich einen in den Fels gehauenen Pfad erreichten.

Der Steig schlängelte sich steil einen Bergkamm hinauf. Von dort bot sich ein letzter Blick zurück auf die endlose Wüste zu ihren Füßen. Das spukhafte Heer war verschwunden. Nur der Koloss thronte noch regungslos zwischen den Sanddünen wie eine überdimensionale Skulptur.

Nach einer kurzen Rast überwanden sie den Kamm und stiegen auf der anderen Seite hinab. Hochaufragende Farne säumten den Pfad, ihre geschwungenen Wedel wiegten sich im klammen Wind. Üppige Mooskissen breiteten sich zwischen den Stämmen aus und bedeckten den Boden mit leuchtendem Grün.

Cord sog die frische, feuchte Luft tief in die Lungen. Nach der unbarmherzigen Dürre der Wüste war dieser Ort eine Erlösung.

Von Weitem vernahmen sie das lang ersehnte Plätschern. Arnold jubelte und stürmte los.

Zwischen den Felsen sprudelte eine Quelle. Ein Wasserschwall schoss aus einem Spalt im Gestein und klatschte auf eine von der Natur glatt polierte Steinplatte. Von dort schlängelte sich ein schmales Bächlein ins Tal hinab nach Adoria Gaad.

Arnold stürzte sich unter den eiskalten Schwall, schnappte nach Luft und gierte nach dem belebenden Nass.

Er lehnte sich zurück, atmete tief durch und ließ einen lauten Rülpser ertönen.

»Wasserstelle ist frei!«, verkündete er und machte den anderen Platz.

Cord, Sina und Raganor löschten ihren Durst, wuschen den Schmutz von Haut, Haar und Kleidung und setzten sich schließlich auf eine Wiese aus weichen Moosen und Gräsern, von der aus sie hinab auf Adoria Gaad blickten.

Inmitten des Talkessels thronte das Verlies – umgeben von einem grellroten Lichtwall, der wie eine brennende Narbe durch die Landschaft schnitt. Wie eine flammende Barriere verwehrte er den Blick ins Innere der Gefängnisstadt. Er ragte meilenweit in die Höhe, verlor sich in den Wolken und tauchte den Himmel in unheilvolles Glühen.

Kein Tor, kein Fenster, keine erkennbaren Öffnungen – nur eine einzige Bresche im Lichtwall. Dort stürzte ein dampfender Wasserfall in einen See.

Am nebelverhangenen Ufer zeichneten sich die Umrisse einer Ansiedlung ab. Eine trostlose Arbeitersiedlung aus schlichten Hütten und Baracken im Schatten der gigantischen Kerkeranlage.

Cord blies die Backen auf und ließ die Luft zischend durch die Lippen entweichen. »Das Verlies hab ich mir irgendwie … konventioneller vorgestellt.«

Arnold schnaubte ungläubig. »Verdammt, Ragi«, fluchte er. »Was ist das für ein bombastischer Klotz? Wie sollen wir da jemals reinkommen?«

Alle Augen richteten sich auf Raganor.

Doch er verzog keine Miene. Stumm starrte er ins Tal, die Schultern schwer.

Sina trat an seine Seite und nahm seine Hand. »Nicht du, sondern andere sind für das Schicksal des Jadeprinzen verantwortlich. Du wirst uns dort hineinbringen und wir werden gemeinsam die Angelegenheiten klären. Prinz Areth wird dich nicht mehr heimsuchen, und deine Seele wird heilen.«

Raganor schüttelte den Kopf. »Ich hab sie bereits in der Wüste an die Toten verloren.«

»Niemand verliert seine Seele!«, brauste Sina auf. »Also, wie sieht der Plan aus? Wie kommen wir da rein und wieder raus?«

Arnold stieß Cord mit dem Ellbogen an und murmelte: »Ich kann verstehen, warum die Rebellen ihr folgen.«

»Es gibt zwei Zugänge.« Raganors Blick war abwesend. »Den Wasserfall und die Himmelsöffnung. Wir werden den Wasserweg der Sammler nehmen.«

»Schade.« Arnold seufzte. »Habt ihr in eurem Dorf keine Gleiter?«

»Nutzlos.« Raganor schüttelte den Kopf. »Sie lassen sich nicht in die Nähe der Barriere steuern. Sie ist schädlich und tötet.«

Arnold runzelte die Stirn. »Alles muss also über den Wasserfall rein und raus?«

»Wenn man keinen Cyryg kennt. Aber selbst ihre Panzerung schützt sie nicht vollständig. Der Wall ist tödlich. Die neuen Götter haben ihn erschaffen. Und von hier aus traten sie ihren Feldzug gegen die alten

Götter an.«

»Was ist aus ihnen geworden?«, fragte Cord.

»Die alten Götter sind tot.« Sina zog die Schultern hoch. »Und die neuen Götter sind fort. Wir sind auf uns allein gestellt. Und das ist gut.«

»Sina braucht keine Götter.« Raganor schnaubte. »Andere schon.«

Sie machte eine abfällige Handbewegung. »Sag mir, wer – außer denen, die sich vor dem Nichts nach dem Tod fürchten?«

»Der Seher aus der Wüste …« Raganor stockte, presste die Lippen zusammen. »Ach, vergiss es. Es ist vergeblich, mit dir darüber zu debattieren.«

Das Thema war beendet, vermutete Cord, doch Arnold bohrte nach. »Wie sehen eure Götter aus?«

»Die alten Götter glichen den Menschen.« Raganors Stimme war ruhig. »Die neuen blieben im Verborgenen und duldeten keine Abbildungen von sich. Doch der Seher beschrieb sie als wahre Ungeheuer, deren Gestalt keinem anderen Wesen Dradoras glich. Und darauf deuten auch deren Gebeine hin, die im Verlies aufgetaucht sind.«

»Schluss damit.« Sinas Stimme war hart. »Wir haben Wichtigeres zu tun.«

Sie trat an den Rand des Abhangs. »Lasst uns hinabsteigen.«

## Kapitel 31

»Tief unter der Gefängnisstadt entspringt der Fluss Gaad einer Ansammlung brodelnder Quellen.«

Raganors Stimme hallte dumpf in der feuchten Luft wider, während sie das Tal erreichten. Vor ihnen erstreckte sich der Wasserfall – ein gewaltiger Strom, der sich aus dem monströsen Bauwerk ergoss.

»Die dampfenden Bäche sammeln sich in Kanälen und durchziehen das Verlies bis zum Ausgang.«

Unaufhaltsam zwängte sich die Strömung durch die enge Öffnung im allumfassenden Lichtwall. Mit einem dumpfen, grollenden Tosen stürzte sich das Wasser in die Tiefe und peitschte gewaltige Gischtfontänen in den Himmel. Der Wasserfall durchbrach den dichten Nebel, der wie ein schleierartiger Schirm über dem See hing, und verwandelte die Oberfläche in einen brodelnden Kessel aus Schaum und Dunst. Nur allmählich flachte die Strömung ab und die nebligen Schwaden schlossen sich wieder über dem See.

Aus dem Dorf drang das scheppernde Hämmern einer Schmiede. Der köstliche Geruch gebratenen Fleisches hing in der Luft.

Arnold schloss die Augen, sog tief ein und seufzte genüsslich. »Mir knurrt der Magen. Ich hoffe, die Leute legen Wert auf Gastfreundschaft.«

Sina hielt inne, bevor sie das Dorf betraten. Mit geübter Bewegung fuhr sie die Lanze ein und verstaute sie in ihrer Tasche.

Um ein Lagerfeuer hockten Dorfbewohner, pafften an einer langen, hölzernen Pfeife und ließen sie im Kreis herumgehen. Keiner nahm Notiz von den Neuankömmlingen.

»Sie qualmen Halkknollen«, erklärte Raganor. »Die würden nicht mal merken, wenn ein Sturmjäger vor ihnen stünde.«

Er ließ die Dorfbewohner links liegen und steuerte direkt auf die Schmiede zu.

Ein schwarzbärtiger Glatzkopf stand mit nacktem Oberkörper hinter einem Amboss und drosch mit einem schweren Hammer auf das glühende Metall. Als er den kräftigen Arm zum nächsten Hieb anhob, entdeckte er Raganor.

Für einen Moment erstarrte er.

Dann krachte der Hammer mit voller Wucht auf das Werkstück und zerstörte es in einem einzigen Schlag.

Knurrend schleuderte er das Werkzeug in die Ecke, stemmte die Fäuste in die Hüften und funkelte seinen Neffen an. »Was willst du hier?«

Raganor verschränkte die Arme. »Ich freue mich ebenfalls, dich zu sehen, Onkel Kaar.«

»Wir hatten eine Abmachung. Wieso hast du sie gebrochen?«

»Ich will, dass du mich und meine Gefährten mit deiner nächsten

Schicht ins Verlies bringst.«

Kaar spuckte in den Staub. »Pah! Du bist ein noch größerer Schwachkopf als dein Vater.«

Raganors Faust zuckte. »Ich bin nicht gekommen, um über deinen Bruder zu reden. Ich will ins Verlies.«

»Wozu?«

»Ich will zu Prinz Areth.«

Kaar runzelte die Stirn. Dann brach er in Gelächter aus.

»Neffe, der Typ ist toter als tot. Verrottet an einem Pfahl. Sicher kein schöner Tod. Hätte er schmerzloser haben können, wenn sich nicht ein dummer Narr in den Kopf gesetzt hätte, sein Leben zu schonen.«

»Er lebt. Ich spüre es.«

Kaar musterte ihn ungläubig, dann schüttelte er den Kopf. »Verglichen mit dir war dein Vater wahrlich ein schlaues Kerlchen.«

Er spuckte in die Schmiedeglut. Der Speichel zischte.

»Also schön.« Er verschränkte die Arme. »Wir gehen mit der Nachtschicht rein. Aber glaube nicht, dass ich euch raushaue, wenn ihr euch dämlich anstellt und nicht mehr rausgelassen werdet, weil ihr zu dumm seid, Halkknollen zu sammeln.«

Die Tür einer rustikalen Holzhütte flog auf, und eine junge Frau wirbelte heraus. Ihre goldblonden Locken fielen in Wellen bis zu ihren Hüften, und das schulterlose Kleid, das sie trug, zeigte mehr, als es verbarg.

Mit einem freudigen Aufschrei breitete sie die Arme aus und warf sich dem herbeieilenden Raganor stürmisch um den Hals.

Arnold stieß einen Seufzer aus. »Habt ihr das Gefühl, dass alles geklärt ist? Ich nicht!« Er stemmte die Hände in die Hüften. »Daher wird mir unser großer Stratege jetzt haarklein erklären, wie die ganze Aktion ablaufen soll.«

Mit entschlossenen Schritten trottete er hinterher.

Cord musterte Kaar und raunte Sina zu: »Traust du dem Typen?«

»Ich vertraue auf Raganor.«

Die Frau, die Raganor eben noch in die Arme geschlossen hatte, steckte sich zwei Finger in den Mund und ließ einen schrillen Pfiff ertönen. Mit einer schwungvollen Geste winkte sie Cord und Sina heran, ihre Augen funkelten vor Übermut.

»Hey, ihr beiden!«, rief sie lachend. »Habt ihr vor, dort festzuwachsen? Schwingt eure Hintern in die Hütte! Es wird Zeit, die Krüge zu füllen!«

»Ich bin Ragina, Raganors Schwester.«

Ihre Stimme schnitt mühelos durch den Trubel, traf Cord mitten in der Menge – und schon tänzelte sie wie ein Wirbelwind um die Kochstelle, auf der eine dampfende Fleischsuppe brodelte. Ihre Worte sprudelten wie ein nicht enden wollender Wasserfall: von Raganors Kindheitsstreichen zu einem alten Familienrezept, weiter zum Wetter – und wieder zurück.

Cord versuchte vergeblich, dem Flickenteppich ihrer Erzählung zu folgen.

Während ihres Wortschwalls wirbelte sie durch die Stube, verteilte großzügig Brot und Wein an das halbe Dorf, das sich in der engen Hütte zusammendrängte.

In einer Ecke zupfte ein ergrauter Mann an einem zitherartigen Instrument, doch dessen sanfte Klänge gingen fast im Gesang und Gelächter unter. Süßlicher Pfeifenrauch schwängerte den Raum und ergab mit dem würzigen Duft der Suppe eine betörende, beinahe betäubende Mischung.

Cord lehnte sich benommen an die Wand, den Becher wie einen Rettungsanker umklammernd. Sein Blick fiel auf Arnold, der gebannt um Ragina tänzelte. Er tuschelte vertraulich und rührte eifrig die Suppe, ganz nach ihren Anweisungen.

Lärm, Qualm, Enge – sie legten sich wie eine Decke über Cord.

Er stellte seinen Becher ab und steuerte auf die Tür zu.

Doch bevor er entkommen konnte, legten sich zwei Arme um seinen Hals.

Ragina hielt ihn fest. »Du also bist der Knuh'Likat Haidamar?«

Sie zog ihn zu sich heran und drückte ihm einen feuchten Kuss auf die Wange.

Cords Herz stolperte. Eine seltsame Wärme durchflutete ihn und wirbelte durch seine Brust.

Für einen Moment wusste er nicht, wohin er sehen sollte.

»Lass dich genauer ansehen.« Sie wuschelte ihm durch die Haare, ihre Augen funkelten amüsiert.

»Für mich siehst du nicht aus wie der Befreier ... sondern eher wie ein scheuer Junge, der sich nicht traut, einem Mädchen in die Augen zu sehen.«

Sie zwinkerte. »Ein gar menschlicher Knuh'Likat.«

Ihre Stimme senkte sich zu einem Flüstern. »Lauf nicht weg, mein menschlicher *Knuli*.«

Dann küsste sie ihm auf die andere Wange und verschwand unter den Gästen.

Cord taumelte rückwärts, als hätte ihn ein Rammbock getroffen.

Die Küsse brannten auf seinen Wangen. Der Raum drehte sich. Seine Hände zitterten.

Er tastete nach der Tür, riss sie auf und stolperte ins Freie.

Kühlende Nachtluft schlug ihm entgegen.

Seine Beine gaben nach, und er ließ sich auf eine verwitterte Holzbank fallen. Das Holz knirschte unter seinem Gewicht. Mit geschlossenen Augen lehnte er sich an die raue Hüttenwand. Unebene Holzbretter drückten gegen seinen Rücken.

Sein Herz hämmerte.

Er zwang sich zu bewussten, tiefen Atemzügen. Langsam, gleichmäßig und kontrolliert.

»Nimm.«

Die Stimme klang rau wie getrocknete Baumrinde.

Ihm gegenüber saß eine Greisin in einem knarrenden Schaukelstuhl, zog an einer Pfeife und blies den Qualm in den Wind.

Sie hielt Cord das rauchende Stück hin. Ihre Lippen verzogen sich zu einem zahnlosen Grinsen.

»Nimm. Wird dir guttun, Junge.«

»Nein, danke. Ich rauche nicht.«

»Solltest du aber. Siehst verspannt aus.«

Sie hob die Pfeife mit zitternder Hand, sog daran und ließ den Rauch in die Nacht entweichen.

»Sieh mich an. Ich rauch seit meiner Kindheit Halkknollen und bin gesund und munter.«

Cord unterdrückte einen Hustenreiz, als der beißende Dunst in seine Nase kroch.

»Mein ganzes Leben lang hab ich sie geerntet, die besten Stücke eigenhändig dem Halk abgetrennt.«

Sie schüttelte den Kopf. »Die jungen Sammler von heute? Taugen nichts. Trauen sich nicht mal ran. Kratzen höchstens die abgestoßenen Knollen vom Boden. Minderwertige Qualität, sag ich dir.«

Ihre Augen funkelten im Halbdunkel, während sie den nächsten Zug nahm.

»Denn das beste Aroma besitzen die ungeöffneten, frisch abgeschnittenen Knollen. Oder die ausgewachsenen – die, in denen ein lebender Gefangener steckt.«

Cord stutzte. »Ein ... lebender Gefangener?«

Die Alte nickte langsam. »Das sind die kostbarsten. Besonders dann, wenn das Aroma des Halkwesens mit dem des Häftlings harmoniert. Dafür braucht es Zeit. Eine Reifezeit, die ein Menschenleben übersteigt.«

Seine Gedanken stolperten über ihre Worte.

»Du meinst ... die Gefangenen stecken in den Knollen eines Halkwesens?«

»Nicht alle.« Die Greisin lehnte sich zurück und pustete eine Rauchspirale in die Dunkelheit. »Nur diejenigen, für die sich Halk interessiert. Die etwas zu erzählen haben.«

In Cords Magen bildete sich ein Knoten. »Was ... ist das für ein Wesen?«

Die Alte sog genüsslich an ihrer Pfeife.

»Dort, wo der Fluss Gaad aus den Tiefen der Gefängnisstadt entspringt, lebt Halk in den endlos verzweigten Kanälen. Ein wurmiges Geflecht, verästelt wie die Wurzeln eines Baumes. Es ernährt sich von Kot und Leichen. Die neuen Götter brachten es nach Dradora.«

Ein weiteres Glimmen in der Pfeife.

»Wer weiß, vielleicht ist es sogar einer von ihnen.«

Sie spuckte auf den Boden und fluchte: »Haidamar soll sie alle in die Hölle schicken.«

»Darf ich eine Frage stellen?«

Die Alte schnalzte mit der Zunge. »Tust du doch schon, Kleiner.

Also spuck es aus.«

»Was bedeutet Knuh'Likat Haidamar?«

Sie zuckte mit den Schultern. »Weiß nicht. Klingt alvisch. Nehme an, dass sie damit einen der Propheten Haidamars meinen.«

»Wie den Seher aus der Wüste?«

»Ja, so in etwa.«

»Was ist aus ihm geworden?«

»Er hat sich den Hexen von Alva geopfert. War überzeugt, damit die Menschheit zu erlösen. Armer Irrer.« Sie wiegte ihren Kopf hin und her, als würde sie nachdenken.

Dann kniff sie die Augen zusammen und grinste schief. »Aber wir brauchen keine Propheten. Es ist Haidamar selbst, der auf seinem goldenen Schiff zurückkehren und uns von den falschen Göttern befreien wird.«

Cord runzelte die Stirn. »Sind die nicht längst fort?«

Die Alte kicherte. »Von wegen. Sie sind garstig. Sie verstecken sich.«

Ihr Blick wurde glasig, als sie ins Leere starrte. Dann flüsterte sie: »Aber ich hab sie gesehen. Ihre Überreste. Im Schlamm des Verlieses tauchen von Zeit zu Zeit ihre Knochen und Panzer auf.«

Sie zog tief an ihrer Pfeife, die Glut flackerte.

»Als ich ein Kind war, ließ der damalige Jadefürst die Teile zu einem grauenhaften Geschöpf zusammensetzen. Gleich vor dem Dorf.«

Sie schüttelte langsam den Kopf und ihre Stimme senkte sich zu einem heiseren Zischen: »Im Verlies tauchen immer wieder ihre Spuren auf ...«

Der Schaukelstuhl knarrte, als sie heftiger zu schaukeln begann.

Plötzlich sprang die Tür auf.

Ragina trat heraus – Arnold im Schlepptau.

»Da ist ja unser Knuli.«

Ragina ließ Arnold stehen und fläzte sich zu Cord auf die Bank.

»Wieso Knuli?«, wollte Arnold wissen.

»Knuh'Likat – Knuli.«

Arnold blinzelte. Dann brach er in Gelächter aus.

»Ach so. Knuli Haidamar. Gefällt mir. Hätte von mir sein können.«

Er sah Cord mit einem breiten Grinsen an.

»Lass das!«, sagte Cord, stand auf und zischte Arnold im Vorbeigehen zu: »Und wage es bloß nicht, mich so zu nennen.«

Als er sich noch einmal umblickte, war der Schaukelstuhl leer. Die Pfeife der Alten glomm einsam im Dunkeln.

## Kapitel 32

Cord schlenderte die Straße hinab.

Ein sanfter Wind verwehte den Lärm der Feier und schob kühle Nebelschwaden vom See ins Dorf.

Cord ließ die Hütten hinter sich und betrachtete das gewaltige Verlies, das aus dem Nebel aufragte und in der Abenddämmerung wie glühender Stahl loderte.

»Was tu ich hier?«

Er ballte die Fäuste. *Ich vergeude meine verbliebene Zeit mit einer unlösbaren Aufgabe.*

Cord dachte an den Schrat.

*Wie viel Zeit mag mir noch bleiben? Ich sollte längst auf dem Weg nach Zanmathar sein. Um mich selbst zu retten.*

Sofort schämte er sich für den Gedanken.

*Walters Verstand bleibt hellwach – das waren die Worte des Sturmjägers.*

»Da bist du ja.«

Ragina riss ihn aus dem Grübeln. »Sie suchen dich. Die Nachtschicht macht sich bereit.«

»In Ordnung. Ich kehre ins Dorf zurück.«

»Warte.«

Etwas in ihrem Ton hielt ihn zurück.

Sie senkte den Blick, als würde sie nach Worten suchen.

»Ich bin manchmal etwas … überschwänglich. Das weiß ich.« Sie sah ihn verunsichert an. »Das mag auf manche befremdlich wirken.«

Cord deutete ein zaghaftes Nicken an. Sie wirkte wie ausgewechselt.

»Mein Glaube bedeutet mir viel«, fuhr sie fort. »Als mein Bruder sagte, dass manche dich für den Knuh'Likat Haidamar halten, war mein Herz so erfüllt von Freude … und Liebe.«

»Du musst dich nicht entschuldigen.« Cord schüttelte den Kopf. »Eigentlich sollte ich es. Du hast uns aufgenommen und bewirtet, und ich war undankbar.«

Ragina ließ die Worte einen Moment zwischen ihnen schweben, dann sah sie ihn prüfend an. Erwartungsvoll.

»Ich bin nicht der, den du erhoffst. Ich stamme nicht einmal aus deiner Welt und ich habe keine Ahnung von euren Göttern.« Er senkte den Blick. »Ich bin kein Prophet.«

»Der Knuh'Likat Haidamar ist kein Prophet.« Ragina schüttelte sanft den Kopf. »Er ist der wiedergeborene Haidamar. Der Befreier. Der Weltenöffner.«

Cord schluckte. »Es tut mir leid. Der bin ich nicht.«

Eine Träne löste sich aus ihren Wimpern und zog eine glänzende Spur über ihre Wange. Sie wischte sie nicht fort. Dann nickte sie langsam – ein Nicken, das nichts bestätigte, sondern einfach nur akzeptierte.

»Es wäre so schön gewesen.«

Sie nahm seine Hand und gemeinsam traten sie den Rückweg an.

Kurz bevor sie die erste Hütte erreichten, blieb Ragina stehen. Sie legte eine Hand auf Cords Arm und sah ihn mit großen, ernsten Augen an.

»Hütet euch vor Kaar.«

Sie zog einen walnussgroßen Gegenstand aus ihrer Tasche und legte ihn in Cords Hand.

»Ich will, dass du das bei dir trägst.«

Cord betrachtete das seltsame Objekt. Seine runzlige Oberfläche fühlte sich an wie eine verdorrte Frucht.

»Was ist das?«

»Wenn du es öffnest, findest du einen Kern, der aussieht, wie zwei aneinandergewachsene Insekten. Es ist ein schwarzes Zwillingspaar.« Sie sprach leise, aber eindringlich. »Brich den Kern auseinander und drücke eine Hälfte gegen deinen Nacken. Der Zwilling wird sich mit dir verbinden, und du wirst über ihn den anderen steuern können. Wenn es dir gelingt, ihn an Kaars Hals zu lenken, wird Kaar deinem Willen unterliegen.«

»Kaar ist eine Bedrohung?«

Ragina nickte heftig. »Ich weiß, was in der Nacht geschah, bevor er meinen Bruder aus dem Dorf verstieß.« Ihre Stimme wurde noch leiser. »Alle, die den Jadeprinzen ins Verlies verschleppt haben, sind tot. Alle außer Raganor, Kaar und Worhan – ein ganz fieser Kerl.«

Cords Finger schlossen sich fester um das Zwillingspaar. »Du glaubst, dein Onkel hat seine eigenen Leute auf dem Gewissen?«

»Ich bin mir sicher.« Ragina presste die Lippen zusammen. »Und ich bin mir sicher, dass er nicht vorhat, euch aus dem Verlies herauszuführen.«

Cord atmete tief ein. »Hast du das deinem Bruder gesagt?«

»Ja. Aber er glaubt, hineingehen zu müssen, um dort seinen Frieden zu finden. Er lässt sich von mir nicht davon abbringen.« Sie zuckte mit den Schultern, ein Ausdruck von hilfloser Wut und Trauer. »Alles, was ich erreichen konnte, war, dass er eines meiner beiden schwarzen Zwillingspaare an sich nahm. Das andere vertraue ich dir an.«

Cord betrachtete das fremdartige Objekt in seiner Hand. Seine Runzeln, seine unergründliche Beschaffenheit. »Du wirst es wiederbekommen, wenn wir zurückkehren. Deinem Bruder wird nichts geschehen.«

Ragina schnappte nach Luft – und warf sich schluchzend in Cords Arme. »Ich danke dir.«

Cord wartete darauf, dass sie ihn losließ – aber stattdessen klammerte sie sich nur noch fester an ihn. Ihre Tränen rannen über seine Wange.

Unsicher strich er ihr übers Haar, ehe er zögernd seine Hände auf ihre Hüfte legte.

»Wir brechen auf.«

Sina stand plötzlich neben ihnen. Ihre Stimme war ruhig, aber unerbittlich. »Wenn dir noch daran gelegen ist, solltest du dich jetzt von ihr lösen.«

Ohne eine Antwort abzuwarten, drehte sie sich um und schritt Richtung Dorf.

»Sina, warte!«

Cord wand sich aus Raginas Umarmung und setzte an, Sina einzuholen, um …

*Um was?*

*Etwas zu sagen? Etwas zu erklären?*

Er zögerte. Seine Finger ballten sich und öffneten sich wieder. *Ich schulde dir keine Rechenschaft. Und du mir auch nicht.*

*Die schuldest du nur deinem irren Verlobten.*

Cord folgte Ragina zurück ins Dorf – und hielt dabei ein paar Schritte Abstand zu Sina.

Die Arbeiter der Nachtschicht schleppten Säcke und Werkzeuge aus einem Lagerschuppen auf die Mitte des von Laternen erhellten Dorfplatzes.

Raganor klatschte in die Hände und deutete auf vier gepackte Rucksäcke, die an einer Hütte lehnten.

»Die sind für uns. Ihr findet darin Proviant. Und dort drüben auf dem Haufen liegt euer Arbeitswerkzeug. Jeder nimmt einen großen und einen kleinen Sack. Dazu entweder eine Mistgabel, Schaufel oder eines der anderen Werkzeuge. Der große Sack ist für Unrat, den wir aus den Kanälen kratzen, der kleine für Halkknollen.«

Arnold sah skeptisch von Raganor zu Ragina und wieder zurück. »Du weißt schon, dass wir nicht zum Müll aufsammeln und Knollen pflücken gekommen sind.«

»Meine Schwester ist eingeweiht. Sie wird uns helfen, die Fracht rauszubekommen.«

Arnold verschränkte die Arme vor der Brust und deutete mit einer rollenden Handbewegung an, dass Raganor weiterreden sollte.

»Die Gefangenen bestehen nur noch aus Haut und Knochen. Wir verstecken Kailard und den Prinzen in Müllsäcken. Wenn wir Glück haben, sind die Wachen am Ende der Schicht so besoffen, dass sie nicht mal mitbekommen, wie wir das Gefängnis verlassen.«

Er warf Ragina einen bedeutungsvollen Blick zu. »Sie kümmert sich um die Wachen. Der betagte Hauptmann der Nachtwache stammt aus unserem Dorf. Er und seine Leute liegen Ragina zu Füßen, wenn sie auf ein Gläschen vorbeikommt. Nicht wahr Schwesterchen?«

*Daran bestand kein Zweifel.*

Sina verschränkte mit kühler Miene die Arme. »Und wenn die Nachtwache keine Lust auf deine Schwester hat – trotz ihrer Talente?« Ihre Stimme klang scharf. »Was, wenn die Männer in der Lage sind, sich zu beherrschen und ihrer Pflicht nachzukommen?«

Ihre Worte trafen Cord wie eine Ohrfeige. Er fühlte sich schuldig, obwohl er nichts getan hatte.

»Wenn das der Fall ist«, antwortete Raganor, »wird sie uns warnen. Dann werden wir die Säcke mit der Extrafracht den Wasserfall hinabwerfen, sobald wir den Aufzug betreten haben.«

»Würde Kailard den Sturz überleben?«, fragte Cord.

Raganor zuckte mit den Schultern. »Wir müssen es riskieren. Das gilt ebenfalls für Prinz Areth.«

Arnold starrte ihn entgeistert an. »Das ist der Plan? Gefangene befreien und sie dann einen Wasserfall runterwerfen? Falls sie das überleben, dürfen sie ertrinken? Und dann soll eine einzige Person sie retten? Nachts? Unter den Augen der Wächter?« Er schnaubte. »Was für ein Meisterplan. Wirklich durchdacht, Raganor.«

Ragina lachte und zuckte mit den Schultern. »Ich bin nicht allein. Und es ist nicht das erste Mal, dass wir nachts etwas aus dem Fluss fischen.«

»Ach ja? Und hat das noch gelebt?« Arnold ließ nicht locker.

Raganors Miene verfinsterte sich. »Weißt du was? Dein Kailard ist mir egal. Ich tu das nicht für dich, sondern für mich – und für Sina. Und für den Prinzen. Wenn du willst, spring Kailard hinterher und zieh ihn eigenhändig aus dem Wasser. Dann sind seine Chancen vielleicht besser.« Er schüttelte den Kopf. »Junge, wach auf und kapier es. Das ist kein Bummel über einen Jahrmarkt. Wir entführen Gefangene aus Adoria Gaad.«

Cord trat einen Schritt zwischen die beiden und hob die Hände. »Wir werden Kailard und Prinz Areth aus dem Verlies holen. Und zwar lebendig. Streitereien bringen uns nicht weiter.« Er drehte sich zu Arnold. »Was den Plan angeht – wir haben keinen besseren. Aber als Kanalarbeiter haben wir zumindest eine realistische Chance, rein und wieder rauszukommen. Also sollten wir uns darauf konzentrieren, wie wir die Risiken minimieren.«

Dabei fragte er sich insgeheim, ob er nicht gerade einen tödlichen Fehler begangen hatte. Seine Finger glitten in seine Tasche und fanden das schwarze Zwillingspaar. Raginas Warnung und die unheimliche Geschichte mit den erschlagenen Männern ließen sein Herz rasen.

Doch er konnte jetzt nicht zögern – nicht mit Walter gefangen im Stein, und nicht mit dem Anker in seiner Brust, der die verbliebene Zeit wie eine Sanduhr verrinnen ließ.

Arnold schnaubte und ballte die Fäuste. »Dann ist ja alles geklärt. Falls uns sein Onkel vorher nicht umbringt, folgen wir einfach dem Wegweiser zu Kailard, stecken ihn in einen Sack und spazieren raus.« Er trat einen Schritt auf Raganor zu. »Der Weg zu Kailard ist doch sicherlich ausgeschildert, oder?«

Raganor schloss für einen Moment die Augen, als müsse er seine Geduld zusammenkratzen. »Nein, Arnold. Der Weg zu ihm ist nicht ausgeschildert. Deshalb habe ich mich umgehört. Es gibt zwei bis drei Areale, in denen er wahrscheinlich inhaftiert ist – falls er noch lebt.«

Cord rieb sich die Schläfen. »Und du glaubst, wir dürfen uns frei im Verlies bewegen und einfach nach ihm suchen?«

»Wir sind Kanalarbeiter. Unsere Aufgabe ist es, Inschriften zu säubern, um sie zu entziffern. Das Halkwesen wird keinen Verdacht schöpfen.«

»Und dein Onkel?«

»Den brauchen wir nur, um reinzukommen. Sobald sich eine Gelegenheit bietet, setzen wir uns von ihm und den anderen ab.«

Ragina ergriff die Hand ihres Bruders. »Er wird dich nicht gehen lassen.«

»Mach dir keine Sorgen.«

»Die mach ich mir aber.« Sie umarmte ihn. »Er wird dich zum Prinzen führen – dorthin wo er die anderen erschlagen hat.«

Für einen Augenblick sah er hilfesuchend zu Cord. Dann atmete er tief durch und drückte sich fest an seine Schwester. »Vertrau mir. Wir werden nicht zulassen, dass er es wieder tut.«

Trommeln kündigten den Aufbruch der Nachtschicht an.

Arnold lachte. »Ist das nicht etwas theatralisch?«

»Es ist alter Brauch«, erklärte Ragina. »Er soll euch vor den Dämonen des Verlieses schützen.«

Die Tür einer Hütte flog auf. Kaar trat heraus, eine Streitaxt lässig über der Schulter. Ihm folgte ein massiger Kerl mit tätowiertem Gesicht, der einen gewaltigen Kriegshammer auf dem Rücken trug.

Der kunstvoll geflochtene Schulterriemen wirkte, als wäre der Hammer für einen Feldherrn geschmiedet.

»Der Typ hinter meinem Onkel ist Worhan«, flüsterte Raganor. »Kaars Handlanger für grobe Angelegenheiten.«

Kaars Blick wanderte über die Gruppe, dann blieb er vor Raganor stehen. »Was stehst du mit deinen Kameraden noch rum?«, bellte er. »Hast du alles verlernt, was ich dir beigebracht habe?«

Cord schlang sich einen der gepackten Rucksäcke um, nahm die beiden Säcke dazu und griff nach einer Schaufel. Zusammen mit seinen Gefährten reihte er sich unter die zwei Dutzend Männer und Frauen der Nachtschicht.

Kaar und Worhan schritten den Tross ab und blieben vor Raganor stehen.

Kaar stemmte die Axt auf den Boden. »Falls die Wachen dich erkennen und fragen, wo du so lange gesteckt hast, wirst du antworten, dass ich dich nach Lorkmart geschickt habe, um in den Minen zu schuften. Aber da du dich zu dämlich angestellt hast, haben sie dich rausgeworfen.«

Er deutete mit der Axt auf Cord. »Den da und die anderen beiden hast du auf dem Weg aufgegabelt und ihnen die Arbeit im Verlies schmackhaft gemacht. Verstanden?«

Raganor deutete ein Nicken an.

»Ihr vier weicht mir nicht von der Seite. Ihr befolgt Befehle. Akkurat. Falls nicht, verrotten eure Knochen dort drin – und keiner wird euch vermissen.«

Worhan rammte seinen Hammer dreimal auf den Boden. Mit rauer Stimme donnerte er: »Adoria Gaad!«

Der Ruf hallte über den Platz. Wie auf Kommando setzten sich die Trommler in Bewegung, ihr dumpfer Rhythmus gab den Takt für die marschierende Nachtschicht vor.

Ragina trat einen letzten Schritt auf ihren Bruder zu, zog ihn in eine feste Umarmung. »Pass auf dich auf! Und grüße Halk von mir. Adoria Gaad!«

Dann wandte sie sich Cord zu, legte sanft eine Hand an seine Wange und beugte sich zu ihm vor. Ihre Lippen streiften sein Ohr, als sie flüsterte: »Komm zu mir zurück.«

Cord schluckte. Eine heiße Welle zuckte durch seine Brust, heftig wie ein Stromschlag.

Er sah zu Sina, und sein Innerstes sackte zusammen, dumpf und schwer.

Sina zeigte keine Regung. Nur ein kaltes, abgewandtes Gesicht.

Arnold, der diesen Moment grinsend verfolgt hatte, breitete die Arme aus. »Und was ist mit mir? Gibt's für mich auch 'nen Abschiedskuss?«

Ein grimmiger Arbeiter schob ihm den Schaufelstiel in den Rücken. »Lauf endlich los oder verschwinde.«

Arnold stöhnte theatralisch, trottete dann aber ohne Widerrede hinter den anderen her.

Der Tross setzte sich in Bewegung, marschierte über den Dorfplatz und folgte der Straße hinab zum See. An der Grenze des Dorfes scherten die Trommler aus, ließen den Zug in einem vom Verlies blutrot erleuchteten Nebel verschwinden.

## Kapitel 33

Der Nebel lag schwer über dem Tal. Ein feuchter Schleier, der die Welt auf wenige Schritte reduzierte.

Cord hielt sich dicht an den verschwommenen Umriss seines Vordermannes.

Schweigend schob sich der Zug dem Verlies entgegen.

Der Koloss schälte sich aus den milchigen Schwaden – ein glühendes, rotes Auge, das sich aus der Finsternis fraß. Mit jedem Schritt schwoll das dumpfe Grollen des Wasserfalls an. Feine Tröpfchen legten sich kühl auf Cords Gesicht.

Der Tross kam zum Stehen. Die Nachtschicht hatte den Eingang zum Verlies erreicht.

Von vorn rollte aufgeregtes Gemurmel durch die Reihen.

Cord spitzte die Ohren. Aus den Wortfetzen, die er auffing, dämmerte ihm, was geschehen war. Eine Arbeiterin der Tagschicht war beim Schmuggeln von Halkknollen erwischt worden. Der Hauptmann der

Wache hatte sie daraufhin dem Halkwesen ausgeliefert.

Ein Todesurteil.

Der Zorn der Nachtschicht kochte hoch. »Hauptmann Joos, du bist ein jämmerlicher Verräter. Hast du vergessen, woher du kommst?« Eine Arbeiterin rief die Worte heraus, voller Wut. Andere stimmten ein, die Schimpftiraden schwollen an, vermischten sich mit lauten Sprechchören.

»Joos raus! Joos raus!«

Die Lage drohte zu eskalieren und Cord fürchtete, der Aufstand könnte alles zunichtemachen. Ein einziger Funke – und der ganze Plan würde in Flammen aufgehen.

Plötzlich durchschnitt ein greller Lichtstrahl den Nebel wie ein Schwerthieb. In der Felswand erwachten gigantische Rotoren zum Leben und entfesselten ein infernalisches Dröhnen. Mit der Wucht eines Orkans fegten sie die Dunstschleier beiseite und enthüllten die verborgene Szenerie.

Erst jetzt erkannte Cord den majestätischen Wasserfall, der sich wie ein schwarzer Schleier aus dem Verlies in den Gaad-See ergoss. Zwischen der tosenden Wasserwand und der rot pulsierenden Barriere senkte sich ein massiver Aufzug knarrend herab. Er brachte die letzten müden Gesichter der Tagschicht ins Freie, ihre leeren Augen blinzelnd gegen das grelle Scheinwerferlicht.

Mit einem Ächzen öffnete sich ein gewaltiges Eisentor im Fels. Eine Flut von Soldaten strömte heraus, die Lanzen voran. In eingespielter Formation umstellten sie die Menge.

Zuletzt trat ein einzelner Mann durch das Tor. Seine prunkvolle, purpurfarbene Uniform glänzte im Licht der Scheinwerfer, jeder Knopf und jede Verzierung ein Zeugnis seiner Autorität. Mit einer Stimme, die das Rauschen des Wasserfalls und den aufkeimenden Protest überdröhnte, brüllte er:

»Ihr verlangt nach dem Hauptmann der Wache? Hier bin ich!«

»Wir wollen mit Hauptmann Joos sprechen«, rief Kaar.

»Ich befehlige die Wache. Nennt euer Anliegen. Andernfalls schweigt und macht euch an die Arbeit.«

»Wer bist du? Und was willst du hier?«

Der Hauptmann trat nah an Kaar heran, sodass ihre Gesichter nur noch eine Handbreit voneinander entfernt waren.

»Ich bin Hauptmann Prien. Merkt euch meinen Namen, denn von heute an untersteht mir die Wache in Adoria Gaad. Und von heute an ist Schluss mit all den Bestechungen und schmutzigen Gefälligkeiten. Ab sofort herrscht hier wieder das Gesetz des Jadefürsten.«

»Verflucht«, flüsterte Arnold. »So viel also zur ersten Variante des ausgeklügelten Plans von Ragi.«

Kaar verzog keine Miene. »Der Fürst ist tot.«

»Und dennoch gilt sein Gesetz.« Prien hob das Kinn. »Statthalter Sartur Egdor hat Joos durch mich ersetzt. Zudem verfügte er, dass euch von nun an nicht mehr sieben Zehntel der Halkknollen zustehen, sondern sechs Zehntel. Zum Wohle des Reiches.«

Ein empörtes Raunen raste durch die Menge. Worhan ließ seinen Kriegshammer auf den Boden krachen und brüllte: »Verrat. Du wagst es, den ewigen Vertrag zu brechen?«

Die Soldaten rissen die Lanzen hoch, doch Prien hielt sie mit einer beschwichtigenden Geste zurück.

»Wenn ihr den Vertrag als aufgekündigt betrachtet, steht es euch frei, in euer Dorf zurückzukehren. Es gibt genügend andere Clans, die eure Lizenz dankend übernehmen werden.«

»Und nochmal verflucht«, brummte Arnold. »Das war's dann mit den übrigen Varianten des ausgeklügelten Plans von Ragi.«

Raganor stieß ihm den Ellbogen in die Rippen. »Halt die Klappe!«

Prien richtete sich erneut an Kaar. »Wie lautet eure Entscheidung? Tretet ihr eure Lizenz ab?«

Kaar ballte die Fäuste. »Zieh uns hoch! Wir gehen rein. Aber das letzte Wort ist noch nicht gesprochen.«

Der Hauptmann verzog die Lippen zu einem spöttischen Lächeln. »Wie du meinst.«

Er schnippte beiläufig mit den Fingern – und ein grauhaariger Soldat trat vor. »Wachtmeister Londal, lass die Nachtschicht nach oben ziehen. Aber überprüfe zuvor jeden Einzelnen.«

Arnold schluckte. »Das war's. Wir sind aufgeflogen. Na dann, gute Nacht.«

Wachtmeister Londal ließ die Arbeiter vor dem Aufzug antreten. Mürrisch schritt er die Reihe ab, sah jedem kurz ins Gesicht und winkte sie dann weiter.

»Was gibt es da groß zu kontrollieren?«, murmelte er. »Ihr werdet wohl kaum Knollen reinschmuggeln, oder? Also macht schon, steigt in den Aufzug. Aber nicht mehr als sechs auf einmal. Seht euch die Bohnenstangen da hinten an der Seilwinde an – die kriegen niemals mehr als sechs von euch mit einer Fuhre hoch.«

Ein grölendes Lachen ging durch die Reihen.

Einer der Männer an der Winde rief zurück: »Wir ziehen nur dann nicht sechs Leute auf einmal hoch, wenn sie so fett sind wie du, Londal.«

Erneut lachten die Soldaten.

»Na, wen haben wir denn da?« Londal betrachtete Raganor. »Du hast dich schon lange nicht mehr blicken lassen.«

»Sei gegrüßt, Wachtmeister Londal«, sagte Raganor gelassen. »Ich wollte noch etwas von der Welt sehen, bevor ich eines Tages in Adoria Gaad verrecke.«

»Na schön, du hast die Welt gesehen – dann kannst du jetzt mit uns verrecken.«

Die Soldaten lachten wieder.

»Und wer sind die drei neben dir?« Londal runzelte die Stirn. »Die kenn ich nicht. An das hübsche Mädchen würden wir uns doch bestimmt erinnern, oder, Jungs?«

Von hinten kamen Kichern und derbe Kommentare.

Arnold trat einen Schritt vor. »Wir interessieren uns für den Knollenhandel«, sagte er mit breitem Grinsen. »Und wollen bei Raganors Leuten lernen.«

Kaar riss ihn am Kragen zurück. »Bevor du ein Knollenhändler wirst, musst du noch viel Mist schaufeln.« Zu Londal sagte er: »Es ist heute deren erste Schicht. Ich will sehen, ob sie zu gebrauchen sind.«

»Na ja, die Kleine ist auf jeden Fall zu gebrauchen«, grölte einer der Soldaten und sorgte damit bei seinen Kameraden für den nächsten Lacher.

»Also los, rein mit euch in den Aufzug.«

Cord atmete erleichtert auf.

»Nicht so eilig.« Die Stimme von Hauptmann Prien durchschnitt das Gelächter wie ein scharfes Messer.

»Das Mädchen und die drei Jungs – vortreten.«

Londal verzog das Gesicht und fauchte: »Na los, bewegt euch.«

Cord, Arnold, Sina und Raganor standen nebeneinander vor dem Hauptmann.

»Wer seid ihr? Woher kommt ihr? Was sucht ihr hier?«

Arnold setzte an: »Wir wollen in den Knollenhandel ...«

Bevor er den Satz beenden konnte, stieß Prien ihn mit einem kräftigen Schlag gegen die Brust zu Boden.

»Diesen Quatsch nimmt euch vielleicht der verdatterte Londal ab, aber nicht ich.« Seine Stimme war kühl wie Stahl, sein Blick durchbohrte sie wie eine Klinge. »Also? Ich warte.«

Raganor richtete sich auf. »Ich bin Raganor, geboren und aufgewachsen in diesem Tal. Doch ich wollte nicht mein ganzes Leben als Sammler fristen, also schickte mich mein Onkel Kaar in die Minen nach Lorkmart.«

Prien musterte ihn mit schmalen Augen. »Und warum bist du zurück?«

»Die Tunnel ... Ich konnte es nicht mehr ertragen.«

Priens Blick trübte sich, doch er schwieg und richtete seine Aufmerksamkeit auf die anderen.

»Und was ist mit euch drei?«

Sina trat einen Schritt vor. »Wir trafen Raganor in Lorkmart«, log sie mit fester Stimme. »Er erzählte uns von der Arbeit als Sammler in Adoria Gaad. Es klang besser, als auf den Straßen Lorkmarts zu verrotten. Wir hoffen auf einen Neuanfang in diesem Tal.«

Sie sah den Hauptmann eindringlich an.

»Bitte gib uns die Chance.«

Prien sagte nichts. Sein Blick wanderte zwischen den vier Gesichtern hin und her.

Er schnaubte. »Eine schöne Geschichte.« Seine Lippen verzogen sich zu einem spöttischen Lächeln. »Ich würde sie dir gern glauben – wenn es nicht eine noch glaubhaftere Geschichte gäbe.«

Sinas Stimme blieb ruhig, aber in ihrem Blick blitzte etwas auf. »Und die wäre?«

Prien verschränkte die Arme.

»Ihr seid diejenigen, nach denen der Sturmjäger sucht.«

Der Boden unter Cords Füßen geriet ins Wanken.

Doch Sina ließ sich nichts anmerken. »Was sollte ein Sturmjäger von uns wollen?«, fragte sie unschuldig.

»Das wird er euch selbst mitteilen, sobald er nach Adoria Gaad zurückgekehrt ist.«

Sina trat näher. Ihr Gang war geschmeidig, fast tänzerisch. »Wenn das so ist, solltest du uns festsetzen – im Verlies«, sagte sie sanft. »Falls nicht, solltest du uns gestatten, unsere Arbeit aufzunehmen – im Verlies.«

Prien räusperte sich und rieb sich die Hände, als wüsste er nicht mehr, wohin damit.

Cord sah zu, wie Sina noch einen Schritt näher trat. Ihre Stimme wurde leiser, ein Flüstern, und doch hatte sie eine Sogwirkung, der sich Prien nicht entziehen konnte. Cord verstand ihre Worte nicht – aber er sah, wie sich der selbstsichere Hauptmann veränderte. Seine Schultern sanken, seine Miene wurde weicher. Ein Junge, der von einem hübschen Mädchen zum Tanz aufgefordert wurde.

Cord spürte ein kaum fassbares Ziehen – als ob ein unsichtbarer Faden ihn an sie band. Es war nicht nur Sinas Stimme, nicht nur ihr Blick. Etwas an ihr zog die Menschen an – wie ein Flimmern in der Luft zwischen Haut und Herz, als würde ihre Nähe den eigenen Puls beschleunigen, bevor man es selbst bemerkte.

Er fragte sich, ob auch er diesem Sog längst verfallen war, ob ihr Zauber ihn umfangen hielt, ohne dass er es je wirklich begriffen hatte.

Prien riss sich los, blinzelte verwirrt und murmelte: »Wachtmeister Londal, schaff das Mädchen und ihre Gefährten ins Verlies. Wenn sie morgen rauskommen, haltet sie fest, bis der Sturmjäger eintrifft.«

Ohne ein weiteres Wort wandte er sich um und verschwand durch das Eisentor, das sich in die Felswand schmiegte. Doch kurz bevor ihn die Dunkelheit verschlang, drehte er sich um und sein Blick fiel ein letztes Mal auf Sina.

Cord und seine drei Gefährten betraten den Aufzug, der sie zwischen der lodernden Lichtbarriere und dem herabstürzenden Wasserfall ins Innere des Verlieses befördern sollte.

Die Mauer aus gleißendem Licht schien aus einem dichten, kaltglühenden Gas zu bestehen. Strudel wirbelten darin umher, als wären sie lebendig, als warteten sie nur auf eine Berührung.

Cord streckte instinktiv die Hand aus. Wirbel formten sich um seine Fingerspitzen, pulsierten in einem rhythmischen Tanz – eine stumme Einladung, näher zu kommen. Doch es packte ihn ein Unbehagen. Hastig zog er sich zurück und drängte sich an das gegenüberliegende Gitter des Aufzugskäfigs.

Der Käfig hing an schweren Ketten, die mit jedem Windstoß knarrten. Das tosende Dröhnen des Wasserfalls wummerte in seinen Ohren, die feuchte Luft klebte an seiner Haut. Schweißperlen rannen seinen Rücken hinab, und für einen Moment verspürte er das Verlangen, sich einfach unter den kühlen Schwall zu stellen – wäre da nicht der allgegenwärtige Gestank nach Fäulnis und Kloake gewesen.

Offenbar störte der Geruch die Kanalarbeiter nicht im Geringsten. Entweder waren sie daran gewöhnt, oder die Aussicht auf die mit den Halkknollen zu erlösenden Gewinne machte ihn erträglich.

»Platz da!«, bellte Kaar und sprang auf die Plattform. Ihm folgte Worhan, dessen Blick sofort auf Sina haftete.

»Was glotzt du?«, fragte sie genervt.

Worhan grinste und entblößte eine Reihe lückenhafter, fauliger Zähne. »Du hast Talent, Mädchen. Bist eigentlich zu schade für da oben.«

Er zog geräuschvoll Rotz hoch, kaute darauf herum und schluckte ihn runter. Dann wandte er sich mit einem sabbernden Grinsen an Kaar. »Was meinst du? Sollten wir uns ihrer annehmen?«

Der Aufzug ruckte und setzte sich knirschend in Bewegung.

»Das wird nicht nötig sein«, antwortete Arnold. »Wir kümmern uns selbst umeinander.«

Kaars Miene verfinsterte sich. Blitzschnell packte er Arnold am Ohr und zog mit einem Ruck daran.

»Du bist ein vorlautes Bürschchen.« Kaars Stimme war ruhig, fast beiläufig, doch seine Augen blitzten kalt. »Hatte ich euch nicht eine klare Anweisung gegeben? *Ich will Knollenhändler werden.* So ein Blödsinn.«

Arnold schrie und versuchte, sich aus dem Griff zu befreien.

»Lass ihn los!«, fuhr Cord dazwischen.

»Was denn, soll ich dir auch die Löffel langziehen? Oder soll ich sie dir gleich abschneiden?«

Cord hielt seinem Blick stand. »Lass ihn los!«, wiederholte er mit Nachdruck.

Ein langsames, fieses Grinsen kroch über Kaars Gesicht. »Sieh an. Du bist also derjenige, um den wir uns bevorzugt kümmern sollten.«

Er ließ Arnold abrupt los – nur um Cord mit einem schnellen Tritt gegen sein verletztes Bein zu stoßen.

Ein Schmerz schoss durch Cords Bisswunde. Ein Fluch entwich seinen Lippen, während er gegen das Gitter taumelte.

Worhan rammte den Stiel seines Kriegshammers gegen Cords Brust und drückte ihn nieder. »Na dann haben wir ja unseren neuen Kameraden gefunden.« Worhans Grinsen schnitt durch sein Gesicht. »Der schreit geradezu nach einer Sonderbehandlung im Verlies.«

Ein stinkender Wasserschwall traf Cord und schleuderte ihn gegen die Gitterstäbe des Käfigs. Er klammerte sich an das glitschige Metall, während der Aufzug weiter nach oben ruckte, durch den brodelnden Dunst des Wasserfalls hindurch.

Schließlich kam er abrupt zum Stehen – genau auf Höhe der Stelle, an der das Wasser aus dem Verlies schoss und in die Tiefe stürzte.

Cord wagte einen Blick nach unten. Der tosende Abgrund wirkte wie ein Schlund, bereit, jeden zu verschlingen, der den Halt verlor.

Er wusste: Niemals würde er freiwillig springen.

Und doch … vielleicht würde er keine Wahl haben.

Cord riss den Blick von der Tiefe und drehte sich zur Öffnung ins Verlies. Vor ihm lag ein Tunnel, der sich durch die Lichtbarriere fraß – ein rutschiger Schlund aus Metallgittern und rostigen Streben. Am anderen Ende standen Arbeiter der Tagschicht, ihre Gesichter angespannt vor Ungeduld.

»Macht schon, verdammt!«, rief einer. »Öffnet das Tor und lasst uns endlich hier raus!«

Die Gitter waren nur von außen zu entriegeln. Kaar riss einen Hebel nach unten. Ein Knacken hallte durch den Tunnel, dann sprangen die Riegel zurück. Kaum hatte sich das Tor einen Spalt geöffnet, drängten die Arbeiter hindurch. Hinter ihnen fiel das Gitter krachend ins Schloss.

Routiniert griffen sie nach den Sicherungsleinen, die an der Tunnelwand entlangliefen. Ein Mann verlor den Halt. Die Strömung riss ihn gnadenlos mit und schleuderte ihn gegen das Außengitter. Ein dumpfer Aufprall – ein schmerzerfülltes Stöhnen. Doch statt zu helfen, lachten Kaar und Worhan schallend über sein Missgeschick.

Nachdem auch die anderen Arbeiter der Tagschicht das äußere Tor erreicht hatten, öffnete Kaar es.

»Los rein mit euch!«, befahl er. »Packt das Seil und zieht euch durch. Aber erst, wenn das Außengitter zu ist! Na los, worauf wartet ihr?«

Cord legte die Finger um das schlüpfrige Seil, atmete tief durch und trat in den Tunnel.

Der Wasserstrom traf ihn mit Wucht. Sofort zog ihm die Strömung den Boden unter den Füßen weg, seine Beine verloren den Halt, und er wurde waagerecht in die tosende Flut gerissen. Der Sack an seinem Gürtel blähte sich auf wie ein Segel im Wind, zerrte an ihm, als wollte er ihn mitreißen.

Fauliges Wasser schlug ihm ins Gesicht, brannte in Nase und Lunge. Er rutschte am Seil ab, seine Finger fanden keinen Halt auf dem glitschigen Material. Ein falscher Griff – und er würde wie der Arbeiter vor ihm gegen das Außengitter krachen.

Es war nicht die Strömung, die ihn zerreißen würde, es war die Angst, die in seinen Fingern saß.

Er spürte Kaars und Worhans lauernde Blicke. Beide warteten auf sein Versagen.

Mit zusammengebissenen Zähnen kämpfte Cord sich voran. Jeder Zug am Seil war eine Qual, seine Muskeln brannten vor Anstrengung. Stück für Stück näherte er sich dem inneren Gitter, das wie eine ferne Rettungsinsel vor ihm auftauchte.

Seine Hände suchten nach den Stäben. Er krallte sich daran fest und zog sich mühsam zum Rand des Tunnels, wo die Strömung schwächer war, und harrte dort aus, bis alle das Ziel erreicht hatten.

»Entriegelt das Tor!«, donnerte Kaars Stimme.

Ein metallisches Klicken ertönte, dann das Kreischen der Rolle, als Worhan das Tor langsam aufzog.

Cord zwängte sich durch den Spalt und stolperte auf die Treppe zum Ufer. Auf wackligen Beinen schleppte er sich zum Treffpunkt der Arbeiter. Mit zitternden Fingern strich er sich das nasse Haar aus der Stirn. Seine Kleidung klatschte schwer an ihm herab.

Er war drin.

## Kapitel 34

Die Barriere ließ den Nebel erglühen. In roten Schwaden waberte er durch die Gefängnisstadt und versperrte die Sicht. Die Luft war dick und schwer und klebte an Cords Haut wie ein feuchtes Tuch.

Cord lauschte.

Zuerst hatte er das Geräusch für Wind gehalten. Doch je länger er hinhörte, desto klarer wurde ihm, dass es kein bloßes Heulen der Luft war.

Es klang anders.

Ein Chor aus tausend Stimmen – ein Wimmern, ein Weinen, ein gequältes Klagen, das aus den Schatten der Gefängnisstadt drang.

Der Nebel lichtete sich am gegenüberliegenden Ufer – und das Grauen begann.

Die Arbeiterin der Tagschicht, jene, die beim Schmuggeln erwischt worden war, hing an einem Metallkreuz. Ihr nackter Körper war mit blutenden Schnitten überzogen.

Doch der Schrecken endete nicht dort. Aus dem Fluss zu ihren Füßen wuchs ein pulsierendes, ockerfarbenes Geflecht. Wie eine zuckende Ranke tastete es sich an ihr hoch, schlang sich um ihre Glieder, grub sich in ihre Wunden – und schob sich schließlich zwischen ihre Lippen, bis kein Laut mehr entweichen konnte.

Aber ihre Augen blieben offen – weit aufgerissen vor Angst und Schmerz – und suchten den Himmel.

*Oder … suchen sie mich?*

Ein heißer Knoten schnürte ihm die Kehle zu.

»Schau nicht hin.« Raganors Hand legte sich fest auf seine Schulter. »Wir können nichts für sie tun«, sagte er leise. »Das Halkwesen hat sie bereits geholt. Bald wird sie eine *Wiederbeseelte* sein.«

Kaar teilte die Nachtschicht in Gruppen ein und wies ihnen ihre Aufgaben zu.

»Raganor und seine angehenden Knollenhändler folgen mir und Worhan. Worauf wartet ihr? Setzt euch in Bewegung!«

»Wohin gehen wir?«, fragte Raganor misstrauisch.

Kaar grinste schief. »Das fragst du? Bist du nicht gekommen, um dem Prinzen die Ehre zu erweisen? Jetzt ist es so weit.«

Ohne eine weitere Erklärung eilten Kaar und Worhan voraus, die anderen folgten.

Der Weg führte über glitschige Rinnsaale und träge dahinziehende Bäche, in denen das Geflecht des Halkwesens schimmerte. An manchen Stellen war es zu baumartigen Gebilden herangewachsen, deren herabhängende Stränge wie Trauerweiden an einem düsteren Fluss wirkten.

Ein eisiger Stich fuhr Cord durch die Brust, als er ein leises, klagendes Stöhnen hörte – nicht aus der Ferne, sondern direkt neben sich.

Ein menschlicher Arm streckte sich aus einem der Stämme, knochig, mit zuckenden Fingern. Weiter vorne glotzten Augen aus der Rinde eines anderen Baumes, wild umherflackernd, der Mund stumm geöffnet, als wollte er schreien, doch kein Laut entwich.

Cord zwang sich, den Blick stur auf den Pfad zu richten. In seiner Vorstellung hatte das Gefängnis aus finsteren, feuchten Kerkerzellen bestanden. Doch das hier ... das war nicht bloß ein Gefängnis. Das war die *Hölle*.

Plötzlich rief eine helle Kinderstimme: »Hey, ihr da!«

Cord drehte sich um und blieb wie angewurzelt stehen.

Vor ihm wucherte ein pulsierendes Geflecht, in dem verrenkte Gliedmaßen und Köpfe gefangen waren – ein Mann, eine Frau, ein Kind.

»Ja! Du da, Junge!«, flehte das Kind. »Bitte hilf uns!«

»Lauf weiter«, raunte Raganor im Vorbeigehen.

Doch Cords Beine weigerten sich, zu gehorchen. Der Kopf des Mannes hing leblos vornüber, die Frau starrte mit leerem Blick ins Nichts. Nur das Kind regte sich – seine großen Augen flehend auf Cord gerichtet.

»So hilf uns doch«, jammerte es. »Bitte ... ich will meinen Namen nicht vergessen.«

Arnold stand fassungslos neben Cord. »Hätte uns Raganor nicht vorwarnen können? Ich werde diese Bilder nie wieder aus meinem Kopf kriegen.«

Ein scharfer Befehl durchschnitt die stickige Luft: »Was schlagt ihr Knollenhändler da Wurzeln? Weiter!«

Worhan war stehen geblieben und funkelte sie an.

Cord ballte die Fäuste. »Wir müssen ihnen doch irgendwie helfen.«

»Helfen? Ihr müsst helfen?« Worhan lachte rau. Sein Kriegshammer zuckte in seinen Händen. »Ich helfe euch gleich ganz anders.«

»Weiterlaufen!«, zischte Raganor. »Sie sind verloren, wir können nichts tun.«

»Na los«, sagte Sina mit gepresster Stimme. »Wollt ihr unsere Mission gefährden?«

Sie packte Cord und Arnold an den Armen und riss sie mit sich.

»Schon gut!«, rief Raganor eilig. »Wir sind unterwegs.«

»Nimm deine Knollenhändler an die Kandare!«, donnerte Kaar, die Hände an der Axt. »Noch einmal so ein Patzer – und wir schlagen ihnen an Ort und Stelle die Rüben ab.«

Schweigend stapften sie durch die trostlose Landschaft, vorbei an Hunderten Gefangenen.

Je weiter sie vordrangen, desto sicherer war sich Cord: Das Innere des Gefängnisses ließ sich unmöglich mit dem vereinbaren, was er von außen gesehen hatte. Schon dort wirkte Adoria Gaad gewaltig – doch es hätte niemals eine solch endlose Welt in sich bergen können.

*Wie sollen wir hier jemals Kailard finden?*

Raganor stieß Cord an und deutete auf eine Gruppe Gestalten.

Cord runzelte die Stirn. *Na und? Noch ein paar der armen Kreaturen.*

Doch dann fiel ihm auf, sie waren nicht wie die anderen mit dem Geflecht verwachsen, nicht an Ort und Stelle gefesselt. Sie bewegten sich – langsam, schwankend, aber frei. Wie eine Herde streiften sie umher.

»Wiederbeseelte«, murmelte Raganor. »Von Zeit zu Zeit gibt Halk seine Gefangenen frei. Meistens nur ihre Knochen, aber manche lässt es am Leben – oder wie auch immer man diesen Zustand zwischen Leben und Tod nennen will.«

»Warum tut es das?«

Raganor zuckte mit den Schultern.

»Und was passiert mit ihnen?«

»Das, was du siehst. Sie rotten sich in Gruppen zusammen und streifen umher – und suchen nach etwas, das sie nicht mehr finden können.«

»Sind sie gefährlich?«

»Kaum. Die meisten starren dich nur an, als würden sie dich erkennen. Aber sie weichen aus, wenn du ihnen in den Weg trittst.« Ein schiefes Lächeln huschte über Raganors Gesicht. »Einmal fanden wir einen, der konnte sprechen. Erinnerte sich an Bruchstücke seines alten Lebens. Aber er hatte keine Ahnung, wo er war oder was mit ihm geschehen war. Worhan hat ihn zum Ausgang geschleppt und dort in Ketten gelegt.«

»Wieso das?«

»Er wollte ihn testen. Wollte ihn zwingen, sich zu erinnern. Zu begreifen, was aus ihm geworden war.«

»Und? Hat es funktioniert?«

»Vielleicht.« Raganor schnaubte. »Zumindest hat er eines Tages Worhan angegriffen und ihn fast mit seinen Ketten erwürgt. Hätte Kaar nicht eingegriffen, wäre es das Ende für Worhan gewesen.«

»Und was hat Worhan dann getan?«

Raganor sah Cord mit unbewegter Miene an. »Was denkst du wohl?«

Sie erreichten einen flachen, breiten Abschnitt des Kanals, in dem das Halkwesen wie eine gewaltige Würgeschlange aus dem Wasser ragte, die gerade eine Kuhherde verschlungen hatte und nun ihre im Todeskampf strampelnden Opfer verdaute. Der Rücken des Wesens war mit faustgroßen Pusteln übersät, aus denen die kostbaren Knollen herauswuchsen. Unter der Wasseroberfläche zuckten dünne

Verzweigungen, die wie Tentakeln nach Greifbarem tasteten.

»Na, das hat sich doch gelohnt!« Kaar sprang auf das schleimige Wesen. Mit einem präzisen Schnitt trennte er eine Knolle ab, beschnupperte sie prüfend – und biss hinein. Gelber Saft tropfte ihm über die Finger. »Beste Qualität! Los, alles abernten!«

Raganor und Worhan machten sich sofort an die Arbeit.

Cord, Arnold und Sina standen verblüfft daneben.

»Na, sind sich die jungen Knollenhändler zu fein zum Arbeiten?«, donnerte Worhan.

»Schon gut, komm runter«, murmelte Arnold, »Wir sind schon dran.«

Cord griff in den Rucksack, zog ein Messer und setzte es an die pralle Knolle. Kaum berührte seine andere Hand die feuchte, warme Haut, da zuckte die Knolle heftig – und platzte mit einem Schmatzen auf. Ein Maul schoss hervor und schnappte nach seinen Fingern.

Gleichzeitig begann das Wasser zu brodeln, als ob sich etwas Gewaltiges unter der Oberfläche regte.

Ein Tentakel schoss aus der Tiefe hervor, umschlang Cords Handgelenk und zerrte seine Hand dem geifernden Maul entgegen. Cord riss das Messer hoch und hieb auf den Greifarm ein. Der Tentakel zuckte und löste sich – doch der nächste stieß schon hervor und zog ihn runter.

Die Welt versank in einem Strudel aus Dunkelheit und Schmerz.

Hände zerrten ihn hoch, Halk zog ihn hinab. Ein Schlag gegen seinen Rücken. Er schluckte Wasser, kämpfte, ruderte mit den Armen.

Ein heftiger Ruck – und plötzlich lag er im Uferschlamm, spuckte Wasser, hustete, keuchte.

Über ihm spannte sich ein roter Himmel, düster und still wie eine blutige Decke.

Es war still.

Sina, Arnold und Raganor knieten um ihn. Sie hielten seine Hand, stützten seinen Kopf.

Arnolds Gesicht war eine Mischung aus Schock und Erleichterung. Schließlich zog sich ein verschmitztes Grinsen über seine Lippen. »Ich glaub, es kann dich nicht leiden.«

Cord spuckte Wasser aus und setzte sich auf. »Dann überlass ich euch das Knollengeschäft.«

Er erwartete einen wütenden Ausbruch von Kaar oder Worhan, doch die beiden sahen sich nur an. Kaar zögerte einen Moment, dann schulterte er sein Gepäck. »Weitermarschieren!«

Das Halkwesen verfiel erneut in seine träge, dumpfe Starre.

Doch weiter hinten, verborgen im Dunst, standen die Wiederbeseelten.

Und sie starrten Cord an.

Kaar klopfte auf den bleichen Schädel eines Skeletts, das in einem vertrockneten Geflecht des Halkwesens steckte. Ringsum lagen Tote, verstreut wie achtlos weggeworfene Puppen.

»Du bekommst Besuch, mein Prinz.« Kaar lachte. »Mein dämlicher Neffe besteht darauf, dir Gesellschaft zu leisten.«

Raganor starrte auf das Skelett – und auf die Überreste der anderen. Trotz der Verwesung erkannte er sie.

Er kannte sie alle.

»Deine Freunde haben Prinz Areth bereits die letzte Ehre erwiesen.« Kaar breitete die Arme aus, als wäre er ein Gastgeber, der seine Gäste vorstellte. Einer nach dem anderen deutete er auf die Leichen und nannte ihre Namen.

Die Namen derer, mit denen Raganor einst Seite an Seite gestanden hatte.

»Du hast sie alle getötet?« Seine Stimme überschlug sich. »Jeden Einzelnen?«

»Dazu wäre es nicht gekommen, wenn wir uns nicht dem Befehl des Sturmjägers widersetzt hätten.«

Kaar seufzte. »Ich war ein verdammter Hornochse, weil ich mich von dir hab überreden lassen. Wir hätten den Prinzen sofort erledigen sollen. Es hätte ihn vor diesen Qualen bewahrt.« Er tippte gegen das leere Auge des Totenschädels. »Und die anderen würden noch leben.«

Er beugte sich zu Raganor, seine Stimme wurde gefährlich leise. »Für all das hier trägst ausschließlich *du* die Verantwortung.«

Raganor taumelte zurück. »Ich?« Er riss die Arme hoch. »*Du* hast sie abgeschlachtet! Du und dein Kettenhund Worhan!«

Kaars Augen blitzten auf. »Junge, du begreifst gar nichts.« Seine

Stimme schwoll an, bebte vor Zorn. »Du kannst dir nicht vorstellen, was es heißt, Verantwortung für einen Clan zu tragen! Ihn vor den Soldaten, der Obrigkeit, den Banditen und all dem anderen Dreck zu schützen! Die Sturmjäger dürfen niemals erfahren, dass wir ihren Befehl missachtet haben. Je weniger davon wissen, desto sicherer lebt unser Clan.«

Raganor schluckte hart – als ahnte er, was nun kommen würde.

Kaar fuhr sich fahrig mit beiden Händen durch die Haare. »Warum verdammt? Warum musstest du zurückkommen?« Er schüttelte den Kopf, als würde er mit sich ringen. Dann hob er seine Streitaxt.

»Du hast dir das hier selbst eingebrockt.«

Er schritt auf seinen Neffen zu.

Raganors Finger öffneten sich – und der schwarze Zwilling fiel.

Cord beobachtete, wie das Geschöpf am Boden landete. Das nervöse Zucken des Wesens ließ Ekel in ihm aufsteigen.

Er wich zurück.

Der winzige Leib entfaltete sich, bäumte sich auf – und schoss in unnatürlich schnellem Sprung auf Kaar zu.

Gleichzeitig entdeckte Cord den zweiten Zwilling – an Raganors Nacken geheftet.

Kaar riss die Augen auf – und schrie.

Der schwarze Zwilling hatte sich ihm bis tief ins Rückenmark gebohrt.

Kaars Hände fuhren hektisch zum Hals, suchten, rissen, kratzten. Doch im nächsten Augenblick froren alle Bewegungen ein.

Er stand da wie eine Puppe. Der schwarze Zwilling hatte die Kontrolle übernommen.

Für einen Augenblick sah Worhan seinen Kameraden verständnislos an. Dann schwang er den Kriegshammer und stürzte sich auf Raganor, der vollkommen darin vertieft war, Kaar seinen Willen aufzuzwingen.

Cord reagierte blitzschnell. Er riss eine rostige, schartige Schaufel aus dem Haufen am Boden und schleuderte sie zwischen Worhans Beine.

Der Hüne stolperte, verlor das Gleichgewicht und stürzte auf die Knie.

Cord zog seinen Dolch. »Liegen bleiben!«

Worhan stemmte sich keuchend hoch, sah Cord herablassend an und lachte. »Was willst du mit dem Zahnstocher?«

Cord richtete die Waffe auf ihn. »Ich sagte, du sollst unten bleiben.«

Worhan zog ein langes Messer aus seinem Gürtel – doppelt so groß wie Cords Klinge. Seine Lippen verzogen sich zu einem dreckigen Grinsen. »Ein Messerkampf? Ist es das, was du willst? Kannst du haben.«

Kaar trat ihm in den Weg, ruckartig wie an unsichtbaren Fäden gezogen. Seine Hände griffen in die Klinge – fest, verzweifelt. Dunkles Blut spritzte Worhan ins Gesicht.

»Verflucht, was tust du?« Worhan riss an seiner Waffe, doch Kaar hielt sie mit einer irren Entschlossenheit fest.

Dann schien er zu begreifen. Sein Blick flog zu Raganor, der noch immer mit schweißnasser Stirn den Willen seines Onkels lenkte.

Worhan knurrte, riss ein winziges Messer aus einer Halterung an seinem Hals und sprang hinter Kaar. Mit einer einzigen, schnellen Bewegung trennte er den schwarzen Zwilling von dessen Nacken.

Kaars Körper sackte zusammen. Er wäre gefallen, hätte Worhan ihn nicht aufgefangen. Für einen Moment waren die beiden wie ein altes, wackliges Ehepaar, das sich gegenseitig stützte, um auf den Beinen zu bleiben.

Cord senkte den Dolch und sprach zu seinen Freunden: »Wir gehen.«

Doch Kaar schüttelte den Kopf. »Dafür ist es zu spät.«

»Nein, ist es nicht. Wir trennen uns hier. Wir verlassen das Verlies – ohne euch. Und wir werden nie wieder nach Adoria Gaad zurückkehren.«

Kaars Augen verengten sich zu Schlitzen. »Das hatte Raganor ebenfalls zugesichert. Er hätte sich besser daran halten sollen. Und ihr hättet ihm nicht folgen dürfen.«

Er packte den Griff seines Messers und schwankte auf Cord zu.

»Nein.« Worhan hielt ihn zurück. »Das übernehme ich.«

Er hob den Kriegshammer, rollte seine Schultern und trat vor.

Cord vernahm es sofort – die Schwingung des Dolchs. Elektrische Entladungen zuckten über die Klinge. Es war, als wüsste die Waffe selbst, was zu tun war.

»Worhan, keinen Schritt näher.« Cord spannte die Muskeln, zielte direkt auf ihn.

Doch Worhan lachte nur hämisch, stapfte weiter.

Es war nicht die Klinge, die Cord lähmte. Es war die Angst, die in seinem Arm saß.

Er dachte an die Frau des Schrats. An den Moment, als er versehentlich geschossen hatte.

Worhan holte mit dem Hammer aus.

Cord feuerte – doch nicht auf Worhan. Der Blitz raste knapp an ihm vorbei, schoss in einer geraden Linie durch die Dunkelheit – dann schwenkte er abrupt um.

Elgat hatte sein Ziel längst gewählt.

Worhan riss überrascht die Augen auf. Er hatte keine Chance, zu reagieren.

Die Entladung rammte ihm mitten in die Brust. Ein faustgroßes Loch klaffte dort, wo sein Herz gewesen war.

Cord sah hindurch.

Worhan taumelte. Sein Grinsen gefror ihm auf den Lippen. Seine Finger zuckten, als wolle er noch nach der Waffe greifen.

Dann fiel er vornüber – tot, noch bevor er den Boden berührte.

Cord senkte die Waffe.

Er starrte zuerst auf den leblosen Körper zu seinen Füßen, dann auf den Dolch in seiner zitternden Hand – die Hand, die eben ein Leben genommen hatte.

Kaar taumelte, stolperte über den aufgewühlten Boden und sank auf die Knie. Mit rauen, blutverschmierten Fingern zog er Worhans leblose Gestalt an sich, hielt ihn stumm im Arm. Sein schwerer Atem hallte dumpf durch die trostlose Stille.

Eine Ewigkeit verstrich. Dann erhob er sich, das Gesicht leer, als hätte ihn der Schlag mitten ins Mark getroffen.

Schweigend wuchtete er Worhan auf einen der Müllsäcke, befestigte die Riemen mit fahrigen Bewegungen – als wäre er nicht bei der Sache – und warf sich die Schlaufen über die Schultern. Schritt für Schritt schleppte er sich davon, sein Rücken krumm unter der Last.

Zwischen den Nebelschwaden warteten sie – die Wiederbeseelten. Regungslos, als hätten sie die Zeit selbst vergessen. Sie standen da, stumm wie Schatten, ihre leeren Augen auf Cord gerichtet.

Kaar marschierte mitten hindurch, ohne ihnen Beachtung zu schenken. Erst kurz bevor der Nebel ihn verschluckte, hielt er inne und drehte sich um. Sein Blick traf Cord.

Etwas Unergründliches flackerte darin auf – kein Hass, keine Wut. Etwas Tieferes. Etwas, das Cord durchbohrte wie ein Speer.

Dann wandte Kaar sich ab – als hätte er in Cord etwas gesehen, das ihn bis ins Mark erschütterte.

Cord sah ihm nach, bis die Gestalt endgültig im Zwielicht versank.

Er ließ den Dolch fallen.

Und übergab sich.

## Kapitel 35

Raganor stand regungslos vor dem Skelett des Jadeprinzen, während Sina den schwarzen Zwilling vorsichtig von seinem Nacken löste.

»Ich war überzeugt, der Prinz sei noch am Leben«, sagte er und seufzte schwer. »Ich verstehe es nicht. Jede Nacht hörte ich ihn in meinen Träumen. Er rief nach mir, flehte mich an, ihn zu retten. Und jetzt … bin ich hier, doch alles, was von ihm blieb, sind Knochen, Stofffetzen und ein Siegelring.«

Mit einem Ruck öffnete er die starre, zu einer Faust verkrampfte Knochenhand und streifte den Ring vom Finger.

»Keiner hat ihn genommen«, murmelte er. »Weil ein Fluch auf ihm liegt.«

Sina schob sich zwischen ihn und dem Skelett. Ihre Stimme war sanft, doch bestimmt: »Sein Geist wird dich nicht länger heimsuchen. Deine Albträume sind vorbei. Allein dafür hat sich der Weg gelohnt. Jetzt lass uns gehen und Cord und Arnold helfen, ihren Frieden zu finden. Danach kehren wir nach Hause zurück.«

Raganor lachte bitter. »Nach Hause? Und wo soll das sein?«

Er hob den Blick, sah sie eindringlich an. »Es gab eine Zeit, da war mein Zuhause dort, wo du bist. Aber jetzt …«

»Sag es nicht«, unterbrach sie ihn leise und legte ihm einen Finger auf die Lippen. »Es gibt eine Abmachung zwischen Ibnidai und mir. Unsere Stämme …«

»Die Stämme sind mir egal.« Seine Stimme war rau. »Lass uns fortgehen. Nach Alva. Oder zu den Inseln. Irgendwohin, wo das alles keine Rolle mehr spielt.«

»Raganor …«

Er schüttelte den Kopf. »Ich weiß, es liegt nicht an Ibnidai. Sondern an mir.« Er senkte den Blick. »Du willst nicht mit mir …«

Ein Schrei ließ Raganor verstummen.

Ein qualvoller, verzweifelter Schrei.

Er drang aus dem Nebel – aus der Richtung, in die Kaar verschwunden war.

»Leute, was zur Hölle war das?« Arnold fuhr herum, griff instinktiv nach seinem Gepäck – und packte sich Worhans Kriegshammer. »War das Kaar?«

Ein ersticktes Wimmern folgte, dann ein dumpfer Schlag. Dann nichts mehr.

Cord starrte in den Nebel.

Etwas war dort.

Etwas, das Kaar zerrissen hatte.

»Worauf wartest du?« Arnold hob den Dolch vom Boden. »Hier, nimm ihn.«

Cord wich zurück. »Ich will ihn nicht.«

»Was soll das heißen, du willst ihn nicht?« Arnold sah ihn an, als hätte Cord den Verstand verloren. »Bist du bescheuert? Der Dolch ist kein verdammtes Spielzeug, das man einfach wegwirft, weil man keine Lust mehr hat. Er ist eine Waffe. Eine tödliche Waffe. Und wir haben nichts Besseres, um uns gegen das Ding da draußen zu verteidigen!«

Er drückte Cord den Dolch in die Hand.

Kaum hatte Cord die Waffe berührt, begann sie zu beben. Eine kalte, unergründliche Kraft pulsierte in seinem Inneren – als würde der Dolch *ihn* berühren, nicht umgekehrt.

Arnold trat einen Schritt zurück, zog den Hammer fester an sich.

»Ich sag's nur einmal, Leute«, flüsterte er. »Rückzug.«

Die Wiederbeseelten versperrten den Fluchtweg. Hunderte von ihnen hatten sich in einem hufeisenförmigen Halbkreis zusammengeschlossen, glotzten reglos und stumm auf Cord und seine Gefährten.

Raganor schwankte. Fast wäre er gestürzt, hätten Cord und Arnold ihn nicht im letzten Moment gepackt.

»Was ist mit dir?«, rief Sina erschrocken.

»Schwummrig … schwarz vor Augen …«, stöhnte er.

Sina legte ihm die Hand auf die Stirn, ihre Augen weiteten sich. »Du hast Fieber.«

»Glaubst du, du kannst weiterlaufen?«, fragte Cord.

Raganor nickte matt, ließ sich in die Hocke sinken und presste eine Hand gegen die Stirn. »Gleich … nur einen Moment …«

Aber Sinas besorgter Blick verriet Cord, dass es Raganor schlechter ging, als er zugab.

»Wir sind hier nicht sicher«, flüsterte Cord ihr zu.

Sie nickte angespannt. »Gib ihm einen Augenblick. Vielleicht hat ihn der schwarze Zwilling geschwächt.«

Ruckartig hob Arnold die Hand. »Still!«

Ein neues Geräusch schnitt durch das unheimliche Schweigen. Das trockene Rasseln einer schweren Kette, tief dröhnende Schritte, die sich langsam durch den Matsch wühlten – direkt auf sie zu.

Cord kniff die Augen zusammen.

Zwischen den Nebelschwaden leuchtete ein fahles, geisterhaftes Blau. Eine hochgewachsene Silhouette zeichnete sich ab.

Arnolds Griff um den Kriegshammer verhärtete sich. »Es starrt uns an«, flüsterte er. »Ich kann es spüren.«

Plötzlich zerriss ein gellendes Kreischen die Stille. Die Nebelschwaden wirbelten auseinander, als hätte eine unsichtbare Hand sie beiseite gefegt. Aus dem sich lichtenden Dunst trat ein Koloss – dreimal so hoch wie Cord selbst – und türmte sich vor ihm auf.

Mit einem dumpfen Grollen entfaltete die Kreatur ihre mächtigen Schwingen wie gewaltige Segel.

Ein Luftzug traf Cords Gesicht – getragen vom Schwung der Flügel.

Der muskulöse Rumpf des Wesens strotzte vor Kraft. Breite Schultern führten zu zwei massiven Armen, die in scharfen Klauen endeten – Haken, geschaffen zum Töten.

Cord schluckte hart.

An einer dieser Klauen baumelte ein regloser Körper. Kaars zerfetzte Überreste, das Fleisch noch tropfend, blutig und zerrissen.

Der Kopf des Wesens war eine groteske Mischung aus Greifvogel und Mensch. Ein schnabelartiges Maul, ausgekleidet mit Reihen scharfer Zähne. Und Augen – groß wie Suppenteller, die ihn mit unheimlicher Intelligenz fixierten. War das ... ein Grinsen, das die Schnabelwinkel umspielte?

Über die muskulöse Brust der Kreatur wanderte ein hypnotisierendes Lichtspiel. Pulsierende, blau leuchtende Kreismuster flossen wie lebendiges Quecksilber über ihre Haut, beginnend in der Körpermitte, sich ausbreitend zu den Extremitäten – ein Tanz aus Licht und Bewegung, faszinierend und furchteinflößend zugleich.

Ein metallisches Rasseln durchbrach die Stille.

Cord riss den Blick los und sah es erst jetzt: Eine massive Kette war um den Fuß des Wesens geschlungen. Das Metall ächzte unter der Spannung, als die Kreatur daran zerrte.

»Bei den Göttern«, stieß Sina aus. »Ein Cyryg!«

»Guten Abend«, sprach die Kreatur mit tiefer, wohlklingender Stimme. »Bitte verzeiht meine Einmischung in eure Angelegenheiten. Ich hielt es für angebracht, korrigierend einzugreifen. Zu eurem und meinem Wohlbefinden.«

Der Blick des Cyryg glitt bedauernd zu Kaars Überresten. »Strenggenommen hat mir dieser Zeitgenosse mit seinen gelegentlichen Hinrichtungen wenigstens ein wenig Abwechslung in diesen Ort ewiger Langeweile gebracht. Leider war das auf Dauer nicht sehr erquicklich. Und nun, als der unfreundliche Herr mir nichts, dir nichts durch mein Anwesen trampelte, obwohl er genau wusste, wie sehr ich eine solch eklatante Verletzung meiner Privatsphäre verabscheue, nun ja ... da reagierte ich wohl etwas impulsiver, als es meinen gepflegten Umgangsformen geziemt.«

Seine Schwingen zuckten. »Aber glaubt mir, es sieht schlimmer aus, als es sich für ihn angefühlt hat. Und euer Magier war ja auch nicht gerade zimperlich mit dem anderen Halunken.«

»Ich bin kein Magier«, entgegnete Cord.

»Ach nein?« Der Cyryg legte den Kopf schief, sein Schnabel verzog sich zu einem amüsierten Ausdruck. »Hast du nicht eben erst einen Blitz aus der alvischen Klinge geschleudert?«

»Ich wollte ihn nicht töten.«

»Oha! Dann solltest du keine der sieben Klingen von Var führen. Ihnen sagt man einen gewissen Eigensinn nach.«

»Ich hab über ihn hinweg geschossen.«

»Deine Waffe war offenbar der Meinung, dass du den Halunken treffen solltest – oder wolltest.«

Endlich ließ er Kaars Überreste von seinen Klauen gleiten. Der Körper fiel mit einem dumpfen Laut auf den Boden.

»Sag, Magier, würde es dir etwas ausmachen, mir einen kurzen Blick auf die Klinge zu gestatten?«

»Ja, das würde es.«

»Ah, ich verstehe.« Der Cyryg nickte bedächtig. »Fürchtest du dich vor mir … oder vor ihr?«

Cord senkte den Blick auf den Dolch in seiner Hand. Hatte die Waffe Worhan wirklich getötet, weil er es tief in seinem Inneren gewollt hatte? Kälte kroch in seine Glieder.

»Es gibt keinen Grund, sich vor mir zu fürchten.« Der Cyryg stieß einen langen, melancholischen Seufzer aus. »Eine Verkettung unglücklicher Umstände machte mich zu dem, was ich einst bewachte. Ich bin ein loyaler Diener. Von dort oben hatte ich jedes Detail im Blick – bei Nacht und bei Nebel.«

Seine Stimme wurde wehmütig. »Mein Aufenthalt hier sollte nur von kurzer Dauer sein. Doch offenbar geriet mein Fall nach den unglücklichen Verwerfungen im Reich des Jadefürsten in Vergessenheit. Als der Prinz das Nachbargrundstück bezog, hegte ich die Hoffnung, vielleicht den einen oder anderen vergnüglichen Plausch mit meinem neuen Nachbarn zu führen.«

Er schüttelte den Kopf. »Eine herbe Enttäuschung. Der Prinz sprach kein Wort. Im Gegenteil – nach wenigen Tagen verstarb er. Obwohl in diesem Verlies niemand verhungert oder verdurstet. Ohne Ketten wäre es hier gar nicht mal so verdrießlich, wie es scheinen mag. Und dennoch … in kürzester Zeit war er komplett skelettiert.«

Raganor stöhnte und murmelte wirres Zeug in einem unruhigen Schlaf. Sina saß an seiner Seite, strich ihm fürsorglich übers Gesicht und kühlte seine Stirn mit einem feuchten Tuch.

»Ich bleibe bei ihm«, sagte sie leise. »Geht und findet Kailard. Und dann nichts wie raus hier.«

Arnold riss ungläubig die Augen auf. »Und wie genau stellst du dir das vor? Ohne Kaar? Mit einem befreiten Gefangenen und einem bewusstlosen Kameraden?«

Ein diskretes Räuspern ließ sie herumfahren.

»Magier Cord!«, sprach der Cyryg.

Cord blinzelte. »Woher kennst du meinen Namen?«

Der Cyryg hob eine Klaue und verbeugte sich höflich. »Oh, bitte verzeiht. Es war keineswegs meine Absicht, irgendjemanden zu belauschen, doch meine Ohren sind ebenso scharf wie mein Augenlicht. Zufällig nahm ich Notiz davon, dass ihr Meister Kailard aufzusuchen gedenkt.«

Cord trat einen Schritt näher. »Kennst du ihn etwa?«

»Aber selbstverständlich! Ich bin ein hochrangiger Wächter – oder besser gesagt, ich war es.«

»Wo genau finden wir ihn?«

Der Cyryg legte eine Klaue an den Schnabel und neigte den Kopf. »Hm, äußerst schwierige Frage. Wirklich knifflig. Kaum zu beantworten. Nahezu unmöglich.«

Cord schnaubte. »Wieso?«

»Nun, ihr müsst wissen, dass das Verlies nicht statisch ist. Es verändert sich. Manch einer, der eben noch eine wunderbare Aussicht von einer Anhöhe genoss, findet sich plötzlich am Grunde eines finsteren Sees wieder. Wo also Meister Kailard sich jetzt befindet?« Er zuckte mit den Schultern. »Eine überaus heikle Angelegenheit.«

Cord und Arnold tauschten einen frustrierten Blick.

»Aber lasst die Köpfe nicht hängen!« Der Cyryg strahlte sie an. »Denn ich werde euch höchstpersönlich zu ihm führen.«

Arnold verschränkte die Arme. »Klingt ja fabelhaft. Kleines Problem: Du bist angekettet.«

Der Cyryg neigte bedächtig den Kopf und betrachtete die massive Kette um seinen Fuß. »Ja. Hinderlich, nicht wahr?«

Er kratzte sich am Kopf. »Was könnten wir nur dagegen tun? Einen Wächter bestechen? Schwierig. Um Begnadigung bitten – bei wem auch immer? Noch schwieriger. Oder aber ... einen Magier mit einem Blitze schleudernden Dolch um eine kleine Gefälligkeit ersuchen, die, wohlgemerkt, ausschließlich zu seinem Vorteil gereichen würde?«

Sina sprang auf. »Cord!« Ihre Stimme war scharf. »Denk nicht mal daran! Das ist ein Cyryg. Wir können ihm nicht trauen.«

Der Cyryg setzte eine empörte Miene auf. »Aber, meine Dame! Ich bin durch und durch ehrenhaft und nur durch die Verleumdung eines ehemaligen Geschäftspartners in diese unglückliche Lage versetzt worden.«

Er verbeugte sich mit einer galanten Geste. »Darf ich mich vorstellen? Man nennt mich Takmakwon Takir Ratan. Der letzte Cyryg Dradoras. Möglicherweise. Wenn es euch beliebt, nennt mich schlicht Tak.«

»Klar, Tak«, sagte Arnold. »Alles andere krieg ich eh nicht mehr zusammen.«

Der Cyryg schenkte ihm ein wohlwollendes Lächeln.

Cord seufzte und warf einen Blick auf Raganor, der zitternd auf dem Boden lag. »Sina! Wie sollen Arnie und ich ohne Hilfe jemals Kailard finden?«

»Dann ziehen eben wir beide los«, sagte sie. »Und Arnold wacht bei Raganor.«

»Auf keinen Fall!«, protestierte Arnold. »Ich bleib nicht allein zurück. Cords Dolch ist unser einziger Schutz.« Er schlug die Hände über den Kopf. »Verdammt! Es ist aussichtslos. Wir werden Kailard niemals finden. Und was geschieht, wenn wir wieder über das verfluchte Halkwesen steigen müssen? Und überhaupt, woran sollen wir diesen Kailard erkennen? Selbst wenn wir ihn finden, wie sollen wir ihn und Raganor zum Ausgang schleppen? Und was sagen die anderen Arbeiter und die Wachen, wenn wir ohne Kaar und Worhan zurückkehren? Sollen wir etwa alle den Wasserfall runterspringen?«

Sina erhob sich und sah ihm direkt in die Augen. »Ja! Wenn das unsere einzige Chance ist, dann tun wir genau das.«

»Meine Dame«, unterbrach der Cyryg mit melodischer Stimme. »Das muss nicht eure einzige Chance bleiben, solange es jemanden gibt, der euch zum guten, alten Kailard führt und euch anschließend aus diesem ungemütlichen Ort befreit.«

Sina verschränkte die Arme. »Du? Und wie genau willst du das bewerkstelligen?«

Der Cyryg streckte einen gewaltigen Flügel senkrecht nach oben. »Ich werde uns ausfliegen. Zugegeben, das könnte mit geringfügigen Unannehmlichkeiten verbunden sein, aber wenn die Freiheit winkt ...«

»Was?«, kreischte Arnold. »Wir sollen auf dem Ding reiten?«

»Ich bin kein Ding«, entgegnete Tak empört, »sondern ein ehrenwerter Cyryg, der schon mehr als einmal den Wall überwunden hat. In großer Höhe nimmt die Stärke der Barriere ab. Mit geeignetem Schutz ist es möglich, durchzubrechen. Natürlich sollte man es mit der Anzahl der Flüge nicht übertreiben.«

Er sah nach oben, als könne er den Himmel durch den Nebel erkennen. »Zu meinen besten Zeiten trug ich einen speziellen Panzer zum Schutz vor der Barriere. Leider steht mir dieser derzeit nicht zur Verfügung – und euch selbstverständlich ebenfalls nicht. Wenn wir jedoch hoch genug steigen und ich einen Wirbel im Strahlenfeld finde, könnten wir mit nur marginalen Blessuren entkommen.«

Arnolds Gesicht verlor jegliche Farbe. »Und was genau verstehst du unter marginalen Blessuren?«

Der Cyryg legte nachdenklich den Kopf schief. »Übelkeit – ziemlich sicher. Verbrennungen – gut möglich. Blindheit – nicht völlig ausgeschlossen. In seltenen Fällen auch der Tod.«

Cord starrte die blau leuchtende Kreatur an, die noch immer an der schweren Kette gesichert war. »Wie können wir dir vertrauen?«

Der Cyryg lächelte und schlug theatralisch eine Kralle gegen seine Brust. »Indem ihr es einfach tut.«

Cord musterte den Dolch. In Lorkmart hatte er bereits einmal Eisenketten gesprengt.

»Tu es«, sagte Arnold. »Es ist zwar Wahnsinn. Aber alles andere ist es auch.«

Cords Blick wechselte zu Sina. Zuerst zeigte sie keine Regung, dann deutete sie ein knappes Nicken an.

Er drehte sich zum Cyryg. »Schwöre! Du wirst uns zu Kailard führen, uns alle aus dem Verlies bringen – und uns anschließend überall hinfliegen, wohin wir wollen.«

Tak brach in kreischendes Gelächter aus. »Entschuldige bitte!« Er schüttelte belustigt den Kopf. »Ich werde euch zur letzten mir bekannten Position von Meister Kailard führen. Ich werde euch aus dem Verlies hinausfliegen. Aber das mit dem anschließend überall hinfliegen, wohin ihr wollt – das ist mir ein bisschen zu viel Flugverkehr.«

»Wie viele Flüge wären denn angemessen?«, fragte Arnold.

Tak schnalzte amüsiert mit dem Schnabel. »Ich sage euch, wie es laufen wird. Sobald ich draußen bin, werde ich zu den heiligen Quellen von Baat reisen. Seitdem ich hier einsitze, verging kein Tag, an dem ich mir nicht vorgestellt habe, wie es wäre, in den heißen und heilenden Seen zu sitzen und den ganzen Unrat von mir zu waschen. Glaubt mir, wenn noch irgendetwas von Meister Kailard übrig sein sollte, dann wird er dort am ehesten genesen.«

Cord nickte. »Schwöre es.«

Tak legte eine Klaue an die Brust und sprach mit feierlicher Stimme: »Magier Cord, vernimm meine Worte. Ich schwöre, dass ich euch und Meister Kailard, wenn er denn noch lebt, zu den heiligen Quellen von Baat fliegen werde, falls du es vermagst, meine Kette zu sprengen. In Baat endet meine Verpflichtung. Dort trennen sich unsere Wege.«

Arnold verdrehte die Augen. »Ich hab das Gefühl, wir sollten uns das schriftlich geben lassen«, flüsterte er.

Cord atmete tief durch und näherte sich der unsichtbaren Grenze, hinter der er in die Reichweite der Kreatur trat, die Kaar zerfetzt hatte.

»Nur zu, Magier Cord. Wir müssen uns schon gegenseitig Vertrauen entgegenbringen, wenn wir uns zu einer Reisegesellschaft mit Gefangenenbefreiung verbünden wollen.«

»Und du wirst dich an unsere Vereinbarung halten?«

Tak nickte bedächtig.

Cords Herz hämmerte.

Er überschritt die Schwelle und richtete die Waffe auf das Schloss der Fußfessel. Sein Arm zitterte. Er erinnerte sich an Worhans leeren Blick, als der Blitz ihn zerrissen hatte.

»Halte ein, warte!«, rief Tak hastig. »Deine Klinge ist Elgat, nicht wahr?«

Cord zögerte, bevor er nickte.

»Entspann dich und atme tief durch«, sagte Tak mit ungewohnter Ernsthaftigkeit. »Wenn du den Blitz abfeuerst, darfst du keinen Groll gegen mich hegen. Elgat könnte das missverstehen.«

»Weil Elgat meinen wahren Willen zu ergründen versucht?«

»Genauso ist es.« Tak blinzelte hastig, seine Schwingen zuckten. »Betrachte mich als Freund, denn das bin ich wahrlich.«

Cord schluckte.

Der Cyryg war eine erschreckende Gestalt, eine tödliche Macht. Doch er zwang sich, die Furcht niederzukämpfen. Als Worhan auf ihn zugestürmt war, hatte ihn Todesangst gepackt. Und genau in diesem Moment hatte er geschossen.

Hatte seine Angst unbewusst das Ziel bestimmt?

Er seufzte.

*Es ist nicht Worhan. Vielleicht ist dieses Wesen ein Verbündeter. Der Einzige, den wir haben.*

Cord klammerte sich an diesen Gedanken. Er durfte keine Angst mehr spüren, kein Zögern, keinen Zweifel – nicht, wenn er wollte, dass Elgat den richtigen Weg wählte.

*Ich brauche diesen Cyryg.*

Er fixierte das Schloss. Atmete tief ein, ließ den Atem sanft durch die Lippen entweichen – und schoss.

Ein krachender Blitz zuckte aus der Klinge, zerschmetterte das Schloss in einem grellen Funkenschauer. Die Kette fiel klirrend zu Boden, ein Ende noch lose an der Fußmanschette.

Tak hielt für einen Moment die Luft an, ließ seinen Blick besorgt zu seinem Fuß gleiten – und atmete erleichtert aus.

Plötzlich stieß er ein triumphierendes Kreischen aus und schleuderte die rostige Manschette mit einer eleganten Bewegung fort, als wäre sie ein lästiges Insekt. Er lachte tief und kehlig, während er die Schwingen ausbreitete. Die Luft bebte, Wirbel zogen durch den Nebel, ließen

Cords Haar flattern und hoben Staub vom Boden.

Cord riss die Arme vors Gesicht, duckte sich und befürchtete, von Klauen gepackt zu werden.

Mit einem einzigen kräftigen Satz stieß sich die Kreatur ab.

Ein gewaltiger Luftzug strich über Cords Rücken.

Der Cyryg schnitt durch die Schwaden und schraubte sich in die Höhe. Dann verschwand er in den tiefen Wolken – als hätte er nie existiert.

## Kapitel 36

»Traue niemals einem Cyryg«, sagte Sina nüchtern.

Cord kam sich vor wie ein Narr. Wie hatte er nur glauben können, diese Kreatur würde sich an seine Worte halten?

Arnold legte ihm eine Hand auf die Schulter. »Immerhin hat er uns nicht abgeschlachtet. Also war es kein schwerer Fehler.«

»Ich bin mir da nicht so sicher.« Sina deutete mit einem kaum wahrnehmbaren Kopfnicken nach vorn.

Die Wiederbeseelten standen nicht mehr nur herum. Sie näherten sich.

»Verflucht! Die sind ja überall«, rief Arnold.

Sie kamen aus allen Richtungen. Hunderte.

Eine eisige Faust traf Cord in die Magengrube.

»Muss eigentlich immer alles noch beschissener werden?« Arnold fuhr sich mit beiden Händen durchs Haar, als könnte er damit das Chaos aus seinem Kopf reißen. »Kann nicht einmal etwas klappen? Nur ein einziges Mal?«

Er schnappte sich Worhans Kriegshammer, trat einen Schritt nach vorn und fletschte die Zähne.

»Na schön, ihr verfluchten Glotzäugigen«, knurrte er. »Dann los.«

Ein Wiederbeseelter, nur mit einem zerfetzten Umhang bekleidet, trat aus der Menge hervor. Sein totenblasser Körper war von eitrigen Wunden übersät, seine leeren Augenhöhlen auf Arnold gerichtet.

»Ich ... war einst ... was du ... jetzt bist«, stammelte er.

Arnold packte den Kriegshammer fester und holte mit voller Wucht aus.

»Nicht«, rief Cord. »Raganor sagte, sie sind harmlos.«

»Harmlos? Hast du jetzt völlig den Verstand verloren?« Arnold ließ sich nicht aufhalten und schlug zu.

Der Wiederbeseelte zerbrach, als bestünde er aus trockenem Pappmaschee. Doch kaum war er gefallen, trat der Nächste hervor. Abgemagert bis auf die Rippen, unbekleidet, die Haut dünn wie Pergament. Und hinter ihm tauchten noch mehr auf – eine endlose, stumme Prozession des Verfalls.

Arnold tobte, schmetterte seine Waffe in die Masse, doch es waren zu viele.

Dicht an dicht drängten sich die Wiederbeseelten um Cord. Sie hielten eine Armlänge Abstand – und starrten ihn an. Ihre leeren Augenhöhlen fixierten ihn mit einer Eindringlichkeit, die ihn frösteln ließ.

Einige erinnerten ihn an halbverhungerte, kranke Menschen – noch am Rande des Lebens. Doch die meisten glichen wandelnden Leichnamen. Ihre Haut war spröde, rissdurchzogen – sie faulte in Fetzen. Maden quollen aus berstenden Wunden. Würmer krochen über verwesendes Fleisch.

Cord wurde übel vom Gestank der Fäulnis.

Plötzlich öffnete sich die Menge. Ein Spalier bildete sich, und eine Frau trat auf ihn zu.

Ihr Kleid hing in Fetzen, doch in den Stoff waren einst Blumenmuster gestickt – eine Erinnerung an ein Leben, das lange vorüber war.

Sie öffnete den Mund. Ihr Kiefer knackte, als hätte er seit Jahren keinen Laut mehr geformt.

»Komm zu Halk«, röchelte sie.

Ihre eiskalten Finger griffen nach Cords Arm – und sofort folgten ihr Dutzende Hände.

Cord riss sich los, doch die Wiederbeseelten ließen nicht locker. Überall langten sie nach ihm, zogen an seinen Armen, hielten seine Kleidung fest.

Er riss den Dolch empor – doch auf so kurze Distanz wäre ein Blitz zu riskant. Stattdessen schlug er mit der Waffe um sich, schnitt durch verrottetes Fleisch, zerteilte ledrige Haut.

Für jeden, den er zu Boden streckte, rückte ein anderer nach.

Aus dem Augenwinkel sah er Arnold, rasend vor Wut, wie er den Hammer schwang. Doch seltsamerweise ignorierten ihn die Wiederbeseelten.

Ebenso wenig interessierten sie sich für Sina, die mit der Lanze versuchte, sich einen Weg zu ihm zu bahnen.

Sie wollten nur *ihn*.

Die Wiederbeseelten hatten ihn zum Kanal getrieben.

Er stolperte ins Wasser.

Sofort schlang sich ein Tentakel des Halkwesens um seinen Fuß und zog ihn unter die Oberfläche. Die Wiederbeseelten ließen von ihm ab, doch nun war er wieder der fremdartigen Kreatur ausgeliefert, die das Verlies durchdrang.

Cord wirbelte in der Strömung. Er hackte den Tentakel mit einem verzweifelten Hieb entzwei – doch kaum hatte er die Oberfläche durchbrochen, schossen zwei weitere Arme aus der Tiefe, wickelten sich um seine Brust und zogen ihn erneut hinab.

Die Dunkelheit verschluckte ihn.

Seine Lungen brannten. Der Druck lastete auf ihm wie eine Faust, die ihn zu zerquetschen drohte. Die Orientierung schwand, die Kraft wich aus seinen Gliedern.

Mit letzter Anstrengung riss er Elgat hoch – feuerte.

Ein Blitz schnitt durchs Wasser, durchbrach die Finsternis. Die Tentakel zuckten zurück.

Die Wasseroberfläche explodierte. Gewaltige Klauen packten ihn – und er spürte für einen Moment die Kraft der Kreatur, die ihn aus den Fluten hob.

Er hustete, spuckte Wasser und sah unter sich Arnold und Sina, umringt von den Wiederbeseelten, deren leere Augen starr auf ihn gerichtet waren.

»Bei den Göttern«, dröhnte Tak. »In was für einen Tumult habt ihr euch nur verwickeln lassen?«

Der Cyryg setzte Cord neben Raganor ab, der regungslos auf dem Boden lag. Dann stellte er sich zwischen die Gruppe und die wieder vorrückenden Wiederbeseelten.

»Wer ausgeflogen werden will, möge sich an mir festhalten«, rief Tak. »Um euren kränkelnden Gefährten kümmere ich mich.«

Sina und Arnold brachen durch die Reihen der Angreifer.

»An ihm festhalten?« Arnold blickte skeptisch auf Taks gewaltigen Rücken. »Wie genau meint er das?«

»Mach schon!«, rief Sina und kletterte auf den Cyryg.

Cord folgte ihr.

Arnolds Blick sprang zwischen dem wogenden Meer aus toten Augen und dem imposanten Geschöpf. »Wir werden abstürzen! Aber wann fliegt man schon mal auf etwas wie einem Greif?«

Mit einem Seufzen warf er sich den Kriegshammer über die Schulter, griff nach Cords ausgestreckter Hand und ließ sich hochziehen.

Tak sprang zu Raganor, packte ihn – und mit einem gewaltigen Satz katapultierte er sich in die Lüfte, die Schwingen weit ausgebreitet, sodass der Nebel unter ihnen wie aufgewühlt davonstob.

## Kapitel 37

Arnold schrie, als sich der Cyryg in eine scharfe Kurve legte. Er rutschte zur Seite, glitt über das struppige Fell – und hing plötzlich nur noch an einer Hand. Seine Beine strampelten ins Leere, während der Boden weit unter ihm gähnte.

Cord packte ihn am Handgelenk. »Tak, willst du uns etwa abwerfen?«

»Ach du meine Güte!«, rief der Cyryg über die Schulter. »Es ist eine halbe Ewigkeit her, dass man mir Reisende ohne Fluggeschirr anvertraut hatte.«

Er korrigierte die Fluglage und flog eine weite Kurve.

Mit Cords Hilfe gelang es Arnold, sich wieder auf den Rücken zu ziehen. »Ich wette, deine letzten Mitreisenden haben den Flug nicht überlebt.«

Tak lachte. »Ich versprach niemandem, dass es für Passagiere ohne Fluggeschirr komfortabel wird.«

»Das verlange ich nicht!«, brüllte Arnold. »Mir reicht es völlig, wenn der Flug nicht tödlich endet.«

»Achtung! Ein weiterer Mitreisender steigt zu!«, rief Tak und wuchtete Raganor auf seinen Rücken.

Sina und Cord nahmen Raganor zwischen sich und hielten ihn fest. Sina legte ihm die Hand auf die Stirn und warf Cord einen besorgten Blick zu. »Er wird Medizin brauchen.«

Cord nickte. »Wir kümmern uns um ihn. Und wir werden Tak bitten, uns zu helfen.«

Er hob den Kopf gegen den Flugwind, um mit dem Gesicht nicht das verfilzte Fell des Cyryg zu streifen. Es kratzte an seiner Haut, roch nach altem Leder und Asche. Jetzt verstand er, warum Tak sich so sehr nach einem Bad in den heiligen Quellen sehnte.

Der Wall war nicht mehr zu sehen – egal, wohin Cord blickte. Die Welt öffnete sich in einer Weite, die er sich nicht vorzustellen gewagt hatte.

»Wie hätten wir jemals Kailard finden sollen?«, murmelte er. »Ich hoffe, Tak weiß, wohin er muss.«

Der Wind trug seine Worte davon. Keine Antwort.

Unter ihnen erstreckte sich eine groteske Welt, durchzogen von einem Netz gigantischer Kanäle, als hätten Adern und Nervenstränge das Gestein überwuchert. Ausläufer des Halkwesens wuchsen über alles hinweg, pulsierend, atmend, lebendig – ein gewaltiger Organismus, der sich an seinen Gefangenen labte. Hunderttausende. Vielleicht noch viel mehr.

Cord konnte kaum begreifen, was er sah. Woher kamen all diese Menschen? Wie viele Schicksale waren hier begraben, verschlungen, vergessen? Was für ein Wesen war das, das sich aus fremden Leben nährte?

Er entdeckte ein brodelndes Schlammbecken, über dem sich gewaltige Räder drehten. Doch wo bei einem Riesenrad auf dem Jahrmarkt Gondeln hängen, hingen hier Menschen an Ketten – blutverkrustet, aufgerissen, wie schlaffe Lumpen im heißen Dunst. Mit jeder Umdrehung tauchten sie schreiend in den Schlamm, nur um brüllend wieder aufzutauchen. Bis ihre Stimmen brüchig wurden.

Am liebsten hätte sich Cord die Ohren zugehalten. Doch seine Hände klammerten sich an das zottige Fell. In diesem Moment spürte er, wie klein er war. Wie hilflos. Wie unbedeutend.

»Alle Mitreisenden mögen sich gut festhalten, denn wir landen sogleich!«, warnte Tak, während er in den Sinkflug überging.

Er steuerte einen dampfenden See an, der inmitten einer kargen Schlucht aus blutroten, schroff aufragenden Felsen lag. Aus den Tiefen des Sees brodelten heiße Fontänen empor und speisten den Fluss, der sich wie eine pulsierende Ader durch das Verlies zog. Am Ufer glitzerten schwefelgelbe Kristalle. Ockerfarbene Verästelungen der allgegenwärtigen, unheimlichen Lebensform durchzogen das flache Gewässer wie ein gigantischer Schleimpilz. Dieser Teil des Verlieses wirkte leblos, als hätte sich das Halkwesen hier sattgefressen. Keine Spur von Gefangenen.

Tak zog weite Kreise über dem Gebiet, flog tiefer, stieg wieder auf.

Cord vermutete, dass er nach einem Anhaltspunkt für Kailards Versteck suchte.

Arnold stöhnte. »Noch so eine Kurve und ich übergebe mich. Was will er überhaupt in dieser Ödnis?«

»Magier Cord«, säuselte Tak, »dein Gehilfe mag noch so vertraulich tuscheln – ich verstehe jedes seiner Worte. Richte ihm aus, dass ich nach dem Zugang zu Kailards Grotte suche. Ich erwähnte bereits, dass die Landschaft einem ständigen Wandel unterliegt.«

Arnold verzog das Gesicht, als hätte er in etwas Bitteres gebissen.

Cord wusste, dass Taks Worte ihre beabsichtigte Wirkung erzielt hatten. Ein Gehilfe Cords zu sein, war das Letzte, was Arnold sein wollte.

Tak setzte zur Landung an und glitt sanft auf einen schmalen Basaltstrand einer kleinen Insel im See hinab, der mit fremdartigen Kristallen übersät war. Mit einem Flügel deutete er auf eine dunkle Felsspalte, in die sich ein dicker Strang des Halkwesens zog.

»Beginnt eure Suche dort. Ich halte es für wahrscheinlich, dass euer Ziel an diesem Ort liegt.«

»Und wenn nicht?«, fragte Arnold misstrauisch.

»Ich habe eine weitere Stelle im Sinn, die in Frage kommen könnte und für uns erreichbar sein sollte.«

»Ein Chef-Wächter müsste eigentlich wissen, wo sich seine Gefangenen aufhalten«, brummte Arnold.

»Ich vermute ihn hier. Als ich Meister Kailard zuletzt einen Besuch abstattete, lag sein Anwesen auf einer Anhöhe. Seitdem ist das Gelände abgesackt. Wenn ihr Glück habt und Halk ihn nach all der Zeit des Verhörs noch immer nicht erlöst haben sollte, befindet sich Kailard in einer Grotte oberhalb des Wasserspiegels.«

Cord ließ sich vom Rücken des Cyryg gleiten und landete auf dem knirschenden Lavakies. Arnold folgte ihm. Die Basaltsteinchen klirrten unter ihren Stiefeln.

»Woran erkennen wir Kailard?«, fragte Cord.

»Anhand seiner Inschrift. Sein Name und sein Vergehen sind in einen Kristall eingraviert ... so wie alles andere auch.«

Er hob den Kopf und sprach in feierlichem Ton: »*Kailard – Hochverrat am Volk Dradoras.*«

»Du wirst es nicht entziffern können«, sagte Sina. »Daher werde ich mitkommen.«

Tak musterte Cord von Kopf bis Fuß. »Sag, mein Freund – bist du nicht des Lesens mächtig?« Er hob die Flügel wie zum Schutz gegen eine peinliche Wahrheit. »Du musst dich nicht schämen. Ich kenne viele Analphabeten. Aber ein Magier? Das ist mir bisher nicht untergekommen.«

»Ich bin kein Magier. Arnold und ich sind nicht von hier.«

»Sie kommen aus Mir«, ergänzte Sina.

Tak hob eine Augenbraue. »Aha, ich verstehe ... gar nichts. Aber ihr müsst mir unbedingt alles von Anfang an erzählen, wenn wir unsere Reise fortsetzen. Wohlan, worauf wartet ihr? Holt euch Kailard und dann nichts wie weg, bevor die Horden der Wiederbeseelten anrücken.«

»Was? Die können schwimmen?«, fragte Arnold entsetzt.

»Die meisten nicht. Aber sie lassen sich treiben oder wandern über den Grund. Und die wenigen, die schwimmen können ...« Tak senkte die Stimme. »Die sind anders. Sie kämpfen. Sie sind das, was man als die Leibgarde des Halkwesens bezeichnen könnte.«

Cord und Arnold hatten Raganor in seinen Umhang gewickelt und ihn behutsam an eine trockene Stelle des Ufers gelegt.

»Arnold«, befahl Sina, »du kümmerst dich um Raganor, während Cord und ich Kailard holen.«

»Was? Wieso soll ich hierbleiben? Ich komme mit euch.«

»Jemand muss bei Raganor bleiben.« Sie warf einen verstohlenen Blick in Taks Richtung.

»Ich habe verstanden, junge Dame«, sagte der Cyryg. »Wenn es euch lieber ist, werde ich ein paar Runden drehen. Es liegt mir fern, irgendjemandem zur Last zu fallen. Außerdem bietet sich möglicherweise die Gelegenheit, mich von demjenigen zu verabschieden, der maßgeblich für meine Inhaftierung verantwortlich war. Ach ja, und denkt daran, Schlamm zu sammeln. Den braucht ihr für den Flug durch die Barriere.«

Mit diesen Worten machte er kehrt und erhob sich in die Lüfte.

»Ich glaub, wir haben ihn gekränkt«, sagte Arnold und blickte in den Himmel. »Ob er wiederkommt?«

»Das wird er«, entgegnete Cord. »Und bis dahin müssen wir Kailard gefunden haben. Ich hab keine Lust auf die Krieger des Halkwesens zu treffen.«

Arnold stellte den Kriegshammer vor sich in den Staub. »Ach, ihr werdet staunen, wozu Worhans Hämmerchen taugt.«

Cord und Sina traten durch den Spalt in der Felswand.

Der schimmernde Strang des Halkwesens wand sich wie eine lebendige Leuchtader durch einen schmalen, gewundenen Tunnel und tauchte ihn in fahles Licht.

Cord hielt sich am Rand, um eine Berührung mit dem fremdartigen Gewebe zu vermeiden, während Sina unbekümmert über die Verästelungen hinwegstieg.

Der Gang wurde breiter, die Stränge wucherten an Wänden und Decke empor und formten schließlich einen geschlossenen Schlauch.

Cord blieb stehen. Wollte er weiter, musste er das Wesen betreten.

Er zog den Dolch, zögerte – und setzte einen Stiefel auf das leuchtende Material.

Für einen Moment vibrierte es schwach unter seiner Sohle, als würde es ihn begrüßen.

Ein weiterer Schritt. Kein Widerstand, kein Zucken.

Vorsichtig trat er weiter in die röhrenförmige Passage, ohne den Dolch sinken zu lassen. Jeder Muskel war angespannt, jeder Atemzug flach. Er durfte es nicht an seine Haut lassen. Nicht noch einmal. Nicht nach dem, was geschehen war.

Es fühlte sich an, als kröchen sie in den gurgelnden Schlund eines Ungeheuers.

*Und wenn es eine Falle ist? Wenn das Ding darauf wartet, mich in sich aufzunehmen?*

Cord stellte sich vor, wie das pulsierende Fleisch sie erdrückte. Würde er schnell genug sein, die Waffe einsetzen können – sich und Sina freischneiden?

Sina schien von alldem unberührt. Sie lief voraus, als sei sie auf einem Spaziergang. Als sei es alltäglich, durch die Gefäße eines schaurigen Riesenorganismus zu steigen.

Der Schlauch bog sich um eine Kurve und endete in einer Sackgasse.

»Das darf doch nicht wahr sein«, fluchte Cord. »All die Mühe – und das hier ist das Ende?«

»Warte!« Sina hob die Hand. »Siehst du das?«

Cord trat neben sie.

»Da – die Wand. Sie ist anders.« Sie legte die Hand darauf. »Eine Membran – dünner als der Rest.«

Sie beugte sich vor, schattete mit der Hand ihre Augen ab und presste das Gesicht gegen die glimmende Wand.

»Dahinter ist etwas.«

Sie hatte recht. Die Stelle war heller. Etwas schimmerte jenseits des Gewebes.

Sina zog ihr Messer.

»Du willst es aufschneiden?«, fragte Cord.

»Hast du eine bessere Idee?«

Er schüttelte den Kopf, hob den Dolch und gemeinsam stachen sie zu.

Ihre Klingen schnitten durch das Gewebe.

Einen Herzschlag lang geschah nichts. Dann pulsierte der Schlauch – und Halk erwachte. Der ganze Schlund vibrierte in einem tiefen, körpererschütternden Brummen.

Cord spürte es in den Knochen.

Hastig erweiterten sie die Öffnung und stiegen hindurch.

Cord traute seinen Augen kaum.

Sie standen in einer von Halks Gewebe ausgekleideten Kammer, aus der sich von überallher sehnige Auswüchse reckten und dabei einen überdimensionierten Tropfen Flüssigkeit hielten. In seinem Inneren schwebte eine mumienhafte Gestalt, gekrümmt wie ein Embryo, über eine dicke Nabelschnur mit der Kammer verbunden. Hunderte schwarze, molchartige Kreaturen wuselten um sie herum und knabberten wie Putzerfische an der Haut.

»Ist er das?«, rief Cord gegen das Dröhnen.

Sina sah sich um und zuckte mit den Schultern. Keine Inschrift, kein Kristall weit und breit – nichts, das eine Identität verriet.

Sie richtete ihre Lanze auf die Nabelschnur.

Cord zögerte. War das wirklich Kailard? Wenn nicht, setzten sie womöglich etwas frei, das besser gefangen blieb. Doch wenn er es war …

Keine Inschrift. Kein Beweis. Nur diese Gestalt.

*Wir müssen es riskieren.*

Cord betastete die Oberfläche der Flüssigkeit, tauchte ein Fingerglied ein.

Sofort stürzten sich die Molche auf ihn, bissen sich fest.

Ein brennender Schmerz.

Fluchend riss er die Hand zurück und streifte die Biester ab. Dann hob er den Dolch.

Sina nickte ihm zu.

Gemeinsam tauchten sie ihre Waffen in die Flüssigkeit, legten sie an die Nabelschnur an.

Sie war zäh, elastisch, knorpelig.

Cord schnitt, Sina stach – vergeblich. Die Schnur widerstand.

Das Brummen schwoll zu einem Dröhnen an. Der Tropfen pulsierte, Wellen tanzten über seine Oberfläche. Weiße Fangfäden sprossen aus den Wänden, tasteten nach den Angreifern. Ein Tentakel wuchs von der Decke herab und schlug blind um sich.

Halk setzte zur Gegenwehr an.

Cord atmete tief ein – und sprang in das Sekret.

Die Molche attackierten sofort. Sie stachen, bissen, krochen über sein Gesicht, brannten sich in seine Lider.

Taumelnd stieß er vor, entdeckte die schrumpelige Gestalt direkt vor sich.

Sie starrte ihn an. Mit einem weit geöffneten Auge, unversehrt. Als hätte es nie aufgehört zu sehen.

Cord packte die Nabelschnur und zog Elgat durch das zähe Band. Die Klinge glitt wie von selbst hindurch und trennte die mumienhafte Gestalt vom Halkwesen.

Die Blase barst.

Cord wurde gegen die Kammerwand geschleudert.

Flüssigkeit schlug über ihm zusammen. Fangfäden schnitten in seine Haut. Tentakel rissen an seinen Beinen – tasteten nach der Mumie.

Sina rief etwas, das im Lärm unterging. Ihre Klinge blitzte auf. Sie zerschnitt die Fäden an Cords Waffenarm, stieß die Mumie mit dem Fuß vom Tentakel weg.

Cord rammte Elgat in das pulsierende Gewebe an der Wand.

Es wölbte sich, spannte sich – und platzte auf wie eine reife Frucht. Dahinter kam blanker Fels zum Vorschein.

Er schlug erneut zu, befreite sich von den letzten Fäden, packte die Mumie am Nabelstrang und rannte los.

Sina stürmte voran.

Gemeinsam hetzten sie durch den bebenden Schlauch, dem Ausgang entgegen – und zerrten die Mumie ans Licht.

## Kapitel 38

Der See versank im Chaos. Wie entfesselt peitschte das Halkwesen mit seinen Tentakeln das Wasser zu schäumenden Bergen auf. Jeder Hieb ließ den Boden erbeben. Ein dumpfes, grollendes Zittern, als würde das ganze Verlies zerbrechen.

Mit einem Donnerschlag barst die Mitte des Sees. Eine kochende Wassersäule schoss gen Himmel, durchbohrte die tief hängenden Wolken und tauchte sie in ein grelles, fauliges Schwefelgelb. Der Gestank nach faulen Eiern lag schwer in der Luft, trieb Tränen in die Augen und raubte den Atem.

Am gegenüberliegenden Ufer erhob sich ein Grauen. Hunderte Wiederbeseelte, bleich und halbverfallen, setzten sich in Bewegung. Lautlos marschierten sie in den aufgewühlten See. Einige wateten mit übermenschlicher Kraft durch die Fluten, andere ließen sich treiben.

Arnold stemmte sich mit Worhans Kriegshammer gegen die heranrollende Welle aus Leibern. Das Knacken der brechenden Knochen, das Splittern der Schädel, das Tosen des Wassers – alles fügte sich zu einer einzigen, grauenhaften Symphonie des Untergangs.

Raganor, der eben noch fiebernd gelegen hatte, riss die Augen auf. Als hätte ihn der Lärm geweckt – oder etwas Tieferes. Desorientiert zog er ein rostiges Schwert aus dem Schlamm. Torkelnd erhob er sich und stürzte sich ins Getümmel. Seine Schläge waren fahrig, aber treffsicher. Glieder und Fetzen wirbelten durch die Luft.

Ein Wiederbeseelter sprang Arnold an, umklammerte ihn mit ledrigen Gliedern und riss ihn zu Boden.

Cord ließ Kailards Mumie fallen, riss Elgat hoch und schlug in den Schädel des Angreifers.

Die Klinge vibrierte, begann in seiner Hand zu leben – als würde das Gemetzel sie nähren.

Cord schleuderte einen Blitz in einen Wiederbeseelten, der gerade aus dem Wasser kroch.

Dessen Körper zerbarst und verdampfte in der glühenden Entladung.

Zeitgleich rammte Sina einem weiteren Feind die Lanzenspitze in den Hals.

»Wo bleibt Tak?«, rief Cord, den Blick in den düsteren Himmel gerichtet.

Ein gleißender Lichtblitz zerriss das Zwielicht, wie ein Bruch im Gewebe der Dunkelheit, gefolgt von einem berstenden Krachen. Ein Brandpfeil war an der Felswand neben Cord zerschellt. Tausende glühende Funken stoben auseinander, als hätte jemand einen Stern zerschlagen. Kaum war der Widerhall des Einschlags verklungen, zischte ein zweiter Pfeil heran. Fauchend durchschnitt er die Luft und schlug knapp vor dem Ufer zischend ins Wasser.

Dann brach am gegenüberliegenden Ufer die Hölle los.

Eine Salve flammender Pfeile stieg in den Himmel. Ihre Flugbahnen zeichneten ein bizarres, leuchtendes Muster. Rauchschwaden folgten ihnen, verwoben sich zu grotesken Formen unter der Wolkendecke.

Doch nicht das Feuerspektakel ließ Cords Blut gefrieren.

Am Rande der Bäume regte sich etwas. Eine hünenhafte Gestalt trat hervor.

Sturmjäger Xervacs.

Er richtete sich zu voller Größe auf, sein Maul verzog sich zu einem grausamen Grinsen – ein Grinsen, das Cord wie ein Messer schnitt. Eiskalt. Hungrig.

»Zurück!«, brüllte Cord, riss die Mumie an sich und stürmte in den Tunnel.

Sina und Arnold folgten ihm, während Raganor zurückblieb und weiterkämpfte.

Wieder hagelten Pfeile herab. Wie durch ein Wunder verfehlten sie Raganor, schlugen stattdessen in die Reihen der Wiederbeseelten ein. Einer sackte mit durchbohrtem Schädel zusammen, ein anderer brannte lichterloh und holte zu einem wuchtigen Schlag aus, der für Raganor hätte tödlich sein müssen, wenn er zu ihm durchgedrungen wäre.

Doch er prallte ab.

Grün flackernd spannte sich eine Sphäre um Raganor – wie aus dem Nichts erschienen. Er hob die Faust. Am Finger leuchtete der Siegelring des Prinzen, pulsierend im Zentrum des rätselhaften Schutzes. Raganor stellte sich vor den Tunneleingang – fest wie ein Bollwerk – und versperrte den Angreifern den Zutritt.

Eine zweite Salve traf die Sphäre. Glühende Pfeile zischten und verglühten an der unsichtbaren Barriere.

Auf der anderen Seite des Sees verlor Xervacs sein Grinsen.

Mit einem Ruck entfaltete er seinen Gleiter und hob ab.

Tak landete neben Raganor und zermalmte einen Wiederbeseelten. »Aufsteigen! Sofort!«

Raganor ließ die Sphäre verschwinden und gab den Höhlenausgang frei. Alle vier sprangen auf Taks Rücken.

Der Cyryg stieß sich empor.

»Deckung«, brüllte Raganor und breitete erneut den grünen Schild über ihnen aus. Durch das schimmernde Licht sah Cord den Sturmjäger auf seinem Gleiter herabstürzen.

Cord griff nach Elgat, doch er kam nicht mehr dazu, die Waffe zu ziehen.

Eine gewaltige Explosion zerschmetterte Raganors Schild und schleuderte Cord von Taks Rücken.

Der Lärm der Welt verstummte. Alles, was blieb, war ein dumpfes Dröhnen in seinen Ohren.

*Elgat?*

Cord tastete panisch nach dem Dolch.

Ein Stiefel trat auf seine Hand.

Xervacs.

Der Sturmjäger grinste kalt, trat über ihn hinweg und packte Raganor an der Schulter. Er riss die Pranke zum tödlichen Schlag in die Höhe – doch Tak warf sich dazwischen und schleuderte Xervacs ins Wasser.

Cord kroch über den Basalt. Kein Elgat – nur der schwarze Zwilling, der aus seiner Tasche gefallen sein musste.

Der Sturmjäger sprang aus dem Wasser und rammte Tak einen Speer in den Leib. Dann nahm er den am Boden liegenden Raganor ins Visier.

Cord riss den schwarzen Zwilling an sich, zerbrach ihn, sprang dem Sturmjäger in den Rücken – und presste ihm beide Hälften in den Nacken.

Xervacs erstarrte.

Arnold, Sina und Raganor kletterten auf den Rücken des Cyryg.

Xervacs zitterte, hob den Arm. Ruckartig. Unnatürlich.

Cord sprintete los, kletterte auf Tak – und sah im letzten Moment den Dolch. Mit der Spitze im Schlamm – wenige Schritte neben dem Sturmjäger.

Xervacs schüttelte sich, versuchte, den Zwilling an seinem Nacken zu erreichen, den Kurzschluss mit sich selbst zu durchtrennen.

Cord sprang von Tak, rannte am Sturmjäger vorbei, riss Elgat aus dem Boden und hastete zurück.

Kaum hatte er den Rücken des Cyryg erreicht, erhob sich Tak brüllend in die Lüfte.

Aus der Ferne hörte Cord Arnolds Ruf: »Schieß doch endlich! Erschieß das Scheusal!«

Tak flog eine scharfe Kurve.

Xervacs stand noch immer da, das Gesicht verzerrt.

Elgat bebte in Cords Faust. Ein Vibrieren, das bis in seinen Arm fuhr. Heiß, drängend, unaufhaltsam. Als wollte die Klinge selbst den Tod bringen.

Einen Atemzug lang glaubte Cord, er müsse nur noch den Willen der Waffe vollstrecken.

Doch dann brach der Schrecken durch: War er es noch, der die Waffe führte? Oder war es längst die Waffe, die ihn führte?

Die Erkenntnis schnitt schärfer als jede Klinge.

Cord zwang seine Hand nieder. Langsam senkte er den Dolch – gegen das Zittern in seinen Fingern, gegen das Drängen, das sich anfühlte, als würde die Waffe in seinem Kopf sitzen und ihm einflüstern.

Unten hatte sich Xervacs von dem Zwilling befreit. Er blickte zu Cord hinauf – unbeweglich. Kein Gleiter. Keine Verfolgung.

Cord senkte den Dolch.

Er wusste, er würde die vertane Gelegenheit bereuen. Eines Tages.

Aber nicht jetzt.

In diesem Moment war er erleichtert, widerstanden zu haben und den Sturmjäger allmählich unter sich im Nebel verschwinden zu sehen.

## Kapitel 39

Arnold schüttelte den Kopf. »Wieso hast du ihn nicht abgeknallt?«

»Weil dein Meister ein Ehrenmann ist«, rief Tak. »Er schießt niemandem in den Rücken. Auch nicht seinem schlimmsten Feind. Diese Lektion solltest du nun gelernt haben.«

Arnold lief knallrot an. »Er ist nicht mein Meister!«

»Schon gut. Nicht aufregen. Entspannen und Kräfte für den Durchbruch sammeln«, sagte Tak fröhlich.

»Was ist mit deiner Verletzung?«, fragte Cord.

Tak warf einen kurzen Blick auf seine Flanke. »Ach, das? Winzige Schramme. Reine Zierde. Nicht der Rede wert.« Er winkte ab. »Erzählt mir lieber, ob ihr in der Grotte das fandet, was ihr suchtet.«

Sina zögerte. »Wir sind uns nicht sicher. Das, was wir fanden, sieht völlig verschrumpelt aus.«

»Das könnte Meister Kailard sein. Na dann – nichts wie raus hier. Ich hoffe, ihr habt den Schlamm nicht vergessen. Bedeckt eure Köpfe, insbesondere die Augen.«

»Leute«, rief Arnold, »wer hat wohl an den Matsch gedacht?« Er zog triumphierend die Augenbraue hoch, grinste und schob demonstrativ die Hand in seine Knollentasche. »Nicht der große Meister, sondern der gute Arnie – sein sogenannter Gehilfe – hat sich gekümmert, während ihr beide im Tunnel spazieren wart.«

Sie flogen höher und durchbrachen die Nebeldecke. Die Barriere schimmerte um sie herum wie eine leuchtende Kuppel. Von hier aus betrachtet wirkte das Verlies viel kleiner. Dort unten hatte sich die Landschaft endlos angefühlt. Je höher sie stiegen, desto enger zog sich der Wall zusammen. Cord hatte den Eindruck, sie schraubten sich durch einen Kamin aus Licht. Die Luft wurde kühler und dünner. Das Atmen fiel schwer.

Raganor zitterte. »Mit mir stimmt etwas nicht«, murmelte er.

»Dir wird es bald besser gehen«, sagte Sina und strich ihm sanft über die Stirn.

»Nein ... mit der Wirklichkeit stimmt etwas nicht. Es ist, als stünde ich außerhalb von allem – gefangen in einem Traum, aus dem ich nicht aufwachen kann.« Er verdrehte die Augen. Sein Körper bebte.

Sina wurde bleich, klammerte sich an seine Hand und sah ihn erschrocken an.

Mit Raganor geschah etwas Unerklärliches.

Innerhalb der Barriere flackerten transparente Wirbel, die blasse

Löcher in der glühenden Kuppel bildeten, als würde das Licht selbst brüchig, wie eine dünne Schicht Eis, die zu reißen drohte. Sie blinkten auf, verschwanden wieder und zuckten wie geisterhafte Risse im Licht. Kaum sichtbar. Kaum real.

»Wir haben die Wirbelzone erreicht«, rief Tak. »Hier warten wir auf eine Gelegenheit zum Durchbruch. Haltet euch bereit! Augen bedecken! Festklammern! Und betet zu den Göttern, zum goldenen Schiff oder zu dem, was auch immer euch heilig ist!«

Arnold verteilte den Schlamm. »Matsch im Gesicht soll schön machen.«

Sina schloss Raganors Lider und bedeckte seine Augen mit einer dicken Schicht. Anschließend schützte sie sich selbst.

Arnold drehte sich zur Mumie, die zwischen ihm und Cord eingeklemmt war, und drückte ihr eine Portion Schlamm ins Gesicht. »Kann nicht schaden.«

Cord und Arnold sahen sich an, nickten und schmierten sich ebenfalls ein.

Der Flug geriet ins Wanken.

Taks Flügel zuckten. Eine Böe riss sie zur Seite.

Der Wind zerrte an Cord, als wolle er ihn aus der Halterung reißen.

Sina griff nach seiner Hand. Ihre Finger krallten sich in seine, fest, zitternd.

»Jetzt!«, brüllte Tak. Er legte die Flügel an – und stürzte in einen Wirbel der Barriere.

Cord wurde nach vorn geschleudert.

Es war, als zerspränge sein Schädel von innen. Als verbrenne seine Haut, während das Blut in seinen Adern kochte.

Selbst mit geschlossenen Augen blendete ihn gleißendes Licht.

Jemand schrie, und Sinas Hand verkrampfte sich um seine.

Der Cyryg wurde von heftigen Turbulenzen durchgeschüttelt wie ein Spielzeug. Ein Sturm riss sie mit sich.

Cord warf sich über die Mumie und krallte sich in Taks Fell.

Der Cyryg stürzte im freien Fall hinab.

Der Wind ließ nach. Die Schwerelosigkeit verschwand.

*Wir sind durch.*

Cord wischte sich den Schlamm aus dem Gesicht und riss die Augen auf.

Nichts. Alles um ihn herum war schwarz.

Er hörte Arnold würgen. Dann ein nasses, übles Geräusch. Der Gestank trieb ihm selbst die Tränen in die Augen. Sein Kopf dröhnte. Alles brannte.

Und dann – ganz allmählich – kehrte Taks Leuchten zurück. Blaue Ströme unter der Haut, wie pulsierende Adern aus Licht.

Am Himmel schälte sich Haidamars Auge durch die Finsternis.

»Wir sind durch!«, rief Cord. »Wir haben es geschafft!«

»Wenn ihr jetzt noch sehen könnt«, sagte Tak, »dann ist das ein gutes Zeichen. Die heiligen Quellen von Baat werden Verbrennungen und Kopfschmerzen lindern.«

Sina fiel Cord erleichtert um den Hals und küsste ihn auf die Wange.

Cords Knie zitterten.

*Wir leben noch!*

Für einen Herzschlag war das alles, was zählte.

Arnold, dem noch Erbrochenes aus der Nase lief, wollte Cord ebenfalls umarmen.

Cord hob die Hand. »Nimm's mir nicht übel, Arnie. Das sollten wir auf später verschieben.«

Er wischte der Mumie den Schlamm aus dem Gesicht.

Sein Lächeln verlosch.

Denn was darunter zum Vorschein kam, sah nicht nach etwas aus, das auch nur einen Hauch von Leben enthalten konnte.

Der Cyryg landete an einem Gebirgsbach, dessen eisiges Wasser in Kaskaden herabstürzte. Das Rauschen des Windes in den Bäumen vermischte sich mit den Lauten unsichtbarer Tiere im Astwerk.

»Ihr guten Leute«, sprach Tak, »ein Mindestmaß an Körperpflege wäre ratsam – zur Wahrung eurer Würde und zur Freude eurer Mitreisenden.« Er schüttelte seine Passagiere ab, trottete unter den Wasserfall und stimmte ein Lied in einer fremden Sprache an, während aus seiner klaffenden Wunde Blut sickerte.

Sina kümmerte sich um die Mumie, beträufelte sie mit Wasser und reinigte sie. Raganor stieg in den Bach, trank daraus und watete an einer seichten Stelle auf und ab.

Cord und Arnold kühlten ihre Verbrennungen im Bach, säuberten sich und setzten sich am Ufer auf einen umgefallenen Baumstamm.

»Mal ehrlich«, begann Arnold leise und deutete auf die Mumie. »Du glaubst doch nicht im Ernst, dass das unser Kailard ist, der Walter retten wird.«

Cord schüttelte den Kopf. »Nein.«

»Wir hätten weitersuchen sollen.«

»Aber, aber«, rief Tak aus dem Wasserfall, »wer wird denn gleich verzweifeln? Ich für meinen Teil halte ihn für Meister Kailard – und für ziemlich gut in Schuss, gemessen an dem, was ihm widerfahren ist.«

Arnold brach in verzweifeltes Lachen aus, das wie ein Schrei klang. »Gut in Schuss? Das Ding sieht aus wie ein totes Stück Holz!«

»Ob er lebt oder nicht«, sagte Sina, »werden die heiligen Quellen von Baat zeigen.«

»So ist es, meine Herren!« Tak trat triefend aus dem Wasser. »Ich erkenne eine Heilerin, selbst mit halb zugekniffenen Augen.«

Raganor war still. Während die anderen sich säuberten, stand er abseits am Bach und starrte ins Nichts.

Er drehte sich langsam um, als hätte ihn etwas gerufen. Seine Augen wirkten klarer als zuvor – und gleichzeitig fremd.

»Ich muss zur Jade-Burg«, sagte er.

Sina runzelte die Stirn. »Weshalb? Was sollen wir dort?«

»Ich weiß es nicht ... ich spüre es einfach. Es zieht mich dorthin.«

Sina trat zu ihm, strich ihm übers Gesicht. »Du bist frei. Das mit dem Prinzen ist vorbei.«

Raganor schüttelte langsam den Kopf. In seinem Blick lag der Ausdruck des Erkennens einer bitteren Wahrheit. »Er ist in mir.«

Sina wich zurück. »Was meinst du?«

»Oder umgekehrt ... ich bin in ihm.«

»Potz Blitz!«, rief Tak und riss die Augen auf. »Dieser gerissene Schurke.« Er schlug sich mit der Pranke gegen die Stirn. »Dieser schlitzohrige Schlawiner. Und ich hatte schon befürchtet, es lag an mir, dass sich mein Gefängnisnachbar so schnell aus dem Staub gemacht hatte.« Er lachte befreit.

»Was genau findest du daran so lustig?«, fuhr Sina ihn an.

»Na, ist doch klar! Der Prinz hat das getan, was zuletzt seinem Ahn aus alter Zeit gelang. Er hat sich in seinen Siegelring zurückgezogen und darauf gewartet, dass irgendein gutgläubiger Tropf vorbeikommt, der ihn sich ansteckt.«

»Cyryg Tak«, sprach Raganor, »du warst einst Diener der Jadefürsten. Ich bitte dich, mich dorthin zu bringen, bevor ihr nach Baat aufbrecht.«

»Hör auf damit!«, schrie Sina. »Du kommst mit uns. Und wenn irgendetwas in dich gefahren ist, dann holen wir das wieder raus.«

»Das will ich nicht.«

Sina starrte ihn entgeistert an.

»Nun denn«, sprach Tak, »ich könnte deinem Begehr nachkommen.« Er blickte ihn verschmitzt an. »Falls du über einen wie auch immer gearteten Zugang zum Prinzen verfügst, fordere ich meine Begnadigung – und den Erlass sämtlicher Spielschulden.«

Raganor nickte. »Falls es in meiner Macht steht, dann sei dein Wunsch gewährt.«

»Und so fügt sich das eine zum anderen. Ich wusste doch, die Götter würden den letzten Cyryg nicht verlassen.« Tak klatschte in die Pranken.

»Magier Cord, die Reiseroute hat sich geändert. Alle aufsitzen!«

## Kapitel 40

Statthalter Sartur Egdor kauerte am Schreibtisch seines karg eingerichteten Arbeitszimmers in der Jade-Burg und wagte kaum, den an der Wand lehnenden Surrogaten des Eisenfürsten anzusehen.

Obwohl der Statthalter wusste, dass der echte Fürst Skallahat in diesem Moment von Lorkmart aus den künstlichen Körper steuerte, bohrte sich der Blick der nachgebildeten Fratze in sein Herz.

Die meiste Zeit hatte der Surrogat stumm und reglos in einer Ecke gestanden, nur um irgendwann aus heiterem Himmel zu erwachen.

Sartur Egdor mied den Raum und betrat ihn nur, wenn es unbedingt notwendig war – wie in dieser Nacht, in der sich der Fürst angekündigt hatte.

»Weshalb rutschst du auf deinem Stuhl hin und her wie ein Kind, das erwartet, getadelt zu werden? Behagt dir meine Anwesenheit nicht?«

»Keineswegs, mein Fürst. Bitte verzeiht … das Erwachen eures Surrogaten fasziniert mich immer wieder.«

»Missfällt er dir? Rätst du mir, einen Sturmjäger hier zu stationieren und über diesen mit dir zu kommunizieren?«

Sartur zuckte zusammen. »Bloß das nicht, mein Herr. Das ist nicht nötig.«

Der Fürst lachte leise. »Sag das nicht zu laut, du könntest sie kränken – besonders Xervacs.«

Er trat ans Fenster. »Wann taucht der endlich auf?«

»Sturmjäger Xervacs ist nach Adoria Gaad aufgebrochen, mein Herr. Er sollte bald zurück sein.«

Der Fürst hockte sich auf die Schreibtischkante. »Na schön. Für das erste Thema brauchen wir ihn ohnehin nicht.«

Ein kaum wahrnehmbares Zittern ergriff Sarturs Brust. Dies war der Moment, vor dem er sich gefürchtet hatte.

Noch vor einem Jahr hatte man ihn den Architekten von Kalkhafen genannt – den Mann, der das Handelsabkommen mit Alva zustandegebracht hatte. Damals war er stolz gewesen. Sicher und stolz, auf der Seite des Siegers zu stehen.

Skallahat schnippte mit den Fingern. »Lass uns über meine Armee reden, deren Aufbau du mir versprochen hast.«

»Also … mein Herr. Die Ausbildung schreitet voran. Meine Armee, also … ich meine eure Armee – sie zählt bereits zweitausend Krieger. In zwanzig Tagen stehen sie bereit.«

»Zu wenig. Und zu spät.«

Sartur senkte den Blick.

Der Fürst trat hinter den Statthalter und legte eine kühle Hand auf seine Schulter.

»Habt ihr zumindest das spukhafte Heer im Griff?«

»Ja, mein Herr. Alles wie gehabt. Die Wanderer ziehen ziellos umher.

Hält man Abstand, stellen sie keine Bedrohung dar.«

Der Fürst nickte langsam. »Mir ist zu Ohren gekommen, dass sie Horden bilden sollen. Was weißt du darüber?«

»Nichts, aber ich werde die Gelehrten mit einer Untersuchung beauftragen, mein Herr.«

»Ich verlasse mich auf dich. Du bist dafür verantwortlich, dass sie meinen Sturmjägern nicht in die Quere kommen.«

»Selbstverständlich. Ihr könnt auf mich zählen.«

»Wunderbar!« Skallahat klatschte in die Hände. »Dann erwarte ich in zwei Tagen zweitausend Krieger auf dem Eisenkamm. Ausgebildet und einsatzbereit.«

»Ganz wie ihr wünscht, mein Herr.«

Ohne anzuklopfen, riss der Hauptmann der Leibgarde die Tür des Arbeitszimmers auf und stürmte herein. »Ich bitte um Verzeihung. Die spukhaften Heerscharen ...«

Der Statthalter fuhr vom Stuhl hoch. »Wie kannst du es wagen, in dieser Weise hereinzuplatzen und die Unterredung mit dem verehrten Herrn Fürsten zu unterbrechen?«

»Verzeiht – aber das spukhafte Heer formiert sich und marschiert auf die Burg zu.«

Sartur starrte entsetzt den Fürsten an, der nur den Kopf schüttelte und tadelnd den Finger hob.

»Sagte mein Statthalter nicht eben, das spukhafte Heer ziehe ziellos umher und stelle keine Gefahr dar?«

»Lügner!«, brüllte Sartur den Hauptmann an. »Das ist völlig unmöglich!«

»Meine Herren«, sprach der Hauptmann und wies zur Balkontür, »bitte überzeugt euch selbst.«

Mit zitternden Händen stieß Sartur die Balkontür auf. Der kühle Nachtwind traf ihn im Gesicht, doch er spürte ihn kaum – sein Blick klebte an dem Anblick vor ihm.

Eine grünlich schimmernde Wolke waberte vor der Jade-Burg – geboren aus den Tiefen eines Alptraums. Sie pulsierte, atmete, als sei sie lebendig. Für einen Herzschlag lang klammerte sich Sartur an die Hoffnung, es sei nur eine seltene Wettererscheinung.

Doch diese Illusion zerbrach wie dünnes Glas.

Aus dem gespenstischen Nebel schälten sich Gestalten – nicht Hunderte, nicht Tausende, sondern Zehntausende. Das spukhafte Heer, das in der Wüste verstreut sein sollte, stand nun vor den Toren der Burg.

Die Erkenntnis fuhr Sartur in den Magen wie ein Stich. Seine Hoffnung, mit dem Fürsten einen Vorteil auszuhandeln, verglühte im kalten Licht der Wahrheit.

Er schluckte – vergeblich. Seine Kehle zugeschnürt, der Mund trocken wie Asche.

Mit brutaler Klarheit begriff er: Dies war der Tag, an dem er den Göttern gegenübertreten würde. Ein seltsamer Friede legte sich auf ihn, während er sein Schicksal annahm. Erst jetzt erkannte er die Schönheit des Augenblicks – das grüne Leuchten im letzten Zwielicht vor dem Morgen.

Plötzlich teilte sich die Menge. In ihrer Mitte öffnete sich ein finsterer Riss, der sich zur Pupille formte.

Sartur starrte gebannt in dieses übernatürliche Auge, das direkt in seine Seele blickte.

Inmitten dieser Pupille landete ein himmlisches Wesen. Von seinem Rücken stiegen Gesandte der Götter hinab, um ihn zu sich zu holen.

Mit einem tiefen, erlösenden Atemzug schloss Sartur Egdor die Augen. Alle Furcht, alle Zweifel fielen von ihm ab.

Er breitete die Arme aus, bereit, sein Schicksal zu empfangen.

»Bei den Göttern! Was geht hier vor sich?«

Der Surrogat des Eisenfürsten beugte sich über die Brüstung des Balkons und erkannte Sina, die vom Rücken eines leibhaftigen Cyryg stieg – gefolgt von den beiden Fremden, denen er die Freiheit geschenkt hatte.

Ein weiterer Kerl trat vor den Cyryg, reckte die Faust empor, in der er die Quelle eines grünen Lichtes hielt, und rief: »Ich bin Prinz Areth – Fürst der Jade-Burg und Oberbefehlshaber des Jadeheeres und der spukhaften Heerscharen!«

Ein Murmeln ging durch die Reihen der Soldaten auf den Mauern.

»Herr«, fragte der Hauptmann Sartur Egdor, »was ist euer Befehl?«

Der Eisenfürst lächelte kühl. »Meinem Statthalter hat es offenbar nach seinem Verrat an seinem Herrn die Sprache verschlagen. Nicht wahr, Statthalter Sartur Egdor? Oder habt ihr vielleicht eine Erklärung für das, was hier geschieht?«

Sartur schüttelte stumm den Kopf.

»Bringt mir eure besten Bogenschützen«, befahl der Fürst dem Hauptmann.

»Jawohl, mein Herr«, antwortete dieser und trillerte den Befehl auf einer Pfeife.

Wenig später traten sechs Bogenschützen an und reihten sich an der Brüstung des Balkons auf.

»Hauptmann, lass deine Schützen den Kerl mit dem Licht ausschalten«, befahl der Fürst. »Aber verschont das Mädchen. Sollte ihr ein Haar gekrümmt werden, lasse ich euch alle hinrichten.«

Der Hauptmann gab den Befehl weiter.

Die Schützen warfen ihm verunsicherte Blicke zu. Einer trat hervor.

»Er trägt den Ring des Prinzen. Und ... er gebietet über die spukhaften Wanderer.«

»Papperlapapp!«, fauchte der Fürst. »Prinz Areth ist tot. Der Bursche dort unten gehört zu den Rebellen und er hält uns zum Narren. Tötet ihn! Sofort!«

Der Hauptmann nickte den Schützen zu.

Zögerlich legten sie die Pfeile ein und hoben die Bögen.

»Auf mein Kommando. Drei ... zwei ... eins ... Schuss.«

Nichts geschah. Kein Pfeil löste sich.

»Hochverrat!«, brüllte der Fürst. »Das ist allerhöchster Hochverrat!«

Blitzschnell rammte er dem Schützen, der zuvor Zweifel vorgebracht hatte, ein Messer in die Kehle.

Blut spritzte.

Die anderen schrie er an: »Führt sofort meinen Befehl aus oder ich lasse euch auf der Stelle hinrichten.«

Einer der Schützen, ein junger Mann mit hellem Bart, trat zögernd vor. Er spannte den Bogen, hob ihn – und hielt inne.

Sein Arm begann zu zittern. Dann senkte er die Waffe.

»Verzeiht, mein Herr«, sagte er leise. »Aber ich kann nicht auf den

Prinzen zielen.«

Er ließ den Bogen fallen.

Der nächste Schütze trat wortlos vor und tat es ihm gleich.

Dann auch die anderen.

Auf den Mauern brandete Jubel auf. Einer rief: »Hoch lebe der Jadefürst!« Weitere stimmten ein, bis der Ruf wie ein Schlachtruf durch die Gemäuer der Jade-Burg donnerte.

»Es sieht so aus, als sollte es meinem Statthalter obliegen, den Hochstapler zu töten.«

Der Surrogat packte Sartur und sprang mit ihm über die Brüstung in die Tiefe.

Der Aufprall auf den Steinplatten des Vorhofs zerschmetterte dem Statthalter die Beine. Ein gesplitterter Knochen durchstieß das Fleisch. Blut schoss aus der klaffenden Wunde.

Der Surrogat blieb unverletzt. Er schleifte sein schrill kreischendes Opfer über den Platz, zerrte es die Verteidigungsmauer hinauf – und sprang mit ihm von den Zinnen vor die Festung.

Sartur Egdor krachte auf den Wüstenboden, seine verdrehten Gliedmaßen zuckten schwach.

Der Fürst hob seinen Kopf an den Haaren und befahl dem sterbenden Mann: »Töte den Hochstapler! Sofort!«

Sartur Egdor bäumte sich auf seine Armstümpfe, spuckte einen Schwall Blut – und brach tot zusammen.

»Schluss damit.«

Der Kerl, der sich als Prinz Areth ausgab, war aus dem Heer hervorgetreten. Dutzende Schützen des spukhaften Heeres hatten grün glimmende Pfeile auf den Fürsten gerichtet.

Der Surrogat bäumte sich auf. »Wer bist du?«

»Das sagte ich bereits. Ich bin Prinz Areth – Erbe der Jade-Burg. Ich befehle die beiden Heere. Das der Lebenden und das der Toten.«

»Der Prinz ist tot. Und du bist einer von Sinas Gefährten – Rebellen, die sich für die Gerechten halten. Die davon überzeugt sind, auf der richtigen Seite des Konflikts zu stehen. Aber glaub mir – und das gilt ebenfalls für dich, Sina: Diese Auseinandersetzung ist keine zwischen euch und mir. Wäre sie es, hätte längst ein Sturmjäger eurem Treiben ein Ende gesetzt.«

»Es geht weder um euch«, fuhr der Surrogat fort, »noch um mich, noch um jene, die als steinerne Krieger dienen. Es geht um weit mehr. Es geht um das Überleben der Menschheit. Und dafür muss jeder bereit sein, alles zu opfern.«

Wie ein Raubtier schnellte er mit einem gewaltigen Satz nach vorn, zog im Flug zwei Messer – und wurde, noch bevor er sein Ziel erreichte, von einer Salve grüner Pfeile zerrissen.

Was dem Fürsten geglichen hatte, zerfiel zu einer gallertartigen Masse und versickerte im Sand der Wüste.

## Kapitel 41

Fürst Skat Aido Skallahat stieß die Tür der Surrogatenkammer auf und versetzte dem Beistelltisch mit blankem Fuß einen Tritt. Die kristallene Weinkaraffe zersplitterte, dunkler Wein ergoss sich in einer Lache über den Boden.

Der Fürst knallte die Tür zu und stürmte in den Thronsaal seiner Burg in Lorkmart.

Dort beugten sich zwei Sturmjäger über eine Landkarte.

Der eine, mit blassweißer Haut, unter der dunkle Adern hervortraten, hielt einen Stab in der Hand und deutete auf die Karte. Der andere, in schwarzer Rüstung, markierte Orte mit einem Griffel.

Der Fürst stürmte herein. »Planänderung! Die Jade-Burg ist gefallen!«

Er goss sich einen Becher Wein ein, leerte ihn in einem Zug und ließ sich in einen Sessel fallen.

Die beiden Sturmjäger sahen sich überrascht an und setzten sich an einen Tisch neben dem Fürsten.

»Ganz ruhig, Aido. Was ist geschehen?«, fragte Szilkas, der Albino, mit gefasster Stimme.

»Das, was ich sagte. Die Jade-Burg ist gefallen. Außerdem hat sich das spukhafte Heer formiert und sich zusammen mit dem Jadeheer gegen uns gestellt.«

»Was sagst du? Das spukhafte Heer ist zersprengt und irrt durch die Wüste?«

Der Fürst lachte schrill. »Ganz und gar nicht. Wir haben einen Bastard des Fürsten übersehen. Und ihr glaubt nicht, wer es ist.« Er schüttelte den Kopf. »Ich würde es selbst nicht glauben, hätte ich es nicht mit den Augen meines Surrogaten gesehen.«

Er machte eine wegwerfende Geste. »Der ist übrigens ebenfalls hinüber.«

Er schenkte sich nach, nahm einen Schluck und schüttelte ungläubig den Kopf. »Er gehört zu Sinas Gefolgsleuten. Einer der Rebellen, die ständig mit ihr herumhängen.«

Der schwarze Sturmjäger sprang wutschnaubend auf. »Das ändert alles. Wir dürfen keinen Zweifrontenkrieg riskieren. Solange uns der Jadefürst im Nacken sitzt, müssen wir den Angriff verschieben.«

»Wir haben das spukhafte Heer schon einmal ausgeschaltet«, sagte Szilkas. »Es wird uns wieder gelingen.«

»Das Beste wäre, Xervacs brächte das sofort vor Ort in Ordnung«, sagte der Fürst. »Ich spüre ihn im Äther. Aber die Verbindung ist schwach. Er antwortet nicht.«

»Er wird sich im Außenbereich des Ätherbogens bewegen. Sicher ist er schon auf dem Weg zur nächsten Surrogatenkammer, um sich von dort über eine stabile Verbindung zu melden.«

Der Fürst schloss die Augen und rieb sich die Schläfen. Dann befahl er dem schwarzen Sturmjäger: »Entsende zu jedem verbündeten Fürstenhaus einen Sturmjäger. Sie sollen deren Heere aufstocken. Bei Schwierigkeiten verbinde ich mich direkt mit ihnen. Sie sollen sich im Äther aufhalten. Und sorge dafür, dass die Grenze zur Wüste gesichert wird. Nimm dir zwei Sturmjäger und ausreichend Soldaten. Ich will keine weitere Überraschung erleben.«

»Wie soll das gehen? Wir können nicht noch mehr Sturmjäger entbehren.«

Fürst Skallahat seufzte. »Wie viele Rohlinge haben wir?«

»Zwei. In zwölf Tagen sind drei weitere herangewachsen.«

»Dann erschaffen wir heute Nacht zwei Sturmjäger. Wähle die Dörfer aus und lass die Rohlinge dorthin schaffen. Die Rituale müssen sofort beginnen.«

»So sei es.« Der schwarze Sturmjäger verließ den Thronsaal.

Szilkas schenkte sich und dem Fürsten Wein nach. »Deine neuen Füße stehen dir.«

»Besser als dem vorherigen Besitzer. Ich bete zu den Göttern, dass sie diesmal länger halten.«

Der Fürst nahm einen tiefen Schluck und ließ ihn genüsslich die Kehle hinabgleiten. »Das muss man den Mirlingen lassen – deren Wein ist dem unseren weit überlegen.«

Er ließ den Kopf in den Nacken sinken. »Apropos Mirlinge. Die beiden Knaben, von denen ich dir erzählt habe, waren auch mit dabei. Aber das Verrückteste hatte ich noch gar nicht erwähnt.«

Er schüttelte ungläubig den Kopf und kicherte. »Die beiden Mirlinge, Sina und der Bastard ritten auf einem Cyryg.«

»Oha, ich dachte, die seien ausgestorben?«

»Offenbar nicht.« Der Fürst nahm einen weiteren Schluck. »Oh je, das war kein guter Tag – die Götter müssen mich endgültig verlassen haben.«

»Was sicher daran liegt, dass du nicht an sie glaubst.«

»Was wiederum daran liegt, dass die Adorianer keine Götter sind.«

»Und doch glauben die Menschen an sie. Sogar manche Sturmjäger.«

»Weil sie sich nach Trost sehnen.«

»Xervacs sehnt sich nach Trost?«

Der Fürst ließ den Wein im Becher kreisen. »Ich glaube, er leidet darunter, nicht auf natürliche Weise entstanden zu sein. Es quält ihn, von mir erschaffen worden zu sein.«

»Hm. Daran könnte etwas Wahres sein.« Szilkas nickte. »Aber sag, mutest du dir mit zwei neuen Sturmjägern nicht zu viel zu?«

»Was willst du damit sagen? Hältst du mich für schwach?«

»Es wird dich viel Kraft kosten. Und wozu? Es gibt keinen Grund, überstürzt zu handeln. Das Haus Skallahat bereitet sich seit Generationen darauf vor. Wir haben Zeit. Insbesondere jetzt, da der Jadefürst wieder im Spiel ist, erfordert die Lage mehr Zeit.«

»Aber wir haben keine! Die Königin schöpft bereits Verdacht.«

»Wildron Wileba schöpft immer Verdacht.«

Szilkas zögerte kurz, dann fuhr er fort: »Nein, Aido. Ich glaube, hinter deinem Drängen steckt etwas anderes.«

Der Fürst trommelte mit den Fingern auf dem Tisch. »Warum verrätst du mir nicht einfach, was offenbar nur du über mich weißt?«

»Du weißt es selbst – es sind deine Erinnerungen, die du am Tag meiner Erschaffung mit mir geteilt hast.«

»Es sind nur Bruchstücke.«

»Wohl wahr, aber diese Bruchstücke zeigen, dass du es nicht erwarten kannst, die Sache zu Ende zu bringen, die dir mit dem Tod deines Bruders auferlegt wurde.«

Der Fürst kreuzte die Arme vor seiner Brust. »Nur zu. Fahre fort.«

»Du hattest Vater und Mutter bereits verlassen, um mit Arnamma eine eigene Familie …«

Der Fürst schlug mit der Faust auf den Tisch und sprang auf. »Wage es nicht weiterzusprechen. Auch wenn du einen Teil meiner Seele in dir trägst, darfst du nie vergessen, dass du nicht ich bist. Dass du mir nicht gleichgestellt bist. Und dass ich dich jederzeit ausschalten kann.«

Er durchquerte den Thronsaal, öffnete ein Fenster und ließ den Blick über das morgendliche Lorkmart schweifen.

Für einen Moment hielt er inne.

*All dies,* dachte er, *hätte ihr gefallen können – wenn es nur eine andere Stadt gewesen wäre.*

Die Wärme der ersten Sonnenstrahlen milderte seine Wut auf Szilkas.

Er schloss die Augen und sah Arnamma vor sich.

In ihrem roten Kleid stand sie am Herd, lächelte ihn an in jener kleinen Hütte, die sie gemeinsam bezogen hatten, nachdem er sich für sie und gegen das Haus Skallahat entschieden hatte.

*War diese Erinnerung eine, die ich mit Szilkas bei seiner Geburt geteilt habe?*

Der Gedanke verärgerte ihn. Er hasste es, dass er nicht kontrollieren konnte, welche Teile seines Gedächtnisses die Sturmjäger bei ihrer Erschaffung erhielten.

Diese Erinnerung sollte nur ihm gehören.

Arnamma war sein Anker in eine glücklichere Welt. Eine Welt, die er verlassen hatte, nachdem sein Bruder in der Dreifürstenschlacht gefallen und sein Vater schwer verwundet worden war.

Ein letztes Mal war er nach Lorkmart gereist, um sich von dem sterbenden Vater zu verabschieden. Arnamma hatte ihn angefleht, es nicht zu tun – als hätte sie es geahnt. Am Sterbebett verzieh ihm sein Vater den Verrat und rang ihm das Versprechen ab, sein Erbe anzutreten – dem Haus Skallahat zu dienen, wie all seine Ahnen vor ihm.

Er ließ Arnamma an den Hof holen. Doch Lorkmart fraß ihr gemeinsames Glück.

Und eines Tages ging sie.

Und er hielt sie nicht auf.

Der Fürst wurde aus seinen Gedanken gerissen, als einer der Surrogaten an der Wand erwachte.

## Kapitel 42

Sturmjäger Xervacs genoss das Gefühl, sich von seinem leiblichen Körper zu lösen – um im nächsten Augenblick ferne Orte durch die Augen seiner Surrogaten zu erblicken. Am liebsten schlüpfte er in jenen Körper, der im Thronsaal von Lorkmart stand. Ursprünglich nur als Notlösung gedacht, war ihm dieser inzwischen ans Herz gewachsen. Er wirkte darin ein wenig menschlicher, sodass die Leute ihre Blicke seltener mit Abscheu abwandten.

»Xervacs! Bruder!«, rief Szilkas. »Wir haben gerade von dir gesprochen. Wo treibst du dich rum?«

»Ich bin in Adoria Gaad beschäftigt.«

»Wir hätten dich in der Jade-Burg gebraucht«, sagte der Fürst, ohne sich von der Sonne abzuwenden.

Xervacs warf Szilkas einen fragenden Blick zu und deutete mit dem Kopf in Richtung des Fürsten.

»Ein gewisser Raganor hat die Heere hinter sich versammelt«, erklärte Szilkas.

»Da irrst du dich«, entgegnete Xervacs. »Es war Prinz Areth – in Raganors Gestalt. Kaar und seine Leute haben uns zum Narren gehalten und Areth ins Verlies gerettet. Seinem Körper ist es zwar nicht gut bekommen, doch sein Geist hat überlebt und sich der Hülle dieses Burschen bemächtigt.«

Der Fürst fuhr herum, sein Blick voller Entsetzen. »Was sagst du da?«

»Ich sage, dass Tarsina Xentu, unsere liebe kleine Sina, gemeinsam mit ihren Spielkameraden Prinz Areth aus dem Verlies befreit hat.«

Für einen Moment rang der Fürst nach Luft.

»Sie hat was getan?«

»Nicht nur das. Sie haben auch diesen Magier Kailard befreit.«

»Kenn ich nicht.«

»Natürlich tust du das«, sagte Xervacs trocken und nickte. »*Der* Kailard. Ein Zeitgenosse von Len Harvekil.«

»Aha. Hat sie wenigstens ein paar Gefangene dagelassen, oder gleich allen die Freiheit geschenkt?«

»Nein, nicht allen. Nur noch einem Cyryg. Der hat sie dann alle aus dem Verlies geflogen.«

Der Fürst atmete tief durch, ließ sich in seinen Sessel fallen, füllte seinen Weinbecher – und leerte ihn in einem Zug.

Dann sprang er auf und schleuderte den Becher scheppernd gegen die Wand.

»Verflucht! Weshalb hast du das nicht verhindert?«, schrie der Fürst und raufte sich die Haare. »Man wiegt sich in Sicherheit – und plötzlich erhebt sich der Prinz von den Toten und schart die Heere um sich. Es wäre deine Aufgabe gewesen, das um jeden Preis zu verhindern.«

»Ach komm schon, Aido. Es gab unzählige Gelegenheiten, mit dieser Rebellenbande aufzuräumen. Wie oft habe ich dir dazu geraten? Ich hätte das auch allein erledigt. Aber kein einzelner Sturmjäger kann sich dem spukhaften Heer entgegenstellen.«

»Die Rebellen sind ein Sammelbecken für Abenteurer und nützliche Idioten. Ich ziehe es vor, sie an einem Ort konzentriert zu wissen, statt mich mit versprengten Einzelkämpfern herumzuschlagen. Und solange Unadil loyal bleibt, haben wir sie alle unter Kontrolle.«

»Bis zu dem Moment, in dem wir sie verlieren.«

Xervacs lachte. »Und Aido, mach dir doch nichts vor. Es geht dir nicht um die Rebellen. Es geht dir einzig um das Mädchen. Du hättest sie jederzeit nach Lorkmart holen können.«

»Schweig!«, fuhr der Fürst ihn an. »Das Mädchen bedeutet mir rein gar nichts. Nur eines zählt: die Aufgabe, die mir von den Ahnen auferlegt wurde. Ihr haben wir uns vollständig zu unterwerfen.«

»Siehst du. Das ist genau das, was ich meine. Du ...«

»Schluss damit«, unterbrach ihn der Fürst scharf. »Ich hatte das Thema bereits vorhin mit Szilkas. Und ich wiederhole es jetzt noch einmal.«

Er trat vor den Surrogaten.

»Kein Sturmjäger ist mir gleichgestellt. Auch du nicht. Ich bin derjenige, der euch erschafft. Ich herrsche über euch, über Lorkmart – und bald über ganz Dradora.«

»Und du erwartest, dass wir dir dafür ewig dankbar sein sollen? Für ein Leben als Ungeheuer? Glaubst du wirklich, du herrschst über uns? Oder gar ohne uns? Ohne jene, die deinen Willen mit unseren Leibern vollstrecken?«

Szilkas stellte seinen Becher ab und erhob sich.

»Ganz ruhig. Es führt zu nichts, wenn wir uns gegeneinander aufbringen. Lasst uns den Blick auf das richten, was uns verbindet – auf unseren heiligen Auftrag. Wir stehen kurz vor dem Ziel. Also betrachten wir die Lage nüchtern und fassen die Fakten zusammen.«

Er durchschritt nachdenklich den Thronsaal.

Nach kurzem Schweigen sagte er: »Sina dringt in das Verlies von Adoria Gaad ein, befreit Prinz Areth, einen Magier und einen Cyryg. Warum sollte sie das tun?«

Er sah die anderen beiden fragend an und fuhr fort:

»Nun. Sie macht uns für den Tod ihrer Eltern verantwortlich, unterstellt uns niedere Absichten im Umgang mit den Kindern und hält uns schuldig für das Übel der Welt. Und plötzlich – wie auch immer das möglich war – bietet sich ihr die Gelegenheit, genau jenen Mann zu befreien, dessen Heere uns gefährlich werden können.«

»Das riecht nach Königin Wildron Wileba«, unterbrach der Fürst. »Ohne fremde Hilfe wäre sie nie so schnell nach Adoria Gaad gelangt. Und im Gegensatz zu Sina könnte Wileba tatsächlich Interesse an dem uralten Magier haben. Womöglich steckt sie sogar hinter dem Cyryg.«

»Wir dürfen den Jungen nicht vergessen«, warf Xervacs ein. »Der Mirling, der Elgat beherrscht, rief einen Krir und ritt auf ihm durch die Wüste.«

Szilkas hob den Kopf. »Moment – Elgat beherrscht und einen Krir gerufen?«

Der Fürst legte die Stirn in Falten. »Das erwähnst du so nebenbei? Gibt es noch weitere Unglaublichkeiten, die du mir bislang verschwiegen hast?«

Xervacs schüttelte den Kopf. »Das war das Wichtigste.«

Der Fürst legte die Fingerspitzen an die Schläfen und trat ans Fenster.

Dann drehte er sich zu den Sturmjägern um. »Ist euch klar, was das bedeutet? Wenn sich das herumspricht, werden die Leichtgläubigen in ihm eine alvische Märchengestalt sehen.«

»Den Knuh'Likat Haidamar«, murmelte Szilkas.

Der Fürst lief aufgeregt durch den Saal.

»Ein Junge tritt aus der Hölle des Dämons Haidamar in unsere Welt, verfügt über magische Fähigkeiten und gebietet über die Krir. Dann ist doch klar, dass Teile des Volkes in ihm ein übernatürliches Wesen sehen werden. Womöglich halten sie ihn für einen Erlöser, der an der Seite der Königin kämpft, zusammen mit Kailard, dem Magier. Und mit einem Cyryg.«

Er fuhr sich mit der Hand über das Gesicht und starrte fassungslos in den Raum.

»Das klingt alles nach einem Arrangement der Königin und der Hexen von Alva. Sie verfügen über die Möglichkeiten und in Alva ist der Haidamar-Kult weit verbreitet. Galdwyn, die Mutter der Königin, wurde von diesen Hexen ausgebildet. Und wenn ich mich recht erinnere, auch Kailards Mutter.«

»Du glaubst doch nicht ernsthaft an den Knuh'Likat Haidamar?«, fragte Szilkas.

»Das spielt überhaupt keine Rolle, solange das Volk an ihn glaubt. Der Mirling wird inszeniert wie ein Erlöser – mit Elgat, mit den Krir, mit Kailard. Und mit der Königin.«

»Also. Wer könnte hinter all dem stecken?« Szilkas rieb sich das Kinn. »Die Königin … oder doch die einäugige Hexe? Vielleicht die Hexen von Alva?«

»Nein, nein«, der Fürst schüttelte den Kopf. »Von der Einäugigen hat man seit Jahren nichts mehr gehört. Ich bin mir sicher, dass die Königin sie auf dem Gewissen hat. Sie kennt keine Skrupel.«

»Den Wilebas wird Sanftmut und Gnade nachgesagt.«

»Ha. Da lache ich. Hinter ihrer hübschen Fassade verbirgt sich ein Monster, das lächelt, während es seine Feinde verspeist. Sie ist die gefährlichste Kreatur Dradoras.«

»Wir sollten eine weitere Möglichkeit in Betracht ziehen«, gab Xervacs zu bedenken. »Dieser Mirling Cord könnte ein Spion aus Mir sein. Gesandt von Graf Wundertal, vielleicht sogar vom Mercatoriat selbst. Diese Macht dürfen wir niemals unterschätzen. Sollte das Mercatoriat Zugang zu Dradora erhalten, wird es sich wie ein Geschwür in unsere Welt fressen und das Verderben bringen. Sie werden Dradora in dieselbe Hölle verwandeln, zu der sie ihre eigene Welt gemacht haben.«

»Was schlägst du vor?«, fragte Szilkas.

»Ganz einfach. Wir transformieren die beiden Mirlinge und nutzen sie für die Portalsperre.«

Der Fürst hob abwehrend die Hand. »Nicht so hastig. Der Knabe könnte uns zum Vorteil gereichen.«

»Wegen Elgat?«, fragte Xervacs.

»Nicht nur.«

»Du glaubst, er findet das Schwert?«

Der Fürst zuckte mit den Schultern. »Immerhin kontrolliert er bereits den Dolch.«

»Es wird nicht einfach, ihn für uns zu gewinnen. Wir haben seinen Gefährten geopfert.«

»Auf Geheiß der Königin. Der Hüterin des Portals, der Bewahrerin der Ordnung, der ersten Dienerin der Adorianer.« Der Fürst lächelte kalt. »Der Knabe soll erkennen, wer sein wahrer Gegner ist.«

»Dann werden wir nachhelfen müssen.«

»So ist es.« Der Fürst nickte. »Ich halte nach wie vor die Königin für die Drahtzieherin. Sie wird Kailard und den Jungen zu sich nach Zanmathar holen.«

Er wandte sich an Xervacs.

»Sorge dafür, dass dort dem Jungen glasklar vor Augen geführt wird, wer seine wahre Feindin ist. Es würde sicher Eindruck auf ihn machen, wenn die Königin seinen Gefährten über die Klinge springen ließe. Denke dir etwas Passendes aus und begleite den Botschafter nach Zanmathar. Er wird morgen vom Königspalast durch das Portal nach Mir reisen. Weise ihn an, dort alles über diesen Knaben Cord in Erfahrung zu bringen.«

Xervacs nickte. »Das werde ich – nachdem ich der Arbeitersiedlung in Adoria Gaad einen Besuch abgestattet habe. Wir dürfen deren Verrat nicht dulden.«

»Wäre das nicht der richtige Moment, Sina die Wahrheit zu sagen?«, schlug Szilkas vor. »Stellt euch vor, ein Mädchen mit ihren Fähigkeiten und ihrer Ausstrahlung stünde an unserer Seite. Das würde es dem Jungen leichter machen, sich für uns zu entscheiden.«

Der Fürst grinste, so als würde er sich mit dem Gedanken anfreunden.

»Ist das euer Ernst?«, entfuhr es Xervacs. »Sich mit einem Mirling verbünden?«

»Warum nicht?«, antwortete der Fürst gelassen.

»Weil er womöglich der Knuh'Likat Haidamar ist.«

Der Fürst lachte. »Seit wann glaubst du solche Geschichten?«

»Das tu ich nicht. Aber wenn etwas Wahres daran ist, wäre es sicherer ihn sofort zu beseitigen, anstelle ihn nach Lorkmart einzuladen. Oder wir liefern ihn zur Prüfung dem Halkwesen aus. Stellt euch vor, Halk reagiert auf den Jungen, das würde uns die Gunst der Adorianer einbringen.«

»Ach, Xervacs«, schmunzelte der Fürst. »Die Adorianer haben uns vor langer Zeit verlassen. Und ich nehme nicht an, dass du dich zu einer der Religionsgemeinschaften bekannt hast.«

»Natürlich nicht!« Xervacs wandte sich gekränkt ab.

Dies war der Moment, in dem ein Funke in seinem Geist zündete, noch schwach, doch voller Potenzial, ein Feuer zu entfachen.

»Und du, Szilkas«, sagte der Fürst, »wirst herausfinden, ob die

Hexen von Alva hinter der Sache mit dem Jungen stecken. Reise nach Kalkhafen und höre dich zuerst bei Handelsschiffen aus Alva um. Aber denk daran, in drei Tagen brauche ich dich hier zurück.«

»Ich soll den Äther verlassen?«

»Du glaubst doch nicht etwa, das würde mich beunruhigen?« Der Fürst lächelte schmal. »Du würdest mich niemals hintergehen. Ebenso wenig wie du, Xervacs. Ihr seid nicht wie Larkes.«

Er klopfte den beiden Sturmjägern auf die Schultern und verließ pfeifend den Thronsaal.

Szilkas setzte sich, füllte den Weinbecher und blickte amüsiert zu Xervacs empor.

»Ich zog ebenfalls in Erwägung, diesen Knaben dem Halkwesen zu übergeben.«

»Warum hast du mich dann nicht unterstützt?«

»Weil uns ein Knuh'Likat Haidamar, der an unserer Seite steht, nützlicher wäre. Was könnte das Halkwesen schon bieten?«

»Das fragst du wirklich? Ich hielt dich für weitsichtiger.«

»Ach, Xervacs, hör auf, von den Sternen zu träumen. Die Adorianer sind tot. Und falls nicht, interessieren sie sich längst nicht mehr für uns. Sie werden uns nicht erlösen. Eher noch reisen wir mit dem goldenen Schiff ins Auge Haidamars.«

»Sei dir damit nicht so sicher.«

Xervacs stapfte zur Wand und reihte sich unter die deaktivierten Surrogaten.

Er warf Szilkas einen letzten Blick zu – und erwachte im nächsten Augenblick in der Surrogatenkammer von Adoria Gaad.

Eilig erhob er sich von der Liege.

Es war Zeit, dem Halkwesen einen Besuch abzustatten.

# Kapitel 43

In der tief stehenden Morgensonne warfen die Dünen unter ihnen majestätische Schatten und bildeten ein organisches Muster aus goldenen und schwarzen Flecken, das sich bis zum fernen Horizont der Sandwüste erstreckte.

Der kräftige Flugwind strich Cord übers Gesicht und linderte den Schmerz der Verbrennungen. Sina saß direkt vor ihm, ihr Haar tanzte verlockend im Wind. Fasziniert starrte er auf das Muster, das ihren Rücken zierte und nur teilweise vom Kleid bedeckt wurde, das sie in der Jade-Burg erhalten hatte.

Raganor – oder war es Prinz Areth? – hatte sie alle mit frischer Kleidung ausgestattet, bevor sie aufgebrochen waren. Tak hatte Peitsche und Harnisch aus feinstem Emaridianstahl zurückerhalten, die man ihm nach seiner Verhaftung abgenommen hatte.

Mit Leinen waren sie an Taks Rüstung gesichert, um nicht durch Unachtsamkeit oder ein heftiges Flugmanöver den Halt zu verlieren und in die Tiefe zu stürzen. So überflogen sie in luftiger Höhe die goldschimmernde Wüste und genossen schweigend das Schauspiel aus Licht und Schatten, das Sonne und Dünen gemeinsam aufführten.

Cord konnte kaum fassen, wie mühelos Raganor das Kommando in der Jade-Burg übernommen hatte. Anfangs hatten sich ihm einige Offiziere entgegengestellt – doch als er mit dem Siegelring die königliche Truhe geöffnet und das Jadezepter erhoben hatte, war jeder Zweifel verstummt. Von da an galt er als rechtmäßiger Erbe des ermordeten Fürsten.

Sina hatte seit dem Abschied von Raganor geschwiegen. Sie hatte ihn angefleht, ihr zu folgen. Hatte versichert, nach einem Weg zu suchen, seine unheimliche Verwandlung rückgängig zu machen. Doch am Ende hatte sie es in seinen Augen gelesen: Es war nicht mehr Raganor, der vor ihr stand, sondern Prinz Areth, der seiner eigenen Bestimmung folgte.

Er hatte beschlossen, mit einem Teil des Heeres zu jenem Wüstenkloster zu ziehen, in das der Eisenfürst die überlebenden weiblichen

Mitglieder der Fürstenfamilie hatte verschleppen lassen.

Die Sonne stand hoch, als Sina sich aus ihrer Starre löste. Nur zwei Seile hielten sie in der Luft, als sie sich aufrichtete und die Arme in den Himmel hob.

Cord erschrak, legte eine Hand an ihr Bein, um sie vor einem Absturz zu bewahren. Doch Sina drehte sich zu ihm um und reichte ihm die Hand. Zögernd schlug er ein, stand mit wackeligen Knien auf, klammerte sich an die Sicherungsleinen – und vermied den Blick in die Tiefe.

»Du musst loslassen«, sagte sie – als verspreche sie die Freiheit selbst.

Zögerlich öffnete Cord die Hände und ließ das Seil durch die Finger gleiten.

*Ich bin noch gesichert.*

Gerade als seine Angst einem Hauch von Euphorie wich, fuhr Cord zusammen.

Hinter ihm hatte Arnold aufgeschrien – laut, übermütig.

Er hatte sich aufgerichtet, die Arme zum Himmel gerissen und rief: »Leute, ich werde nie wieder zurückkehren!«

Dann stieß er einen langen Freudenschrei aus, in den zuerst Sina und schließlich Cord einstimmten.

Sie drängten sich eng aneinander, fassten sich an den Armen und gaben sich gegenseitig Halt.

Sanft und majestätisch glitt der Cyryg durch die Luft.

Cord schloss die Augen und atmete den Duft ein, der Sina wie eine sinnliche Aura umgab – als käme er aus der Tiefe ihres Wesens, einer verborgenen, rätselhaften Kraft.

Der Wind, ihr Duft, die Freiheit – er wünschte, der Augenblick möge ewig dauern.

Die Wüste endete abrupt an einem steil aufragenden Tafelgebirge, das sich wie eine erstarrte Tsunamiwelle aus dem Wüstenboden aufbäumte. Der obere Teil des Gebirges bildete ein Plateau, von dem Nebelschwaden in die Tiefe stürzten und sich auflösten, bevor sie den Sand berührten.

Die karge Vegetation auf der Hochebene ging bald in einen dichten

Nebelwald über, durchzogen von verästelten Bachläufen, aus denen dunstige Schwaden aufstiegen.

Als die ersten dampfenden Seen auftauchten, vermutete Cord, sie hätten ihr Ziel erreicht. Doch Tak ließ sie hinter sich liegen und landete wenig später am orangefarbenen Ufer eines unscheinbaren Sees, tief im dichten Wald.

Vereinzelt durchbrachen zäh brodelnde Blasen die Wasseroberfläche, als atme der See selbst. Über dem Wasser schwebte ein Dunstschleier, der sich zu einem schwülen Nebel erhob.

Cord sprang vom Cyryg und hob einen der zahllosen Steine auf, die am Ufer verstreut lagen. Er war von orangefarbenen Kristallen überzogen, die aus dem mineralischen Thermalwasser herauskristallisiert waren.

Vom Rücken des Cyryg reichte Sina Cord die Mumie. »Leg ihn ins flache Wasser.«

Mit Vorsicht trug Cord den zerbrechlich wirkenden Körper ans Ufer.

»Halt!«, befahl Tak. »Die heiligen Quellen von Baat dürfen nur unbekleidet betreten werden.«

»Was?«, rief Arnold. »Wir sollen uns nackig machen?«

»Wenn du zu schüchtern bist«, sagte Sina verschmitzt, »dann zieh wenigstens deine Stiefel aus und watschele durchs seichte Ufer.«

»Ha!«, rief Tak. »Wer wird denn so verrückt sein, sich ein belebendes Bad in den heiligen Quellen entgehen zu lassen?«

Er legte seine Rüstung ab, schwang sich mit einem kräftigen Flügelschlag empor und plumpste in den See.

Als er wieder auftauchte, jauchzte er: »Ah, genau das Richtige nach diesem missratenen Aufenthalt im Verlies. Kommt schon, Magier Cord und Gehilfe Arnold! Das wird eure Verbrennungen kurieren.«

»Vielleicht später«, murmelte Cord, zog Stiefel und Strümpfe aus und krempelte die Hosenbeine hoch. Dann wickelte er die Mumie aus der Decke und legte sie ins flache Wasser, sodass nur ihr Gesicht herausragte.

»Und jetzt?«, fragte Arnold. »Wie lange wird die Prozedur dauern?«

»Stunden, vielleicht auch Tage. Womöglich gelingt es gar nicht.« Sina zuckte mit den Schultern. »Ich kümmere mich um ihn. Schlagt in der Zwischenzeit ein Lager auf.«

Mit einem tiefen Grollen kündigte der Geysir den Ausbruch an. Dann spuckte er inmitten des Sees eine heiße Wasserfontäne aus, die bis über die Baumgrenzen hinaus in den Abendhimmel reichte und als warmer Regenschauer herabrieselte.

»Hoi Ho«, rief Tak, der gemütlich in einer Kuhle aus Moosflaum und Grashalmen hockte und ein Stück von einer am Lagerfeuer gebratenen Keule abbiss. »Der große Baat ist erwacht. Welch ein Anblick! Seht und staunt!«

Arnold hatte sein Brot fallen gelassen. »Du hättest uns ruhig darauf vorbereiten können. Ich bin's nicht gewohnt, auf einem Vulkan zu sitzen.«

»Fürchte dich nicht, Gehilfe Arnold. Das ist kein Vulkan, sondern der große Baat. Einer der drei heiligen Geysire der heiligen Quellen von Baat.« Tak knabberte an der Keule. »Baat meldet sich erst wieder nach Sonnenaufgang. Dann solltest du dich besser nicht in der Mitte des Sees aufhalten.«

»Merke dir ein für alle Mal: Ich bin niemandes Gehilfe«, entgegnete Arnold genervt, griff sich Worhans Kriegshammer und verließ den Platz am Lagerfeuer, um sich ans Ufer zu setzen.

»Darauf wollen wir anstoßen, Freunde«, rief Tak und hob seinen Krug. »Und darauf, dass uns Prinz Areths Speisen niemals ausgehen mögen!«

»Hey, Leute! Seht mal«, rief Arnold. »Die Mumie ist aufgequollen. Sie sieht aus wie eine Wasserleiche.«

Cord trat näher. Der Körper nahm tatsächlich Flüssigkeit auf – anders als in jenem Tropfen, in dem sie ihn gefunden hatten.

»Er reagiert auf das Heilwasser«, sagte Sina. »Das ist ein gutes Zeichen.« Sie zog ein braunes Fläschchen aus ihrer Tasche, das sie von einem Heiler in der Jade-Burg erhalten hatte, tröpfelte Öl auf das leblose Gesicht und verrieb die Flüssigkeit behutsam.

Tak beobachtete sie und sprach zu Cord: »Sie macht das vortrefflich. Euer Fund ist bei ihr in den besten Händen.«

Er stürzte seinen Weinkrug in einem Zug hinunter und rülpste so laut, dass die Tiere des Waldes verschreckt verstummten.

Cord vermutete, der Cyryg sei im Sitzen eingeschlafen, da er seine Augen für eine Weile geschlossen hielt. Doch dann fuhr Tak fort: »Wie kann es sein, dass ein Mirling Elgat führt?«

Cord zuckte mit den Schultern. »Ich hab keine Erklärung. Vor fünf Tagen gab es nichts von all dem.« Er hob ratlos die Hände. »Wir wollten etwas zurückholen, das mir abhandengekommen war.«

Tak forderte ihn auf, fortzufahren, und Cord erzählte seine Geschichte bis zu dem Moment, an dem sie im Verlies auf Tak gestoßen waren.

Der Cyryg nickte anerkennend. »Da seid ihr aber in ein ganz schönes Schlamassel geschlittert.«

»Kann man wohl sagen«, rief Arnold, der am Ufer saß und an einem Stock schnitzte. »Und so schnell werden wir da nicht rauskommen, wenn wir zu Fuß zu Walter latschen müssen.«

Tak lachte. »Nicht so bescheiden. Ihr habt es durch die Wüste bis zum Verlies geschafft. Ihr werdet euren Freund ganz sicher erreichen.«

Cord zögerte, dann stellte er die Frage, die ihn umtrieb: »Was muss ich tun, damit du uns zu ihm fliegst?«

»Was hast du zu bieten?«

Cord legte Taschenmesser und Dolch vor sich auf den Boden. »Mehr hab ich nicht.«

»Bist du verrückt?«, unterbrach Arnold. »Du willst ihm den Dolch geben? Ohne diese Waffe sind wir aufgeschmissen.«

Tak nickte. »Da muss ich deinem Gefährten zustimmen. Behalte den Dolch. Ich vertraue auf das hier.«

Er strich über das glänzende Material seiner Peitsche.

»Meine Rute sieht unscheinbar aus, aber sie ist gefürchtet. Also kurzum: Ich habe keinerlei Bedarf an deiner Klinge. Behalte sie. Ebenso dein Taschenmesser. Das solltest du erst recht nicht aus der Hand geben. Du trägst ein kostbares Andenken.«

»Ja, das tu ich«, sagte Cord und umschloss das Taschenmesser mit beiden Händen. »Wenn Kailard genesen ist, bringen wir ihn zu Walter.«

»Ach komm schon!«, entfuhr es Arnold. »Tak wäre im Knast versauert, hätten wir ihn nicht befreit. Und jetzt lässt er uns wegen eines läppischen Fluges zappeln? Hey Tak, ich nehme dir nicht ab, dass du hier am Tümpel einen ausgedehnten Urlaub einlegen willst. Nach der langen Zeit musst du doch brennen, endlich wieder in die Lüfte zu steigen. Gib's zu.«

»Was kann es Schöneres geben als einen wohlverdienten Erholungsurlaub an diesem magischen Ort? Bereits das erste Bad hat mich um Jahre verjüngt.«

Er betrachtete zufrieden seinen Körper und räkelte sich. »Wisst ihr ... womöglich bin ich gar nicht der Letzte meiner Art.«

Er sah Cord und Arnold geheimniskrämerisch an. »Tief in der Eiswelt, dort wo keine Menschen leben, liegt das Königreich der Cyryg-Magierin. Sie ist wunderschön. Und sie versengt ihre Feinde in einem Strahl aus Feuer.«

Mit einem zufriedenen Seufzen schmiegte er sich in sein Nest aus Moos und Halmen und ließ die Augen zufallen.

Cord hatte seine Hose bis über die Knie gekrempelt und watete im seichten, milden Heilwasser. Augenblicklich verklang der Schmerz in seinem Bein, der ihn seit dem Angriff in Lorkmart geplagt hatte. Mit einem juckenden Kribbeln erneuerte sich das Fleisch, und die entzündete Bisswunde heilte.

*Tak hatte nicht zu viel versprochen.*

*Würde womöglich das Wunder gelingen?*

Cord beobachtete Sinas Hingabe für das Wesen, das vielleicht einst Kailard gewesen war. Immer wieder wusch sie den Körper und salbte ihn mit Tinkturen.

Ihre Bewegungen wirkten ruhig, fast rituell – als flösse etwas durch sie hindurch, das nicht von dieser Welt war. Für einen Moment erschien sie ihm größer, älter, seltsamer – und wunderschön.

»Wird er wieder?«, fragte Cord.

»Sein Herz schlägt, er atmet und reagiert auf meine Behandlung. Die Prozedur braucht Zeit. Er war lange dem Halkwesen ausgeliefert.«

»Und das«, rief Tak vom Lagerfeuer herüber, »ist wie lebendig begraben zu sein, ohne sterben zu dürfen. Vermutlich ist es noch entsetzlicher, da das Halkwesen all die Zeit in seinem Kopf nach Splittern des Haidamar suchte.«

Cord verstand nicht. »Aber warum tut es das? Was ist dieses Halkwesen?«

»Mein junger Freund, wenn du drei Leute fragst, was das Halkwesen ist, wirst du fünf Antworten erhalten. Such dir eine aus. Das Halkwesen ist ein Diener. Oder ein Botschafter. Oder ein Gott. Oder eine Waffe. Oder ein Portal. Oder der Wächter des goldenen Schiffs. Manche sagen, es ist das Verlies selbst. Andere halten es sogar für Haidamar – und das, was es sucht, kann es nicht finden, weil es tief in ihm liegt.«

»Und du, Tak? Was glaubst du?«

»Es ist mir völlig gleichgültig, was es ist.«

»Wie kannst du so etwas sagen? Du warst sein Gefangener!«

»Es hat mich in Ruhe gelassen. Deshalb musste man mich ja anketten. Wenn man es genau nimmt, habe ich ihm mein Leben zu verdanken, da es mich genährt hat. Ich bin also so etwas wie ein Günstling des Halkwesens.«

»Und all die Zeit in Gefangenschaft hast du dich nie gefragt, was das alles soll?«

»Also schön. Ich vermute, das Verlies wurde von den Adorianern oder vom Halkwesen selbst geschaffen, um dort die Anhänger des Haidamar-Kultes zu inhaftieren. Sie verehren die alten Götter und erwarten die Rückkehr ihres Gottes Haidamar. Am Tag des letzten Gefechts soll er mit einem goldenen Schiff am Himmel erscheinen, um die falschen Götter zu vertreiben und die Menschheit zu erlösen. Von diesem Mythos gibt es in den verschiedenen Ecken Dradoras unzählige Varianten.«

Cord wartete gespannt darauf, dass Tak weitersprach.

Doch der Cyryg begann zu schnarchen.

Cord lehnte sich zurück und stellte sich vor, wie ein Gott im goldenen Schiff aus dem himmlischen Licht niederfuhr.

Die Erschöpfung der vergangenen Tage lastete schwer auf ihm. Seine Augen fielen zu – unfähig gegen die Müdigkeit anzukämpfen.

Binnen weniger Augenblicke war er in tiefen Schlaf versunken.

Ein Schrei riss Cord aus den Träumen. Er hielt den Atem an und horchte in die Nacht. Außer dem Rauschen der Blätter im Wind und Taks Schnarchen war nichts zu hören. Arnold lag neben der erlöschenden Glut des Lagerfeuers und atmete tief und gleichmäßig.

»Ich hab es ebenfalls gehört.« Sina setzte sich auf.

»Was war das?«

»Ein Tier.«

»Ein großes Tier?«

»Ich bleib wach. Schlaf weiter.« Sina zog einen daumennagelgroßen Gegenstand aus ihrer Tasche. »Bei Gefahr können wir uns verstecken.«

»Was ist das? Eine Brosche?«

»Raganor gab sie mir zum Abschied. Oder Prinz Areth aus Dankbarkeit. Es ist eine Gottesträne.«

Cord war jetzt hellwach. Er richtete sich auf. »Eine Hinrichtungsmaschine?«

»Ibnidais Gerät hat einen defekten Kompressionsraum. Aber es war keine Fälschung. Imitationen von Gottestränen sind im ganzen Reich zu finden. Schmiede in Alva fertigen die kostbarsten Schmuckstücke. Sie sind den echten Gottestränen nachempfunden, in denen die alten Götter Dinge transportierten, die größer waren als der Transportbehälter.«

Cord sah sie irritiert an.

»Von Außen betrachtet erscheint der Innenraum komprimiert.« Sie amüsierte sich über Cords ungläubigen Gesichtsausdruck. »Es waren eben Götter.«

»Kürzlich erklärte mir ein Mädchen, sie sei nicht sehr religiös.«

»Das ist es auch nicht. Aber jemand muss das alles einmal hergestellt haben. Gottestränen, Göttersteigen, Gleiter. Niemand versteht, wie diese Dinge funktionieren. Und warum die meisten das nach all der Zeit noch immer tun. Viele glauben daher, dass es sich um Götter handeln muss, die dies vollbracht haben.«

»Ist die Brosche ein Imitat …?«

»Sie ist echt.« Sina reichte sie ihm mit ernster Miene.

Die Brosche war schwerer als man ihr ansah. Ihre kunstvoll verzierte Oberfläche bestand aus einem perfekt spiegelnden Material, das die Glut des Lagerfeuers reflektierte.

»Siehst du den kleinen geriffelten Stift an der Spitze der Träne? Wenn du an ihm drehst, aktivierst du sie, und du kannst sie betreten.«

»Betreten? Du sagtest, sie sei zum Transport von Dingen gemacht.«

»Sie ist nicht sehr wählerisch.«

Sina nahm ihm die Brosche ab und drehte den Stift. An der Vorderseite wich der Glanz einem kreisrunden Fleck, der aus dem dunkelsten Schwarz bestand, das Cord je gesehen hatte.

»Tritt ein, indem du deinen Finger darauf legst.«

»Bloß nicht!« Cord wich zurück, als hätte sie ihm einen Abgrund aus reiner Finsternis geöffnet. Unwillkürlich erinnerte er sich an den Rebellen, den Ibnidai mit seiner Gottesträne grausam getötet hatte.

Sie schmunzelte. »Für einen Knuh'Likat Haidamar bist du erstaunlich schreckhaft.«

»Ich bin überhaupt kein ...«

Er verstummte, als sie ihm den Finger sanft auf die Lippen legte. Ein stilles »Pssst« mit der Wärme eines Versprechens. Die Berührung pflanzte sich wie eine Welle durch seinen ganzen Körper, heiß und schwindelerregend.

»Vertrau mir. Und folge mir«, flüsterte sie.

Sie berührte den schwarzen Fleck mit einem einzigen Finger – und war verschwunden.

Kein Licht, kein Geräusch, kein Übergang.

Nur Leere, wo eben noch ihr Lächeln gewesen war.

Cord starrte entsetzt auf die zu Boden gefallene Brosche. Er ahnte, was gleich geschehen würde – hatte er nicht gesehen, was mit dem Rebellen geschehen war? Die Erinnerung brannte wie eine Glut in seinem Kopf. Ihm war, als verlangsame sich die Zeit, um das Unvermeidliche hinauszuzögern. Sein Körper war gelähmt, der Verstand wie vereist. Alles, was blieb, war der Schmerz. Und die Sehnsucht, mit ihr zu verschwinden, wenn Sina für immer fortgegangen war.

Wie ein Zuschauer seines eigenen Lebens sah er, wie seine Hand nach der Brosche griff, sie aufhob und in den Fingern drehte. Makellos und rein glänzte sie von allen Seiten. Ohne jeden Hinweis auf eine Öffnung.

»Worauf wartest du, Junge?«, sagte Tak mit ruhiger Stimme. »Das Mädchen will, dass du ihr folgst.«

Die Worte trafen Cord wie ein Ruck. Tak hatte recht. Es gab keinen Grund, sie nicht zu suchen – dort, wo sie jetzt war.

Er drehte den Stift. Die Brosche öffnete sich.

Cord legte den Finger auf das endlose Schwarz.

Er war keinen Schritt gegangen – und hatte dennoch die Welt hinter sich gelassen.

Es war, als hätte ihn jemand aus dem Gewebe der Zeit geschnitten. Lautlos, ohne Naht.

Cord stand in einem dämmrigen Raum. Um ihn herum tellergroße, runde Fenster. Eingebettet in Wände, Decke und Boden wie Lichtaugen in einem schlafenden Wesen. Wie die Augen eines Gottes.

Ihm gegenüber Sina.

»Worauf hast du so lange gewartet?«, fragte sie leise. »Darauf, dass dir ein alter Cyryg sagt, was du zu tun hast?«

»Vielleicht ...«, murmelte Cord.

Sie öffnete die Arme. Eine stumme Einladung.

Cord ging langsam zu ihr. Umarmte sie.

Ihre Haare streiften sein Gesicht, ihre Wange schmiegte sich an seine. Ihre Hände fuhren über seinen Rücken, warm und sanft.

»Dies ist ein besonderer Ort«, hauchte sie. »Entkoppelt vom Rest des Universums.«

Ihre Finger glitten durch sein Haar. »Und alles, was hier geschieht, geschieht losgelöst von der Welt da draußen.«

Ein Flattern fuhr durch seine Brust. Hitze schoss ihm ins Gesicht.

»Hier gilt keine Regel«, flüsterte sie, »keine Pflicht, kein Morgen.«

Er schloss die Augen.

Für einen Herzschlag lang war nichts mehr wichtig – kein Schrat, kein Born, kein Walter.

Nur sie. Die Wärme ihres Körpers. Ihr Atem an seinem Hals. Ihr Herz, das im gleichen Takt schlug wie seines.

Er spürte, wie die Welt an Bedeutung verlor.

Kein Schmerz, keine Schuld, keine Vergangenheit.

Nur Gegenwart.

Und sie.

Die Berührung ihrer Finger auf seinem Rücken war wie ein Versprechen, das nicht ausgesprochen werden musste – weil es längst in ihm lebte.

Langsam löste sich Sina von ihm, strich ihm über die Wange und lächelte. »Komm, ich zeig dir etwas.«

Leise trat sie an eine der Öffnungen im Boden – wie die Hüterin eines uralten Geheimnisses.

»Leg dich hin und sieh hindurch.«

Cord gehorchte – und traute seinen Augen kaum. Wie durch ein schwebendes Fenster sah er Arnold, der zusammengerollt neben der verglimmenden Glut schlief. In einem anderen Guckloch erschien Tak, wie er Holz nachlegte. Das Knistern des Feuers war zu hören, als käme es aus dem Inneren der Brosche.

»Und?«, fragte Sina. »Niemand kann uns sehen. Aber wir können sie beobachten.«

Cord runzelte die Stirn. »Aber ... sie können jederzeit hereinkommen.«

Sina trat an eine Wand und betätigte einen Hebel. Ein sanftes, sphärisches Klingen erfüllte den Raum.

»Jetzt nicht mehr.«

»Und wenn jemand die Brosche zerstört?«

»Dann zerstört er unseren Ausgang, jedoch nicht diesen Raum. Wir würden nicht einmal ersticken – nur verdursten.«

Sie zwinkerte.

»Manche sagen, es gibt Gottestränen, die sogar das verhindern. Andere glauben, dass die alten Götter selbst in einen solchen Kompressionsraum geflüchtet sind. Nur sehr viel größer.«

»Das Auge Haidamars?«

Sie zuckte mit den Schultern. »Wer weiß?«

Dann legte sie die Hand wieder auf den Hebel.

»Was du tust, liegt bei dir. Die Zeit hier mit mir teilen – oder deinen Freund retten. Entscheide dich.«

Cord sah sie lange an.

*Wie leicht es wäre, einfach zu bleiben.*

*Mit ihr.*

*Nur einen Tag.*

*Nur eine Stunde.*

*Nur einen Moment länger.*

»Ich schulde es Walter. Wir sollten ihn befreien«, flüsterte er. »Und dann ... mit ein paar Vorräten zurückkehren.«

Sina nickte. »Wie du willst.«

Sie legte den Hebel um.

Die Welt kehrte zurück.

Doch tief in Cord war ein Raum entstanden, der nur Sina und ihm gehörte.

Arnold und Tak hatten die Augen geschlossen. Auf dem dunklen Wasser trieb eine reglose Gestalt.

»Er ist abgetrieben. Komm und hilf mir!« Sina schlüpfte hastig aus den Stiefeln und öffnete ihr Kleid. »Worauf wartest du? Willst du ihn ertrinken lassen?«

Cord riss sich das Hemd über den Kopf, während Sina bereits aus dem Kleid sprang und zum Wasser lief. Am Ufer drehte sie sich noch einmal um, winkte ihn herbei – dann war sie im See.

»Hey Cord! Nimmst du etwa ein nächtliches Bad?«, rief Arnold verschlafen.

»Kailard treibt ab!« Cord warf die Hose von sich und stürmte los.

»Verdammt. Ich komm mit!«, hörte er Arnold noch rufen, bevor er den Kopf untertauchte.

Das Heilwasser linderte den Schmerz der Verbrennung. Dort, wo seine Hände durchs Wasser schnitten, glomm Plankton in zartem Orange auf.

Er folgte der schimmernden Spur, die Sina hinterlassen hatte, tauchte tiefer – und prallte gegen sie. Sie hatte die reglose Gestalt erreicht und hielt sie fest.

Arnold schwamm schnaufend hinterher. »Der Typ zeigt's uns. Schwimmen macht fit. Hat das Erscheinungsbild von Wasserleiche zu Tattergreis gewechselt. Meint ihr, er lebt?«

Er berührte vorsichtig den Oberarm der Gestalt. Im selben Moment öffnete sie die Augen und packte seine Hand.

Arnold kreischte und riss sich los.

»Leute!« Tak hatte sich aufgesetzt. »Dies ist ein heiliger Ort. Ich bitte um ein Mindestmaß an Würde.«

Er erhob sich und sah verdutzt zur Versammlung im See.

»Potz Blitz!« Er stampfte ins Wasser und bäumte sich stolz auf. »Ich sagte doch, das Mädchen versteht ihr Handwerk.«

Er breitete die Flügel aus. »Kailard, alter Knabe. Lass dich umarmen.«

»Vorsichtig«, warnte Sina. »Er braucht Zeit. Es wird dauern, bis er zurückfindet.«

»Ach was, Humbug! Ein Magier seines Kalibers benötigt keine Aufwachphase.«

»Du bist dir sicher, dass er es ist?«, fragte Cord.

»Sagen wir so … *sicher* klingt mir zu verbindlich. Der Kailard, den ich im Verlies ablieferte, machte einen frischeren Eindruck. Aber hey Kailard, glaub mir, du sahst auch schon mal übler aus als jetzt.«

Arnold schlug wütend mit der Faust ins Wasser. »Hört ihr's? Er hat uns irgendeinen Typen als Kailard untergeschoben, damit wir ihn von seinen Fesseln befreien. Ich hab's ja gesagt.«

»Gemach, Gehilfe Arnold!« Tak hob tadelnd den Finger. »Du solltest nicht leichtfertig einen solch schwerwiegenden Vorwurf erheben. Erst recht nicht, wenn du splitterfasernackt vor einem Cyryg stehst.«

Arnold wich empört zurück.

»Kailard«, rief Tak, »tu uns den Gefallen und bewirke ein kleines Wunder. Ein kleiner Alltagszauber sollte das Missverständnis im Nu klären und diesen Knaben der Lüge strafen.«

Alle Blicke richteten sich auf die Gestalt, die sich schwankend aufrichtete.

Gestützt von Sina stand sie im Wasser.

Lebendig. Menschlich.

Ein schriller Schrei zerschnitt die Stille des Waldes.

Am gegenüberliegenden Ufer brach eine Frau aus dem Dickicht, stolperte, fiel auf die Knie, richtete sich jammernd wieder auf. Atemlos warf sie sich hinter den dicken Stamm eines umgestürzten Baumes, dessen Spitze bis in den See ragte.

Für einen Moment lag wieder unheimliche Ruhe über dem Wasser.

Dann heulte etwas auf – roh, tierhaft – und eine Kreatur sprang aus dem Unterholz. Auf allen vieren landete sie schwer atmend am Ufer. Sie hob den kahlen, bleichen Schädel, aus dem zwei glühende

Augen hervorstachen, und bleckte die Zähne in einem Maul, das an ein Krokodil erinnerte.

Die Kreatur schnüffelte. Witterte. Spürte ihre Beute.

»Verflucht … was ist das?«, flüsterte Arnold.

»Das, meine Gefährten«, sagte Tak ruhig, »ist ein frisch geschlüpfter Sturmjäger.«

»Scheiße«, zischte Arnold. »Nichts wie weg hier.«

Tak hielt ihn am Arm fest. »Ganz ruhig. Er ist nicht unseretwegen hier.«

Cord blickte zur Frau, dann zurück zur Kreatur – und ihm wurde kalt.

Er begriff. »Die Frau … wir müssen ihr helfen.«

»Nein«, entgegnete Tak. »Sie ist bereits tot.«

*Elgat!*

Cord zuckte zusammen. Er wollte aus dem Wasser stürmen, zum Dolch.

Doch Tak hielt ihn zurück.

»Nein«, wiederholte er mit Nachdruck. »Es ist ein Ritual. Ist es einmal begonnen, darf es nicht unterbrochen werden. Wenn du eingreifst, ziehst du jeden Sturmjäger Dradoras auf dich. Und du verlierst alles – auch deinen Freund. Denk an den Grund, warum du hier bist.«

Mit einem gewaltigen Satz sprang der Sturmjäger auf den Baumstamm. Sein Opfer hatte er längst erspäht. Langsam, als koste er den Moment aus, pirschte er sich über das glitschige Holz heran. Schleimiger Geifer tropfte von seinen Lefzen und fiel auf das zitternde Haupt der Frau, die sich an den Stamm klammerte, den Blick gesenkt – unfähig, dem Tod ins Gesicht zu sehen.

Cord verkrampfte sich.

*Hätte ich sie retten können?*

Doch die Frage blieb ohne Antwort. Tak hatte ihn zurückgehalten. Und nun war es zu spät.

Er wandte den Blick ab, als die Bestie das Maul aufriss und sich auf die Frau stürzte.

Ein letzter Schrei durchdrang die Nacht – gellend, verzweifelt – und verstummte im nächsten Augenblick.

Dann blieb nur noch das Splittern von Knochen, das Reißen von Fleisch.

Das Würgen, das Schlingen mit schmatzender Gier.

Cord schloss die Augen.

Als er sie wieder öffnete, stand der Sturmjäger erneut auf dem Stamm.

Sein Blick schweifte über den See – und blieb an Cord haften.

Für einen Moment erstarrte die Welt.

*Jetzt greift er an*, dachte Cord.

Doch plötzlich richtete sich das Ungeheuer auf. Ein entfernter Ruf – menschlich, klagend – hallte durch den Wald.

War es der Mann der Toten? Ihr Bruder? Ihr Vater?

Knurrend wandte sich die Kreatur ab.

Dann verschwand sie im Unterholz – dem Ruf entgegen.

Cord starrte in die Dunkelheit, in der das Ungeheuer verschwunden war.

Leise flüsterte er: »Sie hatte keine Chance …«

Tak schwieg einen Moment. Sein Blick lag auf dem See, als könnte das Wasser eine Antwort geben.

Dann hob er seine Flügel.

»Packt eure Sachen.« Seine Stimme war unerwartet ruhig. »Hier können wir nicht bleiben. Wenn das Ritual durchlaufen ist, wird er zurückkehren und andere Sturmjäger herführen. Denn die und der Eisenfürst müssen ganz in der Nähe sein.«

Ohne ein weiteres Wort marschierte er ans Ufer. Arnold folgte ihm.

Cord und Sina stützten den schwankenden Greis und halfen ihm langsam ans Ufer.

Als Cord unbekleidet aus dem Wasser stieg, glaubte er vor Scham im Boden versinken zu müssen. Er hatte nicht gewollt, dass sie ihn so sah. Und nun wagte er kaum, sie anzusehen.

Arnold dagegen fiel die Kinnlade runter, als er Sina angaffte.

»Arnold!«, befahl Cord. »Unsere Kleidung. Sofort!«

Arnold zögerte, doch schließlich las er Cords Hose und Sinas Kleid auf und reichte sie blöd grinsend den beiden.

Hastig schlüpfte Cord in seine Hose.

Plötzlich griff der Greis nach Sina. »Nein«, krächzte er. Er legte die Hand auf Sinas Schulter, wo ihre weiße Verzierung den Anfang nahm und sich über den Rücken bis zum Bein hinab schlängelte. Sofort riss sich Sina los und der Greis wäre gestürzt, hätte Cord ihn nicht gehalten.

»Tat'Machal«, krächzte der Alte und deutete auf Sinas Schulter.

»Mein Tat'Machal ist das Erste, was dein Interesse weckt?«, fragte Sina.

»Erloschen ...«

Er streckte den Arm nach Sina. Und nun ließ sie seine Berührung zu. Er strich über das Tat'Machal, schloss die Augen – und plötzlich schimmerte die Verzierung in einem matten Licht.

Das Leuchten breitete sich aus, wanderte bis hinab zu Sinas Bein und gewann an Intensität.

Verblüfft tastete Sina über ihr Tat'Machal. Von dort, wo sie es berührte, durchströmten bunt leuchtende Wellen die Verzierung.

»Es fühlt sich echt an«, sagte sie. »Wie hast du das fertiggebracht?«

Dann riss sie die Augen weit auf. »Du bist ... *der* Kailard?«

»Mein liebes Kind«, sprach Tak. »Ich nahm an, dass ihr *diesen* Kailard im Sinn hattet, als ihr mich batet, euch zu ihm zu führen. Kailard, der berühmteste Magier des Reichs, aufgewachsen bei den Hexen von Alva, Berater von König Len Harvekil, Erfinder vieler nützlicher Errungenschaften, und manch völlig unnützer – wie dieser modischen Tat'Machals. Der Kailard, der den größten Teil seines Lebens in der Gefangenschaft des Halkwesens verbracht hatte, bis ihn Takmakwon Takir Ratan, der womöglich letzte Cyryg, errettete. Mit eurer Unterstützung versteht sich. Falls Ihr einen anderen Kailard im Sinn hattet, dann liegt ein bedauerliches Missverständnis vor.«

Sina strahlte. »Schon gut, Tak. Wir haben den Richtigen aus dem Verlies geholt.«

Mit ruhiger Anmut wandte sie sich von den anderen ab und schlüpfte in ihr Kleid.

»Und Arnold, hör endlich auf, mich anzuglotzen.«

Arnold kratzte sich verlegen am Hinterkopf und starrte auf seine Zehen.

Dann murmelte er: »Das Tattoo ist hübsch.«

Tak legte seine Rüstung an. Kailard kleideten sie in ein Gewand, das sie von Prinz Areth für diesen Zweck erhalten hatten.

Tak klatschte in seine Pranken. »Alles aufsitzen! Ich kenne ein sicheres Plätzchen für diese Nacht.«

## Kapitel 44

Der Cyryg hatte sie auf einen üppig bewachsenen Felsvorsprung getragen, knapp unterhalb eines hochaufragenden Gipfels.

Cord ließ den Blick über die heiligen Quellen von Baat schweifen, deren spiegelnde Flächen das Mondlicht wie Kristallscherben brachen.

Leuchtendes Plankton tanzte unter der Oberfläche und tauchte die ziehenden Nebelschwaden in orangefarbenes Licht. Wie ein zarter Schleier umhüllten die Nebel das Land, ließen es geheimnisvoll und entrückt erscheinen, während hoch am Nachthimmel das Auge Haidamars wachte.

Cord sog die Stille und die Erhabenheit des Ortes in sich auf. Für einen Moment ließ er die aufwühlenden Ereignisse der Nacht los. Die Gottesträne. Sina. Kailards Erwachen. Der Angriff des Sturmjägers.

Sina hatte sich direkt nach der Ankunft todmüde in einer Felsnische niedergelegt, verborgen hinter einem Vorhang aus fluoreszierenden Ranken.

Tak hatte es sich auf einem Moospolster bequem gemacht. Ein Auge geöffnet, das andere geschlossen.

Cord vermutete, dass er gleichzeitig wachte und ruhte.

Arnold legte dem im Schneidersitz verharrenden Kailard eine Decke um und setzte sich zu Cord.

»Oh Kumpel … sag mir bitte, dass das alles real ist.«

Er stieß einen langen Seufzer aus. »Ich halt’s nicht aus, wenn ich morgen aufwache und wieder in Anburg bin.«

Cord ließ den Himmelsstein durch die Finger gleiten. »Es fühlt sich echt an.«

»Versteh mich nicht falsch, Kumpel. Das mit Walter ist schrecklich, aber ich würde mich trotzdem immer wieder für diese Welt entscheiden.«

Ein sanfter Wind strich Cord übers Gesicht und streifte die Erinnerung an den Schmerz der Verbrennungen fort. Das Heilwasser hatte gewirkt – bei ihm, und erst recht bei Kailard, dessen Genesung ihn verblüffte.

Von der leblosen Mumie zur aufgedunsenen Wasserleiche, vom zerbrechlichen Greis zu jemandem, der den Lebenden wieder näher war als den Toten.

»Von allem, was passiert ist …«, begann Arnold, »was war für dich das Eindrucksvollste? Das, was du niemals vergessen wirst?«

»Der Flug über die Wüste. Und Kailards Befreiung. Und …«

»Alles falsch«, unterbrach Arnold grinsend.

»Dann sag du's mir.«

»Es war Sina«, erklärte Arnold breit grinsend. »Ich werde das Bild nie vergessen, als sie splitternackt …«

»Du Idiot!«, fuhr Cord ihn an. »Hast du überhaupt kein Gefühl für Anstand?«

»Jetzt beruhig dich mal. Es ist mir ernst. Zuerst dachte ich, Emma sei es. Dann Ragina. Aber jetzt bin ich mir ganz sicher, dass …«

Ein Stich durchfuhr Cord – und er sprang auf. »Halt endlich deine Klappe!«

»Sag mal, spinnst du?«, fauchte Arnold und erhob sich ebenfalls. »Ich vertraue meinem besten Kumpel gerade mein Herz an. Da darf ich doch wohl erwarten, dass …«

»Gar nichts darfst du erwarten. Behalte deine kindischen Schwärmereien für dich. Wir haben Wichtigeres zu tun.«

Cord ließ Arnold stehen und setzte sich wortlos neben Kailard.

»Wer ist hier eigentlich der Idiot?«, murmelte Arnold, schob die Ranken beiseite und verschwand in der Höhle, in der Sina schlief.

Cord sah in die Ferne und suchte nach der Schönheit der Landschaft, die ihn zuvor in den Bann gezogen hatte – vergeblich. Er betrachtete den Himmelsstein und fand das Leuchtfeuer, das ihn nach Adoria Gaad geführt hatte – und da war noch etwas, ein fernes

Flackern in der Dunkelheit. Kaum sichtbare Lichter, die auf einem feinen Geflecht aus Linien umherschwirrten.

Schließlich ließ er den Arm sinken und steckte den Himmelsstein achtlos ein.

»Wer gab ihn dir?«, krächzte Kailard.

Cord erschrak, da er nicht mit einer Frage des bisher starr und stumm dahockenden Geschöpfs gerechnet hatte. Bis vor Kurzem bestand es ausschließlich aus Haut und Knochen, doch legte es wie durch Geisterhand ohne ersichtliche Nahrungsaufnahme an Masse und Kontur zu.

Kailard räusperte sich. »Wer gab dir den Himmelsstein?«

»Herta. So nannte sie sich.«

»Was siehst du in ihm?«

»Funken. Große, die uns zu dir geführt haben. Und andere, kleinere – wie ein feiner Schleier über dem Firmament.«

Kailard nickte kaum merklich und nachdem er erneut verstummt war, fragte Cord nach: »Weißt du, was das bedeutet?«

»Ja.« Kailards Stimme war brüchig, als falle ihm das Sprechen schwer. »Es ist der Äther. Die weit voneinander entfernten Fürstenhäuser stehen darüber miteinander in Kontakt.«

Er sah Cord an. »Wer hat euch geschickt? Unter welchem Befehl steht ihr?«

Tak antwortete: »Also mich hat Magier Cord darum gebeten, dich aus dem Verlies zu befördern.«

Kailard musterte Cord: »Ich sehe einen Jungen, keinen Magier.«

»Weil ich keiner bin.«

»Und doch«, fuhr Kailard fort, »trägst du Elgat.«

Sein Blick blieb an dem Dolch haften, den Cord neben sich auf seiner Tasche platziert hatte.

»Bist du in der Lage die Waffe zu führen? Oder führt sie bereits dich?«

Cord wich Kailards Blick aus. In seinem Inneren flackerte etwas auf. Eine Erinnerung, ein Schuldgefühl, ein Zweifel.

»Manchmal denke ich, Elgat entscheidet selbst«, sagte er leise.

Dann hob er den Kopf. »Der Dolch schleudert Blitze. Nicht immer. Aber wenn, dann so, als hätte er ein eigenes Ziel.«

Er dachte an den Moment, als er den Blitz über Worhan schoss – und ihn trotzdem traf.

»Ich weiß nicht, ob ich den Dolch führe ... oder er mich.«

Seine Stimme war kaum mehr als ein Flüstern.

Kailard sah ihn lange an. Seine Augen wirkten alt – wie aus einer anderen Zeit. Schließlich sagte er mit rauer Stimme: »Elgat ist kein Dolch.« Er streckte die Hand aus. »Ich werde dir zeigen, was ich meine.«

Cord reichte ihm die Waffe und half ihm zugleich beim Aufstehen.

Kailard kam schwankend auf die Beine, doch sein Blick war klar. Er begutachtete die Waffe und strich mit erstaunlicher Sanftheit über die Klinge. »Du bist in einem erbärmlichen Zustand, Elgat.«

»Du hättest den Dolch sehen sollen, bevor sich die Krir seiner annahmen.«

»Elgat ist kein Dolch.«

Kailard streckte die Waffe in den Himmel und ließ sie erstrahlen.

Cord blinzelte. Für einen Moment war es, als entfalte Elgat sein wahres Wesen – in reiner, flammender Gestalt.

Die Klinge verschwand für einen kurzen Augenblick hinter einer gleißenden Lichtwolke und als diese zerfloss, gab sie eine Klinge frei, die länger und breiter war als zuvor.

»Elgat ist ein Schwert. Ich werde dir seine Fähigkeit demonstrieren.«

Tak sprang auf. »Bloß nicht! Es sei denn, du willst, dass uns sämtliche Sturmjäger auf ihren Gleitern einen Besuch abstatten.«

Ein schwaches Lächeln zuckte über Kailards Gesicht – das erste, das Cord bei ihm sah. Dann ließ er die Lichtklinge sanft zerfließen und reichte Cord das, was wieder wie ein Dolch aussah.

Cords erstaunter Blick wechselte zwischen Kailard und Elgat. »Wie hast du das fertig gebracht? Woher weißt du ...«

»Ich weiß es, weil ich Elgat in Var schmiedete. Und jetzt nimm die Waffe.«

Cord schüttelte den Kopf. »Bei dir ist sie besser aufgehoben.«

»Nimm Elgat!«, befahl Kailard energisch und drückte Cord die Waffe in die Hand. »Und jetzt hilf mir, mich hinzusetzen, Junge.«

Vorsichtig ging ihm Cord zur Hand.

Kailard stöhnte. »Und jetzt hock dich zu mir und beantworte meine

Frage, die ich anfangs gestellt habe.«

Er deutete mit dem Finger auf den Platz neben sich. »Wer hat euch geschickt?«

»Plaudert nur«, sagte Tak. »Ich seh mich um, wen Kailard mit seinem kleinen Lichtspiel angelockt hat.«

Er sprang vom Fels und segelte in die Nacht.

Cord setzte sich neben Kailard und begann seine Geschichte zu erzählen.

Kailard lauschte still und aufmerksam, während er seinen Blick über das nächtliche Tal schweifen ließ.

Als Cord auf die alte Frau im Keller der Burgruine zu sprechen kam, blitzten Kailards Augen auf. Er bohrte nach und wollte wissen, weshalb sie Elgat hergab.

Doch Cord wich den misstrauischen Fragen aus, verschwieg die tödliche Wunde, die er verursacht hatte.

Am Ende seiner Ausführungen schüttelte Kailard langsam den Kopf und sprach: »Meine Antwort lautet nein.«

»Auf welche Frage? Was ... meinst du?«

»Du willst mich darum bitten, deinen Gefährten zurückzuverwandeln.«

Cord starrte ihn an, als könne er nicht glauben, was er gehört hatte. Kailards Worte schnürten ihm die Kehle zu. »Ja. Darum bitte ich dich.«

»Die Statuen dienen einem Zweck. Kennst du ihn?«

Cord schüttelte den Kopf. Er hatte das Gefühl, in einem Loch zu versinken.

»Walter ist mein Freund. Er ist mir in diese Welt gefolgt und ihm ist das alles nur meinetwegen zugestoßen. Ich werde ihn dorthin zurückbringen, wohin er gehört. Wohlauf. Das war der einzige Grund, auf dem Krir durch die Wüste zu reiten, in ein Verlies einzudringen und einen alten Mann herauszuholen, der sonst bis in alle Ewigkeit dort schmoren müsste. Kalter Lurch hat sein Leben während der Reise verloren. Und alles, was du sagst, ist ein *Nein*?«

»Die Statuen verschließen das Portal. Und sie dürfen niemals davon entbunden werden.«

Kailards Worte hallten in Cords Verstand, bevor er begriff, was Kailard da ganz nebenbei preisgab. »Die Kinder werden geopfert, um die beiden Welten zu trennen?«

»Und diese Trennung ist heute umso wichtiger. Zum Schutze Dradoras.«

»Schutz wovor?«

Kailard sah Cord eindringlich an. »Du weißt es, weil du von dort stammst. Und ich weiß es, weil Halk gesprächiger ist, als ihm beliebt.«

Er kicherte. »Wer anderen Informationen entlocken möchte, muss hin und wieder selbst Neuigkeiten preisgeben. Und da ich den allergrößten Teil meiner Lebensspanne mit Halk verbrachte, kam da einiges an Wissenswertem zusammen. Auch über deine Welt und das Mercatoriat.«

Cord dämmerte, worum es Kailard ging: Er wollte verhindern, dass sich die triste Verkommenheit, die seine Welt aufgefressen hatte, auch in Dradora ausbreitete.

Aber war das alles? War die Trennung wirklich Rettung – oder auch Gefängnis?

Arnold hielt Dradora für ein Paradies. Vielleicht wäre es das ohne Sturmjäger, ohne Eisenfürsten.

*Ein Paradies, in das meine Mutter fliehen könnte. Und eines Tages ... mein Vater.*

»Was kann eine einzelne Statue mehr oder weniger bewirken?«, fragte Cord. »Selbst jetzt ist der Weg zwischen den Welten nicht vollständig verschlossen – schließlich haben wir ihn passiert.«

»Über lange Zeiträume betrachtet, oszilliert die Größe des Tors. Ohne Sperren stünde es heute so weit offen, dass man es beim Durchschreiten nicht mehr als Tor wahrnehmen würde.«

»Ich bitte dich nur um eine einzige Statue«, flehte Cord. »Ja! Zum Dank dafür, dass wir dich da raus geholt haben.«

Kailard seufzte tief und sah in seine Hände. »Sieh mich an. Eine Verwandlung umzukehren ist etwas anderes, als einem verblichenen Tat'Machal ein Leuchten zu schenken.«

»Es heißt, du hättest es schon einmal vollbracht.«

Kailard schloss die Augen und schwieg für eine Weile.

»Ja«, flüsterte er. »Ich hatte es getan. Und diese eine Tat kostete einem König das Leben. Und brachte mir das Verlies.«

Kailard sah Cord lange an.

»Ich hatte mich mit meinem Schicksal arrangiert. Mit der Dunkelheit. Mit Halks endlosen Monologen. Wofür also sollte ich dir dankbar sein? Dass du mich in eine Welt zurückgeholt hast, die längst nicht mehr die meine ist? Die all meine Vertrauten längst verlassen haben?«

Cord war sprachlos. Ein befreiter Gefangener, der seine Rettung beklagte.

»Dann nenn es, wie du willst – Rettung, Entführung, Irrsinn. Aber du bist hier. Und du bist Walters einzige Hoffnung. Ich weiß, dass er sich niemals mit seinem Schicksal abfinden wird. Genauso wenig wie ich. Oder Arnold. Sag mir, warum du es damals getan hast?«

»Der König glaubte nicht mehr an eine Rückkehr der Adorianer. Selbst dann nicht, wenn er den Vertrag brechen und das Portal für alle Menschen in beiden Welten öffnen würde.«

»Doch dazu kam es nicht.«

»Nein. Die Fürsten hielten uns auf. Len Harvekil – mein König, mein Freund – wurde in eine Zeitfalle geworfen. Mich übergaben sie an Halk.«

Er schüttelte den Kopf. »Er hatte es ihnen leicht gemacht. Als oberster Hüter des Portals und Stellvertreter der Götter auf Dradora hatte er den Vertrag gebrochen. Sie verurteilten ihn wegen Hochverrats, und Werter Wileba bestieg den Thron.«

Cord fuhr sich mit den Händen durch die Haare. »Ich verstehe das alles nicht. Welche Rolle spielen die Statuen? Weshalb sind beide Welten miteinander verbunden?«

Kailard lächelte. »Die einfach zu beantwortende Frage wird dir bitter aufstoßen. Auf die schwierige kannst du viele Antworten erhalten, je nachdem, wen du befragst. Die meisten werden sagen, es waren die alten Menschen, die das Portal erschaffen haben. Sie kamen aus deiner Welt und brachten Tiere, Pflanzen und Technik in die karge Welt der Krir.«

»Wo sind sie jetzt, die alten Menschen?«

»In dir und mir.«

»Glaubst du daran?«

»Dass es die alten Menschen gab? Daran besteht kein Zweifel. Ihre Relikte sind überall auf Dradora: Gleiter, Gottestränen, all dieses Zeug. Aber ob sie es waren, die das Portal geschaffen haben, das bezweifle ich mittlerweile und halte es für wahrscheinlicher, dass sie es nur entdeckt haben.«

»Wer hat es dann erzeugt?«

Kailard zuckte mit den Schultern.

»Wenn Halk recht hat, war es ein Zeitdämon – ein Wesen, das sich entlang der Fäden eines unsichtbaren Gewebes durch den gesamten Kosmos windet. Er zieht Verbindungen zwischen Welten. Und wo immer er erscheint, hinterlässt er Risse … und Zeitfallen.«

Cord seufzte. »Und wieder eine Erklärung, die mehr Fragen aufwirft als sie beantwortet.«

»So ist das, wenn man sich ins Unbekannte wagt. Beklagst du etwa den Fortschritt? Bevorzugst du lieber wohltuende Unwissenheit?«

»Ich erkenne keinen Fortschritt. Was ist aus der Technologie geworden, die zum Bau der Gleiter geführt hat? Ihr seid nicht einmal imstande die Geräte zu reparieren, die euch hinterlassen wurden. Was ist mit all dem Wissen geschehen?«

»Tja, die alten Menschen sind auf etwas gestoßen, das noch mächtiger war als sie. Die Adorianer haben mit den Seelen der Besiegten das Portal verschlossen.«

»Nicht gründlich genug.«

»Ja, ohne zusätzliche Stabilisierung verliert die Sperre ihre Wirkung. Zwei Risse sind schon passierbar – falls die Torwächter es gestatten.«

»Das ist verrückt! Ihr habt Menschen geopfert … für ein Tor? Um ein verdammtes Tor geschlossen zu halten, das unsere Welten verbindet? Weil es jemand befohlen hat, der sich längst aus dem Staub gemacht hat?«

Cord schüttelte fassungslos den Kopf. »Warum die Statuen? Gibt es keine andere Möglichkeit?«

Seinen Blick auf den schimmernden Wald gerichtet, atmete Kailard tief durch.

»Ich habe damals keine andere gefunden.«

Cord hörte die Worte, doch sie erreichten ihn nicht. Sie schwebten hohl in der Luft, bedeutungslos.

Dann sanken sie in ihn hinein, wie ein Stein ins Wasser. Und Kailards ungeheuerliche Andeutung überrollte ihn mit voller Wucht.

»Ich habe es dir gesagt, Junge. Die Antwort wird dir bitter aufstoßen.«

»Einfach so? Als wäre es das Belangloseste der Welt, sagst du mir nebenbei ... dass du verantwortlich bist für das, was Walter zugestoßen ist? Und all den anderen?«

Cord packte Elgat und sprang auf. »Sag mir, warum ich dich nicht einfach in die Tiefe stoßen sollte?«

»Weil du weißt, was ich bin. Nicht nur ein Werkzeug, sondern die letzte Hoffnung für deinen Gefährten. Töte mich, und du verurteilst ihn endgültig.«

»Cord«, rief Sina, »was ist bloß in dich gefahren? Leg den Dolch weg.«

Sie eilte Cord entgegen, doch Arnold hielt sie am Arm zurück. »Lass ihn, Sina.«

Sina zögerte. In ihren Augen spiegelte sich Erschöpfung – und etwas Unausgesprochenes, das schwerer wog als bloße Sorge. Vielleicht Enttäuschung. Vielleicht Angst.

Cord antwortete, ohne ihn aus den Augen zu lassen: »Wir haben den aus dem Verlies geholt, der bis in alle Ewigkeit verdammt ist. Er war es, der sich diesen kranken Mist mit den Statuen ausgedacht hat. Er hat Walter auf dem Gewissen.«

»Hey, Kumpel, bevor du etwas tust, das wir alle bereuen, solltest du uns erst einmal erklären, was hier los ist. Ich kapiere nämlich gar nichts.«

Cord schluckte und kämpfte gegen die Tränen. Er würde vor diesem Mann keine Schwäche zeigen.

»Du bist nicht besser als der Eisenfürst und seine Sturmjäger.«

Er richtete die Klinge auf Kailard.

»Los, erklär uns, warum du das getan hast?«

»Das ist ganz einfach«, antwortete Kailard ruhig. »Wir alle sind Kinder unserer Zeit. Ich war überzeugt, alles für die Stabilität der

Portalsperre tun zu müssen. Selbst wenn es Leben und Seelen kostete. Es war das mildeste Mittel, um die Menschheit vor der Strafe der Götter zu bewahren.«

Cords Hand zitterte, der Dolch funkelte.

»Das nennst du das mildeste Mittel? Du trägst die Verantwortung für ...«

»Oh ja.« Kailard sah ihm direkt in die Augen. »Ohne mein Zutun wäre vieles anders gekommen. In dieser Hinsicht, Junge, unterscheiden wir uns nicht.«

Die Worte trafen Cord wie ein Messer in die Brust. Präzise. Erbarmungslos.

*Ich war es, der das Messer meines Vaters an Elrik verloren hatte. Und ich war es, der nicht auf Arnold und Walter gehört hatte, als sie Lorkmart verlassen wollten. Ich war es, der Tris Tarnaha ...*

»Unser Handeln verleiht dem Rad der Zeit Schwung«, fuhr Kailard fort. »Wird er zu groß, vermag ein Einzelner das Geschehen nicht mehr aufzuhalten. Erst recht nicht, wenn er seine Kräfte verloren hat, die das Rad ins Rollen brachten.«

»Der Born kann dich heilen«, sagte Cord leise.

Kailard lachte trocken. »Der Born ist unerreichbar. Für mich. Ebenso für dich.«

»Nein, ich werde dorthin gehen.«

»Weshalb? Das wird deinen Freund nicht retten.«

»Das geht dich nichts an.«

»Lass mich raten. Es ist wegen der Frau, die Elgat besaß. Nicht wahr?«

»Woher ...?« Cord wich einen Schritt zurück.

»Dank Halk bin ich ein aufmerksamer Zuhörer.«

Cord blickte ertappt zu Boden.

»Erzähl mir, was geschehen ist, Junge«, forderte Kailard.

Cord presste die Lippen aufeinander. Die Erinnerung an die Frau des Schrats brannte in ihm. Doch die Worte blieben ihm im Hals stecken.

Arnold trat an seine Seite. »Es war nicht seine Schuld. Der Blitz hat sich gelöst und ... sie getroffen.«

»Die Frau des Torwächters?«, fragte Kailard. »Tris Tarnaha? War das ihr Name?«

Cord nickte. »Ich habe versprochen, ihr das Heilmittel zu beschaffen. Wenn es mir nicht gelingt, wird mich der Schrat töten.«

Für einen Moment flackerte etwas in Kailards Blick auf – Schmerz vielleicht, oder ein Echo von etwas Vergangenem. Dann war es verschwunden.

»Du hast dir Großes vorgenommen«, sagte er.

*Zu viel*, dachte Cord. Die Wut war verflogen. Zurück blieb nur Erschöpfung und die bittere Erkenntnis, dass Kailard ihm weder helfen wollte noch konnte.

Cord senkte die Waffe.

Elgat wog in seiner Hand, schwerer als zuvor, als hätte die Klinge das Grollen seines Zorns in sich gebannt. Erschrocken begriff er, wie nah er der Versuchung gewesen war.

Kailard streckte ihm die Hand hin. »Hilf mir noch einmal auf.«

Cord zögerte. Dann schlug er ein und zog ihn hoch.

»Niemand«, sagte Kailard leise, »gelangt ohne Erlaubnis der Königin in den Palast, geschweige denn in die Nähe des Borns.«

Cord nickte kaum merklich, den Blick zur Seite gerichtet. »Ich weiß.«

»Es ist für einen Mirling ebenso aussichtslos«, fuhr Kailard fort, »wie das Führen von Elgat, oder das Durchqueren der Wüste auf einem Krir, oder die Entführung eines Gefangenen aus Adoria Gaad.«

Cord hob die Brauen. »Was willst du damit sagen?«

Kailard lächelte schmal.

»Dass ich ein eitler, alter Mann bin, der sich das zurückholen wird, was sie mir genommen haben. Und wenn mir das Schicksal jemanden zuführt, der auf dem Weg zum Born ist, dann wäre ich ein Narr, ihm nicht zu folgen. Zumal die Leichtgläubigen in ihm den Knuh'Likat Haidamar sehen werden.«

»Und Walter?«

»Nicht nur Walter. Ebenso Tris Tarnaha. Wir werden beide erlösen. Wenn du mir meine Kraft zurückgibst.«

»Hoho! Schon alle wach an diesem herrlichen Morgen! Habt Ihr gut geschlummert?«, trällerte Tak und ließ sich auf dem Felsen nieder.

»Hey, Tak«, fragte Arnold, »du hattest Wache, oder?«

»Sei unbesorgt, Gehilfe Arnold, ich hatte die Magier die meiste Zeit im Blick – zumindest mit einem Auge.«

»Und wo war das andere?«

»In der Luft. Auf Spähflug. Und zur allgemeinen Körperertüchtigung.«

»Und? Was hast du gesehen?«

»Nichts! Absolut ruhig. Zumindest jetzt. Zuvor muss es allerdings äußerst unappetitlich zugegangen sein. Ein niedergebranntes Dorf, die Überreste eines Stürmerborns mit all seinen blutigen Begleiterscheinungen.«

Arnold verdrehte die Augen. »Das klingt, als wäre jedes Detail eines zu viel.«

»Ganz recht, das ist nichts für Kinder und schwach Besaitete. Die Geburt eines Sturmjägers löscht gewöhnlich eine komplette Dorfgemeinschaft aus. Es sieht so aus, als hätte es bis auf ein Mädchen auch diesmal niemand überlebt.«

»Und das Mädchen?«, fragte Sina scharf. »Du hast es dort unten zurückgelassen?«

»Glaubst du, ich bin auf weitere Passagiere erpicht? Es wird Zeit, dass ich euch endlich loswerde, um meine wohlverdiente Erholungskur anzutreten. Also, wo darf ich euch absetzen? Ich nehme an, ihr wollt nicht hier oben bleiben.«

»Es steht außer Frage, dass wir nach den Überlebenden im Dorf sehen werden«, antwortete Sina.

»Magier Cord«, fragte Tak. »Siehst du das ebenso?«

»Nicht so schnell«, unterbrach Arnold. »Bist du dir sicher, dass sich da unten auch wirklich keine Sturmjäger mehr rumtreiben? Ich habe keine Lust, Teil eines Gemetzels zu werden.«

Der Cyryg schmunzelte. »Wer weiß das schon? Lasst uns unsere Neugierde befriedigen. Einverstanden, Magier Cord?«

Alle Blicke richteten sich auf Cord.

Er zögerte einen Moment. Dann hob er den Kopf – und nickte.

»Bring uns runter.«

# Kapitel 45

Ein lauer, süßlicher Wind trieb Rauch und Asche durch die Gassen zwischen den niedergebrannten Hütten. Leblose Körper lagen gekrümmt und entstellt im Staub, als hätten sie selbst im Tod noch versucht, sich vor dem Grauen zu verbergen.

Vielleicht waren sie zu schwach für die Flucht. Oder sie hatten gehofft, nicht das Blut zu teilen, das durch die Adern jener zehn Erwählten floss, die man an den Rohling genagelt hatte – an jenen Fleischleib, aus dem der Sturmjäger geschlüpft war.

Sie lagen in einem Halbkreis um einen aufgeplatzten Kokon, der wie ein widerwärtiger Altar aus Fleisch in der Mitte thronte. Zehn Dorne, dick wie Kinderarme, durchbohrten ihre Herzen und führten direkt in den Leib des Rohlings. Über diese Stacheln war ihr Blut in die Hülle des Ungeheuers geflossen und hatte ihm ihre Lebenskraft übertragen.

Tak hatte erklärt, was dann geschehen war – so gut es sich in Worte fassen ließ: Der Sturmjäger brach aus seinem Kokon hervor, geboren nicht aus einem Mutterschoß der Natur, sondern aus dem eines Alptraums. Sobald er den ersten Atemzug genommen hatte, begann er seine Jagd auf all jene, deren Blut in ihm floss. Erst wenn er den Letzten erlegt hatte, galt das Ritual als vollendet. Dann trat der Sturmjäger in den Dienst seines Herrn, auf den er geprägt war.

»Ist der Spuk jetzt vorbei?«, fragte Arnold.

»Sieh dich um«, sagte Tak. »Das Dorf ist ausgelöscht. Der Eisenfürst ist mit seinem neuen Diener abgereist. Wären sie noch hier, gäbe es längst Trubel.«

»Und wo ist das Mädchen, das du gesehen hast?«, fragte Sina.

Tak antwortete nicht, sondern deutete wortlos auf eine der verkohlten Hütten.

Davor stand ein Mädchen. Regungslos. Mit einem Blick, der durch sie hindurchzugehen schien.

»Verflucht!«, entfuhr es Arnold. »Wo kommt die denn plötzlich her? Wie kann man sich nur so anschleichen? Ich könnte schwören, die war eben noch nicht da.«

»Hey, du!«, rief Sina und lief dem Mädchen entgegen.

Cord folgte ihr.

Das Mädchen trug ein schwarzes Kätzchen auf ihrem Arm, das sie sanft streichelte.

»Wie heißt sie?«, fragte Sina.

»Blau.«

Cord sah in ihre Augen. Sie leuchteten im selben Blau wie die des Tieres.

»Benennt ihr eure Katzen immer nach deren Augenfarben?«

Sie zuckte mit den Schultern. »Ich mach das so.«

»Lass dich ansehen.« Sina musterte das Mädchen. »Bist du verletzt?«

»Du musst dich nicht um mich sorgen.«

»Nein, das muss ich nicht«, entgegnete Sina überrascht. »Aber wir bieten dir unsere Hilfe an, wenn du sie brauchst.«

Tak trat näher. »Sie ist nicht von hier. Wäre sie es, hätte sie die Nacht nicht überlebt.«

Sina wich einen Schritt zurück.

Das Mädchen musterte Kailard. »Du warst ein Magier.«

Kailard antwortete überrascht: »So nannte man mich einst.«

»Wenn du zurückwillst, was du verloren hast – dann tritt vor die Königin.«

»Hat sie dich geschickt?«

»Ich bin nicht deinetwegen hier.«

Das Kätzchen sprang von ihrem Arm und schmiegte sich schnurrend an Cords Bein.

Sina zog Cord an der Hand. »Komm. Wir sollten gehen. Das hier fühlt sich falsch an.«

Das Mädchen lachte leise. »Hast du Angst vor mir? Oder vor der Raubkatze?«

Cord bückte sich, hob Blau auf den Arm und ließ sich von der rauen Zunge über die Finger lecken – ohne dem Blick des Mädchens auszuweichen.

Sie trat näher, ihre Augen glitten über sein Gesicht. Dann lächelte sie – und kam so dicht, dass ihr Atem seine Haut streifte.

»Ich auch«, hauchte sie – so leise, dass Cord nicht sicher war, ob er sich verhört hatte.

Er runzelte die Stirn. »Was meinst du?«

Sie deutete mit den Augen auf seine Hand.

»Du willst …?«

»Reich mir einfach deine Hand. Ich werde dich nicht beißen.«

Sie kicherte, legte ihre warmen Finger in seine und reckte sich ihm entgegen.

»Zeig mir die Sterne«, flüsterte sie.

Ihr Atem strich an seinem Ohr vorbei, kaum mehr als ein Windhauch – und doch zu nah, zu gezielt.

Etwas in ihm verlor den Halt. »Ich soll was?«

»Du weißt es«, sagte sie. Nicht laut, nicht leise – nur so, als hätte sie die Worte direkt in ihn hineingesprochen.

Der Luftzug ihrer Stimme ließ ihn erschauern. Dann trat sie einen Schritt zurück, lächelte – und sprach laut, für alle hörbar:

»Du hast mich gehört: Führe den alten Mann nach Zanmathar. Dort findest du das, was du begehrst, und den, den du suchst.«

Sie schnippte mit den Fingern. Das Kätzchen hüpfte ihr auf den Arm.

»Blau mag dich«, sagte sie mit einem Lächeln.

Dann drehte sie sich um und verschwand in den Gassen – wie ein Schatten im Staub.

Cord sah ihr wie hypnotisiert nach.

»Was sollte das?«, fragte Sina. »Kennst du die Kleine?«

»Hey Kumpel«, Arnold tippte Cord auf die Schulter. »Jag mir doch nicht so einen Schrecken ein. Hat sie dich versteinert? Ist sie so etwas wie der Eisenfürst, nur in klein und süß?«

Cord schüttelte verwundert den Kopf. »Ich kenn sie nicht.«

»Magier Cord«, grinste Tak. »Ich sage es frei und frank heraus: Das eben hat einen verwirrend vertrauten Eindruck auf mich gemacht.«

»Ich sagte doch, ich kenne das Mädchen nicht.«

»Ich bezweifle, dass sie das wirklich ist«, warf Kailard ein. »Ein Mädchen.«

Arnold lachte. »Was soll sie sonst sein?«

»Ihre Katze heißt Blau«, gab Cord zu bedenken. »Wie die Katze der einäugigen Herta.«

»Und wenn schon! Was ist dabei, Katzen nach ihren Augenfarben zu benennen? Gar keine schlechte Idee, sogar irgendwie ganz nach meinem Geschmack.«

»Das trifft aber nicht den Geschmack der Leute in Dradora«, entgegnete Sina.

»Die Königin«, sagte Tak, »soll zuweilen in ihrer kindlichen Gestalt erscheinen.«

»Wie bitte?« Arnold runzelte die Stirn. »Die Königin ist ein Kind?«

»Das waren nicht meine Worte.« Tak beachtete Arnold nicht weiter.

»Ihre Anhänger halten sie für die *Überlebende der Wüste*«, erklärte Sina. »Die Prinzessin soll als Kind von einem Krir gerettet worden sein und seitdem von Zeit zu Zeit in ihrer kindlichen Gestalt erscheinen.«

»Glaubst du daran?«, fragte Cord.

»Nein. Ich halte die Königin und die allermeisten Fürsten für Betrüger.«

»Und gerade deshalb«, warf Tak ein, »sollten wir der Tatsache Beachtung schenken, dass sowohl die alte Herta, von der Cord berichtet hat, und das junge Ding nicht nur jeweils eine schwarze Katze desselben Namens besitzen. Beide interessieren sich offenbar auch für Meister Kailard. Die eine hat Cord angestiftet, den alten Magier aus dem Verlies zu befreien. Die andere schickt ihn jetzt zur Königin. Beide spielen mit ihm – wie ihre Katzen.«

»Und wie sollen wir ihre Andeutung verstehen, dort den zu finden, den wir suchen?«, fragte Cord. »Damit kann sie doch nur Walter meinen, oder?«

Tak wiegte den Kopf hin und her. »Die Alte wusste von Walter. Falls die Königin dahinter steckt, wird sie Walter als Lockmittel einsetzen. In erster Linie geht es ihr darum, Kailard für sich zu gewinnen.«

»Aber weshalb hat sie ihn nicht selbst zu sich geholt? Sie ist die Königin!«

»Weil sie es nicht wagte, das Urteil ihres Vaters gegen mich aufzuheben«, sprach Kailard. »Und weil das ihren Feinden einen Anlass geboten hätte, gegen sie Stellung zu beziehen.«

Tak stimmte zu. »Falls ein Konflikt bevorsteht, hat sie sicherlich

Verwendung für einen berühmten Magier – nachdem sie ihn vorher ordentlich aufgepäppelt hat.«

Arnold klatschte freudig in die Hände. »Also Leute. Das klingt nach einem Plan. Worauf warten wir noch? Tak fliegt uns in die Hauptstadt. Dort erhält Kailard von der Königin seine Kräfte zurück und haut unseren Kumpel Walter aus der Patsche. Und wir schnappen uns bei der Gelegenheit ein Mitbringsel für den Schrat.«

Cord sah Kailard fragend an. »Was hältst du davon?«

»Möglicherweise liegen wir mit unseren Annahmen falsch, aber wir sollten es riskieren. Ich habe mehr zu gewinnen, als zu verlieren.«

»Und was ist mit dir?« Cord blickte zum Cyryg. »Können wir auf dich zählen?«

Tak sah in die Runde. »Hm, also der Vertrag ist erfüllt, *übererfüllt* genau genommen. Und ...«

Arnold stemmte die Hände in die Hüften und fuhr ihn an: »Wir sind so weit gekommen. Wir haben eine Spur zu Walter. Wir haben Kailard. Er wird Walter retten. Es ist alles bereit. Das Einzige, das du tun sollst, ist uns dorthin zu bringen. Ist das wirklich zu viel verlangt? Nachdem wir dich aus dem Gefängnisloch geholt haben, in dem du verrottet wärst?«

»Meine Güte, junger Mann.« Tak warf Arnold einen missbilligenden Blick zu. »Eines solltest du unbedingt lernen. Es gehört sich nicht, älteren ... Lebewesen ins Wort zu fallen. Das ist überaus unhöflich. Also wo war ich? ... Ach ja, Vertrag übererfüllt. Und ich sagte euch bereits, dass ich eine dringende Kur geplant habe ...«

Cord sah enttäuscht zu Boden.

»... um«, fuhr Tak fort, »von den Strapazen der Gefangenschaft zu genesen, von den Qualen der unendlichen Langeweile. Was könnte es daher für eine geeignetere Erholung geben als einen berühmten Magier, einen Nachwuchsmagier samt Gehilfen und die bezaubernde Frau Sina dorthin zu bringen, wo ihnen ein aufregendes Abenteuer beschieden ist.«

Cord und Arnold sahen ihn an, als hätte er ihnen gerade den Weg zu einem Schatz offenbart. Dann schlugen sie ein.

Sina seufzte. »Tut mir leid. Ich werde euch nicht begleiten.«

Ihre Worte trafen Cord wie ein Schlag. Die Euphorie wich bitterer Ernüchterung.

Arnold riss die Augen auf und durchbrach das Schweigen. »Das darf doch nicht wahr sein. Das ist doch Quatsch ... Du kommst mit! Oder etwa nicht?«

Sie schüttelte langsam den Kopf. »Ich muss zu meinen Leuten zurückkehren.«

»Zu Unadil?« Sofort bereute Cord seine Frage.

»Auch wegen Unadil.«

In diesem Moment verlor alles an Bedeutung, was Cord eben noch Hoffnung gegeben hatte.

»Es ist nicht so, wie du denkst«, erklärte sie. »Das Gegenteil ist der Fall. Nachdem, was geschehen ist, mit Qiz – und wegen anderer Vorfälle, kann ich Unadil nicht mehr trauen. Daher muss ich zurück zu meinem Stamm.«

Cord nickte stumm. Den Blick hielt er gesenkt.

Sina zog ihn zu sich und küsste ihn auf die Wange.

Cord errötete.

»Leute, Leute«, wunderte sich Arnold. »Hab ich was verpasst?« Er verzog den Mund zu einem Grinsen, doch seine Augen lachten nicht mit.

Es war Cord gleichgültig, was sein Freund davon hielt. Sollte er sich doch darüber amüsieren – oder eifersüchtig sein.

In Cord brannte etwas anderes. Kein Trotz, kein Stolz, keine Wunde, die man verbinden konnte. Es war das Gefühl, dass ihm etwas entglitt, das vielleicht nie ihm gehört hatte – aber das er für sich erhofft hatte. Und diese Hoffnung, hatte er gedacht, würde nie vergehen.

## Kapitel 46

Der Flug zum Lager der Rebellen war trist. Kailard und Tak unterhielten sich über die Minen des Hauses Skallahat, in denen der Eisenfürst das kostbare Blaubrand schürfen ließ.

Cord war nicht nach Gesprächen zumute. Er saß wieder hinter Sina. Das Tat'Machal auf ihrer Schulter glänzte im Sonnenlicht – wie ein vergangenes Versprechen. Cord schloss die Augen. Seine Erinnerung kehrte zurück zu den heiligen Quellen von Baat. Dort hatte Kailard das Tat'Machal erweckt. Die leuchtende Verzierung verlieh Sina eine stille Schönheit, die nicht von dieser Welt zu sein schien.

Tak riss ihn aus der Traumwelt. »Magier Cord, wie ist deine Meinung dazu?«

»Zu was?«

Tak lachte. »Er träumt vor sich hin, während wir uns den Kopf zerbrechen, wie wir ihn aus seiner misslichen Lage befreien.«

Cord hörte das Grinsen in Taks Stimme, als dieser sagte: »Es geht nicht darum, dass wir uns von Fräulein Sina verabschieden müssen, sondern darum, Meister Kailard rasch in Form zu bringen – und dir den Schrat vom Hals zu schaffen. Bist du interessiert?«

Arnold kam Cord mit der Antwort zuvor. »Cord hat gerade offenbar andere Prioritäten – also komm schon, rück raus mit der Sprache: Wie lautet Kailards Plan?«

»Der Plan, den Kailard und ich *gemeinsam* ersonnen haben, lautet folgendermaßen: Die Königin wird feststellen, dass es für Kailards Genesung mehr bedarf als einer Blaubrand-Kur. Um nicht unnötig Zeit zu verlieren, wird sie ihm den Zutritt zum Born gestatten. Und bei dieser Gelegenheit wird er das beschaffen, was der Schrat verlangt. Kailard wird dann in der Lage sein, eurem Gefährten beizustehen – falls es nicht zu spät ist. Und Cord wird seine Schuld gegenüber dem Schrat begleichen. Pfiffig, nicht wahr?«

Kailard hatte den Blick abgewandt und blickte in die Ferne.

»Ja«, antwortete Cord, »unter der Annahme, dass die Königin tatsächlich hinter der Sache steckt.«

»Das Leben ist wie ein Kartenspiel, und nun sind wir am Zug. Wir müssen entscheiden, welche Karte wir spielen. Bist du bereit?«

»Von mir aus.«

»Eine weise Entscheidung.« Tak grinste. »Und genieße die letzten Augenblicke des Fluges. Unser Zwischenziel ist nahe.«

Inmitten der Lichtung schwebte die Göttersteige knapp über den Baumwipfeln. Darauf lag ein lebloser Körper, aus dessen Rücken ein Pfeil ragte.

Der Wald war still. Kein Laut, keine Bewegung.

Nachdem sie gelandet waren, stießen sie auf die lange Reihe der Toten, aufgebahrt auf Holzscheiten. Männer, Frauen, Kinder.

Sina schritt die Reihen ab. Vor jedem Leichnam blieb sie stehen, legte ihm eine Hand auf die Stirn und sprach dessen Namen.

Ein Greis und eine Greisin schleppten einen weiteren Gefallenen auf einem Karren herbei.

»Was ist geschehen?«, fragte Sina.

Ein Schluchzen riss die Greisin zu Boden. »Die Götter haben uns verlassen.«

»Wer war es?«

»Ich fleh dich an, vergib ihnen.«

»Sieh mich an«, forderte Sina. Ihre Stimme war hart. »Und sprich.«

Der Greis stützte sich auf den Rand des Karrens. »Bitte verschone uns. Wir haben uns Unadil widersetzt. Du kennst uns – nie haben wir einen Unterschied gemacht zwischen den Mitgliedern beider Stämme.« Er deutete mit der zitternden Hand auf die Reihen der Toten. »Überzeuge dich. Wir ehren alle Gefallenen.«

Sina packte ihn am Kragen. »Ich frage zum letzten Mal. Was ist hier geschehen?«

Unter Tränen erzählte der Greis, dass Ibnidai Unadil Sinas Leute aufgefordert hatte, sich ihm anzuschließen, weil Sina angeblich in der Wüste umgekommen sei. Als sie sich weigerten, ließ Unadil sie im Schlaf töten. Nur wenige überlebten den Verrat. Sie kämpften, als alle Hoffnung schon verloren war.

Sina half der Greisin auf die Beine. Gemeinsam mit dem Greis trugen sie den Toten vom Karren zu den anderen.

Cord trat vor, um zu helfen, doch Sina wies ihn mit einer knappen Geste zurück.

»Wo ist Mila?«, fragte sie.

Die Greisin schluchzte erneut. »Mila hat gekämpft wie eine Kriegerin aus der Zeit der alten Götter. Sie hat unter Unadils Leuten gewütet, als stamme sie nicht aus dieser Welt.«

»Wir wagen es nicht, Mila zu berühren«, ergänzte der Greis. »Und den Gefallenen oben auf der Göttersteige erreichen wir nicht. Alle anderen sind jetzt aufgebahrt.«

Sina wandte sich an Tak, der bereits wusste, was sie von ihm verlangte.

»Bringt mich zu Mila«, forderte Sina die beiden Alten auf.

Mila schwebte am Rand des Todes.

Eingehüllt in ein Gespinst aus filigranen Fäden.

Etwas in Cord zog sich zusammen. Er erkannte den Kokon sofort. Tris Tarnahas lebloser Körper hatte in genau solch einem gelegen.

Sina starrte gebannt auf die Wunde in Milas Unterleib. Ein gezackter, klaffender Riss zog sich quer über den einst so straffen Bauch ihrer Gefährtin. Die einst samtige Haut war von einer tiefen Hiebspur entstellt.

Sina schluckte schwer.

Eine Träne löste sich und rann über ihre Wange.

Zitternd beugte sie sich über den Kokon.

»Verlass mich nicht«, flüsterte sie, die Stimme rau vor Schmerz. »Du hast es geschworen. Verlass mich nicht ...«

Träne um Träne tropfte aus ihren Augen und versickerte im seidigen Fadennetz.

»Armes Ding«, klagte die Greisin. »Willst du es nicht wenigstens versuchen, sie zu retten?«

»Ich vermag es nicht«, antwortete Sina mit gedämpfter Stimme. »Wenn ich den Kokon öffne, wird sie sterben.«

»Wenn du es nicht tust«, wisperte die Greisin, »wird sie über Tage dahinsiechen. Kannst du ihr wirklich nicht helfen?«

»Die Verletzung ist tödlich. Es gibt nichts ... das ich tun kann.«

»Doch!«, widersprach Cord. »Der Born!«

Sina schüttelte den Kopf, ohne ihn anzusehen. »Der Born ist allein der Königin vorbehalten.«

»Kailard wird das Heilmittel beschaffen, sobald die Königin ihm Zutritt gewährt – nicht wahr, Kailard?«

Kailard seufzte, biss sich auf die Lippe und schien nach Worten zu suchen.

»Unser Vorhaben stützt sich darauf, dass die Königin meine Befreiung gewollt hat. Und dass sie es für notwendig erachtet, mir die Kraft des Borns zukommen zu lassen. Selbst wenn das stimmt und es mir gelänge, das kostbare Heilmittel hinauszuschmuggeln, würde es diese Kriegerin aus Alva nicht retten.«

Er deutete auf Mila.

»Ebenso wenig wie ... Tris Tarnaha.«

Cord fuhr zusammen.

»Aber du sagtest, wir würden der Frau des Schrats das Heilmittel bringen.«

»Nein. Das sagte ich nicht.« Kailard schüttelte den Kopf. »Folge mir.«

Sie durchquerten schweigend die Lichtung. Tak hatte den Toten von der Göttersteige geholt und trug ihn zu den anderen Gefallenen.

Cord blieb stehen.

»Du brichst dein Wort?«

Kailard schüttelte schwerfällig den Kopf.

»Willst du mich zum Narren halten? Erst versprichst du, der Frau des Schrats zu helfen – und jetzt weigerst du dich, ihr das Heilmittel zu bringen?«

Ein kaum wahrnehmbares Lächeln umspielte Kailards Lippen.

»Der Born ist ein Nebel. Selbst wenn es gelänge, einen Bruchteil davon einzufangen und diesen zu Mila oder Tris Tarnaha zu bringen – es wäre nicht genug. Die Wunde, die einen Kokon erzeugt, lässt sich damit nicht heilen.«

»Also hast du mich doch getäuscht.«

»Im Gegenteil. Ich stehe zu meinem Wort. Wir werden Tris Tarnaha retten. Aber nicht, indem wir ihr das Heilmittel bringen. Sondern indem wir sie an den Ort der Heilung führen.«

Cord starrte ihn an.

»Ich soll mit leeren Händen vor den Schrat treten und ihm erklären, dass seine Frau nur überlebt, wenn wir sie quer durch Dradora schleppen?«

»Nein«, entgegnete Kailard ruhig. »So einfach ist es nicht.«

Cord schüttelte fassungslos den Kopf. Er konnte kaum glauben, was er hörte.

»Du verhöhnst mich doch.«

»Komm.« Kailard klopfte ihm auf die Schulter. »Lass uns noch ein paar Schritte gehen. Meine Knochen sollen spüren, dass sie wieder gebraucht werden.«

Er stützte sich auf Cords Schulter.

»König Len Harvekil«, erzählte er, »hat den Torwächter und dessen Frau einst aus Dradora verbannt. Der Wächter kontrolliert zwar die Passage zwischen den Welten, doch den beiden Ausgestoßenen bleibt die Rückkehr verwehrt – solange die Portalsperre existiert.«

Cord blieb stehen.

»Du willst ... das Portal öffnen? Nach allem, was du gesagt hast?«

Kailard nickte. »Wir retten die Statuen, die zu retten sind – und zerstören die anderen. Damit fällt die Sperre ... vielleicht.«

Cord musterte ihn argwöhnisch. »Obwohl du die Bedrohung aus meiner Welt fürchtest?«

»So ist es.«

»Was hat deinen Sinneswandel bewirkt?«

Kailard sah ihn mit unbewegtem Blick an. »Erachte es als Zeichen meiner von dir eingeforderten Dankbarkeit.«

Einen Moment schien es, als wolle er mehr sagen – doch dann wandte er den Blick ab.

Cord spürte, dass Kailard ihm etwas verschwieg.

»Und die Menschen, deren Statuen wir zerstören – was geschieht mit ihnen?«

»Sie sind ohnehin verloren. Betrachte es als ihre Erlösung.«

Cord schluckte.

»Verloren, weil es keine Rückkehr mehr für sie gibt? Aber sie existieren noch. Ihre Gedanken. Ihre Träume. Können wir uns sicher sein, dass sie erlöst werden wollen?«

»Nein, das können wir nicht.«

Kailard reichte ihm die Hand. »Bist du dennoch bereit?«

Cord zögerte.

*Es ist eine Erlösung,* sagte er sich. *Keine Tötung. Aber ...*

Der Zweifel nagte weiter.

*Es ist der einzige Weg, Walter zu retten.*

*Und mich selbst.*

Er atmete tief durch und besiegelte den Pakt mit Kailard durch einen Handschlag.

Sina und Cord hatten die sterbende Mila in die Gottesträne getragen und sie dort auf Decken und Kissen gebettet.

Nachdem sie wieder ins Freie getreten waren, legte sich Sina die Gottesträne wie ein Amulett um den Hals und nahm die Fackel entgegen, die ihr der Greis gereicht hatte.

Mit feuchten Augen entzündete sie die Holzscheite, auf denen die Toten lagen.

Ohne ein Wort stieg sie auf den Cyryg, während die Flammen emporloderten und die Gefallenen verschlangen.

Cord, Arnold und Kailard folgten ihr.

Dann breitete Tak die Flügel aus, stieg in die Luft – und die Gemeinschaft trat ihre Reise nach Zanmathar an.

Der Hauptstadt Dradoras.

Dem Ort des Borns.

## Kapitel 47

Fürst Skallahat streifte ruhelos auf dem Dach des kristallenen Bergfrieds umher.

Vom höchsten Turm Lorkmarts aus betrachtete er den Nachthimmel durch einen schweren Himmelsstein, der in einen Metallring eingelassen war und sich um zwei Achsen schwenken ließ.

Die Sperre zwischen den beiden Portalzugängen wölbte sich wie ein matt leuchtender Bogen über das Firmament.

An diesem hing der Ätherknoten – ein Kondensat verflüchtigter Seelen aus zerfallenen Statuen.

Von dort aus verzweigte sich der Äther: zu den Fürstenhäusern, den Erzminen, nach Adoria Gaad und zu anderen strategisch bedeutsamen Orten.

*Die Sturmjäger sind positioniert*, sagte sich der Fürst. *Xervacs in Zanmathar.*

Doch Szilkas fehlte. Er hatte den Äther verlassen.

*Du wirst zurückkommen*, dachte Skallahat. *Du bist nicht wie Larkes, der mich kurz nach seinem Stürmerborn verraten hat.*

Larkes! Was wusste er?

*Eine geteilte Erinnerung an den Tunnel wäre fatal! Aber es gibt keinerlei Hinweise darauf, dass er irgendetwas ahnt. Keinen einzigen.*

Lustlos nippte er am Wein.

Die Rückschläge in der Jade-Burg und in Adoria Gaad lagen ihm schwer im Magen.

Zumindest eine gute Nachricht war eingetroffen: Der Tunnelbau in der Erzmine hatte sein endgültiges Ziel erreicht.

Er hob den Becher und prostete seinem toten Vater zu.

»Auf das Haus Skallahat. Du darfst stolz auf den kleinen Aido sein.«

Er nahm einen Schluck, doch zum Feiern war ihm nicht zumute.

Mit Grausen dachte er daran, was ihm gleich bevorstand.

Der Fürst betrat die Kammer, zu der nur er Zugang hatte, und verschloss die Tür hinter sich.

Durch ein schmales Fenster fiel das fahle Licht des Mondes. Es spiegelte sich auf der glatten Wasseroberfläche des Beckens, in das er sogleich hinabsteigen würde.

Auf seinem Grund ruhte der Ableger des Halkwesens. Regungslos wie ein fremdes Herz, das nur auf den nächsten Schlag wartete. Seine Tentakel lagen ausgestreckt wie Fühler – bereit, jede Bewegung wahrzunehmen.

Aido Skallahat entkleidete sich, faltete sorgfältig den Stoff und legte ihn behutsam auf einen Schemel.

Dann atmete er tief durch und stieg in das Becken – darauf bedacht, den fremdartigen Organismus nicht zu berühren.

Zögerlich sank er ins Wasser. Er lehnte sich an den Beckenrand – und wartete.

Es dauerte nicht lang, bis sich ein Tentakel über sein Bein schlängelte, seine Brust emporkroch auf der Suche nach einer Öffnung, durch die es in ihn eindringen konnte. Es zuckte an seinen Lippen, dann schob es sich mit einem Ruck in seinen Rachen.

Röchelnd unterdrückte Aido den Würgereiz, schloss die Augen und hoffte inständig, das betäubende Sekret des Tentakels möge bald wirken.

Bevor sich hunderte Fäden in sein Rückenmark bohrten und in sein Gehirn schoben, verlor er sich in der Dunkelheit.

»SKALLAHAT«, donnerte eine fremde Stimme in seinem Kopf. Die Verbindung zum Halkwesen nach Adoria Gaad war hergestellt.

»DREI SIND ENTKOMMEN. EIN TOTER, EIN SCHLÄFER, EIN WACHER.«

»Dahinter steckt Königin Wildron Wileba. *Sie* ist der Grund meines Besuchs.«

»SCHAFFE ALLE DREI HERBEI. UND DEREN BEFREIER.«

»Das sollte sich mühelos arrangieren lassen, sobald der Hohe Rat meinem Ersuchen zugestimmt hat und mir die Durchsetzung des zwischen Göttern und Menschen geschlossenen Vertrags übertragen hat. Darf ich fragen, ob er sich zu der Angelegenheit bereits geäußert hat?«

Halk schwieg.

*Oder schweigt der Hohe Rat, weil die Adorianer uns schon längst vergessen haben?*, dachte Aido – und vertraute darauf, dass das Halkwesen unausgesprochene Gedanken nicht zu ergründen vermag.

»Das Haus Skallahat leistet sorgfältig und pünktlich den Tribut. Ebenso pflichtbewusst würde es in *allen* anderen Angelegenheiten den Göttern dienen. Alles ist vorbereitet und die Gelegenheit ist günstig. Es fehlt nur noch ein Zeichen ihres Wohlwollens. Falls sie bislang keine Zeit gefunden haben sollten, sich mit meinem Anliegen zu befassen ... was meinst du: Wie würden sie eine politische Veränderung in Dradora aufnehmen?«

»ZUSTIMMEND.«

»Zustimmend? Das klingt ... ausgezeichnet.« *Eine Zustimmung des Herolds der Adorianer reicht, egal ob es sie gibt oder nicht.*

»SCHAFFE DIE GENANNTEN HERBEI.«

»Ich werde die drei Flüchtigen auftreiben.«

»VIER. SCHAFFE DEREN BEFREIER HERBEI.«

*Witterst du etwa einen Hinweis auf den Knuh'Likat Haidamar?*, fragte sich Aido. *Hoffst du, der Knabe Cord liefert dir, wonach du suchst?*

Er antwortete: »Das werde ich ...«

*Aber nur, falls ich keine bessere Verwendung für ihn finde.*

»NENNE DEIN ZWEITES ANLIEGEN.«

Aido erschrak. *Woher weißt du ...?*

Er zwang sich zur Ruhe und sprach das aus, was ihn außerdem umtrieb.

»Es ist völlig unbedeutend im Vergleich zur anderen Angelegenheit. Mein Interesse an der Mythologie des Halkwesens ist rein privater Natur, sozusagen. Weißt du, seit unserem letzten Gespräch frage ich mich, ob es tatsächlich möglich sein sollte, dass der ... Zeitdämon in der Lage ist, sich in der Zeit zurückzubewegen. So wie es seine Anhänger behaupten.«

Aido wartete darauf, dass das Halkwesen das Thema aufgriff. Aber offenbar hatte es kein Interesse an einer Plauderei.

»NENNE DEIN ANLIEGEN.«

»Also gut. Ich frage mich, wie es den Anhängern des Zeitdämons gelingt, von ihm in die Vergangenheit getragen zu werden.«

»ZURÜCK ZU ARNAMMA?«

Eine Panikwelle raste durch Aido. *Er liest mich wie ein Buch!*

»DER ZEITDÄMON HINTERLÄSST ZEITSTAUB BEI SEINER REISE. SUCHE DANACH. ODER SUCHE NACH DENEN, DIE IHN FANDEN.«

»Zeitstaub? Was soll das sein? Wer soll ihn gefunden haben? Ich verstehe nicht ...«

»DIE IHN FANDEN VERURSACHEN DIE ZEITFALLEN.«

»Geht es etwas ... präziser?«

Keine Antwort.

Halk hatte die Verbindung gekappt.

Aido riss den Tentakel aus dem Rachen und übergab sich ins Becken.

Etwas Kaltes kroch unter seine Haut – nicht nur, weil Halk ihn durchschaut hatte. Sondern weil in ihm – trotz allem – die Hoffnung keimte, dass es vielleicht doch einen Weg zurück gab.

Zurück zu Arnamma – der Frau, die er einst geopfert hatte.

## Kapitel 48

Majestätisch thronte die Hauptstadt Zanmathar am Fuße des gewaltigen Karsangebirges.

Von oben bot sich den Gefährten ein überwältigender Anblick, als Tak die Stadt in respektvoller Entfernung umkreiste.

Drei mächtige Verteidigungsringe aus weißem Marmor legten sich wie schützende Panzergürtel um das Zentrum des Reichs und glänzten im grellen Mittagslicht.

Ein riesiger, schlanker Turm erhob sich in der Mitte über die Dächer der Stadt – ein uraltes Artefakt der alten Menschheit, wie Kailard erklärt hatte, das Zanmathar mit einem undurchdringlichen Schild vor Feinden schützte.

Dutzende Gebirgsbäche strömten von den Berghängen herab, schlängelten sich in Kaskaden durch die Stadt und speisten unzählige Brunnen, Teiche und Parkanlagen.

Aus der Vogelperspektive wirkte Zanmathar wie eine weiß-grüne, lebensspendende Oase inmitten der kargen Bergwelt. Schön, machtvoll, uneinnehmbar.

Cord ahnte, dass es keinen geeigneteren Ort für den Born geben konnte als diesen.

Tak hielt respektvoll Abstand, um nicht in die Reichweite der zahlreichen Geschütztürme auf den drei Mauerringen zu geraten.

Außerhalb der äußeren Mauer reihten sich einfache Hütten, Handwerksbetriebe und Bauernhöfe aneinander, die sich weit ins Umland erstreckten. Ein ausgeklügeltes Kanalsystem verteilte das kostbare Wasser in die landwirtschaftlichen Gebiete.

Zwischen äußerer und mittlerer Mauer residierten wohlhabende

Kaufleute in prächtigen Villen. Hier lagen auch die Ministerien, Botschaften und Kasernen, die sich wie ein Schutzwall um den innersten Ring legten.

Die zentrale Festungsmauer umschloss den Königspalast mit seinen weitläufigen Gärten. In deren Mitte erhaschten sie einen Blick auf den sagenumwobenen Born: Ein kreisrundes Becken, in dem dichter, weißer Nebel waberte.

Tak hatte sie sicher zu Boden gebracht. Sie standen an einem Kanal, der sich durch fruchtbares Land schlängelte und eine sonnenüberflutete Plantage bewässerte, auf der saftige, rote Beeren an buschigen Sträuchern wuchsen.

Mit einem kräftigen Flügelschlag deutete Tak zur Stadt.

»Das, meine Freunde, ist Zanmathar – die Hauptstadt des Reichs.«

Er verbeugte sich. »Es war mir eine Ehre. Möget ihr finden, wonach ihr sucht.«

»Was meinst du damit?« Cord blickte ihn irritiert an. »Ich dachte, du …«

Tak schüttelte den Kopf. »Dies ist kein Ort für einen Cyryg. Und ein Cyryg ist kein passender Begleiter für Reisende, die klug genug sind, in dieser Stadt nicht aufzufallen.«

»Aber …«, begann Cord, doch er wusste, dass Tak recht hatte.

»Werden wir dich wiedersehen?«, fragte er.

Tak grinste. »Für einen Magier deines Kalibers sollte es ein Leichtes sein, einen alten Cyryg aufzuspüren.«

Cord lachte wehmütig. »Du weißt, ich bin kein Magier.«

Er berührte Taks Hals, sanft, wie einen Freund. »Ich danke dir. Ohne dich wären wir niemals aus dem Verlies entkommen.«

»Dann geht es euch wie mir.«

Er breitete seine Flügel aus und stieß sich kraftvoll in die Höhe.

»Verbergt eure Waffen – ein gut gemeinter Rat!«, rief er ihnen zu. »Lebt wohl, meine Freunde!«

Sie sahen ihm nach, wie er über die Beerensträucher hinwegstieg, einen letzten Bogen zog und in Richtung Karsangebirge davonflog.

Einen Moment lang sagte niemand etwas.

Dann öffnete Sina die Gottesträne und deponierte sorgfältig ihre

Lanze.

Cord und Arnold nickten und legten Dolch und Kriegshammer hinein.

»Lasst uns aufbrechen«, sagte Kailard.

Sie machten sich auf und marschierten schweigend dem weißen Glanz der Hauptstadt entgegen.

Kaum war Cord eingetreten, raubte ihm Zanmathar den Atem.

Die Stadt war ein einziger Rausch aus Stein und Wasser, aus Licht und Bewegung.

Weiße Marmorbauten türmten sich zu eleganten Fassaden mit kunstvoll geschwungenen Bögen und filigranen Säulen. Wasser rann in Kaskaden über polierte Stufen und ergoss sich in glasklare Becken, in denen lachende Kinder spielten und Erwachsene im kühlen Nass Zuflucht vor der Hitze suchten.

Brücken aus hellem Stein überspannten Kanäle, in denen sich das Sonnenlicht spiegelte. Durch die Luft tanzte Sprühnebel, fein wie Tau, und zauberte schillernde Regenbögen über die Plätze.

Eine breite Promenade zog sich zwischen den Häusern entlang, flankiert von zischenden Düsen, die feine Wasserstrahlen in hohen Bögen über den Weg schossen.

Cord ging hindurch, den Kopf im Nacken, und ließ das kühle Wasser auf sich herabregnen. Für einen Moment vergaß er, woher er gekommen war – das Verlies, die Flucht, die Hitze der Wüste.

Hier herrschte eine andere Welt. Eine Welt, die ihn nicht mit Misstrauen, sondern mit offener Schönheit empfing – so fremd, dass sie beinahe unheimlich wirkte.

Wenig später betraten sie einen Park.

Zwischen sanft geschwungenen Wegen, von rötlichem Sand gesäumt, segelten bunte Vögel durch die Luft. Ihre Federn glänzten wie poliertes Glas, und ihre Rufe klangen wie verspielte Melodien, die durch das Blätterdach tanzten.

Von hohen Bäumen hingen riesige Blüten herab, jede größer als ein Menschenkopf, manche gar so gewaltig, dass ein Kind darin hätte Platz finden können. Ihr betörender Duft – süß, würzig, beinahe zu intensiv – schwebte in der Luft und mischte sich mit dem Lachen der Menschen.

Familien lagerten auf bunten Decken im Schatten der Riesenblüten. Sie speisten, teilten Früchte, spielten mit ihren Kindern und ließen sich von flatternden Vögeln das Brot aus den Fingern stibitzen.

Cord blieb stehen und sog die Szenerie in sich auf.

So also sah es aus, das Leben. Oder war es bloß eine Illusion? Ein flüchtiger Traum vor dem nächsten Sturm?

Kailard erstarrte mitten in der Bewegung.

Sein Blick blieb an einem unscheinbaren, flachen Gebäude am anderen Ende des Parks hängen.

Vor dem Eingang warteten Menschen, geduldig, das Geld bereits in den Händen, während ein Wächter den Zutritt regelte.

»Was ist das?«, fragte Arnold.

Kailard antwortete nicht. Er löste sich aus seiner Starre und ging los. Zuerst langsam, dann mit zunehmender Eile.

Arnold hob die Brauen. »Was ist mit dem los? Sind das die Nachwirkungen?«

»Finden wir's raus«, antwortete Cord.

Gemeinsam folgten sie Kailard.

Sina bezahlte für alle den Eintritt.

Drinnen versank der Raum in mattem Kerzenschein. Glimmende Kräuter verbreiteten einen süßlichen, betörenden Duft.

Im Zentrum flirrte die Luft wie über heißem Stein. Darin schwebte eine Gestalt, erstarrt im Moment ihres Sturzes – mit weit aufgerissenen Augen, ausgestreckten Armen, für immer rückwärts fallend, ohne je den Boden zu erreichen.

»Das ist Harvekils Schrein«, flüsterte Sina.

Cord sah sie verständnislos an.

»Die Zeitfalle, in die sie König Len Harvekil gestoßen haben«, erklärte sie und wies zur Decke. »Darüber haben sie den Sarkophag errichtet.«

Mit einer Mischung aus Faszination und Unbehagen umrundete Cord die flirrende Erscheinung. Egal, aus welcher Richtung er sie betrachtete – der Abstand zum König wirkte größer als der Raum selbst.

Je länger er hinsah, desto irrealer wurde alles. Dieser König, gefangen im Moment. Eine Halle, errichtet, um einen ewigen Sturz zu bewahren.

Es kribbelte kalt über Cords Rücken.

*Was tue ich hier überhaupt?*, fragte er sich benommen. Er fühlte sich fehl am Platz – wie ein Fremder in einem Heiligtum, das er nie betreten sollte.

Kailard stand still vor einer Gedenkinschrift.

*Er war sein Zeitgenosse*, dachte Cord. *Der Letzte, der übrig blieb.*

Ein lebendiges Echo einer vergangenen Welt.

Cord trat an seine Seite. »Kann er uns sehen?«

Kailard nickte. »Ja. Aber nicht auf die Weise, die du dir vorstellst.«

Er schwieg.

Doch nur kurz.

»Für ihn vergeht dieser Augenblick in gewohnter Geschwindigkeit. Ein kurzer Fall, nicht mehr. Aber die Welt, aus der er verbannt wurde, rast an ihm vorbei. Für uns ist sein Sturz eingefroren, für ihn sind wir nur ein Flackern im Strom der Zeit.«

»Und wohin stürzt er?«

Kailard zuckte mit den Schultern. Seine Stimme war leise. »Gefangene der Zeitfalle verblassen und entfernen sich. Bis sie vollkommen aus unserer Welt verschwunden sind.«

Er senkte den Blick.

»Er war ein guter König. Ein guter Mensch. Das hat er nicht verdient.«

»Kailard?«

Ein Soldat hatte den Schrein betreten und deutete auf Kailard. »Bist du Kailard?«

Er hatte eine schiefe Nase, die aussah, als sei sie mehrmals gebrochen worden. Hinter ihm stand ein weiterer Soldat mit roten Stoppelhaaren, grinste verschmitzt und schnalzte mit der Zunge.

»Ja«, antwortete Kailard, »der bin ich.«

»Folgt mir. Alle vier.«

»Weshalb?«

»Ihr werdet erwartet.«

»Von wem?«

Der Soldat zog ein Schreiben aus der Tasche, las darin und zuckte mit den Schultern. »Das wird man euch im Botschaftsbezirk mitteilen.«

Arnold klatschte in die Hände. »Ist doch klar. Wir haben eine Audienz bei der Königin. Das läuft einfacher als gedacht.«

Der Rothaarige lachte grunzend. »Und falls die Königin gerade anderweitig beschäftigt ist, nehme ich mich eurer an. Vor allem des hübschen Vögelchens.« Er schnalzte und zwinkerte Sina zu.

Der Soldat mit der krummen Nase warf dem anderen einen ermahnenden Blick zu.

»Schon gut, Odi.« Der Schnalzer hob abwehrend die Hände. »Ich hab meine Lektionen gelernt. War doch nur Spaß.«

Cord, Kailard, Sina und Arnold blickten sich an und wägten still die Situation ab.

Der Befehlshaber pfiff – und drei weitere Soldaten traten aus dem Schatten. »Ihr habt keine Wahl. Ich befehle: Ihr kommt mit!«

Kailard nickte und kam der Anweisung nach.

Cord, Arnold und Sina warfen sich einen raschen Blick zu. Dann folgten sie schweigend.

Gemeinsam wurden sie durch das bewachte Botschaftertor in den Bereich der Stadt geführt, der den Beamten und Diplomaten vorbehalten war.

Die hohen Mauern warfen lange Schatten.

Cord fragte sich, ob sie einer Einladung oder einem Urteil nachkamen.

## Kapitel 49

»Hey, Odi«, sagte der Rothaarige. »Bringen wir die wirklich in den Königspalast?«

»Das werde ich gleich rausfinden«, brummte der Kommandant und ließ die Gruppe vor einem schlichten Gebäude haltmachen, aus dem eine Schar Soldaten heraustrat.

»Ihr sorgt dafür, dass die vier sich nicht von der Stelle rühren«, befahl Odi und verschwand im Inneren.

Der Rothaarige umrundete Sina gemächlich.

»Eine seltsame Truppe seid ihr. Ein Greis, zwei Knaben und ein selten hübsches Vögelchen.«

Er schnalzte wieder mit der Zunge – ein feuchtes, sabberndes Geräusch. Dann grinste er Sina breit an und entblößte seine braunen Zahnstummel. »Warum treibst du dich mit denen herum? Großvater und Brüder? Oder haben sie dich gekauft?«

Sina hob blitzschnell die Hand – und hielt inne. »Weißt du nicht, wie man sich Gästen gegenüber benimmt? Oder hast du die Lektionen vergessen, von denen du deinem Herrn Odi versichert hast, sie gelernt zu haben?«

Die anderen Soldaten kicherten. »Levi, gib's auf. Die ist zu schlau für dich.«

»Ihr lacht über mich?« Levi stemmte die Hände in die Hüften, ein hässliches Grinsen auf den Lippen. »Ihr wisst: Wenn Odi weg ist, habe ich hier das Sagen. Und du, mein Vögelchen, wag es nicht nochmal, die Hand gegen mich zu erheben.«

Er verschränkte seine Arme hinterm Rücken und warf allen einen grimmigen Seitenblick zu.

Ein Pfiff ertönte vom Fenster im ersten Stock. Odi lehnte sich heraus. »Bringt sie zu mir.«

»Na los! Ihr habt den Befehl des Hauptmanns gehört. Bewegung!«, brüllte Levi.

Hauptmann Odi hatte sie im Flur empfangen und in einen kahlen Raum mit vergittertem Fenster dirigiert.

»Sind wir eure Gefangenen?«, fragte Kailard.

Odi zog ein gefaltetes Schreiben aus der Tasche, glättete es auf dem Tisch – und sah auf.

»Wer von euch beiden Knaben ist Arnold Lowe aus Anburg im Mirland?«

Arnold hob die Hand. »Der bin ich.«

Odi musterte ihn mit einem Blick zwischen Mitleid und Strenge.

»Was hast du dir nur zu Schulden kommen lassen?«

»Ich?« Arnolds Stimme kippte. »Ich hab doch gar nichts getan.«

»Halte mich nicht zum Narren«, fauchte Odi. »Du bist ein verurteilter Straftäter.«

»Wie bitte? Ich …«

Kailard hob beschwichtigend die Hand. »Moment. Hier liegt eindeutig ein Missverständnis vor.«

Odi schüttelte den Kopf. »Es gab eine Anklage. Eingebracht von Königin Wildron Wileba. Es kam zum Prozess. Und es liegt ein Schuldspruch vor.«

Arnold erstarrte. »Ein Urteil?« Seine Stimme klang, als würde sie von innen ersticken. »Aber was … was soll ich denn getan haben?«

»Das geht aus dem Schreiben nicht hervor. Ich nehme Hochverrat an.«

»Hochverrat?« Arnold schluckte. »Und … das Urteil?«

»Auf Hochverrat steht nur eines. Und es ist gemäß Befehl unverzüglich zu vollstrecken.«

Sina schnappte sich den Brief. »Todesstrafe? Seid ihr wahnsinnig?«

Der rothaarige Levi war sofort zur Stelle, riss sie zu Boden. »Du widerspenstige Göre. Das werd ich dir austreiben!«

»Bringt das Mädchen raus!«, befahl Odi und nahm ihr den Brief ab. »Aber behandelt sie mit Anstand.«

Levi packte sie am Kleid. Gemeinsam mit einem anderen Soldaten zerrte er sie hinaus.

Arnold drückte sich bleich gegen die Wand.

Cord stellte sich vor seinen Freund. »Das ist ein Irrtum. Arnie kann nicht für etwas bestraft werden, das er nicht getan hat. Es gab nicht einmal einen Prozess.«

»Da irrst du dich«, entgegnete Odi und hielt ihm den Brief unter die Nase.

Kailard nahm das Schreiben, las es und schüttelte den Kopf. »Die von der Königin erhobene Anklage unterliegt also der Geheimhaltung? Selbst Zeit und Ort der angeblich stattgefundenen Verhandlung werden nicht genannt? Und dennoch willst du den Jungen hinrichten?«

Odi kratzte sich am Hals. »So … lautet der Befehl.«

»Und wenn tatsächlich ein Irrtum vorliegt? Falsch ist er auf jeden Fall. Wäre es mit deinem Gewissen vereinbar, einen solch fragwürdigen und leicht anfechtbaren Befehl auszuführen?«

Odi suchte den Blick seiner Soldaten, doch die sahen betroffen zu Boden.

»Ich fordere Aufschub der Hinrichtung«, drängte Kailard. »Und ich fordere Akteneinsicht.«

»Das zu fordern, steht nur dem Verurteilten selbst zu«, entgegnete Odi steif.

»Oder seinem Rechtsbeistand.« Kailard legte eine Hand auf Arnolds Schulter. »Teile dem Hauptmann mit, dass du mich zu deinem Advokaten berufst.«

Arnold schluchzte und nickte heftig. »Das tu ich.«

Odi warf wieder einen Blick auf seinen Befehl, trat von einem Fuß auf den anderen und sagte schließlich: »Aufschub und Akteneinsicht müssen schriftlich beantragt werden.«

»Dann bring mir Tinte und Papier, Hauptmann. Sofort.«

Odi nickte.

Cord glaubte, einen Anflug von Erleichterung in seinem Gesicht zu sehen, bevor er mit seinen Männern die Zelle verließ.

Als die Tür krachend ins Schloss fiel und der Riegel vorgeschoben wurde, sah Arnold Cord entsetzt an. »Verflucht. Und ich Idiot hab geglaubt, das hier sei das Paradies.«

»Kumpel, wir holen uns das Paradies zurück«, sagte Cord und zog ihn fest an sich. »Wir werden das klären.«

Kailard hatte die Hände hinter dem Rücken verschränkt und stand kerzengerade am Fenster. Ein kaum sichtbares Lächeln legte sich auf seine Lippen, als er nach draußen sah.

*Du warst einst ein mächtiger Mann*, dachte Cord.

*Und du wirst es wieder sein.*

# Kapitel 50

Walter nahm das Pulsieren wahr, das durch die Finsternis waberte.

Es ging von zwei Quellen aus, zwischen denen er gereist war.

Sie waren wie Löcher im Nichts, umgeben von schwingenden Fäden, die in die Leere ragten.

In seinem Geist griff er nach ihnen und zog daran. Zusammen mit den anderen, die waren wie er.

Gemeinsam verwoben sie die Fäden, um die Öffnungen zu schließen.

Das war die Aufgabe. Der Grund seines Seins. Die Realität.

Alles andere war ein verblichener Traum aus einer fremden Welt.

Zufrieden ergab er sich seiner Bestimmung – die Risse im Gefüge des Universums zu schließen.

# Kapitel 51

Cord lauschte an der kühlen, rauen Mauer, hinter der die Nachbarzelle lag.

Levi kicherte und feixte.

»Komm ... Vögelchen ... zwitschere mit uns ...« vernahm Cord einzelne Wortfetzen.

»Lass sie«, ermahnte ein anderer.

Für einen Moment herrschte Ruhe, dann murmelte Levi Unverständliches, schnalzte mit der Zunge und begann wieder zu gackern.

Cord ballte die Fäuste und malte sich aus, wie er mit Elgat ein Loch in die Mauer sprengte und Levi niederschoss. Wenn sie nur den Dolch nicht in der Gottesträne verstaut hätten.

Er setzte sich neben Arnold, der mit angezogenen Beinen an der Wand kauerte, die Ellbogen auf die Knie gestützt, den Kopf tief in den Händen vergraben.

»Es war ein Fehler, die Waffen in der Gottesträne zu verstauen«, flüsterte Cord.

»Willst du dich mit der Armee der Königin in ihrer Hauptstadt anlegen?«, fragte Arnold, ohne Cord anzusehen.

»Mit Elgat kämen wir hier raus.«

»Dagegen würde ich nichts einwenden«, sprach Arnold mit hängenden Schultern und stieß mit einem hilflosen Atemzug die angestaute Luft aus, als hätte man ihm jegliche Hoffnung genommen.

Kailard räusperte sich. »Um dir rechtlich beistehen zu können, musst du mir gegenüber ehrlich sein.«

»Glaubst du denen etwa?«, empörte sich Arnold. »Ich habe überhaupt keine Ahnung, was die mir vorwerfen. Ich hab nichts verbrochen. Vielleicht will mir dieser Häuptlingstrottel etwas anhängen, weil mir seine Verlobte gefällt und ich sein Scheißhaus nicht putzen wollte.«

Cord warf ihm einen kurzen Seitenblick zu. Für einen Augenblick flackerte der alte Groll auf. Jener Groll, den er in der Nacht auf dem Berg über den heiligen Quellen von Baat gehegt hatte.

Sofort bereute er die Wut.

Er tätschelte Arnolds Knie und flüsterte: »Vertraue auf Kailard.«

Kailard nickte. »Ohne Anklage, keine Verhandlung. Ohne Verhandlung, kein Urteil.«

»Blödsinn!«, entgegnete Arnold. »Es ist doch immer dasselbe. Die Mächtigen machen mit uns, was sie wollen.«

»In deiner Welt – nicht so in Dradora. Selbst die Königin kann sich nicht über das Recht stellen. Daher werde ich …«

Kailard verstummte.

Die Zellentür wurde entriegelt.

Levi spazierte grinsend herein und deutete auf Cord. »Hey du da. Besuch für dich. Dein Vögelchen will dir Lebewohl zwitschern.«

Er schnalzte und zwinkerte. »Bin ja kein Unmensch. Hatte auch mal ein Mädchen. Ist nichts daraus geworden.«

Er kicherte. »So wie bei dir.«

Sina betrat mit feuchten Augen die Zelle.

»Na mach schon und verabschiede dich von deinem Kleinen. Ich hab noch einiges vor.«

Levis flache Hand knallte hart auf Sinas Gesäß. Das Geräusch zerriss die gespannte Luft wie ein Peitschenhieb.

Auf seinem Gesicht legte sich ein gefräßiges Grinsen. Dann schnalzte er mit der Zunge und brach in dröhnendes Lachen aus.

Sinas Körper erstarrte. Ihre Augen zogen sich zu schmalen Schlitzen zusammen.

Doch ohne sich Levi zuzuwenden, schritt sie energisch auf Cord zu, schlang ihre Arme um seinen Hals und gab ihm einen langen Kuss auf den Mund.

Cord wusste nicht, was ihn mehr erschreckte: Levis Übergriffigkeit, Sinas Kuss ... oder das Ding, das sie ihm mit ihrer Zunge in den Mund schob – kalt, metallisch, fremd. Für einen Herzschlag lang vergaß er, wo er war, spürte nur Hitze, Aufruhr, ein Echo von etwas Verbotenem – bis die Angst zurückschlug.

Dann ließ sie ihn los und flüsterte: »Tu es.«

»Das war alles?«, fragte Levi mit gespielter Enttäuschung. »Oh, ich dachte, es gibt mehr zu sehen.«

Ein zweiter Soldat, der an der Tür stehen geblieben war, kicherte. »Gewiss hat sie es sich mit ihm anders überlegt, nachdem sie unsere Bekanntschaft gemacht hat.«

Levi schnalzte und zwinkerte zugleich. »Ich kann ihr mehr bieten als dieser Bubi da. Na komm schon, Vögelchen. Wir bringen dich zurück ins Nest.«

Sie packten Sina an den Haaren, schleppten sie aus der Zelle und verriegelten die Tür.

»Kumpel, hab ich das eben geträumt, oder hat dich gerade ein Mädchen abgeknutscht?«

Wie gelähmt blickte Cord noch immer auf die zugeschlagene Tür und sah dort vor seinem geistigen Auge Levis rote Stoppelhaare und dessen schmieriges Grinsen. Das widerliche Schnalzen schrillte in seinen Ohren.

»Hey, aufwachen.« Arnold tippte Cord an. »Oder hat sie dich jetzt komplett verzaubert?«

Cord griff in seinen Mund und zog etwas Glänzendes zwischen den Zähnen hervor.

Arnold riss verblüfft die Augen auf.

»Verdammt! Das Mädchen ist genial. Sie hat dir die Gottesträne untergejubelt?«

Er klatschte in die Hände. »Junge, ich hatte schon befürchtet, sie ist in dich verknallt. Aber dazu ist sie viel zu schlau.«

Er umarmte Cord und klopfte ihm auf den Rücken. »Na dann, ich geh rein und hol die Waffen.«

»Was habt ihr vor?«, fragte Kailard.

»Sina retten«, antwortete Cord. »Und Arnold.«

Kailard erschrak. »Willst du es etwa doch mit den Legionen der Königin aufnehmen? In deren Hauptstadt?«

»Wenn es sein muss. Zuvor werde ich allerdings diesen Levi töten.«

»Mein Junge, wir haben den Weg der Diplomatie eingeschlagen!«

»Die darin besteht, darauf zu warten, bis irgendjemand irgendwann über deine Anträge entscheidet? Dafür bleibt keine Zeit.«

»Seh ich auch so«, sagte Arnold und verschwand im Kompressionsraum.

Kurz darauf kehrte er mit den Waffen zurück, überreichte Cord Elgat, behielt Worhans Kriegshammer und bot Kailard Sinas zusammengefahrene Lanze an.

Kailard wich zurück. »Ihr müsst zur Vernunft kommen – bevor es zu spät ist. Wenn wir euren Freund Walter retten und den Born erreichen wollen, dann müssen wir verhandeln. Beweist mir, dass ihr nicht seid wie all die anderen Mirlinge.«

Er trat nah an Cord heran, legte die Hand auf dessen Schulter. »Wenn du es tust, riskierst du, beide zu verlieren: Walter und Arnold. Es ist deine Entscheidung. Sina hat sie dir überlassen.«

Sinas Schrei ließ Kailard verstummen.

Heftiges Poltern drang aus der Nachbarzelle, und das dumpfe Lachen der Soldaten wich schlagartig einem qualvollen Laut.

Kailard hob eine Hand. »Junge ... hör mir zu. Warte!«

Doch Cord hatte sich entschieden. Er hob Elgat, zielte auf die Zwischenwand – und schoss.

Die Wand zerbarst mit einem trockenen, brutalen Knall und gab den Blick frei auf das, was in der Nachbarzelle geschehen war.

Levi brüllte vor Schmerz und Todesangst. Er presste beide Hände gegen seinen Hals und versuchte, die Wunde zu schließen, aus der sein Blut im Rhythmus seines sterbenden Herzens schoss.

Sinas Mund war blutüberströmt, ihr Kleid heruntergerissen.

Ein zweiter Soldat starrte abwechselnd auf den verblutenden Levi und auf Sina, die ihn wie ein in die Enge getriebenes Raubtier kurz vorm tödlichen Angriff anvisierte.

Ein stummer Schrei hallte durch Cords Innerstes. Die Welt blieb stehen, als er begriff, was geschehen war. Sina musste in Notwehr Levis Halsschlagader durchgebissen haben. Rasend vor Wut legte er Elgat an Levi an, um ihn für sein Verbrechen zu richten.

Doch ein anderer war schneller.

Donnernd flog hinter Sina die Zellentür aus ihren Angeln.

Xervacs stürmte herein.

Der Sturmjäger, der Walter verwandelt und Kalter Lurch abgeschlachtet hatte.

Mit brutaler Wucht rammte Xervacs seine Faust mitten durch Levis Herz und schmetterte den toten Körper gegen die Wand.

Der zweite Soldat fiel auf die Knie, hob schützend die Hände vors Gesicht und winselte um Gnade.

Das Letzte, was dessen Gehirn verarbeitete, war Xervacs' Pranke, die ihm den Schädel wie eine weichgekochte Kartoffel zerquetschte.

Dann fixierten Xervacs' smaragdgrüne Augen Cord.

Cords Herz raste.

Er stolperte zurück, wollte Elgat auf die tobende Bestie richten.

Doch sein Arm war bleischwer, gehorchte ihm nicht.

Seine Kehle schnürte sich zu, als läge eine eiserne Hand um seinen Hals.

Mit weit aufgerissenen Augen starrte er den Sturmjäger an, unfähig, sich zu rühren.

Xervacs trat vor Cord.

Er nahm ihm Elgat ab – und schoss eine Bresche in die Außenwand der Zelle.

Im Gebäude hallten die Tritte herbeieilender Soldaten. Befehle wurden gebrüllt.

Xervacs drückte Cord die Waffe in die Hand. »Folgt mir, wenn ihr leben wollt.«

Cord starrte ihn fassungslos an.

Die Kontrolle über seinen Körper kehrte zurück.

Sofort richtete er die Waffe auf den Sturmjäger.

»Das solltest du unterlassen, wenn ihr das überleben wollt. Nur ich kann euch Sicherheit gewähren. Und Schutz vor der Königin.«

Cord verstand nicht, was geschah. Das Monster, das sie in diesen Albtraum gestoßen hatte, stand plötzlich zwischen ihnen und dem Abgrund.

Er spürte Elgats Gewicht in der Hand, sein Blick blieb auf den Sturmjäger geheftet. Dieses Wesen, das Walter ruiniert hatte – das Kalter Lurch zerfetzt hatte – bot ihnen jetzt Schutz? Sein ganzer Körper schrie: *Trau ihm nicht!*

»Springt!« Xervacs packte Arnold und stieß ihn mitsamt Hammer und Sinas Waffe aus dem ersten Obergeschoss auf einen gepflasterten Exerzierplatz.

Arnold rollte sich ab und stand sofort auf.

Sina sprang hinterher, nahm ihm den Lanzenstab ab und fuhr die Waffe zur vollen Größe aus.

Xervacs schnappte sich den alten Magier und riss ihn mit sich hinab.

Kailard heulte auf, als sein Oberschenkel knirschend brach, doch der Sturmjäger warf sich den Verletzten über die Schulter und rannte los. »Folgt mir in Skallahats Botschaft. Dort seid ihr sicher.«

Stiefel hallten durch den Gang. Immer näher.

Cord umklammerte Elgat. Und sprang.

»Verdammt, wohin?«, fragte Arnold.

*Weg vom Sturmjäger*, war Cords erster Gedanke.

Aber diese Kreatur schleppte Kailard davon, nachdem sie Sinas Peiniger getötet hatte. Cord widerstrebte es, der Bestie zu trauen – auch wenn diese Elgat zurückgegeben hatte.

Umgeben von Soldaten tauchte Odi in der verwüsteten Zelle auf, sah durch das Loch in der Wand hinab.

Er wechselte einen unschlüssigen Blick mit seinen Männern und befahl nach kurzem Zögern: »Ergreift sie! Alle!«

Xervacs stürmte mit Kailard auf der Schulter dem Botschaftsgebäude entgegen.

»Ihnen nach«, entschied Cord.

Und gemeinsam rannten sie demjenigen hinterher, den sie bisher für ihren gefährlichsten und unheimlichsten Feind gehalten hatten.

Und der jetzt ihre letzte Hoffnung war.

## Kapitel 52

Xervacs blieb auf halber Strecke stehen – wartete, bis die anderen aufgeschlossen hatten.

Kailard hing wimmernd über seiner Schulter, der Kopf hochrot vor Hitze und Schmerz, Schweiß tropfte ihm vom Gesicht.

Odi und seine Männer waren ihnen auf den Fersen und hetzten über den Platz.

»Töte sie«, knurrte Xervacs.

Cord zuckte zusammen. Ein eisiger Schock fuhr ihm in die Glieder. Der Sturmjäger befahl ihm, zu töten.

*Niemals*, dachte Cord. Sein Herz hämmerte wild. *Niemals werde ich für dich töten.* »Bring uns lieber in die Botschaft.«

Xervacs grunzte ein Lachen und lief voran. Die anderen folgten.

Das Botschaftsgebäude öffnete sich, und aus dem Tor traten drei hochgewachsene Leibwächterinnen der Königin.

Augenblicklich erfassten sie die Lage und ließen ihre Roben aus weißem, leichtem Leinen fallen.

Darunter trugen sie schwarze, eng anliegende Lederrüstungen, unter denen sich ihre kampferprobten, muskulösen Körper abzeichneten.

»Stehen bleiben!«, befahl eine der drei.

Die Frau erinnerte Cord an Mila, Sinas tödlich verletzte Gefährtin, deren einzige Rettung der Born war.

»Sofort stehen bleiben!«, wiederholte sie.

Der Sturmjäger rannte weiter.

Ein Schuss durchschnitt die Stille – zerschmetterte die Pflastersteine einen Schritt vor Xervacs.

Die Leibwächterin hatte blitzschnell aus ihrer am Unterarm befestigten Waffe gefeuert.

Die anderen beiden brachten ebenfalls ihre Unterarmwaffen in

Anschlag.

Zuerst roch Cord den scharfen Geruch von Ozon, der in der Luft hing – verursacht durch den Schuss. Dann fuhr ihm der brennende Schmerz ins Bein. Ein Steinsplitter hatte die dünne Haut über dem Schienbeinknochen zerfetzt und einen Ring aus Blut auf dem blanken, weißen Knochen hinterlassen.

»Bist du wahnsinnig, Celwyn?«, brüllte Xervacs. »Wie kannst du es wagen, das Feuer auf mich zu eröffnen?«

»Ach, Xervacs«, entgegnete sie mit einem Lächeln auf den Lippen. »Hätte ich das getan, könnte dich nicht einmal mehr der Born dem Tod entreißen. Das weißt du.«

Xervacs funkelte sie aus seinen grünen Augen an. »Meine Gäste und ich haben es eilig.«

»So eilig, dass du einen deiner Gäste über der Schulter trägst?«

»Der Mann ist verletzt.«

»Dann leg ihn ab.«

Xervacs knurrte und trat ihr einen Schritt entgegen.

Blitzschnell richteten alle drei Leibwächterinnen ihre Waffen auf seinen Kopf.

»Keinen Schritt weiter«, drohte Celwyn. »Ich habe keinerlei Skrupel, deinesgleichen den Schädel wegzusprengen. Dein diplomatischer Status gestattet dir, deine Botschaft jederzeit aufzusuchen. Aber nicht, dort Verdächtige dem Zugriff der königlichen Behörden zu entziehen. Und deine *Gäste* erscheinen mehr als verdächtig.«

Sie musterte Sina. »Sieh dir nur das blutverschmierte Mädchen im zerrissenen Kleid an. Nimmst du an, ich lasse deine sogenannten Gäste ohne jegliche Untersuchung ziehen? Nein, das tust du nicht. Und deshalb wirst du augenblicklich den Verletzten ablegen.«

Xervacs stieß scharf die Luft aus.

»Du bist zu weit gegangen, Celwyn«, presste er hervor – und ließ Kailard fallen.

Kailard schrie vor Schmerz, als er auf dem Pflaster aufschlug.

Sofort war Sina zur Stelle und sah sich sein Bein an. »Er benötigt dringend medizinische Versorgung.«

»Die wird er bekommen, Mädchen«, sagte Celwyn. »Nachdem du erklärt hast, was mit dir geschehen ist.«

»Das kann ich euch verraten«, mischte sich Odi ein, der mit seinen Leuten eingetroffen war. »Sie und ihre Kumpanen haben zwei meiner Männer getötet. Und der dort« – er zeigte auf Arnold – »der ist ein von der Königin zum Tode verurteilter Häftling auf der Flucht.«

Odis Worte hallten wie ein Echo in Cords Ohren. Er schloss die Augen und seufzte leise, denn er wusste, dass sich Kailards Anträge bei Odi erledigt hatten.

»Das ist Unfug.« Kailard stöhnte und stemmte seinen Oberkörper auf. »Der Junge hat rein gar nichts verbrochen. Man ist nicht einmal in der Lage, uns eine konkrete Beschuldigung zu nennen.«

»Sagt wer?«, fragte Celwyn.

»Man nennt mich Kailard.«

»Was hast du hier zu suchen, Kailard?«

»Die Königin erwartet uns.«

Die Leibwächterinnen tauschten untereinander Blicke aus. Dann sagte Celwyn: »Davon ist mir nichts bekannt. Was sollte sie von dir wollen?«

Kailard suchte Cords Blick – und senkte die Augen, kaum dass sich ihre Blicke trafen.

Er atmete tief durch.

»Ich bringe der Königin den zukünftigen Knuh'Likat Haidamar.« Er deutete mit einem kurzen Blick auf Cord.

Cord starrte ihn fassungslos an. Wie konnte Kailard ihm das nur antun?

Alle Augen waren auf ihn gerichtet. Am liebsten wäre er im Boden versunken. Er rang nach den passenden Worten, doch bevor er etwas entgegnen konnte, brach Celwyn in Lachen aus.

»Was denn? Der Junge dort?« Sie schüttelte den Kopf. »Kailard, du magst ein einfältiger alter Narr sein, doch die Königin glaubt nicht an diese Legenden aus Alva. Und wenn sie es täte, würde sie keinen Jungen mit einem Zierdolch erwarten.«

Noch immer den Kopf schüttelnd trat sie zu Odi. »Erklärung!«

Hastig übergab Odi den schriftlichen Befehl.

Sie las das Schreiben und befahl: »Nehmt alle außer den Sturmjäger fest.«

»Das werdet ihr nicht«, drohte Xervacs. »Nicht das Mädchen.«

»Und weshalb nicht?« Celwyn hob eine Augenbraue.

»Sie steht unter diplomatischem Schutz.«

»Xervacs, das Thema hatten wir geklärt. Du kannst jederzeit abziehen, aber deine Begleiter – einschließlich des Mädchens – unterliegen der königlichen Jurisdiktion.«

»Nein, das tut sie nicht.«

Celwyn schmunzelte. »Und warum sollte sie das nicht?«

Xervacs zögerte – dann erklärte er: »Sie ist Tarsina Xentu.«

»Den Namen kenne ich nicht.«

»Prinzessin Tarsina Xentu von Skallahat.«

Cord fragte sich, was der Sturmjäger mit dieser durchschaubaren Lüge bezweckte – und erwartete eine ausschmückende Erläuterung, die darauf abzielte, Celwyn mit seinen hypnotischen Tricks zu manipulieren.

Doch Xervacs schwieg.

»Was soll dieser Unfug?« Sina schlug mit dem stumpfen Ende des Lanzenschafts auf den Pflasterstein.

»Gib es zu«, antwortete Xervacs, »du wusstest es.«

»Das ist eine gemeine Lüge! Ich weiß, wer ich bin.«

»Erinnere dich. Wie oft haben wir dir ein Haar gekrümmt?«

Er fixierte sie mit seinen hypnotisierenden Smaragdaugen. »Keinmal. Und wie oft bist du uns entkommen?«

Er grinste. »Jedes Mal – und zugleich keinmal. Denn kein einziger Sturmjäger hat je die Hand gegen dich erhoben.«

»Sei still!«, schrie Sina, »und verschwinde in deine Botschaft oder zu deinem Herrn nach Lorkmart.«

»Die Botschaft ist ebenfalls die deine. Folge mir dorthin und du wirst sicher sein. Gehst du jedoch mit denen – dann wird die Königin dich verzehren.«

»Das ist eine Lüge«, wiederholte sie mit zittriger Stimme. »Ich weiß, wer ich bin. Ich bin Raaks und Lynahs Tochter.«

»Ja. Du bist die Tochter der Lynah – die wiederum Arnammas Tochter ist … und Tochter des Skat Aido Skallahat.«

»Der Eisenfürst und deinesgleichen haben meine Eltern auf dem Gewissen. Ihr habt sie ermordet.«

Xervacs schüttelte den Kopf. »Frag deinen Verlobten nach dem Mörder deiner Eltern.«

Sina rang um Fassung und sah hilfesuchend zu Cord.

*Sie ... glaubt ihm!*

Instinktiv zog er sie an sich, schloss die Arme um ihren zitternden Körper.

»Ich weiß, wer ich bin«, flüsterte sie.

Cord spürte ihren rasenden Herzschlag, spürte, wie sie sich an ihn klammerte – als wolle sie nicht nur seinen Körper greifen, sondern auch den letzten Halt an ihr eigenes Ich.

»Auch deine Identität werden wir klären, Mädchen«, sagte Celwyn. »Wir werden jedes Detail aufklären und dann entscheiden.«

Sie zeigte auf einen von Odis Männern. »Du! Schaffe eine Trage herbei.«

»Sina«, sprach Xervacs, »willst du ewig vor dir und den Deinen davonlaufen? Eines Tages musst du dich der Wahrheit stellen. Wenn es so weit ist, wird dir das Haus Skallahat offen stehen. Denn es dient einer gerechten Sache.«

Er tat einen Schritt auf Sina zu.

»Selbst wenn dir mein Handeln ungerecht und grausam erscheint, so werde ich den Göttern eines Tages mit reinem Herzen gegenübertreten. Noch siehst du ein Ungeheuer in mir. Doch irgendwann wirst du zur Einsicht gelangen, dass das wahre Monster hinter den Palastmauern lauert. Und das wird ebenfalls dein Gefährte aus Mir erkennen, falls die Königin das in ihm sieht, was er fürchtet zu sein. Doch dann wird es für ihn ebenso keine Rettung mehr geben wie für dich.«

Der Sturmjäger wandte sich Celwyn zu.

»Ich war es, der den beiden Männern des Kommandanten das Leben nahm – als Strafe dafür, dass sie sich an der Erbin des Hauses Skallahat vergangen haben.«

Er deutete auf Hauptmann Odi.

»Für deren Tat mache ich ihn verantwortlich. Und ich fordere, dass er der Botschaft Skallahat überstellt wird.«

Einen Moment lang herrschte Stille.

Dann fuhr Xervacs fort:

»Übrigens: Befragt den abtrünnigen Sturmjäger, der im Dienst eurer Königin steht. Larkes wird Sinas Identität bestätigen.«

Odi sog scharf Luft ein.

Seine Augen huschten zu Celwyn, als suche er dort Schutz – doch was er fand, war nur ihr knapper, eiskalter Blick und ein kaum wahrnehmbares Nicken, mit dem sie Xervacs' Forderung zustimmte.

## Kapitel 53

»Ausziehen!«

Die Leibwächterin hatte die schwere Eisentür ins Schloss geschlagen und verriegelt. Jetzt lehnte sie an der Wand, verschränkte die Arme und ließ ihren Blick langsam über Cord gleiten.

Zuvor hatte Celwyn sie angewiesen, ihn von seinen Gefährten zu trennen und in diese karge Kammer tief im Innern des Palasts zu bringen.

Das einzige Fenster war vergittert. Zwei einfache Stühle standen an einem Tisch, auf dem schmalen Bett lag ein sorgfältig gefaltetes, orangefarbenes Gewand. In der Mitte des Raums flackerte ein Feuer in einem kreisrunden Steinkamin. In einer Nische rieselte Wasser von oben aus der Decke in eine eingelassene, steinerne Wanne.

»Ausziehen!«, wiederholte sie.

Cord dachte nicht daran, sich vor ihr zu entkleiden. Mit zusammengekniffenen Augen schüttelte er den Kopf.

Die Leibwächterin schnaubte, ließ ihre Muskeln unter der straffen Haut zucken und schritt auf ihn zu. »Also schön, Junge. Das wird Spaß machen.«

Cord wich zurück und hob die Handflächen beschwichtigend vor die Brust. »Ist gut, ist gut. Ich tu dir den Gefallen.«

Widerwillig schlüpfte er aus dem Hemd und hielt inne.

»Weiter!«

Cord verdrehte die Augen, wandte ihr den Rücken zu und stieg aus der Hose.

»Ins Feuer damit.«

Er hob die Kleidung auf, knüllte sie zu einem Ballen und warf diesen ins Feuer.

Sofort züngelten die Flammen empor und fraßen das Letzte, was ihm außer seinem Leib geblieben war. Odi hatte ihm den Rucksack genommen, Celwyn den Dolch, den Himmelsstein und Sinas Amulett. Die Kleidung war zu Asche zerfallen, seine alte Heimat lag Lichtjahre entfernt, und er war von seinen Gefährten getrennt.

*Alles, was mir bleibt, ist mein Leben.*

*Und der Anker des Schrats.*

Entblößt war er nicht nur dem eisigen Blick der Kriegerin ausgeliefert. Er war auch dem letzten Rest seiner Würde beraubt.

Er atmete tief durch und stellte sich auf die erwartete Verzweiflung ein, die ihn sogleich befallen würde.

Doch zu seiner Überraschung blieb er völlig gelassen.

Er lauschte dem Plätschern des Wassers, ließ sich von der Feuerstelle inmitten des kargen Raums wärmen.

Sein Blick fiel auf seinen eigenen nackten Körper – auf die frisch geschlagene Wunde, auf den Schmutz, der an ihm klebte.

Er war noch am Leben, und er war nicht in einen Stein verwandelt.

In diesem Augenblick wurde er dieser Kostbarkeit gewahr und tief im Verborgenen erkannte er, dass er in allerletzter Konsequenz nichts weiter benötigte. Es war keine Erkenntnis, sondern ein stilles Aufleuchten – wie eine Flamme, die aus seinem Innersten emporstieg. Leise, aber unbezwingbar.

Er drehte sich um und sah der Wächterin in die Augen.

»Bin ich der Knuh'Likat Haidamar?«

Für einen Augenblick erschien die Kriegerin irritiert.

Dann antwortete sie schroff: »Das bist du nicht. Stattdessen bist du ein Hochstapler und der Komplize eines Verurteilten, dem du zur Flucht verholfen hast. Und du bist ein ungewaschener Junge, dem es nicht gestattet ist, ein Mitglied der königlichen Leibwache in dieser respektlosen Weise anzusehen.«

»Nur mit einem liegst du richtig«, entgegnete er, stieg unter den Wasserschwall, schloss die Augen und genoss das erfrischende Wasser, das den Staub und Schmutz fortspülte.

Als er aus dem Becken trat, war die Leibwächterin gegangen. Die Tür war verriegelt.

Er trat vor die Feuerstelle und ließ sich in der wohligen Wärme trocknen.

Anschließend schlug er den orangefarbenen Stoff auf und zog das Hemd über, das ihm bis zu den Knien reichte.

Er legte sich aufs Bett, verschränkte die Hände unter dem Kopf und schloss zufrieden die Augen.

Im Traum erschien ihm ein Greifvogel, dessen hypnotisierender Blick sich wie ein Spiegel in seine Gedanken senkte, als wolle er ergründen, wer Cord war – und ob er bereits begonnen hatte, sich zu wandeln.

## Kapitel 54

Unter den ehrfürchtigen Blicken Tausender Bergleute und Schaulustiger stieg Elrik Hennemann hinter Fürst Skat Aido Skallahat und drei Sturmjägern die Stufen zur Bühne empor – errichtet eigens für das nächtliche Spektakel auf dem Platz vor dem Mineneingang.

Ein Becken voller glühender, zäh brodelnder Lava trennte die Zuschauer von dem Podest, auf dem sich das Schauspiel entfalten sollte.

*Ein lebendiger Abgrund*, dachte Elrik. *Gewalt in ihrer reinsten Form liegt dem Fürsten zu Füßen.*

Er sog die Hitze ein, genoss das Prickeln auf der Haut, das vom Glanz des Fürsten auf ihn abstrahlte – ihn aus der bedeutungslosen Dunkelheit emporhob.

Drei hölzerne Käfige warteten: zwei auf dem Boden des Podests, einer hing an einem schwenkbaren Kran. Jeder von ihnen war mit Gewichten beschwert – bereit, alles, was sich darin befand, in die Tiefe zu reißen.

Mitten auf dem Podest standen zwei Männer und eine Frau reglos in orangefarbenen Roben gekleidet.

Elrik ließ den Blick über sie gleiten und kostete die schaurige Erregung, die in der Luft lag. Erwartungsvoll sah er zum Fürsten.

Doch der hatte es nicht eilig.

Seelenruhig schenkte er sich und seinen Sturmjägern Wein ein, hockte sich auf eine Holzkiste und sah hinüber zu der hexagonal eingefassten Metallplatte.

Zwei Arbeiter schoben einen Karren aus dem Stollen, hoch beladen mit frisch geschürftem Blaubrand.

Die Menge verstummte, als der Fürst sich erhob und seine Stimme über den Platz hallen ließ:

»Meine lieben Freunde«, rief er, »ich stehe heute vor euch mit einer grandiosen Botschaft. Einer Nachricht, die unsere Herzen mit Freude erfüllt und eure Zukunft sowie die des Hauses Skallahat in Glanz erstrahlen lässt.«

Ein rauschender Jubel brandete über den Platz. Fäuste wurden in die Luft gestreckt, Stimmen schrien den Namen des Fürsten, Kinder reckten sich auf den Schultern ihrer Eltern, um einen Blick auf das Podest zu erhaschen.

»Die Stollen haben eine unvorstellbare Länge erreicht. Unsere gemeinsamen Anstrengungen, eure und die unserer bleichen Geschwister, die niemals von der Sonne geküsst wurden, haben das Wunder ermöglicht. In den dunkelsten Winkeln der Stollen haben wir dem blanken Fels den blauen Schatz entrissen, zum Wohle der Menschen und zur Freude der Götter.«

Tosender Applaus begleitete seine Worte. Einige in der Menge sanken auf die Knie und beteten gen Himmel.

»Lasst uns in dieser besonderen Nacht feiern und den Tribut mit einem Gesandten weihen.«

Ein erwartungsvolles Raunen ging durch die Reihen. Die Zuschauer reckten die Hälse, als sich die hexagonale Metallplatte krächzend öffnete. Die beiden Arbeiter am Karren schütteten auf ein Zeichen des Fürsten die gesamte Ladung Blaubrand in den Schacht. Auf seinen Knien schleiften zwei Soldaten einen jammernden Gefangenen herbei, der keine Kraft aufbrachte, sein Schicksal abzuwenden.

Elrik erkannte ihn und wunderte sich, dass Beilmund, der Hoflieferant, nicht verblutet war, nachdem er ihm die Füße abgehackt hatte.

»Wir grüßen Edelmann Beilmund«, rief der Fürst, »den ich in dieser heiligen Stunde zum Botschafter Dradoras ernenne. Möge er gegenüber den Göttern ein weiser Fürsprecher der Menschheit sein.«

Die Menge brüllte begeistert. Niemand schien zu ahnen – oder es kümmerte sie nicht –, was dem Gefangenen bevorstand.

Beilmund hob schwankend den Kopf, blickte flehend zur Bühne, versuchte, ein Wort an den Fürsten zu richten. Doch seine Stimme versagte.

Elrik winkte, zwinkerte Beilmund zu und biss sich aufgeregt auf die Fingernägel.

Auf ein Zeichen des Fürsten warfen die Soldaten Beilmund in den Schacht.

Sein Schrei ging im Donner der jubelnden Menge unter.

Danach wurde der leere Karren eilig zum Mineneingang geschoben.

Der Fürst kniete sich hin und streckte die Arme zum Himmel.

»Götter! Wie es der Vertrag vorsieht, haben wir dem Berg das Mineral abgerungen. Mit unserem Schweiß, mit unserem Blut, mit unserem Leben. Wir bitten euch, nehmt unsere Gabe an und schenkt uns Kraft, Mut und Weitsicht, auf dass wir die uns auferlegte Pflicht zu eurem Gefallen erfüllen.«

Ein Donnerschlag zerriss die Nacht, ließ Elriks Eingeweide erbeben.

Aus dem Schacht schoss ein gleißend blauer Feuerball senkrecht in den Himmel und zog einen langen Schweif hinter sich her wie ein geisterhafter Komet.

Der Fürst erhob sich.

»Liebe Brüder und Schwestern, Botschafter Beilmund ist zu den Göttern aufgestiegen, um von dort dem Spektakel beizuwohnen. Lasst uns ein Fest feiern, das in die Geschichtsbücher Dradoras eingehen wird. Lasst uns das Flammenfest feiern.«

Ein Sturm der Begeisterung ging durch die Menge. Die Zuschauer schrien, als hätten sie auf dieses Signal gewartet, warfen die Arme in die Höhe, einige tanzten, andere schlugen sich ekstatisch auf die Brust.

»Lasst uns zusammen das Maj'Tal Helrath zelebrieren.«

Tosender Applaus. Der Name löste eine Welle heiliger Verzückung aus.

Der Platz bebte. Fackeln wurden geschwenkt. Kinder auf den Schultern ihrer Eltern sangen mit aufgerissenen Augen die ersten Zeilen einer Hymne, die irgendwo angestimmt worden war.

»Das Feuer wird das Übel der Welt verbrennen, das Reich heilen, auf dass uns die Götter wohlgesonnen sind.«

Der Fürst holte mit seinem Arm weit aus und deutete in Richtung der drei in Roben Gekleideten.

»Diese frommen Menschen werden das Maj'Tal Helrath durchlaufen. Die Götter mögen ihnen die Macht der Flamme geben, auf dass sie unsere Feinde besiegen werden.«

Er trat zu ihnen, schüttelte jedem die Hand.

Die Zuschauer jubelten bei jeder Geste, als würde ein neuer Prophet gesalbt.

»Ergreift die lodernde Kraft«, sprach der Fürst. »Entfacht die Wut auf das Unreine und fegt es hinweg!«

Dann zog der Fürst eine kleine Ampulle aus seinem Gewand – gefüllt mit einer blau leuchtenden Flüssigkeit. Er brach das Siegel, reichte sie einem der Auserwählten.

Ein Raunen ging durch die Menge.

Der Mann nahm die Ampulle, hielt sie wie einen Kelch über seinen Kopf – und für einen Augenblick war es totenstill. Die Zuschauer hielten den Atem an.

Dann trank er. Langsam, würdevoll.

Die Spannung entlud sich in überschwänglichem Beifall.

Mit bleichem Gesicht stieg der Mann in den Käfig, der am Kran hing. Schweiß lief ihm über die Stirn.

Kinder wurden gehoben, damit sie den Käfig sehen konnten. Männer und Frauen grölten den Namen des Fürsten.

Elrik wich einen Schritt zurück. Die Hitze, die aus dem Lavabecken aufstieg, war kaum zu ertragen.

Faszniert und zugleich abgestoßen starrte er den Mann an.

*Macht der das etwa freiwillig? Wie kann man nur so bescheuert sein?*

»Helrath!«, brüllte der Mann.

Das war das Zeichen.

Der Sturmjäger betätigte den Mechanismus und der Käfig schwenkte über das Lavabecken.

Sofort fingen Robe und Haare Feuer.

Die Zuschauer schrien. Nicht vor Entsetzen, sondern wie im Rausch. Einige beteten laut, andere klatschten wie beim Höhepunkt eines Schauspiels.

Doch der Mann im Käfig regte sich nicht.

Erst als der Sturmjäger den Käfig herabsenkte, zerschnitt ein markerschütternder Schrei die festliche Stimmung.

Ein Schrei, so roh, dass selbst die euphorischsten Zuschauer für einen Moment innehielten.

Dann setzte wieder Bewegung ein. Ein Kind begann zu weinen. Eine Frau wankte, musste sich an einem Nachbarn festhalten. Doch niemand protestierte. Niemand stellte Fragen.

Ein Windstoß trug den Gestank von brennendem Fleisch herüber.

Elrik wurde kreidebleich.

Er stützte sich gegen eine Holzkiste, presste die Lippen aufeinander.

*Nicht durch die Nase atmen.*

*Niemand darf mich kotzen sehen.*

Mit gesenktem Kopf und hinter dem Rücken verschränkten Armen schritt der Fürst schweigend über die Bühne.

Der Jubel war verebbt, ein nervöses Gemurmel erhob sich aus der Menge. Einige tuschelten, andere hielten ihre Kinder nun fester im Arm.

Als das Murmeln anschwoll, blieb der Fürst stehen.

Mit fester Stimme rief er den Leuten zu: »Es gibt eine simple Erklärung. Dieser Mann war des Maj'Tal Helrath unwürdig. Das Ritual eliminiert die Zweifler.«

Stille.

Eine Stille, in der man das Knacken der Bühne unter seinen Schritten hören konnte.

Er wandte sich den beiden verbliebenen Auserwählten zu und trat vor die Frau.

»Zweifelst du ebenfalls?«

»Ich bin bereit!«, antwortete sie mit fester Stimme, kaum lauter als ein Ruf, aber getragen von einer Überzeugung, die selbst die vordersten

Reihen beeindruckte.

Er lächelte sie milde an. »Das warst du bereits als junges Mädchen. Deine Mutter wäre stolz auf dich.«

Ein ehrfürchtiges Raunen lief durch die Zuschauer. Einige legten die Hand auf die Brust, als sei das ein geheiligter Moment.

Der Fürst holte eine weitere Ampulle hervor.

Sie leuchtete intensiv blau in seinem erhobenen Arm – wie ein Stern über dem Lavabecken.

Die Frau nahm sie entgegen, brach das Siegel, trank sie in einem Zug aus – und stieg mit unbeirrtem Schritt in den Käfig.

»Helrath!«, rief sie ohne Zittern, ohne Zögern.

Der Sturmjäger drehte den Kranarm.

Die Robe der Frau ging sofort in Flammen auf.

Brandblasen bildeten sich auf ihrer Haut und platzten. Ihr Haar verpuffte wie trockenes Stroh. Doch sie bewegte sich nicht. Kein Laut drang aus ihrem Mund.

Selbst, als der Käfig tiefer sank, regte sie sich nicht.

Sie verbrannte nicht.

Sie verschwand. Lautlos, ohne Widerstand, wie von einer unsichtbaren Macht hinweggetragen.

Nicht mit einem Schrei. Nicht mit einem Aufbäumen.

Als wäre sie nie dort gewesen.

Ein ehrfürchtiges Raunen ging durch die Menge. Einige Zuschauer wischten sich ungläubig über die Augen.

»Es lebe Helrath«, rief jemand mit bebender Stimme.

Ein anderer stimmte ein. Dann weitere.

Die Menschen auf den Rängen gerieten in Ekstase, und aus hunderten Kehlen schallte der Ruf: »Helrath! Helrath! Helrath!«

Der Fürst streckte die Faust zum Triumph empor – und genau in diesem Moment durchstieß ein Kopf die Oberfläche der Lava.

Rot und gelb wie glühender Stahl.

Eine Gestalt erhob sich aus dem Becken.

Menschlich und zugleich jenseitig.

Ein Sturm des Jubels brauste über den Platz. Einige Menschen warfen sich zu Boden, andere rissen sich die Oberkleider vom Leib.

Ein kollektiver Taumel ergriff die Menge.

Der Fürst und seine Sturmjäger klopften sich gegenseitig auf die Schultern, füllten ihre metallenen Krüge mit Wein und stießen an.

»Wartet!«

Der Fürst wich einen Schritt zurück.

Einen Herzschlag lang war da nur Stille.

Ein kaum wahrnehmbares Zittern durchzuckte seinen Blick.

Dann sah er zum Feuerdämon. »Die Verbindung ... sie ist abgebrochen.«

Seine Stimme klang jetzt seltsam leer, als würde er plötzlich gegen eine Wand aus Nebel sprechen.

Ein leises Murmeln ging durch die Menge. Menschen reckten die Hälse, einige tauschten verwirrte Blicke.

Der Fürst ließ den Becher fallen, griff sich mit den Fingerspitzen an die Schläfen.

»Komm zurück. Ich befehle es dir.«

Doch der Feuerdämon regte sich nicht. Er war zu einer dunkelrot glühenden Statue erstarrt.

Ein Raunen des Unbehagens lief über den Platz.

Resigniert ließ der Fürst seine Arme sinken, riss einem Sturmjäger den Krug aus der Hand und stürzte den Wein in einem Zug hinunter.

Dann schmetterte er das Gefäß in die Lava, wo es zischend versank.

Seine Stimme donnerte über den Platz: »Der Nächste. Vortreten!«

Der verbliebene Kandidat zuckte zurück.

Einzelne Zuschauer hielten den Atem an.

»Hast du meinen Befehl nicht gehört?«

»Ich ... ich schaffe das nicht.«

»Was schaffst du nicht?«

»Es tut mir leid.«

»Was tut dir leid?« Der Fürst trat näher.

»Ich habe meine Stärke überschätzt. Ich bin noch nicht bereit.«

Der Fürst hob die Augenbrauen. »Wofür?«

»Für das Maj'Tal Helrath«, wisperte der Mann und senkte den Blick.

»Zweifelst du an dir ... oder an mir?«

»Nicht an euch, mein Herr.«

»Das ist gut. Denn wer mir vertraut, wird das Feuer bezwingen. Und wer an mir zweifelt...« – seine Stimme wurde gefährlich leise – »...den wird das Feuer verzehren.«

»Ich ... bitte um Vergebung.« Der Mann brachte kaum ein Wort hervor.

»Ich soll dem vergeben, der mich verhöhnt? Der mich vor all den Anwesenden verspottet?«

Seine Stimme klang wie ein Urteil, das vom Himmel herab verkündet wurde.

Ein Kind begann zu weinen. Niemand wagte, es zu beruhigen.

»Ich benötige nur noch ein wenig Zeit«, flehte der Mann.

Der Fürst schüttelte langsam den Kopf. In seiner Stimme lag eine fast traurige Note. »Mir tut es ebenfalls leid. Die Zeit hast du nicht.«

Mit eiserner Selbstverständlichkeit trat ein Sturmjäger vor, packte den Mann am Hals, schleifte ihn zum Abgrund und stieß ihn ins Becken.

Noch im Flug fingen Robe und Haare des Mannes Feuer.

Sein letzter Schrei hallte zwischen den Steinmauern wider, ehe die brodelnde Lava ihn verschluckte.

Fasziniert starrte Elrik auf den in der Lava versinkenden, brennenden Torso.

Erst als sich eine schwere Hand auf seine Schulter legte, fuhr er zusammen.

Der Fürst lächelte ihm milde zu.

»Wir haben uns gegenseitiges Vertrauen zugesichert. Du erinnerst dich doch gewiss?«

Elrik nickte. Und zugleich glaubte er, jemand risse ihm brutal den Boden unter den Füßen weg.

»Das ist gut«, sagte der Fürst sanft.

Er beugte sich näher, sein Atem streifte Elriks Ohr.

»Denn das Maj'Tal Helrath muss in dieser Nacht vollbracht werden.«

Elrik wollte etwas sagen, doch seine Stimme blieb stumm.

Sein Magen zog sich zusammen und ein Schwindel ließ ihn taumeln. Alles klang dumpf, als stünde er unter Wasser.

»Ich vertraue dir«, flüsterte der Fürst. »Dir wird es gelingen.«

## Kapitel 55

»Hey, Kumpel ... wach auf! Du blutest!«

Cord öffnete die Augen. Im fahlen Feuerschein sah er seinen Freund, der ihm über die Stirn strich.

»Was ist mit dir geschehen?«, fragte Arnold.

»Hatte einen üblen Traum.«

Arnold hielt ihm seine blutverschmierte Hand hin. »Von Träumen blutet man nicht.«

»Vielleicht warst du das ja! Wo kommst du überhaupt her?«

»Hab umgebucht.«

Cord rieb sich die Schläfen. Sein Schädel dröhnte, als würde er zerspringen.

Er raffte sich auf und hielt seinen Kopf unter den Wasserschwall.

Vor seinem inneren Auge erschien die Gestalt aus seinem Traum.

*War das ein Sturmjäger?*

Als Cord versuchte, nach Einzelheiten der Vision zu greifen, verblichen alle Erinnerungen daran. Es blieb nur ein flaues, nicht greifbares Unbehagen.

»Nimm's mir nicht übel, Kumpel – Orange steht dir nicht.« Arnold zupfte an seinem eigenen orangefarbenen Gewand. »Ich weiß, es ist auch nicht meine Farbe, aber so wie's aussieht, sind uns nur die hässlichen Kittel geblieben.«

Er ließ sich rücklings aufs Bett fallen.

»Doch das muss man ihnen lassen. Die Zellen im Palast sind um einiges bequemer ausgestattet als das, was Odi und seine Jungs zu bieten hatten. Hier lässt es sich eine Weile aushalten. Wobei« – er ließ die Schultern hängen – »lange wirst du mich nicht ertragen müssen.«

Cord setzte sich auf die Tischkante und stellte die Füße auf den Stuhl.

»Die Anklage gegen dich wird sich als Irrtum herausstellen. Du hast nichts verbrochen.«

»Ha! Das spielt keine Rolle. Hier ist es wie in Anburg. Sie hängen dir irgendetwas an, ohne zu verraten, um was es sich handelt. Und dann sollst du deine Unschuld beweisen. Und wenn du es versuchst, legen sie dich um. Genau wie den Wagner-Jungen.«

Arnold kicherte verzweifelt.

»Kumpel, ich schätze, die Sache geht nicht gut für mich aus. Aber weißt du was? Die letzten Tage waren die besten meines Lebens. Und ich würde es immer wieder tun.«

Einen Herzschlag lang war es still.

Dann grinste Arnold. »Schon allein, um nochmal zu sehen, wie dir die Kinnlade runterfällt, wenn der alte Kailard den Kriegerweibern verkündet, dass er der Königin den zukünftigen Knuli-Typen bringt.«

Lachend klopfte er mit der flachen Hand auf das Bett.

»Junge, du hättest dein kreidebleiches Gesicht sehen sollen.«

Cord senkte den Blick.

Kailards Worte hallten in ihm nach.

Dann sagte er: »Vielleicht bin ich es ja.«

Arnold richtete sich auf. »Was? Etwa dieser Knuli?«

Cord zuckte mit den Schultern.

»Kumpel, dir ist schon klar, dass das bloß eine Sagengestalt ist, oder?«

»Für die einen mag der Knuh'Likat Haidamar das sein.«

Arnold sprang vom Bett auf. »Bist du jetzt völlig übergeschnappt? Du glaubst doch nicht etwa an dieses Märchen, nur weil du mit dem Dolch rumballerst und von Himmelslinien faselst.«

»Und die Krir?«

»Keine Ahnung.« Arnold wedelte mit den Händen in der Luft. »Das hat die einäugige Hexe arrangiert. Diese Herta. Und überhaupt: Warum solltest gerade *du* jemand Besonderes sein?«

»Und nicht *du*?«

Für einen Moment wich das Grinsen aus Arnolds Gesicht.

Sein Blick flackerte – als hätte Cord einen wunden Punkt getroffen.

Doch dann schnaubte er leise und winkte ab, als hätte Cord bloß Unsinn geredet. »Ach, darum geht es nicht. Wenn nur Kailard diese Behauptung aufstellt, dann ist das sein Problem. Kommt es aus deinem

Mund, kriegen sie dich wegen Hochstapelei oder so dran. Die werden dich fertig machen.«

»Arnie, hier wird niemand fertig gemacht.«

»Ach nein? Und warum tragen wir diese Kittel? Weil es der letzte Schrei in Zanmathar ist oder weil das die Kleidung von Verurteilten ist, die auf ihre Hinrichtung warten oder einer Gottheit geopfert werden sollen.«

»Arnie, beruhige dich. Wir kommen hier raus. Und dann holen wir uns Walter zurück.«

»Träum weiter, Kumpel. Das tu ich ebenfalls«, sagte Arnold, fläzte sich aufs Bett und drehte sich zur Wand.

Cord döste mit dem Kopf auf der Tischplatte, halb schlafend, halb wach.

Schritte auf dem Gang ließen ihn plötzlich hellhörig werden.

Die Zellentür wurde scheppernd entriegelt.

Celwyn, die Befehlshaberin der Leibwache, öffnete die Tür und schob Sina in die Zelle. »Da rein.«

»Wenigstens dir steht Orange.« Arnold war vom Bett aufgesprungen und grinste Sina an.

»Na, Jungs, wollt ihr mich nicht begrüßen?« Sie öffnete die Arme.

Cord warf einen kurzen Blick zu Arnold. Dann trat er zu ihr und umarmte sie.

»Oh Leute ...«, Arnold verdrehte die Augen. »Wenn ihr wieder zu knutschen anfangt, verlange ich eine Einzelzelle. Hey, Fräulein Wächterin! Ist woanders noch ein Zimmer frei?«

Celwyn grinste ihn an. »Gedulde dich. Auf dich wartet eine besondere Überraschung.«

Sie verließ die Zelle und verschloss die Tür hinter sich.

»Deinem Freund hat das Knutschen gefallen«, sagte Sina zu Arnold.

Cord errötete.

»Ist das wahr?«, wollte Arnold wissen.

»Na ja ... es war ein notwendiger Baustein unserer Flucht.«

Arnold grummelte etwas in sich hinein.

»Arnie«, fragte Sina, »kann es sein, dass du eifersüchtig bist?«

Bevor er antworten konnte, umarmte sie ihn und gab ihm einen

Kuss auf die Wange.

Verlegen grinste Arnold. »Du hast mich zum ersten Mal Arnie genannt.«

»Bilde dir bloß nichts darauf ein.«

Sie setzte sich auf den Rand des Wasserbeckens und legte die Beine übereinander. »Und nun? Was schlagt ihr vor?«

»Wir warten«, antwortete Cord.

»Auf eine Audienz bei der Königin?«

Cord nickte.

Arnold räusperte sich. »Und weshalb sollte sie uns empfangen? Weil wir darauf setzen, dass sie hinter Kailards Befreiung steckt?«

Cord erwiderte seinen Blick nur stumm.

»Na wunderbar. Dann haben wir ja einen todsicheren Plan.« Arnold legte sich aufs Bett und richtete sich kurz darauf wieder auf. »Hm, nur für den Fall, dass unsere Annahme falsch ist ...« – er blickte Sina an – »könntest du dann nicht etwas bewirken?«

»Sprich nicht weiter.« Sinas eisiger Blick duldete keinen Widerspruch.

Cord wusste, worauf Arnold hinauswollte. Er spielte auf die Behauptung des Sturmjägers an, Sina sei die Enkelin des Eisenfürsten. Falls das zuträfe, stünde sie unter diplomatischem Schutz.

»Schon gut.« Arnold hob abwehrend die Hände. »War nur so eine Idee, um aus der Nummer rauszukommen. Müssen wir nicht weiter verfolgen.«

Sina hatte den Saum des Gewandes hochgekrempelt und wedelte mit den Beinen durchs Wasser. Sie lächelte Cord an und klopfte auf den Platz neben sich.

»Komm zu mir.«

Arnold drehte sich genervt zur Seite.

Schüchtern setzte sich Cord neben Sina.

Als sie seine Hand in die ihre legte, rutschte er ein Stück näher an sie heran.

»Halt mich fest«, flüsterte sie und schmiegte sich an seine Schulter.

Er legte seinen Arm um ihre zitternde Taille.

»Der Sturmjäger sagt die Wahrheit«, flüsterte Sina. »Ich spüre es.«

Ihr Körper erbebte unter einem stummen Schluchzen.

Cord drückte sie fester an sich.

»Und wenn es so wäre«, sprach er behutsam, »was sollte das ändern? Du weißt, wer du bist.«

Sie hob ihren Kopf und sah ihm in die Augen. »Wer bin ich?«

»Niemand, der für die Taten des Fürsten und seiner Sturmjäger verantwortlich ist. Sondern jemand, der die Menschen vor dem Schicksal bewahrt hat, das der Eisenfürst ihnen zugedacht hatte. Die Geretteten verdanken dir ihr Leben. Sie und dein Stamm sind deine Familie. Und sie lieben dich.«

Sie ließ ihre Füße im Wasser kreisen.

»Und du?«, fragte sie. »Tust du das ebenfalls?«

Die Frage traf ihn wie ein Blitz – mitten ins Herz.

Er brachte kein Wort hervor.

»Weißt du es denn nicht?«

Die Antwort hallte in seinem Geist. Klar und deutlich. Er rang mit sich, diese Wahrheit durch das eine Wort zur Gewissheit werden zu lassen.

Doch die Gelegenheit war verstrichen, als eine Sirene aufheulte und zu einem Dröhnen anschwoll, das Cord in die Glieder fuhr.

Aufgeregt sprang Arnold zum Fenster.

»Das müsst ihr euch ansehen.« Er winkte beide herbei. »Der Himmel glüht ...«

Alle drei drängten sich ans Fenster. Es war, als habe sich eine matt schimmernde Glaskuppel über Zanmathar gesenkt.

»Sie haben den Schild über der Stadt aktiviert«, sagte Cord.

»Na klasse ...«, murmelte Arnold. »Ich hab mich schon gefragt, ob das alles war, was meine Pechsträhne zu bieten hat. Aber offenbar geht da noch was.«

Er lachte. »Wir werden angegriffen. Wie wunderbar!«

»Das kann auch ein Probealarm sein«, meinte Cord. »Und wenn nicht, dann sind wir hier sicher. Kailard sagte, der Schild sei undurchdringlich. Er ist ein Artefakt der vergangenen Welt.«

Der Alarm war verklungen, doch der Schild blieb.

Die Zellentür öffnete sich plötzlich.

Celwyn trat ein. Und hinter ihr ein Sturmjäger in schwarzer Rüstung. Seine grünbraune Haut war ledrig, das Gesicht mit Brandnarben zerfurcht. Seine Augen glommen wie ausgebrannte Kohlen in der Finsternis.

Auf seinem Rücken trug er ein riesiges Schwert.

»Ich bin Larkes. Es ist so weit. Folgt mir!«

## Kapitel 56

Elrik empfand keinen Schmerz.

Der Fürst hatte ihm die scharfe Bruchkante einer Glasampulle in den Bauch gestoßen.

Die Essenz rann in ihn hinein. Endgültig.

Sofort setzte die Wirkung ein und dämpfte die Angst vor dem, was ihm bevorstand.

*Ich vertraue dem Fürsten. Und er mir. Denn wir haben es uns gegenseitig versprochen.*

Wie in Trance bestieg Elrik den Käfig.

Tausende Augen folgten ihm, erwartungsvoll und schweigend. Niemand wagte es, zu rufen, niemand zu flüstern. Selbst die Kinder auf den Schultern ihrer Eltern hielten den Atem an.

Es wurde still.

Nur das Knarzen und Quietschen des Krans war zu hören. Und das dumpfe Brodeln der Lava unter ihm.

Als die brutale Hitze den Käfig entflammte und Elriks Haut zerriss, krampfte sich ein Raunen durch die Menge. Einige wichen zurück, andere riefen flehend nach den Göttern. Kinder versteckten sich schluchzend in den Umhängen ihrer Eltern.

Doch Elrik widerstand dem Schmerz, ließ keinen Laut über seine Lippen kommen.

*Ich werde das Maj'Tal Helrath durchlaufen. Ich werde als Helrath daraus hervorgehen. Dann wird die Welt erkennen, wie sehr sie sich getäuscht hat.*

Er dachte an seine Brüder, die ihn verraten hatten. An seine Eltern, die ihn verlassen hatten. An die Schüler, die ihn gemieden hatten. Und an all jene, die ihn ausgelacht, übersehen, klein gemacht hatten. Die kochende Wut überwältigte den unerträglichen Feuerschmerz.

Bei lebendigem Leib sank er in die Lava.

Er spürte, wie das Fleisch an seinen Armen riss – und dann keine Schmerzen mehr.

Er hielt stand.

Und als er die Stimme des Fürsten tief in seinem Inneren hörte, erfüllte ihn Dankbarkeit und Glück. Der Fürst wies ihn an, das Becken zu durchschreiten und am anderen Ende als neugeborener Helrath die Welt zu betreten.

Langsam, mit einer Geduld, die nicht mehr menschlich war, zog er seine Beine durch die zähe, glühende Masse, spürte jeden Widerstand, jede Hitze wie eine Prüfung – und schritt hindurch.

Das Becken wurde flacher. Sein Kopf durchbrach die Oberfläche.

Die Welt erstrahlte grell in den Farben des Feuers. Er sah Hände auf den Boden klatschen, Köpfe sich senken. Menschen warfen sich auf die Knie, als hätte ein Gott das Licht betreten.

Erstaunt betrachtete er seine Arme, auf denen lodernde Flammen tanzten. Sein ganzer Körper stand in Flammen. Sie leckten über seine Haut, aber sie gehörten ihm jetzt, so wie er ihnen gehörte.

*Ich brenne, ohne zu verbrennen.*

»Du kennst deine Bestimmung«, vernahm er die Stimme des Fürsten, wie das Schlagen einer Trommel tief in seinem Innersten.

»LAUF!«

Elrik wusste, was zu tun war.

Er richtete seinen Blick auf den Eingang zur Mine und setzte sich in Bewegung. Zunächst langsam, dann immer schneller.

Er rannte mitten durch ein Pferdegespann, das in einem Funkenhagel zerbarst. Die Zuschauer sprangen schreiend beiseite – und gingen dennoch in Flammen auf.

*Ich bin Feuer.*

*Ein Urteil.*

*Ein Gott.*

Er raste durch die Menge, die eben noch seinen Namen gepriesen hatte – und nun im Chaos versank.

Hände, die sich eben noch zum Jubel erhoben hatten, wurden zu Fackeln. Münder, die seine Göttlichkeit gerufen hatten, schrien um Gnade.

Doch Helrath erhörte sie nicht.

Mit Glückseligkeit im Herzen stürmte er in den Tunnel.

Und hinterließ eine Brandspur der Zerstörung und des Todes für all jene, die sich freiwillig dem Feuer ausgeliefert hatten.

## Kapitel 57

Wände, Decke und Boden der Palasthalle leuchteten aus sich selbst heraus in einem reinen, blendenden Weiß – so hell, dass kein Schatten zu bestehen vermochte.

Kailard saß, in ein orangefarbenes Gewand gehüllt, auf einem schlichten Stuhl inmitten der Halle. Sein gebrochenes Bein ruhte ausgestreckt auf einem Schemel vor ihm.

Hinter ihm stand regungslos eine Leibwächterin, die Lanze kerzengerade vor sich aufgestellt – wie eine stumme Warnung.

Kailards Blick folgte der breiten, geschwungenen Treppe, die von reich verzierten Säulen eingefasst wurde. Zwischen den Pfeilern schimmerte das Glühen des Schutzschilds, der die Stadt in der Nacht umhüllte.

Celwyn bedeutete Cord, Arnold und Sina mit einer herrischen Geste, sich neben Kailard in einer Reihe aufzustellen.

Kaum hatten sie sich formiert, postierten sich drei weitere bewaffnete Wächterinnen hinter ihnen. Mit einem hellen Klacken senkten sie ihre Lanzen auf den spiegelglatten Marmorboden.

Mit schweren Schritten trat der Sturmjäger vor Sina.

Die Zeit schien stillzustehen. Larkes schloss die Augen und sog ihren Duft ein – lang, tief, wie eine verlorene Erinnerung.

Seine Finger strichen durch ihr Haar.

Sina stand stocksteif, regte sich nicht.

Larkes betrachtete sie lange.

»Du hast die Augen deiner Großmutter. Und du bist ihr in Schönheit ebenbürtig.«

Er deutete ein Nicken an. »Hat Aido dich geschickt? Kamst du auf seinen Befehl?«

»Ich hab nichts mit dem Fürsten zu schaffen«, entgegnete Sina.

Larkes lachte. »Du weißt, dass das nicht stimmt.«

Er verschränkte die Arme hinterm Rücken.

»Genau an dem Tag, an dem sich dein Großvater gegen das Reich und die Königin stellt, tauchst du hier auf. Weshalb?«

»Ich kenne seine Absichten nicht. Und selbst wenn ich sie kennen würde – ich würde niemals auf seiner Seite stehen.«

»Ich wünsche dir, dass die Königin ein weises Urteil über dich fällen wird.«

Kailard hob nun beschwichtigend die Hand.

»Es gibt keinen Grund, über uns zu urteilen. Ich nehme an, die Königin hat diese Zusammenkunft arrangiert.«

»Mir ist ein solches Arrangement nicht bekannt«, sagte Larkes. »Bekannt ist mir dagegen, dass du aus Adoria Gaad geflohen bist, einem von Fürst Skallahat kontrollierten Gefängnis. Bekannt ist mir ebenso, dass die beiden Knaben vor einigen Tagen mit dem Fürsten in Lorkmart zusammentrafen.«

»Diesen Knaben« – Kailard deutete mit ausgestrecktem Arm auf Cord – »der über Elgat und die Krir herrscht, wird das Volk für den Knuh'Likat Haidamar halten. Und manche werden sich sogar an meinen Namen erinnern. Glaubst du nicht, dass wir – und damit schließe ich Sina ein – der Königin am Vorabend eines drohenden Krieges von Nutzen sein könnten?«

Arnold verdrehte die Augen und murmelte: »Wie schön, dass sich niemand für mich interessiert. Darf ich jetzt gehen?«

Larkes beachtete ihn nicht, stattdessen antwortete er auf Kailards Frage: »Ob ihr nützt oder schadet – darüber entscheidet die Königin.«

Dann wandte er sich ab, stieg die breite Treppe hinauf – und verschwand.

Ein tiefer, lang nachhallender Gong kündigte Königin Wildron Wileba an.

Und alles veränderte sich.

Das weiße Licht erlosch. Rote, goldene und schwarze Wellen wanderten über den Fußboden, krochen die Wände empor und formten an der Decke ein pulsierendes Farbmuster, getragen von Klängen, die wie aus einer anderen Welt zu ihnen drangen.

»Hinknien!«, befahl die Leibwächterin und drückte Cord zu Boden.

Arnold und Sina fielen ebenso auf die Knie.

Die Königin betrat die Halle und blieb auf der obersten Treppenstufe stehen.

Neben ihr trat lautlos ein schwarzer Panther aus dem Schatten. Seine hellblauen Augen leuchteten wie Eiskristalle, während er an ihrer Seite Stellung bezog.

»Wow«, stöhnte Arnold und flüsterte Cord verschmitzt zu: »Was für ein Auftritt. Wenn mich schon jemand richten soll, dann bitte diese Göttin.«

Ihr dunkles, glattes Haar floss über ein Kleid aus hauchdünner, durchscheinender Seide in der gleichen Farbe wie ihre Lippen – tiefrot, wie verschwiegenes Verlangen.

Ihre Haut war elfenbeinfarben und makellos, von einem matten Schimmer überzogen. Um ihren Hals hing ein schweres, goldenes Amulett, in dessen Mitte ein blutroter Edelstein pulsierte wie ein schlagendes Herz.

Cord spürte, wie sich seine Brust zusammenzog.

Sie war eine jener Menschen, die mit einem einzigen Blick einen ganzen Raum in Besitz nahmen – ob als Königin oder Bettlerin.

Seite an Seite mit dem Panther schritt die Regentin die Treppe herab. Ihr folgten Larkes, Celwyn und eine alte, schmuckbehangene Dame, aus deren kahlem Schädel metallene Stacheln wuchsen – angeordnet wie eiserne Stäbe, die quer durch ihren Kopf getrieben wurden. Es war Galdwyn, die Mutter der Königin.

Die Augen des Panthers bohrten sich in Cords Seele, hypnotisch und eindringlich. Jeder Muskel des majestätischen Tieres tanzte unter dem samtschwarzen Fell, während es sich mit Anmut und Kraft anpirschte.

Jeder lautlose Schritt der samtenen Pfoten ließ Cords Herz schneller schlagen. Wie gebannt starrte er zur Bestie empor, deren Raubtierblick ihn wie Beute fixierte.

Die Schnurrhaare zitterten, als hätten sie ein eigenes Leben. Der heiße, fleischige Atem des Raubtieres streifte Cords Gesicht und verströmte metallischen Blutgeruch.

»Erhebt euch«, sagte die Königin mit einer Stimme, die zugleich warm und unmissverständlich klang.

Cord folgte dem Befehl.

Der Panther hob den Kopf, als wittere er in jeder kleinsten Bewegung eine Lüge – oder etwas Schlimmeres.

»Im Schatten eines aufziehenden Sturms empfange ich euch«, fuhr die Königin fort. »Die Winde der Veränderung haben euch an meinen Hof getragen – mit dem Versprechen, dass sich das Schicksal neu formt.«

Sie strich dem Panther über das Fell.

»Ich weiß, was ihr glaubt zu wollen. Und ich bin bereit, es euch zu geben, falls sich der Knabe Cord als der erweist, der er annimmt zu sein. Und falls ich mich seiner Loyalität versichert habe.«

Sie trat dicht an Cord heran und hob sein Kinn mit einem Finger. »Sag, weshalb bist du zu mir gekommen?«

Ihre sanfte Berührung raubte ihm den Atem, und er wusste nicht, ob es Furcht war oder etwas anderes. Ein süß-herber Duft legte sich wie ein Schleier um ihn. Beruhigend, betörend, gefährlich vertraut. Ihre leuchtenden Augen bohrten sich in seine. Für einen Moment hatte er das Gefühl, sie könne jeden seiner Gedanken lesen.

*Sie prüft mich. Und sie sieht, ob ich lüge.*

»Ich bin gekommen, um meinen Freund Walter zu retten. Kailard soll die Verwandlung umkehren, die der Sturmjäger des Fürsten zu verantworten hat.«

»Das ist nicht alles.«

»Nein. Ich benötige Zugang zum Born. Um Kailard die Kraft zu geben, Walter zu erlösen. Und um Tris Tarnaha und Mila vor dem Tod zu bewahren.«

»Weshalb Tris Tarnaha?«

»Um mich zu retten.«

»Weshalb Mila?«

»Für Sina.«

»Weshalb sollte ich dieser Mila zur Hilfe kommen? Sie ist eine geflohene Leibwächterin.«

»Sie war nie eure Leibwächterin«, entgegnete Sina.

»Sie hätte es sein sollen. Sie hat Alva mit dem Ziel Zanmathar verlassen, traf hier jedoch nie ein, obgleich es ihre Bestimmung war.«

»Sie entschied sich für die Freiheit.«

Die Königin lächelte wie eine Lehrmeisterin, die einem Kind beim Träumen zuhört.

»Niemand ist frei.«

Wildron Wileba wandte sich wieder Cord zu. »Wie ich bereits sagte: Ich werde deine Wünsche gewähren – falls du meine Bedingungen erfüllst.«

Cord zuckte mit den Schultern. »Ich weiß nicht, wie ich den Nachweis erbringen kann.«

»Das ist ganz einfach. Zwei der drei Schwestern haben dich geprüft. Die Dritte wird es.«

»Wildron«, zischte die kahle Frau mit den Stacheln im Schädel. »Dafür ist es nicht vorgesehen.«

»Und doch ist es bestens geeignet, Galdwyn. Schon diese Nacht wird es uns ein Ergebnis liefern.«

»Der Junge ist darauf nicht vorbereitet.«

»Das muss er nicht, wenn er der Richtige ist.«

Die Königin sprach zu Cord: »Selbst wenn du die Prüfung bestehst, heißt das nicht, dass du der Knuh'Likat Haidamar bist. Dennoch würde ich dich in den Rang eines Navigators erheben, der dir das Recht einräumt, die Kraft des Borns zu nutzen, und ich würde dir die Statue deines Gefährten überlassen.«

Sie hob mahnend einen Finger.

»Es gibt allerdings einen Aspekt, der die Angelegenheit verkompliziert. Und das« – sie deutete auf Sina – »ist dieses Mädchen.«

»Was hat Sina damit zu tun?«, fragte Cord überrascht.

»Falls du es nicht erkennst, wird es Larkes veranschaulichen.«

Larkes nickte und trat neben die Königin.

»Knabe Cord, beantworte die Frage, die ich dir sogleich stellen werde mit einem einzigen Wort. Überlege nicht lange, sondern lass dein Herz sprechen.«

Er sah Cord eindringlich an und stellte die Frage:

»Wenn du nur ein einziges Leben retten könntest, für welches würdest du dich entscheiden? Für das deines Gefährten Walter? Oder für Sinas?«

»Sina!«

Das Wort war Cord entglitten, bevor er es überhaupt fassen konnte.

Einen Herzschlag lang war es still.

Dann begann sein Puls zu rasen. Er schloss die Augen, als könne er das Gesagte ungeschehen machen. Scham brannte in seiner Brust. Schuld nagte in seinem Inneren.

Wütend biss er die Zähne zusammen, weil er in die Falle des Sturmjägers gestolpert war.

*Walter. Ich habe Walter verraten.*

*Und doch … ist es die Wahrheit.*

Arnold schrie Larkes an. »Du bist ein ebenso hinterhältiges Monster wie der Sturmjäger des Fürsten. Ich spüre, wie ihr euch in unsere Gedanken drängt, um uns zu manipulieren.«

Larkes lachte. »Das ist eine unserer Gaben. Aber ich habe nicht die Antwort manipuliert, sondern nur deinem Gefährten das Aussprechen der Wahrheit erleichtert. Und siehe da, die Antwort verdeutlicht die von der Königin erwähnte Komplikation. Denn Tarsina Xentu Skallahat – Sina – übt ganz offensichtlich einen erheblichen Einfluss auf den Knaben Cord aus. Selbst wenn sie fest davon überzeugt ist, dass der Fürst ihr Feind ist, so besteht zwischen beiden ein Band, das im Blut besiegelt ist. Wir wissen, dass Skat Aido Skallahat seit Langem plant, die Königin zu stürzen. Wir dürfen seine Gerissenheit niemals unterschätzen. Ich traue ihm zu, seine eigene Enkeltochter auf solche Weise zu präparieren und zu positionieren, dass sie – ohne es zu erahnen – zum richtigen Zeitpunkt am richtigen Ort ist, um seinen Intrigen zu nützen. Im Zentrum der Macht, unter Zanmathars Schutzschild, der von außerhalb niemals zu durchdringen ist.«

Sina lachte laut. »Das ist das Verrückteste, das ich seit langer Zeit gehört habe.«

»Dann erkläre das Tat'Machal auf deinem Rücken.«

»Daran gibt es nichts zu erklären. Dort, wo ich herkomme, trägt jeder sowas.«

»Aber nicht dieses Motiv.«

»Natürlich nicht. Was sollen diese Fragen?«

Wildron Wileba trat hinter Sina. »Zeig es mir.«

Als Sina nicht reagierte, hob die Leibwächterin den Stoff und krempelte ihn bis zum Nacken.

Die Königin berührte Sinas Schulter und ließ ihre Finger langsam über das Tat'Machal gleiten. Sanft, unaufhaltsam – bis hinab zum Bein.

Sina hielt still. Doch ihr Atem stockte.

»Weshalb verziert eine solche Schönheit ihren Rücken? Diese Dinge sind nur für diejenigen, die meinen, sich künstlich von der Menge abheben zu müssen.«

»Es ist bei uns üblich. Und es gefällt mir.«

»Schade! Auf deinem Rücken siehst du es nicht.«

Langsam trat die Königin erneut vor Sina und sah sie streng an.

»Weshalb hast du dich für dieses Motiv entschieden? Für das Symbol der verlorenen Königin von Alva? Hältst du dich etwa für eine Königin?«

»Für mich ist es ein Muster, ohne tiefere Bedeutung.«

»Wage es nicht, mich zum Narren zu halten«, drohte die Königin. »Womöglich bist du gar nicht so unwissend und unschuldig, wie du dich gibst.«

»Das Letzte, was ich will, ist ein Adelstitel. Weder den einer Königin noch den des Hauses Skallahat. Ich sagte bereits, dass ich niemals mit dem Fürsten gemeinsame Sache machen würde. Egal, ob sein Blut in mir fließt oder nicht. Auch wenn ihr das behauptet. Ich bin keine Skallahat und werde es nie sein.«

Larkes nickte bedächtig. »Ich weiß, dass du das annimmst. Aber es geht hier nicht um eine Familienangelegenheit, sondern um die Zukunft des Reichs. Wir können es uns nicht leisten, blauäugig in die Falle deines Großvaters zu stolpern.«

»Falls das eure Befürchtungen sind«, sagte Cord, »dann sind wir nicht in der Lage, sie jemals auszuräumen.«

»Daher«, sprach die Königin mit einem Hauch von Bedauern, »werden wir das Mädchen vorübergehend aus dem Spiel nehmen.« Sie klang, als hätte sie Mitleid mit einer Schachfigur. »Sobald Skallahat und seine Sturmjäger besiegt sind, werde ich ihr die Herrschaft über Lorkmart anvertrauen. Dann ist sie frei und ihr könnt tun, was euch beliebt.«

»Ihr wollt mich einsperren?«, empörte sich Sina.

»Nicht in einem Gefängnis. Dir wird es im Palast an nichts fehlen.«

»Doch! An Freiheit!«

»Wenn ihr sie unter eurem Schirm fürchtet«, sagte Cord, »dann lasst sie aus der Stadt ziehen.«

»Um ein kostbares Pfand zu verlieren?«

Die Königin schüttelte den Kopf.

»Euch bleibt keine Wahl«, sprach sie mit der kühlen Sanftheit eines Urteils, das längst gefallen war.

»Es ist beschlossen. Und du, Mirling, wirst die Prüfung antreten. Für Sina. Für Walter. Für dich selbst. Und für Dradora.«

»Was soll mit dem anderen Knaben geschehen?«, fragte Celwyn.

Die Königin musterte Arnold. »Du bist also der, den ich zum Tode verurteilt habe?«

Arnold sah bleich zum Boden.

»Was hast du denn angestellt?«

»Nichts.« Arnold wagte es nicht, sie anzusehen.

»Das ist ungewöhnlich wenig für eine Todesstrafe, findest du nicht?«

Sie lächelte – nicht grausam, sondern wie jemand, der eine besonders reizvolle Wette wittert.

»Dann werden wir beide uns deinen Fall genauer ansehen. Celwyn wird dich in meine Gemächer führen.«

Wildron Wileba drehte sich um, schritt neben dem Panther anmutig die Treppe hinauf und verließ die Halle.

Arnold warf Cord einen Seitenblick zu.

»In ihre Gemächer?« Er hob eine Braue und schmunzelte. »Vielleicht klärt sich ja alles bei einem Glas Wein … oder zwei. Wer weiß.«

Seine Hände zitterten, als er sie hinter dem Rücken verschränkte.

»Und du kommst mit mir.«

Galdwyn legte ihre knochigen Finger um Cords Handgelenk. Ihr Griff war kalt wie Eis.

»Du wirst genau das tun, was ich dir sage«, flüsterte sie nah an seinem Ohr, »falls du auch nur den Hauch einer Chance wahren willst, das zu überleben, was dich diese Nacht erwartet.«

Cord öffnete den Mund, aber kein Ton kam heraus.

Stattdessen ließ er sich von Galdwyn führen – wie ein Junge, der wusste, dass die nächste Entscheidung nicht mehr bei ihm lag.

## Kapitel 58

Von der Dachterrasse des königlichen Observatoriums bot sich ein Anblick – eine Vorahnung aus Licht und Schatten. Dort, wo am Horizont die gezackten Grate des Karsangebirges in den Nachthimmel ragten, glommen unzählige Lichtpunkte, aufgereiht wie eine Perlenkette flackernder Feuer. Ein Lavastrom aus Kriegern ergoss sich die schroffen Hänge hinab und strömte auf die Hauptstadt des Reichs zu. Zur selben Zeit marschierte Skallahats Armee von der anderen Flanke heran und verwandelte die weite, offene Ebene in einen leuchtenden Ozean von Fackelträgern. Die aufflammenden Lagerfeuer der Invasoren erhellten den Himmel in einem explosiven Schimmer aus Rot und Orange.

Cord stand still neben Galdwyn, das Gesicht bleich im Licht der Flammen hinter dem Schutzschild – als sei er der einzige Mensch inmitten von Göttern, die sich zum Krieg rüsteten.

Sturmjäger Larkes beobachtete das Schauspiel durch ein Fernrohr. Sein Gesicht war zu einer steinernen Maske gefroren. Er raunte einem Offizier mit breiten Schultern und bauschigem Bart zu: »Sie schlagen ihre Lager in sicherer Entfernung vom Schild auf. Er muss unter allen Umständen halten.«

»Das wird er. Der Turm ist gesichert«, sagte General Hoy und klopfte mit Selbstzufriedenheit auf seine Brustplatte. »Wir knallen jeden ab, der dem Turm zu nahe kommt oder ihn schief ansieht. Vor allem, wenn es der Sturmjäger des Fürsten ist.«

Er lachte, drehte sich um – und blieb kurz stehen, als er Cord entdeckte, der stumm neben Galdwyn vor einem massiven, in Metallringe gefassten Himmelsstein stand.

»Ist das der Junge?«

»Es ist der Prüfling«, antwortete Galdwyn.

»Hm. Hab ihn mir anders vorgestellt«, brummte der General. »Wir sollten uns lieber auf unsere Waffen verlassen, statt Zeit mit solchen Hirngespinsten zu vergeuden.«

»General Hoy«, sagte Larkes ruhig, »befolge deinen Befehl und überlass den Jungen dem Navigator!«

»Pah«, knurrte Hoy. »Verschone mich bloß mit diesem eingebildeten Idioten, der nichts anderes kann als durch seinen beknackten Stein in den Himmel zu glotzen.«

Pfeifend zog er davon.

Der Erste Navigator war ein hagerer Mann mit schmalen Schultern und dünnen lilafarbenen Lippen. Er trug eine vornehme, eng anliegende schwarze Uniform, die wirkte, als wolle sie Würde erzwingen, wo keine war. Zusammen mit seinem Diener, der einen Koffer mitführte, betrat er die Dachterrasse und steuerte auf den Himmelsstein zu, ohne die Anwesenden zu beachten.

Er wartete, bis der Diener einen Klapptisch aufgebaut und Instrumente und Utensilien aus dem Koffer arrangiert hatte. Dann kontrollierte er demonstrativ die Anordnung der Gegenstände, verschob einige Dinge mit spitzen Fingern und knetete schließlich die Hände, ehe er Galdwyn und Larkes mit einem knappen Nicken begrüßte.

»Wann gedenkt ihr, mir den außerplanmäßigen Prüfling zuzuführen? Ich bitte um Eile, da meine Zeit äußerst knapp bemessen ist.«

»Keine Sorge, Navigator.« Galdwyn deutete auf Cord. »Der Prüfling ist hier.«

»Wie bitte?« Der Navigator runzelte die Stirn. »Frau Königinmutter, beliebt Ihr zu scherzen?«

»Schluss mit dem Theater!«, zischte Larkes. »Tu, was dir aufgetragen wurde, und untersuche den Jungen.«

Der Navigator zuckte zusammen, straffte sich und sprach näselnd: »Der Prüfling möge vortreten.«

Larkes stieß Cord an. »Du bist gemeint.«

Cord atmete tief durch und trat vor.

Der Navigator räusperte sich. »Du bist also der Knabe, der sich als Knuh'Likat Haidamar ausgibt?«

Cord schüttelte den Kopf: »Das habe ich nie behauptet.«

»Und doch gibst du vor, das zu sehen, was unsereins sich in jahrelangem Studium erarbeitet hat?«

Er sah Cord mit hochgezogenen Brauen an. »Nun – bitte sehr.«

Er deutete auf eine Stelle am Himmel. »Sieh durch den Navigationsstein. Und sag, was du erblickst.«

Cord beugte sich über das massive Gerät und versuchte, die Blickrichtung einzufangen.

»Wie kann man sich nur so ungeschickt anstellen?«, fauchte der Navigator, trat an ein Pedal und fuhr das Stativ nach oben. Mit einem Ruck richtete er den Stein aus.

»Wunderbar«, säuselte er gönnerhaft. »Nun sollte es auch für weniger begabte Aspiranten kinderleicht sein. Bitte schön.«

Cord sah hindurch – und erstarrte.

Im Vergleich zum trüben Bild im Stein der Einäugigen brannten hier Farben von beinahe schmerzhafter Intensität.

»Von rechts nach links ziehen grüne Funken«, beschrieb er. »Dahinter wabert ein feines gelbes Geflecht.«

»Tritt zur Seite!« Der Navigator drückte ihn weg und sah selbst hindurch.

»Die grünen Funken erkennt jeder. Sie sind unübersehbar.« Er sah erneut hinein, die Stirn in Falten. »Das gelbe Geflecht bildest du dir ein … oder du lügst.«

»Oder dein Trank ist zu schwach«, warf Galdwyn ein.

Der Navigator bebte vor Empörung. Er schnippte mit dem Finger.

Der Diener reichte ihm hastig eine Ampulle. »Hochverehrter Erster Navigator, Ihr hattet bereits einen kräftigen Schluck …«

»Wage es nicht, mich zu ermahnen!«, fauchte der Navigator – und kippte die Flüssigkeit hinunter.

Larkes lachte. »Ich sag es immer wieder – der Trank verfärbt nicht nur die Lippen, sondern vernebelt auch den Verstand.«

»Und mir«, zischte der Navigator, »war es schon von jeher ein Rätsel, wie die Königin einem Sturmjäger ihr Vertrauen schenken konnte. Denn ich halte Euch nach wie vor für einen Spion eures Schöpfers.«

Larkes' Pranke schnellte hervor und umklammerte den dünnen Hals seines Gegenübers. Der Navigator riss die Augen auf und öffnete den Mund für einen stummen Schrei, während sein Kopf allmählich rot anlief.

Larkes schnaubte belustigt. »Ein Sturmjäger des Fürsten hätte deine Gurgel zerquetscht wie einen Wurm.«

Er ließ ihn los und tätschelte ihm gönnerhaft den Kopf. »Und jetzt verrate uns, ob auch *du* das erkennst, was der Knabe beschrieben hat.«

Der Navigator röchelte und rieb sich den Hals, rang um Fassung und schaute durch den Stein.

Er atmete flach, dann tief. Schweiß trat ihm auf die Stirn.

»Wie konntest du ... das sehen?«, flüsterte er schließlich und starrte Galdwyn an. »Wie soll das möglich sein? Er ist ein Mirling. Nur euer Orden in Alva ist in der Lage, eine solche Kreatur hervorzubringen – wenn überhaupt.«

Die Mutter der Königin trat langsam zu Cord, musterte sein Gesicht, als wolle sie ein Geheimnis entdecken.

»Also gut«, sagte sie. »Wir werden es wagen.«

Galdwyn hielt die Hand auf und forderte vom Diener des Navigators eine Ampulle.

Der Diener griff zögerlich nach dem kleinsten Fläschchen, doch Galdwyn deutete auf das größte.

Widerwillig reichte er es ihr. »Er hat noch nie ...«

»Warum so zaghaft?«, fuhr der Navigator ihn an. »Ein Knuh'Likat Haidamar wird das überleben. Und die anderen eben nicht. So einfach ist das.«

Galdwyn brach die Spitze der Ampulle ab und reichte Cord die Flasche.

»Trink das.«

Cord zögerte. »Weshalb sollte ich das tun?«

»Weil du es angeblich deinem Gefährten schuldig bist. Ebenso Sina. Und zuletzt dir selbst.«

Cord nickte stumm und nahm die Ampulle.

Vor seinem inneren Auge jagten die Bilder der letzten Tage vorüber: Walters steinerner Blick, Elgat, Lurchi, die Krir, die Stadt der Gefangenen. Und Sina – wie sie ihn ansah, als sie ihn bat, sie festzuhalten.

*Ich muss es tun. Für sie. Für mich.*

*Es wird mich nicht töten.*

Mit dieser Hoffnung setzte er die Ampulle an die Lippen, hielt einen Atemzug lang inne – und trank.

Die Flüssigkeit schmeckte bitter, ein pelziges Gefühl schlich sich in seinen Rachen. Dann flutete eine wohlige Wärme seinen Körper.

Alle Augen ruhten auf ihm.

»Wie fühlst du dich?«, fragte Galdwyn.

Cord zuckte mit den Schultern und murmelte in sich hinein: »Als hätte ich einen von Arnies selbstgebrannten Schnäpsen getrunken.«

Galdwyn legte ihre kalte Hand auf seine Stirn, dann an seinen Hals, und sah ihm in die Augen.

»Dein Herz schlägt ruhig. Deine Augen sind klar.«

Sie hielt inne.

»Du wirst es überleben.«

»Pah«, schnaubte der Navigator: »Das heißt noch gar nichts. Es gab einen Diener, der verbotenerweise einen Schluck getrunken hatte. Ebenfalls ohne Ausbildung und Vorbereitung. Er hat überlebt.«

Er kicherte schrill und tippte sich mit einem Finger an die Stirn. »Allerdings ist er verrückt geworden.«

»Schweig!«, schnitt Galdwyn ihm das Wort ab. »Der, von dem du berichtest, vermochte weder eine der Klingen von Var zu führen, noch die Krir zu rufen.«

Sie fuhr mit ihren dürren Fingern über Cords Wange – als könne sie dort eine Wahrheit ertasten. »Sollte uns tatsächlich ein Wunder widerfahren?«

Ihre Haut war trocken wie Pergament.

Er zwang sich, nicht vor der unheimlichen Frau mit den abstoßenden

Stacheln im Schädel zurückzuweichen.

»Und nun«, sagte er leise, »ist die Königin am Zug. Sie muss ihr Wort halten.«

Galdwyn sah ihn lange an. Der Ausdruck in ihrem Blick war kein Spott, sondern eher etwas wie Mitleid.

»Armer Junge.«

Für einen Moment glaubte Cord, in ihren Augen tatsächlich Bedauern aufblitzen zu sehen. Oder täuschte er sich?

Ein brennender Zorn fuhr ihm in die Brust. Hatten sie ihn nur benutzt? Wollten sie ihn zugrunde richten?

»Sie hat es versprochen«, flüsterte er, unsicher, ob er sie oder sich selbst überzeugen wollte.

Larkes lachte heiser.

»Glaubst du etwa, *das* war bereits die Prüfung? Ein Fläschchen trinken?«

Cord erinnerte sich an die Worte der Königin: *Die Dritte der drei Schwestern wird ihn prüfen.*

*Galdwyn ist es nicht.*

Er seufzte. »Was muss ich noch tun?«

»Du wirst jetzt ruhen«, sagte Galdwyn. Ihre Stimme war leiser geworden, beinahe fürsorglich. »Denn das, was dich erwartet, duldet keinen Widerstand. Keine Müdigkeit. Keinen Zweifel.«

Sie wandte sich ab.

»Wenn der Zeitpunkt gekommen ist … werden wir dich holen.«

Larkes führte Cord von der Dachterrasse des Observatoriums einen langen, offenen Balkon entlang, gesäumt von filigranen Marmorsäulen.

Sie hielten vor dem Eingang zu einem geräumigen, luftigen Gemach.

Zwei rahmenlose Öffnungen und ein offener, nicht verschließbarer Durchgang boten freien Blick über die Stadt und auf die Feuer der Belagerer.

Ihre Flammen tauchten den Himmel in ein flirrendes Meer aus Orange und Rot.

Auf der gegenüberliegenden Seite befand sich eine schwere Holztür – vermutlich der Zugang zu den inneren Gängen.

In der Mitte des Zimmers stand ein schlichter Tisch aus schwarzem, gemasertem Holz.

Darauf flackerte eine einzelne Kerze und warf ihr tanzendes Licht auf einen bauchigen Tonkrug, einen Becher und eine flache Schale mit frischem, duftendem Obst. An der gekalkten Steinwand stand ein schmales Bett, frisch bezogen mit weißen Laken. Von der Decke hing eine brennende Öllampe an einer Kette.

Es war alles vorbereitet – als hätte jemand gewusst, dass er kommen würde. Und dass er allein sein würde.

Der Sturmjäger deutete auf einen schwarzen Anzug, der über einer Stuhllehne hing. Vor dem Stuhl stand ein Paar polierter, schwarzer Lederstiefel.

»Zieh das an und tanke Kraft.«

Dann verließ Larkes das Zimmer.

Cord nahm den Becher, spürte das kühle Gewicht in der Hand. Er trat auf den Balkon und nahm einen Schluck.

Bis auf eine patrouillierende Wächterin war niemand zu sehen.

Er verwarf den Gedanken, nach Arnold und Sina zu suchen. Stattdessen ließ er den Blick über die Stadt schweifen, in der die Brunnen friedlich plätscherten.

Nur der matte Schimmer des Schildes und die wachsende Glut der Lagerfeuer am Horizont kündeten von dem Krieg, der bald wie eine Sturmflut über Zanmathar hereinbrechen würde.

## Kapitel 59

Cord lag auf dem Bett. Die Müdigkeit hatte ihn übermannt, und er war in einen traumlosen Schlaf gefallen.

Erschrocken riss er die Augen auf und blinzelte verwundert.

Etwas hatte sein Gesicht gestreift.

*Eine sanfte Berührung?*

Die Kerze war erloschen, ihr schwelender Docht verströmte einen letzten, zarten Hauch von Rauch und Wachs. Dennoch herrschte keine Finsternis im Raum, denn Haidamars Auge warf seinen fahlen Schein durch die offenen Fenster und verlieh dem Gemach einen entrückten, übernatürlichen Glanz.

In diesem geisterhaften Schimmer erblickte Cord eine schemenhafte Gestalt.

Direkt vor ihm saß sie auf der Bettkante.

Cord fuhr hoch, als hätte ihn ein Stromstoß getroffen.

Als er die zarten Züge seines Gegenübers im fahlen Licht erkannte, durchflutete ihn eine Woge aus Erleichterung – und Verwirrung.

Es war das geheimnisvolle Mädchen aus dem niedergemetzelten Dorf, in dem das abscheuliche Ritual des Stürmerborns abgehalten worden war.

Ein flüchtiges Lächeln umspielte ihre Lippen, während sie ihm sanft eine Haarsträhne aus der Stirn strich – eine Geste, so behutsam wie selbstverständlich.

Cord wich zurück.

»Du? Wie kommst du hierher?«

»Über den Balkon«, flüsterte sie.

»Aber …« Cord sah sich irritiert um. »Wie bist du in den Palast gelangt?«

»Ich wohne hier.« Sie lächelte, als würde sie ein harmloses Missverständnis aufklären. »Hat es dir niemand gesagt?«

Ihre Worte drangen wie durch Nebel zu ihm, als hätte sie in einer fremden Sprache gesprochen.

Allmählich dämmerte es ihm.

»Du bist … die Überlebende der Wüste? Die Geschichte ist also wahr?«

Ein Schatten von Zustimmung glitt über ihr Gesicht.

Schlagartig richtete Cord sich auf und nahm Abstand. Die Konsequenz war ungeheuerlich.

»Dann … bist du die Königin?«

»Es gibt keinen Grund, dich vor mir zu fürchten«, sagte sie sanft. »Du wirst sehen – eines Tages wirst auch du dich danach sehnen, wieder jung zu sein. Den Ballast der Erwachsenen abzuwerfen, sich treiben zu lassen. Frei zu sein.«

Sie legte ihre warme Hand auf seine Brust. Die Geste war zart – und zugleich voller Macht.

Cord spürte einen Druck in seiner Kehle, als würde diese Berührung tief in ihn hineingreifen.

»Ich verstehe das nicht«, flüsterte er. »Wie … wie soll das möglich sein?«

»Es ist ein Geschenk der Krir.«

Noch bevor sie den Satz beendet hatte, wich sie seinem Blick aus.

Cord nickte langsam, ohne wirklich zu begreifen.

*Die Krir? Was wissen wir überhaupt über sie?*

»Aber wie können sie so etwas bewirken? Und weshalb gewähren sie dir ein solches … Geschenk?«

»Ich werde es dir eines Tages zeigen. Doch jetzt zählt etwas anderes.«

Sie nahm seine Hand. Ihre zarten Finger strichen über seinen Handrücken.

»Komm. Es ist Zeit.«

Cord blickte auf ihre Finger, dann zum Balkon.

Sie zog an ihm.

Er stieg in die bereitstehenden Stiefel und folgte ihr hinaus.

Auf dem Balkon blieb sie stehen und musterte ihn.

»Schwarz steht dir besser als Orange.«

Sie legte ihm die Hand auf die Schulter und blickte in den Himmel.

Jenseits des matten Schutzschilds strahlte Haidamars Auge.

»Das Auge gibt den Menschen Hoffnung«, flüsterte sie.

»Es ist ein explodierter Stern.«

»Ja«, sagte sie mit wehmütigem Unterton. »Xutus Leter – das war der Name des Sterns. Die Adorianer sprengten ihn, nachdem sie dort Admiral Haidamar in einen Hinterhalt gelockt hatten.«

Cords Herz begann schneller zu schlagen. Seine Finger kribbelten. Vielleicht würde er endlich verstehen, was es mit dem Haidamar-Mythos auf sich hatte.

»Erzähl mir davon.«

»Während beide Parteien auf Leter, dem dritten Planeten, über einen Waffenstillstand verhandelten, stellten die Adorianer den Menschen eine Falle. Sie löschten ein ganzes Sonnensystem aus, um Haidamar zu töten und die goldene Flotte zu vernichten. Damit entschieden die Adorianer den Krieg für sich, nahmen Dradora ein – und trennten unsere Welten, indem sie das Portal verschlossen. Seitdem kontrollierten sie die Blaubrandproduktion.«

Sie deutete hinaus in die Dunkelheit.

»Siehst du diese Lagerfeuer dort? In dieser Richtung liegen die Minen des Eisenfürsten. Noch immer steigt von dort Blaubrand auf. Obwohl niemand mehr weiß, ob überhaupt noch irgendjemand die Lieferungen in Empfang nimmt.«

Cord runzelte die Stirn.

»Wenn die Adorianer verschwunden sind … warum hört ihr damit nicht einfach auf?«

Sie neigte leicht den Kopf. »Das Halkwesen ist noch da. Es sucht wie eh und je nach Haidamar.«

Ein flaues Gefühl breitete sich in Cords Bauch aus.

»Aber … er ist tot.«

»Ja. Und doch sucht es. Nach einem Zeichen. Nach seiner Wiedergeburt. Nach dem Knuh'Likat Haidamar.«

Die Worte hallten in seinem Inneren wider. Etwas Kaltes schob sich in seinen Brustkorb.

Mit jedem Satz, jedem Detail wuchs sein Unbehagen.

Was anfangs wie ein fernes Märchen geklungen hatte, fügte sich Stück für Stück zu einem verstörenden Gesamtbild zusammen. Es war längst kein Mythos mehr.

Es war real.

Cords Beine fühlten sich plötzlich schwer an. Seine Kehle war trocken.

Ein Teil von ihm wollte weghören. Alles von sich schieben.

Doch der andere starrte gebannt in das bleiche Licht am Himmel.

Sie strich ihm über die Wange und holte ihn aus seinen Gedanken zurück.

»Haidamar war ein künstlicher Mensch. Zwar aus Fleisch und Blut – doch ausgestattet mit übermenschlichen Fähigkeiten. Er schuf die goldene Flotte und gab jedem Schiff eine Seele. Die Adorianer sahen in ihm und seiner Flotte einen Superorganismus, der mehr war als seine Bestandteile. Aus Furcht vor ihm opferten sie ein ganzes Sternensystem.«

Wildron trat nahe an Cord heran, berührte ihn beinahe.

»Doch mindestens ein Schiff entkam. Und viele Generationen nach der Katastrophe von Xutus Leter kehrte es zurück ... nach Alva, brachte den Hexen des freien Ordens Zellmaterial – entnommen aus den Überresten Haidamars.«

Cord stand fassungslos da, als sich die Bruchstücke zu einem Bild verbanden, das so überwältigend war, dass es ihn zu zerbrechen drohte.

Es zog ihm den Boden unter den Füßen weg. Alles, woran er geglaubt hatte, geriet ins Wanken.

Hatte sie deswegen seine Hände in die ihren gelegt – um ihn zu halten? Oder um ihn an sich zu binden?

»Und ...« Er räusperte sich. »Was hat der Orden damit gemacht?«

Sie schüttelte besorgt den Kopf.

»Nichts Gutes ... bisher. Die Rohlinge, aus denen die Sturmjäger geschaffen werden, sind ein Nebenprodukt der Züchtungen des Ordens.«

Cord zitterte – konnte es nicht unterdrücken.

»Und ihr alle glaubt ...?«

»Zweifle nicht an dir«, flüsterte sie. Ihre Finger umschlossen seine wie eine Umklammerung. »Vergiss, was erzählt wird. Denk an das, was du kannst. An das, was du schon vollbracht hast.«

Cord kniff die Augen zusammen. Bis eben noch hatte er geglaubt, er sei bereit für die Prüfung. Doch das, was Wildron Wileba angedeutet hatte, ...

»Ich helfe dir«, hauchte sie. »Lass es geschehen.«

Ihre Hände legten sich um seinen Nacken, zogen ihn sanft zu sich hinab, und ihre Lippen berührten sich.

Ein Hauch von Schuld durchzuckte ihn – ein Name, den er nicht zu denken wagte. Dann verschlang die Hitze alle Gedanken.

Der Kuss explodierte, entfachte ein Feuer, das jeden Nerv entflammte.

Er ließ zu, dass ihre Macht ihn wie eine verbotene Droge flutete. In diesem Moment begriff er, dass es keine Umkehr mehr geben konnte.

Erst als sich ihre Lippen lösten, fand er langsam zurück in die Wirklichkeit – als wäre er aus einem berauschenden, gefährlichen Traum erwacht.

»Das wird dir helfen.« Sie sah ihn an – wie jemand, der den ersten Zug eines Spiels gemacht hatte. »Doch … du musst mir etwas versprechen.«

Ihr Blick verfinsterte sich.

»Versprich mir, dass du für mich die Nebelmuhme töten wirst.«

Ihr Griff wurde fester. Sie sah ihm tief und auffordernd in die Augen. »Im Gegenzug schenke ich dir die ganze Welt – und die Sterne.«

Cord antwortete nicht.

Er versuchte, zu begreifen, was gerade geschehen war. Und weshalb er es zugelassen hatte.

»Es ist so weit«, sagte Wildron Wileba. »Lass uns aufbrechen.«

Sie nahm ihn bei der Hand, und er folgte ihr. Schwerfällig, als wären seine Glieder aus Blei.

Nicht die bevorstehende Prüfung lähmte seine Schritte, sondern die Wucht der Offenbarung.

Mit Haidamars Auge im Rücken ging er neben Wildron Wileba. Ihre beiden Schatten eilten ihnen über das Pflaster voraus, langgezogen im fahlen Licht.

Cord folgte den Silhouetten. Er erschrak nicht, als sich das Schattenbild des Mädchens in das der Königin verwandelte.

## Kapitel 60

Die Königin führte Cord zurück auf die Dachterrasse des Observatoriums.

Er zitterte. Nicht der kühle Wind ließ ihn frösteln, sondern das Wissen, dass seine Prüfung unmittelbar bevorstand.

Larkes, Galdwyn und der Navigator empfingen ihn mit stummen Blicken. Kailard kauerte auf einem Schemel, die Hand um eine Krücke gekrallt. Zu seinen Füßen lag Mila, umhüllt von einem milchig schimmernden Kokon.

Cord ließ den Blick über die Terrasse schweifen. Doch weder Sina noch Arnold waren zu sehen.

Zwei Leibwächterinnen traten heran und wuchteten eine schwere Eisentruhe auf einen massiven Holztisch.

Das Holz ächzte unter dem Gewicht.

Galdwyn schritt würdevoll an den Tisch, als folgte sie einem uralten Ritual.

Sie zog einen silbernen Schlüssel aus ihrem goldfarbenen Umhang und steckte ihn in das Schloss.

Ein metallisches Klacken verriet, dass sich der Verschluss entriegelt hatte.

Celwyn ließ Cords Rucksack von der Schulter gleiten, stellte ihn hinter den Tisch und hob den Deckel der Truhe.

Galdwyn trat bedächtig heran, griff hinein – und hob ein kunstvoll verziertes, metallisch glänzendes Gefäß hervor. Wie einen heiligen Schatz platzierte sie es auf dem Tisch.

Cord erkannte es sofort. Sein Herz machte einen Sprung – eine Gottesträne.

Galdwyn aktivierte sie.

Ein zarter, bläulicher Lichtschimmer umspielte einen pechschwarzen Fleck.

Cord hielt den Atem an.

Auf ein Nicken der Königin hin, stiegen zwei Wächterinnen in die Gottesträne – und kehrten mit einem Geschöpf zurück, dessen Anblick Cord die Kehle zuschnürte.

Ein menschlicher Torso. Nackt. Entstellt. Ohne Arme, ohne Beine.

Vor dem Mund eine Metallplatte. Der Unterkiefer fixiert. Kein Laut drang aus der Kreatur.

Und doch war sie am Leben.

Cord wich zurück, würgte trocken, als hätte sich etwas in seinem Innersten gegen diese Realität gesträubt.

Der Unterleib war aufgespießt auf einem hölzernen Pfahl.

Die Wächterinnen verankerten das andere Ende des Pfahls in einer Bohrung im Steinboden.

Wie eine groteske Schaufensterpuppe stand das Wesen da – aufgerichtet, zur Schau gestellt.

»Weckt den Seher«, befahl die Königin.

Cords Hände zitterten.

Der Blick des Sehers – Cord wusste, dass er ihn zerreißen würde.

Galdwyn zog eine lange, dünne Nadel aus der Truhe – und stieß sie tief in den Bauchnabel der gepfählten Kreatur.

Der Seher riss die Augen auf und schlug mit seinen kurzen Armstümpfen um sich. Er zappelte, als stünde er unter Strom. Sein Nabel weitete sich zu einer tellergroßen Öffnung, aus der gelber, fauliger Eiter floss und weißer Nebel stieg.

Er starrte Cord an und presste einen dumpfen Schrei gegen das Metall vor seinem Gesicht.

Cord glaubte, den Halt zu verlieren. Seine Knie gaben nach. Er schwankte.

Galdwyn hielt ihn am Arm und sprach zu ihm, doch ihre Stimme ging im Rauschen unter, das ihn beinahe umwarf.

Für einen Moment glaubte Cord, in ihren Augen ein kaum wahrnehmbares Flackern zu erkennen. War es Sorge? Bedauern? Oder nur das Echo seiner eigenen Angst?

Von weit her vernahm er ihre Stimme wie durch Watte.

»Ob du bereit für die Prüfung bist, frage ich dich?«

»Was … was muss ich tun?«

Sie deutete auf den Bauch des Sehers. »Betritt das Reich der Nebelmuhme, stelle dich ihrer Prüfung – und kehre zurück.«

»Wenn dir das gelingt«, fügte die Königin hinzu, »werde ich deine Wünsche gewähren. Noch diese Nacht werden Kailard und Verräterin Mila im Born genesen.«

Er starrte auf die zuckende, eitrige Öffnung im Leib des Sehers. Der Gestank traf ihn wie ein Faustschlag, trieb ihm die Galle hoch. Er wandte das Gesicht ab, kämpfte gegen das Würgen, ballte die Fäuste.

*Ich kann das nicht.*

Und dann, als wäre es nicht sein eigener Wille, setzte er einen Fuß vor den anderen.

Direkt vor dem Seher hob er den Blick zur Königin.

»Und Arnie? Und … Sina? Ich will … dass du sie frei gibst.«

»Mach dir keine Sorgen um deinen Freund. Er ist rundum glücklich.« Ein Lächeln huschte über ihr Gesicht. »Und was Sina betrifft … du darfst als Navigator über sie verfügen.«

*Ich traue ihr nicht. Aber habe ich eine Wahl?*

»Ich steige also … in ihn hinein?«

Galdwyn nickte.

»Und dann … suche ich … die Nebelmuhme?«

»Sie wird *dich* finden. Sie ist blind, aber sie hört deinen Atem und riecht deinen Schweiß.«

»Und … wie komme ich wieder heraus?«

»Ha!«, triumphierte der Navigator. »Da hört ihr es. Er hat überhaupt keine Ahnung von Navigation.«

Er funkelte Cord grimmig an. »Hast du es immer noch nicht begriffen? Der Knuh'Likat Haidamar navigiert durch den Nebel und steuert den sicheren Hafen an – den Ausgang aus der Nebelwelt.«

»Meine Königin.« Der Navigator verbeugte sich vor Wildron Wileba. »Seht Ihr es nicht? Dieser Junge hat keine Ahnung. Er ist unwürdig, die Prüfung anzutreten. Wie sollte auch aus einem Findling über Generationen hinweg – ohne jegliche Kontrolle des Ordens – der Knuh'Likat Haidamar erwachsen? Noch dazu außerhalb Dradoras? Während Anwärter aus der aktuellen Linie, die ihr gesamtes Leben der heiligen Aufgabe geweiht haben …«

»Sprichst du von dir?«, fuhr ihm Larkes ins Wort. »Du schlägst also vor, dich an seiner Stelle der Prüfung zu stellen? Auf die du dich dein ganzes erbärmliches Leben vorbereitet hast?«

Der Blick des Navigators wechselte nervös zwischen Larkes und Wileba. »Das wollte ich damit nicht andeuten.«

Larkes lachte. »Weil du weißt, dass du versagen würdest. Genauso wie alle anderen Bewerber vor dir. Oder hat jemals einer deinesgleichen wieder herausgefunden?«

»Das ist eine ungeheuerliche Unterstellung«, empörte sich der Navigator. »Meine Königin, dieser …«, er biss sich auf die Zunge, »… Sturmjäger beleidigt fortwährend den freien Orden und seine wissenschaftlichen Organe. Ich bestehe auf Wiedergutmachung.«

»Sie sei dir gewährt«, antwortete die Königin.

Der Navigator sah sie irritiert an.

»Ich gewähre dir deine Bitte«, erklärte sie. »Ich gestatte dir, die Nebelwelt vor dem Prüfling zu betreten.«

»Was denn? Jetzt und hier?«, fragte der Navigator entsetzt. »Aber …

darauf bin ich derzeit gar nicht eingestellt.«

Larkes grinste ihn abfällig an.

Schnaubend vor Wut griff der Navigator zur Ampulle und leerte sie in einem Zug. Dann steckte er seine Hände in den Nebel, spreizte den Nabel des Sehers und zwängte sich mit dem Kopf voran in dessen Leib. Mit zappelnden Füßen verschwand er in der Nebelwelt.

»Auf Nimmerwiedersehen«, rief ihm Larkes hinterher.

Alle Blicke lagen jetzt auf Cord.

Er starrte auf die Öffnung im Leib des Sehers.

Sie pulsierte, als wolle sie den Navigator verdauen.

Doch plötzlich …

*Was ist das?*

Im ursprünglich gleichförmigen Nebel erkannte er eine blasse Struktur aus feinen Wellen, die kreisförmig vom Zentrum nach außen wanderten, am Rand reflektiert wurden und ein symmetrisches Muster aus Wellenbergen und -tälern bildeten.

Er sah zu den anderen, suchte nach einem Zeichen, dass sie es ebenfalls sahen – doch ihre Mienen blieben leer.

»Dieser Weg ist deine Bestimmung«, sprach Galdwyn würdevoll. »Dein Schicksal und das deiner Gefährten liegt jetzt in deiner Hand.«

Cord näherte sich dem pulsierenden Nabel des Sehers. Der süßlich-faulige Kadavergestank kroch ihm in die Nase und trieb ihm den Brechreiz in die Kehle.

Er erinnerte sich an Arnolds Worte: *Die letzten Tage waren die besten meines Lebens.*

Und trotz allem – trotz Walter, trotz Lurchi – stimmte er ihm zu.

*Alles ist besser als lebenslange Knechtschaft in Anburg.*

Er griff in den kalten, feuchten Leib des Sehers – und öffnete den Eingang in das Reich der Muhme.

Cord ließ los, was er war.

Und wurde, was er sein musste.

Sein Kopf tauchte in eisigen Nebel, und ein Sog riss ihn aus dem Universum, in dem sich Dradora und Mir befanden – und schob ihn in die Zwischenwelt.

Geschaffen vom Zeitdämon.

# Kapitel 61

Cord trieb schwerelos in einem dichten Nebel aus klitzekleinen, kristallinen Eispartikeln. Millionen winziger Tröpfchen umwehten ihn und zersprangen mit glockenhellem Klirren auf seiner Haut. Ein unaufhörliches Prickeln überzog seinen Körper, als die Eiskristalle gegen ihn prasselten.

Hilflos ruderte er mit den Armen in einer surrealen Welt, in der es weder oben noch unten gab, weder rechts noch links. Wie ein Ertrinkender schlug er um sich, suchte verzweifelt nach Halt – einem Fixpunkt im gleichförmigen Grau des Nebels. Doch wohin er auch griff, überall umschloss ihn nur kalte, formlose Leere.

*Verliere ich den Verstand?*

*Bin ich tot?*

Schwindel erfasste ihn. Der Raum drehte sich, wirbelte in ewiger Rotation, als würde er nie wieder zur Ruhe kommen.

Die Übelkeit kroch wie eine träge Woge durch seinen Körper. Er kämpfte gegen den Brechreiz und schloss die Augen, versuchte mit tiefen, zitternden Atemzügen die Benommenheit abzuschütteln.

Eisige Luft brannte in seiner Lunge, als hätte er flüssigen Frost eingeatmet.

Ein feines Knistern in der Ferne ließ ihn aufblicken.

Aus den milchigen Schwaden des Nebels tauchte eine kristalline Sphäre auf – schwebend wie er selbst in diesem körperlosen Raum.

Zuerst zeigte sich nur ein winziges Kügelchen. Dann wuchs es zu einer mannshohen Kugel an, in der Cord mühelos Platz gefunden hätte.

Wenig später zog sie sich zusammen, bis sie gänzlich verschwand – nur um kurz darauf erneut aus dem Nichts aufzutauchen.

In ihrer flüchtigen Erscheinung glaubte er, eine kreisrunde Struktur zu erkennen. Einen dunklen Fleck, umgeben von einer schimmernden Aura.

Wie durch eine gigantische Lupe vergrößert, zeigte sich ein Auge in der Kugel, von dem nur Pupille und Iris zu sehen waren.

Plötzlich blinzelte es – ein rasches Öffnen und Schließen, begleitet von einem gedämpften, schmatzenden Laut.

Der Schreck traf Cord wie ein Schlag, lähmte seinen Körper.

Er starrte auf die fremde Erscheinung, die ihn mit einer Mischung aus Neugier und Kälte musterte.

Neben dem Auge erschien eine krumme Nase, daneben ein zweites Auge – blind, ohne Pupille.

Das Wesen offenbarte sein schmerzerfülltes Gesicht. Eine gekrümmte Gestalt.

Herta.

Die einäugige Hexe, die ihm den Himmelsstein geschenkt hatte.

Cord trieb auf sie zu. Oder war es umgekehrt?

Schwerfällig und kraftlos hob Herta die Hand.

Als Cord die Sphäre berührte, zersprang sie klirrend in Millionen Nebelsplitter.

Und Herta war verschwunden.

Aus dem Nebel erwuchs bald eine Schar weiterer Sphären, die mit unterschiedlicher Frequenz und Amplitude oszillierten. In jeder schwebte Hertas Abbild – Hand in Hand mit einem Mädchen.

Cord trieb auf eine der Sphären zu – und erkannte sie: die junge Wildron Wileba, die ihn vor Kurzem noch auf dem Balkon geküsst hatte.

Sie winkte ihm heftig zu und rief:

»Du bist in großer Gefahr. Sie zeigt dir nicht ihr wahres Gesicht.«

*Ist das ein Trick der Nebelmuhme?*

Cord blinzelte verwirrt. Das konnte nicht sein.

Oder doch?

Wie konnte er an diesem sonderbaren Ort auf Wildron und Herta treffen?

»Sie hat uns verschlungen – Körper, Geist, Namen. Und dich wird sie ebenso verschlingen«, warnte Wildron. »Du darfst ihr niemals vertrauen.«

Die Sphäre hatte ihre maximale Größe erreicht und begann wieder zu schrumpfen.

Er war jetzt dem Mädchen so nah, dass er die Tränen in ihren Augen sah.

»Sie hat mich meiner Zukunft beraubt«, klagte sie. »Sie wird dir die deine nehmen. Denn sie ist ein Monstrum. Wenn du dich nicht gegen sie stellst, bist du verloren – für alle Ewigkeit.«

Cord schluckte. Alles in ihm sträubte sich, ihr zu glauben – und doch ...

»Deshalb bin ich gekommen«, antwortete Cord. »Aber ich weiß nicht, wo ich die Nebelmuhme finden kann.«

*Geschweige denn, wie ich sie bekämpfen soll.*

»Nicht die Muhme«, rief Wildron entsetzt. Ihre Stimme zerschnitt den Nebel wie Glas.

»Sondern die Königin. *Sie* ist nicht das, was sie vorgibt zu sein. Sie hält mich, Herta und andere tief in sich gefangen – verborgen vor der Wirklichkeit. Nur unser Spiegelbild zeigt sich in der Zwischenwelt.«

Cord spürte, wie sich alles in ihm drehte. Der Nebel. Die Stimmen. Die Bilder.

Wer sprach hier mit ihm?

Wildrons ungeheuerliche Worte hallten wie ein Echo in ihm nach.

Mit einem Donnerschlag zerplatzten alle Sphären zugleich.

Die Wucht erfasste Cord und riss ihn aus seiner schwebenden Starre.

Mit einem Ruck sackte er in die Tiefe und fiel unkontrolliert durch den alles verschlingenden Nebel.

Im Fallen umschlossen ihn Millionen winziger Eiskristalle. Binnen Sekunden überzog sich sein ganzer Körper mit einer eisigen Kruste, die sich wie ein Nadelteppich in seine Haut bohrte – als wollte der Frost jeden einzelnen Nerv lähmen. Eine alles durchdringende, stechende Kälte biss sich durch Mark und Bein. Die Luft schien in seiner Lunge zu gefrieren, als würde Eis seine Atemwege verschließen.

Hilflos trudelte er durch die Schwärze. Sein Herz schlug rasend schnell, als müsste es gegen die eisige Umklammerung ankämpfen, hämmerte in seinen Ohren und übertönte jedes andere Geräusch. Die sengende Kälte legte sich um seine Brust wie ein gnadenloses Korsett.

*Ich habe versagt.*

*Ich habe sie alle im Stich gelassen.*
*Arnie, Sina, Walter.*
Dann versank er in eiskalter Finsternis.

## Kapitel 62

»Ich weiß, wo Walter ist«, raunte eine Stimme.

Cord lag auf einem Teppich aus Eissplittern. Sie hatten sich tief in seine Haut gebohrt. Die Kälte hatte ihn bis in die Knochen durchdrungen. Seine Glieder fühlten sich an, als gehörten sie längst nicht mehr zu ihm.

Mühevoll öffnete er die Augen – und erstarrte.

Neben ihm lag das, was vom Navigator übrig geblieben war – ausgedörrt wie eine Trockenmumie, jeder Knochen grotesk verdreht, als hätte man ihn gezielt gebrochen.

Als wären sämtliche Körperflüssigkeiten aus ihm herausgezogen worden, war nichts geblieben als eine leblose Hülle des Schmerzes.

Und auf diesem Kadaver kauerte sie.

Die Nebelmuhme.

Sie sah ihn aus leeren Augenhöhlen an und grinste.

Ihr Körper war zusammengefallen wie ein leerer Sack aus vertrockneter Haut. Dünne, faltige Arme – grün-braun wie Moder – ragten unter einem zerfetzten, schäbigen Umhang hervor.

»Ich weiß, wo Walter ist«, wiederholte sie kichernd.

»Doch ich nehme an, dich plagen nunmehr andere Sorgen.«

Cord versuchte, tief durchzuatmen.

»Nein«, keuchte er.

*Nicht mehr.*

»Du gibst auf?«, fragte sie. »Hat dir die Königin nicht befohlen, mich zu töten?«

Er nickte zaghaft.

»Und wirst du es tun?«

Er musste innerlich lachen. Da lag er, bewegungslos vor der Nebelmuhme, die vermutlich dem Navigator das Leben aus dessen menschlicher Hülle gesogen hatte. Selbst wenn er bei Kräften gewesen wäre – wie hätte er die Tat ausführen sollen? Und falls er dazu in der Lage gewesen wäre ... hätte er es gewollt? Nach allem, was geschehen war?

Er dachte an das Mädchen in der Sphäre.

War das ein Trugbild, verursacht von der Muhme, oder ... war es die Wahrheit?

»Was ist das für ein Ort?«, fragte er.

»Es ist ein Gefängnis«, flüsterte sie. »Für einen einzigen Häftling. So sehr fürchtet mich die Königin.«

»Weshalb?«

Sie kicherte.

»Weil ich das Kostbarste gefunden habe, das es gibt. Es ist nicht einmal mit Blaubrand aufzuwiegen.«

Sie beugte sich über ihn und hauchte ihm verschwörerisch ins Ohr:

»Es ist ... Zeitstaub. Der Atem des Zeitdämons.«

Grunzend lehnte sie sich zurück.

»Die Königin wagt es nicht, mich in sich gefangen zu halten – zusammen mit den anderen. Und das zu Recht.«

Cords Hände und Füße begannen zu kribbeln.

Erleichtert, nicht gelähmt zu sein, stützte er sich unter Schmerzen auf die Ellbogen und zog die Beine an.

»Wieso habe ich die Königin in der Sphäre gesehen?«, fragte er. »Zusammen mit der Einäugigen.«

»Weil es nicht die Königin war, sondern Prinzessin Wildron Wileba. Das, was sich als Königin ausgibt, ist eine Abscheulichkeit, die das Mädchen in sich trägt, ihr ungelebtes Leben geraubt hat und sich bei Bedarf ihrer Erscheinung bedient.«

Zornig sprang die Nebelmuhme auf und hackte mit ihrem nackten Fuß in die Überreste des Navigators, sodass der Leichnam krachend in zwei Hälften zerbrach.

»Die Welt darf froh sein, dass die Königin es nicht wagt, sich meine Macht zu eigen zu machen«, fauchte sie. »Es würde ihr niemals gelingen. Denn ich würde sie zerfetzen, wäre ich in ihr und nicht im

Seher.«

»Wieso zerfetzt du nicht den Seher?«

»Weil ich es nicht kann!«, kreischte sie. »Weil die Hexen ihn präpariert und seine Seele gefressen haben!«

Sie warf sich auf den abgetrennten Oberkörper des Navigators und zertrümmerte mit ihren Fäusten seinen Schädel mit einer solchen Geschwindigkeit zu Staub, dass Cord die einzelnen Hiebe nicht mehr erkennen konnte.

Cord wich vor der tobenden Kreatur zurück – und stieß gegen eine Wand.

Die Erkenntnis traf ihn wie ein Schlag: Er war eingeschlossen. In einer Sphäre. Zusammen mit der Nebelmuhme.

»Wo willst du hin?«, fuhr sie ihn an. »Glaubst du, du entkommst von hier? Niemand deinesgleichen hat jemals den Ausgang gefunden. Oder siehst du ihn etwa?«

Mit einem Satz sprang sie auf Cord, packte seinen Kopf mit beiden Händen und rüttelte heftig an ihm.

»Ich habe gefragt, ob du ihn siehst! Also los, schau dich gefälligst um!«

»Ich sehe keinen Ausgang.«

Cord versuchte, sich aus ihrem Griff zu winden, doch es war, als hätte sie seinen Kopf in einen Schraubstock gespannt.

»Ich weiß nicht einmal, wonach ich suchen soll.«

»Aber du hast doch Augen im Kopf – im Gegensatz zu mir.«

Sie beugte sich vor, schrie:

»Willst du, dass ich sie mir nehme?«

Mit einem Fauchen schleuderte sie ihn gegen die Wand.

Wie versteinert stand sie mit dem Rücken zu ihm, während Cord sich an der Wand hochdrückte.

Er atmete tief durch – und fragte sich, weshalb sie ihn nicht längst getötet hatte.

Er hatte keinen Zweifel: Wäre er ihr vollkommen nutzlos erschienen, hätte er das gleiche Schicksal erlitten wie der Navigator.

*Was will sie? Weshalb hat sie von Walter gesprochen?*

»Wo ist er ... Walter?«

Ohne sich umzudrehen, hob die Muhme eine Hand.

Die Sphäre setzte sich in Bewegung und tauchte in ein Meer aus tausend anderen Sphären ein, die wie Sterne im Universum leuchteten.

Sie kamen neben einer zum Stehen, in der weiße Nebelschwaden sich zu einem Embryo gekrümmt hatten.

»Dort ist der, den du suchst.«

»Das soll Walter sein?«

Beim Anblick der Erscheinung, die keinerlei Ähnlichkeit mit seinem Freund hatte, erschütterte ihn die Erkenntnis, dass es nie eine Gewähr gegeben hatte, Walter wirklich zurückzuholen.

»Der alte Zauberer wird ihn nicht retten können«, sprach die Nebelmuhme gelassen, ohne Cord anzusehen.

»Dazu müsste er die Zwischenwelten betreten, die richtige finden, Walters Seele herausschneiden und mit ihm den Ausweg entdecken.«

Langsam drehte sie sich zu Cord um – und lächelte, als hätte sie etwas sehr Persönliches enthüllt.

»Dies ist praktisch unmöglich.«

Cord sank an der Wand hinab.

»Dann war alles umsonst? Kailard? All das Gerede vom Knuh'Likat Haidamar?«

»Bist du es denn?«

Cord zuckte mit den Schultern. »Ich hielt es für möglich.«

»Aber du kannst keinen Ausgang an der Wand der Sphäre erkennen, nicht wahr?«

Die Eissplitter und die Überreste des Navigators lösten sich auf.

Die Schwerkraft verschwand, und Cord begann, zusammen mit der Muhme in der ansonsten leeren Sphäre zu schweben.

»Sieh dich nach dem Ausgang um«, befahl sie.

Cord suchte die Wand der Sphäre ab.

Nach einer Auffälligkeit.

Einem Muster.

Einem Leuchten wie bei den Himmelssteinen.

Aber da war nichts.

Resigniert schüttelte er den Kopf.

»Dann bist du nicht der Knuh'Likat Haidamar.«

Die Muhme umkreiste ihn.
Schnüffelte an ihm.
»Noch nie ist ein Prüfling aus der Nebelwelt zurückgekehrt. Weil keiner den Ausgang entdeckt hat. Und selbst wenn es einem gelänge – ich würde ihn niemals ziehen lassen. Egal, was er ist.«
Cord schluckte. Er wusste, was nun folgen würde.
»Deren Blut ist das Einzige, das mir geblieben ist.«
Sie beugte sich zu ihm vor.
»Würde ein in Gefangenschaft gehaltenes Tier seine Beute aus Mitleid oder Selbstlosigkeit freigeben?«
Sie schüttelte den Kopf. »Niemals! Nicht einmal, wenn es sich um den Knuh'Likat Haidamar handelte.«
Cords Augen wurden feucht. Aber die Tränen galten nicht seinem eigenen Schicksal.
Für Walter gab es keine Rettung. Das war nun klar.
Ebenso nicht für Sina.
Denn wenn die Königin das war, was die Muhme angedeutet hatte ... dann war auch Sina für alle Zeit verloren.
Er schloss die Augen.
*Wird es schnell gehen?*
*Oder werde ich spüren, wie sie sich an mir labt? Wie sie mir alle Flüssigkeit raubt? Wie sie meinen Leib zu Staub zertrümmert – an einem Ort, den es gar nicht geben dürfte?*
Er fühlte ihre Hand an seiner Brust. Auf seinem Bauch.
Er spürte ihren Atem in seinem Gesicht. An seinem Ohr.

Nichts geschah.
Kein Schmerz. Kein Ende.
»Bist du bereit zu einem Pakt?«, flüsterte die Nebelmuhme.
Cord öffnete die Augen.
Ihr Gesicht war ganz nah.
»Ein ... Pakt?«
Sie nickte. »Ich werde die Königin töten. Und dabei wirst du mich unterstützen.«
»Aber ... wie soll ich ...«
»Schweig!«

Sie hob einen knochigen Finger.

»Ich werde dir bei der Suche nach dem Ausgang beistehen.«

Dann starrte sie ihn aus ihren leeren Augenhöhlen an.

»Und ich werde dir Walter zurückgeben.«

»Was? Du bist dazu imstande?«, rief Cord.

»Falls meine Vermutung über die Beschaffenheit der Zwischenwelten zutrifft«, sagte sie gelassen, »dann sollte ich in der Lage sein, deinen Vertrauten beim Passieren des Ausgangs zu ergreifen.«

*Beim Passieren des Ausgangs?*

*Du willst ... fliehen?*

Die Begeisterung über die Aussicht auf Walters Rettung wurde von einem einzigen Gedanken zerfressen: *Diese Kreatur will nach Dradora!*

»Du würdest ebenfalls ...« Cord schluckte. »Du kannst dein Gefängnis verlassen?«

Sie kicherte.

»Weil sie dumm sind – und ich schlau bin.«

Mit einem triumphierenden Jauchzen deutete sie auf Cords Bauch.

»So dumm! Sie haben jemanden zu mir geschickt, der ein Mar'Shaval in sich trägt – einen Anker.«

Sie sah ihn verschmitzt an. »Weißt du, was das bedeutet?«

»Die Verbindung mit der Außenwelt weist auf den Ausgang hin?«

»Nicht nur das.« Sie gluckste.

»Ich vermag die Verbindung nicht zu lösen. Aber ich könnte eine zusätzliche Schlaufe hinein weben – auf dass du mich daran aus der Nebelwelt ziehst. Zusammen mit deinem Walter.«

*An ihr hängen?*

Cord fröstelte.

»Wie lange wird die Verbindung zwischen uns bestehen?«

Die Muhme lachte. »Sei unbesorgt. Ich habe kein Interesse daran, auf ewig an dich gekettet zu bleiben.«

*Ist das der Preis?*

Cord zögerte.

»Traust du mir etwa nicht?«, fragte sie mit scheinheiliger Unschuld. »Sobald ich den Ausgang geöffnet habe, brauchst du mich nicht mehr. Mit der Königin wirst du alleine fertig.«

»Jemand, der in der Lage ist, dieses Tor zu öffnen ... vermag es womöglich ebenfalls bei anderen, die sonst versperrt blieben.«

Ihr Mund verzog sich zu einem schiefen Grinsen.

»Darüber hinaus würde ich niemanden meines Blutes hintergehen.«

Cord verstand nicht, was sie meinte.

»Ohne meine Gabe bleibst du blind«, sagte sie. »Mach dich bereit, sie zu empfangen – und leg dich vor mir hin.«

Als Cord nicht sofort reagierte, riss sie ihn zu Boden und hockte sich auf seinen Brustkorb. »Ich befahl dir, dich hinzulegen«, kreischte sie.

Dann beugte sie sich dicht zu ihm hinab.

»Und jetzt öffne deinen Mund – und nimm von mir, damit du mein Fleisch und Blut wirst.«

Sie zerriss ihren Umhang und ließ eine faltige, leere Brust über Cords Gesicht baumeln.

»Nimm sie in den Mund«, befahl sie scharf.

Cord wurde übel.

Die Brust prallte wie ein vertrockneter Lederbeutel gegen seine Wange.

Modergeruch kroch in seine Nase und ließ seinen Magen verkrampfen.

Mit ihren knochigen Fingern riss sie seine Kiefer auseinander.

Die kalte Brustwarze drückte gegen seine Zunge.

»Du musst zubeißen!«, kreischte die Nebelmuhme. »Beiß die Spitze ab!«

Cord würgte, schüttelte sich, doch statt Erbrechen kam nur ein trockenes, röchelndes Husten, das ihm Tränen in die Augen trieb.

Die Muhme ließ ihn nicht los. Mit brutaler Gewalt stopfte sie die Brust in seinen Mund – und schlug ihm mit der Faust unters Kinn.

Es knackte.

Knorpeliges Fleisch zersplitterte zwischen seinen Zähnen.

Ein heißer Schwall bitterer Flüssigkeit ergoss sich in seinen Rachen und vermischte sich mit Galle und Erbrochenem.

Cord hustete.

Das schwarze Blut der Muhme spritzte aus seinem Mund.

Er schnappte nach Luft und übergab sich erneut.

Heulend und kreischend vor Pein und Triumph knetete die Muhme ihre Brust – und schenkte Cord die Gabe des Zeitdämons.

»Was siehst du?«, fragte die Nebelmuhme.

»Hat sich etwas verändert? Kannst du einen Ausgang erkennen?«

Die Sphäre erstrahlte hell und bunt im flackernden Glanz einer Sonne, die im Zeitraffer entlang eines zuvor unsichtbaren Äquators raste.

Das bittere Blut der Muhme brannte noch auf Cords Zunge, fraß sich in seinen Rachen, seinen Körper.

Und das Knacken der durchgebissenen Brust – es hallte in ihm nach.

Sofort kehrte der Ekel zurück – war nie fort gewesen.

Cord stützte sich gegen die Wand. Und übergab sich erneut.

Schweiß stand ihm auf der Stirn.

Jeder Atemzug ein Ringen. Seine Beine zitterten.

»Reiß dich zusammen!«, fauchte die Nebelmuhme. »Der Ausgang … siehst du ihn?«

Er schüttelte den Kopf.

Sie packte ihn am Schopf. »Sag mir, was du siehst!«

»Licht … flackerndes Licht …«

»Ah … sieh genau hin!«

Cord lehnte die Stirn an die Wand, schirmte mit den Händen das seitlich einfallende Licht ab und konzentrierte sich auf die Quelle des Flackerns.

Was er sah, war eine Überlagerung zweier Schwingungen – eine Schwebung, so als beleuchtete ein Stroboskop den Rotor eines Ventilators, der sich mit schwankender Frequenz drehte.

»Eine Sonne rast um uns herum …«, flüsterte er.

»Bist du dir sicher?«

Er nickte. »Kannst du die Sphäre steuern?«

»Sag mir, was ich tun soll.«

Cord hob beide Arme, deutete auf die Pole der Sphäre.

»Verändere die Drehgeschwindigkeit entlang dieser Achse.«

Sofort verlangsamte sich das Flackern.

»Mehr.«

Das Flackern erlosch kurzzeitig und nahm sogleich wieder zu.

»Das war zu viel!«

Mehrmals korrigierte er die Muhme, bis schließlich die Rotationsfrequenzen der Sphäre und der äußeren Erscheinung übereinstimmten.

Dann hielt er den Atem an.

Cord starrte auf die Lichtquelle.

Es war keine Sonne, sondern ein hellgleißender Tunnel, der aus der Sphäre führte.

Eine schwingende Leuchtspur züngelte aus der Tunnelöffnung und grub sich in Cords Bauch.

Das Mar'Shaval – der Anker, der ihn mit dem Schrat verband.

Die Nebelmuhme spürte es, ertastete den Anker. Sie streckte die Hand aus, hinein in den Tunnel.

»Rasch, wir dürfen keine Zeit verlieren.«

Kaum hatte sich die Muhme mit dem Mar'Shaval verwoben, brach der Feuersturm in seinem Bauch los.

Der Schmerz riss Cord nach hinten, ließ ihn zurücktaumeln.

»Was hast du getan?«, brüllte er.

»Das, was ich angekündigt habe. Stell dich nicht so an. Und nun geh. Ich werde folgen.«

Mit dem Kopf voran stieg Cord in den Tunnel und ließ sich ins Licht fallen.

Ein warmer Schlund umschloss ihn, zog an ihm und presste ihn durch einen glitschigen, feuchten Schlauch, der sich zunehmend verengte und Cords Bewegung bremste.

Das Licht erlosch, wurde zu einem matten, dunkelroten Schimmer.

Beklommenheit ergriff ihn.

Dann versank auch das Rot in Dunkelheit.

Cord steckte fest.

Die Tunnelwände sonderten ein schleimiges, stechend riechendes Sekret ab, das ihm in die Kehle rann und ihn dennoch mit Sauerstoff versorgte.

Sich zu bewegen war unmöglich.

Es war, als hielte ihn ein gewaltiger Muskel fest umschlossen.

Das Mar'Shaval pochte und brannte in seinem Bauch.

*Lebendig begraben.*

Cord erwartete die Panik.
Doch sie blieb aus.
*Ich bin der Nebelmuhme begegnet.*
*Ich habe sie überlebt.*
*Ihr Blut getrunken.*
*Den Sphärenausgang gefunden.*
*Für Walter. Für Sina. Für die Wahrheit, die in Dradora wartet.*

Er dachte an den Pakt, den er mit der Muhme eingegangen war. Und an das, was sie für Walters Rettung von ihm verlangt hatte.

Er würde es tun, falls die Königin wirklich das war, was die Muhme behauptete.

Und das Mädchen? War es wirklich Wildron, die er in der Sphäre gesehen hatte?

Oder ein Trugbild? Eine Illusion, erweckt, um ihn zu benutzen?

Die Zweifel krochen näher.

Begannen, an ihm zu nagen.

Plötzlich durchzuckten Kontraktionswellen den Schlund und trieben Cord Stück für Stück voran.

*Ich stecke im Darm eines Riesen – und werde gerade zum Ausgang geschoben.*

Diese Vorstellung ließ ihn schmunzeln.

Das Lächeln wurde zu leisem Kichern.

Dann schwoll es an, wurde zu einem lauten, gellenden Lachen, das als schwaches Echo bis nach Dradora drang.

Und dann – mit einem Mal – schälten sich matte Lichter aus der Finsternis.

Es waren die fernen Lagerfeuer des Eisenfürsten.

Vor den Toren Zanmathars.

# Kapitel 63

Larkes packte Cord am Nacken, zerrte ihn bis zur Hüfte aus dem Leib des Sehers und ließ seinen Schädel auf den blanken Steinboden schlagen.

Cords Unterleib blieb in einem fleischigen Klumpen stecken, der wie eine überdimensionierte Nabelschnur aus dem Seher ragte.

Die Leibwächterinnen richteten ihre Waffen auf Cord und warteten auf das Wort ihrer Herrin.

In den Augen der Königin spiegelte sich eine Mischung aus ungläubigem Erstaunen, unerwarteter Faszination und blankem Entsetzen.

»Wie … ist das möglich?«, murmelte Galdwyn und rieb sich über ihre Schädelstacheln, als könnte sie das Geschehene dadurch begreifen.

Da drängte sich Arnold nach vorn.

»Verdammt, Kumpel, ich hab deinen Abschied verpennt, also lass mich dich wenigstens jetzt willkommen heißen.«

Er hockte sich vor Cord auf den Boden.

»Junge, du stinkst erbärmlich. Willst du nicht aus dem Ding aussteigen?«

»Das ist leichter gesagt als getan. Hilf mir und zieh mich raus!«

Mit gerümpfter Nase reichte Arnold ihm die Hand und versuchte, ihn aus dem fleischigen Rest zu ziehen.

»So wird das nichts«, sagte Celwyn.

Sie hob den Arm und schoss mit ihrer Unterarmwaffe unterhalb von Cords Füßen auf den Klumpen.

Der Druck ließ nach und übelriechender Eiter spritzte auf die Umstehenden.

Cord richtete sich auf.

Da durchzuckte ihn ein greller, stechender Schmerz. Ohne Vorwarnung explodierte er in seinem Unterleib – als hätte man ein Bündel zuckender Nervenenden freigelegt.

Der Schmerz krampfte seine Eingeweide zusammen. In schnellen, pulsierenden Wellen flackerte er auf, ließ kurz nach – und kehrte verstärkt zurück.

Cord hielt die Luft an. Er zwang sich, flach und kontrolliert zu atmen. Seine Bauchmuskeln spannten sich, suchten einen Rhythmus gegen die tobende Qual.

Atemzug um Atemzug verflachte der Höllenschmerz. Das Pochen wurde dumpfer, die Krämpfe ebbten ab, bis nur ein raues Grummeln übrig blieb.

Cord rang nach Luft und trat vor die Königin.

»Ich habe meinen Teil der Abmachung erfüllt. Nun erfülle du den deinen.«

»Dir ist es demnach gelungen, der Nebelmuhme zu entkommen? Und sie zu töten?«

»Ich bin aus der Nebelwelt zurückgekehrt. Das war die Aufgabe – nicht mehr und nicht weniger.«

*Und nicht sie zu töten, wie du es in deiner kindlichen Gestalt nach diesem sonderbaren Kuss erhofft hattest.*

Die Königin nickte bedächtig.

Der Seher riss mit animalischem Stöhnen die Augen auf.

Unter gequältem Grunzen presste er einen fleischigen Klumpen aus seinem Unterleib, der mit einem nassen Platschen auf dem Boden aufschlug.

Alle starrten auf das Gebilde, das wie eine pulsierende Plazenta vor ihnen lag.

Drei der Leibwächterinnen brachten sofort ihre Waffen in Anschlag.

»Nicht schießen!«, rief Cord.

»Weshalb nicht?«, fragte Celwyn. »Was ist *das*?«

»Es ist Walter.« Zumindest hoffte er das.

»Walter?« Arnold sah Cord entgeistert an.

Celwyn trat mit dem Stiefel gegen das Fleischbündel, das sich daraufhin krümmte und zappelte.

»Schafft es weg«, befahl Wildron angewidert.

Zwei Leibwächterinnen schickten sich an, die Plazenta beiseitezuschieben. Da platzte diese mit einem schmatzenden Knall auf – und die Nebelmuhme schoss daraus hervor wie eine erlöste Kreatur. Glitschig, zuckend, triumphierend.

In ihren knochigen Armen hielt sie eine nackte, blasse Gestalt, die sie mit einem kehligen Kreischen durch die Luft schleuderte.

Der Körper schlug direkt vor Cords Füßen auf – schlaff, leblos wie ein unfertiges Wesen aus einer anderen Welt.

Blitzschnell stürzte sich die Nebelmuhme mit einem Satz auf Galdwyn und riss ihr mit berstendem Krachen die Schädelstacheln aus dem Fleisch.

Alles geschah so rasend schnell, dass selbst die Leibwächterinnen nicht eingreifen konnten.

»Sieh dir dein Töchterlein ein letztes Mal an!«, kreischte die Muhme. »Ohne deine Stacheln erinnerst du dich endlich, was sie in Wahrheit ist.«

Bevor eine der Leibwächterinnen die Muhme im Sprung erreichen konnte, stand die unheimliche Gestalt vor Cord und hatte ihre Hand auf seine Brust gelegt.

Die Welt war eingefroren.

»Mein Teil unseres Paktes ist erfüllt«, sagte sie ruhig. »Walters Seele ist gerettet. Sein neuer Körper wird sich im Lauf der Zeit ausbilden.«

Cord starrte auf die reglose Gestalt zu seinen Füßen.

»Und nun verlangst du von mir, die Königin zu töten?«

»Unsinn! Das schaffe ich selbst. Was ich jedoch nicht vermag, ist die Extraktion meiner Schwester aus der Kreatur.«

Sie gackerte. »Gedulde dich. Ich werde auf dich zurückkommen, wenn alles bereit ist.«

»Warte … das Mar'Shaval. Die Schmerzen …?«

Die Muhme fuhr mit der Hand über seinen Bauch.

»Es ist beschädigt. Du musst dich an den wenden, der es dir eingesetzt hat. Und du solltest dich beeilen.«

Ihre Hand lag auf seinem Nabel. »Tja, mein Junge. Man hat dir einen Anker gegeben, damit du nicht verloren gehst. Doch niemand hat gesagt, was alles an ihm hängen kann.«

Cord hielt den Atem an.

*Vielleicht war das der Preis. Wer ein Tor öffnet, öffnet es auch für das, was es nie passieren sollte.*

Ohne Vorwarnung sprang sie zurück auf Galdwyn.

Deren Blick – starr, entsetzt – haftete an ihrer Tochter.

Mit einem Ruck riss die Muhme ihr die Augen aus und steckte sie sich in ihre eigenen, leeren Höhlen. »Die willst du nicht mehr. Und mir könnten sie gut passen.«

Sie riss Galdwyn den goldenen Umhang vom Leib und warf ihn sich über die knochigen Schultern.

»Nach einem Stoff wie diesem hab ich mich lange gesehnt.«

Sie drehte sich zu Cord, zwinkerte – mit Galdwyns gestohlenen Augen.

Und sprang über die Brüstung in die Tiefe.

»Ihr nach!«, befahl Larkes.

Er stürmte los, gefolgt von zwei Leibwächterinnen.

Galdwyns qualvolle Schreie ließen Cord erschaudern.

Dunkelrotes Blut sickerte zäh aus den Öffnungen in ihrem Schädel, wo eben noch die Stacheln gesessen hatten.

Blind tastete sie nach einem davon, ergriff ihn und hämmerte seine Spitze gegen ihren Brustkorb.

Celwyn reagierte blitzschnell, packte Galdwyns Arm und hinderte sie daran, sich das Herz zu durchstoßen.

»Schafft sie weg«, befahl Wildron Wileba kalt, »und versorgt ihre Wunden.«

Dann tippte sie mit dem Fuß gegen die blasse Gestalt zu Cords Füßen.

»Was ist das?«

»Walter«, antwortete Cord leise.

Auf seinen Stock gestützt trat Kailard aus dem Hintergrund hervor. Mühsam beugte er sich über das Wesen. Sprachlos – als würde er vor einem Rätsel stehen, das selbst seine Erfahrung sprengte.

»Bei den Göttern – hat das geflohene Geschöpf das getan?«

Cord nickte. »Sie sagte, du könntest Walter nicht helfen.«

Kailard schüttelte bestürzt den Kopf. »Aber wer garantiert dir, dass es dein Gefährte ist? Und kein Dämon aus der Zwischenwelt?«

Cord erschrak. Hatte die Muhme ihn reingelegt? War der echte Walter nach wie vor gefangen?

Er betrachtete den Körper.

Die Hülle war milchweiß, fast durchsichtig – wie die Haut einer frisch geschlüpften Made. Pulsierende Blutgefäße schimmerten hindurch, darunter fahle Knochen, zuckende Muskeln.

*Kein Gesicht. Keine Stimme. Keine Gewissheit.*

Plötzlich flammte der Schmerz wie ein Messer in seinem Unterleib auf.

Cord krümmte sich.

Kailard war sofort bei ihm. Er zog Cords Hemd hoch – und erstarrte.

»Bei den Göttern ... Du trägst ein entzündetes Mar'Shaval in dir. Von wem hast du es? War es der Torwächter?«

Cord keuchte. »Es war der Schrat.«

Kailard wandte sich zur Königin. »Wir müssen ihn sofort zum Portal bringen. Wenn es nicht rasch entfernt wird ...«

»Wie konnte das nur passieren?«, schrie Wildron Wileba. »Wieso ist das zuvor niemandem aufgefallen? Nur dieser Hexe, die sofort zugeschlagen hat. Egal, ob sie den Jungen damit tötet.«

Ihr Blick sprang zwischen Cord und der bleichen Kreatur zu seinen Füßen. »Erkläre mir: Warum hat die Hexe das getan? Oder besser: *Wofür?* Was gabst du ihr im Gegenzug?«

Cord spürte, wie sich alle Blicke auf ihn richteten.

*Hat sie mich durchschaut?*

Er durfte den unheimlichen Pakt nicht offenbaren. Nicht die Wahrheit preisgeben.

»Ich habe ihr zur Flucht aus der Nebelwelt verholfen«, antwortete er.

Wildron Wilebas Augen verengten sich.

»Obwohl du die Hexe töten solltest?«

»Ich bin kein Auftragsmörder«, entgegnete Cord ruhig. »Meine Aufgabe war, die Nebelmuhme zu überleben und zurückzukehren. Das habe ich getan. Im Gegensatz zu deinem Navigator.«

»Du kanntest meine Absicht«, zischte sie.

»Niemand hätte sie in der Nebelwelt besiegen können. Sogar hier draußen entkam sie deinen besten Leuten.«

Die Königin seufzte. Dann lachte sie bitter.

»Was glaubst du, welche Anstrengungen es gekostet hat, dieser gefährlichen, bösartigen Hexe habhaft zu werden? Und du – was machst du? Du verhilfst ihr zur Flucht.«

Sie lachte verzweifelt. »Sie hat dich zum Narren gehalten. Sicherlich hat sie dir Bilder der jungen Prinzessin vorgegaukelt und dich glauben lassen, ich hätte sie irgendwie verschlungen.«

Sie schlug die Hände über dem Kopf zusammen.

»Nach diesem Verrat an mir und am Reich wirst du niemals Navigator sein. Und der Zutritt zum Born bleibt dir auf ewig verwehrt.«

Angewidert wies sie auf das Wesen vor Cords Füßen. »Verbrennt das Ding.«

Cord wollte nicht glauben, dass sie auf diese Weise versuchte, die Abmachung zu brechen.

*Sie hat Sina in ihrer Gewalt. Und sie will Walter töten.*

Er atmete tief durch.

Der Schmerz im Bauch klang ab. Doch etwas blieb.

Ein Grollen.

Tief drinnen, wie ein fernes Donnern, das auf ihn zurollte.

Dann hörte er es – das Rauschen des eigenen Bluts, anschwellend in seinen Ohren.

Und das Pochen seines Herzens, laut und dumpf. Überall zugleich.

Eine Druckwelle ging von seinem Innersten aus – und riss ihn aus dem Fluss der Zeit.

Seine Hände. Seine Arme. Sie bewegten sich leicht, widerstandslos. Als hätte das Universum die Trägheit abgeschaltet.

Das Plätschern der Brunnen war verstummt.

Cord hob den Blick.

Panik stieg in ihm auf.

Die anderen ... erstarrt. Keine Regung. Kein Blinzeln. Kein Atemzug.

Nur Celwyn – langsam, wie in Zeitlupe – hob ihren Waffenarm. Ihre Augen waren starr auf ihn gerichtet.

Cord wich aus. Instinktiv. Mühelos.

Die Bewegung war so leicht, so fremd, dass er das Gleichgewicht verlor.

Seine Beine versagten. Er stürzte.

Noch bevor er den Boden berührte, warf sich Celwyn mit voller Wucht auf ihn.

Wirres Geschrei durchschnitt die Stille.

Weitere Leibwächterinnen stürmten heran und begruben Cord unter ihren Körpern.

»Was hast du gerade getan?«

Die Stimme der Königin zitterte kaum merklich. Ihre Augen waren weit aufgerissen.

Celwyn trat neben sie, beugte sich vor und flüsterte ihr etwas zu.

Dann sahen beide zu Cord, der wie ein Angeklagter von zwei Leibwächterinnen an den Armen festgehalten wurde.

»Was auch immer du getan hast«, sagte die Königin kalt, »wage es nicht, es gegen mich einzusetzen.«

*Was auch immer es war*, dachte Cord, *du hast allen Grund, dich vor mir zu fürchten, falls du Walter tötest oder Sina ein Haar krümmst.*

Trotz der Wut bemühte er sich um Beherrschung.

»Ich hab das Tor geöffnet, das aus der Nebelwelt führt. Falls du willst, dass ich dir weitere Tore öffne, halte dich an unsere Absprachen.«

Kaum hatte er die Worte gesprochen, erschrak er über seine eigene Kühnheit, mit der er die Königin nun endgültig brüskiert haben musste.

Wildron Wileba zeigte keine Regung, aber ihr Blick durchbohrte ihn.

Cord ahnte, dass sie ihn jetzt fallen lassen würde. Dass sie sich abwenden und ihn aus der Geschichte tilgen würde.

Doch dazu kam es nicht.

Denn ohne Vorwarnung tat sich die Hölle auf.

Mit einem Grollen, das klang wie das Zerbrechen der Welt, zerbarst das Fundament unter dem mächtigen Schutzturm.

Der steinerne Wächter, der das Verteidigungsschild über die Stadt gelegt hatte, erbebte. Risse zogen sich durch das Mauerwerk, vergrößerten sich zu klaffenden Wunden, aus denen gewaltige Brocken herausbrachen.

In einer Fontäne aus Staub und Geröll zersplitterte der Turm.

Die Kuppel, die einst wie ein Schutzengel über Zanmathar schwebte, erlosch und Trümmer stürzten in einen glühenden Krater, der sich mitten in der Stadt aufgetan hatte.

# Kapitel 64

Das Tunnelmädchen hielt in jedem ihrer Händchen einen Eimer fest umklammert. Im endlosen Strom der Träger schritt sie der Übergabestelle am Ende der Sektion entgegen – schneller und sicherer als andere Kinder ihres Alters.

Linni würde keinen Tropfen verschütten. Niemals einen Eimer fallen lassen – nicht nach all den Händen, durch die er gewandert war, von Sektion zu Sektion, von Übergabestelle zu Übergabestelle. Eines Tages würden die Meister ihren Eifer bemerken. Ihre Gründlichkeit. Und sie in die nächste Sektion befördern – dem großen Licht entgegen.

Nach dem Tod ihrer Schwestern hatte Linni sich geschworen: Sie würde sich niemals mit dem Lebenszweck der anderen Mädchen zufriedengeben – ein Kind gebären innerhalb jener kurzen Zeitspanne, in der ihr Körper dazu imstande wäre.

Nein. Linni wollte mehr. Und sie würde es schaffen.

Irgendwann würde sie die erste Sektion erreichen. Sie würde bis zur letzten Übergabestelle vordringen – bis dorthin, wo der Tunnel endete und das Paradies begann.

Damals hatte Luv nur gelacht, als sie ihm davon erzählt hatte. Er hatte gesagt, es würde viele Generationen dauern, um bis zur ersten Sektion vorzudringen.

Doch in dieser Angelegenheit wollte Linni ihrem Bruder nicht vertrauen.

Luv war sogar der Meinung, dass man das Licht in entgegengesetzter Richtung schneller erreichte – dort, wo Wasser und Brot im Dunkel verschwanden und von wo Gestein, Abfall und Kadaver herbeigeschafft wurden. Ihm war zu Ohren gekommen, dass die jüngsten Sektionen des Tunnels ausschließlich nach oben führten. Und er hatte daraus geschlossen, dass die Graber bald die Wand zum Paradies durchbrechen würden.

Linni hatte die Übergabestelle erreicht. Sie stellte den Unrat ab.

Zwei neue Eimer standen für den Transport bereit – gefüllt mit klarem Trinkwasser.

Sie hob sie auf und trat den Rückweg auf der anderen Seite der Tunnelwand an.

Gleich würde sie am mächtigen Tor aus Emaridianstahl vorbeikommen, hinter dem das blaue Salz der Götter geschürft wurde.

Im Strom der Träger hielt sie Ausschau nach ihrem Bruder. Wenn sie Glück hatte, würde Luv ihr entgegenkommen. Vielleicht genau dann, wenn das Rastsignal ertönte.

Dann würden alle Träger ihre Eimer abstellen und für eine kurze Weile rasten.

Dort hinten bog er auch schon um die Ecke. Er hatte sie gesehen und lächelte ihr zu.

Sie beide waren eine Familie. Und Linni wünschte sich, gemeinsam mit Luv das große Licht zu erblicken.

Hastig schickte sie den Göttern ein Stoßgebet entgegen und bat darum, das Rastsignal ertönen zu lassen.

Doch sie wurde nicht erhört.

Wenn sie in wenigen Augenblicken an Luv vorbeizog, würde sie ihm wenigstens einen Kuss durch die Luft schicken.

Plötzlich stieß sie gegen den vor ihr laufenden Träger.

Er war einfach stehen geblieben. Und das war verboten.

Linni erschrak.

Sie hatte Wasser verschüttet.

Nicht viel – aber genug, um bestraft zu werden, wenn ein Meister es gesehen hätte.

*Aber … was geschieht hier?*

*Weshalb halten die anderen ebenfalls an?*

Verwundert sah sie sich um.

Zuerst war es nur ein seichter Luftzug, der ihre Wangen streifte. Doch er schwoll rasch zu einem Wind an, der an ihren Haaren zerrte.

Erschrocken ließ sie die Eimer fallen und starrte entsetzt auf die Pfütze, die sich über den Stein ausbreitete.

Mitten im anschwellenden Geschrei hörte sie Luv rufen.

Er stürzte ihr entgegen und ergriff ihre Hand.

Gemeinsam suchten sie Schutz in der Nische, in der das Tor aus Emaridianstahl eingelassen war.

Sie klammerte sich an ihren Bruder, drückte sich ans kalte Metall, schloss die Augen und wartete darauf, dass das Unheil vorüberzog.

Doch das tat es nicht.

Linni spürte die Helligkeit selbst durch ihre geschlossenen Lider. Sie blinzelte um die Ecke der Nische – und erblickte die Lichtgestalt.

Es musste ein Engel sein. Denn er kam aus dem Paradies.

Er raste durch den Tunnel und verbrannte alles, was sich ihm in den Weg stellte.

Eimer, Nahrung, Abfall, Träger.

Die Menschen lösten sich auf. Verdampften.

So wie Linnis Tränen – getrocknet, bevor sie die zitternden Wangen hinabkullern konnten.

Ihre Kleidung brannte. Ihre Haare standen in Flammen.

Die Hitze drang tief in ihre Lungen ein, versengte ihr Inneres, verbrannte ihre Träume.

Als der Engel sie erreichte, verlosch ihr letzter Gedanke.

Sie hatte das große Licht gesehen.

Das Paradies war zu ihr gekommen.

## Kapitel 65

Der Nachthimmel über Zanmathar zersprang in einem Flammenmeer.

Von überallher prasselten Geschosse heran und zeichneten gleißende Lichtspuren in die Nacht – wie blaue Kometenschweife. Ein donnerndes Grollen rollte über die Stadt, als die ersten Projektile mit Detonationen einschlugen, die wie Fausthiebe durch Mark und Bein fuhren. Stichflammen flackerten auf und ließen die Nacht taghell erglühen.

Die Verteidigungstürme erwachten zum Leben und erwiderten das Feuer. Doch die Geschützsalven verfehlten zu viele der anrauschenden Geschosse, die dem Sperrfeuer mit anmutigen, tänzerischen Bewegungen auswichen.

Eines von ihnen schwenkte auf eine Flugabwehrkanone zu, die

unterhalb der Dachterrasse des Observatoriums ihre Feuerstöße abgab.

*Das Geschoss lebt.*

*Und ich habe von ihm geträumt.*

Mit funkelnden Augen fixierte es die Kanone, legte die ledrigen Flügel eng an den stromlinienförmigen Körper und stürzte sich mit tödlicher Präzision auf sein Ziel.

Eine gewaltige Detonation zerriss die Nacht und raubte Cord den Atem.

Der Boden unter seinen Füßen erbebte – und zerbarst.

Im Sturz nahm er im Augenwinkel eine lodernde Gestalt wahr, die aus dem Krater stieg, der den zentralen Verteidigungsturm verschluckt hatte.

Dann versank Cord in tiefem Schwarz.

»Du blutest«, sprach jemand aus weiter Ferne.

Cord hatte geträumt.

Er war wieder in der Stadt der Türme. Jener fremdartigen Stadt, die von den blauen Flugwesen bewohnt war. Doch diesmal nahmen sie ihn wahr. Sie beobachteten ihn, ließen ihn nicht aus den Augen, fixierten ihn mit ihren funkelnden Blicken.

Sie stürzten sich aus den schwarzen Türmen, rasten aus allen Richtungen auf ihn zu und umkreisten ihn – eine flatternde Wolke, die sich eng um ihn schnürte, ihm Sicht und Atemluft raubte.

»Du blutest«, wiederholte die Stimme.

Die Worte hallten in der Stille nach.

Der Schwarm war verschwunden. Der Gefechtslärm der ersten Angriffswelle auf Zanmathar verklungen.

Benommen öffnete Cord die Augen und erblickte die bleiche Gestalt, welche die Nebelmuhme in diese Welt gebracht hatte.

Sie hatte den blutgetränkten Leinenumhang einer Leibwächterin um sich geschlungen, riss einen Stoffstreifen ab und band ihn um Cords Stirn.

»Das wird wieder. Ich werde auf dich aufpassen«, sagte das fahle, bleiche Wesen.

Cord suchte nach einem Hinweis. Einem Blick, einem Zug im Gesicht. Nach irgendeiner Ähnlichkeit mit Walter.

Doch da war nichts.

Die Frage lag längst in ihm. »Wer bist du?«

Die bleiche Gestalt hielt Cords Rucksack in der einen Hand, Elgat in der anderen.

»Hm. Es fühlt sich an wie ich – aber nur, wenn ich die Augen schließe.«

Das Wesen setzte sich neben Cord und betrachtete seine Hände.

»Öffne ich sie, dann sehe ich einen völlig Fremden. Genau wie du.«

Es strich über seine drahtigen Gliedmaßen, inspizierte den eigenen Körper.

»Aber wenn ich nicht ich bin – wer soll ich dann sein?«

»Woran erinnerst du dich?«, fragte Cord.

»An alles. Aber ... kann ich mich darauf verlassen, dass es meine Erinnerungen sind?«

»Weißt du, wer ich bin?«

»Klar. Du bist der Idiot, dem der Trottel Elrik sein Taschenmesser abgenommen hat. Und dem ich Depp in diese Welt gefolgt bin, in der stumme Waldpartys gefeiert werden.«

Cord suchte im fremden Antlitz den, der diese Worte sprach, die so vertraut klangen – als hätte Walter sie gesprochen.

»Ich wollte das alles nicht ...«

»Schwamm drüber. Jetzt sind wir hier. Und so, wie ich aussehe, kann ich mich bei meinen Eltern nicht blicken lassen. Die würden mich zur Schnecke machen.«

Cord schmunzelte. Er stellte sich deren Gesichter vor, wenn Walter in dieser Erscheinung vor ihnen stünde.

»Arnie hat recht. So schlecht ist es hier nicht. Sieh mich an – ich bin nicht mehr fett. Mein neuer Leib fühlt sich gut an. Noch etwas farblos, aber dafür schlank und athletisch. Das ist nicht mehr der Körper eines Schwächlings.«

Er packte Elgat ein, schob Cord den Rucksack zu und stand auf.

Cord sah Walter an. Für einen Moment meinte er, ein Echo des alten Freundes zu spüren – ein Schimmer, der kam und verging wie das Flackern einer Kerze im Wind. Dann war da wieder nur der Fremde, der Walters Erinnerungen in sich trug.

»Der schwache Walter ist Vergangenheit – dafür danke ich dir.«

Er klopfte Cord auf die Schulter. »Jeder, der mir nachstellt – oder sich zwischen uns stellt – wird es bereuen. Ganz gleich, ob es ein Hennemann ist, ein Eisenfürst mit seinen Monstern, ein Pirscher samt Dobermann ... oder Arnie. Das schwöre ich.«

Cord fröstelte, als er seinem Gegenüber in die fremden Augen sah und jene seltsame Leere erblickte.

War da noch etwas vom alten Walter? Von dem Jungen, mit dem er seine Kindheit verbracht hatte? Oder war es Zeit, sich einzugestehen, am Ende doch seinen Freund auf eine bizarre Weise verloren zu haben?

Nein.

Das würde er nicht.

Er stand auf, umarmte Walter brüderlich und klopfte ihm auf den Rücken. So, wie sie es seit ihrer Kindheit getan hatten.

»Du bist zurück. Nur das zählt.«

Entfernte Salven peitschten durch die Nacht. Ein Donnern kündigte die nächste Angriffswelle an.

Cord und Walter warfen sich in Deckung, rutschten über herabgestürzte Steine, kletterten hastig über Trümmer, bis sie die intakte Hälfte der Dachterrasse erreichten.

Was einst das Observatorium gewesen war, lag nun in Schutt und Asche.

Zwischen den aufgerissenen Mauerresten und den Leibern der Gefallenen funkelten die Splitter des Himmelssteins wie gestrandete Sternfragmente auf blutigem Grund.

Vor einem zerschlagenen Geländer lag Milas Kokon.

Der Beschuss hatte das Hauptinstrument in tausend glitzernde Scherben zersprengt, die wie Nadeln unter ihren Füßen knirschten. Dort, wo einst die Apparatur gestanden hatte, klaffte jetzt ein Krater.

Cord kniete neben Mila und griff nach einem Kristallsplitter.

Das Funkeln im Inneren war erloschen. Doch Milas Gespinst aus feinen Fäden schimmerte blass.

Ein Röcheln. Ein Wimmern.

Der Seher lag begraben unter Trümmern. Sein Rumpf war von

Steinbrocken zerschmettert. Die Augen weit aufgerissen, starrte er auf Cord.

»Du ... bist gekommen«, presste er mit gurgelndem Husten zwischen seinen verschraubten Kiefern hervor. »Erlösung.«

Tränen rannen aus seinen Augenwinkeln.

Cord schluckte schwer, als er in das vor Qualen verzerrte Gesicht blickte.

Die Augen des Sehers bohrten sich flehend in die seinen.

Und Cord verstand, was sie verlangten.

Schwerfällig nahm er den Rucksack von der Schulter, zog mit zitternden Fingern den Dolch hervor.

Er umklammerte die Waffe und richtete sie auf den Seher.

Schweiß trat ihm auf die Stirn.

*Er will Erlösung*, sagte sich Cord – und brachte es dennoch nicht fertig, den unumkehrbaren letzten Schritt zu gehen.

*Was, wenn es noch Hoffnung gibt?*

*Kailard. Die Muhme. Der Born.*

*Was, wenn ...*

Bevor er den Gedanken zu Ende führen konnte, entriss ihm Walter die Waffe. Ohne mit der Wimper zu zucken, stieß er dem Seher die Klinge durchs Auge tief in den Schädel.

Cord starrte ihn fassungslos an.

Nicht weil er es getan hatte.

Sondern *wie*.

Dies war nicht mehr der Walter, der früher beim Anblick einer Schnittwunde ohnmächtig geworden war.

»Wieso ...«, fragte Cord leise.

»Wer auch immer das war – er hatte den Gnadenstoß verdient, der ihn von seinen Qualen erlöst.«

Walter wischte das Blut mit dem Umhang von der Klinge.

Seine Stimme war ruhig. »Denn jedem steht Erlösung zu. Uns beiden ebenso.«

Cord nahm ihm den Dolch ab.

»Ich muss Arnie und Sina finden. Du wartest besser hier auf mich.«

»Spinnst du? Arnie ist auch mein Freund. Wenn du glaubst, ich lass dich allein in diesen Ruinen …«

»Die Königin war von deinem Auftreten nicht gerade begeistert«, unterbrach ihn Cord. »Sie hat deinen Tod befohlen. Deshalb erkunde ich die Lage – und du bleibst hier und wartest.«

»Vergiss es.« Walters Stimme war ruhig, aber hart. »Ich bleib bei dir.«

Der Trotz funkelte in Walters Augen. Er schüttelte den Kopf, als hätte Cord etwas Lächerliches vorgeschlagen.

»Also, wo beginnen wir die Suche?«

Cord hielt seinem Blick stand.

Einen Moment lang.

Dann seufzte er. Nicht weil er überzeugt war. Sondern weil er wusste, dass dieser Walter sich nicht aufhalten ließ.

Sie rannten über den intakten Teil des Balkons der Unterkunft entgegen, in der Cord vor seiner Prüfung geruht hatte.

Ihre Schritte hallten hohl auf gesprungenen Fliesen, während das Auge Haidamars gräuliche Schatten auf die Trümmerfelder warf.

An einer Stelle waren die filigranen Marmorsäulen der Brüstung weggerissen, lagen in Splittern und Geröll verstreut auf dem Boden. Ein Stück des Balkons war in die Tiefe gestürzt und hatte eine enge, halsbrecherische Passage hinterlassen.

Vorsichtig balancierten sie über den schmalen Trümmerstreifen, setzten einen Fuß vor den anderen.

Da blieb Walter wie angewurzelt stehen und deutete auf die Ruinenlandschaft hinab.

Mitten zwischen den lodernden Trümmern und Flammenzungen stand eine Kreatur – reglos, als sei sie soeben aus einem Albtraum in die Welt gestiegen.

Ihr Körper war von einer Schicht pechschwarzer, erstarrter Lava überzogen – wie eine groteske Rüstung: rau, zerklüftet, ein Labyrinth aus erkalteten Strömen und Blasen.

Doch das Grauen lauerte in den Rissen, die sich durch den Leib des Ungetüms zogen: Adern aus glühendem Rot, pulsierend, lebendig wie das pochende Herz eines Vulkans.

Bei jeder Bewegung dehnten sich die Spalten, gaben kurz den Blick frei auf das brodelnde Inferno darunter. Und in den Augen der Kreatur brannte dasselbe Feuer – urzeitlich, erbarmungslos, bereit, entfesselt zu werden.

Die Lavakreatur hob den Kopf und richtete den Blick auf Cord und Walter.

Der Feuerdämon Helrath hatte sie entdeckt.

Die glühende Fratze traf Cord wie ein Schlag.

»Weg hier!«, zischte er und riss Walter am Umhang mit sich.

Er atmete tief durch, fixierte das nächste Stück intakten Balkons – und sprang.

Walter nahm Anlauf, stieß sich ab – und landete mit einer Rolle neben Cord.

»Nicht schlecht!«, schnaufte er. »Ich finde Gefallen an meinem neuen Körper.«

Sie rannten weiter, hasteten über den Balkon bis zur Unterkunft und warfen sich in eines der Gemächer, so karg eingerichtet wie jenes, in dem Cord vor seiner Prüfung geschlafen hatte.

Cord presste sich an die Wand und lauschte.

Draußen stapfte Helrath heran.

Obwohl Cord ahnte, dass Elgat gegen eine solche Feuerkreatur machtlos war, zog er die Waffe aus dem Rucksack und deutete mit einem Nicken zur Zimmertür.

Sie durchquerten den Raum auf Zehenspitzen.

Cord öffnete die Tür einen Spalt und spähte hinaus.

Ein langer Flur. Am Ende eine Wendeltreppe, die nach oben führte.

»Meinst du«, flüsterte Walter, »das Ding ist hinter uns her?«

Der Flur erzitterte, als Helrath mit brutaler Wucht die Wand am anderen Ende durchbrach.

»Das werte ich als Ja«, sagte Cord und stürmte los.

Walter spurtete hinterher.

Die Treppe führte zu einer weiteren Dachterrasse, auf der eine Flugabwehrkanone einen Volltreffer abbekommen hatte.

Ein junger Soldat, kaum älter als Cord, lag unter einem gewaltigen Trümmerstein begraben. Blut rann aus seinem Mund. Er jammerte leise.

Am gegenüberliegenden Ende des Daches ragte ein halb eingestürzter Turm empor, aus dem Rauchschwaden aufstiegen.

Cord stöhnte, krümmte sich. Seine Hand fuhr an den Bauch.

Der Schmerz kam wie eine Brandung – schwoll an, brach über ihn herein.

»Junge, was ist mit dir?« Walter packte seinen Arm, hielt Cord aufrecht. »Du bist ja bleicher als ich.«

»Der Anker …«, presste Cord hervor. »Er … brennt.«

Walter sah ihn entsetzt an. »Welcher Anker? Was redest du da?«

Cord schüttelte gequält den Kopf. »Schon gut … geht gleich wieder … brauch nur …«

Der verletzte Soldat suchte Cords Blick.

»Bitte … verratet es nicht meiner Mutter … sie macht sich sonst Sorgen … sie darf nichts merken … ich … ich muss mich säubern …«

»Schieß!« Walter fuhr herum und deutete auf Helrath.

Das Höllenwesen hatte sie gefunden.

Cord hob Elgat – zielte – doch der Dolch blieb stumm.

Nichts.

Er rang nach Atem, versuchte, sich zu konzentrieren. Den Schmerz wegzudenken.

Aber Elgat entzog sich. Kein Widerhall. Kein Leuchten. Kein Puls.

»Warum muss das so verflucht kompliziert sein?«

Cord keuchte. Der Schmerz drohte, ihn zu zerreißen.

»Verdammt! Lauf!« Walter packte ihn, riss ihn mit sich.

Und zusammen stolperten sie dem qualmenden Turm am Ende des Dachs entgegen.

Das Wimmern des Soldaten verstummte abrupt, als Helrath ihn unter sich zerquetschte und in Flammen aufgehen ließ.

»Hier rein!«, brüllte Walter und zerrte seinen taumelnden Freund in den Turm.

Cord suchte nach einem zweiten Ausgang oder einem Abstieg in das darunterliegende Stockwerk. Doch da war nichts, bis auf eine schmale Treppe, die nach oben führte.

»Das ist eine Sackgasse!«

»Ich geh da nicht mehr raus«, schrie Walter.

Kraftlos ließ sich Cord von Walter mitziehen.

Nicht gegen die Hitze, nicht gegen den Schmerz in seinem Bauch, nicht gegen den Wahnsinn dieser Nacht.

Die Treppe endete auf einer von Zinnen umgebenen Plattform. Eine verkohlte Holzkiste glimmte schwach.

»Das war's mit Verstecken«, seufzte Walter und schüttelte resigniert den Kopf. »Tut mir leid.«

Erschöpft sanken sie zu Boden und lehnten sich an die Ummauerung.

Da brach die nächste Angriffswelle los. Donnernde Lichtblitze erhellten den Himmel. Rauch fegte über das Dach, verhüllte die Zinnen, ließ Cord die Augen tränen.

Er krümmte sich, klammerte sich an Elgat, biss die Zähne zusammen.

*Warum schweigst du?*, dachte er. *Wo bist du? Ist es der beschädigte Anker? Hast du mich deswegen verlassen?*

»Was will das Ding da unten?«, flüsterte Walter. »Kann es sich nicht jemand anderen suchen?« Er keuchte. »Vielleicht lässt es uns hier oben in Ruhe. Verliert sein Interesse an uns.«

Cord zuckte mit den Schultern.

Walter seufzte. »Glaubst du, es ist noch da?«

Er schlich zu einer Zinne, lugte hinab – und wich zurück.

»Mist. Es glotzt her! Wie angewurzelt. Ich ... glaub, es hat mir zugewunken.«

Cord richtete sich auf und spähte über die Mauer.

Der Feuerdämon sah zu ihnen hoch und winkte. Dann begann er zu wippen. Er drehte sich. Er tänzelte.

»Das darf nicht wahr sein«, flüsterte Cord. »Das Ding tanzt. Sieh dir das an.«

Walter schüttelte ungläubig den Kopf, ein Kichern mischte sich in sein schweres Atmen. Für einen Moment war er wieder der Alte – der Freund aus Kindertagen.

»Ich fass es nicht«, sagte er. »Es ... führt unseren beknackten Schultanz auf?«

Helrath verbeugte sich, schlenderte ans andere Ende des Dachs, drehte sich mit Schwung um die eigene Achse und hielt einen Moment inne.

Dann riss er die Arme hoch, loderte auf – und schoss wie ein brennender Komet auf den Turm zu.

Cord umklammerte den Dolch, suchte nach Elgat – doch fand ihn nicht.

»Wir sind geliefert.« Walter kicherte. »Schade. Ich war gerade dabei, mich mit meinem neuen Ich anzufreunden.«

Helrath krachte gegen den Turm.

Das Mauerwerk erbebte, Steine splitterten.

Das Gebäude stöhnte – und stürzte in sich zusammen.

Der Boden brach unter Cords Füßen ein.

Doch Cord fiel nicht.

Im Gegenteil – er wurde nach oben gerissen.

Etwas hatte ihn am Rücken gepackt und zog ihn empor. Weg von Helrath, dem Feuerdämon.

»Meine Güte, Magier Cord. Du scheinst erneut in einen stattlichen Schlamassel geraten zu sein. Ich beobachte dein sonderbares Treiben schon eine Weile, und es erschien mir, dass mein Eingreifen nun mehr als angebracht war.«

Der Cyryg warf Cord und Walter auf seinen Rücken und schraubte sich in die Höhe.

»Ich nehme an, die bleiche Gestalt ist dir wohlgesonnen. Andernfalls werfe ich sie ab. Gib mir einfach ein Zeichen.«

Cord rang nach Worten und tätschelte den Rücken des Cyryg. »Das musst du nicht. Es ist Walter.«

»Oh, wie schön, dass du ihn wohlauf zurückhast. Sei gegrüßt, Walter. Mein Name ist Takmakwon Takir Ratan. Nenne mich einfach Tak.«

## Kapitel 66

Die Stadt stand in Flammen. Der Palast lag in Trümmern. Der Gefechtslärm war verklungen.

Einer der letzten Geschütztürme eröffnete das Feuer auf vorrückende Truppen des Eisenfürsten. Sofort stürzten sich zwei der lebenden

Bomben darauf und rissen die Stellung in Stücke.

Tak hatte erklärt, dass es sich bei diesen Wesen um Skreyts handelte – Abkömmlinge des Alten Volkes, vollgeladen mit explosivem Blaubrand.

»Weshalb bist du zurückgekehrt?«, fragte Cord den Cyryg. »Ich hätte dir gewünscht, das zu finden, wonach du suchst.«

»Sei unbesorgt. Es besteht kein Zweifel, dass ich der Cyryg-Magierin begegnen werde. Meine Reise ins Karsangebirge verzögert sich nur ein wenig.«

Tak grinste. »Was hältst du davon, mich dorthin zu begleiten? Zuvor lassen wir unsere Seelen für eine Weile an den Ufern der heiligen Quellen von Baat baumeln.«

»Klingt verlockend«, erwiderte Cord. »Doch ich muss etwas Dringendes erledigen.«

»Tja, beide habe ich leider aus den Augen verloren. Meister Kailard allerdings sitzt gerade mitten in den Trümmern des Palasts.«

»Was sagst du da?« Cord sah ihn verblüfft an. »Kannst du uns zu ihm bringen?«

»Du willst wirklich zurück in dieses Trümmerfeld? Die Flugabwehr ist nicht ungefährlich.«

»Wir müssen unsere Freunde finden. Wenn dir das zu riskant ist, kannst du uns absetzen.«

Tak schnaubte. »Du glaubst doch nicht im Ernst, ich ließe dich mitten durchs Schlachtfeld marschieren.« Er seufzte. »Wir werden Kailards Position elegant von der anderen Seite anfliegen, denn dort scheint der Widerstand gebrochen zu sein.«

In weitem Bogen umflog Tak die Stadt und näherte sich im Tiefflug dem Palast.

Kailard hockte auf einer umgestürzten Marmorsäule und ließ die Beine baumeln.

»Meister Kailard«, rief Tak beim Landen, »du siehst erholt aus.«

Kailard strahlte und sprang von der Säule. »Nicht nur erholt, mein lieber Tak – sondern geheilt.«

Cord hatte ihn kaum wiedererkannt. Aufrecht und gestärkt kam Kailard ihnen entgegengelaufen.

»Du warst im Born?«, fragte Cord. »Während des Angriffs?«

Kailard breitete die Arme aus. »Warum denn nicht? Die Tore standen einladend weit offen, die Wachen hatten Besseres zu tun, als einen humpelnden Greis aufzuhalten. Also bin ich hineinspaziert.«

Er wirbelte einmal um die eigene Achse. »Seht mich an! Es hat funktioniert.«

Cord trat näher und betrachtete Kailard. Aus dem gebeugten, kränklichen Alten war ein neuer Mensch geworden – aufgerichtet, lebendig, fast unheimlich vital.

*Vielleicht*, dachte Cord, *besteht Hoffnung.*

Schließlich konnte er es nicht länger zurückhalten. »Weißt du, wo Sina ist?«

Kailard schüttelte den Kopf. »Aber dein Gefährte Arnold ist weitgehend unverletzt – zumindest körperlich. Was seinen Geisteszustand betrifft, habe ich allerdings so meine Zweifel. Er meinte, er und *Wildron* hätten nun eine *besondere* Beziehung.«

Walter runzelte die Stirn und raunte Cord zu: »Für mich ist das nichts Neues. Mir war schon immer klar, dass Arnie verrückt ist.«

»Und du bist Walter?« Kailard musterte Walter. »Bist du dir sicher?«

Walter sah verdutzt zu Cord. »Wer ist der Typ? Was will der?«

»Ich will wissen, wer du bist«, beharrte Kailard. »Und wie du hierhergekommen bist.«

Eindringlich sah er Walter an. »Hexe Freita hat dich in diese Welt gesetzt. Ich will lediglich wissen, wie sie das vollbracht hat, was eigentlich unmöglich ist. Oder anders gesagt – ich will wissen, *was* sie tatsächlich vollbracht hat.«

Für einen Augenblick verschlug es Walter die Sprache. Dann bebte er vor Wut.

»Ich weiß, wer ich bin! Auch wenn mir dieser Körper fremd ist – ich bin Walter!«

Kailard lächelte selbstsicher.

»Schluss jetzt!«, fuhr Cord dazwischen. »Er ist Walter. Ich glaube ihm.«

»Weil du glauben willst, was du glauben musst«, erwiderte Kailard ruhig. »Weil jede andere Erklärung dich zerbrechen würde.«

Cord schnappte nach Luft, wollte widersprechen – doch da explodierte der Schmerz.

Wie aus dem Nichts krampfte sich sein Innerstes zusammen, und etwas Kaltes, Gnadenloses griff nach seinen Eingeweiden. Seine Beine gaben nach.

Er fiel, wollte schreien. Doch es kam nur ein röchelndes Keuchen.

»Um Himmels willen!«, rief Tak.

Kailard kniete sich sofort zu ihm, drehte ihn auf die Seite, tastete den Puls.

»Mein Freund ist krank!«, rief Walter panisch. »Er hat irgendeinen Anker!«

Kailard riss Cords Hemd hoch – und erstarrte.

Schwarzes Blut sickerte aus dem Nabel. Rundherum eine kreisrunde Entzündung – gerötet, geschwollen, heiß.

»Wir müssen ihn sofort zu diesem Born bringen«, rief Walter.

Doch Kailard schüttelte den Kopf.

»Der Born hilft gar nichts – nicht, solange er ein beschädigtes Mar'Shaval in sich trägt. Außerdem haben Skallahats Leute ihn bereits eingenommen.«

»Sina ...«, keuchte Cord. »Und Arnie ... wir müssen sie finden ... Mila ... Observatorium ...«

Cord hörte kaum noch, was um ihn geschah. Das Letzte, was er wahrnahm, war Kailards Stimme – leise, eindringlich, an Tak gerichtet: »Wir müssen ihn zum Portal bringen. Nur noch der Schrat ist imstande, ihn zu retten.«

## Kapitel 67

»Sei gegrüßt, Xervacs.«

Der Eisenfürst stemmte die Hände in die Hüften und blickte vom Feldherrnhügel zur brennenden Hauptstadt des Reichs hinüber.

»Xervacs, mein Lieber. Hättest du nicht wenigstens den Palast stehen lassen können? Wie soll man inmitten dieser Trümmerlandschaft angemessen residieren?«

»Wolltest du den Prunk oder das Reich?« Der Sturmjäger legte seine Pranke auf die Schulter des Fürsten. »Jeder ist verwundbar, Aido. Besonders dann, wenn er dies vergessen hat. Sieh sie dir an! Sie glaubten, ihr Schild würde sie ewig schützen. Doch als der Turm zerbrach, fegten wir sie fort. Wenn der Angriff rollt, dann rollt er. Du weißt, wie es läuft.«

Fürst Skallahat rümpfte die Nase. »Dennoch hatte ich mir den Einzug in Zanmathar immer etwas majestätischer vorgestellt.«

»Vergiss das Brimborium. Unsere Ahnen können stolz sein auf uns. Denn wir sind es, die deren Werk vollendet haben. Das ist alles, was zählt – und dass der Born bei all dem heil geblieben ist.«

*Meine Ahnen*, dachte sich der Fürst. *Du bist nur ein Sturmjäger – geschaffen von mir, deinem Herrn.*

»Hast du Sina in Sicherheit gebracht?«, fragte er.

»Die Königin hält sie als Geisel.«

Skallahats Blick verfinsterte sich. »Wieso ist sie nicht hier?«

»Weil sie davon besessen ist, diesem Mirling hinterherzulaufen. Ich bin nach wie vor der Meinung, wir sollten ihn dem Halkwesen überstellen.«

»Um in der Gunst der Adorianer zu steigen, die sich keinen Deut um Dradora scheren? Nein, mein Lieber. Sina und der Bengel werden sich auf unsere Seite schlagen, sobald sie verstehen, was hier gespielt wird.«

»Aber nur, falls sie nicht allzu nachtragend sind«, fügte Xervacs hinzu und holte aus einer Vorratskiste zwei Metallkrüge und eine Flasche Wein. Er füllte die Krüge und reichte einen dem Fürsten.

»Zum Wohl, König Skat Aido Skallahat. Auf unseren Sieg.«

Der Eisenfürst nippte am Krug. »Diese Schlacht mag geschlagen sein, doch der Krieg ist erst gewonnen, wenn die Fürsten die geänderten politischen Verhältnisse akzeptieren. Beim Jadefürsten wird Diplomatie alleine nicht genügen.«

»Daher werde ich einen Teil der Truppen an den Wüstenrand verlegen, mitsamt den Skreyt-Batterien. Sei unbesorgt, der Krönungszeremonie wird nichts im Wege stehen.«

Aido ließ den Wein langsam die Kehle hinunterrinnen und suchte nach dem Genuss, der sich nicht einstellen wollte.

*Ich bin am Ziel angekommen*, kicherte er in sich hinein. *Doch spüren? Spüren tu ich rein gar nichts.*

Er nahm noch einen Schluck.

*Weil es nicht mein Ziel war, sondern deines, mein Vater. Es war dein Ziel, dem ich mein Leben gewidmet habe. Und es war das Ziel deines Vaters.*

Er dachte an den Tunnel, dessen Bau seine Vorfahren begonnen hatten, und den er heute fertiggestellt hatte. Es war das, was er seinem Vater am Totenbett hatte schwören müssen: den Tunnel fertigzustellen, um Zanmathar einzunehmen. Nicht weniger und nicht mehr.

*Und jetzt erwartest du von mir, dass ich für dich König werde? Was noch alles?*

Er stellte sich vor, was geschehen wäre, wenn er bei Arnamma geblieben wäre, anstatt nach Lorkmart zurückzukehren. Zusammen mit Arnamma hätte er seine Tochter Lynah aufwachsen sehen, und seine Enkeltochter in den Armen gehalten.

Aido spülte den letzten Schluck hinunter.

Er wusste, weshalb der kostbare Wein aus Mir heute so fahl schmeckte.

Den Grund hatte er schon lange geahnt.

Doch jetzt, wo es vollbracht war, bestand kein Zweifel mehr.

Er atmete tief durch und seine Gedanken kehrten zu dem Gespräch mit dem Halkwesen zurück – und dessen erschütternder Andeutung. Sollte es tatsächlich diesen Zeitstaub geben, den der Zeitdämon bei seiner Reise hinterlässt – und der ihm einen Weg zu Arnamma weisen könnte?

Diese Vorstellung raubte ihm den Atem.

Und als sein Herz zu rasen begann, wusste er: Er würde diesen Weg suchen – und wenn er ihn durch alle Zeiten verfolgen müsste.

»Na endlich!«, sagte Xervacs. »Lächeln steht dir besser als trübseliges Grübeln.«

»Sag mir, mein lieber Xervacs. Was hieltest du davon, wenn ich auf die Krone verzichtete?«

Der Sturmjäger sah ihn überrascht an, dann begann er laut zu lachen.

»Ich scherze nicht.«

Das Lachen erstarrte zu einer Grimasse. »Wer sollte die Krone tragen, wenn nicht du?«

»Das ist doch offensichtlich.«

Xervacs sah ihn gespannt an. »Sag schon.«

Aido lächelte dünn. »Natürlich Sina.«

Xervacs spannte sich an, als hätte ihn ein Schlag getroffen. »Bist du wahnsinnig? Sie hasst uns und steht unter der Fuchtel dieses Bengels.«

»Ich bin mir sicher, sie ist es, die den Knaben um ihren Finger wickelt. Und der Hass wird sich legen.«

»Was soll dieses Gerede? Bist du von Sinnen? Glaubst du, ich würde ihr jemals dienen? Oder einer der anderen Sturmjäger. Eher werde ich ...«

»Eher wirst du dir die Krone nehmen?«

»Warum nicht? Ich bin ein Skallahat – wie du.«

»Oh nein!«, belehrte der Fürst. »Nicht wie ich.«

Die Muskeln des Sturmjägers verspannten sich. »Weshalb sollte ich keiner sein, wo mich doch ein Skallahat erschaffen hat, sein Blut in mir fließt, ich seine Erinnerungen in mir trage?«

»Weil du kein Mensch bist«, antwortete Aido – und bereute es sogleich, denn er hatte mit seinen Worten den wunden Punkt seines wichtigsten Sturmjägers getroffen.

Xervacs wandte sich von ihm ab und sah über die brennende Stadt.

»Und doch bin ich ein Wesen aus Fleisch und Blut.«

Er drehte sich um, trat ganz nah an den Fürsten und blickte ihm von oben herab tief in die Augen.

»Denkst du etwa, vor den Göttern zählst du mehr als ich? Nur weil dein Geist in den Körper eines Menschen geboren wurde und meiner in den eines Sturmjägers? Ich hatte genauso wenig Einfluss auf meine Geburt wie du auf die deine. Mein Denken, Fühlen und Handeln steht dem eines Menschen in nichts nach. Auch ich empfinde Schuld, wenn ich – auf deinen Wunsch hin – eine ganze Arbeitersiedlung bei Adoria Gaad auslösche und dabei in die Augen Unschuldiger blicke.«

Stille.

»Sag es, Xervacs. Was willst du wirklich?«

»Wertschätzung.«

»Und die Krone?«

»Ja, falls du sie wegwirfst.«

Langsam zerdrückte Xervacs den Krug in seiner Pranke. Der verbeulte Metallklumpen fiel scheppernd zu Boden.

»Beruhig dich«, beschwichtigte der Fürst. »Die Krone ist noch nicht errungen, und Wildron Wileba noch nicht besiegt. Also lass es uns zu Ende bringen. Das andere klären wir zur rechten Zeit.«

Skallahat bestieg seinen Gleiter. »Komm schon, begleite mich. Wir sehen uns die Lage aus der Luft an, während Szilkas die Stellung hier unten hält.«

Xervacs zögerte, dann stieg er ebenfalls auf einen Gleiter und folgte dem Fürsten.

## Kapitel 68

»Öffne das Portal, Vater!«

Cord stützte sich auf die Ellbogen und blinzelte durch das hohe Gras zu Kailard hinüber, der mit den Fäusten gegen eine Felswand trommelte. Die Sonne ließ die in den Felsnischen aufgestellten Statuen erstrahlen.

Cord erkannte den Ort. Hier hatte sich das Tor zwischen den Welten geöffnet. Hier hatte seine Reise durch Dradora begonnen.

Ein Schuss riss ihn aus seinen Gedanken.

»Komplett daneben.« Tak lachte. »Versuche es noch mal, bleicher Walter, und enttäusche mich nicht. Denke an meine Worte. Tief einatmen, Blick aufs Ziel richten und beim Ausatmen lässt du es krachen. Dann findet das Geschoss seinen Weg wie von selbst. Nicht einmal das Halkwesen könnte vorbeischießen. Also, reiß dich zusammen und tu, was ich dir aufgetragen habe.«

Walter trug eine Unterarmwaffe der Leibwächterinnen und zielte auf einen kahlen Baumstamm am gegenüberliegenden Ufer des Baches, in dem Cord mit seinen Freunden nach ihrer Ankunft gebadet hatten.

Er feuerte.

Das Geschoss schwenkte in einem sanften Bogen auf den Stumpf und zersplitterte das Holz.

»Jawohl«, jubelte Walter und riss die Arme empor.

Tak klatschte in seine Pranken. »Na, wer sagt's denn? Noch ist nicht alle Hoffnung verloren, bleicher Knabe. Und gleich noch mal. Dort der Busch am Ufer, er greift dich an.«

Kailard pochte wieder gegen den Fels. »Hier ist Kailard. Ich bin gekommen, um meine Mutter zu retten. Und ich bringe dir Cord, den Jungen, den du nach dem Heilmittel geschickt hast. Du musst uns zu dir lassen, wenn du Mutter helfen willst. Also öffne endlich das Portal.«

»Es ist doch auf«, rief Cord mit dünner Stimme und deutete auf einen schillernden Fleck an der Wand. Mühsam erhob er sich.

Kailard eilte herbei, um ihn zu stützen.

Cord wankte zu der Stelle, an der das Schillern erschien – in der Hoffnung, dass es kein Trugbild war, sondern ein wirklicher Riss in der Welt.

»Hier ist es.«

Cord legte die Hand auf den Fels – und spürte einen kaum wahrnehmbaren Widerstand, als bestünde die Wand aus flüssigem Glas. Dann gab der Stein nach, und fahles Licht sickerte hindurch. Das Tor in die andere Welt war offen.

Der Schrat kauerte in einer Ecke des Kellergewölbes. Tris Tarnaha lag eingehüllt im Kokon auf dem Steintisch. Das einstige Wurzelgeflecht, das die Öffnung im Mauerwerk verschlossen hatte, war verschwunden.

Cord packte die Kante des erhöhten Kellerbodens und zog sich mühsam hinauf.

Kailard folgte ihm und blieb vor seiner Mutter stehen. Mit zitternden Fingern strich er über das Gespinst.

Der Schrat erhob sich und sah Kailard lange an.

»Aus dir ist ein Mann geworden.«

»Nicht nur das. Ich war sogar schon einmal ein Greis, Vater.«

»Hat der Junge das Heilmittel beschafft?«

»Es ist hier«, sagte Kailard und holte eine Ampulle aus seinem Umhang hervor. »Jedoch nützt es ihr nichts. Die enthaltene Menge reicht niemals für Mutters Genesung.«

»Dann hat der Junge versagt. Sein Leben ist verwirkt.«

»Nein«, forderte Kailard energisch. »Er ist der Knuh'Likat Haidamar. Er ist imstande, dich und Mutter von diesem Ort zu befreien. Doch zuvor musst du ihn freigeben, denn dein Anker frisst ihn auf.«

Der Schrat lachte verächtlich. »Wir sind auf ewig gefangen. Nur Len Harvekil hätte den Fluch von uns nehmen können. Doch der ist tot und wir sind bis zu unserem Tod an das Portal gebunden.«

»Nicht an das Portal, sondern an die Portalsperre. Und die werden wir einreißen.«

»Das ist unmöglich«, sagte der Schrat und schüttelte den Kopf. »Auch wenn du ein Greis warst, so bist du offensichtlich ein Kind geblieben.«

»Hör mir zu, Vater. Du musst doch selbst bemerkt haben, dass das Portal in seine aktive Phase getreten ist, und die Sperrwirkung nachlässt. Die Zeit ist so günstig wie damals, als ich es gemeinsam mit Harvekil versucht hatte. Auch er hätte die Sperre brechen müssen, um euch zu erlösen.«

Kailard deutete auf Cord, der sich auf den Steinboden gekauert hatte. »Damals sind wir gescheitert – doch jetzt haben wir *ihn*. Er ist der Schlüssel.«

»Wie willst du es tun?«, fragte der Schrat.

»Die Sperre wird durch die Statuen gestützt. Daher müssen wir sie zerstören. Falls das nicht ausreicht, wird Cord die Sperre endgültig lösen. Zuvor jedoch musst du ihn vom Anker befreien.«

»Pah! Der Junge ist ein Mirling. Wie sollte ausgerechnet er der Knuh'Likat Haidamar sein?«

»Du weißt es!«, rief Kailard. »Du weißt, was Mutter getan hat. Das erklärt, weshalb ausgerechnet er es sein könnte. Hinzu kommt Elgat. Er kontrolliert die Waffe. Die Krir haben ihn durch die Wüste getragen. Und er hat Freita aus der Nebelwelt befreit. Das sind Hinweise genug.«

Mit kalten Augen blickte der Schrat zu Cord hinab. »Hebe den Knaben auf den Altar.«

Cord lag zitternd neben Tris Tarnahas umwobenem Körper auf der kalten Steinplatte. Die seidenen Fäden des Kokons kitzelten an seinem Arm wie das Spinnennetz einer fremden Welt – weich, unheimlich, lebendig.

Das goldene Licht Dradoras fiel durch das Portal und warf Schatten auf die feuchten Wände des Gewölbes.

Verschwommen erkannte Cord die Umrisse Walters und Taks, die vor der Öffnung verharrten – wie Wächter zwischen zwei Welten.

Dann explodierte das Universum.

Der Schrat bohrte seine knorrigen Hände in Cords Leib – so tief, als wollte er nach dem Mark seiner Seele greifen. Etwas in ihm schrie. Schmerz wie flüssiges Feuer wühlte in seinen Eingeweiden. Cord krümmte sich, rang nach Luft, doch ein einziger stummer Schrei blieb in seiner Kehle stecken.

Er hob den Kopf und sah panisch an sich herab – aus Angst, ein klaffendes, blutiges Loch zu finden, aus dem seine Innereien quollen.

Doch er fand nur ein dünnes Rinnsal schwarzen Blutes um den Nabel.

»Du bist frei«, sagte der Schrat. Seine Stimme klang hohl.

Kailard trat vor, öffnete die Ampulle und goss den Nebel mit zitternder Hand über Cords brennende Wunde.

Ein fahler Dunst stieg auf, kroch unter Cords Haut wie heilender Frost. Der Schmerz wich, doch hinterließ er eine Leere, die sich anfühlte wie das Echo eines zerrissenen Bandes.

»Was tust du da?«, schrie der Schrat. »Das war für sie bestimmt!«

»Vater, begreif es endlich!«

Kailards Stimme zitterte vor Zorn und Verzweiflung. »Nur im Born hat sie eine Chance auf Rettung. Die Ampulle gehört Cord, denn seine Wunde *muss* heilen. Wenn wir die Sperre nicht durch die Statuen brechen können, ist er alles, was uns bleibt.«

Er drehte sich nicht um, richtete kein weiteres Wort an den Schrat.

Kailard sprang durch das Portal zurück und schwang sich auf Taks Rücken. Walter folgte. Der Cyryg spannte die Flügel und stieg empor.

Cord legte eine Hand auf seinen Bauch.

Der Schmerz war verklungen. Zurück blieb nur diese Leere – als hätte etwas in ihm die Richtung verloren.

Der Anker war fort. Das, was ihn gefesselt, ihn gequält, ihn von innen zersetzt hatte.

Aber auch das, was ihn gerettet hatte.

Nur wegen des Ankers hatte ihn die Muhme gehen lassen. Nur

deshalb war er mit Walter aus der Nebelwelt entkommen.

Ein Fluch – und ein Schutz zugleich.

»Erwache.«

Kailards besorgte Stimme riss Cord aus einem ruhelosen Traum.

Er war den blau leuchtenden Flugwesen begegnet, die in den schwarzen Türmen fürsorglich ihren Nachwuchs aufgezogen hatten. Die als tödliche Skreyts die Hauptstadt Dradoras nach dem Einsturz des Schildturms verwüstet hatten.

In seinem Traum segelte Cord friedvoll mit ihnen über die Wüste bis hinein ins Karsangebirge. Der Schwarm verschwand in einer Höhle, die tief in den Fels führte, und erreichte eine riesige Halle. In ihrer Mitte donnerte eine dampfende Maschine aus Stahl.

Die Flugwesen reihten sich vor der Apparatur auf. Eines nach dem anderen stürzte sich in die kreischenden Walzen, die sich gegeneinander drehten.

Zwischen den rotierenden Zähnen wurden sie zermalmt – zu leuchtendem Blaubrand.

»Erwache«, wiederholte Kailard.

Cord riss die Augen auf. Das Echo des Traums hallte noch in seinem Schädel. Vor ihm beugte sich Kailard – das Gesicht angespannt, voller Sorge.

»Es ist missglückt«, sprach Kailard. »Die Statuen sind nicht mehr, doch die Sperre hält nach wie vor stand.«

Cord stieg vom Tisch. Die Entzündung am Bauch war abgeklungen, die Schmerzen verflogen – doch ein Schatten lag über seinem Inneren.

»Auch von dieser Seite des Portals wird die Sperre gestützt«, sagte er leise, zog Elgat aus dem Rucksack und umklammerte den Griff. »Wir gehen nach oben.«

Gefolgt von Walter und Kailard verließ Cord den Kellerraum durch das Loch im Mauerwerk und stieg die Stufen hinauf – hinaus in eine eisige, vom Sturm gepeitschte Winternacht.

# Kapitel 69

»Halt, wer da?«

Die Stimme verbarg sich hinter einem grellen Lichtkegel, der aus dem Nichts aufgeflammt war.

Walter feuerte.

Der andere schrie, stürzte in den Schnee – und blieb liegen.

Cord riss den Kopf herum.

»Verflucht!« Er starrte Walter an. »Was hast du getan?«

Es war nicht nur der Schuss. Es war die Selbstverständlichkeit in Walters Haltung, die Ruhe in seinem Blick. Cord spürte, wie sich eine unbehagliche Vorahnung, die er tief in sich getragen hatte, an die Oberfläche drängte. Hatte Kailard womöglich mit seinen Andeutungen recht? War es überhaupt Walter, den die Muhme in diese Welt gebracht hatte?

Walter zuckte mit den Schultern. »Walter kann es, und Walter tut es.«

Für einen Moment wirkte er, als wollte er etwas hinzufügen, doch er wandte den Blick ab.

»Bist du übergeschnappt?«, fuhr Cord ihn an.

»Der Gegner hat uns angegriffen.«

»Das hat er nicht. Und vielleicht war er auch kein Gegner.«

»Aber er hätte jederzeit schießen können.«

»Und jetzt? Willst du ihn dort krepieren lassen?«

Cord lief zu dem Verwundeten, nahm dessen Taschenlampe und betrachtete das Einschussloch in der Schulter des Wachmanns. Cord kannte ihn. Er hatte im letzten Jahr die Schule verlassen und war zum Wachdienst eingezogen worden.

»Ist er tot?«, fragte Walter.

Kailard ertastete den Puls des Jungen und untersuchte dessen Verletzung.

»Ohne Hilfe wird er rasch verbluten.«

»Kannst du ihn versorgen?«, fragte Cord.

Kailard nickte.

In der Dunkelheit tönte das knackende Geräusch eines Funkgerätes.

Cord riss die Lampe herum.
Eine Frau in der Uniform des Wachdienstes.
In der einen Hand hielt sie das Funkgerät. In der anderen eine Pistole.
»Keine Bewegung!« Ihre Stimme bebte. »Und fasst ihn bloß nicht an!«

Cord erkannte sie. Es war Lara Roth, die Schwester von Emma, dem Rebellenmädchen, das seit dem Überfall Ibnidai Unadils auf Sinas Leute vermisst war.
»Ich weiß, wer du bist«, rief sie. »Die Polizei fahndet nach dir und deinen Komplizen. Der Bürgermeister höchstpersönlich warnt vor euch.«
Sie richtete ihre Pistole abwechselnd auf Cord, Kailard und Walter.
»Ich nehme euch fest – alle drei.« Ihre Stimme überschlug sich. »Denkt bloß nicht an Flucht, die Drohnen sind alarmiert und werden jeden Moment eintreffen.«
Cord reichte Kailard den Dolch und hob beide Hände.
»Lara, wir sind keine Kriminellen. Du weißt genau, wer hier die wahren Verbrecher sind, wer Michael Wagner auf dem Gewissen hat und wer die Bürger in Unfreiheit hält.«
»Schweig besser! Du machst alles nur noch schlimmer für dich.«
»Nimm deine Waffe runter, Lara«, sprach Cord langsam und eindringlich. »Lass uns die Wunde deines Partners versorgen. Wir müssen die Blutung stoppen. Und lass uns unsere Aufgabe erledigen, dann verschwinden wir.«
»Von wegen! Du wirst dich für deine Vergehen vor Gericht verantworten. Glaubst du, du könntest deiner gerechten Strafe entgehen?«
»Es gibt keine Gerechtigkeit in Anburg. Das weißt du. Michael Wagner wusste es. Und deine Schwester wusste es ebenfalls.«
Lara rang nach Atem. »Lass Emma aus dem Spiel. Noch ein Wort, und ich knall dich auf der Stelle ab.«
Cord senkte die Hände. »An dem Abend, an dem sie verschwand, habt ihr euch gestritten. Wegen eines Lippenstifts.«
»Woher ...« Lara schluckte. »Woher weißt du das? Du kannst das nicht wissen.«
»Ich weiß es von ihr selbst. Sie sagte, ihr tut der Streit leid.«

Laras Finger zuckten am Abzug. Ihre Hand zitterte.

Dann sackte die Pistole ein Stück ab, als sei sie plötzlich zu schwer geworden.

»Sie ... sie hat das wirklich gesagt?« Ihre Stimme brach. »Wo ist sie?«

Cord zögerte. »Das ist kompliziert.«

»Ist sie tot?«, fragte Lara.

Cord schüttelte den Kopf. »Nein, das meinte ich nicht ...«

Lara biss sich auf die Lippen und dachte nach. »Behauptest du etwa ... an den Geschichten über die Hexe sei etwas dran?«

Ein kurzes Lachen entwich ihr, doch es klang hohl, als hätte sie sich selbst überrascht.

»Die Hexe liegt im Sterben – wie dein Partner. Also lass uns beide retten.«

Sie sah ihn mit großen feuchten Augen an. »Was hast du vor?«

»Während Kailard versucht, deinem Partner zu helfen, muss ich die Antennen zerstören.«

Lara lachte schrill. »Das ist doch völliger Blödsinn.«

Sie richtete wieder die Pistole auf Cord. »Sag schon! Was hast du mit Emmas Verschwinden zu tun?«

Kailard hob die Hand und sprach mit starkem dradorianischen Akzent: »Er sagt die Wahrheit. Du solltest ihm vertrauen – und nicht den Marionetten des Mercatoriats. Er rettet dich. Von den anderen hast du keine Rettung zu erwarten. Und vertraue mir, du und dein Gefährte habt nichts zu befürchten.«

»Von wegen! Ihr habt Bruno niedergeschossen.«

»Daher werde ich nun seine Wunde versorgen.«

Mit ausgestrecktem Arm hielt er den Dolch fest umschlossen und sah Cord an. »Spür es. Leg deine Hand auf meine.«

Durch Kailards Handrücken hindurch erfühlte Cord das Vibrieren der Waffe.

Er erschrak – denn er vernahm eine Stimme, die aus der Klinge heraus tonlos zu ihm sprach und ihn aufforderte, nach dem Schwert zu verlangen.

»Befiehl es!«, forderte Kailard.

*Elgat*, hörte Cord seine innere Stimme. *Ich rufe dich.*

*Werde, was du bist – mein Schwert.*

Als sich Elgat verwandelte, krachte ein Schuss.

Lara hatte den Abzug durchgedrückt.

Die Kugel zischte über Kailards Kopf hinweg und riss einen Zweig aus der Tanne hinter ihm.

»Ich sagte, du sollst mir vertrauen, Mädchen. Steck die Waffe weg, wenn dir am Leben deines Gefährten noch etwas liegt.«

Kleine Blitze tanzten über das Schwert und Kailard berührte mit der Klingenspitze die blutende Wunde des Verletzten.

Rauch stieg auf und es roch nach verbranntem Fleisch.

»Nimm Elgat und kümmere dich um die Sperre. Ich bin hier noch nicht fertig.«

Cord umfasste das Schwert mit beiden Händen und vernahm Elgats stilles Raunen:

*In Stahl gebannt, ein Wesen fremd,*
*der Gefangene sich Elgat nennt.*
*Gefesselt im Schwert, dem Herrn verpflichtet,*
*auf dessen Geheiß die Lebenden richtet.*
*Macht verleiht es, stark und kühn,*
*im Schatten schlummert sein Bemühen.*
*Preis der Macht, im Dunkel steckt,*
*ein Flüstern, das Begierde weckt.*
*Im Stahl verborgen, leises Mahnen,*
*jede Macht folgt eignen Bahnen.*
*Hüt' dich, Herr, sei wachsam klug,*
*denn Elgat fordert sein' Tribut.*

Cord holte aus – und ließ die Klinge aufleuchten.

Dann verglühte die Antenne in einem Feuerball. Das Schwert hatte den Blitz in die Spitze des Masts gelenkt.

Walter jauchzte. »Jetzt bin ich dran. Ich nehme die da drüben.«

Er feuerte eine Salve und zerfetzte die zweite Antenne.

»Volltreffer! Waffenmeister Tak würde stolz auf mich sein.«

Eine nach der anderen zerstörten Cord und Walter die Antennen – und machten sich auf den Weg zurück zu Kailard.

Der Magier hockte neben dem Verwundeten. Lara hatte eine silberfarbene Rettungsdecke um ihren in der Kälte bibbernden Kameraden gelegt.

Auf dem Weg dorthin huschte ein flüchtiges Zucken durch Cords Augenwinkel. Ein unstetes Flimmern, wie das diffuse Schillern einer Fata Morgana. Für einen Moment hielt er den Blick reglos und starrte gebannt auf den Felsvorsprung, der den versteckten Keller überwölbte. Doch sobald er sein Augenmerk darauf gerichtet hatte, war die Erscheinung augenblicklich verschwunden. Es war, als wollte sie sich seiner Betrachtung entziehen. Kaum hatte er den Kopf zur Seite gedreht, kehrte das seltsame Flackern zurück und umspielte die äußersten Ränder seines Gesichtsfeldes. Ein beharrliches Tänzeln schimmernder Fetzen, die jeder Fokussierung trotzten. Es war, als drängte sich eine unwirkliche Existenz in sein Bewusstsein – und wich zurück, sobald er versuchte, sie zu erblicken. Je mehr er sich anstrengte, desto flüchtiger wurde sie.

Walter tippte ihn besorgt an. »Hast du wieder Schmerzen im Bauch?«

Cord schüttelte den Kopf und deutete auf den Verwundeten. »Wie geht es ihm?«

»Die Wunde ist versorgt«, antwortete Kailard. »Doch die Kälte raubt ihm die Kraft.«

»Wann kommen deine Leute?«, fragte Cord Lara.

Sie sah auf ihre Armbanduhr und presste die Lippen zusammen. »Ein Transporter ist unterwegs – gefolgt von einem Kampfdrohnengeschwader.«

Sie sah ihn eindringlich an, so als versuchte sie, seine Gedanken zu ergründen. »Ich weiß nicht, was du tatsächlich verbrochen hast – und weshalb seit eurem Verschwinden rund um die Uhr Wachen an diesem Ort postiert sind. Aber ich weiß, dass sie dich töten werden. Davor kann dich auch deine seltsame Waffe nicht schützen. Genaugenommen bist du schon tot. Und wahrscheinlich sind wir das alle.«

Sie wischte sich eine Träne aus dem Auge und drehte ihm den Rücken zu.

»Lara ...«, setzte Cord an.

Sie sog zitternd die kalte Luft ein und ballte kurz die Hände zu Fäusten.

»Ich weine nicht um mich, sondern um meine Mutter und meinen Vater.«

»Niemand stirbt heute«, sagte Cord. »Wir ziehen uns nach unten zurück.«

Gemeinsam hoben sie Bruno an, trugen ihn in den Kellervorraum und legten ihn auf zwei aneinandergeschobene Holzkisten.

Lara kniete neben ihm und hielt seine Hand.

»Hier bist du sicher vor der Kälte«, flüsterte sie. »Die Hilfe wird jeden Moment eintreffen. Sie werden sich um dich kümmern.«

Doch während sie sprach, senkte sie den Blick – als zweifelte sie selbst an ihren Worten.

Der Schrat trat aus der Maueröffnung. Seine Stimme klang dumpf und endgültig.

»Es ist misslungen – die Sperre nicht gebrochen.«

»Öffne das Tor, Vater«, flehte Kailard. »Wir müssen vor dem Mercatoriat fliehen.«

»Und deine Mutter? Willst du sie sterben lassen?«

»Die Häscher des Mercatoriats werden jeden Moment hier unten auftauchen.«

Der Schrat schüttelte den Kopf.

»Dich werde ich passieren lassen, nicht aber die anderen. Folge mir.«

»Vater, ich flehe dich an ...«

»Wartet!«, unterbrach Cord. »Vielleicht gibt es noch eine andere Möglichkeit. Nimm Elgat und begleite mich nach oben.«

Er drückte Kailard das Schwert in die Hand und stieg die Treppe empor.

## Kapitel 70

»Wen haben wir denn da?«

Toni schnippte grinsend eine glimmende Zigarettenkippe in den Schnee. Breitbeinig stand er inmitten seiner Hunde und lud eine Maschinenpistole durch.

»Am Ende erwischen wir immer jeden. Nicht wahr, Fred?«

»Und wenn nicht wir, dann unser eifriges Fräulein Roth«, antwortete Fred und zwinkerte Lara zu, die gerade aus dem Keller stieg.

»Zumindest den hier haben wir.« Fred deutete auf Cord. »Aber hey, Fräulein Roth – wo sind die anderen beiden Ausreißer?«

»Hier ist nur einer der Gesuchten«, antwortete sie knapp.

»Also schön.« Toni hob die Maschinenpistole. »Wo sind deine beiden Komplizen?«

»Nicht hier«, antwortete Cord.

Walter trat kichernd aus dem Keller. »Je nachdem, wie man's sieht.«

»Stehen bleiben, Witzbold!«, befahl Toni. »Hände hoch und hinknien. Ihr alle.«

»Warum sollten wir das tun?« Walter richtete seine Unterarmwaffe auf Toni.

Sofort zog Fred eine Pistole aus dem Holster. »Runter mit dem Ding. Was auch immer das ist.«

»Wartet!«, rief Lara. »Sie können uns vielleicht zu Emma führen.«

»Das ist mir egal. Nimm dem Albino endlich das Gerät weg, oder ich knall ihn auf der Stelle ab.«

»Nur zu. Ich fürchte euch nicht – ich war schon einmal tot. Willst du es auch mal versuchen?«

Toni öffnete den Mund, nur um ihn stumm wieder zu schließen. Dann gab er seinen Hunden ein Zeichen. Sie bleckten die Reißzähne und stürmten knurrend auf Walter los, bereit zuzupacken und zu zermalmen, was sich ihnen in den Weg stellte.

Doch nur einen Augenblick bevor sie ihre Kiefer in Walters Fleisch schlugen, kam ihr Angriff abrupt zum Stehen.

Die Tiere erstarrten, als hätte eine unsichtbare Wand sie aufgehalten. Ihre zuvor gesträubten Nackenfelle legten sich, die Muskeln erschlafften. Die abgerichteten Wachhunde hatten sich in verängstigte Kreaturen verwandelt. Eingeschüchtert von einer Präsenz, die nur sie erfassen konnten, zogen sie winselnd die Ruten ein.

Fred und Toni tauschten verblüffte Blicke aus.

»Ich wiederhole mich nur ungern«, murmelte Fred und zog eine Augenbraue hoch, »aber dein Rudel braucht dringend eine Auszeit.«

»Verflucht, was wird hier gespielt?«, brüllte Toni. »Was ist das für ein Typ? Und was hat der meinen Hunden angetan?« Er fuchtelte mit der Maschinenpistole. »Verdammt, ich knall den Kauz auf der Stelle ab.«

»Schluss damit.« Kailard rammte Elgat mit Schwung in den Boden.

Ein Donnerschlag krachte durch die Luft und riss Toni und Fred von den Füßen.

»Es geht hier nicht um euch«, sagte Kailard. »Dies ist eine Familienangelegenheit. Und ihr werdet uns nicht länger im Weg stehen.«

Fred kratzte sich am Kinn und runzelte die Stirn, als würde er intensiv nachdenken. »Wieso habt ihr das nicht gleich gesagt?«

Toni sah auf die Uhr. »Na schön. Ihr habt noch etwa eine Minute Zeit, eure Familienangelegenheit zu klären, bevor die Drohnen eintreffen. Und ehrlich? Ich bin jetzt wirklich neugierig.«

Cords Herz pochte bis zum Hals und die Stille drückte auf ihn herab.

Er rang nach Atem, die Kiefer verkrampft.

Dann bestieg er den Felsen, unter dem der Keller lag.

Hier irgendwo hatte er das Flackern wahrgenommen.

Er schloss die Augen, holte tief Luft – und öffnete langsam die Lider.

Und da war es wieder. Am Rande des Sichtfelds waberte das Gewirr aus Lichtfäden.

Cord hob die Hände, als könnte er es ertasten. Erneut schloss er die Augen – und sah das Gitter durch seine geschlossenen Lider hindurch.

Sein Herz raste. Seine Knie zitterten.

*Das muss die Sperre sein!*

Die Lichter wirbelten umeinander. Keinerlei Struktur im fließenden Gewebe, die auf irgendeine Art Öffnungsmechanismus hindeutete.

Dann erinnerte er sich an das rotierende Licht in der Nebelwelt, das zur Ruhe gekommen auf den Ausgang wies.

Mit beiden Händen strich er über das flirrende Geflecht.

Seine Bewegungen breiteten sich als Wellen aus, durchdrangen sich, überlagerten einander – und im Zentrum entstand ein strahlendes Wellenmaximum.

Cord hielt den Atem an.

Die Welt schien stillzustehen.

Dann jagte ein heißes Beben durch seinen Körper.

Mit zitternden Händen griff er nach der Mitte des Gitters – und ließ es durch eine sanfte Berührung in sich zusammenfallen.

Augenblicklich verschwanden die Lichter.

Und die Portalsperre brach in sich zusammen.

Die Nacht zerriss – und warmes Tageslicht Dradoras ergoss sich in den winterlichen Wald. Schnee und Eis funkelten im grellen Licht des fremden Sterns.

Die Öffnung war riesig, überragte die Baumwipfel. Als sei das Portal geschaffen worden, um die goldene Flotte Haidamars hindurchzulassen.

*Und nichts Geringeres.*

## Kapitel 71

Cord sah zu den anderen hinunter, die in gleißendes Sonnenlicht getaucht waren und in die Welt jenseits des Portals hinübersahen.

Lara, Toni und Fred standen wie erstarrt da, die Augen weit aufgerissen.

Toni öffnete den Mund.

Das grelle Licht blendete ihn, und er hob die Hand vor die Augen.

»Was ist das?«, murmelte er und packte Fred am Ärmel.

»Siehst du das?« Seine Stimme zitterte.

Fred nickte langsam – wie in Trance.

»Was zur Hölle geht hier vor?«

Surrend und brummend trafen die Drohnen ein und postierten sich über Toni und Fred. Aus jeder ragte ein Gewehrlauf.

Unbeweglich verharrten sie in der Luft.

»Verflucht!«, rief Toni und fuchtelte wild zu Cord. »Verdammt noch mal – was hast du da gemacht? Was ist das?«

»Es ist eine Zuflucht«, antwortete Cord ruhig.

»Eine Zuflucht? Für wen? Wer sollte wovor fliehen?«

»Das wisst ihr. Falls nicht – ist es kein Ort für euch.«

Lara trat einen Schritt näher. Ihre Stimme war kaum zu hören.

»Hast du dort ... Emma getroffen?«

Cord nickte.

Sie sah ihn fassungslos an. »Ist das ... der Himmel?«

»Nein. Es ist weder Paradies noch Hölle. Die Hölle ... das ist, was all die Halunken aus unserer Welt gemacht haben. Angefangen vom Mercatoriat bis hin zu all den Pirschern und ihren Helfershelfern – sie durchdringen alles. Die Gesellschaft. Die Familien. Sogar unsere Gedanken. Sie umklammern uns, ersticken jeden Widerstand, saugen uns aus – und werfen unsere entleerten Körper weg, als wären wir nichts. Sie lassen Menschen verschwinden, verhaften sie, verurteilen sie, wie es ihnen beliebt. Zu ihrem Nutzen. Für ihren Gewinn. *Das* ist die Hölle.«

Schweigen.

Dann fuhr Cord fort:

»Ich verrate dir, was mit deiner Schwester geschah. Bürgermeister Wundertal hat sie als Opfergabe in die andere Welt verschachert.«

»Warum sollte er so etwas tun?«, fragte Fred leise.

»Wundertal ist todkrank. Und dort ...«, Cord zeigte nach Dradora, »dort gibt es einen Ort, an dem er Heilung findet.«

Plötzlich setzte sich das Drohengeschwader in Bewegung.

Es teilte sich: Die eine Hälfte flog auf das Portal zu – die andere eröffnete das Feuer.

Cord sah die Flammen, die gleichzeitig vor den Waffenrohren auf loderten und sich zu glühenden Wolken aufblähten.

Die Geschosse zeichneten sich deutlich vor dem Hintergrund ab.

Cord beobachtete, wie sie kamen. Langsam, zielstrebig – während der Rest der Welt erstarrt war.

Er wusste: Bliebe er stehen, würden alle Projektile mitten in sein Herz schlagen.

Doch er trat mühelos zur Seite – und die Kugeln verschwanden in den Weiten Dradoras.

Mit einem Donnerschlag schleuderte Elgat ein Feuerwerk aus Blitzen.

Sie schlugen den Drohnen fauchend und gleißen entgegen.
Die Drohnen feuerten ein letztes Mal.
Cord wich erneut aus – doch die Bewegung hatte ihre Leichtigkeit verloren, war schleppend und zäh. Seine Kraft schwand und er fiel zurück in den normalen Fluss der Zeit.
Elgats Blitze zerschmetterten die Drohnen.
Und Walter feuerte schreiend auf die herabstürzenden Trümmer.

Der Flügelschlag des Cyryg streifte Cords Rücken.
Tak war neben ihm gelandet.
»Respekt, Magier Cord. Du verfügst über außerordentliche Reflexe.«
Er nickte anerkennend. »Du hast doch nicht etwa vom Zeitstaub des Dämons gekostet?«
»Ein Andenken an Freita. Leider kann ich es nicht kontrollieren.«
Tak musterte ihn skeptisch. Dann beäugte er die riesige Portalöffnung.
»Und das konntest du ebenfalls nicht kontrollieren? Oder war es beabsichtigt, ein derart gewaltiges Loch in den Weltenteppich zu reißen?«

Zitternd stieg der Schrat mit dem Kokon in den Armen aus dem Keller.
Er war frei – und Tris Tarnaha war nicht mehr an diesen Ort gebunden.
Vielleicht konnte sie noch gerettet werden.
Vielleicht war es nicht zu spät.
»Lasst uns verschwinden«, sagte Cord und sprang vom Fels. »Die Miliz wird das nicht auf sich sitzen lassen. Sie schicken Verstärkung.«
Kailard verwandelte das Schwert in den Dolch und gab es Cord zurück. »Elgat gehört jetzt dir.«
Dann zog er eine Gottesträne hervor.
Cord erkannte sie: Es war das Gefäß, in dem die Königin den Seher gefangen gehalten hatte.
»Vater«, sagte Kailard, »steig mit Mutter ein. Es ist Zeit, euch zum Born zu bringen.«
Der Schrat schüttelte den Kopf.
»Nein. Nur Mutter.«

»Weshalb? Was ist mit dir?«

»Ich habe geschworen, Dradora zu schützen. Und das ist nicht möglich, solange das Portal offen steht.«

»Du willst es wieder schließen?«

»Ich will kontrollieren, wer es passiert.«

»In Ordnung.« Kailard reichte Cord die Gottesträne und nahm dem Schrat den Kokon ab.

»Ich gehe mit ihr rein«, sagte er zu Cord. »Mila ist ebenfalls drin.«

Cord schluckte.

»Du hast sie gefunden ... und Sina ... Arnie?«

Kailard schüttelte den Kopf.

Cord aktivierte die Gottesträne.

»Du weißt, was zu tun ist«, sagte Kailard und betrat mit seiner Mutter in den Armen den Kompressionsraum.

»Lara«, sagte Cord. »Du kannst nicht bleiben. Komm mit uns.«

Sie blickte in die fremde Welt. »Ich versteh das alles nicht ...«

Sie rang die Hände, trat einen Schritt auf Cord zu – und blieb abrupt stehen, als hätte sie Angst vor der Wahrheit. »Was geht hier vor sich? Was ist das für ein Ort?«

»Ein Ort der Freiheit – obwohl dort ein Krieg zwischen den Fürstenhäusern tobt. Komm mit uns. Das Regime wird niemanden davonkommen lassen, nach dem, was hier geschehen ist.«

Sie schüttelte den Kopf.

»Meine Eltern würden das nicht verkraften. Ich kann sie nicht zurücklassen.«

»Dann hol sie. Und verlasse Anburg gemeinsam mit ihnen.«

Cord wandte sich an den Schrat. »Würdest du sie passieren lassen?«

»Wenn sie reinen Herzens sind.«

Cord legte eine Hand auf Laras Arm. »Du darfst keine Zeit verlieren. Packt Proviant für ein paar Tage ein und wartet auf der anderen Seite. Ich hole euch.«

»Und Bruno? Ich kann ihn nicht hier zurücklassen.«

»Wir nehmen ihn mit rüber und kümmern uns um ihn«, sagte Cord.

»Niemals!«, kreischte Bruno. Er hatte sich aus dem Keller geschleppt und stützte sich gegen die Pforte des Felsenkellers. Wie unter Schockstarre glotzte er das Portal an. »Niemand schleppt mich dorthin – das kommt gar nicht in Frage.«

»Bruno, beruhige dich …«, versuchte Lara, ihn zu besänftigen, und trat auf ihn zu.

»Bleib, wo du bist!« Er zog ein Klappmesser aus der Hosentasche und reckte es ihr entgegen. »Wer mir zu nahe kommt, den stech ich ab. Ich weiß nicht, was hier gespielt wird. Aber ich werde es melden.«

Er sammelte all seine Kräfte und hastete an ihr vorbei. »Wer mir folgt, den stech ich ab!«

Lara sah ihm nach, bis er im Wald verschwunden war. Dann wandte sie sich wieder Cord zu. »Ich kümmere mich um Bruno und bringe ihn nach Hause.«

»Verliere keine Zeit. Und komm zurück. Das Tor wird dir offen stehen.«

Er biss sich auf die Lippe.

»Meine Mutter … sie macht sich große Sorgen …«

»Schon gut.« Lara deutete ein Nicken an. »Ich werd auch den Eltern der anderen beiden Bescheid geben.«

Dann rannte sie los.

Vom Rücken des Cyryg hob Cord die Hand zum Abschied.

»Ich werde Tris Tarnaha zum Born bringen«, versprach er dem Schrat.

Tak erhob sich, stieg über die Baumwipfel des Winterwaldes und preschte durch das Portal in das goldene Licht Dradoras.

Toni und Fred steckten sich schweigend eine Zigarette an.

Ohne ein Wort zu wechseln, sahen sie in die andere Welt hinüber.

Dann brachen sie auf.

Gefolgt von den Hunden betraten sie Dradora.

# Kapitel 72

Cord und Walter hielten sich an den Halteriemen der Cyryg-Rüstung, während sich unter ihnen die Nebelschwaden blutrot aus dem Karsangebirge ergossen und über Zanmathar senkten.

Die Bewohner waren geflohen und lagerten vor den Stadtmauern. Die Waffen waren verstummt. Fürst Skat Aido Skallahat hatte die Hauptstadt des Reichs eingenommen.

Tak umsegelte die Stadt in einem weiten Bogen, der bis in die Ausläufer des Gebirges reichte. Von dort steuerte er im Schutz des Nebels auf den Palast und den Born zu.

Cord hoffte, dass Tak die Orientierung im undurchsichtigen Grau behielt. Dass sie nicht an den Ruinen zerschellten oder ins Visier einer Flugabwehrkanone gerieten. Ein einziger Volltreffer – und sie wären verloren. Sie mussten bereit sein, bei Gefahr abzudrehen und im Nebel zu verschwinden.

Zwischen den Nebelschwaden traten erste Gebäude aus dem Dunst. Grau und leblos klammerten sie sich an die Hänge.

Nach einer weiten Kurve riss die Wolkendecke auf und gab die Sicht auf den Born frei. Ein steinernes Becken, geflutet mit einem wabernden Nebel, der aus sich heraus leuchtete.

Cord erkannte die Soldaten des Eisenfürsten an ihren purpurfarbenen Uniformen. Verwundete schleppten sich zum Becken, hinkten, krochen, wurden von Kameraden gestützt. Sie tauchten in den Born ein – und verließen ihn aufrecht und gestärkt.

Cord spürte, wie sein Herz schneller schlug. Er war dem rätselhaften Born ganz nahe. Würde es ihm gelingen, sein Versprechen einzulösen? Würden Tris Tarnaha und Mila geheilt werden?

Er strich über die Gottesträne, die um seinen Hals hing.

Das kreischende Zischen kam so plötzlich. So nah, dass eine heiße Druckwelle über Cords Haut peitschte.

Sein Herz setzte für einen Schlag aus.

Eine Flugabwehrkanone hatte das Feuer eröffnet.

In einer fließenden Bewegung zog Tak seine Peitsche. Der Knall durchschnitt die Luft wie ein Donnerschlag.

Eine unsichtbare Druckwelle fegte über die feindliche Stellung hinweg. In Sekundenbruchteilen verwandelte sich das massive Geschütz in dampfenden Schrott. Soldaten wurden wie Spielzeugfiguren durch die Luft geschleudert.

Und mitten im Chaos stand die Standarte des Eisenfürsten. Unberührt. Wie ein höhnischer Gruß an die zerschmetterten Körper.

Tak vollführte eine enge Wende. Der schützende Nebel war zum Greifen nahe – da zuckten Blitze von zwei Seiten.

Der Gegner hatte sie in die Zange genommen.

Ein Scheppern durchfuhr Cord bis ins Mark, als ein Geschoss Taks Rüstung traf.

Der Cyryg erzitterte.

Cord wurde wie von Riesenhänden gepackt und durchgeschüttelt.

Er verlor den Halt, rutschte zur Seite – und sein Magen krampfte sich zusammen, als er in die Tiefe unter sich blickte.

Im letzten Moment erwischte er Walters Hand.

Er klammerte sich fest. Die Knöchel weiß vor Anspannung.

Doch der Beschuss ließ nicht nach.

Von allen Seiten zischten Geschosse heran.

Die Luft knisterte vor Energie.

Dann schlug der gleißende Blitz mit der Wucht eines Rammbocks ein.

Der Treffer raubte Cord den Atem.

Er wirbelte durch die Luft, stürzte und krachte in die Überreste eines eingestürzten Gebäudes.

Etwas knackte wie splitterndes Holz. Sein rechter Unterschenkel – gebrochen.

Ein qualvoller Schrei.

Dann war da nur noch Rauschen. Und der Schmerz.

Mit geweiteten Augen sah er, wie Tak taumelnd zwischen den Trümmern des Palasts verschwand.

Die Welt versank im Chaos. In Qual. Und im unerbittlichen Grollen der Geschütze.

»Ich hab ihn gefunden.«

Ein Soldat sprang aus dem Fenster eines gegenüberliegenden Gebäudes und stürmte auf Cord zu.

»Das ist er – der mit dem Messer.«

Cord lag auf dem Rücken. Er hielt Elgat mit beiden Händen fest umklammert, presste den Knauf des Dolchs gegen seinen Bauch und drohte mit der blitzezuckenden Klinge.

Der Soldat stand über ihm. Purpurfarben die Uniform. Triumphierend das Grinsen.

»Beeil dich, Mann!«, rief er seinem Kameraden zu. »Sieh dir unseren Volltreffer an.«

Lachend spuckte er Cord ins Gesicht.

»Das Messerchen nützt dir nichts mehr, Freundchen. Gib schon her. Ich kenn jemanden, der mit sowas mehr anfangen kann als ein Toter.«

Er beugte sich hinab.

Sein Schatten fiel über Cord.

Die Finger griffen nach Elgat.

Und in diesem Moment verwandelte sich der Dolch zum Schwert.

Knarzend. Rasch. Unerbittlich.

Die Klinge schnitt durch Fleisch und Kehle. Der Schrei erstickte im durchtrennten Hals. Die Augen des Soldaten quollen schmerzverzerrt aus ihren Höhlen.

Blut spritzte in Stößen.

Er kippte zur Seite, röchelnd, zuckend.

Sein Kamerad starrte auf die blutige Klinge. Ungläubig. Entsetzt.

Er hob die Waffe – doch zu spät.

Ein gleißender Blitz schoss aus Elgat hervor und zerriss ihn in einem einzigen, flammenden Schlag.

Die Arme von sich gestreckt, lag Cord reglos da. Erschöpft. Vom Schmerz gelähmt.

Sein Blick war zum Himmel gerichtet.

Ein Schwarm Aasfresser kreiste über dem Schlachtfeld.

»Für euch bin ich noch nicht bereit«, zischte er.

Der tote Soldat lag auf ihm. Sein Gewicht erdrückte ihn.

Cord atmete tief durch, presste die Zähne aufeinander und stieß den leblosen Körper von sich.

Ein qualvoller Stich schoss durch das zertrümmerte Bein, fraß sich in jeden Nerv.

Er krampfte den Kiefer zusammen, riss dem Toten das Purpurgewand vom Leib und hüllte sich in den blutverschmierten Stoff. Seine Hände tränkte er im Blut des anderen, verrieb es auf Haut und Haaren.

Er sammelte alle Kraft. Stemmte seinen Oberkörper auf, hielt Ausschau nach irgendetwas, das als Krücke taugte.

Da! Die Standarte. Noch immer wehte sie neben der zerstörten Flugabwehrkanone.

Cord konzentrierte sich auf Elgat, verwandelte das Schwert zurück in den Dolch. Er versteckte die Waffe unter dem Gewand.

Dann setzte er sich in Bewegung.

Zug um Zug. Rutschend. Kriechend. Auf Händen, Ellbogen, dem einen gesunden Knie.

Quälend langsam schob er sich voran.

Er stopfte sich den blutigen Kragen zwischen die Zähne, um den Schmerz nicht hinauszubrüllen.

Er hob den Blick. Hoffte. Bangte. Wünschte sich Taks Rückkehr. Doch da oben drehten nur die Aasfresser ihre Kreise. Keine Spur von Tak und Walter.

Cord wagte nicht daran zu denken, was Taks Ausbleiben bedeutete.

Nach einer Ewigkeit hatte Cord das Ziel erreicht.

Eingeklemmt zwischen Gesteinsbrocken ragte die Standarte empor, wehte im Wind, als lache sie über sein Elend.

Cords Hände und Knie waren blutig gescheuert. Der Bruch hämmerte den Schmerz in jede Faser seines Körpers.

Er atmete tief durch. Dann klammerte er sich an den hölzernen Schaft und zog sich daran hoch.

Sein Körper zitterte.

Aber er stand.

Langsam hob er den Blick. Suchte nach Orientierung – nach dem Ort, den er erreichen musste.

An die Standarte geklammert, setzte er sich in Bewegung. Humpelte dem Born entgegen.

Über ihm flatterte das Banner des Eisenfürsten.

»Hey, du da!«

Cord drehte sich um.

Ein hünenhafter Soldat des Eisenfürsten lehnte mit einer Feuerwaffe im Arm an der Ecke einer Ruine. Neben ihm hockten zwei weitere Soldaten mit dem Rücken an der Wand.

»Ja, genau du!«, rief der Hüne. »Wo willst du hin?«

Cord schwieg.

Er würde Elgat unter dem Gewand nicht schnell genug ziehen können. Nicht, solange er nur eine Hand frei hatte.

»Das ist die falsche Richtung«, sagte der andere und kam auf ihn zu.

Cord ließ sich fallen, wühlte unter dem Stoff nach dem Griff des Dolchs.

»Ganz ruhig«, sagte der andere. »Du siehst zwar aus, als wärst du mehr tot als lebendig – aber solange dein Kopf noch auf den Schultern sitzt, wird das wieder. Du darfst bloß nicht in die falsche Richtung humpeln.«

Er deutete zwischen zwei eingestürzten Gebäuden hindurch. »Das Bad der Götter liegt dort. Komm mit – ich hab noch mehr Verwundete im Schlepptau.«

Er griff Cord unter die Arme und führte ihn zu den anderen.

Der eine trug einen blutigen Verband um die Augen. Der andere schaukelte seinen abgerissenen linken Arm in der rechten Hand.

»Das wächst wieder an, heißt es«, sagte er grinsend zu Cord. »Wollen mal sehen, ob's stimmt. Wenn nicht, ist der Krieg eben vorbei für mich. Wär nicht das Schlechteste.«

## Kapitel 73

Der Einarmige führte den Blinden, und der Hüne stützte Cord. Gemeinsam humpelten und stolperten sie durch die Trümmerlandschaft dem Born entgegen.

Das Gefecht hatte Breschen in die Marmormauer geschlagen und das heilige Areal der Unnahbarkeit entrissen.

Cord taumelte durch einen der Durchbrüche. Seine Schritte versanken im Nebel.

Er hatte sich den Born anders vorgestellt. Unberührt. Majestätisch. Nicht so verwundet.

Ein grobschlächtiger Wächter mit tätowiertem, kahlem Schädel stellte sich ihnen in den Weg.

»Langsam, langsam! Ihr wartet schön, bis ihr dran seid.«

»Siehst du nicht, dass unsere Kameraden schwer verletzt sind?«, sagte der Hüne. »Lass sie passieren. Skallahat hat es allen im Kampf Verwundeten zugesichert.«

Der Wächter schüttelte den Kopf. »Zuvor müsst ihr untersucht werden.«

»Dafür braucht es keine Untersuchung.« Der Hüne deutete auf seine Begleiter. »Kannst du den abgerissenen Arm nicht sehen, oder das schiefe Bein?«

Eine hagere Frau in weißer, blutverschmierter Robe trat aus dem Dunst. Sie schob den Wächter beiseite und musterte den Einarmigen.

»Name und Einheit?«

»Feuchte Kröte. Luftverteidigung. Verband des Szilkas.«

Sie nickte und notierte.

»Mitkommen«, befahl sie und verschwand mit dem Soldaten im Nebel.

*Name und Einheit?*

Cord erschrak. Würde er jetzt auffliegen? So kurz vor dem Ziel?

Das Pochen im Bein ließ ihn taumeln.

Stöhnend lehnte er sich gegen die Mauer.

Vor seinem inneren Auge sah er sich selbst schnurstracks in den Born springen, durch den Nebel schreiten – und auf der anderen Seite geheilt hervortreten.

Würde die Genesung sofort einsetzen? Wie lange dauerte die Heilung eines Bruchs? Konnte der Born das überhaupt?

Cord zweifelte.

Wenn nur die Erschöpfung nicht wäre. Und dieser alles beherrschende Schmerz. Wenn er nur wüsste, wie man die Gabe der Nebelmuhme kontrollierte.

Sein Blick verlor sich im leuchtenden Schleier und seine Augenlider wurden schwer.

Plötzlich – ein kurzer, qualvoller Schrei.

Cord fuhr zusammen.

Fast hätte er das Gleichgewicht verloren und wäre gestürzt.

»Alles gut«, sagte der Wächter. »Das war keiner von uns. Sie haben nur dem Verräter gegeben, was er verdient hat.«

Cord sah ihn verständnislos an.

»Der abtrünnige Sturmjäger«, erklärte der Glatzkopf und spuckte Cord vor die Füße.

»Für jeden Geheilten aus unseren Reihen spießt ein Messer im Verräter. Wenn du durch bist, wirst du ihm ein weiteres reinstecken – falls du noch Platz findest.«

Er grinste schief. Spuckte erneut.

»Verflucht, diese Sturmjäger sind sowas von zäh.«

»So wurden wir erschaffen.«

Cord erkannte die Stimme.

Sturmjäger Xervacs trat aus den Nebelschwaden und legte dem Wächter seine Pranke auf die Schulter.

Das Entsetzen war dem Glatzkopf ins Gesicht geschrieben. »Ich wollte nicht ... Herr ...«, stammelte er.

Xervacs tätschelte ihn. »Natürlich sind wir zäh. Dein Herr, König Skat Aido Skallahat hat uns diese Stärke verschafft. Wir alle sollten dem Befreier Dradoras dankbar sein.«

»Gewiss, Herr ... das sind wir.«

Xervacs strich über den kahlen Schädel, als würde er ihn segnen – dann neigte er sich und küsste die Tätowierung auf der Stirn.

»Es ist ebenso dein Sieg. Geh und feiere den neuen König. Ich kümmere mich um unsere verwundeten Kameraden.«

Der Wächter öffnete den Mund, schloss ihn wieder – und hastete davon.

Xervacs musterte Cords Verletzung.

»Du darfst dich glücklich schätzen, als Soldat Skallahats auf der gerechten und siegreichen Seite der Geschichte zu stehen. Die Wilebas hatten den Born niemals dem Volk geöffnet. Sie hätten dich als Krüppel fallen lassen. Nicht so der König. Er wird dich heilen.«

Xervacs bestätigte mit einem Nicken das Gesagte.

»Nenne mir einfach deinen Namen und die Einheit, in der du dienst. Und schon wirst du in den heilenden Nebelschleier geführt.«

*Er ist ein Raubtier, das mit seiner Beute spielt.*

Cord hatte keinen Zweifel: Diese Kreatur hatte ihn von Anfang an durchschaut.

Er schloss die Augen, tastete nach der Verbindung zu Elgat.

Die Waffe lag verborgen unter dem Gewand – doch er würde sie nicht rechtzeitig ziehen können. Nicht ohne den Schritt aus dem normalen Fluss der Zeit.

Cord suchte nach einem Hinweis darauf, wie sich dieser Zauber kontrollieren ließ. Er erinnerte sich an das Auftauchen des Drohnengeschwaders am Portal, an die Rückkehr aus dem Gefängnis der Nebelmuhme.

»Dein Name, Soldat. Bist du stumm, oder willst du ihn mir nicht nennen?«

Xervacs grinste.

»Oder hast du gar etwas vor mir zu verbergen?«

Cord erinnerte das Grinsen an das eines Krokodils, das jeden Moment zuschnappen und sein Opfer töten würde – so wie Lurchi, den Xervacs ermordet hatte.

»Nenne mich Kalter Lurch«, antwortete Cord, griff unter sein Gewand – und zog Elgat hervor.

Wie gelähmt starrte Xervacs auf die Waffe, die sich vom Dolch zum Schwert gewandelt hatte.

Die Welt wurde stumm. Nichts bewegte sich.

Nur ein einzelner Blitz schoss aus Elgat, durchschlug die Brust des Sturmjägers und schleuderte ihn rücklings in den Nebel.

Auf das Schwert gestützt humpelte Cord los.

Er musste den Born erreichen und genesen, bevor sie ihn ergreifen konnten.

Doch nach dem ersten Sprung auf dem gesunden Bein verließ ihn die Kraft.

*Ich schaffe es nicht.*

Mit aller Gewalt sprang Cord den Nebelschwaden entgegen, riss sich im Flug die Gottesträne vom Hals und schleuderte sie in den Dunst.

Als Bitte, als letzter Versuch, als Hoffnung.

Dann schlug er knapp neben dem Beckenrand auf dem harten Steinboden auf.

Der Knochen bohrte sich durch Fleisch und Haut.

Stimmen brandeten hinter ihm auf.

Er spürte noch, wie sich jemand auf ihn warf.

Dann kam der Schlag gegen seinen Kopf und brachte die Dunkelheit.

## Kapitel 74

Die Verwundeten waren verschwunden. Der Platz geräumt. Soldaten standen stumm an den Zugängen zum Born.

Der Nebel hatte sich zurückgezogen und lag still im Becken, als hätte er nach all dem Leid endlich Ruhe gefunden. Nur in der Mitte des Borns schlängelte sich ein schmaler, weißer Hauch an einem mannshohen Rad aus Holz empor.

Ein Körper war an die Speichen geschraubt. Hunderte Klingen steckten in Armen, Brust und Schädel. Selbst aus Augen und Ohren ragte blanker Stahl.

Es war Larkes. Wildron Wilebas Sturmjäger.

Kein Wesen konnte so etwas überleben. Doch die Kraft des Borns verwehrte der gequälten Kreatur den erlösenden Tod.

Cord starrte. Das Grauen hielt ihn fest. Er wollte sich abwenden – doch es ließ ihn nicht.

Gelähmt. Nur seine Augen glitten über die gespenstische Szene.

Und dann traf ihn die Erkenntnis – kalt und endgültig.

Er begriff. Metallschrauben ragten aus seinen eigenen Gliedern. Hölzerne Speichen bohrten sich in seinen Rücken.

Er wollte aufwachen. Raus aus diesem Albtraum.

Doch die Kälte der Ausweglosigkeit fraß sich in seinen Verstand.

*War das also das Ende des Knuh'Likat Haidamar?*

*Wozu das alles? Was hatte es gebracht?*

*Nichts.*

Er schloss die Augen.

Walter war frei. Kailard, Tak, sogar die Nebelmuhme – alle waren sie befreit.

Er hatte das Portal geöffnet.

Würde seine Mutter je von seinem Schicksal erfahren? Würde ihr die Flucht nach Dradora gelingen?

Dann wäre nicht alles vergebens gewesen.

Tak. Er sah zum Himmel.

Nichts.

Kailard. Lag die Gottesträne noch im Born? Oder hatte man sie gefunden?

Cord starrte ins Becken. Wartete. Hoffte auf ein Wunder.

Aus der Ferne näherten sich Stimmen.

Skat Aido Skallahat bog aufgebracht um die Ecke – gefolgt von den Sturmjägern.

Xervacs trug Elgat wie eine Trophäe am Gürtel.

Aido marschierte auf Cord zu, blieb stehen – und fuhr Xervacs an: »Verdammt, was soll das hier? Habe ich das veranlasst? Nein! Ich habe befohlen, dass du dieses Miststück Celwyn und ihre kämpfenden Weiber aufspürst. Und wo bei den Göttern ist nur Wildron Wileba?«

Er deutete auf Cord. »Das ist sie jedenfalls nicht.«

»Beruhige dich, Aido.« Xervacs' Stimme klang gelassen. »Wir werden sie früher oder später finden.«

»Von wegen später! Ich will sie *sofort*!«

Aido tobte, stapfte um das Rad, schüttelte den Kopf, fuhr Xervacs an: »Sina wird nicht begeistert sein, wenn sie davon erfährt.«

»Das wird sie nicht«, erwiderte Xervacs kühl. »Denn wir überstellen ihn dem Halkwesen.«

»Wozu? Um den Göttern zu gefallen?«

»Das wäre es wert.«

Aido schlug die Hände über dem Kopf zusammen. »Oh, nein. Nicht schon wieder dieses Thema. Nicht jetzt.«

Er rang mit sich.

»Wir machen das so: Sina entscheidet, was mit dem Knaben geschehen wird. Und du bringst mir endlich Wildron Wileba.«

Xervacs ballte die Fäuste. »Du bist besessen von diesem Mädchen. Bedeutet sie dir tatsächlich mehr als *wir*?«

Er deutete auf die Schar der Sturmjäger. »Auch wenn wir keine *Menschen* sind, so sind wir doch wahre Skallahats und dienen unseren Ahnen. Vergiss das nicht!«

Die Sturmjäger rückten hinter ihm zusammen. Nur der bleiche Szilkas blieb.

»Tarsina Xentu Skallahat ist ebenfalls eine Skallahat«, sagte Aido.

»Die dich bekämpft«, entgegnete Xervacs. »Sie hasst dich. Und sie hasst uns.«

Szilkas hob die Hand. »Brüder, das Mädchen bedeutet uns allen etwas. Denn sie ist eine von uns. Aber sie verachtet uns. Und wir wissen, warum. Doch nicht wir sind es, die ihre Eltern auf dem Gewissen haben.«

Er ließ den Blick schweifen. »Wenn sie eines Tages erkennt, wofür wir kämpfen – und gegen wen –, dann wird sie zu uns zurückkehren. Ermöglichen wir ihr, zu vertrauen. Warum sollten wir ihr nicht gestatten, diesen Jungen zu retten? Durch sie könnten wir mehr gewinnen als durch ein weiteres Opfer an die Götter.«

Cord hörte sie streiten, doch die Worte klangen wie durch Watte.

Xervacs lachte hart. »Szilkas, ich habe dich bisher für einen Weisen gehalten und deinen Rat geschätzt. Nun jedoch beweist du, dass ich mich in dir getäuscht habe.«

Er hob mahnend den Finger. Deutete auf Cord.

»Hört mir gut zu. Dieser Junge ist gefährlich. Er hat Elgat geführt. Die Krir befehligt. Den Zeitstaub gemeistert. Die Portalsperre gelöst.«

Aido blinzelte. »Was? Wer erzählt solchen Unsinn?«

»Bei den Göttern, Aido. Hast du die Kontrolle über das Reich schon wieder verloren? Geh rüber in den Portalsaal und befrage den Torwächter! Er wird dir erklären, was beim anderen Übergang geschehen ist.«

Aido sah Cord ungläubig an. »Ist das … wahr?«

*Ja. Das alles habe ich getan.*

*Und doch weiß ich nicht, wie.*

»Das ist es!«, schrie Xervacs. »Dieser Dämon aus der anderen Welt ist eine Bedrohung für die gesamte Menschheit – in dieser Welt wie in der ihren. Er schert sich nicht ums Weltengefüge. Er spuckt auf die göttliche Ordnung. Daher darf es nur zwei Möglichkeiten geben. Entweder kümmert sich das Halkwesen um ihn, oder wir beenden das hier und jetzt.«

Aido ließ den Blick zwischen Xervacs und Szilkas schweifen.

Er musterte Cord skeptisch, rieb sich das Kinn – und trat einen Schritt zurück.

»Es gibt nur die beiden Möglichkeiten, denn ...«, setzte Xervacs an.

»Still!«, schnitt Aido ihm das Wort ab. »Ich muss nachdenken. Stör mich nicht dabei. Und vor allem – befolge endlich meinen Befehl und bring mir Wildron Wileba!«

»Ich warne dich«, mahnte Xervacs. »Verrate nicht deine verlässlichsten Gefährten. Ich bin nicht der Einzige, der das so sieht.«

Er eilte davon, die anderen Sturmjäger folgten ihm.

Nur Szilkas blieb.

»Weiß Sina, was hier geschehen ist?«, fragte Aido.

»Nein. Sie ist isoliert«, antwortete Szilkas.

*Der Eisenfürst hat Sina?*

*Dann ist sie nicht in der Gewalt der Königin?*

Cord seufzte vor Erleichterung und Sorge.

Aido stöhnte, musterte Cord. »In was für eine Misslichkeit hast du mich da nur gebracht?«

*Du glaubst wirklich, du hast mich besiegt?*

Aido setzte sich an den Beckenrand, ließ die Füße im heilenden Dunst baumeln.

Cord blickte in den Nebel – und wartete.

## Kapitel 75

Als Cord Sina sah, verflogen Schmerz und Verzweiflung.

Sie lebte.

Das war alles, was zählte.

Anmutig und erhaben spazierte sie an der Seite des Albino-Sturmjägers an den Wachen vorbei und sprach mit dem neuen König.

Aufgewühlt suchte Cord ihren Blick.

Flüchtig erwiderte sie den seinen.

Wagte sie es nicht, ihn in seiner bemitleidenswerten Position anzusehen? Oder hatten sie ihr gedroht?

In seine Euphorie mischte sich Unbehagen – wie ein kalter Windstoß durch einen sonnigen Tag.

Cord hielt den Atem an, als hinge alles an diesem einen Blick.

Dann endlich näherte sie sich ihm – zögerlich, gefolgt von Skallahat und Szilkas. Sie trug ein schlichtes schwarzes Kleid. Eine einzelne goldene Brosche funkelte an ihrer Brust.

»Sie haben mir erzählt, was du getan hast«, sagte sie.

»Was haben sie dir gesagt?«

»Du hast die Portalsperre zerstört … und Dradora den Dämonen deiner Welt preisgegeben. Warum?«

*Das ist alles, was sie zu sagen hat?*

*Zur Begrüßung … wirft sie mir das vor?*

Ihr gleichgültiger Blick traf ihn wie ein Donnerschlag ins Gesicht.

»Der Schrat kontrolliert den Übergang«, antwortete er. »Es besteht keine Gefahr.«

»Cord … ich hatte dir vertraut … dachte, zwischen uns besteht eine besondere Verbindung. Und jetzt … hast du meine Welt verraten?«

Cord erstarrte.

Er konnte nicht glauben, was er da hörte.

»Bist du … von Sinnen?«, fuhr er auf. »Anstatt mich zu begrüßen und deinen Großvater, mit dem du dich plötzlich prächtig verstehst, zu bitten, mich von diesem Rad abzunehmen – wirfst du mir Verrat vor?«

Er rang nach Atem, riss die Augen auf. »Was … ist nur in dich gefahren?«

Sie senkte den Blick. Schüttelte langsam den Kopf.

»Es tut mir leid, Cord. Es ist besser für alle – dich eingeschlossen – wenn du Heilung und Hilfe beim Halkwesen findest.«

Ihre Worte waren nicht mehr bloß ein Schlag.

Sie hatte ihn von der Klippe in die Tiefe gestoßen.

Er war gefallen. Tief.

Und hart aufgeschlagen.

*Sie hat mich getötet.*

Aido legte den Kopf schräg. »Ist das wirklich, was du dir für ihn wünschst, mein liebes Kind? Bist du nicht der Ansicht, er könnte sich an deiner Seite dienlich für Dradora erweisen? Ich vermutete, zwischen euch …«

»Wenn ich in das hineinwachsen soll, was du in mir siehst, Großvater, dann muss ich lernen, meine persönlichen Bedürfnisse dem Wohl des Reichs unterzuordnen.«

»Und Mila?« Cords Stimme war rau und brüchig. »Willst du sie ebenfalls dem Wohl des Reichs opfern?«

»Ich opfere sogar mich. Siehst du das nicht?«

»Was haben sie dir angetan?«, flüsterte Cord. »Stehst du unter Drogen?«

»Du hast es mit eigenen Augen gesehen. Das Symbol der verlorenen Königin von Alva schmückt meinen Rücken. Das Tat'Machal ist mehr als eine hübsche Verzierung. Es ist eine Prophezeiung.«

Ihre Hand strich über sein Gesicht. Zart. Flüchtig. »Ich wünschte, es wäre anders gekommen.«

Dann wandte sie sich Aido zu. »Ich bitte dich, nimm ihn vom Rad ab und bringe ihn wohlauf nach Adoria Gaad.«

Cords Lippen zitterten. »Spare dir … diese Art von Milde. Töte mich lieber. Hier. Jetzt. Mit deinen eigenen Händen. Tu es!«

Sie entgegnete nichts – wandte sich einfach ab.

Und das war schlimmer als jeder Schlag.

Cord schloss die Augen. Presste die Lider zusammen.

Die Welt war über ihm zusammengestürzt.

Und er wünschte sich, sie würde es tun.

Was er gesagt hatte.

Einfach … tun.

# Kapitel 76

Walter presste sich an die raue Tunnelwand. Die Luft war stickig, das Atmen fiel schwer. Sein Blick hing an der Kraterkante – unbeweglich, lauernd. Jeder Muskel angespannt – bereit, bei der kleinsten Bewegung zu feuern.

Neben ihm lag Tak. Sein Körper zuckte bei jedem Atemzug. Die Rüstung aus Emaridianstahl, einst glänzend und stolz, lag in Trümmern. Ein stilles Zeugnis des Infernos, das sie überlebt hatten.

Die Erinnerung an den Angriff brannte frisch in Walters Gedächtnis. Ein Hagel aus glühendem Metall hatte sie umtanzt, als die Flugabwehr aus allen Himmelsrichtungen auf sie gefeuert hatte. Dann der Knall – ein einziger, alles verändernder Schlag. Ein Splitter, scharf wie eine Sense, hatte Taks Flügel durchtrennt.

Die Welt hatte sich um sie gedreht, als sie in einer unkontrollierten Spirale dem Boden entgegenrasten. Der Wind heulte in Walters Ohren, sein Magen rebellierte, während sie dem Erdboden entgegenstürzten.

Doch Tak fing sie auf. Irgendwie.

Mit letzter Kraft verwandelte er die Spirale in einen taumelnden Gleitflug. Wie ein verwundeter Riese trug er sie über die brennenden Dächer Zanmathars, jeder Flügelschlag ein Kampf.

Und dann: der Krater. Ein klaffendes Maul inmitten der Stadt. Tak steuerte auf diese rettende Senke zu, tauchte in sie ein wie in einen schützenden Hafen.

Nun lagen sie hier. Erschöpft, verwundet. Aber am Leben.

Das Keuchen des Cyryg hallte durch den Krater, rhythmisch und schwer. Aus der Ferne grollte der Donner der Schlacht.

Walter wusste, es war nur eine Frage der Zeit, bis man sie fand.

Langsam hob er die Waffe, zielte zum Kraterrand empor.

Sie waren verwundet. Aber nicht besiegt.

Nicht, solange er atmete. Nicht, solange Tak noch lebte.

Ein blauer Lichtpunkt erschien über dem Krater – und stürzte herab.

Walter riss die Waffe hoch, feuerte. Verfehlte.

Der Skreyt sauste auf Tak zu. Doch statt zu explodieren, landete er sanft auf dem Cyryg. Starrte Walter an.

Walters Finger lag auf dem Abzug – aber er wagte es nicht.

Das Wesen funkelte ihn aus großen, runden Augen an. Es sprang herunter und watschelte in die Dunkelheit des Tunnels davon.

Walter verfolgte den blauen Schimmer mit dem Lauf seiner Waffe, zögerte. Dann ließ er sie langsam sinken.

»Ich geh da nicht runter«, hörte Walter eine Stimme von oben.

»Du Trottel! Dir wird nichts anderes übrig bleiben, wenn du nicht willst, dass der Sturmjäger dir den Kopf abreißt«, sagte jemand anderes.

»Da unten ist ein Cyryg! Der reißt mir als Erster den Kopf ab. Verflucht, ich hatte dir gesagt, ich bin noch nicht so weit, einen Skreyt zu steuern. Aber du musstest ja jedem zeigen, dass du das größte Ausbildertalent aller Zeiten bist.«

»Ich hab den verdammten Skreyt nicht verloren – das warst du. Und da er noch aktiv ist, steigst du *sofort* runter. Stell dich nicht so an – der Cyryg ist tot!«

Ein Seil schlug gegen die Wand des Kraters.

Oben fluchte jemand, dann kletterte eine Gestalt über den Rand und hangelte sich am Seil nach unten.

Walter hatte ihn im Visier. Er wartete, bis der andere vom Seil absprang.

Unten angekommen zog der andere seine Waffe, befestigte daran eine Lampe und warf einen schmalen Lichtkegel in den Tunnel.

Walter wusste: Wenn er sichergehen wollte, durfte er nur aus der Dunkelheit feuern.

Doch er drückte nicht ab. Noch nicht.

Stattdessen sagte er: »Der Blaue ist in den Tunnel spaziert.«

Der Soldat fuhr herum, blendete Walter – und starrte ungläubig auf das Loch in seiner Brust.

Walter hatte geschossen.

Zuerst fiel die Waffe. Dann der Körper.

»Walter kann es, und Walter tut es«, murmelte er.

Er zog sich zu Tak zurück. Erwartete den zweiten Soldaten. Doch niemand kam.

Stattdessen erklangen Stimmen. Wuchsen zu einem chaotischen Durcheinander. Kippten in panische Schreie.

Dort oben geschah etwas Furchtbares.

Nach einer Weile zog wieder Stille ein.

Walter legte Tak die Hand an den Hals und fühlte den Puls.

»Wir holen dich hier raus.«

Er klopfte dem Cyryg zum Abschied auf die Brust, spurtete zum Seil und zog daran.

Es hielt.

Er blickte nach oben.

Der alte Walter hätte es weder gewagt noch geschafft, das Seil hinaufzuklettern. Doch wer auch immer ihm den drahtigen, kräftigen Körper geschenkt hatte, der hat den Demütigungen der Vergangenheit ein Ende bereitet. Walter würde ihm ewig dankbar sein.

Er spannte seine Muskeln an und zog sich hinauf.

*Walter kann es, und Walter tut es.*

Oben angekommen schob er den Kopf über den Kraterrand.

Er kniff die Augen zusammen – und erstarrte.

Rings um den Krater brannten Menschen. Aufgespießt auf Metallstangen, wie Opfergaben.

Er suchte nach dem Mob, dessen Stimmen er unten gehört hatte. Doch niemand war zu sehen.

Langsam kletterte er ganz aus dem Krater.

Der Gestank nach verbranntem Fleisch schlug ihm entgegen.

Walter würgte. Er fürchtete, sich zu übergeben – nicht nur wegen des Gestanks, sondern wegen der verstümmelten Leiber, die noch zuckten.

*Das hier*, dachte er, *ist nicht Krieg. Das ist das Ende der Welt.*

In welcher Richtung lag der Born?

Hatte er die Orientierung verloren?

Zwischen den brennenden Leibern bewegte sich jemand.

Ein Klacken – Holz auf Stein.

Ein Einbeiniger, in Lumpen gehüllt, humpelte aus dem Rauch – mit fiebrigem Blick.

»Du da!« Er hob den Finger auf Walter. »Gehörst du zu ihm?«

Walter kam nicht dazu, zu antworten.

Aus einer Gasse brach eine Gruppe Heranwachsender hervor.

»Da sind noch welche«, grölten sie.

Mit erhobenen Fackeln und Wut in den Augen stürmten sie voran.

»Keinen Schritt weiter!« Walter knallte ihnen einen Warnschuss vor die Füße.

Sie hielten.

Aber es war zu spät.

Der Schuss hatte die Aufmerksamkeit der anderen geweckt.

Aus allen Gassen brachen sie hervor. Rasend, fanatisch, unaufhaltsam.

»Spießt sie auf!«, schrien sie. »Brennen sollen sie!«

## Kapitel 77

Sina stand neben Aido Skallahat und Szilkas am Beckenrand. Nebelschwaden schlängelten sich um ihre Beine.

Sie hatte Cord den Rücken zugewandt. Das tiefgeschnittene Kleid entblößte das Tat'Machal der verlorenen Königin von Alva.

Wie hatte er sich nur so in ihr täuschen können?

Er schloss die Augen.

Aus der Ferne vernahm er den vertrauten Klang ihrer Stimme.

Und doch verstand er ihre Worte nicht.

»Siehst du es nicht?«

Wie ein Sonnenstrahl, der durch dichte Wolken drang, erwärmte die Stimme seines Vaters seine Seele und brach die Kälte in seinem Herzen.

So lange hatte er diesen Klang nicht mehr gehört. Wie sehr hatte er ihn vermisst. Sehnsüchtig hielt er den Atem an, um am Traum festzuhalten.

*Sprich zu mir, Vater.*

Er wartete.
Doch die Erinnerung verblasste in einem fernen Echo.

»Siehst du es nicht?«
Cord erschrak.
Die Stimme war ganz nah. Aber sie war ihm fremd.
Er riss die Augen auf. Suchte.
Niemand war da.
Wurde er verrückt?
»Hier findest du es nicht«, sagte die Stimme.
*Wo bist du?*
»Ich bin in dir. Und du in mir.«
War es doch die Stimme seines Vaters? Oder Elgats? Oder von etwas … ganz anderem?

»Wenn du es nicht siehst … musst du loslassen.«
*Was denn?*
»Diese Welt.«
*Sterbe ich? Ist das der Tod?*
»Sieh in den Nebel und komm mit mir.«
Cords Herz begann zu rasen. Blut rauschte in seinen Ohren.
Er atmete tief ein. Hielt die Luft an. Seine Lungen brannten.
Dann atmete er aus.

Cords letzter Blick galt dem leuchtenden Nebel des Born.
Und das Erste, was er sah – war Nebel. Kalt. Eisig.
Schwerelos schwebte Cord durch einen Schleier aus winzigen Eiskristallen. Sie umwehten ihn, prickelten auf der Haut und zersprangen klirrend.
In der Ferne formte sich etwas aus den milchigen Schwaden.
Eine kristalline Sphäre.
Mühelos navigierte Cord durch den Nebel, trieb auf die Sphäre zu.
Etwas Dunkles bewegte sich darin.
Es war ein Schatten.
Der Schatten einer Gestalt.
Gleich hatte Cord die Sphäre erreicht.

Ein Leuchten.
Ein Lichtspiel, tanzend auf ihrem Rücken.
Er erkannte das Muster sofort.
Das Tat'Machal der verlorenen Königin von Alva.
Sina drehte sich zu ihm.
Tränen lagen in ihren Augen.
Sie hob die Hand – und die Wand zwischen ihnen zersprang mit hellem Klirren.
Millionen Splitter warfen Cord aus der Nebelwelt.

Cord schlug die Augen auf.
Noch immer standen sie zu dritt am Beckenrand.
Und noch immer war er an das Rad geschraubt.
Doch er verspürte keinen Schmerz. Und sein Verstand war klar.
»Gib Sina frei«, rief er mit fester Stimme.
Aido wandte sich um und zog eine Braue hoch.
»Sie ist frei«, antwortete er. »Sie kann tun, was immer sie möchte.«
»Ich rede nicht mit dir.«
»Hast du den Verstand verloren, Junge?«
»Ich spreche zu ihr.«
Sina schüttelte amüsiert den Kopf, trat ein paar Schritte näher.
»So wird das nichts, Cord«, sagte sie. »Das Halkwesen wird dir helfen, darüber hinwegzukommen.«
Sie ergriff Aidos Hand. »Komm, Großvater. Lass uns gehen.«
Cord lächelte leise. »Damit ich's ihm nicht verrate?«
»Damit du wem genau was nicht verrätst?«, fragte Aido und blinzelte irritiert. »Und was soll dieses Gekicher?«
»Der Sturmjäger, den du losgeschickt hast, wird sie nicht finden.«
»Junge, hör auf, in Rätseln zu sprechen, und sag, was du zu sagen hast, oder schweige. Du strapazierst meine Geduld.«
»Dein Sturmjäger kann sie nicht finden, weil sie neben dir steht.«
Cord spürte, wie sein Herz gegen die Rippen hämmerte.
»Sina?«
»Nein, sondern diejenige, die sich als Wildron Wileba ausgibt.«
»Bist du von Sinnen, du Spitzbube?«, empörte sich Aido. Doch dann wurde er bleich. Er fuhr herum und sein Blick bohrte sich in das

Gesicht des Mädchens.

»Sie ist das, was der Seher war«, sagte Cord. »Nur mächtiger. Sie nimmt die Gestalt derer an, die sie verschlungen hat – und hält sie in sich gefangen. Haben du und deine Sturmjäger nicht geahnt, was sie ist?«

»Wir haben meine Enkeltochter aus Wilebas Kerker geholt! Und du behauptest, Wileba habe sich selbst weggesperrt?«

»Lass uns gehen, Großvater«, drängte sie. »Wir sind hier fertig.« Sie zupfte an seinem Ärmel.

Doch Aido zögerte. Ein Schatten huschte über sein Gesicht, und für einen Moment zuckten seine Hände, als wolle er sich ihr entreißen. Er wirkte, als stünde er neben sich, gefangen zwischen Wunsch und Zweifel.

»Kannst du deine schwerwiegende Anschuldigung beweisen?«, fragte er.

»Nein«, erwiderte Cord. »Aber es ist die wahrscheinlichste Erklärung. Sina würde ihre Freunde nie verraten. Sie hasst dich.«

Aidos Blick huschte zwischen Cord und dem Mädchen.

»Kannst du dir sicher sein«, fragte Cord, »dass sie tatsächlich deine Enkeltochter ist?«

Seine Stimme klang fest, doch in ihm wuchs die Ohnmacht. Hatte er je geglaubt, Sina retten zu können? Oder hatte er sich nur selbst getäuscht?

Szilkas trat vor und legte Aido die Hand auf die Schulter.

»Der Junge hat nicht ganz unrecht. Nur weil du es ersehnst, muss es nicht wahr sein. Wildron Wileba ist ein Metamorph, der auch Sina in seiner Gewalt haben könnte.«

»Bei den Göttern, Großvater, sieh mich an!«, rief sie. »Sagtest du nicht, du sähest Arnamma vor dir, wenn du in meine Augen blickst? Soll das plötzlich nicht mehr gelten? Jetzt, nachdem wir endlich zueinanderfanden?«

Sie strich sanft über seinen Arm. »Ich sehnte mich nach einer Familie und glaubte, sie bei den Rebellen gefunden zu haben. Doch Ibnidai Unadil war es, der meine Eltern getötet hat, nicht du. Du hast deine schützende Hand über mich gelegt. Es gibt keinen Grund, dich zu hassen.«

»Das hätte Sina niemals gesagt.«

Eine klare, kräftige Stimme erklang aus der Mitte des Borns.

Mila erhob sich aus dem Nebel, als käme sie aus einer anderen Welt.

Kailard folgte – und neben ihm eine Frau.

Szilkas zog seine Waffe, und an den Zugängen regten sich die Wächter.

Doch Aido hob seine Hand.

»Ganz sachte«, murmelte er, seine Stimme bebte vor Anspannung. »Bevor irgendwer irgendwen umbringt, möchte ich es verstanden haben.«

Er presste die Fingerspitzen an die Schläfen, als würde der Druck in seinem Kopf zu groß.

Dann fuhr er hoch und brüllte: »Szilkas! Was sind das für Leute, die in *meinem* Born herumspazieren? Hol sofort Xervacs! Das ist sein Verantwortungsbereich.«

»Das ist nicht nötig«, sagte Kailard. »Wir bringen die Antwort gleich mit. Darf ich mich vorstellen? Kailard ist mein Name – Verbündeter des Knuh'Likat Haidamar, einstiger Weggefährte König Len Harvekils, Elgats Schmied, Erfinder der beliebten Tat'Machals, Schöpfer …«

»Verflucht, ich *weiß*, wer du bist!«, fuhr Aido dazwischen. »Aber wer, bei allen Göttern, sind die beiden unbekleideten Schönheiten in meinem Born?«

»Tris Tarnaha«, sagte die Frau mit fester Stimme. »Ich bin die Gemahlin des Torwächters. Und ich werde niemals zulassen, dass ihr Cord dem Halkwesen übergebt. Denn er ist der wiedergeborene Haidamar. Der Weltenöffner.«

Aido lachte.

»Wenn eine alte Hexe nur deswegen nicht alt, schwach und hässlich ist, weil sie sich in meinem Born verjüngt hat, sollte sie mir besser auf Knien danken, anstatt mir zu drohen.«

Mila stieg nackt aus dem Becken.

Sie trat vor das Mädchen und fragte ruhig: »Wer bin ich?«

»Du bist Mila.«

»Und so begrüßt du Mila?«

»Wir haben eine außergewöhnliche Situation, meine liebe Mila.«

»Dann sollten wir diese außergewöhnliche Situation zügig klären, liebe Sina.«

»Es ist ganz einfach. Cord hat Dradora ans Mercatoriat verraten. Deshalb müssen wir alle Kräfte des Reichs gegen Mir vereinen. Persönliche Belange haben zurückzustehen.«

»Du willst dich mit dem Eisenfürsten und seinen Monstern verbünden?« Mila schüttelte den Kopf. »Diesen Weg kann ich nicht mit dir gehen.«

»Dann leb wohl, Mila.«

»Es ist die Königin!«, rief Cord. »Nicht Sina!«

Mila wandte sich zu ihm. »Warum glaubst du das?«

»Weil sie nicht ist, wer sie vorgibt zu sein.«

»Das lässt sich doch leicht beweisen.«

»Aha«, sagte Aido. »Und wie?«

»Mit etwas Persönlichem. Etwas, das nur Sina wissen kann.«

»Und was soll das sein?«, fragte Sina.

Mila überlegte.

Cord hielt den Atem an.

Mila trat einen Schritt vor. Ihre Stimme war ruhig, fast sanft.

»Wem hast du deinen ersten Kuss geschenkt?«

*Warum gerade diese Frage?*

»Was soll das?« Sinas Stimme klang schärfer. »Das geht niemanden etwas an.«

»Selbstverständlich nicht«, sagte Aido. »Aber tu ihr doch den Gefallen, meine Teuerste, und beantworte ihre Frage, bevor ich sie töten lasse.«

»Ibnidai Unadil«, antwortete sie nach kurzem Zögern. »Mein Verlobter.«

Mila schüttelte den Kopf.

Szilkas' Finger zuckte am Abzug.

»Du weißt nicht alles über Sina. Nur zwei Menschen kennen die Antwort auf meine Frage. Und du bist keiner von ihnen.«

»Fahr zur Hölle«, zischte sie Mila an und schlug auf ihre Brosche.

Die Gottesträne öffnete sich und die Leibwächterinnen der Königin sprangen daraus hervor, zogen im Sprung die Waffen – und eröffneten das Feuer.

Szilkas und Skallahats Männer schossen zurück.

Die Leibwächterinnen bewegten sich wie Schatten aus Licht – blitzschnell, tödlich präzise.

Sina verwandelte sich.

Ihr Körper dehnte sich, wuchs, flackerte – und wurde zur erwachsenen Wildron Wileba.

Und gleich darauf nahm sie die Gestalt eines Cyryg an. Sie breitete die Schwingen aus, riss das Maul auf – und spie einen Flammenstrom in die Menge.

Das Bild brannte sich Cord ins Bewusstsein.

Für einen Herzschlag lang glaubte Cord, den Verstand zu verlieren.

Das Fauchen der Flammen dröhnte in seinen Ohren. Ein gieriges Zischen, das alles andere verschluckte.

Er sah, wie das Feuer auf ihn zuflog.

Sein letzter Gedanke: *Die Cyryg-Magierin!*

Dann traf ihn die Feuersbrunst, setzte Haare und Kleidung in Brand – und fraß sich tief ins Fleisch.

## Kapitel 78

Die Menge hatte Walter umstellt.

Fanatisch. Tobend. Atemlos.

Spieße auf ihn gerichtet, Fäuste erhoben, Augen glänzend vor heiliger Raserei.

Auf ihren Stirnen trugen alle das gleiche, frische Brandmal: ein blutrotes Dreieck.

Der Einbeinige ließ seinen Krückstock fallen, taumelte vor und warf sich Walter vor die Füße.

»Segne mich«, flehte er krächzend, mit einem Gesicht wie aus grauem Wachs.

Ein Tritt schleuderte ihn zur Seite. Eine Eisenstange presste ihn zu Boden.

»Lasst uns den Alten zuerst aufspießen!«

»So wartet doch!«, wimmerte der Einbeinige. »Mit eigenen Augen sah ich den Bleichen – weiß wie Schnee, kalt wie Eis – aus dem Krater steigen! Er folgt unserem Herrn! Könnt ihr es nicht sehen? Er ist kein Mensch. Er ist ein Engel.«

»Ja!«, rief jemand im Hintergrund. »Ich bezeuge es! Er tat es dem Gott des Feuers gleich und stieg aus dem Krater auf.«

Eine Frau rief: »Wir dürfen es uns nicht anmaßen, über den Eisengel zu richten. Das steht ausschließlich dem Herrn zu.«

»Nur der Herr! Der Feuergott allein!«, rief ein anderer.

»So ist es!«, tobte die Menge. »Der Feuergott soll das Urteil fällen. Bringt ihn zum Herrn.«

Der Mob packte Walter und zerrte ihn durch die Gassen.

Sie stießen ihn, schrien, hielten ihn wie ein Opfer, das sich nicht wehren durfte.

In der Mitte des Platzes thronte Helrath, der Feuerdämon.

Die Luft um ihn flimmerte wie über glühender Lava.

Der Gestank von Schwefel und verbranntem Gestein lag in der Luft – ein beißender Vorbote der zerstörerischen Kraft, die in diesem Ungeheuer schlummerte.

Die Menge warf Walter zu Boden.

»Richte über ihn, Herr! Ist er ein Eisengel, der dir dient? Oder ein eisiger Dämon, der nach dir trachtet?«

Helrath trat vor.

Ein einziger Sprung – und er stand direkt vor Walter.

Die Hitze schlug Walter ins Gesicht. Die Luft vibrierte.

Sein Atem wurde schwer. Schwefel legte sich wie ein Film auf seine Zunge.

Die Menge schwieg.

Helrath bewegte sich – als würde ein Gebirge erzittern.

Walters Kehle war trocken wie Sand.

*Was bist du?*

*Muss ich das verstehen?*

Helrath neigte den Kopf. Seine Augen aus lebendigem Feuer bohrten sich in Walters Seele, als suchten sie nach etwas.

*Was siehst du in mir?*

Der Feuerdämon hob die Hand. Seine Finger glühten.

Ein Druck auf Walters Stirn. Brennendes Licht. Der Gestank von versengtem Fleisch.

Der Feuerdämon hatte ihm ein Dreieck auf die Stirn gebrannt.

Die Menge jubelte. »Der Gott hat ihn erwählt!«

Walter tastete über die Brandwunde. Kein Schmerz. Nur Hitze, die in ihm nachklang.

»Verdammt«, murmelte er. »Der Körper ist nagelneu. Musste das jetzt sein?«

Niemand hörte ihn.

Fremde klopften ihm auf die Schulter. Arme schlossen sich um ihn.

»Schon gut, Leute …« Er wand sich aus der Umklammerung, drängte sich aus der Menge.

»Wenn ich nicht mehr gebraucht werde – dann verabschiede ich mich.«

Keiner hielt ihn auf.

Er wandte sich an eine Frau mit einem schreienden Kind. Beide trugen das Brandmal auf der Stirn.

»Der Born?«, fragte er. »In welcher Richtung liegt er?«

Der Blick der Frau flackerte zwischen Entrückung und Schrecken. Wortlos deutete sie in eine Gasse.

Walter nickte und machte sich auf den Weg.

Hinter ihm: Helrath. Und ein Kult, entfesselt wie ein Sturmbrand.

Walter spürte Helraths Blick wie eine glühende Spur in seinem Rücken, bis er in der Gasse verschwand.

## Kapitel 79

Cords verbrannter Leib lag auf dem Grund des Borns.

Kühler Dunst kroch über nackte Haut, drang in ihn ein und entfaltete seine heilende Wirkung.

*Magie? Oder Technologie der Alten?*

*Oder ist beides dasselbe?*

Cord öffnete die Augen und erblickte Tris Tarnaha zu seiner Linken und Freita, die Nebelmuhme, zu seiner Rechten.

»Wie lange wird es dauern?«, fragte er.

»Das spielt keine Rolle«, antwortete die Muhme. »Wir haben alle Zeit der Welt.«

Sie streifte Galdwyns goldenen Umhang ab, faltete ihn sorgfältig und legte ihn neben sich.

»Lang genug war ich alt und hässlich.« Sie sog den Nebel ein und grinste Tris an. »Schwesterchen, du hast doch wohl nicht angenommen, ich ließe es zu, dass du hübscher bleibst als ich?«

Ihre schlaffen Brüste baumelten über dem faltigen Bauch.

Eine Brustwarze fehlte.

*Ich habe sie abgebissen.*

Cord schloss die Augen. Das Bild schrie in ihm – roh, widerlich, unvergessen.

Tris lächelte milde und strich Cord über die Stirn.

»Hast du wieder dein Taschenmesser verloren, mein Junge?«

»Gut möglich.«

»Und meinen Dolch?«

Cord seufzte. »Sieht ganz so aus.«

»Der arme Jüngling hat alles verloren«, kicherte Freita, »sogar seine Kleider.«

Cord schloss verlegen die Augen.

»Ach, du musst dich vor uns nicht schämen«, sagte sie. »Wir haben schon alles Schreckliche und alles Schöne der Welt gesehen.«

Tris tätschelte seine Hand. »Das wird wieder. Spürst du es? Deine Haut erneuert sich bereits, und deine Haare sprießen auch schon wieder.«

Cord spürte das Kribbeln. Das Zucken unter der Haut, das Wachsen, das Ziehen.

Dann sah er zu Freita.

Sie veränderte sich.

Zuerst fiel ihr graues Haar aus.

Dann quollen ihre Augen hervor und fielen aus den Höhlen.

Galdwyns gestohlene Augäpfel rollten über den Boden, als wollten sie fliehen.

Darunter wuchsen neue. Ihre eigenen.

Eine Kruste aus weißen Hautschuppen überzog ihre Nase, dann Wangen, Stirn, Hals. Alles wurde glatt und straff.

Ein neues Gesicht.

Eine neue Freita.

Cord wandte den Blick von Freita ab und neigte den Kopf zu ihrer Schwester.

Er vermied es, auf ihren unbedeckten Körper zu starren.

In ihrem Gesicht suchte er nach einer Spur der alten Frau, die er beinahe getötet hatte.

*Es sind dieselben Augen. Sie hat es geschafft.*

»Es tut mir leid, dass ich geschossen habe«, sagte er leise.

»Das muss es nicht«, antwortete Tris. »Hättest du es nicht getan, säße ich in diesem Augenblick nicht neben dem, auf den die Hexen von Alva gehofft haben.«

»Pah«, fauchte Freita. »Hör mir mit dieser Hexenbande auf.« Sie schüttelte den Kopf. »Wie konntest du dich ihnen bloß hingeben?«

»Hätte ich es nicht getan, würdest du nach wie vor im Seher verrotten.«

»Und wenn schon – irgendwann hätte eine andere die passende Brut ausgetragen, an der ihr herumexperimentiert.«

Cord fuhr sich über die Stirn.

»Warum ausgerechnet ich?«, fragte er. »Ich stamme nicht einmal von hier.«

Tris nahm seine Hand. Ihre Finger waren warm.

Cord spürte, wie sich der Gedanke in ihm festbiss: *Bin ich nur ihr Werkzeug? Was bleibt von mir, wenn sie alles an mir erneuern?*

»Das Halkwesen war den Hexen auf die Schliche gekommen«, erklärte Tris, »Um die Zucht zu schützen, schickten sie mich nach Mir. Dort sollte ich in Sicherheit ein Kind zur Welt bringen. Alles, was ich ihm hinterließ, waren ein Leinentuch, ein Taschenmesser und das Potential, zum Knuh'Likat Haidamar heranzureifen. Was dann, viele Generationen später, geschah.«

Irgendwo tief in ihm wehrte sich alles dagegen, sie als Teil seiner Geschichte zu akzeptieren.

»Und ich soll dein Nachfahre sein?«

Er blies durch die Lippen. »Wer meiner Freunde kann von sich behaupten, seiner eigenen Urgroßmutter begegnet zu sein?«

»Du darfst getrost ein paar weitere *Ur* voranstellen.«

Tris lächelte und strich über ihren straffen Körper. »Aber nenne mich bitte nicht Großmutter. Das ist meinem neuen Antlitz nicht gebührlich.«

Freita lachte. »Eitel wie eh und je. Ich hoffe, der Vergleich mit mir wird dich nicht grämen.«

Der Nebel hatte die Kruste aus totem Fleisch abgetragen und Freitas Körper freigelegt – makellos, jung, fast überirdisch schön.

Sie erhob sich langsam, streckte die Arme in den Nebel, als wolle sie ihn greifen.

Cord wollte sie nicht ansehen – und doch hielt ihr Anblick ihn gefangen.

Aus dem hässlichsten Geschöpf, das er je gesehen hatte, war eine Frau geworden, die in den teuersten Propagandafilmen des Mercatoriats alle anderen Schönheiten überstrahlt hätte.

Dann grinste Freita ihn an. »Du weißt, weshalb ich hier bin?«

Cord nickte und stemmte sich hoch.

Doch Freita legte ihm den nackten Fuß auf die Brust – nicht hart, nicht grob, eher wie ein zärtliches Nein. Eine beiläufige Geste, gespielt lässig, mit einem Hauch von Spott – als würde sie ihn nur daran erinnern, wer hier die Zeit bestimmt.

»Sei nicht ungeduldig«, sagte sie. »Und hör mir zu.«

Cord spürte, wie sich ein dunkles, mulmiges Ziehen in ihm regte. Ein Gedanke, der wie ein Echo des Rituals zurückhallte.

»Du wirst den Metamorph öffnen, während er seine Gestalt wechselt. Mehr musst du nicht tun. Ich kümmere mich um alles Weitere und hole Herta raus.«

»Du wirst Sina ebenfalls befreien. Ebenso das andere Mädchen, die junge Prinzessin.«

»Egal, wie viele es werden«, sagte Freita, »ich benötige in jedem Fall meinen dir geliehenen Zeitstaub.«

Cord erstarrte. Ein scharfer Stich durchfuhr ihn, als würde sein Körper sich erinnern.

»Sei unbesorgt«, sagte Freita mit einem Lächeln. »Ich werde meine Zähne nicht in deine Brust schlagen. Diesmal … wird es anders laufen.«

Sie grinste und stieg über ihn, klemmte seine Hüfte zwischen ihre Füße. Dann setzte sie sich auf ihn.

Cord wollte schreien, versuchte, sich aus ihrem Griff zu winden, doch panisch stellte er fest, dass er die Kontrolle über seinen Körper verloren hatte.

Ein wildes Pochen in seiner Brust, das Herz raste, der Hals wurde eng.

Es gelang ihm nicht einmal, den Kopf abzuwenden, als sich ihr Gesicht dem seinen näherte.

Er schrie in sich hinein, während sie ihn küsste und mit ihrer Zunge tief in ihm nach dem Zeitstaub suchte. Es war, als bohrte sich eine glühende Schlange durch sein Inneres und tastete jeden Winkel seines Körpers ab.

Dann, nach einer halben Ewigkeit, ließ sie von ihm ab und erhob sich.

»Gib's zu«, sprach sie belustigt und zwinkerte. »Es hat dir besser gefallen als bei unserem ersten Tausch.«

Endlich hatte Cord die Kontrolle zurückerlangt.

Er schnappte nach Luft, als wäre er aus tiefem Wasser emporgestoßen. Etwas in ihm fehlte – ein Loch, nicht sichtbar, aber fühlbar.

Empört sprang er auf. »Das war das letzte Mal, dass du mich benutzt hast … für was auch immer.«

Sie amüsierte sich. »Wähle deine Worte mit Bedacht, denn du ahnst nicht, was dir entgehen könnte.«

Er hob den goldenen Umhang auf und zog ihn sich über. »Den brauche ich. Er gehört dir sowieso nicht.«

»Bereit?«, fragte Tris.

»Noch nicht.« Cord tastete sich durch den Nebel zu Larkes, dem gepeinigten Sturmjäger, und zog ihm ein Messer nach dem anderen aus dem Leib, löste seine Fesseln und ließ ihn im Nebel versinken. Anschließend kehrte er zu den Schwestern zurück.

Tris strich den Stoff seines Umhangs glatt und ergriff seine linke Hand. Freita stellte sich zu seiner Rechten.

Und gemeinsam verließen sie den Born wie drei Gestalten, die aus der Wiege der Welt stiegen.

Was aus der Tiefe kam, war voller Licht – und Schatten.

## Kapitel 80

*Hexerei!*

Skat Aido Skallahat starrte mit offenem Mund und wachsendem Entsetzen auf das Geschehen. Er klammerte sich an den Irrtum wie ein Ertrinkender – selbst jetzt noch, da ihm die Wahrheit längst ins Gesicht schlug.

»Fahr zur Hölle« – das waren Sinas letzte Worte gewesen, bevor die Hölle losgebrochen war. Das Mädchen hatte sich verwandelt. Zuerst in Königin Wileba. Und dann ... in einen Feuer-Cyryg?

Und der Junge? Er hatte am Rad gebrannt – und war von einem Moment auf den anderen verschwunden. Zusammen mit diesem Weib des Torwächters.

*Hexerei!*

Aidos Hände zitterten. Er presste sie an die Hüfte, als könne er so den Aufruhr in sich bezwingen.

Wie hatte er das nur zulassen können? Entgegen aller Intuition hatte er sich an die Vorstellung geklammert, Sina für sich gewonnen zu haben – und damit einen Teil Arnammas. Und dabei hatte er alles übersehen: die Warnzeichen, das Misstrauen der Sturmjäger, sogar sein eigenes Bauchgefühl.

Wie töricht – und wie menschlich –, aus einem Mädchen ein Symbol zu formen. Er hatte sich ausgemalt, ihr eines Tages die Krone zu überlassen – um selbst loszuziehen, den Zeitstaub zu suchen.

Denn wenn es eine Macht im Universum gab, die Arnamma zurückbringen konnte, dann war es dieser Zeitdämon.

Aidos Wachen brannten.

Sie schrien, zuckten, stürzten wie lebende Fackeln in den Nebel.

Diejenigen, die nicht in Flammen standen, wurden von Wilebas Leibwächterinnen erschossen. Einer nach dem anderen. Kalt. Präzise.

Mila hatte die Waffe eines gefallenen Soldaten ergriffen.

Sie schoss zurück. Und traf.

Eine der Kriegerinnen wankte, blutete.

Szilkas stürzte sich auf sie, riss sie zu Boden und durchtrennte ihren Hals mit einem einzigen Biss.

Der Feuer-Cyryg brüllte, schleuderte einen Flammenball gegen Szilkas und richtete den Blick auf Aido.

Aido rannte.

Sein Herz hämmerte gegen die Rippen, seine Beine drohten zu versagen.

Der Born war die letzte Hoffnung. Der einzige Ort, der ihn schützen konnte.

Doch plötzlich trat etwas aus dem Nebel. Schnell. Zu schnell.

Es bewegte sich wie in Zeitraffer. Schatten und Licht schossen an Aido vorbei – und verschmolzen mit dem Feuer-Cyryg zu einem grellen, zuckenden Blitz.

Ein Schrei, als würde der Himmel mit bloßen Händen zerrissen.

Aido warf sich blindlings dem Nebel entgegen. Tastete, stolperte, stürzte – bis er das Heiligtum erreichte.

Dort kauerte er zitternd, keuchend und geblendet.

Und erst langsam verstand er, was er gesehen hatte.

Der Mirling. Er war aus dem Born hervorgeschossen, in goldene Gewänder gehüllt, von Licht umgeben. Ein Zeichen. Ein Märchen der Alten.

Heraufbeschworen von Aido selbst.

*Doch er kommt nicht, um zu retten.*

*Er kommt, um zu richten.*

*Begleitet von engelsgleichen Dämonen aus der Hölle.*

*Was habe ich entfesselt?*, schoss es Aido durch den Kopf, ein stummer Gedanke, schwer wie Blei.

*Szilkas … wo bist du?*

Vorsichtig hob Aido den Kopf aus dem Nebel. Er blinzelte.

Der Kampf hatte ein Ende gefunden. Alle Waffen schwiegen.

Die Überlebenden der Schlacht blickten hinauf zum Feuer-Cyryg, der sich über ihnen in den Nachthimmel emporschwang.

Aido entdeckte Sina. Anstelle des schwarzen Kleides trug sie die orangefarbene Robe der Gefangenen des Königspalasts. Sie lag in Milas Armen, und Mila strich ihr durchs Haar. Neben den beiden kauerte ein zitterndes Mädchen. Aido erkannte in ihr die junge Prinzessin Wildron Wileba.

Das Mädchen sah zu ihm auf – zu dem Knaben im goldenen Gewand. Eben noch von den Flammen verzehrt – nun vollkommen unversehrt.

Tris Tarnaha und Kailard führten zwischen sich eine uralte, gebrechliche Frau in den Nebel. Langsam drehte die Alte den Kopf zu ihm. Ihr einziges Auge glotzte ihn an.

Aidos Brust zog sich zusammen, als hätte der Nebel nach seinem Herzen gegriffen.

Unbeweglich stand er im Becken. Die Erkenntnis hatte ihn gelähmt. Sie alle waren Gefangene des Metamorphen: Sina, das andere Mädchen, die Alte – und der Feuer-Cyryg.

Szilkas trat aus dem Dunst und legte ihm eine Hand auf die Schulter. »Die Königin war genau das, wovor du immer gewarnt hast.«

»Witzig.« Aido lächelte gequält. »Ausgerechnet heute wollte ich es nicht wahrhaben. Es war einfach zu schön – der Moment mit Sina.«

*Und genau das hat mich heute scheitern lassen.*

»Wir wissen beide, dass sie es nicht war.« Szilkas deutete hinüber zu den Überlebenden. »Unsere Sina sitzt dort drüben. Und es ist noch nicht zu spät.«

## Kapitel 81

Die junge Wildron hatte die Knie an die Brust gezogen. Still saß sie im Nebel und starrte in das, was hinter ihr lag – oder noch vor ihr stand.

Cord ließ sich vor ihr nieder. »Wo ist Arnold?«, fragte er. »Weißt du, wohin ihn die Königin gebracht hat?«

Die Königin hatte es bis zuletzt nicht preisgegeben.

»Ohne mich wirst du ihn niemals wiedersehen«, hatte sie ihm gedroht.

Freita hatte den Cyryg in einer Sphäre isoliert. Mit jedem Feuerstoß – mit jedem Ausbruchsversuch – waren Druck und Hitze in der Sphäre gestiegen. Verzweifelt hatte der Cyryg mit den Flügeln um sich geschlagen – bis er den Kampf gegen Freita verloren hatte. Die Königin war besiegt. Kraftlos krümmte sie sich auf dem Boden.

Freita öffnete die Sphäre und riss der Königin das Gewand vom zitternden Leib. Nackt und wehrlos lag sie da, offenbarte auf ihrem entblößten Bauch jenen verborgenen Zugang, den nur Cord sehen konnte.

Der Zugang zu jener inneren Welt, in der sie Sina und die anderen gefangen gehalten hatte.

Freita hielt sie, Cord berührte sie – und öffnete Freita den Weg.

Die Königin wimmerte, flehte und drohte, doch Freita drang in sie ein – verließ den Fluss der Zeit.

Dort, wo eben noch die Königin lag, erschienen wie aus dem Nichts Sina und die anderen gefangenen Geschöpfe.

Freita war verschwunden – fort mit der Königin, hinaus aus Raum und Zeit.

»Kannst du mir nicht sagen, wo mein Freund Arnold ist?«, fragte Cord das Mädchen noch einmal.

Sie hob den Blick, sah ihn ungläubig an – und schüttelte den Kopf. Tränen liefen über ihr Gesicht.

»Schon gut.« Cord strich ihr übers Haar. »Ich werde ihn finden«, sagte er, ohne zu wissen, wo er überhaupt mit der Suche anfangen sollte.

»Das wirst du nicht«, sagte eine Stimme hinter ihm. »Ihn finden.«

Larkes stieg aus dem Becken, begrüßte Aido und Szilkas mit einem kaum sichtbaren Nicken. »Falls dein Gefährte lebt – und sie ihn nicht in sich getragen hat –, gibt es nur einen Ort. Und der bleibt dir für immer verschlossen.«

»Sieh an, wer munter und fröhlich aus meinem Born spaziert«, sagte Aido. »Larkes, der Verräter.«

Szilkas hob die Waffe.

»Jeder verrät jeden irgendwann«, erwiderte Larkes ruhig. »Eines Tages sogar sich selbst. Das ist dir nicht fremd, Aido.«

Bevor eine Antwort kam, unterbrach Cord. »Sag schon. Wo ist Arnold?«

Kailard trat langsam aus dem Nebel. »Dort, wo alle Metamorphen geboren werden. Habe ich recht?«

Larkes nickte.

Cord sah ihn an, als könne er die Antwort noch verhindern. Dann glitt sein Blick zu Kailard.

»Sag schon. Wo ist er?«

Kailard senkte den Blick. »Bei den Krir.«

Die Erkenntnis traf Cord wie ein Schlag. Es ging nicht darum, Arnold zu verstecken. Ein neuer Metamorph sollte in seiner Gestalt geschaffen werden. So wie einst ein anderer Metamorph zur Königin wurde, indem er sich die Gestalt der jungen Wildron Wileba zu eigen gemacht hatte.

»Wunderbar, dann ist das geklärt«, rief Aido. »Wenden wir uns den bedeutsamen Angelegenheiten zu. Sina!«

»Bleib, wo du bist – oder ich schieße dir deinen Schädel vom Hals«, rief Mila und hob ihre Waffe.

Aido war bereits einen Schritt auf Sina zugegangen – und erstarrte.

Szilkas richtete seine Waffe auf Mila.

Celwyn zögerte, zielte abwechselnd auf den Sturmjäger und Mila.

Aido hob mit einem entwaffnenden Lächeln die Arme. »Niemand muss heute mehr sterben. Denn es ist eine neue Ära angebrochen.«

»Schweig«, befahl Mila.

Sina legte die Hand auf ihren Arm. »Lass ihn sprechen.«

Aido zwinkerte dankbar.

»Alles hat sich geändert«, sagte er.

Er verschränkte die Hände hinter dem Rücken.

»Erstens. Die Portalsperre ist zerbrochen. Dradora wird durch das Mercatoriat bedroht. Und daran ist der da ...« – er warf Cord einen Seitenblick zu – »... nicht ganz unbeteiligt.«

»Zweitens«, fuhr er fort. »Wir alle haben mit eigenen Augen

gesehen, welcher Dämon unser Reich regiert hat.«

»Drittens.« Er deutete auf das zitternde Mädchen. »Die wahre Erbin König Werter Wilebas hockt dort. Gebrochen, ihres Titels bestohlen, ihrer Vergangenheit und Zukunft beraubt.«

Mit einem selbstgefälligen Nicken an das Mädchen wandte er sich an die Umstehenden. »Ich gestatte ihr, von nun an die Geschicke des Hauses Wileba zu lenken – den Göttern und dem Herrscher Dradoras ergeben.«

»Viertens.« Er räusperte sich und sah kurz zu Cord. »Manches deutet darauf hin, dass … Haidamar wiedergeboren sein könnte. Und wenn nicht, so hat sich der Knabe immerhin als nützlich bei der Befreiung meiner Enkeltochter erwiesen. Und damit kommen wir zu fünftens.«

Aido hob die Arme. »Die Herrschaft des Hauses Skallahat hat begonnen.«

Er atmete tief durch und blickte Sina in die Augen.

»Und ich will, dass Tarsina Xentu Skallahat die Reichskrone trägt, sobald sie bereit ist, diese Bürde zu schultern.«

»Niemals!«

Sina erhob sich. Ihr Blick war kalt. Verletzt. Abgestoßen.

»Ich bin keine Skallahat und ich werde es niemals sein.« Ihre Lippen bebten. »Mit dir und deinen Leuten werde ich keine gemeinsame Sache machen.«

Aido hob beschwichtigend die Hände. »Ich verstehe, dass du ein wenig Zeit benötigst. Nimm sie dir. Du wirst erkennen, dass das Haus Skallahat dir stets wohlgesonnen war und immer seine schützende Hand über dich gelegt hat.«

»Wohlgesonnen?« Sina schrie ihn an. »Verhöhnst du mich? Deine Monster haben meine Freunde in Steinsäulen verwandelt! Und du …« – ihre Stimme zitterte – »du hast meine Eltern auf dem Gewissen.«

Aidos Ton wurde kälter.

»Liebes Kind, weigerst du dich beharrlich, die offensichtliche Wahrheit zu akzeptieren? Ja, etliche meiner Entscheidungen, meiner Taten und meiner Befehle magst du mir aus deiner Perspektive zurecht vorwerfen. Aber niemals dulde ich den Vorwurf, mein eigenes Kind auf dem Gewissen zu haben.«

Ein Warnschuss krachte.

Mila hatte vor Aidos Füße geschossen.

Sofort sprang Szilkas schützend vor Aido und zielte auf Milas Kopf.

Celwyn spannte die Waffe.

»Halt«, befahl Aido. »Das kriegerische Weib wird die Waffe auf der Stelle senken. Denn vorerst vermag nur ich Sinas Sicherheit zu garantieren.«

Sina nickte.

Auf ihr stummes Zeichen nahm Mila die Waffe runter und trat zurück.

Aido lächelte zufrieden. »Sag mir, Sina ... wann wirst du endlich begreifen, wer deine Eltern wirklich ermordet hat?«

Sina wich seinem Blick aus.

»Es waren deine eigenen Leute, dein Verlobter Ibnidai Unadil – dessen Kopf ich dir zur Feier deiner Rettung schenken werde.«

Er lächelte kalt. »Und bevor du fragst, nein, Unadil ist noch am Leben. Doch ich bin sicher, in diesem Moment wünschte er sich gewiss, es nicht zu sein.«

»Ich will nicht seinen Kopf«, sagte Sina mit bebender Stimme. »Ich will ihn lebendig – um ihn mit meinen eigenen Händen zu töten.«

Aido schloss die Augen, als würde ihn ihr Wunsch rühren.

»Das nenne ich einen vielversprechenden Anfang.«

Dann hob er die Stimme. »Und wenn das erledigt ist, werden wir das Reich einen. Nicht nur die Fürsten – auch Alva. Dradora wird bestehen – gegen das Mercatoriat, gegen die äußeren Bedrohungen. Und wenn es sein muss, gegen die Adorianer selbst.«

»Und du, Sina«, fügte er hinzu, »du wirst das Jadeheer für uns gewinnen. Der neue Jadefürst wird dich anhören.«

Sie schwieg und Cord erkannte, dass sie mit sich rang. Der neue Herrscher hatte es fertig gebracht, Zweifel zu säen.

Sogar Cord zog in Erwägung, dass Aido Skallahat es ernst meinen könnte. War es möglich, dass dieser Mann trotz seiner begangenen Verbrechen der Überzeugung war, zum Wohle der Menschen auf der richtigen Seite der Geschichte zu stehen? War es vielleicht Cord selbst, der das Unheil nach Dradora gebracht und das Tor zur Hölle aufgestoßen hatte? War der Dämon, den sie fürchteten … am Ende Cord?

Der Gedanke ließ ihn zusammenzucken. Was, wenn sich hinter dem Höllenschlund mehr verbarg als bloßer Aberglaube? Was, wenn *er selbst* der Dämon war, der von dort seinen Fuß in diese Welt gesetzt hatte, um Dradora heimzusuchen?

Aido legte die Hand auf Cords Schulter. »Ich habe dir bereits einmal angeboten, in meine Dienste zu treten. Und nun erneuere ich mein Angebot und biete dir zudem den Rang des Ersten Navigators an. Was sagst du?«

Unsicher sah Sina ihn an.

Cord trat zu ihr, nahm sie in den Arm und hielt sie fest.

»Was tun wir hier?«, flüsterte sie.

»Das Mercatoriat ist eine Bedrohung«, sagte Cord leise. »Sie dürfen nicht auch noch diese Welt verderben.«

Mila packte Sina am Arm. »Seid ihr beide verrückt geworden? Statt euch auf seine Seite zu schlagen, solltet ihr ihn töten. Sag nur ein Wort – ich erledige es. Auch wenn mich sein Monster in Stücke schießt.«

Sina schüttelte den Kopf. »Niemand wird heute sterben.« Es klang, als müsste sie sich selbst davon überzeugen.

Entsetzt starrte Mila sie an. »Ich erkenne dich nicht wieder. Bist du es überhaupt? Oder hat dich dieser Junge verhext? Oder dein … Großvater?«

Sina strich über Milas Gesicht.

»Niemand wird heute sterben.«

»Das sehe ich völlig anders.«

Die Stimme schnitt durch den Nebel wie ein kalter Wind.

Walter stand auf einem Mauerstück – unbewegt, wie aus Stein gehauen.

Sein Blick suchte Cord. Ruhig, unerbittlich, voller Endgültigkeit.

»Walter kann es«, sagte er.

»Und Walter tut es.«

Dann drückte er ab.

Der Schuss hallte durch das Becken – ein einziger, trockener Knall.

Aido wurde nach vorn gerissen.
Szilkas reagierte sofort – und feuerte zurück.
Cord schrie.
Roh. Zerrissen.
Denn in diesem Moment begriff er, was Walter ihnen genommen hatte.
Hoffnung.
Zukunft.
Sich selbst.
Walters Kopf war weggeschossen.
Was von ihm übrig blieb, zuckte, sackte in sich zusammen – und kippte von der Mauer.

## Kapitel 82

Wie durch Watte hindurch hörte Cord den Lärm.
Rufe. Schritte. Metall. Der Mob stürmte heran.
Mit Eisenstangen bewaffnet sprangen sie über die Mauer.
Szilkas hatte Aido in den Born gezerrt. Das Gesicht des sterbenden Königs ragte aus dem Nebel. Seine Augen starrten ungläubig in den Himmel.
Dann mähte Szilkas gemeinsam mit Mila und Celwyn die vorderen Reihen der Angreifer nieder.
Der rasende Mob wich zurück.
Doch nicht weit. Denn ihr flammender Gott war erschienen.
Helrath zersprengte die Mauer. Er stand reglos am gegenüberliegenden Beckenrand, ein loderndes Standbild aus Glut und Feuer.
Der Dämon richtete seinen sengenden Blick auf Cord – und begann seinen Tanz.
Eine Wachkompanie erreichte den Platz und eröffnete das Feuer.
Mit ihrem Gott im Rücken, und nur mit Eisenstangen bewaffnet, stürzten sich die Anhänger des Kults in die ungleiche Schlacht.
Erbarmungslos wurden sie niedergemetzelt.
Doch Helrath widerstand. Der Feuerhagel prallte wirkungslos von

ihm ab.

Er verbeugte sich und wies mit glühenden Armen auf Cord.

Dann trat er vor. Kraftvoll. Unaufhaltsam. Geradewegs durch den Born.

»Halte ein!«, keuchte Aido und spuckte Blut.

»Ich ... befehle es.«

Seine Augen waren weit aufgerissen. Denn er ahnte, was geschehen würde.

Der Feuerdämon sprang in den Born.

Lebende Lava zerschnitt zischend und kreischend den Dunst. Mit einem peitschenden Knall verdampfte der Nebel in einer grellen Explosion.

Die Druckwelle fegte Cord von den Beinen.

Dann wurde es still.

Der Nebel war verschwunden.

Der ewige Born zerstört.

Im leeren Becken lag ein einziger Körper. Nackt. Verkohlt. Zuckend.

Von Tris und Herta – keine Spur.

Die lebendige Brandleiche richtete sich auf. Zitternd, schwankend, suchend.

Bis sie Cord fand. Zögerte. Und auf ihn zu taumelte.

Die Kreatur war entstellt, doch Cord erkannte sie.

Elrik.

Sein Gesicht ein zerfließendes Gemälde aus Schmerz und Asche.

»Feuer«, befahl Szilkas.

Die Wachen gehorchten und zerfetzten das, was von Elrik Hennemann übrig geblieben war.

Aido lag in einer roten Lache.

Er grunzte. Lachte. Weinte. Alles zugleich.

»... hätte nicht gedacht ... dass ich heute sterbe ...«

Er wandte den Kopf, suchte Sina.

Sah zu ihr auf und streckte die Hand nach ihr aus.

Doch Sina wich zurück.

Seine blutverschmierten Lippen formten ein Flüstern. »Arnamma ...

meine liebe Arnamma …?«

Er hustete, spuckte Blut.

»Sina … komm … Geschenk …«

Die Hand blieb ausgestreckt, zitterte.

Verlor langsam an Höhe.

Stück für Stück sank der Arm – als hätte auch er genug vom Kämpfen.

Cord sah, wie die Müdigkeit Aido überrollte. Wie sie in ihn hineinkroch – bleiern, kalt, endgültig.

Der große Skallahat lag da wie ein müder, alter Mann.

In seinen Augen: Angst. Trauer. Und ein letzter, kaum fassbarer Funke Hoffnung.

War das alles? War das das Ende?

Hatte er wirklich … alles verloren?

Sina zögerte. Zitterte.

Dann schlug sie ein – ergriff seine Hand.

Ein sanftes Lächeln zog über sein Gesicht, als er ihr das Letzte schenkte, was er zu geben hatte: Erinnerung, Wissen, Macht.

Dann starb er.

Der ungekrönte König – Skat Aido Skallahat.

## Kapitel 83

Cord ruhte auf jenem Bett, in dem er vor der Prüfung geschlafen hatte.

Sina, Wildron und er lagen dicht beieinander, suchten Trost und Halt in der Nähe des anderen. Denn niemand wollte in dieser Nacht allein sein.

Auf dem Tisch brannte eine Kerze und verströmte einen herben Wachsduft. Daneben lagen die letzten Dinge aus Cords altem Leben. Das Taschenmesser seines Vaters. Und die Lampe, die Walter ihm zu Beginn ihrer Reise geliehen hatte.

In einer dämmrigen Ecke saß Mila auf einem Hocker. Sie wachte schweigend über Sina.

Celwyn stand in der Tür. Sie hatte die junge Wildron als Oberhaupt des Hauses Wileba anerkannt.

Und draußen, auf dem Balkon, trottete Larkes auf und ab. Er hatte Cord die schwarze Uniform des Ersten Navigators überreicht, und dafür Galdwyns goldenen Umhang zurückgenommen.

Mit einem Ruck, der durch seinen ganzen Körper fuhr, schreckte Cord aus dem Schlaf. Ein Albtraum. Walter und Arnold ertrunken in dem Wasserfall, den sie am Tag ihrer Ankunft hinabgesprungen waren.

Die Panik ließ nach, doch die Verzweiflung blieb. Denn die Wirklichkeit, in die er erwachte, war kaum weniger grausam als der Traum.

Er spürte den warmen Atem an seiner Schulter, den zitternden Arm auf seiner Brust.

Wildron wimmerte im Schlaf. Auf Sinas Wange glänzte eine Träne.

Beide waren gefangen gewesen in einem Raum zwischen den Welten. An einem Ort, den es nicht geben durfte.

Die eine für Stunden.

Die andere fast ihr ganzes Leben.

Ganz vorsichtig, um die beiden Mädchen nicht zu wecken, rutschte Cord vom Bett.

Die Stiefel des Navigators klackten dumpf auf dem Boden.

Milas Blick folgte ihm – wach, prüfend, schweigend.

Cord trat auf den Balkon.

Vor ihm lagen die Trümmer der Stadt.

Ein einziger Springbrunnen plätscherte. Unbekümmert. Als sei nichts geschehen.

Cord hob den Blick zum Auge des Haidamar und stellte sich vor, dass Walter dort oben sei – an der Seite der Götter, mit Lurchi neben sich. Beide kleine Funken am Firmament, das gnädig auf die Ruinen herabblickte.

Er beneidete die, denen der Glaube an ein Jenseits Trost spendete. Er hingegen sah nur das Vermächtnis eines zerstörten Sterns, der majestätisch strahlte, scheinbar starr und ewiglich. Wie jede Nacht, als sei die Welt in Ordnung.

Aber das war sie nicht.

Beide Freunde hatte er verloren.

Den einen unwiederbringlich. Und den anderen?

Larkes hatte gesagt, Arnold sei bei den Krir. Ein Ort, der für Cord unerreichbar war.

Noch war er das – doch in ihm war ein Plan gereift.

*Ich hole dich zurück, Arnie.*

*Ich schwöre es.*

»Wach auf«, flüsterte er und strich Wildron über die Hand.

Sie blinzelte.

»Sag mir – wo liegt die Quelle des Blaubrands?«

»In den Stollen«, antwortete sie leise.

»Wo genau?«

Sie zuckte mit den Schultern. »Überall. Die Stollen verlaufen entlang der Erzadern tief im Berg.«

»Das glaub ich nicht. Was wusste die Königin darüber?«

»Es tut mir leid.« Sie setzte sich und hob entschuldigend die Hände. »Nur wenn sie mich benutzte – meine Gestalt annahm –, konnte ich mitbekommen, was sie dachte oder tat.«

»Und woran erinnerst du dich? Na los – sag schon.«

Ein Lächeln huschte über ihre Lippen.

»An unseren Kuss auf dem Balkon. Daran erinnere ich mich.«

Cord wurde rot. Verlegen biss er sich auf die Unterlippe.

»Wie romantisch«, sagte Sina.

Sie war wach – und hatte es gehört.

Cord spürte, wie sich sein Magen zusammenzog. Was mochte sie jetzt von ihm denken?

»Ich … kann es erklären«, stammelte er.

»Musst du nicht.«

Sina ließ sich vom Bett gleiten und setzte sich auf die Tischkante.

»Zum einen sind wir nicht so verklemmt wie ihr Mirlinge. Zum anderen ist da nichts zwischen uns, weshalb du mir eine Erklärung schuldig wärst.«

Sie sah ihn an. Dann zog sie die Mundwinkel zu einem kalten Lächeln.

»Du kannst tun, was du willst. Sogar kleine Mädchen küssen.«
Ihre Worte waren scharf – wie ein Eiszapfen, der sich in sein Herz bohrte.
»Weder sehe ich aus wie ein Mädchen, das zu jung für ihn wäre«, sagte Wildron, »noch bin ich es. Ich bin sogar viel älter als du.«
»Schön, dann ist das ja geklärt«, entgegnete Sina. »Zurück zu dir, Cord. Du hast nach der Quelle des Blaubrands gefragt. Ich kenne sie.«
Mit großen Augen sah er sie an. »Du?«
»Was ist, soll ich dich zur Quelle fliegen, oder nicht?«

Zunächst hielt Cord es für einen Scherz – eine Retourkutsche für Wildrons Kuss. Doch dann war Larkes gekommen. Mit einem zusammengefalteten Gleiter.
»Sieht so aus«, sagte Sina, »als hätte mir mein Großvater ein nützliches Sammelsurium hinterlassen. Folge mir.«
Sina trat auf den Balkon und entfaltete den Gleiter mit geübter Bewegung.
»Los! Steig auf!«
»Du kannst ein solches Gerät fliegen?«, fragte Cord verwundert.
»Keine Ahnung.« Sie zuckte mit den Schultern. »Ich glaube, ich erinnere mich an die Handhabung.«
Der Gleiter hob surrend ab, blieb schwebend vor Cord stehen und blendete ihn mit einem grellen Lichtkegel.
»Na los.« Sie grinste – und stieg auf.
»Wartet!«, rief Wildron. »Ich komm mit euch. Das Gleiten hab ich so vermisst.«

Celwyn hatte ihr das königliche Fluggerät gebracht.
Jetzt schwebten beide Mädchen auf ihren Gleitern über dem Balkon, vom Auge Haidamars silbern umhüllt.
Cord sah zu ihnen auf.
Zögerte für einen Moment.
Wildron sah ihn an – weit, offen, erwartungsvoll.
Sina blickte zur Seite, aber ihre Finger klammerten sich fester um die Griffe. Auch sie wartete.
Cord spürte den Moment. Wusste, dass beide hofften – jede auf ihre

Art.

Er sah zu Wildron.

Dann zu Sina.

Ein winziges Zucken huschte über Sinas Gesicht, als sich ihre Blicke trafen.

Cord steckte das Taschenmesser und Walters Lampe ein.

Und stieg zu Sina auf den Gleiter.

Ein letzter Blick hinab in die schweigende Welt unter ihm.

Dann stießen sie sich ab, rissen sich los von der Schwere am Boden – und verschwanden über den Dächern von Zanmathar.

## Kapitel 84

Die Gleiter zogen eine weite Schleife über Zanmathar, bevor sie abwärts kippten und in den Krater eintauchten.

Cord klammerte sich an die Haltegriffe, spürte den Sog der Tiefe unter sich – und zwang sich, nicht hinabzusehen.

Doch wie damals auf der schwebenden Scheibe im Lager der Rebellen sicherte ihn eine unsichtbare Barriere.

»Halt!«

Er zeigte nach unten. Dort, wo der Krater sich zum Tunnel krümmte, funkelte Metall.

Die Rüstung des Cyryg. Zerborsten. Zerschmettert.

Cord suchte den Boden ab. Doch Tak war nirgends zu sehen. Nur Trümmer. Und eine gewaltige Blutlache.

*Hat Tak sich in den Tunnel zurückgezogen?*

Die Gleiter tauchten in den dunklen Schlund ein. Ihre Lampen warfen flackerndes Licht auf das Gestein und zogen schattenzerrissene Muster über die Wände.

Cord hielt weiter Ausschau nach einem Zeichen.

Doch Tak war nicht sein Ziel. Sein Ziel lag tiefer.

Dort, wo Blaubrand geboren wurde.

Sie drangen tiefer und tiefer in den Tunnel vor. Er bot das immer gleiche Bild: Felswände aus geschmolzenem und wiedererstarrtem Gestein.

Je weiter sie vordrangen, desto drückender wurde die Hitze. Die Luft war dünn und stickig. Der Tunnel war ausgestorben, jedes Leben ausgelöscht. Von den Menschen blieben nur ihre Schatten – eingebrannt in den Fels, ein düsteres Echo ihres letzten Moments.

Cord versuchte, sich die Macht vorzustellen, die das bewirkt hatte. Wie groß musste sie gewesen sein, um von den Menschen nichts zurückzulassen außer düstere Abbilder, stumm in den Stein gezeichnet?

Sina hielt vor einem Tor aus Emaridianstahl, das in der Tunnelwand eingelassen war. Das Inferno hatte Fels und Stahl untrennbar verschweißt. Neben dem Tor führte ein frisch geschlagener, schmaler Durchbruch in einen dahinterliegenden Raum.

Niemand sprach. Ehrfürchtig betrachteten sie das Tor.

Auf dem Metall waren deutlich die Umrisse zweier sich umarmender Kinder zu erkennen. Ihr Abbild war im Stahl eingebrannt und hielt den letzten Moment der beiden wie eine Fotografie für die Nachwelt fest, um den Schrecken zu bezeugen und einen Funken Trost zu spenden.

Denn selbst die höllische Macht, die ihnen das Leben geraubt hatte, konnte sie nicht entzweien. Ihr Schatten blieb ein ewiges Zeugnis der Liebe, das überdauern würde, was auch immer kommen mochte.

Für alle Zeit.

Cord schaltete die Taschenlampe ein. Der schmale Lichtkegel kroch über die Wände, huschte über Gestein und Schatten.

Dann traten sie durch den Spalt.

Dahinter lag eine niedrige Halle.

Holzfässer stapelten sich an einer Wand, einige waren zerborsten und ausgelaufen. Ein schimmerndes, blaues Puder überzog den Boden wie Raureif.

Auf einem Tisch lagen umgekippte Krüge und Essensreste.

Schaufeln und Pickel waren neben dem Spalt verstreut.

*Hier war einmal Leben.*

Cord ging in die Hocke. Strich mit der Hand durch das Pulver.

Es kribbelte in seinen Fingerspitzen – als hätte er etwas Lebendiges berührt. Dann sah er zurück zur Öffnung in der Wand.

»Sie haben sich hier rausgeschlagen«, murmelte er. »Nach dem Unglück.«

Sina ließ das Puder durch ihre Finger rieseln. Fein wie Asche.

»Blaubrand in reiner Form«, murmelte sie. »So viel davon ...«

Dann deutete sie auf ein weiteres Tor an der gegenüberliegenden Wand.

»Dahinter«, flüsterte sie, »muss die Fabrik liegen.«

## Kapitel 85

Cord schob das Tor beiseite. Und öffnete die blaue Halle.

Fauler, beißender Gestank schlug ihm entgegen.

Er riss den Kopf zurück, hustete, hielt sich den Ärmel vors Gesicht.

Von der Decke hingen die Skreyts.

Hunderte. Tot und ausgedörrt. Wie hängengelassene Puppen aus Leder und Knochen.

An Eisenketten gefesselt, eingehängt in ein System aus Schienen, aus Weichen, aus Zahnrädern, das sich wie ein Netz durch die Decke zog.

Maschinen ratterten.

Mühlen mahlten.

Zentrifugen rotierten.

Über dem Trichter eines leergelaufenen Mahlwerks hing einer der Skreyts.

Ausgelaugt. Verformt. Wie ein zerquetschtes Insekt.

Vor dem Auslass des Apparats ein Häufchen dunkles Mehl. Fein und trocken.

In der Mitte der Halle lag die Quelle des Lichts wie ein ummauerter Brunnen. Ein blaues Leuchten drang aus seinem Inneren und tauchte alles in diesen fahlen, kalten Schein.

Nichts lebte mehr hier.

Nur das Licht. Und die Maschinen. Sie liefen weiter, als wäre die Welt in Ordnung.

Cord trat ein. Vorsichtig, wie ein Eindringling in ein Heiligtum.

Er griff nach einer herabhängenden Kette und zog daran.

Ein Körper setzte sich in Bewegung. Ein Skreyt, vertrocknet und leblos, schwankte an der Kette und fuhr an Cord vorbei.

Cord sah zu – und dann kam die Erkenntnis wie eine Welle, die ihn von innen traf.

Er taumelte. Stützte sich an eine Maschine.

Sein Blick war leer, sein Mund trocken.

»Skreyts und Blaubrand ... sind eins«, flüsterte er.

»Sie bauen hier nichts ab.« Er schluckte. »Sie töten sie. Sie ... mahlen sie. Und machen daraus Blaubrand.«

Wildron trat einen Schritt zurück.

»Aber ... warum hier?«, hauchte sie. »Warum ... in der Mine?«

Cord antwortete nicht. Sein Blick wanderte zu ihr, dann zu Sina – und dann zur Quelle des blauen Lichts. Dem Brunnen.

Er trat näher. Beugte sich über den Rand. Und erstarrte.

Da unten bewegte sich etwas.

Skreyts. Lebendig. Sie flogen.

Sie zogen ihre Kreise über einer Stadt aus Türmen. Leuchtend blau, wie aus Licht gebaut.

Wie ein Gott sah Cord auf sie hinab.

Und die Skreyts blickten mit großen, runden Augen zu ihm hinauf.

Dann stiegen sie ihm schwungvoll entgegen. Und prallten gegen eine unsichtbare Wand. Wieder und wieder.

»Was ... ist das?«, flüsterte Sina.

Niemand antwortete.

Sie starrten hinab in die Welt unter ihren Füßen.

Und dann begann Cord zu verstehen. Langsam. Widerwillig. Unumkehrbar.

»Es ist ... ihre Welt«, sagte er leise. »Die Welt der Skreyts.«

Er schluckte. Sein Blick war leer und voller Entsetzen.

»Ihre Heimatwelt.«

Er legte die Hand auf das unsichtbare Feld.

»Ein Portal«, sagte er. »Es ist ein weiteres Portal.«

Cord starrte in das flirrende Blau.

Die Türme waren nicht schwarz.
Nicht wie in seinen Träumen.
Vielleicht waren sie es nie.
Vielleicht hatten ihnen nur Schuld und Schmerz die Farben geraubt.

»Welche Verbindung besteht zwischen den Skreyts und den Krir?«, fragte Cord.

»Sie waren die Herren Dradoras«, antwortete Wildron. »Vor den Menschen.«

»Die Skreyts brauchen die Krir«, ergänzte Sina. »Und die Krir brauchen die Skreyts. Gemeinsam bilden sie das Alte Volk.«

Cord spürte den Kloß in seinem Hals. »Und wozu ... brauchen sie sich?«

Sina zuckte mit den Schultern. »Ich kenne nicht alle seine Geheimnisse.« Sie wandte ihren Blick ab und holte tief Luft. »Und ich will es auch nicht.«

Cord schwieg.

Aber er ahnte, was in ihr tobte. Was hatte der Fürst ihr noch gezeigt? Das Ritual des Stürmerborns? Oder etwas noch Abscheulicheres?

Behutsam legte er die Hand auf ihre Schulter.

Da fuhr sie herum.

»Kannst du ... herausfinden, ob er in mir ist?«

Ihre Augen waren weit aufgerissen. »Benutzt er mich ... um weiterzuleben?«

Cord erstarrte. Alle Worte waren fort.

Sina zitterte.

»Kannst du es herausfinden?«

Cord sah sie an. Lang und still.

Dann nickte er.

»Ja«, sagte er leise.

»Das könnte ich.«

Schwere Ketten rasselten.

Wildron hatte einen Käfig bewegt, der neben dem Portal baumelte.

Cord fuhr zusammen. Sein Magen verkrampfte sich. Ein Grauen kroch in ihm hoch. Langsam und unaufhaltsam.

»Sie sind aus ihrer Welt direkt in den Käfig gesprungen«, flüsterte er. »Und damit in ihren Tod.«

Wildron wich einen Schritt zurück. »Aber … warum sollten sie das tun?«

Sina zeigte auf den Ausgang der Halle. »Weil es sie zu den Krir zieht.«

Cord nickte. »Es muss einen Torwächter geben … oder gegeben haben.«

Er ließ den Blick durch den Raum wandern.

Spürte das Schweigen. Den Widerstand des Steins.

Wie beim Schrat, damals, im Waldportal. Versteckt im Fels. Wachend und wartend.

»Aber wir brauchen keinen Torwächter, um es zu öffnen.«

Er trat an das Portal. Legte beide Hände auf die Barriere.

Sina hielt ihn am Arm fest. »Bist du dir sicher, dass du das willst?«

Cord schüttelte langsam den Kopf. »Nein. Aber ich bin mir sicher, dass es das ist … was die Krir von mir wollen.«

Dort, wo Cord die Barriere berührte, breiteten sich Kreiswellen auf ihrer Oberfläche aus und offenbarten ihm die Feinstruktur des Portals. Er entdeckte das Schloss, seine Hand war der Schlüssel.

Dann öffnete er den Durchgang.

Sofort sprang der erste Skreyt durch das Portal, stieß gegen einen seiner ausgedörrten Artgenossen und watschelte in die Vorhalle.

Der Nächste folgte. Dann Dutzende, Hunderte, Tausende. Sie brachen aus der blauen Welt hervor und machten sich auf den Weg – zielgerichtet, lautlos, unbeirrbar. Dem Ruf der Krir entgegen.

Dann plötzlich versiegte der Strom.

Die übrigen Skreyts kreisten weiter über der Stadt aus blauem Licht, zogen ihre Bahnen zwischen den Türmen und schenkten dem Portal keine Beachtung.

»Worauf warten wir?« Cord trat ans Tor. »Lasst uns dem Schwarm folgen.«

Sie kehrten in die Vorhalle zurück.

Dort reihten sich die Skreyts wie wartende Passagiere vor dem engen Durchbruch auf. Sie zwängten sich einer nach dem anderen hindurch.

Wildron tippte einen von ihnen an. »Hey, du.«

Der Skreyt krächzte schrill, watschelte zur Seite und ignorierte sie.

»Heißt es nicht, das Alte Volk hätte Verstand?«, fragte sie. »Dieser hier gehört auf jeden Fall zu den dümmeren Exemplaren.«

Sie wiederholte das Spiel. Einer nach dem anderen. Doch keiner erweckte den Eindruck, er sei irgendwie vernunftbegabt.

Nachdem der letzte Skreyt die Halle verlassen hatte, zwängten sich Cord und die Mädchen ebenfalls durch die Öffnung, stiegen auf die Gleiter und folgten dem Schwarm.

Wie Fledermäuse schossen die Skreyts durch den Tunnel. Sicher, zielgerichtet, lautlos.

Die Gleiter hinter ihnen her.

Am Ende des Tunnels funkelte Licht. Tageslicht.

Sina beschleunigte, raste dem Ausgang entgegen – und zog den Gleiter im gleißenden Sonnenschein senkrecht nach oben. Am höchsten Punkt jauchzte sie vor Freude und ließ das Gerät in die Tiefe stürzen – kopfüber, rotierend um die eigene Achse.

Panisch krallte sich Cord fest, obwohl er gesichert war. Aber diese Beschleunigungen waren zu heftig. Er würgte, schluckte und zwang sich, dem Brechreiz zu widerstehen.

Während Cord das Becken aus Lava immer schneller entgegenkommen sah, schrie er heiser: »Lass das! Und tu es nie wieder.«

Sina schwenkte in eine sanfte Flugbahn und klopfte ihm beiläufig auf den Schenkel.

Wildron zog auf gleicher Höhe ganz dicht an ihn heran. Die Tragflächen berührten sich beinahe.

»Du hättest dich besser für mich entscheiden sollen.« Sie grinste. »Es ist nicht zu spät. Spring rüber.«

Cord wurde still.

Die Blicke der Mädchen trafen sich.

Sinas Augen verengten sich zu schmalen Schlitzen, während Wildron die Lippen zu einem dünnen Strich zusammenpresste.

Die beiden musterten sich. Herausfordernd. Abschätzend.

Aus Wildrons Mundwinkeln stahl sich ein kaum wahrnehmbares Zucken. Zunächst sah es aus wie ein höhnisches Grinsen. Doch dann weiteten sich ihre Augen, als sie gegen die aufsteigende Heiterkeit ankämpfte. Ihre Gesichtszüge vibrierten kurz und ein zaghaftes Lächeln huschte über ihre Lippen.

Sina erging es nicht anders. In den Augenwinkeln bildeten sich winzige Lachfältchen und ihre Mundwinkel hoben sich.

»Hol ihn dir doch«, rief sie, blinzelte hinüber und beschleunigte das Fluggerät abrupt.

Wildron nahm das Wettrennen an.

Beide Gleiter schossen davon, jagten dem Schwarm hinterher.

Wendeten, tanzten, stachen empor wie glitzernde Pfeile.

Cord starrte in den Himmel, klammerte sich an den Gleiter und wusste: Das war erst der Anfang.

## Kapitel 86

Die Sonne stand tief über dem Horizont, als zwischen den verstreuten Felsbrocken der Geröllwüste die ersten Türme der Krir auftauchten – schwarz, still, uralt, als wären sie nicht erbaut, sondern dem glitzernden Basalt der Ebene selbst entsprungen.

Ihre Schatten zogen sich wie dunkle Finger über das Land und griffen nach den letzten Lichtstreifen des Tages.

In der Ferne erhoben sich die schneebedeckten Gipfel des Karsangebirges, gleißend weiß, ein harter Kontrast zur flirrenden Hitze der Ebene.

Ein kühler Wind wehte aus den Bergen herüber, mischte sich mit dem würzigen Staub der Wüste und trug das Krächzen des Schwarms mit sich.

Die Skreyts, nur noch ein paar Dutzend, hatten sich vom Hauptschwarm getrennt und verteilten sich unregelmäßig über die Ebene.

Beim Anblick der Türme stießen sie schrille, aufgeregte Rufe aus und stürzten sich hinab.

Ein rasendes Wettrennen begann. Jeder gegen jeden. Ihre Flügel flatterten wie zerfledderte Fahnen im Wind, ihre Bewegungen unkoordiniert und gehetzt.

Doch ihr Ziel war klar.

Wer als Erster einen der Türme erreichte, schlüpfte durch eine enge Öffnung ins Innere und verteidigte seinen Besitz mit kreischenden Lauten und peitschenden Flügelschlägen.

Die Zurückgebliebenen, die leer ausgegangen waren, taumelten orientierungslos umher, warfen sich gegen die Mauern, irrten ziellos zwischen Fels und Türmen.

Schließlich sammelten sie sich.

Ein Haufen aus Enttäuschung und unerfülltem Instinkt. Sie formten einen neuen Schwarm, stiegen kreischend in den Himmel und verschwanden in Richtung der Dämmerung.

Cord, Sina und Wildron hatten die Gleiter auf einem Felsvorsprung abgestellt und sahen hinab auf das Feld der Türme.

Und sie warteten.

Das Abendrot wich der Nacht. Die kühle Brise verwehte die Hitze des Tages.

Die drei rückten zusammen, suchten Wärme in der Nähe des anderen.

Dann begann es.

Die Nacht erwachte.

Zuerst war es nur einzelnes Flackern. Ein fernes, bläuliches Glimmen.

Ein Turm, dessen Silhouette sich kaum vom düsteren Hintergrund abhob, begann zu leuchten. Rhythmisch und hypnotisch sandte er seine Botschaft in die Wüste.

Andere folgten.

Ein Blinken hier, ein Pulsieren dort. Bis die Wüste zu leben begann.

Ein Netz aus Licht, gewebt aus einzelnen Impulsen, breitete sich aus, glich sich an, fand seinen Takt.

Wie ein atmender Organismus, wie ein kollektives Herz, rief das Feld der Türme in die Nacht hinein.

Und der Ruf wurde erhört.

Die Krir kamen.

Die Luft knisterte.

Eine unsichtbare elektrische Spannung kitzelte über Cords Haut.

Er hörte es, noch bevor er es sah. Ein Wispern. Ein Flirren.

Dann Bewegung.

Krabbenartige Wesen tauchten auf, erst vereinzelt, dann in Scharen. Sie verdichteten sich zu feinen silbernen Fäden, zu einem blitzenden, funkelnden Strom, der die Türme umspülte.

Ein Geräusch wie klirrendes Glas, wie brechendes Eis.

Ein pulsierender Strom sammelte sich, schichtete sich übereinander und verschmolz knackend und klackend zu einem Körper. Zu einem Abbild jenes Krir, der Cord und seine Gefährten einst in die Wüste getragen hatte.

Wildron hielt den Atem an und rückte ganz nah an Cord.

Er nahm ihre Hand und legte seinen Arm vorsichtig um Sina.

Sie zuckte nicht zurück. Doch ihr Blick traf ihn im Profil – ein Blick, den er nicht deuten konnte. War da Schmerz? Ablehnung? Oder einfach nur Müdigkeit?

Verunsichert wollte er den Arm schon zurückziehen.

Da legte Sina ihre Hand auf die seine und hielt ihn fest. Langsam, zögerlich, schob sie sich näher an ihn heran.

Sie warteten. Und niemand sprach ein Wort.

Dann geschah es.

Das Blinken endete.

Einige wenige Türme strahlten durchgehend hell. Alle anderen waren erloschen.

Der Krir erwachte aus seiner Starre.

Mit einem einzigen Schritt versetzte er den Boden in Schwingung, stapfte zum nächstgelegenen dunklen Turm – und griff hinein.

Ein Skreyt, kauernd, schlafend oder in Trance, wurde herausgezerrt. Er schlug mit den Flügeln, krächzte, schrie, klammerte sich an die Mauern.

Doch es gab kein Entkommen. Die Kiefer des Krir schnappten zu.

Ein Geräusch wie das Knacken von Knochen, das Reißen von Sehnen. Dann das schmatzende Mahlen der Kiefer.

Cord riss die Augen auf. »Was zum Teufel ...«

Der Krir marschierte weiter und zog den nächsten Skreyt aus dem nächsten Turm.

Wieder Kreischen. Wieder Zermalmen.

»Hat nicht jemand gesagt, Krir und Skreyts brauchen sich gegenseitig?«, fragte Cord. Seine Stimme war gepresst, tonlos.

Sina zuckte mit den Schultern. »Sieht so aus, als hätte sich derjenige geirrt«, sagte sie ruhig. Zu ruhig.

Enttäuschung flutete Cord. Und Wut. Eisige Wut.

War das alles gewesen?

Diese Träume von den Skreyts, die ihn in den Himmel getragen hatten. Die Ahnung, Teil von etwas Größerem zu sein. War das alles nur ein Irrtum?

»Das kann doch nicht wahr sein!« Er schlug mit der Faust auf den Boden. »War es das, was sie von mir wollten? Dass ich ihnen einfach nur ... *Futter* bringe?«

Er ließ sich nach hinten fallen, die Augen geschlossen, das Kreischen der Skreyts noch in den Ohren.

Sina sah ihn lange an. »Was hast du denn erwartet?«

Cord antwortete nicht.

»Eine Symbiose zwischen Skreyts und Krir«, flüsterte Wildron. »Etwas, das auf Gegenseitigkeit beruht.«

Der Krir riss das nächste Opfer aus seinem Turm.

Cord verkrampfte sich bei jedem Schrei.

»Du hast dir ihre Dankbarkeit erhofft«, sagte Wildron leise. »Du dachtest, sie würden dir im Gegenzug deinen Freund freigeben.«

Er richtete sich auf. Zum ersten Mal sah er in Wildrons Blick die Königin, die sie hätte werden können.

»Selbst wenn die Skreyts nur Futter sind«, sagte sie, »warum sollten dir die Krir nicht dankbar sein?«

Der Krir war dabei, sein grausames Werk zu vollenden.

Nur noch wenige Türme waren unberührt und leuchteten vor sich hin, als wäre nichts geschehen.

*Moment mal ...*

Cord fuhr hoch.

»Er hat noch keinen der leuchtenden Türme angerührt!«, rief er plötzlich – und sein Herz begann schneller zu schlagen.

»Ist das Zufall?«, murmelte er. »Oder … verschont er die absichtlich?«

Die Mädchen erhoben sich.

»Du hast recht«, flüsterte Wildron. »Er hält nur vor den dunklen Türmen.«

Sie beobachteten das Abschlachten.

Der Krir ging weiter. Von einem dunklen Turm zum nächsten – einer nach dem anderen. Aber die Leuchtenden? Unberührt.

Dann war endlich Stille.

Das Kreischen der Skreyts war verstummt.

Und der Krir wandte sich ab. Er stapfte davon.

»Halt! Warte! Wo willst du hin?«, rief Cord. Er rannte los, stolperte den Felsvorsprung hinab, dem Krir hinterher.

»Ich will, dass du mich zu Arnold bringst!«, schrie er. »Ich hab die Skreyts zu euch gelassen! Ich hab euch gegeben, was ihr wolltet! Jetzt zeigt mir, was ihr mir schuldet!«

Der Krir marschierte gleichgültig weiter. Und viel zu schnell.

Cord stolperte, fiel in den Sand.

»Komm zurück … Ich befehle es!« Seine Stimme brach.

Der Krir beachtete ihn nicht.

Cord kniete da, die Hände im Sand verkrallt.

Atemlos. Staub auf den Lippen.

Die Nacht kroch über ihn.

Und der Krir verschwand in der Wüste.

*Die Gleiter! Schnell!*

Cord riss den Kopf herum, wollte nach den Mädchen rufen – und erstarrte.

Die überlebenden Skreyts waren aus ihren Türmen getreten. Sie leuchteten. Nicht das Licht der Türme, sondern aus sich selbst heraus. Ein fahler, blauer Glanz breitete sich aus, ließ den Wüstensand schimmern und tanzte über die Schatten der Nacht.

Die Skreyts flatterten nicht mehr wie aufgescheuchte Tiere.

Sie zwitscherten.

Sie berührten sich mit den Flügeln, stießen sich zart an, ein Flügelschlag hier, ein Ton dort.

Es war kein Krächzen mehr. Es war Gesang.

Melodisch. Geordnet. Eine Sprache aus Licht und Klang.

Eine Stimme sang, eine zweite antwortete, eine dritte fiel ein.

Ein Dialog. Ein Denken.

*Sie … kommunizieren.*

Einige Skreyts erhoben sich, glitten über die Ebene, umkreisten die Türme.

Einer landete neben Wildron, ein anderer vor Sina.

Ein weiterer flog über Cord hinweg, beschrieb einen engen Kreis … und landete – direkt vor ihm.

Cord hockte im Sand. Starrte in diese großen, runden Augen, tiefschwarz wie Glas.

Und in ihnen sah er sich selbst. Nicht nur sein Spiegelbild – sondern sich.

Die Wüste in seinem Blick. Das Licht des Haidamar über seinem Haupt.

Und dann sprach das Spiegelbild in den Augen des Skreyts:

*Skreyts und Krir. Zwei Welten so fern. Und doch eins.*

*Die Skreyts geben Kraft. Die Krir geben Geist.*

*Nur gemeinsam sind sie das Alte Volk.*

Cord hielt die Luft an.

Der Skreyt blinzelte … und schob sich näher.

Weitere kamen.

Sie glitten herab, umkreisten Cord. Nicht wie Schwärme.

Wie Wächter. Wie Träger einer Wahrheit.

Sina und Wildron schwebten auf ihren Gleitern heran.

Cord richtete sich auf. Seine Hände zitterten.

Die Luft war erfüllt von Licht und Klang – wie ein langsamer Gesang des Universums.

Er sah zu Sina – und stieg auf.

Dann flogen sie.

Hinab ins Reich der Krir.

Geführt von Wesen, die er einst für Tiere gehalten hatte.

Und die in Wahrheit das älteste Lied dieser Welt in sich bewahrten.

# Kapitel 87

Die leuchtenden Scheiben der riesigen Krir erhoben sich wie Götter aus dem Sand. Ihre glitzernden Tentakel schwebten über der Wüste, als tasteten sie nach der Welt.

Ein dumpfer Laut hallte durch die Weite – ein uralter Gruß, tief wie aus dem Innersten der Erde geboren.

Cord, Sina und Wildron landeten auf dem Kamm einer Düne. Der Anblick raubte ihnen den Atem.

Die Skreyts hatten sie hierhergeführt und verabschiedeten sich nun.

Ein letztes Konzert aus Farben, Lauten und aufblitzenden Flügelschlägen: ein Dank, ein Abschied, ein Gesang.

Dann erhoben sie sich in die Luft und flogen weiter zu den Giganten, um deren Zeremonie beizuwohnen.

Aus allen Himmelsrichtungen strömten die Krir heran.

Sie trugen die Gabe der Skreyts – das Erbe der Opfer. Blaubrand, reiner als je zuvor.

Am Fuß der Riesen zerfielen sie in ihre krabbenartigen Bestandteile, die über den Sand huschten, an den Tentakeln emporkletterten und im Inneren der Giganten verschwanden.

Die Prozession hatte ein Ende gefunden. Die Opfergabe war dargereicht.

Die Skreyts segelten zwischen den Tentakeln, landeten auf den Riesen, zwitscherten und warteten.

Farbige Muster huschten in Wellen über die gewaltigen Körper der Krir.

An der Unterseite jeder Scheibe stülpten sich Waben hervor, die in tiefblauem Schimmer pulsierten, als würden sie atmen.

Cord, Sina und Wildron beobachteten das Spektakel.

Schweigend erwarteten sie die Antwort auf all die Rätsel dieser uralten Symbiose:

Zwei Spezies, getrennt durch ihre weit entfernten Welten, verbunden durch eine kosmische Brücke aus Licht und Opfer.

Ein gemeinsames Gedächtnis.

Eine Geschichte, zu groß für Worte.
Und doch bereit, sich zu offenbaren.

Ein Knall.

Eine der Waben war aufgerissen.

Schleim troff hervor, zäh und silbrig, und ein unförmiger Klumpen senkte sich an klebrigen Fäden in den Sand.

Reglos lag er da. Dann zuckte er. Ein Ruck. Noch einer. Der Klumpen öffnete sich – und ein Skreyt kroch daraus hervor.

Cord fuhr zurück.

Auf dem Bauch des Skreyts leuchtete das Mal.

Das Mal des Sehers. Das Mal der Königin.

Ein neuer Metamorph. Schleim rann über seinen Körper. Doch er wischte ihn beiseite, stellte sich auf die Beine und blickte erwartungsvoll hinauf zur Sphäre.

Ein weiterer Knall. Dann noch einer.

Zwei neue Klumpen fielen herab.

Der erste Metamorph zwitscherte aufgeregt, watschelte zwischen ihnen hin und her. Dann blieb er stehen, rührte vorsichtig den einen Klumpen an – dann den anderen. Und als hätte er gefunden, was er suchte, hüpfte er aufgewühlt auf der Stelle.

Er half seinem Gefährten aus dem Schleim. Beide rieben zwitschernd ihre Bäuche und Köpfe aneinander und tänzelten umher.

*Ein Wiedersehen?*

*Oder ... ein Wiedererkennen?*

Cord sah sie an – diese bizarren Wesen, als hätten Albträume versucht, sich harmlos zu verkleiden.

»Sie tragen das Zeichen der Metamorphen«, murmelte er. »Aber ... irgendetwas stimmt hier nicht.«

Wildron keuchte, als hätte man ihr die Luft aus der Brust gedrückt. Für einen Moment schien ihre ganze Haltung zu zerbrechen – dann fing sie sich, blieb aber stumm.

Sina trat neben sie, stützte sie, ohne ein Wort.

»Nein«, sagte Cord leise. »Es ist nicht das, was du fürchtest. Sie wirken ... zufrieden. Als hätten sie sich gesucht. Und gefunden.«

»Hast du erwartet, dass sie sich auf ein Opfer stürzen?«, fragte Sina.

»Ja«, sagte Cord. »Etwas in der Art.«

Er schwieg. Dann fügte er hinzu: »Oder … sie treten bereits in der Gestalt ihres Opfers in die Welt.«

*In Arnolds Gestalt.*

Cord wagte nicht, Wildron nach ihrer Verwandlung zu fragen. Nicht, weil er die Antwort fürchtete, sondern weil er wusste, wie tief der Riss war, den diese Wahrheit in ihr hinterlassen hatte.

Also schwieg er – ließ den Blick schweifen, sah dem Skreyt-Paar nach, das sich zärtlich berührte, dann die Flügel öffnete und gemeinsam in die Nacht tauchte.

Die Skreyts regneten aus den Krir, tropften herab und traten in die Freiheit.

Doch dann, aus einem einzigen Schleimklumpen, kroch etwas anderes hervor – zappelnd, strampelnd, röchelnd, bis es sich ächzend aus der Masse schälte.

Cord wich einen Schritt zurück.

Es war ein Mensch. Und zugleich keiner.

Sein Umriss war vage, die Konturen waberten, als suchte er nach einer adäquaten Erscheinung. Wo Augen und Mund hätten sein sollen, saßen strukturlose Einstülpungen – als hätte jemand das Gesicht vergessen.

Dann hob die Kreatur die Hände, als könnte sie sehen – und stieß ein Kreischen aus, das selbst den Wind zu zerschneiden schien.

»Bei den Göttern!«, keuchte Sina.

Wildron taumelte zurück.

Das Wesen fuhr herum, entblößte sein auffälliges Mal am Bauch und setzte sich in Bewegung. Schwankend und wankend kam es auf sie zu.

»Auf die Gleiter! Schnell!«, rief Cord.

Die Mädchen sprangen auf ihre Fluggeräte.

Cord zögerte. Sein Blick pendelte zwischen beiden.

Der Metamorph beschleunigte.

Sina gab ihm ein kurzes, klares Zeichen.

Cord verstand – und wählte Wildron.

Sofort stiegen die Gleiter in die Höhe.

Wildron keuchte, die Augen weit aufgerissen. Sie starrte hinab auf das Ding unter ihnen.

Cord zog sie an sich. »Ganz ruhig. Hier oben bist du sicher. Ich verspreche es.«

Sie drehte sich zu ihm, vergrub das Gesicht an seiner Brust.

Er hörte ihr Schluchzen, spürte ihr Zittern.

Behutsam hob er den Arm, wollte ihr übers Haar streichen – doch dann hielt er inne. Sah hinüber zu Sina.

Sina erwiderte seinen Blick – und nickte. Ein Nicken, so leise wie ein Windhauch, und doch unmissverständlich.

Cord fuhr Wildron übers Haar. Streichelte sie. Hielt sie.

Er stellte sich vor, was sie durchgemacht hatte. Was es bedeutet, von einem Metamorph berührt worden zu sein. Und zu wissen: Der Albtraum ist zurück.

»Wir sind bei dir«, flüsterte er.

Cord sah hinab auf das Wesen.

Sein Gesicht formte sich neu. Wieder und wieder. Augen, Münder, Grimassen, die in tausend Varianten aufblitzten, als könnte es sich nicht entscheiden, wer oder was es sein wollte.

»Du bist es?«, sprach der Metamorph mit zitternder Stimme. »Der rekonstruierte Admiral?«

Cord schluckte. »Wer bist du?«

»Niemand.« Das Wesen hob die Hände. »Siehst du es nicht? Ich bin niemand.«

»Jeder ist jemand«, erwiderte Cord leise. »Oder etwas.«

»Ich war Qulan. Ich kannte den, aus dem du geschaffen wurdest.«

Cord nickte ihm zu. »Sprich weiter.«

»Mein Geist überlebte … in den Krir.«

»Warum dort?«

Qulan deutete mit flatternder Geste auf das weite Land um sie. »Kennst du sie nicht – die Verbindung? Zwischen Krir und Skreyts?«

»Skreyts werden ohne Bewusstsein geboren«, sagte Cord. »Ohne Vernunft. Sie empfangen ihre Seele erst von den Krir. Und die Krir gewinnen durch die Skreyts ihre Macht.«

Qulan neigte den Kopf. »Aber das ist nicht alles.«

Cord nickte. »Ich weiß. Die Seele der Skreyts ist ein Geschenk. Und dieses Geschenk gibt es nur, wenn genug Skreyts geopfert wurden.«

Qulan lachte. »Der große Haidamar weiß also nicht alles.«

Cord schwieg und wartete.

»Wenn ein Skreyt spürt, dass sein Ende naht«, sagte Qulan, »dann sucht er die Krir auf. Er übergibt ihnen alles: seinen Verstand, sein Wissen, seine Erinnerungen. Seinen ... Geist. Und wenn die Zeit reif ist, und wenn die Krir es für richtig halten, formen sie aus den leeren, seelenlosen Neugeborenen neue Körper und füllen sie mit der Essenz der Altgewordenen.«

Qulan nickte. »Die Skreyts sind unsterblich – wenn es die Krir erlauben.«

Cord schluckte. Ein Kloß saß ihm im Hals.

Es war so viel größer, so viel gewaltiger, als er es je hatte begreifen können.

»Aber dein Geist ...«, sagte Cord, »ist nicht der eines Skreyts. Und dein Körper war ... menschlich.«

Schon während er die Worte formte, begann er zu verstehen. Schmerzhaft und unaufhaltsam.

»Die Krir ...«, sagte er, »sie können keine menschlichen Körper erschaffen.«

Qulan nickte langsam. »Es war bereits ein Wunder, menschliche Geister in den Krir zu archivieren. Aber was nie gelang, war die Schaffung der Körper. Die, deren Gestalt wir annehmen, müssen uns separat zugeführt werden. Durch die Krir – oder durch uns selbst.«

Wildron klammerte sich enger an Cord.

»Du wirst uns niemals berühren!«, rief Cord.

»Aber so kann ich nicht überleben.«

Cord sah abgestoßen und angewidert auf ihn hinab.

*Dieses Wesen ist das Ergebnis einer Sünde – eines unvollständigen Eingriffs in eine kosmische Symbiose. Es ist ein Verbrechen.*

»Dann wirst du sterben«, sprach Cord mit fester Stimme.

Qulan senkte den Kopf. Er wandte sich ab und wollte gehen.

»Warte!«, sagte Cord. »Wie viele von euch gibt es hier draußen?«

»Drei – mit mir. Natir übernahm das Mädchen neben dir. Sie folgte meinem Bruder, den wir schickten, um den Weg für unsere Rückkehr zu bereiten. Er fiel den Hexen von Alva in die Hände. Natir hatte den Auftrag, ihn aus der langen Gefangenschaft zu befreien. Doch sie widersetzte sich unserem Beschluss, um das Geheimnis ihrer Herkunft zu bewahren.«

Qulan hob die Hände vors Gesicht. »Und jetzt fehlt mir die Zeit, meinen Bruder zu finden.«

»Niemand wird ihn finden. Der Seher aus der Wüste ist tot.«

Qulan erstarrte. Dann sagte er: »Das werden wir alle sein. Doch zuvor werden die anderen Bewahrten zurückkehren, denn die Adorianer sind gegangen und du bist gekommen. Und du hast den Krir die Macht zurückgebracht.«

Cord schüttelte den Kopf. »Ich bin nicht euretwegen hier, sondern um einen Freund zu finden.«

»Doch! Du weißt es nur nicht. Denn es wäre ein Verbrechen, das kostbare Wissen der alten Menschheit nicht zu bewahren und nicht zu nutzen.«

»Wie viele sind es … im Archiv?«

»Alle, die ausreichende finanzielle Mittel hatten. Tausende.«

Cord spürte, wie ihm der Boden unter den Füßen schwand. Er wollte verstehen, doch Qulan entfernte sich bereits ein paar Schritte, hielt dann inne und sah sich noch einmal um.

»Dein Freund war für mich bestimmt. Doch wie du siehst, haben die Krir sich anders entschieden.«

Cord trat einen Schritt vor. »Wo ist er? Wo ist Arnold?«

Qulans Stimme klang wie aus einer anderen Welt: »Du willst ihn zurück?«

Er lachte leise und tonlos.

»So gib mir eines deiner Mädchen.«

Einen Moment blieb er stehen.

Dann wandte er sich ab, zog davon.

Und ließ die Kälte eines uralten Verbrechens zurück.

# Kapitel 88

Sie schwebten noch auf den Gleitern, beobachteten Qulan, wie er hinter einer Düne verschwand.

Dann suchten beide Mädchen Cords Blick.

»Was ist?«, fragte er leise.

Sina musterte ihn mit einem nachdenklichen Schmunzeln. »Das solltest du uns sagen.«

»Traut ihr mir das wirklich zu? Dass ich euch … ihm überlasse?«

»Vielleicht nicht Sina …«, flüsterte Wildron. »Ihr hattet mehr Zeit füreinander. Aber ich …«

Ihre Stimme brach. Ihre Augen glänzten. Sie schluckte.

Der Gedanke an das, was sie hatte ertragen müssen. Über Jahre. Eingesperrt in einer Welt aus Nebel. Missbraucht von einer Monstrosität.

Cord legte die Hand auf ihre Schulter. »Das würde ich niemals zulassen.«

Er warf einen kurzen Blick zu Sina.

»Qulan hat geblufft. Er hat keine Macht über die Krir.«

Die Furcht in Wildrons Augen wich Erleichterung und Dankbarkeit.

»Die Krir haben entschieden, ihm Arnie nicht zu überlassen. Und nach dem, was Qulan gesagt hat, muss Arnie noch bei ihnen sein.«

Er blickte über die Ebene der Krir.

»Die werden Arnie bald ausspucken. Was sollten die sonst mit so einem nervigen Typen anfangen?«

Die Krir hatten den verbliebenen Geistern der Skreyts neues Leben geschenkt.

Doch von Arnold – keine Spur.

»Ich geh zu ihnen runter«, sagte Cord.

Sina hob eine Augenbraue. »Um was zu tun? Mit ihnen die Angelegenheit bereden?«

Sie hatte recht.

Diese uralten Geschöpfe würden sich nicht durch Worte umstimmen lassen. Er wusste nicht einmal, wie er überhaupt mit ihnen sprechen sollte. Und was sollte er ihnen sagen, was sie nicht bereits wussten? Was sollte er ihnen geben, was er ihnen nicht bereits gegeben hatte?

Er seufzte.

Ihm blieb nichts, außer zu hoffen, dass sie ihn nicht ignorierten. Und dass sie ... dankbar waren.

»Lasst uns näher ranfliegen«, sagte er leise.

»Nur ein kleines Stück ... damit wir nichts verpassen.«

*Und damit sie uns nicht vergessen.*

Die Gleiter kreisten über den Giganten.

Singend glitten die Skreyts dahin, streiften die Gleiter wie Vögel im Spiel, dann tauchten sie zwischen den Tentakeln unter, als wollten sie ein letztes Lied anstimmen, bevor das Unerklärliche begann.

Plötzlich – ein tiefes Dröhnen.

Ein Ruf.

Einer der Krir hatte begonnen. Die anderen antworteten.

Eine lärmende Hölle brach los.

Die Skreyts stoben auseinander.

Sina und Wildron rissen die Gleiter in die Höhe.

Cord blickte entsetzt hinab.

Die Krir hatten sich erhoben und formierten sich in der Wüste.

In gleichmäßigen Abständen stellten sie sich zu einem Kreis, als steckten sie eine Arena ab.

Dann errichtete jeder mit tänzelnden Tentakeln vor sich einen Turm.

Im Gleichtakt begannen alle Türme zu blinken. Und zu hämmern.

Wuchtig und tief hinein in den Wüstenboden.

Der Sand erwachte. Wellen liefen, türmten sich, überlagerten sich.

Die Erde brodelte. Die Dünen zerflossen.

Sandfontänen stoben in den Himmel und tanzten zum hämmernden Rhythmus wie goldene Perlen.

»Dort!« Sina brüllte und deutete hinab. »Da ist jemand.«

Eine Gestalt auf zwei Beinen taumelte durch das Chaos.

Ging unter. Tauchte auf. Wurde geschleudert. Verschwand wieder.

»Arnie!«, brüllte Cord.

Beide Gleiter stürzten hinab.

Der Lärm war Schmerz.

Cord fühlte, wie der Druck seinen Kopf zu sprengen drohte.

Ein Arm!

Ein Arm ragte aus dem Sand.

Cord sprang. Tauchte ein.

Der Sand umschloss ihn. Presste ihn nieder.

Er kämpfte sich durch, tastete – und fand einen Tentakel.

Halb zog er sich daran hoch, halb wurde er emporgerissen – wie ein Spielball der Götter.

Ein Gesicht im Sand, umhüllt vom goldenen Schein.

Cord schwang sich zum nächsten Tentakel.

Gleißendes Licht brach aus dem Sand hervor und flutete den Platz.

Da! Das Gesicht. Arnolds Gesicht.

Cord streckte sich. Berührte eine Hand. Verlor sie wieder.

Eine neue Welle kam. Etwas brach aus dem Boden hervor. Der Sand explodierte.

Cord hielt sich fest.

»Arnie!«

Sein Schrei verschmolz mit dem Inferno.

Neben ihm wuchs eine Wand empor.

Nicht aus Stein. Nicht aus Sand.

Aus Licht. Aus Gold.

Jetzt!

Cord packte zu. Ergriff die Hand. Hielt sie fest.

»Spring!«, rief Sina.

Ihr Gleiter taumelte heran.

Cord ließ los ... fiel.

Landete hart auf dem Gleiter.

Über ihm erhob sich die goldene Wand.

Cord sah sie kaum. Er hielt Arnolds Hand.

Sina setzte den Gleiter unsanft in den Sand.

Staub wirbelte auf.

Arnold hing schlaff über der Tragfläche. Das Gesicht im Schatten. Die Augen geschlossen.

»Arnie!« Cord sprang zu ihm, rüttelte an seiner Schulter.

Keine Reaktion.

Er beugte sich hinab, legte das Ohr an seinen Mund.

»Er atmet ...« flüsterte er. »Aber warum ... warum rührt er sich nicht?«

Cord zögerte.

Er wagte es nicht, das Hemd seines Freundes zu heben.

Fürchtete sich davor, das Mal zu sehen. Davor, was es bedeutete.

Sein Herz raste.

Schließlich riss er den Stoff hoch.

Für einen Moment stand die Welt still.

Dann senkte er die Finger auf den Bauch.

Nichts.

Kein Mal. Nur weiche, unversehrte Haut.

Glänzend im goldenen Schein.

Er lachte – ein Laut aus Erleichterung und Glück.

Und tätschelte Arnold – während sich hinter ihm das goldene Schiff über die Arena erhob.

»Was soll das werden?« Arnold blinzelte, spuckte Sand.

»Hör auf, an meinem Bauch rumzufummeln, du beknackter Knuli.«

In der Ferne sah Cord die Positionslichter von Wildrons Gleiter.

Sie wartete.

Arnold lag neben ihr, zusammengerollt auf dem Rücken.

Kaum hatten sie ihn auf den Gleiter gelegt, war er eingeschlafen – als hätte er einfach weitergeträumt, während die Welt um ihn herum eine völlig andere geworden war.

Das goldene Schiff hing lautlos über der Wüste.

Wie ein abgeflachter Tropfen schwebte es am Himmel – glatt, makellos, ohne Fenster, ohne Türen, ohne sichtbaren Antrieb.

Die Krir hatten sich zurückgezogen.

Nichts rührte sich.

Das Schiff blieb, wie es war – als wäre es eingefroren in der Zeit.

Es sandte keine Nachricht. Öffnete keine Luke. Gab kein Zeichen, dass es sie überhaupt bemerkte.

Cord starrte hinauf.

Er hatte nichts erwartet. Nicht wirklich.

Und doch ... jetzt war es da.

Sina trat neben ihn. Sie musste die Fragen in seinem Gesicht gesehen haben, die Unruhe in seinem Blick.

Sie legte die Hand auf seinen Arm. »Vielleicht ... hat es dich erkannt.«

»Lass uns aufbrechen«, sagte Cord.

Sie setzten sich auf den Gleiter.

Doch dann hielt Sina inne. Bewegte sich nicht.

»Was ist?«, fragte er leise.

Sie atmete tief. Ihre Nasenflügel bebten.

Er spürte, wie sich ein Knoten in seiner Brust zusammenzog.

Sinas Stimme – leise, ängstlich: »Was hast du auf seinem Bauch gesehen?«

»Nichts. Und das ist gut.«

»Und wenn ... da etwas gewesen wäre? Was hätte es bedeutet?«

Etwas an ihrer Stimme ließ ihn frösteln.

Er zögerte. Seufzte.

»Dass er ein Metamorph ist.«

Sie schluckte. Ihr Blick wich aus.

Sie presste die Lippen aufeinander, als wollte sie die Worte in sich einschließen.

»Ich befürchte ... etwas stimmt nicht mit mir.«

Ihm schnürte es die Kehle zu.

Ein entsetzlicher Verdacht, scharf wie ein Dorn, bohrte sich in sein Bewusstsein.

Er wagte nicht, ihn auszusprechen.

»Vielleicht ...«, sagte sie, »sind es nur die Erinnerungen ... meines Großvaters ... die sich so fremd anfühlen.« Ihre Stimme war brüchig.

Cord fürchtete das, was sie gleich sagen würde.

»Oder er ... oder die Königin ... ist in mir.«

Sie zitterte. »Oder ... ich bin noch immer in ihr.«

Eine einzelne Träne lief über ihre Wange.

Er zog Sina behutsam in die Arme.

»Das hätte ich bemerkt.«

Sie legte das Kinn auf seine Schulter.

»Aber ... du hast es dir noch gar nicht angesehen.«

Dann stand sie auf – ganz langsam.

Zögernd löste sie das Band ihres Kleides.
Der Stoff glitt lautlos hinab.
Sina stand da. Still.
Sie atmete flach. Ihre Hände zitterten.
»Und ... was siehst du?«
Cord war wie erstarrt.
Sie war vollkommen nackt.
Und nie war sie ihm zugleich stärker und verletzlicher erschienen.
Ihre bronzene Haut glänzte matt im Licht des goldenen Schiffs.
Ein Anblick von atemloser Schönheit – und von tiefem Ernst.
Sein Blick glitt über sie – über die sanften Kurven ihres Körpers, die geschwungene Taille und die zarten Erhebungen ihrer Brüste, die sich bei jedem Atemzug hoben und senkten.
Er wagte kaum zu atmen.
Dann hob er die Hand, ganz vorsichtig – und strich mit zitternden Fingern über ihren Bauch.
»Nichts ...«, flüsterte er. »Da ist nichts, was nicht zu dir gehört.«
Er richtete sich auf – auf wackeligen Beinen – und legte sacht die Hand auf ihre Schulter.
Und dort, unter seiner Berührung, leuchtete das Tat'Machal wie eine Antwort. Das Zeichen der verlorenen Königin von Alva.
»Du bist kein Metamorph.«
Ihre Augen weiteten sich. »Bist du dir sicher?«
Er nickte. »Absolut.«
Mit einem leisen Laut warf sie sich ihm entgegen. Umklammerte ihn.
Ihre Tränen liefen über seine Wange.
Er fühlte ihren bebenden Atem ganz nah an seinem Ohr.
Dann spürte er ihre Lippen.
An seiner Schulter.
An seinem Hals.
Auf seinem Mund.
Ihr Kuss war weich, still, verlangend – und voller Sehnsucht nach einem Moment, der nicht vergehen durfte.
Cord wünschte, die Zeit möge erneut stillstehen.
Genau jetzt.

Auf dem Gleiter über der Wüste.
Vor dem goldenen Schiff.
Unter dem Auge Haidamars.

## Kapitel 89

Für das Volk stand fest: Der Knuh'Likat Haidamar war gekommen. Der Knabe aus der anderen Welt hatte das goldene Schiff gebracht, das erhaben vor den Toren Zanmathars schwebte, funkelnd im Sonnenlicht.

Die Menschen drängten sich außerhalb der Stadt, bestaunten die über ihnen schwebende, wahr gewordene Verheißung. Sie tanzten, tranken, bejubelten den Waffenstillstand, feierten den Anbruch eines neuen Zeitalters.

Am Rande des Festplatzes tagte der Rat unter einem Zelt. Cord saß zwischen Sina und Wildron und rutschte ungeduldig auf dem unbequemen Holzstuhl hin und her. Xervacs und Szilkas hatten ebenfalls Platz genommen, weitere Sturmjäger hatten sich hinter ihnen postiert. Szilkas hatte neben sich einen Stuhl für Sina freigehalten, doch sie setzte sich zu Cord ans gegenüberliegende Ende der Runde. Cord warf Xervacs einen verstohlenen Blick zu, doch der hatte ihn bisher völlig ignoriert. Der Sturmjäger saß reglos da, die Augen geschlossen, die Hand fest um Elgats Griff gekrallt. Die Spitze des Schwerts steckte vor ihm im Sand.

Cord trug die schwarze Uniform des Ersten Navigators, die Kailard extra hatte aufpolieren lassen. »Es ist bedeutsam, bei den Fürsten einen würdevollen Eindruck zu hinterlassen«, hatte er ihm gesagt. Doch auch die Fürsten schienen sich nicht sonderlich für ihn zu interessieren. Sie gefielen sich in ausschweifenden Reden – wie Politiker aus Anburg, die blumige Monologe perfektioniert hatten, ohne je etwas zu sagen.

Bei passender Gelegenheit würde sich Cord absetzen. Denn nicht nur Xervacs ließ ihn unruhig werden. Larkes hatte ihm berichtet, dass Flüchtlinge aus Mir das Portal passiert hatten und nun auf Celwyns Anweisung nach Zanmathar gebracht wurden.

Einer der Fürsten ergriff erneut das Wort. Fürst Pulron aus den Berglanden wiederholte langatmig und ausschmückend fast wortgleich denselben Vorschlag, den seine Standeskollegen schon zuvor gemacht hatten. Im Wesentlichen forderten sie einen Senat, der künftig über Dradoras Geschicke entscheiden sollte.

»Nein.«

Das war das erste Wort, das Cord von Xervacs seit ihrer Begegnung am Born vernommen hatte. Die Stimme des Sturmjägers – und da war es wieder: Lurchis Kopf, wie er am Gürtel des Monsters hing.

»Äh, ich verstehe nicht recht«, sagte Pulron.

Xervacs erhob sich. »Rede ich undeutlich? Oder rede ich wirr? Sag es frei heraus.«

Elgat blitzte auf. Und dann, leise wie ein Windstoß, kam das Raunen zurück. Ferner und schwächer als damals beim Portal, aber deutlich genug.

*In Stahl gebannt, ein Wesen fremd,*
*der Gefangene sich Elgat nennt.*
*Dem Herrn entrissen, in falscher Hand,*
*auf sein Geheiß den Dieb verbrannt.*

Elgats Worte hallten in Cord nach.

Und erst jetzt, da er den Ruf gehört hatte, lichtete sich der Nebel, der die Bande zwischen ihm und seiner Waffe verborgen hatte. Verblüfft fragte er sich, wie er etwas so Kostbares hatte vergessen können. Eine Waffe, die ihm zustand, nur ihm. Die für ihn geschaffen wurde … nicht für dieses Ungeheuer – und nicht für Tris, nicht für Kailard.

*Elgat ist mein. Und ich bin …*

Sina trat ihm unauffällig gegen das Bein. »Cord! Was ist mit dir? Du zitterst.«

Es war, als würde er aus einem Traum gerissen.

»Nimm einen Schluck.« Sie reichte ihm einen Krug.

Er trank. Atmete tief.

»Besser?«

Er nickte.

Sie legte ihre Hand in seine – sanft, aber bestimmt.

»Dem Senat würde selbstverständlich auch ein Vertreter der Sturmjäger beiwohnen.« Fürst Pulrons Stimme flatterte.

Xervacs ließ Elgat mit einem krachenden Schlag auf den Tisch fahren.

»Schluss damit. Skat Aido Skallahat hat den Krieg gewonnen. Ein Skallahat wird die Königskrone tragen. Das sollte für jeden offensichtlich sein.«

Prinz Areth erhob sich. »Fürst Skallahat hat das Haus Wileba geschlagen, nicht jedoch das Jadeheer. Die Lage ist demnach nicht so offensichtlich, wie du vermutest. Und sei gewiss: Der Jadefürst wird niemals vor dir oder deinesgleichen knien.«

Alle Augen waren gebannt auf Xervacs gerichtet.

War dies schon das Ende des Waffenstillstands?

Niemand wagte ein Wort.

Da stand Szilkas auf. »Das eine muss das andere nicht ausschließen. Fürst Skallahat bestimmte Sina zu seiner Erbin. Ich nehme nicht an, dass auch sie den Groll des Jade-Reichs auf sich gezogen hat. Ganz im Gegenteil, denn in Anbetracht der außergewöhnlichen und leidvollen Geschichte des Jadeprinzen sollte es ihm nicht schwerfallen, Sina als seine Königin anzuerkennen.«

Einige Fürsten nickten zustimmend.

Sina saß reglos da. Mit versteinerter Miene hörte sie die Worte des weißen Sturmjägers.

»Ich will das nicht«, hatte sie geantwortet, als Kailard ihr vor Beginn der Ratsversammlung die Optionen aufgezeigt hatte. Entweder würde sie um die Herrschaft kämpfen oder einem Sturmjäger die Krone überlassen. Im schlimmsten Fall würde Xervacs über Dradora herrschen. Nach einem absehbaren Krieg gegen das Jadeheer.

Xervacs schnaubte. »Du erwägst wirklich, jene zur Königin zu machen, die uns bekämpft und verachtet?«

»Es war Aidos Wille.«

»Aido war verwirrt!«, brüllte Xervacs. »Das Mädchen hat ihn verstört. Erwartet wirklich jemand, dass sie imstande ist, Dradora gegen das Mercatoriat zu verteidigen? Sie hat keinerlei militärische

Erfahrung, außer die Befreiung einiger Kinder, und das gelang ihr auch nur deshalb, weil *wir* es ihr zugestanden haben.«

»Das ist wahr«, rief einer der mit dem Haus Skallahat verbündeten Fürsten. »Was wir brauchen, ist ein starker, erfahrener Krieger.«

Er deutete auf Xervacs. »Ich schlage den Besten vor.«

Kailard, der keinen Sitz im Rat hatte, und der bisher im Hintergrund gestanden hatte, trat hervor. »Wenn ihr mir das Wort erlaubt?«

Szilkas nickte.

»Fürst Skallahat hat die Hauptstadt des Reichs eingenommen. Er hat die Truppen des Hauses Wileba im Kampf besiegt und die Königin unter Mithilfe Cords als Hochstaplerin überführt. Damit steht dem Haus Skallahat die Krone zu, selbst wenn dies nicht alle Fürsten begrüßen.«

»Ich bin anderer Ansicht«, fiel ihm Larkes ins Wort. »Sie war eine Hochstaplerin, keine Königin. Die legitime Königin sitzt an diesem Tisch. Es ist nicht Tarsina Xentu Skallahat, sondern Prinzessin Wildron Wileba – die Erbin des letzten rechtmäßigen Königs, Werter Wileba. Aido hat einen Metamorphen besiegt, der sich die Krone erschlichen hat.«

Kailard lächelte. »Womit sie in der Tradition ihrer Vorgänger steht, die sich durch Betrug und anderweitige Verbrechen die Krone ergaunert haben.«

Einige Fürsten stimmten lachend zu.

»Fakt ist«, fuhr Kailard fort, »dass sie die Herrschaft ausgeübt hat und Skallahat ihre Truppen geschlagen hat. Nach herkömmlicher Rechtsauffassung hatte er daher das Recht auf die Krone, und da der designierte König seine Nachfolgerin öffentlich erkoren hat, sollte die Krone an Sina gehen. Dabei ist es unerheblich, wie sehr sie das Kriegshandwerk beherrscht, solange Fürsten und Sturmjäger hinter ihr stehen.«

Kailard warf Xervacs einen eindringlichen Blick zu.

Xervacs' Blick bohrte sich in Kailard – reglos, aber mit einer Drohung in den Augen. Zugleich fuhr er mit der Hand über Elgats Klinge – langsam, wie um sie zu wecken.

Stille.

Dann ergriff Kailard wieder das Wort. »Hinzu kommt ein außerordentlicher Umstand, der – erstaunlicherweise – bisher von niemandem zur Sprache gebracht wurde.«

Die Anwesenden sahen Kailard erwartungsvoll an.

Er deutete zu den feiernden Menschen hinüber.

»Ihr habt die Rufe des Volkes vernommen.« Er zeigte auf Cord. »Sie sehen im Navigator den Knuh'Likat Haidamar. Er wird an der Seite der Königin stehen. Und mit ihm das gesamte Volk.«

Funken tanzten über Elgats Klinge.

Mit einem Aufschrei fuhr Xervacs hoch und zerschmetterte den Tisch mit einem einzigen Hieb.

»Seid ihr alle geblendet? Wollt ihr euch dem nächsten Hochstapler anhängen?«

»Alle wissen, was er vollbracht hat«, entgegnete Kailard.

»Was er vorgibt, vollbracht zu haben.«

Prinz Areth lachte. »Leugnest du etwa das goldene Schiff?«

Xervacs richtete das Schwert gegen Areth. »Das goldene Schiff ist nicht gekommen, weil der Knabe es gerufen hat, sondern weil er im Auftrag des Mercatoriats das Portal geöffnet und den Zorn der Götter heraufbeschworen hat. Wollt ihr das nicht erkennen?«

Areths Soldaten sprangen aus dem Hintergrund hervor. »Senk das Schwert. Sofort.«

Xervacs lachte. »Ihr habt recht. Nicht euer Fürst ist die wahre Bedrohung. Sondern ...«, er riss Elgat herum und richtete die Waffe auf Cord, »... dieser Dämon aus der anderen Welt.«

Blitze huschten über Elgat.

*Dem Herrn entrissen, in falscher Hand.*

Cord erhob sich. »Gib mir das Schwert. Es steht dir nicht zu.«

Xervacs trat einen Schritt vor.

»Was sagst du da?«

»Du hast mich verstanden.«

Xervacs lachte und schüttelte den Kopf. »Begreifst du immer noch nicht, was du angerichtet hast?«

Er senkte das Schwert.

»Sie haben dich so präpariert, dass du felsenfest überzeugt bist, deine

Taten wären rechtens und du stündest auf der Seite des Reinen, des Erhabenen. In Wahrheit bist du nur ein Werkzeug – benutzt von jenen, die das größte Verbrechen an der Menschheit begangen haben – seit der Zerstörung von Xutus Leter.«

Er deutete zum Himmel.

»Du hast das Portal geöffnet und gegen die göttliche Ordnung verstoßen. Und damit meine ich nicht nur, dass du den Zorn der Adorianer heraufbeschworen hast. Das Halkwesen hat ihnen dein Vergehen gemeldet – und deshalb werden sie zurückkehren.«

Er blickte in die Runde.

»Ihr alle habt nicht verstanden, was sein Verbrechen wirklich ist. Aber ich sage es euch: Er hat gegen die göttliche Ordnung der Natur und des Lebens verstoßen, indem er die Welten verbunden hat, die sich bisher isoliert und geschützt voneinander entwickeln konnten. Nun sind wir den Gefahren, der Verlockung, ihrer Gier – ihren Krankheiten und Waffen ausgesetzt.«

Cord erschauderte, als Xervacs' Worte seine eigene dunkle Vorahnung in grelles Licht tauchten.

»Es stimmt«, sagte er. »Das Mercatoriat und all seine großen und kleinen Helfer sind eine Plage, die sich gierig ausbreitet. Aber wir können sie aufhalten – und diese Welt bewahren. Und vielleicht die andere erlösen. Wenn alle Bewohner Dradoras gemeinsam kämpfen – einschließlich des Alten Volkes der Krir und Skreyts. Hinzu kommt das goldene Schiff, das uns Zugang zum Wissen der alten Menschheit bieten kann.«

*Und Freita – ein Wesen, das den Fluss der Zeit zu beeinflussen vermag,* dachte Cord – behielt den Gedanken aber für sich.

Die Fürsten klopften auf den Tisch und signalisierten ihre Zustimmung. Kailard nickte Cord erleichtert zu.

»Damit kommst du nicht durch.« Xervacs schüttelte den Kopf. »Die Götter mögen uns beistehen – nicht du, der schwerste Schuld auf sich geladen hat – für die nur ein einziges Urteil gesprochen werden kann.«

Xervacs hob das Schwert und richtete es auf Cord. Funken und Blitze tanzten über seine Klinge.

Die Fürsten – und sogar Szilkas – blickten ungläubig auf Xervacs.
Sina schrie. Wildron schnellte von ihrem Stuhl hoch.

Cord sah, wie sich ein Kugelblitz vom Stahl löste und auf ihn zuschoss.

Tödliche Hitze schlug ihm ins Gesicht.

Doch kurz vor dem Einschlag drehte der Blitz senkrecht nach oben, durchbrach das Stoffdach und schwebte unbewegt über dem Zelt – wie im Bann.

Der Sturmjäger schleuderte erneut einen Blitz.

Wieder verschonte Elgat Cord.

Xervacs starrte fassungslos auf die Waffe.

Der Griff des Schwerts erglühte. Die Haut zischte, brannte, riss.

Der Sturmjäger zuckte – ließ die Klinge fallen.

Da war sie wieder – die flüsternde Stimme Elgats.

*Den Dieb verbrannt, den Herrn geschont,*
*wann wird der stählerne Knecht belohnt?*
*Ich rate dir, sprich das Wort,*
*Elgat fegt den Dieb hinfort.*

*Tod der Bestie!*

Das war Cords Gedanke.

Und doch wagte er nicht, ihn auszusprechen.

Die Kugelblitze kehrten zurück, schwebten knisternd über Xervacs, und Elgat erwartete die Anweisung.

Doch sie kam nicht.

Dann schlugen die Blitze krachend ein.

Der eine vor, der andere hinter dem Sturmjäger.

Wie eine Warnung.

Holz splitterte und entflammte, Sand schmolz und verdampfte.

Die Wucht der Detonationen schmetterte Xervacs zu Boden.

Er hob sein Haupt – und starrte fassungslos in den Krater.

Cord umrundete den Tisch und nahm Elgat an sich.

Die Anspannung zerschnitt die Stille.

Einer zog sein Schwert. Dann ein weiterer. Dann viele.

Szilkas hob die Hand. Sein Blick war wie ein Befehl. »Halt. Während der Beratung wird niemand sein Leben verlieren. Das haben wir uns zugesichert. Daher nehmen alle die Waffen runter.«

»Da irrst du dich«, sprach Prinz Areth. »Xervacs hat den Ersten Navigator offen angegriffen. Damit hat er sein Schutzrecht verwirkt. Es steht dem Angegriffenen frei, ein Urteil zu fällen – und sofort zu vollstrecken.«

Pulron und weitere Fürsten nickten zustimmend.

Xervacs' Smaragdaugen durchbohrten ihn.

Cord spürte, wie sich etwas in seinem Inneren regte. Ein kaum greifbarer Druck hinter der Stirn.

Doch er ließ es nicht zu. Nicht heute. Nicht hier.

Xervacs senkte den Blick. »Worauf wartest du?«

Er richtete sich mühsam auf, stützte sich auf die Knie – und blieb so vor Cord.

»Tu es. Demütige mich nicht länger.«

Cord dachte an Lurchi. An das, was der Sturmjäger ihm angetan hatte. Er sah Walter vor sich, wie er verwandelt wurde.

»Verschone ihn«, sagte Szilkas ruhig.

»Warum sollte ich ihm Gnade schenken?«

»Um den Menschen die Hoffnung auf einen versöhnlichen Knuh'Likat Haidamar zu geben.«

Szilkas trat hinter Xervacs – wie jemand, der schützt, indem er sich mit ihm zeigt. »Und weil er unser Bruder ist – und wir ihn lieben.«

Cord sah die Sorge in den Augen des weißen Sturmjägers. Und doch war er in diesem Moment nicht weniger furchterregend als die anderen.

*Weshalb sollte ich Xervacs verschonen?*

*Ich habe das Recht, ihn zu töten.*

Und dennoch brachte er es nicht über sich, das Todesurteil zu fällen.

War es, weil er in der Sorge der Sturmjäger um ihren Bruder erkannte, dass auch sie Geschöpfe mit Würde waren – mit einer Seele? Ihre Geburt war wider die Natur. Doch war es seine Entstehung nicht ebenfalls? Und wenn die Sturmjäger tatsächlich aus einem irregeleiteten Zuchtversuch der Hexen von Alva hervorgegangen sein sollten, dann hatte er mehr mit ihnen gemeinsam, als ihm lieb war.

Cord senkte die Klinge auf Xervacs Schulter.
»Gelobe Sina deine Treue. Schwöre, dass du ihr dienen und Schaden von ihr abwenden wirst.«
Der Sturmjäger blickte ins Leere. Seine Brust bebte.
»Tu es«, beschwor Szilkas. »Aido hätte es gewollt.«
»Du bist ein Narr«, sagte Xervacs und schüttelte kaum merklich den Kopf. »Wenn du mich nicht tötest, bist du ein Narr. Erst recht, wenn der Schwur nicht auch dir gilt.«
Szilkas legte ihm die Hand auf die Schulter. »Tu es. Wir brauchen dich. Dradora braucht dich.«
Xervacs atmete heftig, dann sprach er mit lauter, fester Stimme:
»So gelobe ich Tarsina Xentu Skallahat die Treue. Ich schwöre, ihr zu dienen. Schaden von ihr abzuwenden. Ich schwöre es bei den Göttern – die kommen werden, um uns zu richten.«

## Kapitel 90

»Das Schiff öffnet sich!«
Celwyn stürmte ins Zelt, atemlos, ohne Ankündigung.
Die Worte schlugen ein.
Stille.
Kein Laut. Kein Rascheln. Kein Husten.
Nur das gespannte Schweigen einer Versammlung, in der plötzlich jeder wusste, dass jetzt etwas begann, das sich nicht mehr aufhalten ließ.
Und alle Blicke richteten sich auf Cord – voller Erwartung, fordernd.
In diesem Moment bereute er die Uniform.
Er räusperte sich und stand langsam auf. Sein Hals war trocken, die Zunge klebte am Gaumen.
Mühsam brachte er hervor, was sie hören wollten:
»Dann ... gehe ich.«

Draußen: Tumult.
Einige stürmten vor, andere wichen schreiend zurück.

Eine kreischende Frau stieß Wildron zu Boden. Ein jubelnder Soldat trat achtlos über das Mädchen hinweg.

Cord eilte zu ihr, hob sie auf.

Sie klammerte sich an ihn.

*Wo sind Sina? Wo Arnie?*

Im Gedränge hatte er beide aus den Augen verloren.

»Du suchst Sina?« Szilkas war plötzlich hinter ihm aufgetaucht.

Cord fuhr herum.

Szilkas deutete auf eine Gruppe Sturmjäger. »Die zukünftige Königin ist bei ihnen in Sicherheit. Sei unbesorgt.«

*Zukünftige Königin!*

Cord konnte nicht fassen, was hier geschah.

*Sie wollte das nicht.*

»Begib dich zum Schiff«, sagte Szilkas. »Es erwartet den Navigator.«

Die Worte trafen Cord wie ein Schlag.

Das erste Mal, dass jemand sie laut aussprach.

Sie erwarteten tatsächlich, dass er das goldene Schiff bestieg?

Um dann ... was zu tun?

Zu Haidamars Auge reisen? Die goldene Flotte finden? Gegen die Adorianer in den Krieg ziehen?

Cord hatte das Gefühl, den Boden unter den Füßen zu verlieren.

Szilkas betrachtete ihn mit einer Mischung aus Neugierde und Mitleid. Dann zog er etwas aus einer Tasche, das aussah wie ... ein Schnellhefter?

»Nimm es. Aido hätte gewollt, dass du es bekommst.«

Cord starrte auf das Dokument, das ihm der Sturmjäger reichte.

Auf dem Deckblatt stand in Großbuchstaben: GEHEIM – STADTVERWALTUNG ANBURG – JUSTIZ

Er schlug es auf. Sein Herz setzte aus.

Ein Foto seines Vaters.

Traurig, erschöpft – wie ein Mensch, der längst aufgegeben hatte.

Szilkas blätterte weiter und wies auf ein Wort, das Cord noch nie gehört hatte.

ALGRAZIR – SONDERVERWALTUNGSZONE

»Dort findest du eine Spur zu deinem Vater«, sagte er, wandte sich ab – ließ Cord erstarrt zurück.

»Hey Kumpel, da bist du ja.«

Arnold hüpfte herbei, zwinkerte Wildron zu. »Na, meine süße Pilotin.«

Einer der vorbeiziehenden Schaulustigen stieß Cord den Ellenbogen in die Rippen.

»Also Leute«, rief Arnold, »ich bitte um Respekt. Erkennt ihr nicht, mit wem ihr's zu tun habt?«

Er grinste bis über beide Ohren und deutete auf Cord. »Mein Kumpel ist der Navigator. Sogar der Erste Navigator. Und er ist der Knuh'Likat Haidamar.« Er zwinkerte. »Oder für gute Freunde: Knuli.« Dabei konnte er sich ein spöttisches Grinsen nicht verkneifen.

Ein Kind blieb stehen, sah zu Cord hoch.

»Du bist das? Aber du siehst ... ganz normal aus.«

Seine Mutter hielt ihm den Mund zu und musterte Cord.

Weitere Passanten blieben ebenfalls stehen.

»Ja, das ist er«, tuschelte jemand. »Ich hab gesehen, wie er das goldene Schiff zu uns geführt hat.«

Immer mehr Menschen drängten heran.

Sie betrachteten Cord – neugierig, ehrfürchtig, hoffnungsvoll.

»Macht Platz für den Navigator«, befahl ein Mann mit respekteinflößendem, geflochtenem grauen Bart.

Die Menge wich zurück und gab den Blick aufs Schiff frei.

Jetzt erst erkannte Cord, was geschehen war.

Das Schiff war nach wie vor geschlossen – doch eine schimmernde Treppe aus Licht führte nun hinab zum Boden.

»Worauf warten wir?« Arnold klopfte ihm auf die Schulter. »Sehen wir uns das Ding mal an!«

Cords Beine wurden weich. Alles schwankte.

Einen Moment lang hielt er sich an Wildron und Arnold.

Dann setzten sie sich in Bewegung – durch eine Gasse aus Menschen – dem Schiff entgegen.

Celwyn und Sturmjäger Larkes traten aus der Menge hervor.

»Besucher wünschen, mit euch zu sprechen«, sagte Celwyn. Dann winkte Larkes jemanden herbei.

Zuerst erkannte Cord das Mädchen vom Portal: Lara Roth. Sie hatte es tatsächlich nach Dradora geschafft. Dahinter traten Arnolds Eltern aus der Menge – und Walters Mutter.

Cords Magen zog sich schmerzhaft zusammen.

Wusste sie bereits, was geschehen war?

Arnold stürmte auf seine Eltern zu, fiel ihnen um den Hals.

Und dann vernahm Cord eine vertraute Stimme ... noch verborgen in der Menge.

Die zitternde Stimme seiner Mutter, die seinen Namen rief.

Sein Herz raste.

Dann sah er sie.

Sie stand allein, den Kopf suchend gehoben, doch vom Kummer gebeugt.

Zerbrechlich wirkte sie, erschöpft – als hätte man ihr die Kraft aus dem Leib gesogen.

Ihre Blicke trafen sich.

Cord stürzte los, warf sich in ihre Arme, schluchzte, lachte, weinte vor Freude. Es war ihm gleich, was die Umstehenden dachten.

Seine Mutter war da.

Er drückte sie an sich, schloss die Augen, atmete ihren vertrauten Duft.

Sie schluchzte, ließ ihn nicht mehr los.

»Ich hatte solche Angst ... sie hätten dich geholt ... oder du wärst ...«

Sie verstummte. Ihre Schultern bebten.

»Mir geht es gut, Mutter.« Er klopfte ihr sanft auf den Rücken. »Es tut mir so leid ...«

»Was ist denn passiert? Wo sind wir hier überhaupt? Lara sagte, du hättest ein Tor geöffnet ... aber was soll das alles bedeuten? Ich verstehe nichts ... und niemand erklärt es uns.«

Er zog sie noch fester an sich und schluchzte.

»Es ist alles gut ... wir sind in Dradora und du bist hier sicher. Das ist alles, was zählt. Den ganzen Rest wirst du bald verstehen.«

»Und wer sind diese schrecklichen Gestalten?« Sie deutete auf einen der abseits stehenden Sturmjäger.

»Sei unbesorgt. Sie sind harmloser, als sie aussehen.«

Erstaunlich, wie leicht ihm die Lüge über die Lippen kam.

*Denn manchmal beißen sie Köpfe ab.*
*Und verwandeln Menschen zu Steinsäulen.*
*Aber ansonsten? Weitgehend harmlos.*

»Weißt du, wo Walter ist?«

Frau Senkeisen, Walters Mutter stand plötzlich neben Cord. »Ist Walter nicht bei euch?«

Cords Kehle schnürte sich zu.

Er schwieg.

»Was ist? Willst du mir nicht sagen, wo mein Sohn ist? Ich habe gehofft, er sei bei dir ... du bist doch sein bester Freund.«

Cord senkte den Kopf. »Es tut mir leid.«

Ihre Augen weiteten sich.

Sie packte ihn an den Schultern. »Sag schon – wo ist er?«

»Es tut mir alles so leid ... es ist meine Schuld.«

Ein gellender Schrei entrang sich ihrer Kehle.

Sie brach zusammen, fiel in den Sand. »Wo ist mein Junge?«, wimmerte sie.

Dann hob sie den Kopf und kreischte: »Was hast du ihm angetan?«

»Er hat ihm nichts angetan«, donnerte Szilkas' Stimme.

Der Sturmjäger stand plötzlich neben Cord.

»Der bleiche Walter ist im Kampf gefallen. Ich habe ihn getötet.«

Frau Senkeisen starrte den Sturmjäger an – panisch, fassungslos.

Sie schrie auf.

Zwei Leibwächterinnen eilten herbei.

»Wir kümmern uns um sie.«

Sie hoben sie auf und trugen sie fort.

Zitternd starrte Cord der gebrochenen Mutter seines toten Freundes hinterher.

»Du darfst keine Zeit verlieren, Navigator«, sagte Szilkas. »Dein Schiff erwartet dich.«

Cords Mutter blickte ihren Sohn entgeisterte an.

»Was soll das heißen? *Dein* Schiff?« Verwundert sah sie zum goldenen Schiff. »Verlangt dieses Ungetüm etwa ... dass du da hinaufsteigst? Das kommt überhaupt nicht in Frage!«

»Gute Frau«, sprach Szilkas. »Dein Sohn ist kein Kind mehr. Er ist der Navigator – und der Knuh'Likat Haidamar. Er hat keine Wahl. Er *muss* an Bord.«

Er grinste und ging.

Cord nahm seine Mutter in den Arm. »Dieses Schiff ... es ist Vaters Rettung. Ich weiß, wo sie ihn hingebracht haben. Ich werde ihn finden – und ich werde ihn befreien. Das schwöre ich dir. Und dann leben wir gemeinsam hier – in dieser neuen Welt. Es soll tropische Inseln geben – so wie ihr es euch immer ausgemalt habt.«

Arnold tänzelte herbei. »Ganz genau, Frau Ramberger! Wir leben bald im Paradies. Aber vorher müssen wir das Gerät da oben in Betrieb nehmen.«

Er klopfte Cord auf die Schulter. »Also, Kumpel, worauf warten wir?«

An der Seite von Arnold und Wildron schritt Cord durch ein Spalier aus jubelnden Menschen.

Je mehr sie ihm Platz machten, je mehr Augen ihn ehrfürchtig anstarrten, desto fremder wurde ihm das alles.

Er kannte diesen Blick. Diesen Hunger nach Bedeutung.

So hatten sie in Anburg auf Urteile gewartet.

Auf Schuldige, auf Helden, auf Opfer.

Auf die nächste Wahrheit, die ihnen das Denken ersparte.

Jetzt warteten sie auf ihn.

Ein lebendiger Mythos, geboren aus ihrer Hoffnung – und geboren aus ihrer Angst.

Sie wollten glauben – koste es, was es wolle.

Und während ihre Rufe zu einem einzigen, rhythmischen Laut verschwammen, wurde Cord kalt.

Er spürte Arnolds Hand auf seiner Schulter, Wildrons Finger in seinen.

Schritt für Schritt traten sie dem Schiff entgegen.

Immer wieder schweifte sein Blick zurück – suchte Sina.

Stand sie dort bei den Sturmjägern?

Oder war sie schon fortgebracht worden – vorbereitet auf ihre Krönung?

Er erinnerte sich an ihre kalte, bebende Hand, die er gehalten hatte, während einer nach dem anderen sich für sie ausgesprochen hatte. Prinz Areth hatte den Anfang gemacht – mit einer eindringlichen, bewegenden Rede über Sinas Stärke, ihre Würde, ihre Vision. Von den Sturmjägern hatte nur Szilkas seine Stimme für sie erhoben; Xervacs und die übrigen enthielten sich.

Und als der Beschluss schließlich verkündet war – als sich alle Blicke erwartungsvoll auf sie richteten – da sah sie nur ihn an. Verloren wie ein Kind. Mit fahlem Gesicht.

Niemand hatte sie gefragt, was sie selbst wollte. Niemand hatte Cord gefragt.

*Bleib bei mir* – das waren die stummen Worte auf ihren Lippen, bevor die Fürsten sie umringten und Cord von ihr abdrängten.

Und jetzt?

Ohne sie?

In dieses Schiff?

## Kapitel 91

Ein Junge neben Cord zeigte aufgeregt zum Himmel.

»Seht nur! Zwei Cyryg!«

Cord hob den Kopf – da waren sie.

Die beiden Cyryg zogen in weitem Bogen über die Stadt und landeten auf einer Anhöhe in der Nähe des Festplatzes.

»Tak!«, rief Cord.

Er drängte sich durch die Menge, stürmte den Hügel hinauf – bis er innehielt, keuchend, den Blick auf Tak.

Der Cyryg, der einst befürchtet hatte, der Letzte seiner Art zu sein, stand Seite an Seite mit einem anderen.

Cord erkannte sie. Es war die befreite Cyryg-Magierin.

Tak spreizte die Flügel – und Cord zögerte nicht mehr. Er warf sich ihm entgegen, drückte sich an ihn und klopfte auf seine Brust.

»Oh, Tak ... ich hatte befürchtet ...«

Tak lächelte. »Aber Magier Cord, du hast doch nicht ernsthaft angenommen, ich sei einfach so abgetreten? Da braucht es schon etwas mehr als ein bisschen Flakfeuer, um mich matt zu setzen.«

Die Cyryg-Magierin räusperte sich. »Es stand nicht gut um dich. Danke dem Jungen, dass er mich aus dem Miststück geholt hat.«

Cord strahlte beide an und klopfte noch einmal auf Taks Brust. »Wie schön, dass du sie gefunden hast.«

»Nun ja ... wie sie bereits andeutete: Es war ... eher umgekehrt.«

Er hüstelte. »Sie hat mich entdeckt, als ich etwas unpässlich in diesem Kraterloch feststeckte.«

Dann lachte er verlegen. »Aber was reden wir über mich. Erzähl mir lieber von dir und den anderen Gesellen.«

Er musterte Cord von oben bis unten. »Du siehst richtig stattlich aus in deiner schicken Uniform. Sag: Wo sind Sina, dein Gehilfe Arnold, Meister Kailard und mein bleicher Waffenschüler?«

Cord senkte den Kopf und berichtete Tak, was geschehen war.

»Das tut mir wirklich leid um den Bleichen«, sagte Tak. »Er war ein eigenwilliger, aber feiner Kerl. Ich weiß, das ist kein Trost ... aber sieh nur, was dir alles gelungen ist.«

Mit einer Schwinge deutete er auf das goldene Schiff.

»Du hast den Bleichen sogar aus der Zwischenwelt zurückgeholt. Und du bist nicht dafür verantwortlich, dass er so verrückt war, dem Eisenfürsten in den Rücken zu schießen – direkt neben einem bewaffneten Sturmjäger.«

Cord nickte stumm.

»Komm«, sagte Tak leise. »Steig auf. Lass uns noch einmal zusammen fliegen, bevor du mit dem Schiff verschwindest.«

»Glaubst du ... es bringt mich nicht zurück?«

»Wer weiß das schon?« Tak zuckte mit den Flügeln. »Es kommt darauf an, ob du das Schiff kontrollierst ... oder es dich.«

Er tätschelte Cord den Kopf. »Ach was, irgendwann wirst du schon wieder hier auftauchen – falls es in dir so etwas wie einen Haidamar-Nachfolger sieht. Aber die Frage ist, ob du zurückkehren willst, wenn dir die Sterne offen stehen.«

»Wirst du mich begleiten?«

»Oh, nein.« Tak lachte. »In dem fliegenden Ei bekäme ich Platzangst. Und jetzt, wo ich nicht mehr der Letzte meiner Art bin …«

Er warf der Cyryg-Magierin einen schelmischen Blick zu.

»Also, Magier Cord«, sagte er, »lass uns eine Runde drehen.«

Cord nickte und kletterte ein letztes Mal auf den Rücken des Cyryg.

In weitem Bogen flogen sie über die Ausläufer des Karsangebirges.

Die Sonne neigte sich dem Horizont entgegen. Bald würde die Abendröte jenem blauen Leuchten weichen, das die Nacht ankündigte.

Der Wind strich Cord übers Gesicht, ließ seine Haare flattern.

Als er die Augen schloss, sah er Sina – wie sie einst beim Flug durch die Wüste vor ihm gesessen hatte. Ihr Haar tanzte im Wind, und ihr Duft …

Wie hatte er sich damals darin verloren.

Ihre Umarmung in der Gottesträne … das ganze Universum ausgesperrt.

Ihr Lächeln nach dem Kuss in der Wüste …

Wie sollte er je …

Es war, als würde eine eiserne Hand sein Herz umklammern.

Cord seufzte und versuchte, die letzten Momente mit Tak wie einen kostbaren Schatz in sich aufzubewahren.

Nach einer Weile kehrten sie nach Zanmathar zurück, und Tak steuerte direkt auf das goldene Schiff zu.

»Flieg lieber nicht zu nah ran!«, rief Cord.

»Ach, papperlapapp. Was soll schon passieren?«

»Alles. Es könnte uns abschießen, verbrennen, verstrahlen …«

Tak lachte und landete auf dem Schiff.

»Bist du wahnsinnig? Bring uns hier weg!«

»Ja ja, wir legen nur eine kleine Pause ein und genießen die Aussicht. Sieh nur, ist das nicht ein fantastischer Sonnenuntergang? Und wie viele Menschen sich dort unten versammelt haben.«

Tak winkte hinab, und einige Leute erwiderten seinen Gruß.

»Ah, das tut gut. Das Schiff strahlt eine angenehme Wärme aus. Steig ab und fühl es selbst.«

»Auf keinen Fall«, entgegnete Cord. »Wenn es sich bewegt …«

»Wenn es dich abwirft, weißt du wenigstens, wer du nicht bist.«

Er lachte.

»Komm schon, hast du gar kein Vertrauen in dich? Oder in mich? Denn ich würde dich wahrscheinlich auffangen.«

Cord atmete tief durch. »Verflucht, was tue ich hier?«

Vorsichtig stieg er ab und blieb wie angewurzelt stehen.

»Na, spürst du's an den Füßen?«

Cord schüttelte den Kopf.

»Dann zieh die Stiefel aus.«

»Mit Sicherheit werde ich das nicht tun.«

Behutsam löste er sich vom Cyryg und wagte einen Schritt nach vorn.

Dann kniete er sich hin und legte die Hände auf die Hülle.

Sie war spiegelglatt.

Und warm – auf eine seltsam tröstliche Weise.

Tak setzte sich ebenfalls.

Und gemeinsam ließen sie ihre Blicke in die Ferne schweifen.

»Warum so betrübt an diesem grandiosen Tag?«

»Es ist alles gut.«

»Ach, du kannst mir nichts vormachen. Ich habe die Menschen studiert – und ich kenne diesen Blick. Lass mich raten: Liebeskummer.«

Cord schwieg.

»Hat dich Sina verlassen?« Tak neigte den Kopf.

Cord stöhnte. »Hast du's nicht mitbekommen? Sie wird die neue Königin.«

Tak klatschte in die Hände. »Das ist doch großartig!«

»Nein, das ist es nicht. Sie will es nicht – und ich will es auch nicht.«

»Was willst du dann?«

»Dass sie mit mir kommt.«

Tak zuckte mit den Schultern. »Hm ... als Königin kann sie doch tun, wozu sie Lust hat.«

Cord schüttelte den Kopf. »Kailard behauptet das Gegenteil, ebenso Larkes und etliche andere. Sie meinen, Sina müsse bei all dem, was ansteht, vor Ort sein.«

»Na schön, dann bleib doch eben auch.«

»Aber jeder erwartet von mir, dass ich hier einsteige.« Cord klopfte auf die Schiffshülle. »Und da ist noch etwas anderes. Wichtigeres.«

»Oh, wichtiger als Sina? Du weckst meine Neugierde.«

Cord dachte an seinen Vater.

An das Dokument. An diese ominöse Sonderverwaltungszone Algrazir.

*Ja. Es gibt etwas Wichtigeres.*

Er wollte es Tak erklären – doch stattdessen sagte er nur:

»Ein andermal. Lass uns zurückkehren.«

»Jetzt schon? Schade. Ich hatte gehofft, irgendwo würde sich eine Luke öffnen.«

Plötzlich sprang Tak in die Luft und stieg empor.

»Tak!«

Tak war verschwunden. Und Cord saß stocksteif auf der goldenen Hülle, verloren zwischen Himmel und Erde.

Unter ihm hatte sich eine riesige Menschenmenge versammelt.

Eine falsche Bewegung – und er würde von der spiegelglatten Schiffshaut abrutschen und hinabstürzen.

Er atmete flach und langsam, spürte die Wärme, die das Schiff ausstrahlte. Sie kroch durch seine Finger, in seine Glieder, in seine Brust – als wollte sie ihm Mut machen.

Mit einem tiefen Aufatmen erhob er sich.

Ein Raunen ging durch die Menge.

Cord sah hinab – und entdeckte Sina.

Regungslos lehnte sie an der Strebe eines Podests. In der Mitte ragte ein Thron auf, umweht von den Bannern Skallahats.

Mila stand abseits und wachte über sie.

Cord fand Arnold in der Menge. Arm in Arm mit seinen Eltern stand er dort und winkte voller Stolz herauf. Hinter ihnen hatten sich weitere Flüchtlinge versammelt. Darunter Lara Roth zusammen mit ihren Kollegen. Toni kraulte seine Hunde. Fred saß auf einer Kiste, ließ die Beine baumeln, stieß Zigarettenqualm in die Luft und salutierte mit zwei Fingern an der Schläfe.

Und mittendrin – seine Mutter.

Cord spürte, wie sehr sie litt. Wie sie tausend Ängste ausstand, während ihr Sohn auf dem Dach eines schwebenden Raumschiffs stand.

Da landete Tak hinter ihm, majestätisch, und hob die Schwingen zum Gruß.

»Ein wenig Inszenierung kann nicht schaden«, sagte Tak. »Komm schon, wir heizen ihnen ein.«

Er tänzelte auf dem Schiffsdach und ließ sich feiern.

Cord reckte zitternd den Arm in die Höhe.

»Mehr ist nicht drin«, murmelte er.

»Völlig ausreichend«, meinte Tak. »Für jemanden ohne Flügel und mit Höhenangst.«

Das Volk johlte und applaudierte.

»Also schön«, sagte Tak. »Die Vorstellung ist beendet. Aufsteigen, mein Freund. Den Navigator erwartet Arbeit.«

## Kapitel 92

Die Navigatoren trugen schlichte, schwarze Anzüge.

Sie umringten die Treppe aus Licht – diskutierten, notierten, berechneten.

Kailard war unter ihnen, strich mit der Hand prüfend durch die nicht greifbaren Stufen.

Cord trat zu ihnen.

Die Navigatoren – allesamt älter als er – verbeugten sich.

In ihren Blicken spiegelte sich alles zugleich: Neugier. Staunen. Skepsis. Misstrauen.

Manche empfingen ihn lächelnd mit einem Handschlag. Andere wandten sich ab, das Gesicht hart und verschlossen.

»Du kommst zur rechten Zeit«, sagte Kailard leise. »Die Navigatoren ... sind ratlos.«

Cord folgte seinem Blick die Treppe hinauf zum Schiff.

Die Stufen schimmerten im Zwielicht, wie aus Licht geflochten, wie eine Erscheinung.

Vielleicht waren sie genau das: eine Projektion, eine Illusion.

Cord trat vor die erste Stufe.

Er kniete sich nieder.

Langsam hob er die Hand, schob sie der Lichterscheinung entgegen – vorsichtig, als würde er einen Sonnenstrahl berühren, der durch einen Spalt in die Finsternis fiel.

Die Navigatoren hielten den Atem an.

Tausende Menschen auf dem Platz wurden schlagartig still.

Cord streckte die Finger aus – und stieß auf Widerstand.

Ein Raunen ging durch die Menge und schwoll an zu einem einzigen, bebenden Atemzug.

Cord legte seine Hand auf die Stufe.

Der Schimmer war fest geworden.

Aus Licht war Stoff geworden.

Das goldene Schiff war bereit, ihn zu empfangen.

Nicht, weil die Menschen ihm den Rang des Ersten Navigators verliehen hatten.

Sondern weil es ihn erkannt hatte.

Den, der er schon immer gewesen war:

Der Knuh'Likat Haidamar.

Der wiedergeborene Admiral.

»Worauf wartest du?«, fragte Kailard. »Das Schiff ist bereit, dich zu empfangen.«

»Aber ich bin es noch nicht«, antwortete Cord.

Sein Blick glitt zu Sina.

Er trat von der Treppe zurück – und schritt auf das Podest zu.

Die Menschen wichen vor ihm zurück, bildeten einen stillen Korridor.

Doch als er die hölzernen Stufen zum Podium erklimmen wollte, trat ihm ein Sturmjäger entgegen.

»Zutritt nur für Berechtigte.«

Cord seufzte genervt. »Sagt wer?«

Der Sturmjäger blickte auf ihn herab. »Xervacs«

Cord nickte kühl. »Ich bin berechtigt.«

»Sagt wer?«

Sina trat auf die oberste Stufe. »Das sage ich.«

Der Blick des Sturmjägers verfinsterte sich.

Er stand unbeweglich da, dann atmete er tief durch und trat zur Seite.

Cord eilte die Stufen hoch und ergriff Sinas Hände.

»Was haben sie mit dir vor? Wollen sie dir heute Nacht schon die Krone aufsetzen?«

Sina nickte stumm.

»Offenbar sind alle überzeugt, es sei die beste Lösung für Dradora.«

»Und du?«, fragte er und suchte in ihrem Gesicht nach einer Antwort. »Glaubst du das auch?«

Sie zuckte mit den Schultern – hilflos, verloren.

Cord zog sie an sich.

»Komm mit mir«, flüsterte er.

»Und Dradora?«, hauchte sie.

Er deutete über die Menge hinweg zum Schiff.

»Die Rettung liegt dort.«

Sina schwieg. Ihr Blick glitt über das Podest, zu den Fürsten, zu Szilkas – dann zu den Menschen in der Menge.

»Ich weiß nicht, ob ich ...«

»Du darfst alles.«

Er schloss die Augen. Ein tiefer Atemzug.

»Komm mit mir«

In diesem Moment trat Szilkas aus dem Schatten. Er verschränkte die Arme. Sein Blick ruhte lange auf Sina, dann auf Cord.

»Das ist keine gute Idee.«

Er schüttelte langsam den Kopf.

»Ich schlage vor, du siehst dir das goldene Schiff an, drehst eine Runde und frühstückst morgen früh mit der neuen Königin.«

»Das wird er nicht.«

Wie aus dem Nichts gekommen, standen sie da: die drei Schwestern.

Freita. Herta. Tris.

Die Sturmjäger rissen die Waffen hoch – und erstarrten mitten in der Bewegung.

Zusammen mit dem Rest der Welt.

Freita hatte sie aus dem Fluss der Zeit genommen.

Die drei Frauen trugen schlichte, fließende Kleider. Ihre Haare waren hochgesteckt, ihre makellosen Gesichter dezent geschminkt.

Wie fern sie ihren früheren Erscheinungen doch waren.

Freita musterte Cord – ein Schmunzeln spielte um ihre Lippen.

»Schwarz steht dir. So gefällst du mir.«

»Hör doch auf!«, ermahnte Herta in gespielter Strenge. »Du machst ihn ja ganz verlegen.«

Cord trat einen Schritt zurück.

»Was wollt ihr?«

»Nicht so hastig.« Freita sah ihn an, als hätte er etwas ausgesprochen Albernes gesagt.

»Du musst lernen, dir ... die *Zeit* zu nehmen.«

Sie beugte sich an sein Ohr.

»Oder erwartest du etwa, dass ich sie dir noch einmal schenke?«

In diesem Moment kam sich Cord wie ein kleiner, schüchterner Junge vor. Geneckt, aufgezogen und verspottet von einem reiferen, erfahrenen, schnippischen Mädchen.

Und das nach all dem, was geschehen war. Nach allem, was er erreicht hatte. Nach allem, was er geworden war.

Cord ahnte, dass Freita ... dass dieses Wesen noch viel mächtiger sein musste, als er bisher angenommen hatte.

Freita wandte sich Sina zu.

Sanft fuhr sie mit dem Finger über ihre Stirn, über Nase und Mund.

»Er wird morgen nicht mit dir frühstücken, meine hübsche Prinzessin.«

»Das kannst du nicht wissen«, widersprach Sina leise.

»Oh doch – das kann ich.«

Freitas Stimme klang wie ein Lied, das längst verklungen war.

»Er wird nach Dradora zurückkehren. Allerdings nicht morgen. Und ebenso wenig übermorgen.«

Cord trat einen Schritt näher.

»Was soll diese Andeutung? Sag, was du weißt.«

Freita lächelte – ein wissendes, fast mitleidiges Lächeln.

»Das Schiff ist nicht gekommen, damit du dir die Zeit vertreibst, wenn dein Mädchen bald keine Zeit mehr für dich hat.«

Sie deutete auf die Banner um den Thron.

»Und das wird die Regel sein, sobald sie die Krone trägt.«
»Sagt endlich, weshalb ihr gekommen seid!«
Tris trat vor und nahm ihn wortlos in die Arme.
Cord erstarrte, spürte ihren Abschied.
»Um Lebewohl zu sagen«, flüsterte sie.
»Wohin geht ihr?«
»Wir folgen dem Zeitstaub«, sagte Tris leise.
Freita hatte sich lässig auf dem Thron niedergelassen, ihre nackten Beine über eine Armlehne gestreckt – wie eine Königin der Zeit, die auf nichts und niemanden mehr Rücksicht nahm. Ihre Haltung war kein Angebot, sondern ein Befehl. Und ein Versprechen, das niemand einlösen durfte. Herta und Tris standen neben ihr und legten die Hände auf ihre Schultern – wie ein uraltes Siegel.
Herta nickte ihm zu. »Folge deinem Herzen, mein Junge.«
Tris lächelte. »Und achte auf deine Klingen.«
Freita ließ ihren Blick noch einmal über ihn schweifen.
Dieser Blick – unergründlich, spöttisch, allwissend.
»Du glaubst, du wüsstest jetzt, wer du bist?«
Sie hob eine Augenbraue.
»Nicht einmal Admiral Haidamar wusste es bis zuletzt.«
Ein Zwinkern.
»Deine Suche hat erst begonnen – *Navigator.*«
Dann verschwanden die drei Schwestern.
Mit einem Donnerschlag, der die Luft zerriss.

»Zurück!«, brüllte Szilkas.
Cord sah die Angst in seinen Augen.
Echte, blanke Angst.
»Alle zurück!«
Szilkas packte Sina und riss sie vom Podest.
Mila sprang hinterher.
Leibwächterinnen, Sturmjäger – sie wichen zurück, stoben auseinander, flohen.
Nur die Menschen, die weit genug entfernt standen und glaubten, sicher zu sein, blieben reglos und starrten.
Starrten auf die Stelle, an der eben noch der Thron gestanden hatte.

Jetzt klaffte dort nur noch ein Loch im Holzboden.

Und darüber schwebte eine Gestalt – eingefroren in der Zeit.

Die Augen vor Entsetzen weit aufgerissen. Den Mund zu einem stummen Schrei geöffnet.

Königin Wildron Wileba – für immer gefangen.

In einer Zeitfalle, geschaffen von den drei Schwestern.

Cord starrte hinauf.

Er sah den Menschen Natir. Dessen Geist einst in den Krir überlebt hatte. Der als Metamorph zurückgekehrt war – in der Gestalt der Königin.

Und der nun für alle Zeit gefangen war.

Eingeschlossen in einer Anomalie der Raumzeit.

Ohne Entrinnen.

Verloren in der Zeit.

Bis in alle Ewigkeit.

Celwyn hatte die Zeitfalle provisorisch abriegeln lassen.

Handwerker sägten und hämmerten, schlugen Balken zurecht, werkelten hektisch an einem neuen Thronpodest.

Einige Besucher gafften noch immer mit schauriger Faszination auf die schwebende Gestalt der ehemaligen Herrscherin.

Andere sammelten sich um die Lagerfeuer, tranken, aßen – und begannen zu tanzen, zu den stummen Klängen der Artisten, auf deren Körpern farbige Muster pulsierten.

Cord schloss für einen Moment die Augen. Er erinnerte sich.

An die erste Nacht, die sie in Dradora verbracht hatten.

An die Feier im Rebellenlager.

Emma, die lachend Krüge brachte.

Walter, der sich das Grillfleisch schmecken ließ und tanzte.

Sina, mit der er über den Baumwipfeln schwebte.

Und jetzt?

Emma – verschollen.

Walter – tot.

Und Sina?

»Wir halten an den Plänen fest!«, verkündete Szilkas laut. »Die

Krönung findet noch heute Nacht statt.«

Die Fürsten und Sturmjäger nickten. Einige klatschten Beifall, ihre Blicke klebten an Sina.

Cord sah es: Sie erwarteten von der zukünftigen Königin eine Ansprache.

Sina suchte Cord in der Menge.

Ihr Blick – ein stiller Hilferuf.

Dann holte sie tief Luft und trat vor die Ratsmitglieder.

»Ich bin noch nicht bereit«, sagte sie. Ihre Stimme war klar und fest.

»Ich will mit Cord gehen. Und nach meiner Rückkehr werde ich eine Entscheidung treffen.«

Schweigen.

Verdutzte Gesichter.

Einige Ratsmitglieder starrten sie an, als hätten sie sich verhört.

Dann lachte Xervacs laut auf.

»Das ist doch kein Problem! Wir teilen dem Mercatoriat und den Adorianern einfach mit, sie sollen ihre Angriffe verschieben, bis das Mädchen sich entschieden hat, ob es Königin spielen will!«

»Das müsst ihr nicht«, sagte Sina ruhig. »Ich schlage vor, dass der Rat die Geschicke Dradoras in Szilkas' Hände legt.«

»Was?«, brüllte Xervacs. »Du willst ihn zum König machen?«

»Nicht zum König«, stellte Sina klar. »Aber zum Ratsvorsitzenden mit Entscheidungsbefugnis. Er ist ein Skallahat – und eine Mehrheit der Fürsten vertraut ihm.«

»Ich stimme ihr zu«, rief Fürst Pulron. »Sie soll ihre Zeit bekommen. Eine Entscheidung aus Zwang wäre schlecht für Dradora.«

»Ich schließe mich an«, sagte Prinz Areth. »Sie soll nicht den Fehler ihres Großvaters wiederholen, der nicht auf sein Herz gehört hat. Aber die Befugnisse des Ratsvorsitzenden müssen klar begrenzt werden.«

»Insbesondere«, rief jemand, »wenn das Amt an einen Sturmjäger fallen sollte.«

Die Diskussion explodierte. Die Ratsmitglieder stritten wild durcheinander. An Argumente war nicht mehr zu denken.

Sina drehte sich zu Cord um, nahm seine Hand. Ihre Finger waren kalt und zitterten.

Einen Moment lang lag Schmerz in ihrem Blick. Dann hob sie das

Kinn, als würde sie der ganzen Welt trotzen.
»Komm«, flüsterte sie. »Zeig mir das Schiff.«

Cord stand mit Sina und Arnold vor der Schiffstreppe.

An seiner Wange trockneten die Tränen seiner Mutter.

Sie hatte ihn angefleht, zu bleiben. Sie nicht noch einmal zu verlassen. Nicht wieder das zu tun, was andere von ihm wollten.

»Es ist das, was ich will«, hatte er geantwortet. »Vater gab mir den Rat, meinem Herzen zu folgen. Es wird mich zu ihm führen – und wieder zu dir zurück.«

Dann hatte er seine Mutter fest umarmt. »Ich werde ihn aus seinem Gefängnis befreien. Und ich werde alle zur Rechenschaft ziehen, die ihm – und jedem Einzelnen von uns – das alles angetan haben. Das schwöre ich.«

Seine Mutter war in Tränen ausgebrochen, hatte gezittert – und schließlich genickt.

»Also, Kumpel«, sagte Arnold, »lass uns an Bord gehen. Die Sterne erwarten uns.«

Cord hob den Fuß – und setzte ihn auf die erste Stufe.

Niemand in der Menge wagte einen Laut.

Alle Augen waren auf ihn gerichtet.

Cord drehte sich noch einmal um.

Kailard nickte ihm väterlich zu.

Tak hob zum Abschied die Schwingen.

Und Wildron stand verloren in vorderster Reihe.

Ihre Augen suchten seine – nicht fordernd, nicht flehend. Nur ein stummer Wunsch nach dem, was ihr noch in dieser Welt blieb.

Aus der Zeit gefallen, aus ihrer eigenen Geschichte gerissen. Ihre leibliche Mutter Galdwyn war tot. Und der Mensch, der sie in diese Welt zurückgeholt hatte – der ließ sie jetzt allein zurück?

*Niemals.*

»Worauf wartest du?«, rief Cord ihr zu und streckte die Hand aus.

Wildron sah ihn für einen Moment lang ungläubig an. Dann erstrahlte ihr Gesicht.

Sie rannte los – und anstatt seine Hand zu greifen, warf sie sich ihm um den Hals. Wie ein Kind, das endlich nach Hause fand.

Cord erinnerte sich an das Mädchen mit der Katze Blau. Damals stand sie ihm gegenüber im Dorf des Stürmerborns und hauchte ihm eine Bitte ins Ohr.

»Jemand bat mich darum, ihr die Sterne zu zeigen«, sagte er leise. »Es ist so weit.«

Wildron legte ihren Kopf an seine Brust und schloss die Augen.

Sina trat hinzu und strich ihr sanft über den Rücken. »Du hast doch nicht geglaubt, wir würden ohne dich aufbrechen?«

»Doch«, flüsterte Wildron – und dann, mit einem breiten, strahlenden Lächeln: »Doch, das habe ich.«

Sie umarmte Sina.

»Leute – wann geht es endlich weiter?«, fragte Arnold.

»Jetzt!«, sagte Cord.

Und gemeinsam stiegen sie die Stufen empor.

Oben angekommen, fragte Arnold: »Und was jetzt? Hier gibt es keinen Türgriff, nicht mal eine Tür.«

Er klopfte gegen die Schiffshülle.

Nichts geschah.

»Lass es Cord versuchen«, sagte Wildron.

»Aber selbstverständlich. Er ist der Auserwählte – und ich bin nur sein Gehilfe.«

»Beruhig dich, Arnie«, sagte Cord – und legte die Hand auf die Hülle.

Ein pechschwarzes Loch öffnete sich. Groß genug, um hindurchzutreten.

»Heilige Scheiße …« Arnold riss die Augen auf. »Kann irgendjemand was erkennen? Ich seh nur Schwarz.«

Cord streckte die Hand aus – und seine Finger verschwanden spurlos in der Finsternis.

Erschrocken zog er sie zurück, bewegte prüfend die Finger.

Nichts geschehen.

Nur Dunkelheit.

Cord warf einen letzten Blick hinab – auf die tausenden Menschen, die in der Abenddämmerung zu ihnen aufblickten. Er sah zu seiner Mutter – stellte sich seinen Vater neben ihr vor. Und während sein

Herz sich an sie klammerte – an die, die ihn liebten –, zog ihn der Ruf der Sterne fort.

Dann nahm er Wildron bei der Hand.

Sina legte ihre Finger in seine.

Und Arnold ergriff die freie Hand Wildrons.

So verbanden sie sich.

Und gemeinsam traten sie in das goldene Schiff.

Cords Mutter stand reglos da und sah zu ihrem Sohn hinauf.

Bis zuletzt hatte sie gehofft, er würde umkehren.

Bei ihr bleiben.

Aber er tat es nicht. Und sie ließ ihn ziehen.

Als sich der schwarze Fleck direkt vor ihm auf der Schiffshülle auftat, schien ihr der Boden unter den Füßen zu schwinden.

Sie wünschte, sie könnte ihm etwas zurufen. Doch kein Wort kam über ihre Lippen.

Arnolds Vater hielt sie fest, legte einen Arm um ihre Hüfte und schlang den anderen um seine eigene Frau.

So standen sie – weinend, zitternd, aufeinander gestützt – mitten unter Tausenden, in einer Welt so fern und sahen zu, wie sich das Schiff schloss.

Wie die Stufen aus Licht verloschen.

Was blieb, war ein goldenes Raumschiff, das in der angebrochenen Nacht wie eine flimmernde Täuschung über ihnen schwebte.

Wie eine Verheißung.

Wie ein Bild aus der Zukunft, das sich niemand zu deuten traute.

Haidamars Auge hatte sich geöffnet und blickte auf Dradora hinab.

Dann schoss das Schiff in den Himmel.

Den Sternen entgegen.

# Nachwort

*Die Reise ins Unbekannte hat gerade erst begonnen.*

Es gibt Geschichten, die enden nicht,
wenn die letzte Seite umgeblättert ist.
Sie verweilen in den Sternen,
in den Träumen derer, die zurückbleiben,
in dem Versprechen ferner Welten,
die noch entdeckt werden wollen.

Cord, Sina, Arnold und Wildron haben eine Schwelle überschritten.
Ihr Weg führt nun weiter – hinaus in die lautlose Dunkelheit.
Aber die Bande, die sie tragen – Mut, Liebe und Hoffnung –
werden sie leiten.

Und vielleicht, irgendwo dort draußen,
erwacht bereits ein neuer Ruf.

Danke, dass du sie bis hierher begleitet hast.
Wenn dir diese Reise etwas bedeutet hat,
freue ich mich über eine Spur von dir.
Vielleicht in Form einer Rezension –
wie ein Leuchtfeuer im Dunkel,
das den anderen den Weg nach Dradora zeigt.

*Die Zukunft wartet.*

**Impressum**

Thomas Mahr
Gothaer Str. 16
D-96487 Dörfles-Esbach

E-Mail: tom@dradora.net



ISBN 978-3-911993-00-5

Ausgabe dieser Reise: 12. Oktober 2025

Printed in Poland
by Amazon Fulfillment
Poland Sp. z o.o., Wrocław

61474483R00310